나는 고양이로소이다

나는 고양이로소이다

吾輩は猫である

나쓰메 소세키 장편소설　김난주 옮김

열린책들

WAGAHAI WA NEKO DE ARU
by NATSUME SŌSEKI (1905)

이 책은 실로 꿰매어 제본하는 정통적인 사철 방식으로 만들어졌습니다.
사철 방식으로 제본된 책은 오랫동안 보관해도 손상되지 않습니다.

1

나는 고양이다. 이름은 아직 없다.

어디서 태어났는지도 전혀 모른다. 어두컴컴하고 눅눅한 곳에서 야옹야옹 울고 있었던 것만 기억한다. 나는 그곳에서 처음 인간이란 것을 보았다. 나중에 듣자 하니 그 인간이 서생(書生)[1]이라는, 세상에서 가장 영악한 종족이라고 한다. 이 서생이란 자가 때로 우리를 붙잡아 삶아 먹는다고 한다. 하지만 당시에는 별다른 생각이 없었기 때문에 무섭지도 않았다. 다만 그가 나를 손으로 휙 들어 올렸을 때, 두둥실 떠 있는 느낌이 들었을 뿐이다. 그 손바닥에서 잠시 서생의 얼굴을 본 것이 이른바 인간이라는 것과의 첫 만남이었다.

그때 참 묘한 존재라고 생각했는데, 그 느낌이 지금도 남아 있다. 우선 털로 소복해야 할 얼굴이 주전자처럼 매끈거렸다. 그 후 많은 고양이를 만났지만 이렇게 이상한 녀석은 한 번도 본 적이 없다. 뿐만 아니다. 얼굴 한가운데가 너무 툭 튀어나와 있고, 거기에 뚫려 있는 구멍에서 연기가 모락모락 피어올랐다. 나는 숨이 막혀서 연기는 딱 질색이다. 요즘에야 겨우 그것이 인간이 피우는 담배의 연기라는 것을 알았다.

1 메이지 시대의 서생은 선생의 집에 기거하면서 집안일을 거들고 배우는 학생을 뜻한다.

이 서생의 손바닥에 기분 좋게 앉아 있는데, 한참 후에 뭐가 막 움직이기 시작했다. 서생이 움직이는 것인지 내가 움직이는 것인지 모르겠지만 아무튼 눈알이 핑핑 돌 정도였다. 속이 울렁거렸다. 도저히 살아남지 못하겠다고 생각하는데, 쿵 하는 소리가 나면서 눈에서 불꽃이 튀었다. 거기까지는 기억하는데, 그다음에는 무슨 일이 있었는지 아무리 생각해도 모르겠다.

가까스로 정신을 차리고 보니 서생이 없었다. 그 많던 형제도 한 마리 보이지 않았다. 그리고 내 소중한 엄마의 모습도 사라지고 없었다. 게다가 지금까지 있었던 곳과는 달리 엄청 밝았다. 눈을 뜰 수 없을 정도였다. 어째 좀 심상치 않다 싶은 생각에 살금살금 기어 나가는데, 온몸이 욱신욱신 아팠다. 나는 짚단 위에서 조릿대 밭으로 휙 내던져진 것이었다.

간신히 조릿대 밭에서 기어 나오니, 저만치에 연못이 있었다. 나는 연못 앞에 앉아 이제 어쩌면 좋지 하고 생각했다. 딱히 이렇다 할 묘안은 없었다. 잠시 후, 그저 울다 보면 서생이 데리러 오겠지 하는 생각이 들었다. 야옹야옹, 시험 삼아 울어 보았지만 아무도 오지 않았다. 그러다 연못 위로 바람이 살랑살랑 불면서 해가 기울기 시작했다. 배가 너무 고팠다. 울고 싶어도 소리가 나오지 않았다. 어쩔 수 없지, 무엇이든 상관없으니까 먹을 것이 있는 곳까지 가보자고 결심하고 연못 왼쪽으로 살금살금 걸어갔다. 힘들어 죽을 지경이었지만 가까스로 참고 걸어서 인간 냄새가 나는 곳까지 갔다. 이곳에 들어가 보면 어떻게든 되겠지 싶어 대나무 울타리 사이로 난 구멍으로 어떤 집에 숨어들었다.

인연이란 참으로 불가사의한 것, 만약 그 대나무 울타리에 구멍이 없었더라면 나는 결국 길거리에서 굶어 죽었을지도 모른다. 옷깃만 스쳐도 전생의 인연이라더니 옳은 말이다. 그 구멍은 지금도 옆집 얼룩 고양이를 찾아갈 때 통로 구실을 톡톡히 하고 있다. 아무튼 남의 집에 숨어들기는 했는데 과연 뭘 어쩌면 좋을지 몰랐다. 그러다 보니 날은 어두워지고 배는 갈수록 더 꼬르륵거리고 사지는 추위에 덜덜 떨리고 비는 추적추적 내리는 형국이라 한시도 꾸물거릴 수 없었다. 할 수 없이 밝고 따뜻한 곳을 찾아 걸었다.

지금 돌이켜 보면, 그때 이미 집 안으로 들어가 있었던 것 같다. 그리고 나는 그 서생이 아닌 인간을 보는 기회를 얻었다. 제일 처음 하녀를 만났다. 그런데 그 하녀, 나를 보자마자 서생은 저리가라 할 만큼 난폭하게 내 목덜미를 움켜쥐더니 밖으로 휙 내던졌다. 야, 이제는 죽는구나 하고 눈을 꼭 감은 채 운명을 하늘에 맡겼다. 하지만 배고프고 추운 것은 도저히 참을 수 없었다. 나는 하녀가 없는 틈을 타서 부엌으로 살금살금 기어 들어갔다. 그러다 또 내던져졌다. 나는 기어 들어갔다가는 내던져지고, 또 기어 들어갔다가는 내던져지고, 그 짓을 네댓 번은 계속했다고 기억한다. 그때, 하녀란 인간에게 아주 신물이 났다. 얼마 전에 하녀의 꽁치를 훔쳐 앙갚음을 하고 났더니 속이 다 후련해졌다.

하녀가 마지막으로 나를 내던지려는 찰나에, 이 집 주인이 웬 소란이냐며 나타났다. 하녀는 내 목덜미를 움켜쥔 채 주인에게 내보이면서 말했다.

「이 새끼 도둑고양이 녀석이 아무리 쫓아내도 다시 기어 들어오지 뭐예요.」

주인은 코 밑에 난 털을 배배 꼬면서 내 얼굴을 빤히 쳐다보더니, 그럼 그냥 집 안에 두라고 말하고는 부엌에서 나갔다. 주인은 말이 별로 없는 사람 같았다. 하녀는 분하다는 듯이 나를 부엌에 내던졌다. 이렇게 하여 나는 이 집을 내 거처로 삼게 되었다.

우리 주인은 나와는 좀처럼 얼굴을 마주하는 일이 없다. 직업은 선생이라고 한다.

학교에서 돌아오면 서재에 틀어박혀서 거의 나오지를 않는다. 식구들은 그가 엄청난 공부벌레인 줄 안다. 그 자신도 공부벌레인 양 처신한다. 하지만 식구들이 생각하는 것처럼 그렇게 부지런한 사람은 아니다. 가끔 그의 서재를 엿보다 보면, 낮잠 자는 모습이 종종 눈에 띈다. 때로는 펼쳐 놓은 책에 침을 질질 흘리면서 잔다. 그는 위가 약해서 피부가 누리끼리한 데다 탄력도 생기도 없다. 그런 주제에 밥은 무지하게 먹어 댄다. 그렇게 실컷 먹고서는 다카디아스타제[2]를 먹는다. 다카디아스타제를 먹고는 책을 펼친다. 두세 페이지를 읽다 보면 스르륵 잠이 든다. 그리고 책 위에 침을 흘린다. 그의 매일 밤 일과는 이렇다.

나는 비록 고양이지만 때로 생각을 한다.

선생이란 실로 편한 직업이다. 인간으로 태어났으면 선생이 되고 볼 일이다. 이렇게 잠만 자면서도 밥벌이가 된다면 고양이라도 할 수 있을 것이다.

그런데도 주인 왈, 선생 노릇만큼 고달픈 것도 없단다. 그는 친구들이 올 때마다 뭐라 뭐라 불평을 늘어놓는다.

내가 이 집에 눌러살기 시작한 당시에는 주인 말고는 참 인복이 없었다. 어디를 가든 걷어차이기나 할 뿐, 아무도 상대해 주지 않았다. 오늘까지 이름조차 지어 주지 않는 것을 보면 얼마나 천덕꾸러기 신세인지 알 만할 것이다. 나는 어쩔 수 없이, 나를 받아들여 준 주인 곁에 있으려 애썼다. 아침에 주인이 신문을 읽으면 꼭 그 무릎에 앉는다. 그가 낮잠을 잘 때는 등에 올라앉는다. 그 후 온갖 경험을 거쳐, 아침에는 밥통 위, 밤에는 고타쓰 위, 날씨가 좋은 낮에는 툇마루에서 자기로 했다. 그래도 밤에 이 집 아이들의 잠자리에 파고들어 한데 어울려 자는 것이 가장 편안하고 아늑하다.

여기서 말한 아이들이란 다섯 살과 세 살짜리로, 밤이 되면 둘이 한 이부자리에서 같이 잔다. 나는 늘 두 아이 사이에 끼어들 만한 자리를 찾아 파고들어 자는데, 그러다 재수 없게 아이 중 한 명이 눈을 뜨면 큰 곤욕을 치르게 된다. 특히 작은아이는 성

2 소화제의 이름으로, 소화 효소인 디아스타제와 이 신약을 개발한 다카미네 조키치의 이름을 조합한 상품명.

질이 고약하다. 밤중에도 고양이가 왔다고 소리를 꽥꽥 지르면서 울어 댄다. 그러면 예의 신경성 위장병을 앓고 있는 주인이 잠에서 깨어나 옆방에서 달려온다. 며칠 전에는 자로 엉덩이를 신나게 얻어맞았다.

인간과 함께 살면서 그들을 관찰한바, 나는 인간이란 참으로 이기적이라고 단언하지 않을 수 없게 되었다. 특히 내가 간혹 동침하는 아이들은 말로 다할 수가 없다. 툭하면 자기 멋대로 나를 거꾸로 뒤집지를 않나 머리에 주머니를 씌우지를 않나 부뚜막에 쑤셔 박지를 않나 내던지지를 않나. 게다가 내가 조금이라도 앙탈을 부리면 온 집안 식구들이 쫓아다니면서 박해를 한다.

얼마 전에도 다다미에다 발톱을 좀 갈았더니 안주인이 화를 버럭 내면서 그 후에는 방에 잘 들여놓지도 않았다. 부엌의 마룻바닥에서 버들버들 떨고 있는데도 거들떠보지도 않았다.

내가 존경해 마지않는 건넛집 흰둥이는 만날 때마다 인간만큼 인정머리 없는 것도 없다고 치를 떤다. 흰둥이는 며칠 전에 구슬 같은 새끼를 네 마리 낳았다. 그런데 사흘째 되는 날, 그 집 서생이 네 마리를 모조리 들고 나가 뒤뜰에 있는 연못에 버렸다고 한다. 흰둥이는 눈물을 흘리면서 그 사건의 전말을 얘기하고는, 우리 고양이족이 부모 자식 간의 사랑을 관철하고 아름다운 가정생활을 지켜 나가기 위해서는 인간과 맞싸워 섬멸해야 한다고 했다. 타당한 주장이라고 생각한다.

또 옆집 얼룩이는 인간은 소유권이라는 것을 이해하지 못한다면서 크게 분개했다. 원래 고양이족 사이에서는 정어리 대가리든 숭어 배꼽이든 가장 먼저 본 자가 그것을 먹을 권리가 있다. 만약 상대가 이 규칙을 어기면 완력을 사용해도 무방하다. 그런데 인간들이란 털끝만큼도 그런 개념이 없으니, 우리가 발견한 맛난 먹이를 늘 약탈해 가고 만다. 그들은 힘을 내세워 우리가 먹어야 마땅한 것을 빼앗고도 태연하다.

흰둥이는 군인 집에 살고, 얼룩이는 주인이 변호사다. 나는 선생 집에 살고 있어, 그런 일에 관한 한 그 둘보다는 신세가 그나마 편안하다. 그럭저럭 하루하루를 보내면 그만이다. 인간이라고 해서 언제까지 번창할 리는 없을 것이다. 마음을 느긋하게 먹고 고양이의 시절이 오기를 기다리는 것이 좋을 듯하다.

말이 나온 김에 우리 집주인이 제멋대로 굴다가 낭패를 본 얘기나 해볼까 한다.

원래 우리 집주인은 이렇다 하게 뛰어난 재주가 없는데도 무슨 일에든 뛰어들기를 잘한다. 하이쿠를 지어서는 『두견새』[3]에 투고하고, 신체시(新體詩)를 지어 『묘조(明星)』[4]에 보내는가 하면 엉터리 영어 문장을 쓰기도 하고, 때로는 활에 푹 빠져 지내고, 옛 노래를 배우고, 또 어떤 때는 바이올린을 앵앵 울려 대는데, 안된 일이지만 하나같이 잘하는 짓이 없다. 별 재주도 없고 위도 약한 주제에 한번 시작했다 하면 엄청 열을 올린다. 뒷간에서 노래를 불러 대는 통에 동네 사람들이 뒷간 선생이라고 별명을 붙였는데도 전혀 아랑곳하지 않고, 나는 다이라노 무네모리올시다[5]만 계속 읊어 댄다. 모두들 아이고 무네모리가 납셨네 하고 웃음을 터뜨릴 정도이다.

그런데 이 주인이 무슨 바람이 불었는지, 내가 이 집에 살게 된 지 한 달쯤 지난 어느 달의 월급날, 커다란 꾸러미를 들고 허둥지둥 집으로 돌아왔다. 대체 뭘 사 왔기에 저러나 하고 봤더니, 수채 물감과 붓과 수채화용 와트먼지[6]였다. 오늘부터는 노래와 하이쿠를 그만두고 그림을 그릴 작정인가 싶었다. 과연 그 다음 날부터 한동안은 서재에서 낮잠도 자지 않고 그림만 그려 댔다. 그런데 그려 놓은 것을 보면, 당최 뭘 그린 것인지 아무도 알아볼 수가 없었다. 본인도 썩 마음에 들지는 않는지, 어느 날

3 1897년에 마쓰야마에서 창간된 시키(子規)파의 하이쿠 잡지.

4 1897년에 창간된 시가 잡지.

5 요곡 「유야(能野)」의 첫 구절로 주로 초보자들이 배우는 곡이다.

6 18세기 영국 제지 회사 와트먼에서 제조한 두툼하고 하얀 고급 도화지.

미학인지 뭔지를 하는 친구가 오자 다음과 같이 얘기하는 것을 들었다.

「영 뜻대로 그려지지가 않는군. 남이 그리는 것을 보건 그리 쉬워 보이는데, 정작 붓을 들어 내가 그려 보니, 새삼 어렵다는 생각이 드네그려.」

주인은 그렇게 털어놓았다. 거짓 없는 심정이다. 친구는 금테 안경 너머로 주인의 얼굴을 보면서 말했다.

「처음부터 그리 잘 그릴 수야 있나. 게다가 집 안에서 상상만으로 그림을 그릴 수 있는 것은 아니지. 옛날에 이탈리아의 대가 안드레아 델 사르토가 이런 말을 했지. 〈그림을 그리려거든 무엇이든 자연 그 자체를 옮겨라. 하늘에는 별이 있고 땅에는 이슬이 있으니. 하늘에는 새가 날고 땅에는 짐승이 달린다. 연못에는 붕어가 있고 고목에는 겨울 까마귀가 있으니. 자연이야말로 한 폭의 살아 있는 그림이라.〉

어떤가, 자네도 그림다운 그림을 그리고 싶다면 사생을 해보는 것이.」

「안드레아 델 사르토가 그런 말도 했는가. 나는 전혀 모르고 있었군. 옳은 말이야, 실로 합당한 말이야.」

주인은 무턱대고 감탄했다. 금테 너머 눈에는 조소가 어려 있었다.

그다음 날, 늘 그러듯 툇마루에서 기분 좋게 낮잠을 자는데 웬일로 서재에서 나온 주인이 내 뒤에서 뭔가를 하고 있었다. 퍼뜩 눈을 뜨고 대체 뭘 하는가 싶어서 눈을 찌푸리고 보니, 그가 열심히 안드레아 델 사르토 흉내를 내고 있다. 그 꼴을 보고 나도 모르게 피식 웃지 않을 수 없었다. 그는 친구에게 조롱을 당하고선, 나를 첫 대상으로 삼은 것이었다.

나는 이미 자고 싶은 만큼 충분히 잔 상태였다. 하품이 나와 죽겠는데, 내가 움직이면 모처럼 그림 삼매에 빠져 있는 주인이 불쌍하겠다 싶어서 꾹 참았다. 그는 지금 내 윤곽을 다 그리고 얼굴에 색을 칠하고 있다. 고백하건대 나는 고양이치고 그리 잘난 고양이가 아니다. 키도 그렇고 털도 그렇고 얼굴 생김새도 그렇고, 다른 고양이들보다 잘났다고는 절대 생각지 않는다. 하지만 아무리 못났어도, 지금 내 주인이 그리고 있는 것처럼 묘한 꼴을 하고 있지는 않다.

우선 색깔이 다르다. 내 피부는 페르시아산(産) 고양이처럼 노란빛이 도는 엷은 회색에 옻칠을 한 듯한 점이 박혀 있다. 이것만은 누가 봐도 틀림없는 사실이다. 그런데 지금 주인이 칠하는 색은 노랑도 아니고 검정도 아니고 회색도 아니고 갈색도 아니다. 그렇다고 이 색들을 다 섞은 색도 아니다. 그저 색의 일종이라고밖에 평할 수 없는 색이다. 게다가 얄궂게도 눈이 없다. 하기야 자고 있는 것을 그렸으니 그럴 만도 하지만, 눈이 있어야 할 곳에 그 흔적조차 없으니 눈먼 고양이인지 자고 있는 고양이인지 도통 알 수가 없다.

나는 속으로, 제아무리 안드레아 델 사르토 흉내를 내본들 이래 가지고야 가망이 없다고 생각했다. 그러나 그 진지함에는 탄복하지 않을 수 없어 가능하면 움직이지 않으려고 했는데, 아까부터 오줌이 마렵다. 몸 안의 근육이 꿈틀거린다. 더는 1분도 참을 수 없는 지경이 되자, 나는 어쩔 수 없이 앞발을 앞으로 쭉 뻗고 고개를 낮게 내밀고는 아음, 하고 하품을 했다. 하품을 했으니 이제 얌전하게 있을 일이 없다. 어차피 주인의 계획은 어긋났으니까, 이참에 뒤뜰에 가서 볼일을 보려고 살금살금 기어 나갔다. 그러자 주인이 방에서 실망과 분노가 뒤섞인 목소리로 고함을 질렀다.

「이런 바보 자식.」

주인은 남에게 욕을 할 때는 꼭 바보 자식이라고 하는 버릇이 있다. 다른 욕을 모르니 어쩔 수 없지만, 아직도 주인을 우러르는 내 마음도 모르고 함부로 바보 자식이라고 하다니, 실례라고 생각한다. 그것도 내가 평소 그의 등에 올라탈 때 반가운 표정이라도 조금 지어 주었다면 욕을 해도 기꺼이 듣겠지만, 좋은 일이라곤 무엇 하나 해주지 않으면서 오줌을 누러 가는 내게 바보 자식이라고 하다니, 너무 심하다. 원래 인간이란 것이 자신의 역량을 자만하여 우쭐거리는 게 보통인데, 인간보다 좀 더 센 것이 나타나 버릇을 들여야지, 안 그러면 앞으로 얼마나 더 우쭐거릴지 알 수 없다.

주제를 모르는 것도 이 정도면 참아 주겠는데, 나는 인간의 부덕함에 대해 이보다 몇 배는 참담한 이야기를 들은 적이 있다.

우리 집 뒤뜰에 열 평 남짓한 차밭이 있다. 넓지는 않아도 깔끔하고 따스한 햇살이 비치는 곳이다. 아이들이 소란을 떨어 낮잠 하나 편히 잘 수 없을 때나, 따분하고 심사가 뒤틀려 있을 때면 나는 늘 이곳에 나와 호연지기를 연마한다.

어느 따스한 초겨울 날 2시쯤이었다. 나는 점심을 먹고 늘어지게 한숨 자고는 운동 삼아 차밭으로 걸음을 했다. 차나무 뿌리의 냄새를 하나하나 맡으면서 서쪽의 삼나무 울타리 옆까지 갔는데, 시든 국화 위에서 덩치 커다란 고양이가 세상모르고 자고 있었다. 내가 다가가는데도 모르는지, 아니면 알면서도 개의치 않는지 아무튼 쭉 늘어져서 코를 골며 자고 있었다. 남의 마당에 몰래 들어온 자가 이리도 태평하게 잘 수 있을까 싶어, 나는 은근히 그 대담한 배짱에 놀라지 않을 수 없었다.

그는 새까만 검둥이였다. 정오를 갓 지난 태양이 그의 몸에 투명한 광선을 뿌려, 반짝거리는 솜털 사이에서 눈에 보이지 않는 불길이 타오르는 것 같았다. 놈은 고양이 세계에서 대왕이라고 할 수 있을 만큼 덩치가 거대했다. 내 몇 배는 되지 싶었다.

감탄과 호기심에 그 앞에 우뚝 서서 넋을 잃고 바라보는데, 초겨울 바람이 살랑살랑 불면서 삼나무 울타리 위로 뻗어 있는 오동나무 가지를 살며시 흔들어 이파리가 두세 잎 시든 국화 위로 떨어졌다. 대왕이 그 동그란 눈을 번쩍 떴다. 지금도 기억하고 있다. 그 두 눈은 인간이 귀히 여기는 호박보다 한결 아름답게 빛났다. 그는 꿈쩍도 하지 않았다. 그는 내 좁다란 이마를 향해 형형한 눈빛을 쏘아 보내며 말했다.

「너 뭐야?」

대왕치고는 말투가 좀 천박했지만, 그 목소리에는 개도 꼬리를 내릴 만큼 힘이 담겨 있었다. 나는 덜컥 겁이 났다. 하지만 인사를 안 하면 상황이 험악해질 듯해서 최대한 태연하고 차분하게 말했다.

「나는 고양이야. 이름은 아직 없고.」

하지만 그때 내 가슴은 평소보다 몇 배는 쿵쿵거렸다.

「뭐, 고양이라고? 고양이가 들으면 웃겠다. 그래서 어디 사는데?」

깔보듯 말하는 말투하며 태도가 도무지 안하무인이었다.

「난, 여기 선생 집에 사는데.」

「그럴 줄 알았다니까. 그 말라비틀어진 꼴 하곤.」

대왕답게 기염을 토하기는 하는데, 말투로 보아 좋은 집안의 고양이는 아닌 듯했다. 하지만 그 반지르르한 털하며 투실투실한 살집을 보면 맛있는 것도 먹고 풍요롭게 사는 모양이었다.

「그런 너는 누구지?」

나는 그렇게 묻지 않을 수 없었다.

「나는 인력거꾼네 검둥이다.」

과연 의기양양하다. 인력거꾼네 검둥이 하면 이 동네에서는 모르는 이가 없는 망나니다. 하지만 그래 봐야 인력거꾼네 사는 고양이, 힘만 셌지 교양이 없으니 아무와도 사귀지 못한다. 모두에게 회피 대상 1호인 녀석이다. 나는 그의 이름을 듣고서 조금은 낯이 간지러워지는 동시에 조금은 경멸스럽기도 했다. 나는 우선 그가 얼마나 무식한지를 시험해 보기 위해 다음과 같은 질문을 했다.

「인력거꾼과 선생 중에 어느 쪽이 더 대단할까?」

「그야 힘이 센 인력거꾼이지. 그 집 주인을 좀 보라고. 뼈에 가죽만 걸쳤잖아.」

「너는 인력거꾼네 고양이라서 그런지 힘이 꽤 세 보인다. 인력거꾼 집에서는 맛있는 것을 많이 주나 보지.」

「나야 뭐, 어디를 가든 먹을 게 없어서 주리지는 않지. 너도 차밭이나 어슬렁거리지 말고 내 꽁무니를 따라다녀 봐. 한 달도 못 가서 몰라보게 살이 오를 테니까.」

「생각해 볼게. 그런데 집은 인력거꾼 집보다 선생 집이 더 큰 것 같은데.」

「이런 병신, 집이 크다고 배부르냐?」

그는 영 비위가 거슬렸는지 설죽(雪竹)을 깎아 놓은 모양의 귀를 쫑긋거리며 휙 가버렸다. 내가 인력거꾼네 검둥이와 아는 사이가 된 것은 이때부터이다.

그 후 나는 가끔씩 검둥이를 만났다. 만날 때마다 그는 인력거꾼네 고양이에 걸맞게 기염을 토했다. 아까 내가 부덕하다고 한 사건도 실은 검둥이에게 들은 것이다.

어느 날, 나와 검둥이는 따스한 차밭에서 뒹굴며 온갖 잡담을 하고 있었다. 그는 늘 하는 똑같은 자랑을 마치 새로운 얘기인 듯 한바탕 늘어놓고는 내게 물었다.

「너 지금까지 쥐를 몇 마리나 잡았냐?」

나는 지식이야 검둥이보다 풍부해도 완력이나 용기는 검둥이에 비할 수 없다고 인정하고 있었지만 막상 그런 질문을 당하고 보니 영 거북했다. 하지만 사실은 사실, 거짓말을 할 수는 없어 사실대로 대답했다.

「실은 잡으려고 했는데, 아직 못 잡았어.」

검둥이는 코끝에 삐죽하게 튀어나와 있는 긴 수염을 푸르르 떨면서 웃었다. 검둥이는 자랑만 할 줄 알지 모자란 구석이 있어서, 기염을 토하는 그를 대단하다는 듯 바라보며 고개를 끄덕거리고 잘만 들어 주면 다루기 쉬운 고양이다. 나는 그와 친분을 맺으면서 금방 그 요령을 깨우쳤기에 지금 같은 경우, 어설프게 변명을 둘러대어 형세를 불리하게 하느니 차라리 그로 하여금 자신의 공훈을 늘어놓게 해서 상황을 무마하는 것이 최선이라고 생각했다. 그래서 슬쩍 이렇게 꼬드겨 보았다.

「너는 나이가 나이니만큼 꽤 많이 잡았겠지?」

아니나 다를까 그는 자랑스럽게 허풍을 떨었다.

「30~40마리는 잡았을걸. 별거 아니지만.」

그러고는 이어서 이렇게 말했다.

「쥐새끼야 1백 마리든 2백 마리든 아무 문제 없는데, 족제비란 녀석이 꽤 고약하더라니까. 한번은 족제비에게 대들었다가 봉변을 당했지.」

「와우, 정말?」

맞장구를 쳐주었다. 검둥이는 커다란 눈을 껌벅거리면서 말했다.

「작년에 대청소를 하면서 우리 집 어른이 석회 주머니를 들고 툇마루 밑으로 기어 들어갔는데, 너만 한 족제비 녀석이 기겁을 하고 튀어나왔거든.」

〈와〉 하고 감탄하는 척했다.

「족제비래야 쥐새끼보다 조금 큰 정도니까, 그까짓 녀석 하고 쫓아가서 도랑에 빠트렸지.」

「야, 대단하다.」

갈채를 보냈다.

「그런데 녀석이 궁지에 몰리니까 방귀를 뀌더라니까. 야, 냄새가 얼마나 지독하던지. 그다음부터는 족제비만 보면 속이 다 메슥거리더라.」

그는 마치 작년의 그 냄새가 아직도 난다는 양 앞발을 들어 콧잔등을 두세 번 쓰다듬었다. 나도 조금은 안됐다는 기분이 들었다. 슬며시 장단을 맞춰 줄까 싶어서 이렇게 말했다.

「그래도 쥐새끼는 너랑 마주치면 끝장이잖아. 너, 쥐잡기의 명수니까 만날 쥐만 먹어서 그렇게 투실투실하게 살도 찌고 피부도 반지르르한 거지?」

검둥이의 비위를 맞추려고 그렇게 물었는데 그가 정반대 반응을 보였다. 그는 한숨을 푹 내쉬면서 말했다.

「생각하면 참 어이가 없지. 내가 아무리 힘들여 쥐를 잡아 본들, 인간만큼 인정머리 없는 것도 세상에 없을 거야. 글쎄, 내가 공들여 잡은 쥐를 죄 낚아채서 파출소에 가지고 간다니까. 순경이야 누가 잡았는지 모르니까, 한 마리에 5전씩 그냥 주잖아.[7] 우리 주인, 내 덕분에 벌써 1엔 50전은 벌었을 텐데, 배불리 먹여 준 적도 없다니까. 인간이라는 거, 겉만 멀쩡하지 속은 도둑이야, 도둑.」

무지한 검둥이도 그 정도 이치는 아는 모양인지 몹시 화가 난다는 양 등 털을 곧추세웠다. 나는 왠지 소름이 끼쳐서 대충 그 자리를 얼버무리고 집으로 돌아왔다. 그때 나는 절대 쥐를 잡지 않겠노라고 결심했다. 물론 검둥이 꽁무니를 따라다니면서 먹이를 찾는 일도 하지 않았다. 먹고살겠다고 애를 쓰느니 잠이나 자는 쪽이 훨씬 편하고 좋다. 선생 집에 살다 보니 고양이도 선생같이 성격이 변한 모양이다. 조심하지 않으면 언제 위장병이 생길지 알 수 없다.

선생이란 말에 생각났는데, 우리 주인은 요즘 들어 수채화에도 재주가 없다는 것을 깨달은 모양이다. 12월 1일 일기에 이런 말이 쓰여 있다.

> 오늘 모임에서 모도란 사람을 처음 만났다. 제법 방탕한 생활을 했다는데, 과연 그럴 만한 풍채다. 이런 유의 사람은 여자들에게 인기가 많으니까 모모 씨가 자진해서 방탕한 생활을 했다기보다 어쩔 수 없이 그렇게 되었다고 하는 편이 합당할 것이다. 그 사람의 부인은 기생이라고 한다. 부러운 일이다.
>
> 방탕한 사람을 나쁘게 말하는 사람은 애당초 방탕함을 즐

7 1899년 도쿄 시 당국은 페스트를 전염시키는 쥐의 포획을 장려, 잡은 쥐를 파출소에 가져가면 4, 5전의 교환권을 주었다.

길 자격조차 없는 경우가 많다. 또 자신이 방탕하다고 자부하는 사람들 중에도 그럴 자격이 없는 자가 많다. 그들은 어쩔 수 없이 방탕해진 것이 아니라 방탕해지려고 억지로 애쓸 뿐이다. 마치 내가 수채화에 집착하는 것과 마찬가지다. 도무지 숙달될 기미가 보이지 않는데도 일가견이 있는 양 처신한다. 요릿집에서 술을 마시고 기생집에 드나들어서 그 방면에 도통한 난봉꾼이 될 수 있다면, 나도 어엿한 화가가 될 수 있을 것이다. 하지만 내가 수채화를 그리지 않는 편이 그나마 나은 것처럼 우매한 난봉꾼보다 시골 촌뜨기가 훨씬 낫다.

난봉꾼론은 좀 수긍하기가 어렵다. 또 부인이 기생이라서 부럽다는 등의 말은 선생이 입에 담아서는 안 될 우매한 생각이지만, 자신의 수채화에 대한 비평은 정확하다. 주인은 이렇게 자신에 대해 잘 알고 있음에도 예의 자만심에서 벗어나지는 못한다. 사흘 후 12월 4일 일기에는 이렇게 쓰여 있다.

어젯밤에 꿈을 꾸었다. 내가 그려 놓고도 형편없다 싶어서 휙 던져 놓은 수채화를 누가 멋진 액자에 담아 벽에 걸어 놓은 꿈이었다. 그런데 액자에 담겨 있는 것을 보니 내가 봐도 그런대로 괜찮았다. 무척 기뻤다. 이 정도면 훌륭하다고 혼자 중얼거리며 바라보고 있는데 날이 밝았다. 눈을 뜨고 보니, 원래대로 형편없는 그림이라는 것이 아침 햇살만큼이나 명백해졌다.

주인은 꿈속에서도 수채화에 미련을 버리지 못하는 모양이다. 이러니 수채화가는커녕 주인 스스로 운운한 난봉꾼도 될 수 없는 성격이라는 것이다.

주인이 수채화 꿈을 꾼 다음 날, 예의 금테 안경 낀 미학자가 오랜만에 주인을 찾아왔다. 그가 자리에 앉자마자 꺼낸 첫 마디는 이랬다.

「그림은 어떻게 되어 가고 있나?」

주인은 태연한 표정으로 대답했다.

「자네가 충고한 대로 사생에 힘을 쏟고 있는데, 과연 사생을 하고 보니 지금까지 몰랐던 사물의 형태와 색의 정밀한 변화가 들여다보이더군. 서양에서는 예로부터 사생을 강조했기에 오늘날 이처럼 발달한 것 같네. 과연 안드레아 델 사르토야.」

일기에 대해서는 입도 뻥긋하지 않고 또 안드레아 델 사르토 타령이다. 미학자는 머리를 긁적거리면서 말했다.

「실은 자네, 그거 농담이었네.」

「뭐가?」

주인은 아직도 속은 줄을 모른다.

「뭐긴. 자네가 감탄해 마지않는 안드레아 델 사르토지. 그거, 내가 지어낸 얘기일세. 자네가 그렇게 믿을 줄은 몰랐어. 하하하하.」

미학자는 아주 신이 난다는 투였다. 나는 툇마루에서 두 사람의 대화를 들으며, 주인이 오늘 일기에는 뭐라고 쓸까 하고 상상해 보았다. 이 미학자는 이렇게 그럴싸한 말로 사람을 속이는 것을 유일한 낙으로 삼는 남자이다. 그는 안드레아 델 사르토 사건이 주인의 마음에 얼마나 큰 실망을 안겨 주었는지는 눈곱만큼도 생각지 않는지, 의기양양하게 이렇게 말했다.

「아니 그게, 가끔 농담을 하면 사람들이 진담으로 받아들이다 보니까 해학적 미의식을 도발하는 재미가 쏠쏠하더군. 얼마 전에도 한 학생에게 니컬러스 니클비[8] 가 기번[9]에게 그의 대저작인 『프랑스 혁명사』[10]를 프랑스어로 쓰지 말고 영어로 쓰라고 충고

8 디킨스의 소설 『니컬러스 니클비』의 주인공으로 가공의 인물이다.

9 Edward Gibbon(1737~1794). 영국의 역사가로 니클비와는 아무런 연관성이 없다.

10 『프랑스 혁명사』는 칼라일의 저서이다.

하여 결국 영문으로 출판되었다고 했더니, 그 기억력 좋은 학생이 일본 문학회에서 발표를 하면서 글쎄 내가 했던 얘기를 그대로 인용하더라니까. 재미있는 일이지. 그런데 1백 명쯤 되는 방청객 역시 열심히 그의 발표를 듣더라는 거지.

그리고 재미있는 얘기가 또 있어. 얼마 전에 어떤 소설가가 있는 자리에서 해리슨의 역사소설 『테오파노 *Theophano*』 얘기가 나왔기에, 내가 그 소설은 역사소설의 백미라고 했지. 특히 여자 주인공이 죽는 장면[11]은 소름이 쫙 끼칠 정도라고 평했더니, 내 앞에 앉아 있던 한 선생이 그 장면은 실로 명문이라고 맞장구를 치는 거야. 그래서 무엇이든 모른다고 한 적 없는 그 선생이 나나 마찬가지로 그 소설을 읽지 않았다는 것을 알았지.」

신경성 위장병을 앓고 있는 주인이 눈을 동그랗게 뜨고 물었다.

「그런 엉터리 소리를 했다가, 만에 하나 상대가 그 책을 읽었으면 어쩌려고 그러나.」

마치 사람을 속이는 것은 상관없지만 정체가 드러나면 곤란하지 않겠느냐는 투다. 그런 말에도 미학자는 끄떡하지 않고 껄껄 웃으면서 말했다.

「그때는, 다른 책과 착각했다든지, 뭐 그러면 되지.」

이 미학자는 금테 안경을 쓰고 있지만 성품은 인력거꾼네 검둥이를 꼭 닮았다. 주인은 잠자코 담배 연기를 뿜어내면서 내게는 그럴 용기가 없다는 표정을 지었다. 미학자는 그러니까 그림을 그려도 신통치 않은 것이라는 눈빛으로 주인을 바라보며 말했다.

「농담은 그저 농담일 뿐이지만, 그림은 수월치가 않은 거야. 레오나르도 다빈치는 문하생에게 사원의 벽에 생긴 얼룩을 똑같이 그려 보라고 한 적이 있다더군. 과연 뒷간 같은 데 들어가서 비가 샌 벽을 뚫어져라 쳐다보면 꽤 쓸 만한 그림이 절로 생

11 이 소설에는 여자 주인공이 죽는 장면이 없다.

겨날 게야. 자네도 열심히 그려 보게나. 꽤 재미있는 것이 그려질 테니까.」

「또 농담인가?」

「아니, 이건 진담일세. 아주 기발한 말 아닌가. 다빈치 정도는 되어야 할 수 있는 말이지.」

「그래, 기발하기는 하군.」

주인은 거의 동의했다. 하지만 그는 아직도 뒷간에서는 사생을 하지 않는 듯하다.

인력거꾼네 검둥이는 그 후 절름발이가 되었다. 반지르르하던 털도 점차 빠지고 윤기를 잃었다. 내가 호박보다 아름답다고 평했던 그의 눈에는 눈곱이 잔뜩 끼었다. 특히 나의 눈길을 끈 현저한 변화는 그가 의기소침해지고 덩치도 왜소해졌다는 것이다. 예의 차밭에서 그를 마지막으로 만난 날, 요즘은 어떻게 지내느냐고 물었다.

「족제비 방귀와 생선 가게의 저울 막대기에는 이제 넌더리가 나.」

검둥이는 그렇게 대답했다.

소나무 사이로 겹겹이 물들었던 단풍도 그 옛날의 꿈처럼 떨어지고, 다실 앞 손 씻는 돌그릇에 한 잎 두 잎 꽃잎을 흩날렸던 빨강 하양 동백꽃도 남김없이 지고 말았다. 6미터 남짓한 남쪽 툇마루에 겨울 햇살이 일찌감치 기울고, 초겨울 스산한 바람이 연일 불어 대면서 내 가 낮잠을 즐기는 시간도 줄어든 듯하다.

주인은 매일 학교에 간다. 돌아오면 서재에 틀어박힌다. 사람들이 찾아오면 선생 노릇이 지긋지긋하다고 푸념한다. 요즘은 수채화도 좀처럼 그리지 않는다. 소화제도 잘 듣지 않는다면서 먹지 않는다. 아이들은 기특하게도 열심히 유치원에 다닌다. 돌아오면 창가를 부르고, 공놀이를 하고, 때로는 내 꼬리를 잡아당긴다.

나는 맛난 것을 먹지 않으니까 살이 찔 일도 없지만, 점점 더 건강하게 하루하루를 보내고 있다. 검둥이처럼 절름발이가 되지도 않았다. 쥐는 절대 잡지 않는다. 하녀는 지금도 여전히 싫다. 이름도 아직 없지만, 욕심을 부리자면 끝이 없으니까 평생 이 선생 집에서 이름 없는 고양이로 살 작정이다.

2

해가 바뀌면서 고양이 처지에 다소 유명해진 덕분에 우쭐한 기분이 드니 고마운 일이다.[1]

설날 이른 아침에 주인에게 엽서 한 장이 날아들었다. 그의 친구인 모 화가가 보낸 연하장인데, 위쪽은 빨강 아래쪽은 짙은 초록으로 칠하고 한가운데에는 파스텔로 그린 동물 한 마리가 웅크리고 있다. 주인은 예의 서재에서 이 그림을 가로 보고 모로 보면서 혼자서 중얼거리고 있다.

「야, 색감이 정말 멋지군.」

대충 감탄을 했으니 이제 그만하려나 하고 생각하면 또 모로 보고 가로 본다. 몸을 비틀어서 보기도 하고, 노인네가 삼세상(三世相)[2]을 보듯이 손을 쭉 뻗어 멀찌감치 놓고 보기도 하고, 창 쪽을 향하고 코끝에 바짝 들이밀고 보기도 한다. 그만 좀 해야지 무릎이 떨려 위태롭기 짝이 없다. 간신히 떨림이 잦아들었나 했더니 이번에는 또 다른 소리를 중얼거린다.

「대체 뭘 그린 거지.」

1 1904년 12월에 『나는 고양이로소이다』 1장이 발표되어 고양이가 유명세를 타기 시작한 것을 뜻한다.

2 불교의 인연설에 음양도의 오행, 상생, 상극설을 섞고 생년월일의 십이지를 포함하여 삼세(전세, 현세, 후세)의 인과와 길흉화복을 판단하는 점 또는 그 책.

주인은 엽서의 색감에는 감탄했지만, 그려진 동물의 정체는 알 수 없어 아까부터 고심하는 듯했다. 그렇게 아리송한 엽서인가 싶어 감고 있던 눈을 우아하게 절반쯤 뜨고 차분히 들여다보니, 틀림없는 나의 초상이었다. 우리 주인처럼 안드레아 델 사르토 흉내를 내지는 않았을 텐데, 명색이 화가이다 보니 형체도 색채도 과연 멋들어지다. 누가 보아도 고양이가 틀림없다. 다소 안목이 있는 사람이라면, 고양이 중에서도 다름 아닌 나라는 것을 분명히 알 수 있도록 훌륭하게 그렸다. 이렇게 명료한 것을 알아보지 못하고 고심하다니, 인간이 조금은 안쓰러웠다. 그럴 수만 있다면 그 그림이 나라는 것을 알려 주고 싶었다. 나라는 것은 알지 못한다 해도, 최소한 고양이라는 것은 알려 주고 싶었다. 하지만 인간이란 우리 고양이족의 언어를 이해할 수 있을 만큼 하늘의 은총을 받은 동물이 아니니, 안타깝지만 그대로 놔두었다.

이참에 독자에게 말해 두는데, 인간들이 툭하면 우리 고양이를 업신여기는 말투로 평가하는 것은 심히 바람직하지 못하다. 자신의 무지를 모르는 채 오만을 떠는 선생들이 특히 소와 말은 인간의 똥에서 생겨나고, 고양이는 소와 말의 똥에서 생겨난다고 생각하는 경향이 있는데, 영 꼴사납기 짝이 없다. 아무리 고양이라지만 그리 허술하게 쉬이 생겨나지는 않는다. 겉보기에는 너나 나나 차별 없이 평등하고, 모든 고양이가 고유의 특색 따위는 없는 듯이 여겨질지 모르겠으나, 고양이 사회에 들어가 보면 그리 간단하지 않다.

인간 세상에서 십인십색이라고 하는 말이 고양이 사회에도 그대로 적용된다. 눈도 코도 털도 다리도 모두 다르게 생겼다. 턱수염의 탄력이며 귀의 균형감, 꼬리가 늘어진 정도에 이르기까지 같은 것은 하나도 없다. 잘생기고 못생기고, 멋이 있고 없고, 편식을 하고 안 하고, 아무튼 천차만별하다. 이렇듯 엄연한 구별이 존재하는데도, 인간의 눈은 그저 발전이다 뭐다 하면서 하늘만 쳐다보고 있으니 우리의 성격은 물론이요 생긴 것도 식별하지 못하는 것이다. 참으로 안된 일이다.

예로부터 끼리끼리 논다는 말이 있다는데 말 그대로 떡 가게 사람 마음은 떡 가게 사람이 알고 고양이 마음은 고양이가 아니, 역시 고양이에 대해서는 고양이가 아니면 알 수 없다. 아무리 인간의 지능이 발달했어도 이것만은 불가능하다. 더군다나 그들은 그들 자신이 그렇게 믿고 있는 것만큼 대단하지도 않으니 한층 골치가 아프다. 또 동정심이라곤 모르는 우리 주인 같은 사람은 서로를 속속들이 아는 것이 사랑의 첫 요건이라는 것조차 모르는 남자라 도무지 어쩔 수가 없다.

그는 성깔 나쁜 굴딱지처럼 서재에 들러붙어만 있을 뿐, 세상을 향해 발언한 적이 없다. 그래 놓고 자기 혼자 달관한 표정을 짓고 있으니 정말 웃기는 일이다. 지금 내 초상이 눈앞에 있는데도 전혀 알아보지 못하고, 러일 전쟁이 발발한 지 2년이 되었으니까 대충 곰[3]을 그린 것이겠지, 하고 얼토당토않은 소리를 하는 것을 보면 달관은커녕 그 근처에도 못 갔다는 것을 족히 알 수 있다.

내가 주인 무릎 위에서 꾸벅꾸벅 졸면서 이런 생각을 하고 있는데, 하녀가 두 번째 엽서를 들고 왔다. 보아하니, 외래종 고양이 네다섯 마리가 죽 늘어서서 펜을 쥐고 책을 펼쳐 놓고 공부하고 있는 모습을 활판 인쇄한 엽서였다. 그 가운데 한 마리는 책상 모서리 쪽에서 「고양이라, 고양이라」[4]에 맞춰 서양 춤을 추고 있다.

그리고 그 위에 먹으로 〈나는 고양이로소이다〉라고 거뭇거뭇하게 글자가 쓰여 있고, 오른쪽 옆에는 〈어느 봄날 책 읽고 춤추는 고양이의 하루〉란 하이쿠까지 쓰여 있다. 주인의 옛 문하생

3 러일 전쟁 당시 적국 러시아를 곰에 비유했다.

4 메이지 시대 초엽에 유행했던 노래. 그리고 그 노래에 맞춰 추는 춤. 메이지 시대에 고양이는 기생을 뜻하는 은어이기도 했다.

이 보낸 엽서라 누가 봐도 그 의미를 충분히 알 수 있을 텐데, 멍청한 주인은 아직도 모르는지 알 수 없다는 듯 고개를 갸웃거리며 또 중얼거렸다.

「올해가 고양이 해인가.」

내가 그렇게 유명해졌다는 것을 아직도 깨우치지 못한 듯하다.

그때 하녀가 또 엽서를 들고 왔다. 이번에는 그림엽서가 아니다. 〈근하신년〉이라고 쓴 옆에, 〈죄송하지만 고양이에게도 안부를 전해 주십시오〉라고 쓰여 있다. 멍청한 주인도 그렇게 분명하게 쓰여 있는 것을 보고서야 알겠는지, 이제야 알겠다는 듯이 흥 하면서 내 얼굴을 보았다. 지금까지와는 달리 그 눈빛에 조금은 존경심이 담겨 있는 듯 보였다. 지금까지 세상으로부터 인정받지 못했던 주인이 갑자기 이렇듯 부각된 것도 다 내 덕분이니, 그런 눈빛 정도야 당연한 것이라고 생각한다.

마침 그때 대문에 달린 종이 딸랑딸랑 울렸다. 손님이 온 모양이다. 손님은 하녀가 나가 맞는다. 나는 생선 가게 우메 아저씨가 올 때가 아니면 나가 보지 않으니까, 주인의 무릎에 그대로 앉아 있었다. 그런데 주인은 빚쟁이라도 쫓아온 것처럼 불안한 표정으로 현관 쪽을 쳐다보았다. 신년 인사를 하러 오는 손님을 맞아 술 상대를 하기가 싫은 모양이다. 더할 나위 없이 편벽한 인간이다. 그럴 것 같으면 일찌감치 외출이나 하면 될 것을 그럴 용기는 없으니 어쩔 수 없이 굴딱지처럼 서재에 들러붙어 있는 것이다.

잠시 후 하녀가 들어와 간게쓰 씨가 오셨다고 말했다. 간게쓰 군 역시 옛날에 주인의 문하생이었다고 하는데, 학교를 졸업한 후 주인보다 크게 성공했다고 한다. 그런데 이 남자가 심심하면 주인을 찾아온다. 와서는 자기를 마음에 품고 있는 여자가 있다는 둥 없다는 둥, 세상 돌아가는 것이 재미있다는 둥 시시껄렁하다는 둥, 듣다 보면 대단하다 싶고 그럴싸한 불평만 늘어놓다 돌아간다. 그런 얘기나 하려고 일부러 우리 주인 같은 별 볼 일 없는 사람을 찾아오나 싶어 이해하기 어려운데, 주인이 얘기를 들으면서 맞장구를 쳐대니 그것이 더 우습다.

「오랜만에 뵙습니다. 실은 작년 말부터 움직일 일이 많아져, 한번 찾아뵙자 생각은 하면서도 이쪽으로는 올 일이 없어서.」

간게쓰 군이 겉옷 끈을 만지작거리면서 수수께끼 같은 말을 했다.

「그래 주로 어느 쪽으로 걸음을 하나?」

주인은 근엄한 표정을 짓고는 검은색 무명 겉옷의 소맷자락을 잡아당겼다. 이 겉옷은 길이가 짧아 너덜너덜한 명주 속옷 자락이 좌우로 비쭉 튀어나와 있다.

「우후후후, 조금 다른 방향이죠.」

간게쓰 군은 웃으면서 그렇게 말했다. 보아하니 오늘은 앞니가 하나 빠져 있다.

「자네, 그 앞니는 어떻게 된 건가?」

주인이 화제를 돌렸다.

「아, 실은 어떤 곳에서 표고버섯을 먹었는데요.」

「뭘 먹었다고?」

「표고버섯을 먹었는데, 앞니로 갓을 자르려고 했더니 그만 쏙 빠져 버렸습니다.」

「표고버섯을 먹다가 이가 빠지다니, 다 늙은 사람 같군. 하이쿠의 소재는 될 수 있겠으나 연애에는 별 도움이 안 되겠어.」

주인이 그렇게 말하며 내 머리를 톡톡 쳤다.

「아, 그놈이 예의 고양이인가요? 살이 제법 토실토실한데요. 이 정도면 인력거꾼네 검둥이 녀석 못지않겠습니다, 보기가 좋아요.」

간게쓰 군이 나를 칭찬했다.

「요즘 들어 많이 컸지.」

주인이 자랑스럽다는 듯 또 내 머리를 톡톡 쳤다. 칭찬을 받는 것은 좋지만, 머리가 조금 아프다.

「엇그제 밤에도 잠시 합주를 했지요.」

간게쓰 군이 다시 화제를 돌렸다.

「어디서?」

「어디서 하든요. 그걸 알아서 뭣 하시게요. 피아노 반주에 바이올린 셋이었지요. 상당히 재미있었습니다. 바이올린이 셋 정도 되니까, 솜씨는 없어도 들어 줄 만하더군요. 여자 둘에 남자는 저 하나였는데, 제가 생각해도 제법 했다 싶었습니다.」

「그래, 흥, 그 여자라는 게 대체 어떤 사람들이었나?」

주인이 부럽다는 듯이 물었다. 원래 이 주인은 마른 나무 등걸에 찬 바위 같은 얼굴을 하고 있으나 그렇다고 여자에게 냉담한 것은 아니다. 옛날에 서양의 어느 소설을 읽었는데, 거기 등장하는 인물 중 하나가 여자들에게 늘 넋을 놓는 타입이었다. 세어 보니 길을 오가는 여인네 가운데 7할 정도에 애착을 보인다고 풍자적으로 쓰여 있는 글을 읽고는 이것이야말로 진리라고 탄복한 사나이다. 그렇게 바람기 많은 남자가 왜 굴딱지처럼 서재에만 들러붙어 사는지 나 같은 고양이가 어찌 알리오마는, 어떤 사람은 실연 때문이라고 하고, 또 어떤 사람은 위가 약한 탓이라고 하고, 또 어떤 사람은 돈도 없고 겁이 많은 성격이라 그렇다고 한다. 어떤 이유로든 메이지 시대의 역사에 관련될 만한 인물은 못 되니 아무 상관 없다.

하지만 간게쓰 군이 어떤 여자와 합주를 했는지 부러운 표정으로 물은 것만은 사실이다. 간게쓰 군은 재미있다는 표정을 지으며 차를 마시기 전에 젓가락으로 어묵 한 점을 집어 앞니로 깨물었다. 나는 이가 또 빠지면 어쩌나 하고 걱정했는데 이번에는 무사했다.

「둘 다 숙녀들이지요. 선생님은 모르시는 분들입니다.」

간게쓰 군이 심드렁하게 대답했다.

「그런가.」

주인은 말꼬리를 길게 늘어뜨리고는 생각에 잠겼다. 간게쓰 군은 이제 자리를 떠야 할 때라고 여기는지, 주인에게 이렇게 말했다.

「날씨도 화창한데, 한가하시면 산책이라도 함께 할까요. 뤼순이 함락되어[5] 온 시내가 와글와글, 시끌벅적합니다.」

주인은 뤼순의 함락은 관심 없고 여자가 누군지나 알고 싶다는 얼굴로 잠시 생각하고는 마음을 굳힌 듯 벌떡 일어서며 말했다.

「그럼, 그렇게 하지.」

집을 나선다는 사람이 검은 무명 겉옷 아래에 형님의 유품이라나, 20년은 족히 입어 낡은 솜바지 차림이다. 아무리 솜을 넣어 누빈 명주 바지가 튼튼하다지만 그렇게 오래 입으면 견뎌 내지 못한다. 군데군데 얇아진 곳을 햇살에 비춰 보면 뒤에다 천을 대고 기운 자국이 보인다. 주인의 차림새에는 세밑도 설날도 없다. 평상복과 외출복의 구분도 없다. 밖으로 나갈 때는 두 손을 품에 지르고 훌쩍 나간다. 달리 입을 옷이 없는 것인지 갈아입기가 성가신 것인지 나는 잘 모른다. 다만 차림새만큼은 실연 때문이 아닌 듯하다.

두 사람이 나간 후 나는 간게쓰 군이 먹다 남긴 어묵을 슬쩍했다. 나는 요즘 그냥 보통 고양이와는 처지가 다르다. 모모카와 조엔[6]이 읊은 고양이나 그레이가 읊은 금붕어를 훔친 고양이[7] 정도의 자격은 충분히 있다고 생각한다. 인력거꾼네 검둥이는 애당초 안중에도 없다. 어묵 한 점 먹었다고 인간이 뭐라고 할 일은 없을 것이다. 우리 집 하녀는 안주인이 없는 틈에 쌀과자를 슬쩍슬쩍 먹고서도 시치미를 떼니 말이다. 하녀뿐이 아니다. 안주인은 우리 아이들은 예절 교육을 철저하게 받고 있다고 떠벌

5 1905년 1월 1일의 일.

6 桃川如燕(1832~1898). 만담가로 1890년 일본 연예 협회의 연습회에서 「서양 검정 고양이」를 구연했다.

7 영국의 시인 토머스 그레이의 시에 나오는 내용.

리고 다니지만, 그 아이들조차 그런 경향이 있다.

사오일 전 일이다. 주인 부부는 아직 자고 있는데 너무 일찍 일어난 두 아이가 밥상에 마주 앉았다. 그들은 매일 아침 주인과 함께 빵에 설탕을 뿌려 먹곤 하는데, 그날 아침에는 마침 설탕 그릇이 밥상에 나와 있었고 스푼까지 놓여 있었다. 평소와 달리 설탕을 나눠 주는 이가 없자, 큰아이가 그릇에서 설탕을 한 스푼 듬뿍 퍼서 자기 접시에 담았다. 그러자 작은아이도 언니를 따라 설탕 한 스푼을 듬뿍 퍼서 자기 접시에 담았다. 그러고서 잠시 서로를 노려보고는, 다시 큰아이가 한 스푼을 자기 접시에 덜었다. 동생도 또 한 스푼을 덜어 냈다. 그러자 언니가 또 한 스푼을 퍼냈다. 동생도 질세라 한 스푼을 덜어 냈다. 언니가 또 그릇에 손을 대자 동생도 스푼을 들었다. 이렇게 한 스푼 한 스푼 쌓여 끝내 둘의 접시에 설탕이 산더미처럼 쌓이고, 설탕 그릇에는 설탕이 하나도 남지 않았을 즈음 잠이 덜 깬 눈을 비비면서 안방에서 주인이 나왔다. 그러고는 애써 퍼낸 설탕을 다시 설탕 그릇에 옮겨 담았다.

그런 것을 보면 인간은 이기주의에서 파생된 공평이란 개념은 고양이보다 잘 알고 있어도, 지혜는 고양이보다 못한 듯하다. 그렇게 수북이 쌓이기 전에 얼른 핥아 먹으면 좋을 텐데, 내가 하는 말은 도통 통하지가 않으니 안타깝지만 밥통 위에서 그저 구경만 하는 도리밖에 없다.

간게쓰 군과 함께 나간 주인은 어디를 어떻게 돌아다녔는지 밤늦게 돌아와, 다음 날 아침 아홉시가 되어서야 밥상머리에 앉았다. 예의 밥통 위에서 가만히 바라보니, 주인은 아무 말 없이 떡국을 먹고 있다. 한 그릇 먹고는 덜어서 또 먹고 또 먹고. 떡 덩이가 작기는 해도 예닐곱 덩이를 먹고는, 마지막 한 덩이를 그릇 안에 남긴 채 젓가락을 내려놓았다. 다른 사람이 먹을거리를 남기면 두고 보지 못하면서, 자신은 주인이랍시고 위세를 부리며 엉겨 붙은 떡의 시신이 탁한 국물에 떠 있는 것을 보고도 태연하다. 안주인이 선반에서 다카디아스타제를 꺼내 밥상 위에 놓자 주인은 그 약은 잘 듣지 않는다면서 안 먹겠노라고 했다.

「그래도 여보, 탄수화물에는 잘 듣는다고 하니까 먹어 둬요.」

안주인은 굳이 먹이려 들었다.

「탄수화물이든 뭐든, 다 헛거야.」

주인은 고집을 피웠다.

「당신은 정말 변덕이 심하네요.」

안주인이 혼자 중얼거렸다.

「변덕이 심한 게 아니고 약이 듣지 않는 거지.」

「그래도 전에는 아주 잘 듣는다면서 매일 먹었잖아요.」

「얼마 전까지는 잘 들었지. 그런데 요즘은 안 들어.」

주인은 이렇게 무슨 대구(對句) 같은 대답을 했다.

「그렇게 먹다 안 먹다 하면 아무리 좋은 약이라도 효과가 없죠. 인내심이 좀 있어야지, 안 그러면 위가 약한 그런 병은 낫질 않아요.」

안주인은 그렇게 말하면서 쟁반을 들고 서 있는 하녀를 돌아보았다.

「옳은 말씀이지요. 좀 더 드셔 보아야지 효과가 있는지 없는지 알 수 있지요.」

하녀는 두말 않고 안주인 편을 들었다.

「아무튼, 안 먹겠다고 했으면 안 먹는 거야. 여자가 웬 말이 그리 많아.」

「그래요, 어차피 난 여자죠.」

안주인은 소화제를 주인 앞으로 밀면서 기어코 먹이려고 했다. 주인은 아무 말 않고 일어나 서재로 들어갔다. 안주인과 하녀는 얼굴을 마주 보며 히죽히죽 웃었다. 이런 때 졸졸 따라가 무릎에 올라앉았다가는 무슨 일을 당할지 몰라, 마당으로 내려갔다가 서재의 툇마루에 올라 문틈으로 살짝 안을 들여다보았다. 주인은 에픽테토스라나 뭐라나 하는 사람의 책을 펼쳐 놓고 읽고 있었다. 그런 글을 읽을 줄 안다면 가히 대단한 일이다. 그런데 5~6분 지나자 책을 내던지듯 책상 위로 휙 던졌다. 아니나 다를까, 그럴 줄 알았다. 그러고는 이번에는 일기장을 꺼내 다음과 같은 글을 썼다.

간게쓰와 네즈, 우에노, 이케노하타, 간다 언저리를 산책. 이케노하타 만남의 장소 앞에, 봄옷 차림으로 하네 놀이[8]를 하고 있는 기생이 있었다. 차림새는 고운데 얼굴이 영 아니었다. 우리 집 고양이와 비슷하다.

얼굴이 영 아닌 예로 굳이 나를 들 것까지야 없지 않은가. 나도 이발소에 가서 단장을 하면 인간과 그리 다르지 않을 텐데. 인간은 이렇게 저만 잘난 줄 아니 탈이다.

약국 모퉁이를 도는데 기생이 하나 다가왔다. 이번에는 키도 크고 어깨도 동그스름한 데다 엷은 보라색 기모노를 소박하게 차려입은 것이 고상하게 보였다. 하얀 이를 드러내고 웃으면서 〈겐 짱, 어젯밤에는 너무 바빠서〉라고 말하는데, 그 목소리가 떠돌이 기생처럼 걸걸했다. 곱게 차려입은 모습이 목소리에 가리는 듯하여, 겐 짱이라는 자를 돌아보기조차 귀찮았다. 두 손을 품에 지른 채 오나리미치 쪽으로 나갔다. 간게쓰는 어째 들떠 있는 듯이 보였다.

인간의 심리만큼 이해하기 어려운 것도 없다. 지금 주인이 화를 내고 있는 것인지, 들떠 있는 것인지, 또는 철학자의 유서에서 한 가닥 위안을 구하고 있는지 도통 알 수 없다. 세상을 조롱하고 있는 것인지, 세상에 섞이고 싶은 것인지, 사소한 일에 짜증이

8 배드민턴 비슷한 놀이.

나 있는지, 세상에 초연한 것인지 도무지 갈피를 잡을 수 없다.

고양이란 너나 나나 할 것 없이 모두 단순하다. 먹고 싶으면 먹고, 자고 싶으면 자고, 화가 나면 화를 내고, 울 때는 죽어라 하고 운다. 게다가 일기 같은 씨잘 데 없는 것은 절대 쓰지 않는다. 쓸 필요가 없기 때문이다. 우리 주인처럼 겉과 속이 다른 인간은 일기라도 써서 세상에 드러내 보일 수 없는 자신의 속내를 풀어놓아야 하겠지만, 우리 고양이족은 먹고 자고 싸는 생활 자체가 그대로 일기이니 굳이 그렇게 성가신 일을 해가면서 자신의 진면목을 보존해야 할 것까지는 없다. 일기를 쓸 시간이 있으면 툇마루에서 잠이나 즐길 일이다.

간다의 한 식당에서 저녁을 먹었다. 오랜만에 정종을 두세 잔 마셨더니 오늘 아침에는 배 속이 편하다. 속이 안 좋을 때는 반주가 보약이다. 소화제도 아무 소용이 없다. 누가 뭐라고 하든 헛것이다. 듣지 않는 약은 듣지 않는 것이다.

무턱대고 소화제를 공격한다. 혼자서 싸우는 꼴이다. 오늘 아침에는 일기에도 짜증이 줄줄 흐른다. 인간이 일기를 쓰는 목적은 이런 데 있는지도 모르겠다.

며칠 전에 아무개가 아침을 안 먹으면 위가 튼튼해진다고 하기에 이삼일 아침을 굶어 보았지만 배만 꾸르륵거릴 뿐 아무 효과가 없다. 또 다른 아무개는 장아찌류를 먹지 말라고 조언했다. 그에 따르면 모든 위장병의 원인은 장아찌류에 있다고 한다. 장아찌를 먹지 않으면 위장병의 원인을 없애는 셈이니 금방 회복될 것이라는 논리였다. 그래서 일주일 정도 장아찌에는 젓가락도 대지 않았는데, 역시 아무런 효험이 없다.

또 어떤 아무개는 배를 문질러 주는 것이 최고라고 했다. 단 그냥 문질러서는 안 되고, 미나카와류라는 옛날 방법으로 두세 번 문질러 주면 대부분의 위장병이 완치된다고 한다. 야스이 소쿠켄[9]도 이 안마술을 몹시 애용했다고 한다. 사카모토 료마[10] 같은 호걸도 때로 이 치료를 받았다고 해서 당장에 가미네기시까지 걸음을 해서 안마를 받았다. 그런데 뼈까지 문지르지 않으면 낫지 않는다느니, 오장육부의 위치를 한 번은 뒤집어야지 완치된다느니 하면서 주물럭대는데, 거의 고문에 가까웠다. 안마가 끝나고 나자 온몸은 솜 같고 정신은 혼수상태에 빠진 것 같아 혼비백산, 두 번 다시 받지 않기로 했다.

A 씨는 절대 딱딱한 것을 먹지 말라고 했다. 그래서 하루는 종일 우유만 마시고 지내 보았는데, 이때는 배 속에서 홍수라도 난 것처럼 꾸르륵거리는 소리가 나서 밤새 자지 못했다.

B 씨는 또 복식 호흡으로 내장을 운동시키면 위의 움직임이 활발해지니까 절로 튼튼해질 것이라면서 시험 삼아 한번 해보라고 했다. 이 방법도 몇 번 써먹어 보았지만 배 속이 영 불편했다. 그래도 생각날 때는 열심히 복식 호흡을 하는데 5~6분 지나고 나면 까맣게 잊고 만다. 잊지 않으려고 애를 쓰면 신경이 쓰여서 책도 읽을 수 없고 글도 쓸 수 없다. 미학자 메이테이가 내 꼴을 보고, 아이 낳는 남자도 아니고 그만두라고 놀리기에 요즘은 하지 않는다.

C 선생은 또 메밀국수를 먹으면 좋다고 하기에, 온메밀과 냉메밀을 번갈아 먹어 보았지만 설사만 할 뿐 별다른 효과는 없었다. 나는 위장병을 고치기 위해 온갖 방법을 다 써보았지만 모두 헛수고였다. 다만 어젯밤 간게쓰와 마신 정종 세 잔은 효과가 있었다. 앞으로는 매일 밤 세 잔씩 마시도록 해야겠다.

이 다짐도 오래가지는 못할 것이다. 주인의 마음은 내 눈동자처럼 쉴 새 없이 변한다. 뭘 해도 오래가지 못하는 사람이다. 게

9 安井息軒(1799~1876). 에도 시대 말기의 유학자.

10 城本龍馬(1836~1867). 에도 시대 말기의 무사.

다가 일기를 쓰면서는 이렇게 위장병을 걱정하는 주제에, 실제로는 아닌 척 억지로 참고 있으니 우스운 일이다.

얼마 전에 친구라는 모모 학자가 찾아와서, 어떻게 보면 모든 병의 원인은 조상과 자신의 죄악에 있다는 설을 펼쳤다. 꽤나 연구를 했는지, 논리 정연한 명석하고 훌륭한 설이었다. 우리 주인은 그 설에 반박할 만한 머리도 소양도 없으니 참으로 딱한 일이었지만, 위장병 때문에 곤경에 처해 있는 터라 어떻게든 변명을 해서 자신의 체면을 유지하려 애썼다.

「자네의 그 설, 무척 재미있기는 하지만 칼라일도 위가 안 좋았네.」

칼라일이 위가 좋지 않았으니 자신이 위를 앓고 있는 것도 명예로운 일이라는 엉뚱한 논리였다.

「칼라일이 위가 안 좋았다고 해서, 위가 안 좋은 사람이 모두 칼라일이 될 수 있는 것은 아니지.」

친구가 그렇게 반론을 펴자 주인은 입을 다물고 말았다. 이렇듯 허영심이 가득한데, 그래도 위가 튼튼했으면 싶기는 한지 오늘 밤부터 반주를 마시겠다고 하니, 그 또한 우스꽝스러운 일이다. 생각해 보면 오늘 아침에 떡국을 몇 그릇이나 먹을 수 있었던 것도 어젯밤 간게쓰 군과 정종을 마신 덕분인지도 모르겠다. 나도 떡국이 슬쩍 먹고 싶어졌다.

나는 고양이지만 대체로 아무것이나 잘 먹는다. 인력거꾼네 검둥이처럼 시장통 생선 가게까지 찾아갈 기력도 없고, 이현금(二絃琴) 선생네 얼룩이처럼 사치를 부릴 수 있는 처지도 아니다. 그러니 편식은 하지 않는 편이다. 아이들이 먹다 흘린 빵부스러기도 먹고, 쌀과자에 묻어 있는 꿀도 핥아 먹는다. 장아찌는 맛이 없어서 잘 먹지 않는데, 경험 삼아 단무지 두 조각 정도는 먹어 본 일이 있다. 일단 입에 들어가면 대개는 먹어치우게 되니 신기한 노릇이다. 선생 집에 빌붙어 사는 나 같은 고양이가 이건 싫다 저건 좋다 하고 배부른 소리를 할 수는 없다.

주인이 하는 말을 듣자 하니, 프랑스에 발자크라는 소설가가 있었다고 한다. 이 남자가 엄청난 사치꾼이었다고 하는데, 입치레를 했다는 것이 아니라 소설가니까 문장에 온갖 사치를 다 부렸다는 뜻이다. 어느 날, 그는 자신이 쓰고 있는 소설에 등장하는 인물의 이름을 지으려고 이런저런 이름을 생각해 보았지만, 도무지 마음에 들지 않았다. 마침 친구가 놀러 와 같이 산책을 하러 나갔다. 친구는 아무것도 모르는 채 따라 나섰는데, 발자크는 이름 때문에 고심하고 있는 터라 좋은 이름을 찾아내려는 생각밖에 없으니, 길거리로 나가서는 오직 가게에 내걸린 간판만 쳐다보며 걸었다. 그런데도 여전히 마음에 드는 이름이 없었다. 그래서 무턱대고 하염없이 걸었다. 친구는 영문을 모르는 채 따라 걸었다. 그들은 아침부터 밤까지 파리 곳곳을 탐험했다. 돌아오는 길에 바느질 가게의 간판이 불현듯 눈에 들어왔다. 보아하니 간판에 마르퀴스란 이름이 쓰여 있었다. 발자크는 손뼉을 치면서 좋아했다.

「저거야, 바로 저거. 마르퀴스라, 좋은 이름이야. 마르퀴스 앞에 Z를 붙이면 되겠군. 그럼 더할 나위 없는 이름이지. 반드시 Z여야 해. Z. Marcus, 정말 좋은 이름이로군. 내가 지은 이름은 내 생각에는 잘 지은 것 같은데 아무래도 작위적인 듯해서 별 재미가 없거든. 간신히 마음에 드는 이름을 찾았어.」

소설에 등장하는 인물의 이름을 찾기 위해 친구가 불편해하는 것도 모르고 온 파리를 탐험했다니, 참 가상한 얘기다. 사치도 이 정도 되면 부릴 만하겠지만, 주인이 늘 서재에만 틀어박혀 사는 나 같은 신세는 도무지 그럴 마음이 일지 않는다. 무엇이든 먹을 수만 있다면 좋다는 생각도 환경 탓이 클 것이다. 그러니 지금 떡국이 먹고 싶어졌다 한들 사치스러운 마음 때문이 아니다. 무엇이든 먹을거리가 있을 때 먹어 두자는 속셈으로, 주인이 먹다 남긴 떡국이 부엌 어디에 있지 않을까 하고 생각났을 뿐이다.

부엌을 돌아다녀 본다.

오늘 아침에 본 떡이 오늘 아침에 본 색깔 그대로 그릇 바닥에 찍 들러붙어 있다. 고백하건대 떡이란 것은 지금까지 한 번도 먹어 본 적이 없다. 보아하니, 맛있을 것 같기도 하고 니글거릴 것 같기도 하다. 앞발로 떡 위에 붙어 있는 채소를 긁어냈다. 떡이 발톱에 걸려 끈적거렸다. 냄새를 맡아 보니 밥솥의 밥을 밥통에 옮길 때 같은 냄새가 났다. 먹을까 말까 하고 사방을 돌아보았다. 다행인지 불행인지 아무도 없다. 하녀는 밤낮 똑같은 얼굴을 하고 하네 놀이를 하고 있다. 아이들은 안쪽 방에서 「뭐라고요 토끼님」을 노래하고 있다. 먹으려면 지금이다. 지금 이 기회를 놓치면 내년까지 떡이란 것의 맛을 모르고 지내야 한다. 나는 고양이지만 이때 하나의 진리를 깨우쳤다.

〈얻기 어려운 기회는 모든 동물로 하여금 굳이 하고 싶지 않은 일도 하게 한다.〉

나는 사실 떡이 그렇게 먹고 싶었던 것은 아니다. 아니 그릇 바닥에 들러붙어 있는 떡의 꼬락서니를 보면 볼수록 속이 니글거리면서 입맛이 딱 떨어졌다. 이때 만약 하녀가 부엌문을 열었다면, 방에 있던 아이들의 발소리가 이쪽으로 다가왔다면 나는 미련 없이 고개를 돌렸을 것이다. 그리고 내년이 될 때까지 떡에 대해서는 까맣게 잊었을 것이다. 그런데 아무도 오지 않았다. 아무리 기다려도 아무도 오지 않았다. 다들 얼른 먹으라고 재촉하는 느낌이었다. 나는 그릇 속을 들여다보면서 누가 와주기를 기다렸다. 하지만 아무도 오지 않았다. 아무리 망설이고 기다려도 아무도 오지 않았다. 나는 결국 떡을 먹어야 했다.

온몸의 무게를 그릇 속에 싣듯이 하면서 떡의 모서리를 덥석 물었다. 이 정도 힘껏 물면 대개는 잘리는데, 놀랐다! 이만하면 잘렸겠지 싶어 떨어뜨리려는데 이가 빠지지 않았다. 다시 한 번 물려고 해보았지만 움직이지 않았다. 떡이 요물이라는 것을 알았을 때는 이미 늦은 후였다. 늪에 빠진 사람이 빠져나오려고 바동대며 다리를 움직일 때마다 더 깊이 빠져드는 것처럼, 물면 물수록 입이 빽빽해지고 이가 움직이지 않았다. 씹는 맛은 있는데, 씹는 맛이 있을 뿐 도무지 수습이 되지 않았다.

미학자 메이테이 선생이 과거 우리 주인을 일컬어, 알 수 없는 남자라고 했는데 과연 옳은 말이다. 이 떡도 우리 주인처럼 도무지 정체를 알 수 없다. 아무리 씹어도 열을 셋으로 나누는 것처럼 영원히 떨어질 것 같지 않았다. 이렇게 고투하면서 나도 모르게 두 번째 진리를 터득했다.

〈모든 동물은 직관적으로 사물의 적합과 부적합을 예지한다.〉

두 번째 진리까지 발견했는데 떡이 들러붙어 조금도 유쾌하지 않았다. 이가 떡에 집혀 빠질 듯이 아팠다. 하녀가 오기 전에 얼른 먹고 사라져야 한다. 아이들의 노랫소리도 그친 듯하다. 이제 곧 부엌으로 달려올 것이다. 고민 끝에 꼬리를 휘휘 저어 보았지만 아무 소용이 없었다. 귀도 쫑긋 세웠다가 눕혀 보았지만 아무 소용이 없었다. 생각해 보면 떡과 귀와 꼬리는 아무 연관이 없다. 요컨대 저어 봐야 헛짓이요, 세워 봐야 헛짓, 눕혀 봐야 헛짓이라는 것을 깨닫고 그만두었다. 그러고는 앞발의 도움을 빌려 떡을 떨어내는 수밖에 없다고 생각했다. 우선 오른쪽 앞발을 들어 입 주위를 살살 쓰다듬었다. 쓰다듬는 정도로 떨어질 순종이 아니다. 이번에는 왼발을 뻗어 입을 중심으로 휙 하고 원을 그렸다. 그런 마술로 요물이 떨어질 리 없다. 끈질기게 몇 번이고 계속하는 게 관건이겠다 싶어서 왼발 오른발 번갈아 가면서 움직여 보았지만, 여전히 이는 떡 속에 박혀 있다. 이거 참, 성가시군 하면서 두 앞발을 한꺼번에 사용했다. 그러자 신기한 일도 다 있다. 뒷발로 번쩍 선 것이다. 고양이가 아닌 듯한 느낌이었다. 이렇게 된 바에야 고양이든 아니든 무슨 상관이랴, 어떻게든 요물을 떨어뜨려 내야 한다고 작심하고 온 얼굴을 닥치는 대로 긁어 댔다. 앞발의 동작이 강렬해서 자칫하면 중심을 잃고 쓰러질 것 같았다. 그럴 때마다 뒷발로 균형을 잡아야 하니까 한곳에 있을 수가 없었다. 온 부엌 안을 이리저리 뛴다. 나도 나지, 이렇게 뒷발로 서 있는 것이 참 용하다 싶다. 세 번째 진리의 불꽃이 튀었다.

〈위험에 처하면 평소 할 수 없었던 일도 하게 된다. 이것을 천우(天祐)라고 한다.〉

요행히 하늘의 도움을 얻은 내가 요물과 정신없이 싸우고 있는데, 발소리가 들리면서 저쪽에서 사람이 들어오는 기척이 느껴졌다. 이런 상황에 사람이 들어오면 큰일이다. 죽어라 하고 부엌 안을 뛰어다녔다. 발소리가 점점 다가왔다. 아아, 아쉽다. 하늘의 도움이 부족하다. 끝내 아이에게 들키고 말았다.

「어머나, 고양이가 떡을 먹으면서 춤을 추고 있네.」

아이가 큰 소리로 떠들어 댔다. 그 소리를 가장 먼저 들은 것이 하녀였다. 하녀가 하네도, 하네 채도 내던지고 뛰어 들어왔다.

「어머나, 저런.」

「정말 못 말리는 고양이네.」

안주인도 그렇게 말했다.

「이런 바보 녀석.」

주인도 서재에서 나와 뇌까렸다. 재미있다고 야단하는 것은 아이들뿐이다. 그러고는 모두 약속이나 한 양 깔깔거리고 웃는다. 화가 나고 괴롭기는 한데 춤을 그만 출 수는 없다. 간신히 웃음이 잦아들었나 싶었는데, 다섯 살 난 여자애가 한마디했다.

「엄마, 고양이도 대단하네.」

그 바람에 기세가 역전되듯 또 다들 낄낄거리고 웃었다. 동정심이 부족한 인간의 행동거지를 많이 보고 들어 왔지만, 이때만큼 원망스러웠던 적도 없었다. 하늘의 도움이 끝내 바닥이 나, 원래 모습인 네 다리로 기는 꼴로 눈을 희번덕거리는 추태를 보였으니 어이가 없다. 그래도 가만히 두고 보자니 안됐다 싶었는지 주인이 하녀에게 명령했다.

「이제 그만 떼어 주어라.」

하녀는 춤이나 더 추게 내버려 두죠, 하는 눈빛으로 안주인을 쳐다보았다. 안주인은 춤은 보고 싶지만 그렇다고 죽일 수는 없는 노릇이라 입을 다물고 있다.

「얼른 떼어 줘. 안 그러면 저러다 죽겠군.」

하녀는 맛난 것을 정신없이 먹다가 퍼뜩 정신을 차린 사람처럼 시큰둥한 표정으로 떡을 잡더니 휙 잡아당겼다. 간게쓰 군은 아니지만, 앞니가 다 부러지는 줄 알았다. 아프고 말고는 둘째 치고 떡 속에 단단히 박혀 있는 이를 가차 없이 잡아당기니 참아낼 도리가 없다.

〈인고를 거치지 않은 안락은 없다.〉

내가 그런 네 번째 진리를 경험하고서 사방을 두리번거렸을 때, 식구들은 모두 안방으로 돌아가고 없었다.

이렇게 흉한 꼴을 보인 때는 괜히 집에 있어 봐야 하녀 얼굴을 마주하기도 민망하다. 차라리 기분 전환 삼아 이현금 선생네 얼룩이나 보러 갈까 싶어서 부엌을 지나 뒤뜰로 갔다. 얼룩이는 이 동네에서 미모로 평판이 자자하다. 나는 비록 고양이지만 감정이 있는 터라, 집에서 주인의 얼굴을 보고 있기가 괴롭거나 하녀의 잔소리 때문에 기분이 울적할 때는 이 여자 친구를 찾아가 마음을 툭 터놓고 얘기를 나눈다. 그러면 나도 모르게 속이 후련해지면서 온갖 걱정과 괴로움을 잊고 다시 태어난 기분이 든다. 여자의 힘이란 실로 대단한 것이다.

삼나무 울타리 틈으로 얼룩이가 있나 하고 살펴보니, 얼룩이는 설날이라고 새 목걸이를 하고 툇마루에 얌전하게 앉아 있었다. 그 동그스름한 등이 뭐라 말할 수 없이 아름답다. 곡선이 이루는 미의 극치다. 꼬리를 동그랗게 만 모습하며 우아하게 구부린 다리, 무슨 수심이라도 있는 듯 귀를 쫑긋거리는 모습이 도무지 말로 형용할 수 없다. 게다가 햇빛이 잘 비치는 따스한 곳에 우아하게 앉아 있으니, 몸은 정숙 단정하게 가만히 있는데도 벨벳이 아닐까 싶을 만큼 매끄럽고 풍성한 털이 봄의 햇살을 반사하여 살랑살랑 흔들리는 것처럼 보인다. 바람은 전혀 없는데도 말이다. 나는 황홀경에 젖어 잠시 바라보다가 정신을 차리고 앞발로 발짓하며 얼룩이를 불렀다.

「얼룩 씨, 얼룩 씨.」

「어머나, 선생님.」

얼룩이가 툇마루에서 폴짝 내려왔다. 빨간 목걸이에 달린 방울이 딸랑딸랑 울렸다. 설날이라고 방울까지 달았군, 그것 참 좋은 소리로다 하면서 감탄하고 있는데, 얼룩이가 내 곁에 와서는 꼬리를 왼쪽으로 흔들며 말했다.

「선생님, 새해 복 많이 받으세요.」

우리 고양이족은 서로에게 인사를 할 때 꼬리를 곧추세우고 왼쪽으로 휙 돌린다. 동네에서 나를 선생이라 부르는 이는 이 얼룩이뿐이다. 나는 전에도 말했지만 아직 이름이 없는데, 선생 집에서 사는 것이 존경스럽다 하여 얼룩이만 선생님, 선생님 하고 부른다. 나도 선생님이라고 불러 주면 기분이 나쁘지는 않으니까, 예예 하고 대답을 한다.

「아이고, 새해 복 많이 받으십시오. 거참 예쁘게 꾸미셨군요.」

「네, 세밑에 우리 선생님이 사주셨어요. 예쁘죠?」

얼룩이가 방울을 딸랑딸랑 흔들었다.

과연 좋은 소리가 났다.

「나는 태어나서 지금까지 이렇게 좋은 것은 본 적조차 없습니다.」

「어머나 별 말씀을. 다들 매달고 있는걸요.」

또 방울이 딸랑딸랑 울렸다.

「정말 예쁜 소리가 나죠.」

또 딸랑딸랑.

「그 댁 선생은 얼룩 씨를 무척 사랑하는 모양이로군요.」

내 처지와 비교하며 넌지시 부럽다는 뜻을 비쳤다.

「정말 그래요. 나를 마치 자식처럼 여긴다니까요.」

참으로 티 없이 맑은 얼룩이, 천진하게 웃는다. 고양이라고 웃지 않는 것은 아니다. 인간은 사람만이 웃을 줄 안다고 여기지만, 그건 틀린 생각이다. 우리 고양이는 콧구멍을 세모 모양으로 하고 목구멍을 떨며 웃기 때문에 인간이 알아보지 못할 뿐이다.

「그 댁 주인은 어떤 사람인가요?」

「어머 어떤 사람이냐니요, 이상하네요. 그야 선생이죠, 이현금을 가르치는 선생.」

「그건 나도 압니다. 신분이 어느 정도냐는 뜻이죠. 아무튼 옛날에는 매우 훌륭한 분이었겠지요.」

「그럼요.」

섬잣나무 아래에서 그대를 기다리는 동안……

장지문 안쪽에서 선생이 이현금을 퉁기며 노래하는 소리가 흘러나왔다.

「목소리가 참 좋죠.」

얼룩이가 자랑했다.

「좋은 듯하기는 한데, 난 잘 모르겠군요. 대체 뭐라는 겁니까?」

「네? 아, 뭐라 뭐라고 하는 노래예요. 선생님은 저 곡을 무척 좋아하거든요. 그리고 우리 선생님, 예순둘이에요. 참 정정하시죠?」

예순두 살에 아직 목숨이 붙어 있으니 정정하다 해야 할 것이다.

「그렇군요.」

나는 그렇게 대답했다. 다소 맥 풀리는 대답이었지만, 그렇다고 그럴싸하게 대답할 말이 달리 없으니 어쩔 수 없다.

「지금은 저래도, 옛날에는 신분이 꽤 높았다고 해요.」

「그래, 어떤 신분이었답니까?」

「그게 덴쇼인[11]님의 문서를 관장했던 이의 여동생의 시어머니의 조카의 딸이었다고 해요.」

11 天璋院(1836~1883). 13대 쇼군 도쿠가와 이에사다에게 시집을 갔으나 2년 후 쇼군이 죽자 불교에 귀의한 여인.

「뭐라고요?」

「그러니까…… 덴쇼인님의 문서를 관장했던 이의 여동생의…….」

「아아, 그러니까, 덴쇼인님의 여동생의 문서를…….」

「아니, 그게 아니고요, 덴쇼인님의 문서를 관장했던 이의…….」

「아아, 알겠습니다. 그러니까 덴쇼인님의.」

「그래요.」

「문서를 관장했던 이가.」

「그래요.」

「시집을 갔다?」

「아니, 그이의 여동생이 시집을 갔죠.」

「아, 그렇군요. 여동생이 시집을 갔는데.」

「그 시어머니의 조카의 딸이었다고요.」

「시어머니의 조카의 딸이라고요.」

「그래요, 이제 알겠죠?」

「아니, 복잡해서 뭐가 뭔지 통 모르겠군요. 그러니까 덴쇼인님과는 어떤 관계인 거죠?」

「아이 참, 왜 그렇게 못 알아들으세요. 덴쇼인님의 문서를 관장했던 이의 여동생의 시어머니의 조카의 딸이라고, 아까부터 그렇게 말하는데.」

「그건 알겠는데.」

「그걸 알면 되었죠.」

「아, 네.」

나는 어쩔 수 없이 두 손을 들었다. 살다 보면 우리는 본의는 아니지만 때로 앞뒤가 맞는 거짓말을 하곤 한다.

장지문 안쪽에서 이현금 소리가 뚝 끊기더니, 선생이 얼룩이를 부르는 소리가 들렸다.

「얼룩아, 얼룩아, 밥 먹어야지.」

얼룩이가 반가운 듯이 말했다.

「어머나, 선생님이 부르시네. 나 가봐야겠어요, 괜찮죠?」

안 괜찮다고 해봐야 소용없다.
「그럼 또 놀러 오세요.」
얼룩이는 방울을 딸랑거리며 마당 끝까지 가더니, 갑자기 돌아와 걱정스러운 표정으로 물었다.
「선생님, 안색이 영 안 좋아요. 무슨 일 있었어요?」
떡을 먹고 춤을 추느라 이 꼴이 되었다는 말은 할 수 없었다.
「별다른 일은 없습니다. 다만 생각을 좀 했더니 머리가 아파서요. 실은 얼룩 씨와 얘기나 나누다 보면 두통이 나을까 해서 온 겁니다.」
「그렇군요. 몸조심하셔야죠. 그럼 안녕히.」
그렇게 말하는 표정이 조금은 아쉬운 듯 보였다. 그래서 떡 때문에 잃은 기운을 되찾았다. 기분도 좋아졌다. 돌아오는 길에 예의 차밭을 지나려고 서리 녹은 땅을 밟으면서 대나무 울타리 사이로 얼굴을 내밀자, 인력거꾼네 검둥이가 마른 국화 위에서 등을 산처럼 구부리고 하품을 하고 있었다. 요즘은 검둥이를 보고 겁을 낼 내가 아니지만, 말을 걸면 귀찮으니까 못 본 척하고 지나가려 했다. 하지만 검둥이의 성격상 누가 자신을 무시한다 싶으면 가만히 있지를 않는다.
「어이, 거기 이름 없는 뜨내기, 거 요즘 너무 거만 떠는 거 아냐. 선생 집에서 먹고산다고 그렇게 거들먹거리면서, 보고도 못 본 척 무시하고 지나가면 안 되지.」
검둥이는 내가 유명해진 것을 아직 모르는 모양이다. 설명해 주고 싶지만 설명한다고 알아들을 녀석이 아니니, 인사만 하고 재빨리 자리를 피하는 것이 상책이다.
「아이고, 검둥 씨. 새해 축하하네. 자네는 여전히 좋아 보이는군.」
그렇게 말하면서 꼬리를 세우고 왼쪽으로 빙 돌렸다. 검둥이는 꼬리만 세웠지 인사는 하지 않았다.
「뭐 축하한다고? 설날이라고 축하를 한다면, 너 같은 녀석은 1년 내내 축하를 받아야겠구나. 아무튼 조심해, 풀무처럼 씩씩

대는 녀석.」

풀무처럼 씩씩대는 녀석이란 말이 아무래도 욕인 듯한데, 무슨 뜻인지 통 모르겠다.

「그런데 그 풀무처럼 씩씩대는 녀석이란 게 대체 무슨 뜻인가?」

「흥, 먼저 시비를 건 주제에 무슨 뜻이냐고? 아무튼 복 많은 놈이란 말이야.」

복 많은 놈이라, 시적인 표현이기는 한데 풀무처럼 어쩌고 하는 말보다 더 알아들을 수가 없다. 참고 삼아 물어보고 싶은데 물어봐야 명확한 대답이 나올 리 없으니, 그저 얼굴만 멀뚱멀뚱 쳐다보고 있었다. 어째 좀 어색하고 따분하다. 그때 검둥이네 집에서 아주머니가 씩씩거리며 고함을 지르는 소리가 들렸다.

「아니 선반에 올려놓았던 연어가 없네. 또 검둥이 그놈이 물어갔을 거야. 괘씸한 놈. 어디 들어오기만 해봐라, 가만 놔두나.」

아주머니의 고함 소리가 경사스럽고 한가로운 설날의 공기를 뒤흔들어 단박에 세속적인 일상으로 바꿔 놓고 말았다. 검둥이는 소리를 지르고 싶으면 마음껏 지르라는 듯 뻔뻔스러운 표정으로 네모난 턱을 쑥 내밀고는, 저 소리 들었느냐는 몸짓을 한다. 지금까지 검둥이와 말씨름하느라 미처 몰랐는데, 보아하니 그의 발밑에 한 토막에 2전 3리나 하는 연어의 뼈가 흙 범벅이 되어 있었다.

「자네, 대단한 건 여전하군.」

지금까지 옥신각신하던 것을 잊고 그만 감탄사를 발하고 말았다. 하지만 검둥이는 그 정도 찬사에 기분이 좋아지지 않는다.

「뭐가 대단하다고, 자식. 연어 한두 토막 가지고 여전할 게 뭐 있어. 그렇게 깔보는 거 아니야. 난 이래 봬도 인력거꾼네 검둥이라고.」

검둥이는 팔을 걷어붙이는 대신 오른쪽 앞발을 어깨까지 들어올렸다.

「자네가 검둥이라는 것을 내가 왜 모르겠나.」

「알면서, 여전히 대단하다, 그게 무슨 소리냐고.」

검둥이가 계속 열을 올렸다. 인간 같으면 멱살을 잡고 주먹을 날릴 판이다. 기가 죽어 내심 어쩌나 하고 생각하고 있는데, 아주머니가 또 버럭 소리를 질렀다.

「이봐요, 푸줏간 아저씨, 아저씨. 이리 좀 와보라니까. 소고기 한 근만 갖다 줘요. 들었어요? 소고기, 질긴 거 말고 부드러운 걸로 한 근.」

소고기를 주문하는 소리가 사방의 적막을 깨트렸다.

「흥, 1년에 한 번 소고기 먹으면서 큰소리는. 소고기 한 근이 동네 방네 자랑할 거리니, 도움이 안 되는 여편네라는 거지.」

검둥이는 그렇게 깐죽거리면서 네 발을 쭉 내밀었다. 나는 뭐라 대꾸할 말이 없어 잠자코 쳐다보기만 했다.

「한 근 정도 가지고 성이 안 차지만 할 수 없지. 잘 보관해 두라고, 내가 먹어 줄 테니까.」

마치 자신을 위해 주문한 소고기인 양 말한다.

「이번에는 진수성찬 아닌가. 잘됐군.」

나는 그를 어떻게든 돌려보내려 했다.

「자식, 너는 상관할 거 없으니까 시끄럽게 굴지 말고 잠자코 있어.」

검둥이는 그렇게 말하고는 뒷발로 서리가 녹은 흙덩이를 내게 휙 끼얹었다. 화들짝 놀라 몸에 묻은 흙을 털어 내는 동안 검둥이는 울타리를 지나 어디론가 사라졌다. 아마 소고기를 훔치러 푸줏간에 갔을 것이다.

집으로 돌아와 보니, 주인이 명랑하게 웃는 소리가 들리고 집 안 분위기가 벌써 봄이 온 것 같았다. 웬일인가 싶어서 툇마루로 올라가 주인 곁으로 다가가 보니 낯선 손님이 와 있었다. 머리를 반듯하게 가르고, 무명 겉옷에 무명 바지를 입은 착실한 서생의 모습이다. 주인이 손을 쬐고 있는 조그만 화로 옆을 보니, 옻칠을 한 궐련갑과 나란히 〈오치 도후 군을 소개해 올립니다. 미즈시마 간게쓰〉라 쓰인 간게쓰 군의 명함이 놓여 있어, 이 손님의 이름과 손님이 간게쓰 군의 친구라는 것을 알게 되었다. 도중에 끼어든 터라 주인과 손님의 대화는 전후 관계를 잘 모르겠으나, 내가 지난번에 소개한 미학자 메이테이 선생에 관한 것인 듯했다.

「재미있는 볼거리가 있으니 꼭 함께 가자고 하시기에.」

손님이 차분하게 말했다.

「그러니까, 서양 요릿집에 가서 점심을 먹는데, 무슨 볼거리가 있었다는 말인가?」

주인이 차를 따라 손님 앞으로 찻잔을 내밀었다.

「글쎄요, 저도 무슨 볼거리인지 그때는 잘 몰랐지만, 아무튼 그분이 하는 말씀이니 무슨 재밋거리가 있겠지 싶어서…….」

「그래서 같이 갔다는 갈이로군.」

「그런데 정말 놀랐습니다.」

주인은 그럴 줄 알았다는 듯이 무릎에 앉아 있는 내 머리를 툭 쳤다. 조금 아프다.

「또 엉터리 수작을 부렸겠지. 그 사람은 그게 버릇이라니까.」

주인은 불현듯 안드레아 델 사르토 사건을 떠올렸다.

「자네 뭐 좀 특별한 것을 먹어 보지 않겠느냐고 하시기에.」

「그래서 뭘 먹었나?」

「우선은 메뉴판을 보면서 메뉴에 대해서 이런저런 얘기를 했지요.」

「주문하기 전에 말인가?」

「네.」

「그리고?」

「그리고, 고개를 갸우뚱하고서 보이를 보면서, 특별한 게 없는 듯하다고 하더군요. 그러자 보이도 질세라 오리 로스나 송아지 찹은 어떻겠느냐고 했습니다. 그랬더니 선생님이 그런 진부한 것을 먹으려 여기까지 오지 않았다고 했지요. 보이는 진부한이라는 말을 모르는지 생뚱한 표정을 지으면서 잠자코 있었습니다.」

「그랬겠지.」

「그러고는 제 쪽을 보더니, 프랑스나 영국에 가면 덴메이초(天明調)[12]와 만요초(萬葉調)[13]도 먹을 수 있는데, 일본은 어디를 가나 판에 박은 듯 똑같으니 서양 요릿집에는 오고 싶지 않다는 둥 기염을 토했습니다. 그분이 정말 서양에 가본 적이나 있는지 모르겠습니다.」

「메이테이가 서양에 가봤을 리가 없지. 그야 물론 돈도 있고 시간도 있으니까, 가려고 마음만 먹으면 언제든지 갈 수 있지만. 앞으로 갈 생각인 것을 과거에 가본 것으로 그리 재치를 부린 것이겠지.」

주인은 스스로 생각해도 아주 멋들어진 말을 했다는 양 웃었다. 손님은 그리 감탄하는 표정이 아니었다.

「그렇군요. 저는 그런 줄 모르고, 어느 틈에 다녀오셨을까 하고 진지하게 들었습니다. 게다가 마치 보고 온 것처럼 달팽이 수프에 개구리 스튜가 어땠다는 얘기까지 하시니.」

「그야 누구에게 들은 얘기겠지. 거짓말의 달인이니까.」

「정말 그런가 봅니다.」

손님은 꽃병에 꽂힌 수선화를 바라보는데, 그 표정이 다소 아쉬워하는 듯 보였다.

「그러니까 그 재밋거리라는 게 그거였나 보군.」

주인이 새삼 확인했다.

「네. 하지만 그건 서론에 지나지 않습니다. 본론은 이제부터예요.」

「흐음.」

주인은 호기심 어린 신음을 내뱉었다.

「그러고는, 달팽이나 개구리는 먹고 싶어도 먹을 수 없으니까, 도치멘보[14] 정도로 하지, 하고 말씀하기에, 저도 그만 아무 생각

12 하이쿠에서 객관적인 표현을 이르는 말.

13 『만요슈(萬葉集)』의 유려한 가풍을 일컫는 말.

없이 그걸로 하죠, 하고 대답했죠.」

「도치멘보라, 거참 묘한 이름이로군.」

「네, 저도 좀 이상하다는 생각은 했지만 선생님이 하도 정색을 하고 말씀하는 터라, 그만 눈치를 못 챘죠.」

마치 주인에게 자신의 경솔함을 사과하는 투다.

「그래서 어찌 되었나?」

주인이 손님의 사죄에는 조금도 동정심을 보이지 않은 채 무심하게 물었다.

「그러고는 보이에게 도치멘보 2인분을 주문했는데, 보이가 멘치보[15] 말인가요 하고 되물었지요. 선생님은 아주 정색을 하고는 멘치보가 아니고 도치멘보라고 정정했습니다.」

「그래, 그 도치멘보라는 요리가 과연 있는 것인가?」

「저도 좀 이상하다 싶었지만, 선생님이 너무도 태연한 데다 아시다시피 서양에 정통한 분이고, 특히 그때는 서양에 다녀오신 줄로만 믿고 있었기 때문에 저도 도치멘보, 도치멘보 하고 보이에게 가르쳐 주었지요.」

「보이는 뭐라던가?」

「보이가 말이죠, 지금 생각하면 정말 우스운 일인데, 한참을 생각하더니, 죄송합니다만 오늘은 도치멘보가 준비되지 않습니다, 멘치보는 2인분 바로 해 올릴 수 있습니다, 그러더군요. 선생님은 몹시 안타깝다는 표정을 지으면서, 여기까지 온 보람이 없으니 어떻게든 도치멘보를 먹게 해줄 수는 없겠느냐며 보이에게 20전짜리 은화를 건넸습니다. 보이는 요리사와 의논을 해보겠노라면서 안쪽으로 들어갔죠.」

「도치멘보가 꽤나 먹고 싶었던 거로군.」

「잠시 후에 보이가 나와서, 정말 죄송한데 주문을 받을 수는 있지만 시간이 좀 걸릴 것 같다고 하니까, 메이테이 선생이 침착

14 橡面坊. 하이쿠 시인의 이름.

15 미트볼을 뜻하는 *mince ball*의 일본식 발음.

하게, 어차피 설날이라 시간이 많으니 기다렸다가 먹고 가지 하면서 주머니에서 궐련을 꺼내 뻐끔뻐끔 피우기 시작하는 겁니다. 저도 할 수 없이 품에서 신문을 꺼내서 읽기 시작했지요. 그러자 보이가 다시 안쪽으로 들어가 의논을 하는 듯하더군요.」

「거참 절차가 복잡하구먼.」

주인은 전쟁 통신[16]이라도 읽는 기세로 자리를 앞으로 당겼다.

「잠시 후에 보이가 다시 나와서, 요즘 도치멘보의 재료가 없어서 가메야[17]나 요코하마 15번지[18]에 가도 살 수가 없으니, 죄송하지만 당분간 도치멘보는 준비할 수가 없다고 하자, 선생님은 그거 참 모처럼 찾아왔는데 난감하게 되었다면서 저를 보고서도 같은 말을 몇 번이나 되풀이하시니, 저도 가만히 있을 수가 없어서 유감입니다, 정말 유감입니다 하고 맞장구를 쳤지요.」

「그야 그럴 수밖에 없었겠지.」

주인이 찬동한다. 뭐가 그럴 수밖에 없다는 것인지 나는 도무지 알 수 없었다.

「그러자 보이도 우리가 정말 안되었다 싶은지, 재료가 들어오면 어떻게든 부탁을 해보겠다고 하더군요. 선생님이 재료는 뭘 쓰느냐고 묻자 보이는 헤헤헤헤 하고 웃으면서 대답을 하지 않았어요. 그러자 선생님이 재료는 일본파[19]의 하이쿠 시인들이겠지 하고 확인하듯 물었어요. 보이는 그렇다고 하면서 요즘 요코하마에 가도 살 수가 없으니 안타깝게 되었다고 하더군요.」

「아하하하, 그렇게 일단락이 났는가. 야, 이거 정말 재미있군.」

주인이 평소의 그답지 않게 커다란 소리를 내며 웃는 바람에

16 당시, 러일 전쟁이 한창이었고, 뤼순 총공격은 온 국민의 관심사였다.

17 서양 식료품 직수입 소매점.

18 외국인 거류지로 은행과 상점이 밀집해 있었다. 위치에 따라 번호로 불렸으며, 수입품을 다루는 가게가 많았다.

19 1892년경부터 신문 「닛폰」을 통해 하이쿠 혁신 운동을 펼쳤던 마사오카 시키 일파.

무릎이 흔들려 떨어질 뻔했다. 그런데도 주인은 아랑곳하지 않고 웃는다. 안드레아 델 사르토에 넘어간 사람이 자기만이 아니라는 것을 알고는 갑자기 유쾌해진 모양이다.

「그리고 요릿집에서 나왔는데, 선생님이 어떤가 자네 재미있었지, 도치멘보를 이용한 점이 재미있었을 거야 하면서 의기양양해하시더군요. 그저 감탄스러울 뿐이라고 말하고 헤어지기는 했는데, 점심때가 지났는데도 아무것도 얻어먹지를 못해 배가 고파 혼났습니다.」

「하하, 그것 참 딱하게 되었군.」

주인이 처음으로 동정을 했다. 그 점에는 나도 이의가 없었다. 잠시 얘기가 끊어져 내가 가르릉거리는 소리가 주인과 손님의 귀에 들린다.

도후 군이 다 식은 차를 쭉 마시고는 정색을 하고 말했다.

「그런데 사실, 오늘 이렇게 찾아뵌 것은 선생님에게 부탁드릴 것이 있어서입니다.」

「허, 그런가. 그래 뭔가, 그 부탁이라는 것이?」

주인도 질세라 정색을 하고 말했다.

「아시다시피 제가 문학과 미술을 좋아해서…….」

「그거 좋지.」

주인이 기름을 붓는다.

「얼마 전부터 뜻을 같이하는 사람들이 모여 낭독회라는 것을 조직했습니다. 앞으로 매달 한 번씩 모여 연구를 계속할 계획인데, 첫 모임을 작년 말에 이미 가졌습니다.」

「낭독회라고 하면 배경 음악을 깔고, 시가의 문장을 읊는 일 같이 들리는데, 그래 어떤 식으로 하는가?」

「우선은 고인의 작품으로 시작해서 훗날에는 동인들이 창작한 작품도 해볼 요량입니다.」

「고인의 작품이라면 백낙천의 〈비파행(琵琶行)〉 같은 것도 읊는가?」

「아닙니다.」
「그렇다면 부손[20]의 〈슌푸바테쿄쿠(春風馬堤曲)〉[21] 같은 것을 읊는가?」
「아니요.」
「그렇다면 대체 어떤 것을 읊는다는 말인가?」
「지난번에는 지카마쓰[22]의 동반 자살 이야기를 했습니다.」
「지카마쓰? 그 조루리(淨琉璃)[23]의 지카마쓰 말인가?」
지카마쓰 하면 희곡가인 지카마쓰를 일컫지, 지카마쓰가 둘이 있으랴. 그런 것을 묻는 주인을 어지간한 바보라고 생각하고 있는데, 주인은 아무것도 모르는 채 내 머리를 쓰다듬는다. 사팔뜨기가 자기를 보고 반해 자꾸만 곁눈질로 바라본다고 착각하여 기뻐하는 사람도 있는 세상이니 이 정도 어리석음은 놀라울 것도 없어, 주인의 손길에 머리를 내맡기고 있었다.
「네, 그렇습니다.」
도후 군은 그렇게 대답하고는 주인의 안색을 살폈다.
「그럼 혼자서 낭독하는가? 아니면 역할을 정해서 하는가?」
「역할을 정해서 주고받는 것처럼 했지요. 최대한 등장인물의 감정에 동화되어 그 성격을 나타내는 것을 우선으로 하고, 손짓 발짓도 섞었습니다. 또 대사는 가능한 한 그 시대 인물상에 걸맞게, 아가씨든 사환이든 실제로 그 인물이 등장한 것처럼 묘사했지요.」
「그렇다면 연극에 가깝지 않은가?」
「네, 의상과 무대 장치가 없을 뿐이죠.」
「이런 걸 물어서 미안하네만, 그래 잘되던가?」

20 蕪村(1716~1784). 하이쿠 시인, 화가.
21 부손이 지은 일종의 자유시.
22 지카마쓰 몬자에몬(近松門左衛門, 1653~1725). 에도 전기의 조루리, 가부키 작가.
23 구연하는 이야기 장르.

「처음 하는 것치고는 그런대로 성공적이었다고 생각합니다.」
「그런데, 그 동반 자살 이야기라는 것이?」
「뱃사공이 손님을 싣고 요시와라[24]에 가는 장면을 했습니다.」
「그거 대단한 장면을 했군.」
선생이니만큼 고개를 슬쩍 갸웃거린다. 코에서 뿜어 나오는 담배 연기가 귀를 스치고 옆얼굴로 돌아간다.
「뭐 그리 대단할 것도 없지요. 등장인물이 뱃사공과 손님, 창기와 여급과 뚜쟁이와 문지기뿐이었으니까요.」
주인은 창기라는 말에 잠시 씁쓸한 표정을 지었지만, 여급, 뚜쟁이, 문지기란 단어를 명료하게 알지 못하는지 도후 군에게 질문했다.
「여급이라는 것은 유곽에서 시중드는 여자를 뜻하는 것인가?」
「아직 연구를 충분히 하지 못했으나, 여급은 찻집에서 시중드는 하녀이고, 뚜쟁이란 유곽에서 창기들을 관리하는 사람이 아닌가 싶습니다.」
도후 군은 방금 전에, 실제로 그 인물이 등장한 것처럼 목소리를 낸다고 했는데, 뚜쟁이와 여급의 성격을 잘 이해하지는 못한 듯하다.
「오호라, 그렇다면 여급은 찻집에 속해 있고, 뚜쟁이는 유곽에 사는 사람이겠군. 그리고 문지기란 사람을 뜻하는 말인가? 아니면 어떤 장소를 뜻하는 말인가? 만약 사람이라면 남잔가 여잔가?」
「문지기는 아무래도 남자겠지요.」
「무슨 일을 하는 사람인가?」
「글쎄요, 거기까지는 조사를 못 했습니다. 조만간 조사해 보지요.」
문지기를 가지고 대화를 하는 날에는 또 뚱딴지같은 말들이

24 아카사카 북쪽에 있는 유곽.

오고가겠지 하고 생각하면서 나는 주인의 얼굴을 힐금 올려다 보았다. 주인은 의외로 심각한 표정이다.

「그래서 낭독회에는 자네 말고 누가 참가했는가?」

「여러 사람이 참가했지요. 창기는 법학사인 K군이 맡았는데, 턱수염을 기른 자가 코맹맹이 소리로 여자의 대사를 읊으니, 거 참 묘하더군요. 그리고 그 창기가 갑자기 배가 아파서 배를 움켜쥐고 절절매는 장면이 있는데…….」

「그럼, 낭독을 하면서도 배가 아픈 것처럼 해야 하는가?」

주인이 걱정스러운 표정으로 물었다

「네, 아무튼 표정이 중요하니까요.」

도후 군은 어디까지나 자신은 문예가란 식이다.

「그래, 가슴이 정말 아픈 것처럼 하던가?」

주인이 비꼬듯 물었다.

「처음이라 그렇게 하기는 좀 무리였던 것 같습니다.」

도후 군도 다소 비난조로 대답했다.

「그래, 자네는 무슨 역할을 했는가?」

「저는 뱃사공 역할을 했습니다.」

「호오, 자네가 뱃사공?」

자네가 뱃사공을 할 정도면 나도 문지기 정도는 할 수 있을 것이라는 말투였다.

「그래, 뱃사공 역도 힘들었는가?」

이제야 공치사가 아닌 말을 한다. 도후 군은 딱히 기분 나쁘다는 표정은 아니다.

「그 뱃사공 때문에 애써 마련한 자리가 용두사미가 되고 말았습니다. 실은 낭독회가 있다는 말을 어디서 들었는지 낭독회장 옆에서 하숙을 하는 여학생 네다섯 명이 창문 밑에서 몰래 엿듣고 있었지 뭡니까. 뱃사공 목소리로 글을 읊으면서 이 정도면 괜찮겠다 싶어서 흥이 올랐는데 어쩌다 보니 몸짓이 좀 지나쳤는지, 지금까지 참고 있던 여학생들이 까르르 하고 웃음을 터뜨렸지요. 놀라기도 했으려니와 쑥스럽고 거북한 데다 맥까지 끊기고 말았는데, 도무지 수습할 길이 없어 그대로 모임을 끝내고 말았습니다.」

차분한 말투로 그렇게 얘기하는데, 처음치고는 성공적이었다는 낭독회가 그 모양이었다면 실패는 어떤 것일까 하고 상상하자 웃지 않을 수 없었다. 나도 모르게 목구멍이 가릉가릉 울렸다. 주인이 자상하게 머리를 쓰다듬어 준다. 사람을 놀렸는데 오히려 귀엽다고 하니 고마운 일이기는 하나 조금은 찜찜하기도 하다.

「그것 참, 큰일을 당했군.」

주인은 설날부터 조문을 읊고 있다.

「다음부터는 더욱 분발해서 성대하게 치를 생각입니다. 오늘 이렇게 찾아뵌 것도 실은 그 때문이지요. 아무쪼록 선생님도 입회를 해주셨으면 합니다.」

「아이코, 나는 배가 아픈 듯이 할 줄은 모르네.」

소심한 주인은 단박에 거절했다.

「아니, 그런 연기는 하지 않으셔도 됩니다. 여기, 찬조원 명부가 있으니.」

도후 군은 그렇게 말하면서 보라색 보자기를 조심조심 풀어 큰 수첩 크기만 한 장부를 꺼냈다.

「아무쪼록 서명과 날인을 부탁드립니다.」

도후 군이 장부를 펼쳐 주인의 무릎 앞으로 내밀었다. 보아하니, 오늘날 이름이 널리 알려진 문학 박사, 문학사의 이름이 줄줄이 적혀 있다.

「입회를 하는 것이야 어렵지 않겠으나, 무슨 의무 같은 것은 없는가?」

굴딱지 선생이 걱정스러운 표정을 짓는다.

「의무라 하여 반드시 해야 하는 일이 있는 것은 아닙니다. 그저 이름만 기입하고 찬성의 뜻을 밝혀 주시면, 그것으로 족합니다.」

「그렇다면 입회를 하지.」

의무가 없다는 것을 알자 주인의 마음이 순식간에 가벼워진다. 책임질 일이 없으면 모반의 연판장에도 이름을 올리겠다는 표정이다. 더구나 저명한 학자들 이름이 줄줄이 적혀 있는 곳에 자신의 이름만이라도 올린다 함은, 지금까지 이런 일을 해본 일이 없는 주인에게는 더없는 영광이라 자신 있게 대답할 만도 하다.

「잠시, 실례하겠네.」

주인이 서재로 도장을 가지러 갔다. 그 바람에 나는 다다미 위로 툭 떨어졌다. 도후 군은 접시에 담겨 있는 카스텔라 한 조각을 집어 입에 넣었다. 우물우물, 잠시 고통스러워하는 기색이다. 나는 오늘 아침의 떡국 사건을 떠올렸다. 주인이 서재에서 도장을 들고 나왔을 때, 마침 도후 군의 위 속으로 카스텔라가 넘어간 참이었다. 주인은 접시에서 카스텔라 한 조각이 없어진 것을 모르는 듯하다. 만약 알았다면 제일 먼저 나를 의심했을 것이다.

도후 군이 돌아간 후, 주인이 서재로 들어가 보니 메이테이 선생의 편지가 와 있었다.

> 새해를 맞아 인사 올리옵니다.

전에 없이 서두가 정중하다고 주인은 생각한다. 메이테이 선생은 편지를 정중하게 쓰는 일이 거의 없다. 얼마 전에는 이런 편지가 왔을 정도다.

> 그 후 딱히 연모할 만한 여인도 없고, 연문이 날아오는 일도 없으나 그럭저럭 무사히 지내고 있네그려, 그러하니 아무 걱정 마시게나.

그에 비하면 이 연하장의 평범함은 예외적이다.

> 잠시 찾아가 보고 싶으나, 대형(大兄)의 소극주의에 반하여

최대한 적극적인 방침하에 이 미증유의 신년을 맞자는 계획을 세운 탓에, 날마다 눈이 핑핑 돌 정도로 분주하니 헤아려 주게나.

〈굳이 꼬집어 말할 것도 없지. 신년 초하루부터 이리저리 놀러 다니느라 눈코 뜰 새 없을 거야.〉
주인은 속으로 고개를 끄덕거렸다.

어제는 잠시 틈을 내어 도후 군에게 도치멘보를 사주려고 하였으나, 공교롭게도 재료가 떨어졌다 하여 그 뜻을 이루지 못했으니, 유감천만이었네.

「이제 슬슬 속내를 드러내는군.」
주인이 회심의 미소를 지었다.

내일은 모 남작의 가루타[25] 모임, 모레는 심미학 협회의 신년 연회, 내일모레는 도리베 교수 환영회, 또 그다음 날은…….

「거참 말이 많군.」
주인은 듬성듬성 읽었다.

아무튼, 요곡 모임에 하이쿠 모임, 단가 모임, 신체시 모임, 모임의 연속이라 당분간은 쉴 새 없이 나다녀야 하니, 피치 못하게 찾아가 보지 못하고 연하장으로 대신하는 것을 너그러운 마음으로 용서해 주게나.

「굳이 찾아올 것도 없지.」

25 그림에 맞는 글을 찾아 짝을 맞추는 카드놀이.

주인은 편지를 향해 대답했다.

다음번에 왕림하면 오랜만에 만찬이라도 함께 했으면 하네그려. 썰렁한 부엌, 이렇다 할 진미는 없으나 도치멘보라도 준비해 두겠네.

「또 도치멘보 타령이야, 무례하긴.」
주인이 내심 화를 낸다.

하나 도치멘보는 요즘 재료가 바닥이 나고 없는 탓에 자칫하면 준비를 하지 못할 수도 있으니, 그 경우에는 공작새 혀라도 맛을 보여 주기로 함세.

「양다리를 걸치겠다.」
주인은 그다음을 읽고 싶어 한다.

자네도 알다시피 공작 한 마리에서 얻을 수 있는 혀 살의 양은 새끼손가락 절반에도 미치지 못하니 먹성 좋은 자네의 밥통을 채우려면…….

「잘도 거짓말을 해대는군.」
주인이 내던지듯 말한다.

공작 20~30마리는 족히 포획해야 할 터인데, 공작은 동물원이나 아사쿠사 놀이 공원 등지에서 간혹 보기는 하나, 새를 파는 보통 가게에서는 볼 수가 없으니 어찌하면 좋을지 고심하고 있네.

혼자 멋대로 고심하라는 양 주인은 조금도 고마워하지 않는다.

공작새 혀 요리는 과거 로마가 전성기를 구가하였을 당시, 한때 상당히 유행했던 것으로 호사와 풍류의 극치라 하여 평소 한 번은 꼭 먹어 보고 싶었으니, 그 점 헤아려 주게나.

「뭘 헤아려 달라는 거냐.」
어리석은 주인은 아주 냉담하다.

세월이 흘러, 16~17세기 무렵까지 전 유럽의 연회석에 공작 요리는 빼놓을 수 없는 별미가 되었다네. 레스터 백작[26]이 엘리자베스 여왕을 케닐워스 성에 초대했을 때도 요리에 공작을 사용했던 것으로 기억하고 있네. 그 유명한 렘브란트가 그린 「향연」이란 그림에도 꼬리를 펼친 공작이 테이블에 누워 있지.

「공작의 요리사(料理史)를 쓸 정도면 그리 바쁘지도 않은 모양이지.」
주인이 그렇게 투덜거린다.

아무튼 요즘처럼 열심히 먹어 댔다가는 소생도 머지않아 대형처럼 위가 약해질 것이 뻔한 노릇이라…….

「대형처럼이라니. 나를 위가 안 좋은 사람의 표준으로 삼을 것까지야 없지 않은가.」
주인이 중얼거린다.

역사가들의 지론을 따르면 로마 사람들은 하루에 두세 번이나 연회를 열었다고 하네. 하루에 두 번이고 세 번이고 떡 벌

26 Robert Dudley, earl of Leicester(1532~1588). 엘리자베스 여왕의 총애를 받았던 정치가.

어지게 차린 잔칫상을 받는다면 위가 아무리 튼튼한 사람이라도 소화 기능이 온전치 못할 터, 종내는 절로 대형처럼……

「또 대형처럼이야, 뻔뻔스럽기는.」

그리하여 사치와 건강을 양립시키기 위해 연구에 연구를 거듭한 그들은 맛있는 음식을 탐식함과 동시에 위장의 상태를 튼튼하게 유지할 필요성을 인정하고, 이에 한 가지 비법을 짜내었다고 하네.

과연 뭘까, 하고 주인이 열심히 읽어 내려간다.

그들은 식후에는 반드시 목욕을 했다고 하네. 목욕을 한 후에는 모종의 방법으로 목욕 전에 먹은 것을 전부 토해 내 위 안을 깨끗하게 청소했다고 하는군. 위 내 숙청을 가한 후에 다시 잔칫상 앞에 앉아 산해진미를 질리도록 음미하고, 그런 후에는 다시 목욕을 하고, 목욕을 한 후에는 또 토했다고 하네. 이렇게 하면 먹고 싶은 것을 마음껏 먹을 수 있고, 먹은 후에도 내장의 여러 기관에는 지장을 초래하지 않으니 일거양득이란 바로 이런 것이 아닐까 하는 우매한 생각을 하였다고 하는군.

과연 일거양득이다. 주인은 부러운 표정이다.

20세기를 맞은 오늘날 교통이 편리해지면서 연회가 많아졌음은 물론 러시아 정벌 두 해째가 된 지금, 전승국인 우리나라 국민 역시 로마 사람을 본받아 목욕 구토술을 연구해야 할 때에 이르렀다고 자신하네. 그렇지 않으면 우리 위대한 국민 전체가 머지않은 장래에 대형처럼 위장병 환자가 될 것이 걱정스러우니.

또 대형일세, 거참 거슬리는 남자로군, 하고 주인은 생각한다.

차제에 서양의 사정에 능통한 우리가 고래의 전설을 연구하여 오래전에 폐기된 비법을 재발견하고 그것을 메이지 사회에 응용하면 화를 미연에 방지하는 공덕을 쌓을 수도 있고, 평소 마음껏 놀고먹는 것에 대한 보답도 될 것이라 생각하네.

어째 좀 이상하다고 고개를 갸웃한다.

그런 탓에 얼마 전부터 기번, 몸젠[27]과 스미스[28] 등의 저술을 섭렵하고 있는바, 아직 발견은커녕 실마리도 찾지 못한 것이 매우 아쉽네. 하나 자네도 알다시피 소생은 한번 마음먹은 일은 성공할 때까지 절대 도중에 포기하지 않는 성격. 구토술이 부흥할 날도 멀지 않았다고 믿고 있네. 이를 발견하는 즉시 보고를 할 터인즉, 그리 알고 있게나. 따라서 앞에서 얘기한 도치멘보와 공작새 혀 요리도 이를 발견한 후에 대접하기로 하겠네. 그리하는 것이 소생은 물론 이미 위장병을 앓고 있는 대형을 위해서도 좋지 않을까 하네.

「뭐야, 또 속은 거야. 말투가 너무 진지해서 그만 끝까지 진짜인 줄 알고 읽었군. 새해 벽두부터 이런 장난질을 하는 것을 보면 시간이 넘쳐나는 모양이지.」
주인이 웃으면서 말했다.

그리고 사오일은 이렇다 할 일 없이 지나갔다. 백자 꽃병에 담긴 수선은 점차 시드는데 똑같이 꽃병에 꽂혀 있으면서 점차 피어나는 매화만을 바라보며 지내기도 따분해서 두 번 얼룩이를

27 Theodor Mommsen(1817~1903). 독일의 역사가.
28 Goldwin Smith(1823~1910). 영국의 평론가, 역사가.

찾아갔으나 만나지 못했다. 처음에는 없는 줄 알았는데 두 번째에는 아파서 누워 있다는 것을 알았다. 예의 손 씻는 돌그릇 뒤에 숨어, 장지문 안에서 선생과 하녀가 나누는 얘기를 듣자 하니 이랬다.

「우리 얼룩이가 밥을 잘 먹니?」

「아니요, 오늘 아침부터 아무것도 먹지 않았어요. 따뜻하게 있으라고 화로 옆에 뉘어 놓았어요.」

고양이 수준이 아니다. 거의 인간 대접이다.

내 처지와 비교하니 부럽기도 하지만, 한편으로는 내가 사랑하는 고양이가 그토록 융숭한 대접을 받고 있다고 생각하니 기뻤다.

「그것 참 큰일이로구나. 밥을 먹지 않으면 기운이 더 빠질 텐데.」

「그렇고말고요. 저 같은 것도 하루를 먹지 않으면 다음 날 힘이 없어 일할 수 없는걸요.」

하녀는 자신보다 고양이가 고등한 동물인 듯 대답한다. 하기야 이 집에서는 하녀보다 고양이가 소중할지도 모르겠다.

「병원에는 데리고 가봤느냐?」

「네, 그런데 그 의사가 정말 이상해요. 제가 얼룩이를 진찰실로 데리고 들어갔더니, 감기라도 걸렸느냐면서 제 맥을 짚잖아요. 내가 아픈 게 아니라 우리 얼룩이가 아프다고 하면서 얼룩이를 무릎에 올려놓았더니, 히죽히죽 웃으면서 난 고양이의 병은 고치지 못해, 가만히 내버려 두면 그러다 낫겠지라고 하잖아요. 정말 너무했어요. 화가 나서, 알겠다고 됐다고 하고는 얼룩이를 품에 안고 바로 돌아왔어요. 이래 봬도 얼룩이는 우리 집 소중한 고양이라고 하고서요.」

「우리 얼룩이를 그렇게 대하다니, 심하구나.」

심하구나. 우리 집에서는 도저히 들을 수 없는 말이다. 역시 덴쇼인의 누구의 누구라는 관계가 덕을 보는 모양이다. 심히 우아한 신세라고 감탄했다.

「좀 쿨적거리는 것 같은데……」

「네, 감기 때문에 목이 아픈 모양이지요. 감기에 걸리면 다들 기침을 하니까요.」

덴쇼인의 누구의 누구의 하녀인 만큼 말투도 얌전하다.

「요즘 폐병이라는 병이 새로 생겼다던데.」

「정말 요즘처럼 폐병이다 페스트다 하고 새로운 병이 생겨나는 시기에는 조금도 방심할 수가 없지요.」

「막부 시대에 없다가 새로 생겨난 것치고 쓸모있는 것이 없으니, 너도 조심하도록 해라.」

「그런가요.」

하녀는 크게 감동한다.

「나돌아 다니는 것 같지도 않던데, 어쩌다 감기에 걸려서는……」

「그런데, 요즘 좀 질이 안 좋은 친구가 생겼더군요.」

하녀는 중대한 국사(國事)의 비밀이라도 말하듯 의기양양하다.

「질이 안 좋은 친구라고?」

「저 큰길에 있는 선생 댁에 너저분한 수고양이가 한 마리 살아요.」

「선생이라면, 그 아침마다 이상한 소리를 내는 사람 말이냐?」

「네, 세수를 할 때마다 목 졸린 거위가 꽥꽥거리는 것처럼 이상한 소리를 내죠.」

목 졸린 거위가 꽥꽥거리는 소리라, 멋들어진 표현이다. 우리 주인은 아침마다 세면대에서 양치질을 하면서, 이쑤시개로 목구멍을 쿡쿡 찔러 이상한 소리를 내는 묘한 버릇이 있다. 기분이 언짢을 때는 유난히 요란스럽게 구르륵구르륵거리고, 기분이 좋을 때는 신이 나서 더 요란스럽게 구르륵구르륵거린다. 그러니까 기분이 좋을 때나 나쁠 때나 힘차게 양치질을 하는 셈이다. 안주인 말로는 이 집으로 이사 오기 전에는 그런 버릇이 없었다는데, 어느 날 갑자기 시작하더니 오늘까지 하루도 빼먹지 않았다고 한다. 참 요란스러운 버릇인데, 왜 그런 짓을 끈질기게 계속하는지 나는 도무지 알 수가 없다. 그건 그렇고, 〈너저분한 고양이〉라고 꽤나 혹평을 하는군, 하고 생각하면서 귀를 쫑긋 세웠다.

「그런 소리를 내면 무슨 주문(呪文)이라도 된다는 건가. 유신 전에는 중간 계급 사람이든 주인의 짚신을 들고 다니는 하인이든 그에 걸맞은 예의범절을 알아, 고급 주택가에서는 그렇게 세수를 하는 사람이 한 명도 없었거늘.」

「아무렴, 그렇고말고요.」

하녀는 무턱대고 감탄하고 무턱대고 아무렴을 내뱉는다.

「주인이 그 모양이니 원. 어차피 도둑고양이, 다음에 오거든 좀 때려 주어라.」

「그렇게 하지요. 얼룩이가 병이 든 것도 그놈 탓이 틀림없어요. 복수를 해주지요.」

엉뚱한 죄를 뒤집어썼다. 함부로 접근했다가는 큰일을 당하겠다 싶어서 얼룩이를 끝내 만나지 못하고 돌아왔다.

돌아와 보니 주인은 서재에서 붓을 든 채 생각에 잠겨 있었다. 이현금 선생 집에서 들은 얘기를 하면 화를 버럭 낼 테니, 모르는 게 약이다. 주인은 신성한 시인이라도 된 양 끙끙거리고 있다.

그때, 분주하여 당분간 올 수 없다며 연하장을 보냈던 메이테이 선생이 홀연 나타났다.

「신체시라도 짓고 있는가? 그럴싸한 시구가 만들어졌으면 보여 주게나.」

「음, 꽤 멋진 문장이다 싶어서 지금 번역을 해보려고 하네.」

주인이 무겁다는 듯 입을 힘겹게 열었다.

「문장? 누구의 문장인가?」

「누구의 문장인지는 모르겠네.」

「무명씨의 문장인가? 무명씨의 작품이라도 꽤 좋은 것이 있으니, 함부로 업신여길 수는 없지. 그래 그리 좋은 문장이 어디 있던가?」

「제2독본.」[29]

주인이 침착하게 대답했다.

「제2독본? 제2독본이 어떻다고?」

「내가 번역하고 있는 명문이 제2독본에 실려 있다는 말일세.」

「무슨 농담을. 공작새 혀 때문에, 여차하면 복수를 하려는 속셈이겠지.」

「나는 자네 같은 허풍쟁이와는 다르네.」

주인이 턱수염을 만지작거리며 말했다. 참으로 태연하다.

「옛날에 어떤 사람이 라이 산요[30]에게 요즘 명문이 없느냐고 물었더니, 산요가 한 마부가 쓴 빚 변제 독촉장을 내밀면서 근자의 명문이라 하면 이걸 들 수 있겠지 하고 답했다는 일화도 있고 하니, 자네의 심미안이 그리 형편없지는 않을 것이야. 어디 한번 읽어 보게나, 내가 비평을 해줄 테니.」

메이테이 선생이 심미안에 일가견이 있는 사람처럼 말했다. 주인은 선승이 다이토 국사[31]가 유언으로 남긴 훈계라도 읊는 목소리로 읽는다.

「거인, 인력.」

「아니, 거인, 인력이라는 게 뭔가?」

「거인 인력이라는 제목일세.」

「거참 묘한 제목이로세. 나는 그 뜻을 전혀 모르겠네.」

「인력이란 이름을 가진 거인이라고 해두지.」

「다소 억지스러우나 제목이라 하니 그렇다고 하세나. 어서어서 본문을 읽어 보게나. 자네 목소리가 좋아, 흥미롭네그려.」

「그러니, 중간에 끼어들지 좀 말게.」

주인은 그렇게 미리 다짐을 하고 다시 읽기 시작했다.

29 영어 교과서.

30 賴山陽(1780~1832). 유학자였으나 글과 문인화에 능했다.

31 大燈國師(1282~1338). 다이토쿠지(大德寺)를 창건한 가마쿠라 시대 임제종의 승려.

케이트는 창밖을 내다보고 있다. 어린아이들이 공을 던지며 놀고 있다. 그들은 공을 하늘 높이 던진다. 공이 높이 올라갔다가 잠시 후 떨어진다. 그들은 또 공을 높이 던진다. 두 번, 세 번. 던질 때마다 공은 떨어진다. 몇 번을 떨어졌나, 왜 계속 위로 올라가지 않느냐고 케이트가 묻는다. 땅속에 거인이 살기 때문이라고 엄마가 대답한다. 그는 거인 인력이다. 그는 힘이 세다. 그는 만물을 자기 쪽으로 잡아당긴다. 그는 집도 땅으로 잡아당긴다. 그러지 않으면 날아간다. 어린아이들도 날아간다. 나뭇잎이 떨어지는 것을 봤을 테지. 그것은 거인 인력이 나뭇잎을 부르기 때문이다. 책도 떨어지곤 하지. 그것도 거인 인력이 오라고 하기 때문이다. 공이 하늘로 올라간다. 거인 인력이 오라고 하면 떨어진다.

「그게 다인가?」

「음, 멋지지 않은가?」

「야, 이거 놀랍군. 예기치 않게 도치멘보의 답례를 받았군.」

「답례랄 게 뭐 있나. 실제로 멋진 문장이라서 번역을 해본 것뿐인데. 자네는 그렇게 생각지 않나?」

주인이 금테 안경 속을 들여다보았다.

「정말 놀랍군. 자네에게 이런 재주가 있을 줄은 몰랐네. 내가 졌네, 졌어.」

메이테이 선생은 혼자 말하고 혼자 고개를 끄덕였다. 주인에게는 전혀 통하지 않는다.

「난 자네를 이길 생각은 없네. 그저 재미있는 문장이라서 번역을 해본 것뿐일세.」

「그래, 정말 재미있는 문장일세. 그렇게 나와야 진짜지. 대단하네. 이거 내가 몰라봤어.」

「그리 미안해할 거 없네. 수채화를 그만두고 나서 대신 문장이나 써볼까 하는 생각에.」

「원근에 차별이 없고 흑백이 다르지 않은 수채화에 비할 수가 있겠나. 그저 감탄스러울 따름이네.」
「그리 칭찬해 주니, 나도 흥이 나는구먼.」
주인의 착각이 이만저만이 아니다.
그때, 간게쓰 군이 들어왔다.
「요전엔 실례가 많았습니다.」
「어서 오게나. 지금 굉장한 명문을 듣고 도치멘보의 망령을 퇴치한 참일세.」
메이테이 선생이 알지 못할 소리를 한다.
「호오, 그런가요.」
간게쓰 군도 알지 못할 소리로 대꾸한다.
주인은 그리 들뜬 표정이 아니다.
「어제, 자네가 소개했다면서 오치 도후라는 사람이 왔었네.」
「아, 그렇군요. 그 오치 고치란 남자는 정직하기는 하나 다소 별난 구석이 있는 사람이라 혹시 폐가 되지는 않을까 하여 망설였는데, 꼭 소개를 시켜 달라고 하는 바람에…….」
「폐가 될 일이 뭐 있겠는가.」
「자신의 이름에 대해 뭐라고 해설을 하지는 않던가요?」
「아니, 그런 일은 없었는데.」
「그렇군요. 어디를 가든 처음 만나는 사람에게는 자신의 이름에 대해 해설하는 것이 버릇이라서.」
「어떤 해설을 한다는 것인가?」
무슨 재밋거리라도 있나 싶어 기다리고 있던 메이테이 선생이 끼어들었다.
「그 고치란 이름을 음으로 읽으면 몹시 싫어합니다.」
「왜 그렇지?」
메이테이 선생이 가죽 담뱃곽에서 담배를 꺼냈다.
「제 이름은 오치 도후가 아닙니다. 오치 고치입니다 하고 반드시 정정하지요.」

「거참 묘한 일이로세.」
그러고는 담배 연기를 배 속 깊숙이 빨아들였다.
「그 사람이 문학열이 대단해서, 오치 고치(越智東風)[32]는 원근을 나타내는 성어가 될 뿐만 아니라 성명에 운율이 있다고 자랑을 늘어놓지요. 그러니 동풍을 음으로 읽어 도후라 하면 고심하여 고치라 읽는 것을 인정해 주지 않는다면서 투덜거리는 것입니다.」
「과연 별난 사람이로군.」
메이테이 선생도 대화에 열을 올리며 배 속에서 콧구멍으로 연기를 뿜어냈다. 그러다 담배 연기에 사레가 들려 곰방대를 손에 쥔 채 콜록콜록 기침을 했다.
「어제는 와서, 낭독회에서 뱃사공 역을 맡았는데, 여학생들에게 웃음거리가 되었다고 하더군.」
주인이 웃으면서 말했다.
「아, 그 낭독회 말이로군.」
메이테이 선생이 곰방대로 무릎을 톡톡 쳤다. 나는 상황이 위태로워 슬쩍 옆으로 비켜났다.
「그 낭독회에 다음에는 저명한 문사를 초청할 생각이라고 하는데, 자네에게도 꼭 참석을 부탁한다고 하더구먼. 그리고 다음에도 지마카쓰를 할 계획이냐고 했더니, 다음에는 좀 새로운 것을 골라 『곤지키야샤(金色夜叉)』[33]를 한다고 하더군. 그래서 자네는 무슨 역을 맡았냐고 물었더니 여주인공 오미야 역을 맡았다는 거야. 고치 군이 오미야 역을 한다니, 재미있을 거야. 나는 꼭 참석해서 박수갈채를 보내려고 하네.」

32 동풍을 뜻으로 읽으면 고치이고 음으로 읽으면 도후가 되는데, 도후는 두부와 발음이 비슷하다. 오치고치는 여기저기, 이쪽저쪽 등 원근을 나타내는 아치고치의 문어이다.

33 1903년에 『신쇼세쓰(新小說)』에 발표된 오자키 고요의 소설로 우리나라에는 「이수일과 심순애」로 번안되었다.

「그거 재미있겠군요.」

간게쓰 군이 묘한 웃음을 지었다.

「하나, 그 사람은 마냥 성실하고 경박하지 않으니, 메이테이 자네와는 아주 다르지.」

주인이 안드레아 델 사르토와 공작새 혀에 대한 복수를 한꺼번에 기도했다. 메이테이 선생은 들어도 못 들은 척 태연하게 웃으면서 이렇게 말했다.

「어차피 나야 교토쿠의 도마[34] 격이니까.」

「두말하면 잔소리지.」

주인은 사실 교토쿠의 도마란 말이 무슨 뜻인지 모르는데, 오랜 세월 선생 노릇을 한 덕분에 얼버무리는 재주는 용한 터라 이런 때 교단에서의 경험을 사교에 응용한 것이다.

「교토쿠의 도마라니 대체 무슨 소리입니까?」

간게쓰 군이 솔직하게 물었다. 주인은 도코노마[35] 쪽을 보면서 억지로 화제를 돌렸다.

「저 수선화는 내가 세밑에 목욕을 하고 돌아오는 길에 사다 꽂은 것인데, 꽤 오래가는군.」

「세밑이라면, 나도 작년 말에 아주 신기한 경험을 했는데.」

메이테이 선생이 곰방대를 손가락 끝으로 곡예를 하듯 휙 돌렸다.

「어떤 경험을 했기에.」

주인은 교토쿠의 도마를 저 멀리 내다 버린 기분으로 후 하고 숨을 내쉬었다. 메이테이 선생의 신기한 경험이란, 듣자 하니 이렇다.

「세밑의 27일이었다고 기억하네.

34 교토쿠는 개랑조개가 많이 잡히는 곳인데, 개랑조개는 한자로 쓰면 馬鹿貝, 즉 바보 조개란 뜻이 된다. 교토쿠의 도마는 늘 바보 조개를 손질하느라 닳아 빠져 있다는 데서, 멍청하면서 닳고 닳은 사람을 비유하는 말이 되었다.

35 다다미방 벽 한 면에 설치한 공간으로 족자나 꽃병 등으로 장식한다.

예의 도후 군에게서 문예상의 고견을 듣고 싶으니 반드시 집에 있어 달라는 사전 연락이 있었기에, 아침부터 기다리고 기다렸는데도 좀처럼 나타나지를 않는 거야. 그래서 점심을 먹고 스토브 앞에서 배리 페인[36]의 해학집을 읽고 있는데 시즈오카에 계시는 어머니로부터 편지가 왔네.

어머니는 연로하신 탓에 나를 아직도 어린애로만 여기고 계시지. 추운 날 밤에는 외출을 하지 말라느니, 냉수욕을 하는 것은 무방하나 스토브를 켜 공기를 따뜻하게 데워 놓고 해야지 안 그러면 감기에 걸린다느니, 갖가지 주의 사항을 써놓으셨더군. 과연 부모란 고마운 존재라고, 타인은 절대 이런 말을 해줄 수 없을 것이라고, 태평한 나도 그때는 몹시 감동했네.

그래서 어머니가 살아 계실 때, 메이지의 문단에 메이테이 선생이 있다는 것을 천하에 알리고 싶은 마음이 들었지. 그리고 계속 읽어 내려가는데, 너는 참으로 행복한 애다. 러일 전쟁이 시작되어 젊은 사람들이 갖은 고생을 하며 나라를 위해 봉사하고 있는데, 세밑의 바쁜 시기에 정월 설날처럼 느긋하고 마음 편히 놀고 있으니 말이다. 그렇게 쓰여 있는 것이야. 나는 어머니가 생각하시는 것만큼 놀고 있지는 않은데 말일세.

그리고 전쟁에 나가 죽거나 부상당한 내 초등학교 시절의 친구 이름을 죽 열거해 놓으셨더라고. 그 이름을 하나하나 읽다 보니 왠지 세상에 정나미가 떨어지고 인간이 하찮게 여겨지더군. 그러다 마지막에는, 나도 나이를 많이 먹었으니 설날 떡국을 먹는 것도 올해가 마지막이 아닐까……, 이런 서글픈 소리가 쓰여 있는 터라 기분이 영 우울해지고 말았네그려. 도후 군이 빨리 왔으면 좋겠는데 기다려도 오지는 않고, 그러다 저녁때가 되고 말았네. 어머니에게 답장이라도 써야겠다는 생각에 열두세 줄을 썼네. 어머니의 편지는 2미터나 되는데 나는 도저히 그런 재주는

36 Barry Pain(1864~1928). 영국의 유머 작가.

피울 수 없으니, 고작 열두세 줄로 끝내기가 일쑤지. 그런데 종일 움직이지 않은 탓인지 배 속이 영 더부룩하더군. 그래서 도후 군이 오면 기다리게 하면 되지 싶어 편지도 부칠 겸 산책길에 나섰네.

평소에는 후지미초 쪽으로 발길을 돌리는데 그때는 나도 모르게 강둑 언저리 산반초 쪽으로 발길을 돌리고 말았지. 그날 밤은 구름이 좀 끼어 있는 데다 강 쪽에서 바람이 휘잉 불어와 몹시 춥더군. 가구라자카 쪽에서 온 기차가 기적을 울리면서 강둑 아래를 지나갔네. 왠지 쓸쓸한 풍경이었어. 세밑에 전사, 노쇠, 그리고 허망한 죽음, 그런 것들이 내 머릿속을 맴돌았지. 사람들이 때로 목을 맨다고 하는데, 이런 때 불현듯 죽고 싶은 마음이 드는 것이 아닐까 싶은 생각이 들었네. 그래서 고개를 좀 들고 강둑 위를 올려다보니 나도 모르게 예의 소나무 밑에 와 있는 거였어.」

「예의 소나무라니, 그게 뭔가?」

주인이 짧게 물었다.

「목매다는 소나무지.」

메이테이 선생이 그렇게 말하며 옷깃을 여몄다.

「목매다는 소나무는 고노다이에 있지 않나요?」

간게쓰 군이 파문을 일으켰다.

「고노다이에 있는 소나무는 종을 매단 소나무일세. 산반초에 있는 소나무는 사람이 목매다는 소나무고. 그 소나무에 이런 이름이 붙은 유래가 있네. 예로부터 이 소나무 밑에 오면 누구든 목을 매달고 싶어진다는 거야. 강둑에는 소나무가 몇 그루나 있는데, 누가 목을 맸다고 해서 와보면 늘 그 소나무에 매달려 있었다는 거야. 다른 소나무에는 한 번도 그런 일이 없는데, 유독 그 소나무에만 1년에 두세 번은 사람이 목을 매달았다는군.

그래서 좀 살펴보았더니 아닌 게 아니라, 가지가 묘하게 길 쪽으로 쭉 뻗어 있는 거야. 거참 멋들어지게 뻗어 있더군. 그냥 놔두기가 아까울 정도였네. 가능하면 저기에 사람을 한번 매달아 보고 싶은데, 누가 안 오나 하고 사방을 돌아보았지만 아무도 안 오더군. 할 수 없지, 내가 한번 매달려 볼까. 아니지 아니지, 내가 매달렸다간 목숨이 끝장나지. 위험해 안 되겠다 싶더군.

그런데 옛날 그리스 사람들은 연회석에서 목을 매는 시늉을 하며 여흥을 즐겼다지 않은가. 한 사람이 받침대에 올라가 둥그렇게 묶인 새끼줄에 목을 들이미는 순간 다른 사람이 받침대를 걷어차고, 목을 들이민 사람은 받침대가 옆으로 넘어지는 순간에 새끼줄을 풀고 뛰어내리는 식이었다는데, 과연 그게 사실이라면 딱히 두려워할 것도 없지. 나도 한번 시험해 볼까 하고 손을 뻗어 가지를 잡으니, 가지가 아주 미적으로 휘더군. 목을 매달고 둥실둥실 떠 있는 장면을 상상하니 신이 나서 눈물이 나올 지경이었네. 꼭 한 번은 해보고 싶었는데, 도후 군이 와서 기다리고 있을지도 모르겠다는 생각이 나더군. 그래서 우선은 도후 군을 만나 약속한 대로 얘기를 나누고 다시 오자 생각하고 집으로 돌아갔네.」

「그리고 아무 탈 없이 오래오래 잘 살았다는 그런 얘기인가?」

주인이 물었다.

「흥미롭군요.」

간게쓰 군이 이죽거렸다.

「집에 돌아와 보니 도후 군 대신 엽서가 와 있더군. 오늘은 부득이한 사정이 있어 찾아뵐 수 없으나, 차후 날을 달리하여 꼭 찾아뵙겠노라는 내용이었네. 이제야 안심하고 목을 매달 수 있겠다는 생각에 기뻐서 얼른 신발을 신고 서둘러 그 소나무 밑으로 돌아갔지.」

메이테이 선생이 주인과 간게쓰 군의 얼굴을 번갈아 쳐다보았다.

「그래, 어찌 되었는가?」

주인이 조금 답답해했다.

「드디어, 재미있는 대목으로 접어드는군요.」

간게쓰 군은 겉옷의 끈을 만지작거렸다.

「그런데 누가 벌써 와서 매달려 있는 거야. 간발의 차이였는데, 얼마나 안타까웠는지 모르네. 지금 생각해 보면, 그때 내가 사신에게 홀렸던 모양이야. 제임스[37]라면 잠재의식 아래 존재하는 유명계(幽冥界)와 내가 지금 살고 있는 현실계가 일종의 인과에 따라 서로 감응했다고 하겠지. 실로 신기한 일이 아닌가.」

메이테이 선생은 시치미를 뚝 뗐다.

주인은 또 당했다고 생각하면서도 아무 말 않고 찹쌀떡을 입에 넣고 오물거렸다.

간게쓰 군은 고개를 숙인 채 불꼬챙이로 화로의 재를 편평하게 고르면서 히죽히죽 웃다가 마침내 입을 열었다. 아주 차분한 말투였다.

「듣고 보니 과연 신기한 일이로군요. 그런 일이 있을 리 없다고는 생각하지만, 저 역시 얼마 전에 비슷한 경험을 했기에, 의심할 마음은 없습니다.」

「아니 그럼, 자네도 목을 매달고 싶었다는 말인가?」

「아니 제 목이 아니고요. 그 일도 해가 바뀌기 전, 그러니까 작년 말에 게다가 선생님과 같은 날 같은 시에 일어난 사건이라 불가사의한 느낌마저 듭니다.」

「그거 흥미롭군.」

메이테이 선생도 찹쌀떡을 입에 넣었다.

「그날, 무코지마에 사는 지인의 집에서 망년회를 겸한 합주회가 있어서 저는 바이올린을 들고 갔지요. 숙녀와 부인이 열대여섯 명 정도 모인 꽤 성대하고, 근자에 없는 유쾌한 자리라 여겨질 만큼 모든 것이 정연했습니다. 만찬이 끝나고 합주도 끝난 뒤 이런저런 얘기를 나누다가 밤이 늦어, 이제 돌아갈까 하는 참에 모

37 William James(1842~1910). 미국의 철학자, 심리학자.

박사의 부인이 내 곁으로 다가오더니, 작은 소리로 모모 씨가 병을 앓고 있는데 알고 있느냐고 묻더군요. 실은 이삼일 전에 만났을 때는 어디가 아픈 듯이 보이지 않았기에 놀라서 자세한 상황을 되물었습니다. 그런데 저를 만난 그날 밤부터 갑자기 열이 오르면서 쉬지 않고 헛소리를 해대는데, 그 헛소리 가운데 제 이름이 있다는 거였습니다.」

주인은 물론 메이테이 선생도 〈예삿일이 아니로군〉이라면서 공연히 끼어드는 일 없이 정숙하게 경청하고 있다.

「의사를 불러 진찰을 받았더니, 병명은 알 수 없으나 열이 너무 높아 뇌에 손상을 입었으니, 수면제가 별 효과를 보이지 않으면 위험하다는 진단이 나왔다고 하더군요. 그 말을 듣는 순간 불길한 느낌이 들었습니다. 꿈을 꾸다가 가위에 눌렸을 때처럼 주위의 공기가 갑자기 싸해지면서 묵직하게 온몸을 조여드는 것 같았습니다. 돌아가는 길에도 머릿속에는 온통 그 생각뿐, 괴로워서 견딜 수가 없었지요. 그 아름답고 쾌활하고 건강한 모모 씨가…….」

「잠깐. 미안하네만 그 모모 씨라는 말을 두 번 정도 들었는데, 별 지장이 없다면 이름을 알고 싶네.」

메이테이 선생이 그렇게 말하며 주인을 돌아보았다.

주인은 〈음, 하긴〉 하고 건성으로 대꾸했다.

「당사자에게 폐가 될 수도 있으니, 이름은 밝힐 수 없습니다.」

「그렇다면 애매모호한 상태로 얘기를 계속하겠다는 말인가?」

「놀리지 마십시오. 아주 심각한 얘기입니다. 아무튼 그 모모 씨가 그렇게 갑자기 병을 앓게 되었다고 생각하니, 실로 인생이 무상하고 허망해서 가슴이 먹먹하고, 온몸의 기운이 데모라도 일으킨 것처럼 한꺼번에 쭉 빠져나갔습니다. 그래서 비틀거리며 아즈마 다리에 다다랐죠.

난간에 기대어 아래를 내려다보자 밀물 때인지 썰물 때인지, 검은 물이 한데 모여 움직이는 듯이 보였습니다. 그때 하나카와도 쪽에서 인력거 한 대가 달려와 다리 위를 지나갔지요. 인력거에 달린 초롱이 점점 작아지면서 삿포로 빌딩 쪽으로 사라졌습니다.

저는 또 물을 내려다보았지요. 그러자 강물 저쪽에서 저를 부르는 소리가 들리는 겁니다. 지금 이런 시간에 부를 사람이 없는데, 누구지 싶어 물을 뚫어져라 쳐다보았지만 어두워서 뭐가 뭔지 아무것도 알아볼 수 없었습니다. 헛들은 것이지 싶어 어서 돌아가자고 걸음을 내디뎠는데, 또 멀리서 저를 부르는 희미한 소리가 들리는 거였어요. 저는 멈춰 서서 귀를 곤두세웠지요. 세 번째로 불렀을 때는 난간을 붙잡고 무릎을 부들부들 떨었습니다. 강 속이나 저 멀리서 울리는 소리가 틀림없는 모모 씨의 목소리였어요.

저도 모르게 네, 하고 대답을 했지요. 그 대답 소리가 너무 컸는지 잔잔했던 물까지 흔들리고, 저도 제 목소리에 화들짝 놀라 사방을 돌아보았지요. 하지만 사람도 개도 달도 아무것도 보이지 않았습니다.

그때 저는 그 〈밤〉에 홀려서, 목소리가 나는 곳으로 가고 싶다는 생각이 간절해졌습니다. 고통스럽게 호소하며 구원을 청하는 모모 씨의 목소리가 또 들렸습니다. 저는 이번에는 지금 곧 가겠습니다, 하고 대답하고는 난간 밖으로 몸을 절반쯤 내밀고 검은 물을 내려다보았지요. 저를 부르는 목소리가 강물 속에서 흘러나오는 듯했어요. 저 물 속이로구나, 하고 끝내 난간 위로 올라섰습니다. 다시 한 번 부르면 뛰어들리라고 결심을 하고 물을 쳐다보고 있는데, 또 그 가련한 목소리가 실처럼 가느다랗게 들리더군요. 지금이다, 하고 온 힘을 다해 마치 자갈돌을 던지듯 미련 없이 몸을 날렸습니다.」

「그래, 끝내 뛰어들었다는 말인가?」

주인이 눈을 끔벅거리며 물었다.

「그렇게까지 할 줄은 몰랐군.」

메이테이 선생은 자신의 콧잔등을 슬쩍 만졌다.

「뛰어든 후에는 눈앞이 아득해지면서 한동안 정신이 없었어요. 간신히 눈을 뜨고 보니 춥기는 한데, 어디가 젖은 것도 아니고 물을 삼킨 것 같지도 않더군요. 분명히 물에 뛰어들었는데 정말 이상했지요. 해괴한 일도 다 있다 싶어서 사방을 돌아보고는, 놀라 자빠질 뻔했습니다. 물속으로 뛰어든다는 것이 다리 한가운데로 뛰어내린 것이었어요. 정말 아쉽더군요. 앞뒤를 분간하지 못한 탓에 목소리가 나는 곳으로 가지 못한 겁니다.」

간게쓰 군이 싱글싱글 웃으면서 겉옷의 끈을 또 만지작거렸다.

「하하하하. 정말 재미있군. 내 경험과 실로 비슷해. 기묘한 일일세. 역시 제임스 교수의 소재가 될 만하군. 인간의 감응이란 제목으로 사생문을 쓰면 문단이 발칵 뒤집히겠어. 그런데 그 모모 씨라는 여자는 어떻게 되었나?」

메이테이 선생이 캐물었다.

「이삼일 전, 새해 벽두에 찾아가 보았더니, 문 안에서 하녀와 하네 놀이를 하고 있더군요. 병은 다 나은 듯 보였습니다.」

주인은 처음부터 깊은 생각에 잠긴 표정이었는데 그제야 겨우 입을 열어, 나도 질 수 없다는 듯 이렇게 말했다.

「실은 내게도 있네.」

「있다니, 뭐가 말인가?」

메이테이 선생의 안중에 물론 주인 따위는 없다.

「나 역시 작년 말에 있었던 일이네.」

「모두 작년 말에 예기치 않게 비슷한 일이 있었던 모양이로군요.」

간게쓰 군이 웃었다. 빠진 앞니 자리에 찹쌀떡이 끼여 있었다.

「역시 같은 날 같은 시간인가?」

메이테이 선생이 끼어들었다.

「아니, 날짜는 다른 듯하네. 아마 20일이었을 거야. 마누라가 설빔 대신 셋쓰다이조[38]의 공연을 보여 달라고 하더군. 데리고 못 갈 거야 없지만, 오늘 공연은 뭐냐고 물었더니 마누라가 신문을 뒤적거리면서 〈우나기다니(鰻谷)〉[39]라고 하는 거야. 그래서 우나기다니는 내가 싫으니까 오늘 가지 말고 다른 날 가지고 했지.

다음 날, 마누라가 또 신문을 들고 와서 오늘은 〈호리카와(堀川)〉[40]를 하니까 갈 수 있죠, 라고 하더군. 호리카와는 샤미센 반주가 시끄럽기만 할 뿐 들을 거리는 없으니까 가지 말자고 했더니, 마누라가 시큰둥한 표정으로 물러나더군.

그다음 날도 마누라가 오늘은 〈산주산겐도(三十三間堂)〉를 한다, 나는 셋쓰다이조의 〈산주산겐도〉를 꼭 듣고 싶다고 하더군. 당신이야 〈산주산겐도〉를 좋아하든 싫어하든 내가 들려주려는 것이니 같이 갈 수 있죠? 하면서 아주 담판을 짓자고 나오더군. 당신이 그렇게 가고 싶다고 하니 가도 괜찮지만, 평생에 한 번 볼까 말까 한 공연이라고 손님들이 엄청 몰려든다는데, 예약도 하지 않고 무턱대고 가봐야 들어갈 수 없을 거라고 했네.

그런 곳에 가려면 찻집[41]에 문의를 해서 자리를 예약하는 절차를 밟아야 하는데, 그런 절차도 밟지 않고 무턱대고 가는 것은 몰상식한 일이지. 그러니 오늘은 가지 말자고 하니까, 마누라가 눈을 매섭게 치켜뜨고, 난 어차피 여자니까 그렇게 어려운 절차는 모르지만, 오하라 댁 어머니도 스즈키 댁 기미요 씨도 그런 절차 없이 잘만 보고 왔어요. 당신은 선생이니까 그렇게 성가신 구경거리는 보지 않아도 되겠지만, 아 당신, 정말 너무하세요, 하면서 우는소리를 하지 뭔가. 그래서 그럼 들어가든 못 들어가든 아무튼 가보자고 했네. 저녁 먹고 전철을 타고 가자고 말일세.

38 攝津大掾. 조(掾)는 샤미센 반주에 맞춰 조루리를 들려주는 예능인으로 다이조(大掾), 조, 쇼조(小掾)의 3계급이 있다. 셋쓰다이조는 메이지 시대의 명인이었다.

39 조루리의 한 편.

40 역시 조루리의 한 편.

41 손님의 자리를 예약해 주고 음식물 등을 준비해 주는 공연장 소속 찻집.

그랬더니 이왕 가는 거, 네시까지는 도착해야 한다고, 그리 꾸물거릴 시간이 없다고 갑자기 기세등등해진 거야. 왜 네시까지 가야 하냐고 물었더니, 기미요 씨가 네시까지는 가서 자리를 잡아야지, 안 그러면 못 들어간다고 했다더군. 그럼 네시가 넘으면 못 들어가겠군, 하고 떠봤더니 그럼요, 하고 대답하는 거야. 그런데 신기한 것은 그때부터 갑자기 온몸이 부들부들 떨리면서 오한이 나더란 말이지.」

「사모님이 말씀인가요?」

간게쓰 군이 물었다.

「아니지, 마누라는 펄펄했어, 내가 그랬다는 거지. 구멍 뚫린 풍선처럼 갑자기 기운이 쏙 빠져나가는 듯하더니, 눈앞이 핑글핑글 돌아서 움직일 수가 없는 거야.」

「급병이로군.」

메이테이 선생이 주석을 붙였다.

「아, 이거 큰일이로군. 1년에 한 번뿐인 마누라의 소원인데, 꼭 데리고 가주고 싶은데. 늘 말도 제대로 안 붙이는 데다 입을 열었다 하면 잔소리고, 쪼들리는 살림에 애들 뒷바라지에 집안일까지 온갖 고생을 시키고는 호강 한번 못 시켜 주었는데. 오늘은 다행히 시간도 있고 지폐도 대여섯 장 있으니 데리고 갈 수 있는데. 마누라도 가고 싶어 하고 나도 데리고 가주고 싶은데. 꼭 데리고 가주고 싶은데 오한 때문에 눈앞이 핑핑 돌아 전철은 커녕 현관에 내려설 수도 없을 것 같구나. 아, 안타깝구나 하고 생각하면 생각할수록 으스스 몸이 떨리고 눈앞이 어질어질해지더군.

얼른 의사를 불러 약이라도 지어 먹으면 네시까지는 낫겠지 하고 마누라와 의논을 해서 아마키 선생을 불러오라고 하녀를 보냈더니, 공교롭게도 어젯밤 당번이어서 아직 대학 병원에서 돌아오지 않았다는 거야. 두시쯤이면 돌아올 테니까 오면 바로 보내겠다고 했다더군. 교닌스이(杏仁水)[42]라도 마시면 네시 전까지는 틀림없이 나을 텐데, 운이 나쁠 때는 무슨 일이든 뜻대로 되지 않는 법, 기뻐하는 마누라의 얼굴을 보고 즐기려 했던 계획이 빗나가게 생겼더라고. 마누라가 원망스러운 표정으로, 도저히 움직일 수 없겠느냐고 묻는데, 갈 테니까 꼭 갈 테니까, 네시 전까지는 어떻게든 낫도록 할 테니까 안심하라고 했지. 그러니까 얼른 세수하고 옷 갈아입고 기다리라고 말이야. 입으로는 그렇게 말했지만 속은 바짝바짝 타들어 갔네.

오한은 점점 심해지지, 눈앞은 어질어질하지.

만약 네시 전에 낫지 않아 약속을 지킬 수 없으면, 속이 좁은 여자가 무슨 짓을 할지. 상황이 한심하게 되었군, 어쩌면 좋지. 만에 하나의 경우를 생각해서 지금이라도 유위무상(有爲無常) 생자필멸의 도를 설명하여, 급변이 생겼을 때 이성을 잃지 않도록 각오를 굳히게 하는 것도 마누라에 대한 남편의 의무가 아닐까 하는 생각이 들었네.

그래서 당장 마누라를 서재로 불렀지. 불러서 당신은 여자지만 *many a slip 'twixt the cup and the lip*[43]이란 서양 속담 정도는 알고 있겠지, 하고 묻자, 그런 영어를 누가 어떻게 안답니까, 당신은 내가 영어를 모르는 줄 알면서 일부러 영어를 써서 사람을 놀리는군요, 좋아요, 어차피 영어는 모르는 것, 그렇게 영어가 좋으면 왜 예수 학교 졸업생을 마누라로 얻지 않았는지 모르겠군요. 당신처럼 냉혹한 사람은 없을 거예요, 하면서 발악을 해대니 나도 모처럼 외출을 계획했는데, 정나미가 뚝 떨어지고 말았네.

자네들이니까 하는 말이지만, 난 나쁜 뜻으로 영어를 사용한 게 아니야. 마누라에 대한 애정에서 나온 말인데, 그걸 마누라처럼 해석하면 내가 뭐라 할 말이 없지. 게다가 오한과 현기증 때

42 살구 씨에서 기름을 빼고 물을 섞어 증류한 무색투명한 액체. 기침, 가래 제거에 쓰였다.

43 그리스 신화에 등장하는 안카이오스의 불행을 예언한 하인의 말로 사람의 죽음은 언제 찾아올지 모른다는 뜻.

문에 머리가 혼미한데 한시 빨리 유위무상, 생자필멸의 도를 이해시키려고 서두른 바람에, 마누라가 영어를 모른다는 것을 까맣게 잊고 아무 생각 없이 쓰고 만 거야.

생각해 보면 내 잘못이지, 그래 내 실수였어. 아무튼 그 때문에 오한이 더 심해지고 머리는 빙글빙글 돌고. 마누라는 내가 하라는 대로 옷을 벗고, 화장을 하고, 서랍장에서 기모노를 꺼내 입고. 언제든 나설 수 있는 차림으로 기다리고 있었지. 나는 제정신이 아니었어. 얼른 아마키 선생이 와주었으면 하면서 시계를 보니 벌써 세시더군. 네시까지는 한시간밖에 남지 않았지. 마누라가 서재 문을 열고 얼굴을 비죽 들이밀면서 〈이제 슬슬 나가야지요〉 하는 거야. 마누라를 칭찬하자니 팔불출 같네만, 나는 그때만큼 우리 마누라가 예뻐 보인 적이 없었네. 검은 기모노 속에서 비누로 깨끗하게 씻어 낸 피부가 반짝반짝 빛나는 거야. 그 얼굴이 셋쓰다이조를 듣겠다는 소원과 비누 덕에 더 없이 빛나 보였네. 그 소원을 충족시켜 주기 위해서는 어떻게든 길을 나서야겠다는 심정이었지.

그래서 분발하자 싶어 잠시 담배를 피우면서 쉬고 있는데, 그제야 아마키 선생이 나타나더군. 이제야 내 뜻대로 되었다 싶어서 상태를 자세히 설명했더니, 아마키 선생이 내 혀를 들여다보고, 손을 쥐어 보고, 가슴을 두드리고, 등을 쓰다듬고, 눈두덩을 뒤집어 보고, 두개골을 만져 보고는 잠시 생각하더군.

〈아무래도 상태가 좀 좋지 않은 듯합니다.〉

〈아니요, 특별한 이상은 없습니다.〉

아마키 선생이 침착하게 말하더군.

〈잠시 외출을 해도 별 지장 없겠지요.〉

마누라가 옆에서 그렇게 물었네.

아마키 선생은 〈네〉 하고 대답하고는 또 잠시 생각하는 거야.

〈상태만 괜찮으면.〉

〈상태가 좋지 않으니 그러지요.〉

〈그럼 아무튼 조제한 약과 물약을 드리지요.〉

〈어째, 심상치 않다는 얘기로 들리는군요.〉

〈아닙니다. 절대 걱정할 정도는 아니에요. 괜한 신경을 써서는 안 됩니다.〉

그러고 나서 선생은 돌아갔네. 그때 시각이 3시 30분이 지났어. 약을 받아 오라고 하녀를 딸려 보냈지. 마누라의 엄명에 하녀는 뛰어갔다 뛰어왔네. 그러느라 15분. 네시까지는 15분밖에 남지 않았는데, 그때부터 갑자기 속이 메슥거리면서 구역질이 나는 거야. 이제까지 그런 증상은 없었는데 말이네. 마누라가 물약을 사발에 따라 내 앞에 놓아 주었는데, 사발을 집어 들고 마시려고 하자, 위 속에서 웩 하고 올라오는 거야. 할 수 없이 사발을 내려놓았지. 마누라는 어서 먹으라고 채근을 해대는데, 어서 먹고 집을 나서야 체면이 설 것 아닌가. 그래서 눈 딱 감고 먹으려고 사발을 들어 입에 대었더니, 또 웩 하고 구토가 나면서 마실 수가 없는 거야. 먹으려다 웩, 또 먹으려다 웩. 몇 번을 그러고 있는데 다실의 괘종시계가 땡 땡 땡 땡 하고 네시를 알리더군.

벌써 네시인데, 꾸물거릴 때가 아니다 싶어 다시 사발을 집어 들었네. 그런데 정말 신기한 일도 다 있지. 네시를 치는 종소리와 함께 속이 싹 가라앉더니 물약이 꿀꺽 넘어가는 거야. 등이 으슬으슬하던 것도, 눈앞이 핑글핑글 돌던 것도 마치 거짓말처럼 싹 사라지고. 일어서지도 못할 정도였는데, 순식간에 다 나았지 뭔가, 얼마나 기쁘던지.」

「그래서 제수씨와 같이 가부키 극장에 갔나?」

메이테이 선생이 무슨 소린지 도통 모르겠다는 표정으로 물었다.

「가고 싶었지만, 마누라가 네시가 넘으면 들어갈 수 없다고 해서 어쩔 수 없이 못 갔네. 아마키 선생이 15분 정도만 빨리 왔어도 내 체면도 세우고, 마누라도 만족시켜 줄 수 있었을 텐데 불과 15분 차이로, 실로 안타까운 일이었지. 지금도 생각하면 참 위험했다 싶으이.」

얘기를 다 끝낸 주인은 이제 의무를 다했다는 투였다. 이렇게 해서 두 사람에게 면목이 서게 되었다는 심사인지도 모르겠다.

「그것 참, 유감이로군요.」

간게쓰 군이 예의 앞니 없는 이를 드러내고 웃으면서 말했다.

「자네처럼 남편이 친절하면 아내가 행복하겠군.」

메이테이 선생은 얼빠진 표정으로 혼자 중얼거리듯 말했다.

장지문 뒤에서 에헴 하고 안주인이 헛기침을 하는 소리가 들렸다.

나는 얌전히 앉아 세 사람의 얘기를 듣고 있었지만 재미있지도 슬프지도 않았다. 인간이란 시간을 보내기 위해 애써 입을 움직이면서, 재미있지도 않은 일에 웃고, 시답잖은 일에 기뻐하는 것밖에 재주가 없는 존재라고 생각했다. 내 주인의 편협하고 이기적인 성품은 진작부터 알고 있었지만, 평소 말수가 적어 도무지 이해할 수 없는 점이 많았다. 이해할 수 없는 부분이 조금은 두렵기도 했지만, 지금 얘기를 듣고 나니 갑자기 같잖게 느껴졌다. 그는 왜 두 사람의 얘기를 잠자코 듣고만 있지 못할까. 지고 싶지 않은 욕심에 공연히 얼토당토않은 소리를 늘어놓아 무슨 이득이 있을까. 에픽테토스의 책에 그런 말을 하라고 쓰여 있는지도 모르겠다.

요컨대 주인이나 메이테이 선생이나 간게쓰 군이나 세상을 등진 백수건달, 그들은 바람 부는 대로 수세미처럼 이리저리 흔들리면서 초연한 척하고 있지만 그 속내에는 세속적인 명예욕도 있고 욕심도 있다. 그들의 평소 대화에 남을 이기려는 마음과 경쟁심도 언뜻언뜻 엿보이는 터라, 여차하면 그들이 늘 욕을 해대는 속물과 한통속이 될 우려도 있으니 고양이인 내가 보기에도 안쓰럽기 짝이 없는 일이다. 다만 그들의 말과 행동거지가 어설픈 지식만 가지고 모든 걸 다 아는 척하는 사람들처럼 뻔뻔스럽지 않아 그나마 다행이라 할 것이다.

이런 생각을 하다 보니 세 사람의 담화가 갑자기 시시껄렁해졌다. 얼룩이나 보러 가자 싶어서 이현금 선생 집 마당으로 갔다. 정월도 10일이나 되어 대문을 장식했던 소나무 가지는 벌써 치워지고 없었지만, 구름 한 점 없는 화창한 하늘에서 쏟아지는 햇살이 사해천하를 비추어 열 평 남짓한 마당이 설날의 서광을 받았을 때보다 한결 활기차게 보였다.

툇마루에 방석이 두 개 놓여 있는데, 사람의 기척은 없고 장지문도 굳게 닫혀 있는 것을 보면 선생은 목욕탕에 갔는지도 모르겠다. 선생은 집에 있으나 없으나 상관없지만 얼룩이가 좀 괜찮아졌는지, 그게 걱정이었다. 사방이 고요해서 툇마루로 올라가 방석 한가운데 누워 보니 푹신하고 기분이 좋아 꾸벅꾸벅 졸다가 얼룩이마저 까맣게 잊고 말았는데, 장지문 안에서 느닷없이 사람의 말소리가 들렸다.

「수고했다. 다 돼 있던?」

선생은 역시 집에 있었던 것이다.

「네, 많이 늦었죠. 불구점(佛具店)에 갔더니 마침 다 되었다고 해서.」

「어디 좀 보자. 아이고, 예쁘구나. 이 정도면 우리 얼룩이도 극락왕생하겠지. 금박이 벗겨지는 일은 없겠지?」

「네, 확인해 봤더니, 좋은 재료를 썼으니까 인간의 위패보다 오래 갈 거라고 하더군요. 그리고 묘예신녀(猫譽信女)의 예 자는 좀 흘려 쓰는 게 좋을 것 같아서 획을 좀 바꿨다고 했어요.」

「어디 어디. 어서 불단에 올려놓고 향을 피워야겠구나.」

얼룩이에게 무슨 일이 생겼나, 어째 좀 이상하네 하고 생각하면서 방석에서 몸을 일으켰다. 짤랑, 나무묘예신녀, 나무아미타불, 나무아미타불, 하고 읊조리는 선생의 목소리가 들렸다.

「너도 따라 하여라.」

짤랑, 나무묘예신녀, 나무아미타불, 나무아미타불. 이번에는 하녀의 목소리다. 나는 가슴이 쿵쿵거려 방석 위에 선 채로 목각 고양이처럼 눈조차 깜박거리지 않았다.

「정말 안타까워요. 처음에는 그냥 감기에 살짝 걸린 것뿐이었는데.」

「아마키 선생이 약이라도 주었으면 좋았으련만.」

「그 아마키 선생이란 사람이 나빠요. 우리 얼룩이를 그렇게 무시하다니.」

「사람을 그렇게 나쁘게 말해서는 안 된다. 이것도 다 하늘의 뜻이니까.」

얼룩이도 아마키 선생에게 진료를 받은 모양이었다.

「저 큰길 선생 집 도둑고양이가 함부로 꾀어 낸 것이 잘못이라고 생각한다, 나는.」

「그래요, 그놈이 우리 얼룩이의 원수예요.」

뭐라고 변명을 하고 싶었지만, 지금은 참을 때다 싶어 침을 삼키며 듣고 있었다. 대화가 드문드문 끊겼다.

「세상은 내 뜻대로 되는 것이 아니란다. 얼룩이 같은 미인은 박명하고, 못생긴 도둑고양이는 펄펄하게 살아 장난질을 하고.」

「옳은 말씀이에요. 우리 얼룩이처럼 귀엽고 예쁜 고양이는 꽹과리치고 북 치면서 찾아다녀 봐야 이 세상에 둘도 없을 거예요.」

두 마리가 아니라 둘이라고 했다. 하녀는 고양이와 인간이 동족이라고 생각하는 모양이다. 그러고 보니 하녀의 얼굴이 우리 고양이족을 무척 닮았다.

「차라리 우리 얼룩이 대신…….」

「그 선생네 도둑이 죽었다면 얼마나 좋았겠어요. 바라던 바니까.」

바라던 바대로 되면 내가 곤란하다. 죽음이 어떤 것인지 아직 경험한 적이 없으니까 좋다 싫다 말은 할 수 없지만, 며칠 전에 너무 추워서 뜬숯 담는 항아리에 몰래 들어갔는데, 하녀가 내가 있는 줄 모르고 그만 뚜껑을 닫아 버린 일이 있었다. 그때의 고통이란 생각만 해도 몸서리가 쳐질 정도였다. 흰둥이 설명으로는 그 고통이 조금만 더 계속되면 죽는 것이란다. 얼룩이를 대신하는 것이라면 기꺼이 죽겠지만, 그 고통을 당하지 않고서는 죽을 수 없다면 누구를 위해서든 죽고 싶지 않다.

「하지만 고양이라도 스님이 독경도 해주셨고, 계(戒)도 받았으니 이 세상에 미련이 남아 있지는 않겠지.」

「아무렴요. 복 많은 팔자지요. 다만 욕심을 좀 더 부리자면, 스님의 독경이 너무 짧아서…….」

「그래, 나도 너무 짧은 것 같아서 빨리 끝났네요, 하고 말했더니, 그 겟케이지(月桂寺) 스님이 영험한 부분만 골라 짧게 했노라고, 고양이니까 그 정도만 해도 충분히 극락정토에 갈 수 있을 것이라고 하시더구나.」

「그랬군요. 그래도 그 도둑은…….」

나는 이름이 없다고 종종 말하는데, 이 하녀는 툭하면 나를 도둑이라고 부른다.

「죄가 크니까, 아무리 영험한 독경을 해도 고이 잠들 수 없을 거예요.」

그날 하녀가 도둑이란 말을 몇백 번 읊었는지 모른다. 그 끝없는 대화를 듣다 듣다못해 방석에서 내려와 툇마루 아래로 폴짝 뛰어내릴 때, 나는 8만 8,880개의 털을 한꺼번에 세우고 몸을 떨었다. 그 후 이현금 선생 집 근처에는 얼씬도 하지 않는다. 지금쯤 선생 자신이 겟케이지의 스님에게 짧은 독경을 듣고 있을지도 모르겠다.

요즘은 외출할 용기도 나지 않는다. 왠지 세상이 허망하게 느껴진다. 우리 주인 못지않은 무뚝뚝한 고양이가 되고 말았다. 주인이 서재에만 틀어박혀 있는 것을 실연 때문이라고들 평하는 것도 일리가 있다는 생각이 든다.

아직 한 번도 쥐를 잡은 일이 없어 하녀가 한때 추방론을 펼치기도 했지만, 우리 주인이 그저 평범한 고양이가 아니라는 것을 아는 덕분에 나는 여전히 빈둥거리며 이 집에 빌붙어 살고 있다. 그 점에 관해서는 주인에게 심히 감사한다. 동시에 그 혜안에 기꺼이 경의를 표한다. 나의 진가를 모르는 하녀는 학대를 계속하지만, 그다지 화가 나지도 않는다. 머지않아 히다리 진고로[44]가 찾아와 솟을대문 기둥에 내 초상을 새기고, 일본의 스탱랑[45]이 나를 닮은 얼굴을 즐겨 캔버스에 그리는 날이 오면, 그들은 그제야 자신들의 우매함과 무지함을 부끄러워할 것이다.

44 左甚五郎. 에도 시대 초기에 활약했다는 도편수, 조각의 명인. 실존 인물인지는 알 수 없다.

45 Theophile Alexandre Steinlen(1859~1923). 프랑스 화가. 고양이 그림을 많이 그려 〈고양이의 화가〉라 불리기도 한다.

3

얼룩이는 죽었고, 검둥이는 상대할 게 못 되니 다소 적막한 감이 있지만 다행히 인간 가운데 지기가 생겨 그리 따분하지는 않다. 얼마 전에는 주인에게 내 사진을 보내 달라고 편지를 보낸 남자가 있었다. 또 오카야마 지방 특산품인 수수경단을 내 앞으로 보내 준 사람도 있었다. 사람들의 관심이 집중되면서 내가 고양이라는 것을 차차 잊게 되었다. 나도 모르게 고양이보다는 인간 쪽에 가까워진 기분이 들면서 동족을 규합하여 두 발로 걸어 다니는 선생과 자웅을 겨뤄 볼 생각은 털끝만큼도 없어졌다.

뿐만 아니라 나 역시 인간계의 일원이라고 생각될 만큼 진화했으니, 그 또한 뿌듯한 일이다. 그렇다고 동족을 경멸하려는 뜻은 없다. 다만 자기와 성격이 비슷한 것에서 편안함을 찾게 되는 것이 인지상정인바, 그것을 마음이 변했다, 경박하다, 배신이다, 하고 평하는 것은 옳지 않다. 융통성이 없고 생각이 짧은 남자들이 대개 그런 언어를 구사하며 남을 매도한다.

이렇게 고양이의 습성에서 벗어나고 보니, 얼룩이나 검둥이에게 연연할 수가 없다. 역시 인간과 다름없는 마음가짐으로 그들의 사상과 언행을 평가하고 싶어진다. 무리는 아니라고 생각한다. 그 정도 식견을 갖고 있는 나를 그저 털 난 일반 고양이로 여기며 고맙다는 인사 한마디 없이 수수경단을 제 것인 양 먹어 치운 주인이 유감스럽다. 사진도 아직 찍어 보내지 않은 듯하다.

불평하자면 끝이 없지만, 주인은 주인, 나는 나, 서로 견해가 다르니 어쩔 수 없다. 나는 어디까지나 인간으로 행세하고 있으므로, 별 교제가 없는 고양이의 동태에 대해서는 딱히 할 말이 없다. 메이테이 선생이나 간게쓰 군을 평가하는 것으로 만족하기로 하자.

오늘은 화창한 일요일, 주인이 모처럼 서재에서 붓과 원고지를 들고 나와 내 옆에 엎드린 채 한참을 끙끙거리고 있다. 초고를 쓰기 위한 전초전으로 묘한 소리를 내는 것이겠지 싶어 주목하고 있는데, 잠시 후 굵직한 글씨로 향일주(香一炷)[1]라고 썼다. 향일주라, 글쎄 과연 시를 쓸 요량인지 하이쿠를 쓸 요량인지. 우리 주인치고는 너무 세련된 글귀가 아닌가 하고 생각하고 있는데, 향일주라 쓴 것은 그냥 내버려 두고 행을 바꿔 〈천연거사(天然居士)[2]에 대해 쓰려고 한다〉라고 썼다. 그러고는 붓을 더 이상 움직이지 않았다.

주인은 붓을 쥔 채로 고개를 갸웃거리지만 묘안이 떠오르지 않는지 붓끝을 핥기 시작했다. 입술이 시커메질 정도로 핥고 나서는 그 글귀 바로 밑에 동그라미를 그렸다. 동그라미 안에 점 두 개를 찍어 눈을 그렸다. 그 한가운데 코를 그리고 입을 옆으로 쭉 그었다. 이래 가지고야 문장도 시도 아니다. 주인 역시 자기가 봐도 한심한지, 얼굴을 새까맣게 칠해 버리고 만다.

주인은 또 행을 바꾼다. 그는 그저 막연하게 행만 바꾸면 시(詩)든 찬(贊)이든 어(語)든 록(錄)이든 다 된다고 생각하는 모양이다. 그러고는 단숨에 이렇게 써 내려갔다.

〈천연거사는 공간을 연구하고, 논어를 읽고, 군고구마를 먹고, 콧물을 흘리는 사람이다.〉

1 향 연기 한 줄기.

2 소세키의 친구이며 공간을 테마로 철학을 연구한 요네야마 야스사부로(米山保三郞)의 호.

어째 영 어수선한 문장이다. 그리고 그 문장을 큰 소리로 읽었다.

「하하하하, 거참 재미있군.」

한바탕 웃고는 또 중얼거린다.

「콧물을 흘린다고 하기는 좀 뭣하니까 지우자.」

그 글귀만 지운다. 한 번 죽 그으면 될 것을 두 번 긋고 세 번 긋고, 깔끔한 평행선을 그린다. 선이 다른 행까지 먹어 들어가는데도 아랑곳하지 않는다. 선을 여덟 번이나 그었는데도 다음 글귀가 떠오르지 않는지, 이번에는 붓을 내던지고 턱수염을 배배 꼰다. 턱수염에서 문장을 꼬아 내보겠다는 양 정신없이 꼬아 올렸다가는 다시 내리는데, 다실에서 안주인이 나와 주인의 코앞에 무릎을 꿇고 앉았다.

「여보.」

「왜?」

주인은 물속에서 징을 치는 듯한 목소리로 대답했다. 대답이 마음에 들지 않는지 안주인이 다시 말한다.

「여보, 나 좀 봐요.」

「왜냐니까?」

이번에는 콧구멍에 엄지와 집게손가락을 집어넣고 코털을 쑥 뽑고 있다.

「이번 달에는 좀 모자라요.」

「모자랄 리가 없지. 의사에게 약값도 다 냈고, 책값은 지난달에 다 냈잖소. 이번 달에는 오히려 남아야 하는데.」

주인은 뽑아 든 코털을 천하에 기이한 광경이라도 바라보듯 들여다본다.

「그런데 당신이 밥을 안 먹고 빵을 먹는 데다, 잼을 핥으니까 그렇죠.」

「내가 잼을 몇 병이나 핥았다고 그래.」

「이번 달만 해도 여덟 병이에요.」

「여덟 병? 그렇게 많이 핥은 기억은 없는데.」

「당신이 핥으니까 아이들도 따라 핥아서 그렇죠.」

「그래 봐야 5~6엔 정도가 아니겠나.」

주인은 태연한 표정으로 코털 하나하나를 원고지에 심고 있다. 코털에 살이 붙어 있어 바늘을 세운 것처럼 똑바로 곧추선다. 주인은 뜻하지 않은 발견에 감격했는지, 후 하고 불어 본다. 코털은 점착력이 강해 들러붙은 채 날아가지 않는다.

「야, 이거 아주 딱 들러붙어 있군.」

주인은 열심히 불어 대고 있다.

「잼도 그렇고, 다른 것도 살 게 많아요.」

안주인은 정말 불만스럽다는 표정이다. 두 볼이 퉁퉁 부어 있다.

「그야 있을 수도 있겠지.」

주인은 또 손가락을 쑤셔 넣고 코털을 쑥 뽑아 냈다. 빨간색, 까만색, 갖가지 색이 섞여 있는 가운데 한 가닥 하얀색이 있다. 꽤나 놀랐는지 구멍이 뚫어져라 쳐다보던 주인이 그 하얀 털을 손가락 사이에 끼고, 안주인 얼굴 앞에 내밀었다.

「어머나, 저리 치워요.」

안주인이 얼굴을 찡그리고, 주인의 손을 밀쳐낸다.

「좀 보라고. 코털에 하얀 게 있어.」

사뭇 감격스럽다는 투다. 서슬이 퍼렇던 안주인은 어쩔 수 없이 웃으면서 다시 다실로 돌아간다. 재정 문제는 포기한 모양이다. 주인도 다시 천연거사로 돌아간다.

코털로 안주인을 물리친 주인은 이제야 안심이라는 듯 또 코털을 뽑으면서 원고를 쓰려 안달하는데, 붓은 좀처럼 움직이지 않는다.

「군고구마를 먹는다는 것도 사족이지. 지워 버리자.」

끝내 그 글귀도 뭉개 버린다.

「향일주라는 것도 너무 뜬금없으니까, 지워 버리자.」

미련 없이 그 글귀도 지운다. 이제 남은 것은 〈천연거사는 공간을 연구하고, 논문을 읽는 사람이다〉란 글귀밖에 없다. 주인은 요것만 가지고는 너무 간단하다고 생각하지만, 〈에이 성가시군, 문장은 때려치우고 그림이나 그리자〉 하고는 원고지 위에 붓을 열십자로 휘둘러 서툰 문인화를 힘차게 그렸다. 난(蘭)이었다. 애써 지은 글귀들이 한 글자 남지 않고 낙제(落第)를 당했다. 그리고 원고지를 뒤집어 의미를 알 수 없는 글귀를 휘갈겼다.

〈공간에서 태어나 공간을 탐구하고 공간에 죽다. 공(空)이며 간(間)인 천연거사, 아아.〉

그 참에 예의 메이테이 선생이 들어왔다. 메이테이 선생은 자기 집은 자기 집이요 남의 집도 자기 집이라 여기는지 왔노라는 말 한마디 없이 성큼성큼 안으로 들어왔다. 때로는 부엌문으로 훌쩍 들어오는 일도 있다. 걱정, 근심, 고생, 조심 같은 건 태어날 때 어디다 흘리고 나온 남자이다.

「또 지난번의 그 거인 인력인가?」

메이테이 선생이 선 채로 주인에게 물었다.

「아니네. 늘 거인 인력만 쓸 수야 없지. 천연거사의 묘비명을 생각하고 있는 참일세.」

주인은 그렇게 허풍을 떨었다.

「천연거사라, 그것도 우연동자(偶然童子) 같은 계명(戒名)인가?」

메이테이 선생은 또 엉터리 수작을 부렸다.

「우연동자라는 것도 있는가?」

「물론 없지만, 그냥 그런가 하고 생각한 것이네.」

「우연동자는 아는 바 없지만, 천연거사는 자네도 아는 남자라네.」

「아니 대체 누가 천연덕스럽게 천연거사라는 이름을 달고 있다던가?」

「소로사키라고, 그런 친구가 있었네. 대학을 졸업하고 대학원에서 공간론을 테마로 연구를 하다가, 공부를 너무 많이 한 탓에 복막염으로 죽었지.」

「친구라니 나쁘게 말하지 않겠네만, 소로사키를 천연거사로

탈바꿈시킨 것은 대체 누구 짓인가?」

「그야 나지. 내가 붙인 이름이네. 스님들이 짓는 계명만큼 저속한 것도 없어서 말이야.」

주인은 천연거사가 우아한 이름인 양 거들먹거렸다.

「어디, 그 묘비명이란 것 좀 보세나.」

메이테이 선생이 웃으면서 원고를 낚아채 큰 소리로 읽어 댔다.

「어디 보자. 공간에서 태어나, 공간을 탐구하고, 공간에 죽다. 공이며 간인 천연거사, 아아. 과연, 그럴싸하군. 천연거사에 어울리는 글귀야.」

주인은 기쁜 듯이 〈그렇지?〉 하고 확인했다.

「이 묘비명을 단무지를 눌러두는 돌에 새겨서 본당 뒤뜰에 힘겨루기 돌[3]처럼 내던져 두면 되겠군. 아아, 아주 보기 좋겠어. 그럼 천연거사도 극락왕생하겠지.」

「나도 그럴 생각이네.」

주인은 심각하게 대꾸하고는 메이테이 선생의 대답을 기다리지 않고 훌쩍 나가 버렸다.

「잠시 실례하겠네. 곧 돌아올 테니까, 고양이하고 잠시 놀고 있게나.」

본의 아니게 메이테이 선생을 접대하라는 명령을 받았으니 뚱한 표정으로 있을 수는 없었다. 나는 야옹야옹 하고 애교를 부리며 메이테이 선생의 무릎에 올라앉았다.

「아이고, 이거 살이 토실토실 올랐구나.」

메이테이 선생이 내 목덜미를 잡고는 나를 공중에 들어 올렸다.

「뒷다리가 이렇게 축 늘어져 있으면 쥐를 못 잡지. 제수씨, 이 고양이가 쥐를 잡습니까?」

메이테이 선생이 나 하나만 상대하자니 부족하다는 듯 옆방에 있는 안주인에게 말을 건넸다.

3 신사의 경내에 힘이 얼마나 센지를 시험하기 위해 비치하는 돌.

「고양이는 무슨 고양이요. 떡국 먹고 춤이나 췄지.」

안주인은 엉뚱하게 나의 옛 과실을 들추었다. 나는 공중에 둥실 떠서도 약간은 겸연쩍었다. 메이테이 선생은 여전히 나를 내려놓지 않고 있다.

「과연, 춤이라도 출 얼굴이로구나. 제수씨, 이 녀석 방심해서는 안 될 상입니다. 옛날의 구사조시(草雙紙)[4]에 나오는 늙은 고양이[5]를 닮았어요.」

또 제멋대로 지어낸 얘기를 늘어놓는다. 안주인은 자꾸만 말을 걸어 성가신지 바느질을 하다 말고 아예 이 방으로 건너왔다.

「따분하시죠? 이제 곧 돌아올 거예요.」

안주인이 차를 다시 따라 메이테이 선생 앞에 찻잔을 내밀었다.

「어디에 갔답니까?」

「어딜 가면 간다고 하고 가는 사람이 아니니 알 수야 없지만, 아마 의사를 찾아갔겠지요.」

「아마키 선생 말입니까? 아마키 선생도 그런 환자를 만나 골치가 아프겠군요.」

「네.」

안주인은 뭐라 대꾸하기가 곤란한지 짧게 대답했다. 메이테이 선생은 전혀 상관하지 않는다.

「그래 요즘은 어떤가요? 속이 조금은 좋아졌답니까?」

「좋은지 어쩐지 내가 어떻게 알겠어요. 병원을 뻔질나게 다녀봐야 잼을 그렇게 먹어 대니 속이 좋아질 리가 없지요.」

안주인은 아까 주인에게 하다 만 불평을 메이테이 선생에게 넌지시 털어놓았다.

「그렇게 잼을 많이 먹습니까? 원 어린애처럼.」

「어디 잼뿐인가요. 요즘은 위에 좋은 약이라면서 무즙을 열심히 먹어 대고 있어요.」

4 에도 중기 이후에 유행한 삽화가 있는 소설의 총칭.

5 꼬리가 둘로 갈라진, 변신에 능하다는 늙은 고양이.

「그것 참 놀랍군요.」

메이테이 선생이 감탄했다.

「신문에서 무즙에 디아스타제가 많다는 기사를 읽고부터 그런답니다.」

「오호라, 잼으로 입은 손해를 보상하려는 속셈이로군요. 그래도 꽤 머리를 굴렸습니다. 하하하하.」

메이테이 선생은 안주인의 얘기를 듣고 심히 유쾌하다는 표정이다.

「요전에는 아이에게도 먹였어요.」

「잼을 말입니까?」

「아니요, 무즙이지요. 얘야, 아버지가 맛있는 것 줄 테니까, 이리 온 하면서. 어쩌다 애를 귀여워해 주나 싶으면 그런 엉뚱한 짓만 한다니까요. 이삼일 전에는 둘째 애를 번쩍 안아 올리더니 서랍장 위에 올려놓았지 뭐예요.」

「그래, 어떤 재주를 보여 주던가요?」

메이테이 선생은 무슨 말을 들어도 재주로 해석한다.

「재주랄 게 뭐가 있겠어요. 그냥 거기서 뛰어내려 보라고 했지요. 서너 살 난 여자애가 그런 말괄량이 같은 짓을 어떻게 할 수 있겠어요.」

「그거 참, 재주가 없어도 너무 없군요. 그래도 심중에 악의는 없는 좋은 사람입니다.」

「그 꼴에 심중에 악의까지 있으면 어떻게 견디겠어요.」

안주인이 기염을 토했다.

「뭐 그렇게 불평하실 것까지야 없지요. 이렇게 별 부족함 없이 그날 그날을 살 수 있으면 충분하지 않습니까. 구샤미(苦沙彌)[6] 군은 도락도 즐기지 않고 옷차림에도 관심이 없으며, 처자식 거느리고 소박하게 사는 그런 사람 아닙니까.」

6 재채기란 뜻의 주인 이름이 비로소 등장했다.

메이테이 선생은 느긋한 말투로 성품에 없는 설교를 하고 있다.

「그게 그렇지가 않아요.」

「왜요? 몰래 뭘 하고 있습니까? 하기야 무슨 일이든 방심할 수 없는 세상이니.」

메이테이 선생이 마치 남 얘기를 하듯 소갈머리 없이 대꾸했다.

「다른 도락은 없는데, 읽지도 않을 책을 무턱대고 사들인다니까요. 그것도 사정을 봐가며 적당히 사면 좋을 텐데, 마루젠[7]에 가서 몇 권씩 한꺼번에 사놓고는, 월말이 되어도 시치미를 뚝 떼고 있는걸요. 작년 말에는 다달이 쌓인 것 때문에 곤욕을 치렀어요.」

「책이야 마음껏 들고 와도 아무 상관 없습니다. 책값을 받으러 오면 다음에 준다, 다음에 준다고 하세요. 그럼 그냥 돌아갈 겁니다.」

「그렇다고 언제까지 미룰 수는 없잖아요.」

안주인이 시큰둥하게 말했다.

「그렇다면 사정을 얘기하고 서적비를 삭감하세요.」

「그런 말을 한다고 어디 듣는 사람인가요. 얼마 전에는, 당신은 학자의 아내답지 않다. 책의 가치를 전혀 모른다, 옛날 로마에 이런 일화가 있었다, 후학을 위해 들어 두라고 하면서 이런 얘기를 하더군요.」

「그거 흥미롭군요. 그래 어떤 얘기를 하던가요?」

메이테이 선생이 흥이 올랐다. 안주인에게 동정이 가서가 아니라 순전히 호기심 때문이다.

「옛날 로마에 타루킨이란 왕이 있었는데.」

「타루킨? 타루킨이라, 그거 좀 이상하군요.」

「나는 외국 사람의 이름은 너무 어려워서 잘 기억하지 못해요. 아무튼 7대 왕이라고 하는데.」

7 책방 이름.

「7대 왕 타루킨이라, 아무래도 좀 이상하군요. 아무튼 그 왕이 뭘 어쨌답니까?」

「어머, 선생까지 놀리면 제가 얼굴을 들 수가 없지요. 알면 가르쳐 주면 좋잖아요. 선생도 참 못됐어요.」

안주인이 메이테이 선생을 물고 늘어졌다.

「놀리다니요. 전 그런 못된 짓 안 합니다. 타루킨이란 이름이 좀 색다른 듯해서. 가만 있자, 로마의 7대 왕이란 말이죠. 잘 기억나지 않지만 아마 타르퀴니우스[8]일 겁니다. 누구든 무슨 상관입니까, 아무튼 그 왕이 어쨌다는데요?」

「한 여자가 책 아홉 권을 들고 왕을 찾아와, 책을 사지 않겠느냐고 했답니다.」

「그래서요?」

「왕이 얼마를 주면 팔겠느냐고 했더니, 여자가 굉장히 비싼 값을 불렀대요. 너무 비싸서 좀 깎아 줄 수 없느냐고 했더니, 여자가 갑자기 아홉 권 중의 세 권에 불을 질러 버렸대요.」

「저런, 아깝게.」

「그런데 그 책에는 다른 책에서는 볼 수 없는 예언 같은 게 쓰여 있었다는군요.」

「호오.」

「왕은 아홉 권에서 여섯 권이 되었으니까, 책값도 좀 줄었겠지 하고 여섯 권은 얼마냐고 물었더니, 한 푼도 깎지 않은 원래 값을 말하더래요. 너무하지 않느냐고 했더니, 여자는 또 세 권을 불태워 버렸어요. 왕은 아직도 미련이 남았는지, 남은 세 권은 얼마에 팔겠느냐고 물었어요. 여자는 역시 아홉 권의 값을 말했대요. 아홉 권이 여섯 권이 되고, 여섯 권이 세 권이 되었는데도 책값은 한 푼도 변하지 않았어요. 그런데 또 깎으면 남은 세 권도 태워 버릴지 모르니까, 왕은 결국 비싼 값을 치르고 남은 세

8 기원전 로마 왕정 시대의 마지막 왕. 영어로는 Tarquin the proud.

권을 샀대요.[9]

이 얘기를 듣고 나니까 책의 귀중함과 고마움을 좀 알겠느냐고 다그치는데, 나는 뭐가 고마운 건지 잘 모르겠더군요.」

안주인은 이렇게 장황하게 일가견을 늘어놓은 후 메이테이 선생의 대답을 채근했다.

그 대단한 메이테이 선생도 대답할 말이 궁했는지, 소맷부리에서 손수건을 꺼내 내게 장난을 치고는 무슨 생각이 났다는 듯 불쑥 말을 꺼냈다.

「하지만 제수씨, 그렇게 책을 사들여 쌓아 놓고 있는 덕분에 그나마 학자니 뭐니 하는 소리를 듣는 겁니다. 얼마 전에 어떤 문학 잡지를 봤는데, 구샤미 군에 대한 평이 실려 있더군요.」

「정말이요?」

안주인이 돌아앉았다. 주인의 평판에 신경이 쓰이는 것을 보면 역시 부부인 듯하다.

「그래, 뭐라고 쓰여 있던가요?」

「뭐, 두세 줄밖에 안 되어서. 구샤미 군의 문장은 흐르는 물과 구름 같다고요.」

안주인은 생글거리면서 다시 물었다.

「그뿐이던가요?」

「음, 그리고 나타났다 싶으면 홀연히 사라지고, 한번 가면 돌아오는 것을 영원히 잊고 만다고 쓰여 있더군요.」

안주인의 표정이 미심쩍다는 듯 일그러졌다.

「그거, 칭찬하는 말인가요?」

「뭐, 그렇다 할 수 있지요.」

메이테이 선생은 시치미를 떼고 손수건을 또 내 눈앞에 늘어뜨렸다.

「책은 그래도 밥벌이 도구라니까 어쩔 수 없지만, 성격이 얼마

9 고대 그리스 로마의 전설적인 인물인 여자 예언자 시빌레의 일화.

나 엉뚱한지 몰라요.」

메이테이 선생은 또 다른 쪽으로 치고 들어오는군, 하고 생각했다.

「엉뚱하기는 하지요. 하지만 학문하는 사람들은 모두 그렇습니다.」

메이테이 선생은 안주인의 말에 맞장구를 치는 것인지 구샤미를 변호하는 것인지 모를, 이도 저도 아닌 대답을 했다.

「얼마 전에는 학교에서 돌아왔다가 금방 다시 나가야 하는데, 옷 갈아입기가 귀찮다고 외투도 벗지 않은 채 책상에 걸터앉아 밥을 먹었어요. 쟁반을 화로 틀에 올려놓고 말이에요. 난 밥통을 껴안고 앉아서 보고 있었는데 어찌나 웃음이 나오던지…….」

「허허, 전리품인 적장의 목을 확인하는 현대판 장수 같은 모습이로군요. 하지만 그러니까 구샤미 군답다는 것이지요. 아무튼 범상치가 않아요.」

메이테이 선생은 마지못해 그런 애처로운 칭찬을 했다.

「여자인 나야 범상한지 범상치 않은지 알 수 없지만, 그래도 그렇지 좀 심하잖아요.」

「그래도 범상한 것보다는 낫지요.」

무턱대고 주인 편을 드니 안주인은 불만스러운 표정이다.

「다들 범상이니 어쩌니 하는데, 대체 범상하다는 게 뭐죠?」

안주인이 정색을 하고 범상의 정의를 추궁했다.

「범상 말입니까? 그러니까, 그게 좀 설명하기가 어렵군요.」

「그렇게 애매모호한 것이라면 범상해도 별 상관이 없잖아요?」

안주인이 여자들의 논리로 따지고 들었다.

「애매모호한 것이 아니고, 알고 있기는 한데 뭐라 설명하기가 어려울 뿐이죠.」

「자기가 싫은 것은 뭐든 범상하다고 하는 거 아닌가요?」

안주인이 얼떨결에 정곡을 찔렀다. 이렇게 되고 보니 메이테이 선생도 어떻게든 범상을 설명해야 하는 처지에 놓였다.

「제수씨, 범상한 사람이란, 우선은 묘령의 아가씨들 사이에서 뒹굴면서 날이 화창하다 싶으면 술병을 허리춤에 차고 스미다 강의 강둑으로 꽃구경을 하러 나가는 사람들을 일컫는 말이죠.」
「그런 사람들이 어디 있다고요.」
안주인은 무슨 말인지 알 수가 없어, 적당히 대꾸를 하고는 나는 모르겠다면서 한발 물러섰다.
「그럼 바킨[10]의 몸통에 메이저 펜더니스[11]의 목을 달아, 한 1, 2년 구주(歐洲)의 공기에 싸두지요.」
「그럼 범상할 수 있나요?」
메이테이 선생은 웃기만 할 뿐 아무 대답도 하지 않았다.
「그리 품을 많이 들이지 않아도 할 수 있지요. 중학생에다 시로키야[12]의 종업원을 더해서 둘로 나누면 아주 그럴싸한 범상한 사람이 되지요.」
「그런가요.」
안주인은 고개를 갸우뚱한 채 무슨 소린지 도통 모르겠다는 표정을 짓고 있다.
「자네, 아직도 있는가?」
어느 틈에 돌아온 주인이 메이테이 선생 옆에 와 앉았다.
「아직도 있냐니, 거참 너무하군. 금방 돌아올 테니 기다리라고 한 사람은 자네가 아닌가.」
「매사가 이렇다니까요.」
안주인이 메이테이 선생을 돌아보며 말했다.
「자네가 없는 사이에 자네 얘기를 낱낱이 들었네.」
「여자들은 아무튼 말이 많아서 탈이라니까. 인간도 고양이처럼 과묵하면 좋으련만.」
주인이 그렇게 말하며 내 머리를 쓰다듬었다.

10 曲亭馬琴(1767~1848). 에도 시대 말기의 소설가.
11 윌리엄 새커리의 소설 『펜더니스 이야기』에 등장하는 속물.
12 1903년 니혼바시에서 문을 연 일본 최초의 서양식 백화점.

「자네, 아이에게 무즙을 먹였다더군.」
「흠, 그랬지. 요즘 아이들은 참 영리하단 말이야. 그 후로 내가, 얘야 매운 건 어디지? 하고 물으면 혀를 쏙 내민다니까.」
주인이 웃으면서 말했다.
「거, 잔인하기는. 마치 개를 훈련시키는 것 같지 않은가. 간게쓰 군이 올 때가 되었는데.」
「간게쓰 군도 오는가?」
주인이 의심스럽다는 표정을 지었다.
「음, 올 걸세. 오후 1시까지 자네 집으로 오라고 엽서를 보냈으니까.」
「내 사정은 물어보지도 않고, 정말 안하무인일세. 간게쓰 군은 불러서 뭘 하려고?」
「오늘은 내가 부른 것이 아닐세. 간게쓰 군이 자청한 것이지. 이학 협회[13]에서 연설을 한다는군. 연습을 한다면서 내게 들어 달라고 해서, 마침 잘되었다고 자네에게도 들려주자고 했지. 그래서 자네 집으로 부른 것일세. 자네는 한가한 사람이니 별 지장은 없을 테고, 들어서 나쁠 것도 없지 않은가.」
메이테이 선생 혼자 북 치고 장구 치는 꼴이다.
「내가 물리학 강연을 들어서 뭘 알겠나.」
주인은 메이테이 선생의 독단에 다소 부아가 치민다는 투였다.
「그런데 그 테마가 〈자기(磁氣)를 띤 노즐에 관하여〉처럼 무미건조한 게 아니더군. 제목이 목매달의 역학이라고 하니까, 들을 만할 거야.」
「자네는 목을 매달다 실패한 사내이니 들을 만하겠지만, 나는 말일세…….」
「가부키 극장이란 말에 오한이 들 정도의 사내라 못 듣겠다는 소리는 하지 않겠지.」

13 실재하는 협회는 아니다.

메이테이 선생이 여느 때처럼 농담을 했다. 안주인이 호호호 웃으면서 주인을 돌아보고는 옆방으로 물러갔다. 주인은 아무 말 없이 내 머리를 쓰다듬었다. 이때만큼은 아주 자상하게 쓰다듬었다.

약 7분 정도 지나 메이테이 선생이 청한 대로 간게쓰 군이 찾아왔다. 오늘은 밤에 연설이 있는 탓인지, 평소와 달리 갓 빤 하얀 와이셔츠 칼라를 칼날처럼 세우고 연미복을 멋들어지게 차려입어 신사다움이 2할쯤 더해 보이는 모습으로 침착하게 인사를 했다.

「조금 늦었습니다.」

「아까부터 우리 둘이 목을 빼고 기다리고 있었네. 자, 어디 한번 해보게.」

메이테이 선생이 주인을 보며 말했다.

「음, 그러지.」

주인도 어쩔 수 없이 건성으로나마 대꾸를 했다. 그런데도 간게쓰 군은 서두르지 않았다.

「물 한 잔 주시지요.」

「야, 이거 정식으로 하겠다는 말이로군. 다음에는 박수갈채를 청할 요량인가.」

메이테이 선생 혼자서 호들갑을 떨었다. 간게쓰 군은 품에서 초고를 꺼내 이렇게 전제하고는 드디어 연습을 시작했다.

「어디까지나 연습이니까, 기탄없는 비평을 부탁드립니다.

앵글로 색슨족은 주로 죄인을 교수형에 처했으나, 더 고대로 올라가면 목을 매다는 방법은 주로 자살에 쓰였다고 합니다. 유대인 사이에서는 돌을 던져 죄인을 죽이는 풍습이 있었다고 합니다. 『구약 성서』를 보면, 행잉*hanging*이라는 단어가 죄인의 시신을 매달아 짐승이나 새들의 먹이로 삼는다는 뜻으로 쓰인 것을 알 수 있습니다. 헤로도토스의 설에 따르면 유대인은 이집트를 떠나기 전부터 밤중에 시신이 짐승의 먹이가 되는 것을 몹시 싫어했다고 합니다. 이집트인은 죄인의 목을 잘라 내고 몸통만 십자가에 못 박아 밤중에 짐승의 먹이가 되도록 했다고 합니다. 페르시아인은…….」

「어째 얘기가 목을 매다는 것과 점점 멀어지는 듯한데, 괜찮은가?」

메이테이 선생이 끼어들었다.

「이제 본론으로 들어갈 테니, 조금만 참아 주십시오. 페르시아인 역시 죄인을 책형에 처했다고 하는데, 목숨이 끊어지기 전에 못을 박았는지, 죽은 후에 못을 박았는지는 알 수 없습니다.」

「그런 것은 알아서 뭣하게.」

주인이 따분하다는 듯 하품을 했다.

「아직 말씀드리고 싶은 것이 여러 가지로 많으나, 심히 불편해 하옵는 듯하여…….」

「〈하옵는〉보다 〈하시는〉이 듣기 편하지, 그렇지 않은가 구샤미 군?」

메이테이 선생이 나무라자, 주인은 시큰둥하게 대꾸했다.

「어느 쪽이면 어떤가.」

「그럼 이제 본론으로 들어가 말씀 올리겠습니다.」

「그런 말투는 만담가나 쓰는 것이지, 연설가는 좀 더 기품 있는 말을 써야 하지 않겠는가.」

메이테이 선생이 또 끼어들었다.

「말씀 올리겠습니다가 기품이 없다면 대체 뭐라고 하란 말입니까?」

간게쓰 군이 울컥하면서 되물었다.

「메이테이 선생이 얘기를 듣고 있는 것인지 공연한 트집을 잡는 것인지 알 수 없으니, 이런 구경꾼은 상관하지 말고 어서어서 끝내게.」

주인은 가능한 한 빨리 난관을 헤쳐 나가려고 했다.

「울컥하여 말씀 올리니 버들이 반기누나[14]인가.」

메이테이 선생은 여전히 태연한 말투다. 간게쓰 군이 자기도 모르게 웃음을 터뜨렸다.

「제가 조사한 바에 따르면 실제로 처형에 교수형을 사용한 예는, 『오디세이』의 22권이 나옵니다. 예의 텔레마코스가 페넬로페의 열두 시녀를 교살하는 부분이죠. 그리스어로 본문을 낭독해도 상관은 없으나, 젠 체하는 것 같으니 하지 않겠습니다. 465행에서 473행을 보시면 알 수 있습니다.」

「그리스어 운운은 피하는 것이 좋겠군. 마치 그리스어에 능통한 사람인 것처럼 들리지 않는가, 구샤미.」

「그 점에는 나도 찬성이네. 괜히 거들먹거리지 않는 것이 깊이가 있어 보이는 법이니까.」

주인이 전에 없이 순순히 메이테이 선생 편에 섰다. 두 사람 다 그리스어를 한 글자도 읽지 못하는 탓이다.

「그럼 이 두세 줄은 오늘 밤 생략하기로 하겠습니다. 그다음을 말씀 올, 아, 말씀드리겠습니다.

교살을 상상해 보기로 하죠. 이를 집행하는 데는 두 가지 방법이 있습니다. 첫째는 예의 텔레마코스가 유마이오스와 필로이티오스의 도움을 얻어 새끼줄 한 끝을 기둥에 묶고, 그 새끼줄 군데군데에 고리를 만들어 그 고리에 여자의 머리를 하나씩 넣은 후에 한쪽 끝을 바짝 잡아당겨 목을 매단 방법입니다.」

「그러니까 서양의 세탁소에서 셔츠를 널 때처럼 여자의 목을 매달았다고 생각하면 되겠군.」

「맞습니다. 그리고 두 번째 방법은 새끼줄의 한쪽은 기둥에 묶고 다른 한쪽은 천장에 높이 매다는 것입니다. 그리고 그 새끼줄에 여러 개의 새끼줄을 묶고 그 끝을 고리로 만들어 여자의 목을 집어넣게 하고, 처형하는 순간 여자가 딛고 있는 받침대를 넘어뜨리는 방법입니다.」

14 에도 중기의 하이쿠 시인 오시마 료타의 하이쿠 〈울컥하여 돌아온 마당에 버들이 반기누나〉를 비튼 것.

「비유하자면 새끼줄 발[簾]에 초롱 방울을 매단 광경을 상상하면 틀림없겠군.」

「초롱 방울이란 방울은 본 적이 없어 뭐라 말씀드리기 어려우나, 만약에 있다면 비슷하지 않을까 합니다. 그런데 역학적으로 첫 번째 경우는 절대 성립할 수 없다는 것을 증거를 제시하며 보여 드리겠습니다.」

「음, 거 흥미롭겠군.」

메이테이 선생의 말에 주인도 동의했다.

「음, 재미있겠어.」

「우선 여자들이 같은 간격으로 매달려 있다고 가정합니다. 그리고 지면에서 가장 가까운 두 여자의 목과 목을 연결하고 있는 새끼줄은 수평을 이룬다고 가정합니다. 그렇게 α_1 α_2……α_6를 새끼줄과 지평선 사이의 각도라고 상정하고, T_1 T_2……T_6을 새끼줄의 각 부분에 미치는 힘이라고 간주하고, $T_7=X$은 가장 낮은 부분의 새끼줄이 받는 힘이라고 합니다. W는 물론 여자의 몸무게죠. 어떻습니까? 아시겠습니까?」

메이테이 선생과 주인은 얼굴을 마주 보고 대충 알겠다고 말했다. 단 대충의 정도는 두 사람이 제멋대로 상정한 것이므로 다른 사람에게는 적용되지 않을 수도 있다.

「두 분도 잘 아시는, 다각형에 관한 평균성 이론을 따르면 다음과 같은 열두 개의 방정식이 성립하죠.」

$$T_1 \cos \alpha_1 = T_2 \cos \alpha_2 \cdots\cdots 1)$$
$$T_2 \cos \alpha_2 = T_3 \cos \alpha_3 \cdots\cdots 2)$$
$$\vdots$$

「방정식은 그 정도로 해두지.」

주인이 짜증스럽게 말했다.

「실은 이 방정식이 연설의 백미인데요.」

간게쓰 군은 몹시 아쉽다는 표정이다.

「그럼 핵심만 간단히 들어 보면 되겠군.」

메이테이 선생도 다소 진저리가 난다는 투다.

「이 식을 생략하면 애써 연구한 역학론이 헛수고가 되고 마는데요.」

「그리 사양할 것 없네. 주저 말고 생략하게나.」

주인이 태연하게 말했다.

「그렇다면 말씀대로 생략하죠. 좀 무리이기는 하지만.」

「잘 생각했네.」

메이테이 선생이 뜬금없이 손뼉을 짝짝 쳤다.

「그리고 영국을 예로 들면, 〈베오울프〉에 교수대를 뜻하는 갈가 *galga*[15]라는 글자가 있는 것을 보면, 그 시대에도 교수형이 행해졌다고 짐작할 수 있습니다. 윌리엄 블랙스톤의 설에 따르면, 교수형에 처해진 죄인이 죽지 않으면 같은 형벌을 다시 받아야 한다고 하는데, 〈농부 피어스〉[16]에는, 설사 흉악범이라도 두 번 목을 매다는 법은 없다는 구절이 있습니다. 어느 쪽이 사실인지는 알 수 없으나, 한 번에 죽지 못하는 일이 왕왕 있었다는 실례도 있습니다.

1786년에 피츠제럴드라는 악한을 교수형에 처한 일이 있었습니다. 그런데 첫 번째에는 받침대를 빼내는 순간 새끼줄이 끊어지고 말았죠. 두 번째에는 새끼줄이 너무 길어 땅에 닿는 바람에 죽지 못했다고 합니다. 세 번째에는 구경꾼들이 서로 도와 살려 냈다고 하는군요.」

「저런 저런.」

메이테이 선생은 이런 얘기가 나오면 갑자기 기운이 솟는다.

「정말 죽지 못해 사는 것이로군.」

15 현대 영어에서는 *gallows*.

16 The vision of Piers the plowman. 윌리엄 랭런드가 지은 것이라 여겨지는 14세기의 영시.

주인까지 덩달아 들떴다.

「재미있는 게 또 있습니다. 목을 매달면 키가 커진다고 하는군요. 의사가 재본 것이니까 틀림없을 겁니다.」

「그거 새로운 얘기로군. 어떤가 구샤미, 한번 목을 매달아 보는 게. 그래서 키가 커지면 남들만큼 되지 않겠는가?」

메이테이 선생이 그렇게 말하면서 주인을 돌아보았다.

「간게쓰 군, 키가 커진 다음 되살아나는 일도 있는가?」

주인이 의외로 정색하고 물었다.

「그야 물론 없지요. 매달린 탓에 척추가 늘어날 뿐이니까요. 아니 척추가 늘어나는 게 아니라 망가지는 것이죠.」

「그럼 안 되지. 나는 그만두겠네.」

주인은 단념했다.

연설할 내용은 아직 한참 남아 간게쓰 군은 목매닮의 생리 작용까지 언급할 예정인데, 메이테이 선생은 불쑥불쑥 허튼소리를 하지 않나, 주인은 때로 거리낌 없이 하품을 해대니 결국 도중에 그만두고 가버렸다. 그날 밤, 간게쓰 군이 어떤 태도로 어떤 웅변을 토했는지는 먼 곳에서 일어난 일이라 나로서는 알 도리가 없다.

아무 일 없이 이삼일이 지났다. 어느 날 오후 3시쯤, 예의 메이테이 선생이 우연동자처럼 또 홀쩍 나타났다. 자리에 앉자마자 하는 소리가 이렇다.

「자네, 오치 도후의 다카나와 사건이라고 들어 봤나?」

마치 뤼순 함락을 알리는 호외라도 들이미는 기세다.

「아니, 요즘은 통 만나지 못했으니.」

주인은 여느 때처럼 시큰둥하게 말했다.

「오늘은 바쁜 와중에, 그 도후 군의 실수담을 보고하러 일부러 찾아왔다네.」

「또 그런 허풍을 떠는군. 자네 발칙한 것은 여전하이.」

「하하하하, 발칙한 게 아니라 두서없다 해야겠지. 그 점은 구별을 해야 하지 않겠나. 사람의 명예와 관계된 일이니.」

「다를 게 뭐 있나.」

주인이 호언했다. 진짜 천연거사가 재림한 듯하다.

「지난 일요일에 도후 군이 다카나와의 센가쿠지(泉岳寺)에 갔다고 하는군. 이 추위에 안 가도 될 것을. 지금 이 계절에 센가쿠지에 가다니, 도쿄를 모르는 시골뜨기 같지 않은가.」

「그거야 도후 군 마음이지. 자네가 뭐라 할 권리는 없지 않은가.」

「물론 그런 권리야 없지. 권리는 그렇다 치고, 그 센가쿠지에 의사(義士) 유물 보존회라는 볼거리가 있지 않은가?」

「뭐라?」

「아니 자네, 모르나? 센가쿠지에는 가봤을 텐데.」

「아니.」

「아니라고? 거참 놀랄 일이로군. 어째 쉬이 도후 군 편을 든다 했지. 도쿄에 살면서 센가쿠지를 모르다니 한심하군.」

「모른다고 선생 노릇을 못 하는 것은 아니니까.」

주인은 드디어 진정한 천연거사가 된다.

「그건 그렇고, 아무튼 도후 군이 그 전시회장에 들어가서 관람을 하고 있는데, 독일인 부부가 들어왔다는군. 그런데 처음에는 일본 말로 도후 군에게 무슨 질문을 한 모양이야. 도후 군, 독일 말이 하고 싶어 입이 근질거리는 사람 아닌가. 그래서 두세 마디 유창하게 늘어놓은 모양이야. 나중에 생각해 보니, 그게 재난의 발단이었지.」

「왜? 어찌 되었는데?」

주인이 끝내 걸려들었다.

「독일 사람이 오다카 겐고[17]의 금박 그림이 새겨진 인롱(印籠)을 사고 싶은데, 파는 것이냐고 물었다는군. 그런데 도후 군의

17 大鷹源吾(1672~1703). 아코 번의 47명의 사무라이 가운데 한 명. 센가쿠지는 그들이 안장된 곳이다.

대답이 걸작이야. 일본 사람은 청렴한 군자들뿐이라서 절대 팔지 않을 것이라고 했다는군. 거기까지는 꽤 괜찮았는데, 그 독일 사람들이 통역이라도 얻었다는 식으로 계속 물어 댔다는 거야.」

「뭐를?」

「그게 무슨 말인지 알 정도면 별 탈이 없었을 텐데, 빠른 말투로 마구 물어 대니 뭐라고 하는지 도통 알 수가 없었다더군. 가끔 알아듣겠다 싶으면, 쇠갈고리니 나무망치가 뭐냐고 물으니. 쇠갈고리와 나무망치를 서양 말로 뭐라 하는지, 배운 일이 없으니 난감하기 짝이 없었다더군.」

「하긴 그랬겠군.」

주인은 선생인 자신의 처지와 비교하여 동정을 표했다.

「그런데 뭘 모르는 사람들이 신기한 구경거리인 양 하나둘 사방에서 모여들어, 도후 군과 독일 사람을 에워싸고 구경을 했다는군. 도후 군, 얼굴이 시뻘개져서 어쩔 줄을 몰랐지. 처음 기세는 어디 가고, 그저 쩔쩔매느라 정신이 없었다는 거야.」

「그래서 결국 어찌 되었다던가?」

「결국 더 이상 견디지 못하고 〈안농가세요〉 하고 일본 말로 말하고는 쏜살같이 꽁무니를 뺐다는군. 〈안농가세요〉가 뭐냐, 자네 고향에서는 안녕히 가세요를 〈안농가세요〉라고 하느냐고 물었더니, 물론 〈안녕히 가세요〉라고 하지만 상대가 서양 사람이라서 그에 맞춰 발음하느라고 〈안농가세요〉라고 했다는 거야. 도후 군, 그렇게 난감한 때에도 조화를 잊지 않는 대단한 사람이었어.」

「〈안농가세요〉는 그렇다 치고, 그래 그 독일 사람들은?」

「얼이 빠져서 그저 쳐다만 보았다지 뭔가. 하하하하.」

「그다지 재미도 없는데, 그런 얘기를 해주려고 일부러 찾아온 자네가 더 우습군.」

주인은 담뱃재를 재떨이에 톡톡 털면서 말했다. 때마침, 대문의 종이 튀어오를 정도로 울리면서 여자의 짜랑짜랑한 목소리가 들려왔다.

「실례합니다.」

메이테이 선생과 주인은 얼굴을 마주 보고 침묵했다.

주인의 집에 여자 손님이 웬일인가 싶어 내다보니, 짜랑짜랑한 목소리의 여자가 기모노 자락을 다다미에 끌면서 안으로 들어왔다.

나이는 마흔을 조금 넘었을까. 벗어진 이마 위로 앞머리가 공사 중인 제방처럼, 얼굴 길이의 2분의 1이나 될 만큼 하늘을 향해 높이 솟아 있다. 또 깎아지른 벼랑 같은 각도로 쭉 그어진 직선 같은 눈이 좌우로 나란히 나 있다. 직선이란 가늘다는 말이다. 코는 유난히 크다. 남의 코를 훔쳐다 얼굴 한가운데 떡 붙여 놓은 꼴이다. 세 평 남짓한 좁은 마당에 야스쿠니 신사의 석등을 옮겨 놓은 것처럼 저 혼자 떡하니 자리를 차지하고 있는데, 왠지 균형미가 없다. 이른바 매부리코다. 한 차례 높이 치솟았다가 좀 너무하다 싶어 도중에 겸손을 떨다가 끝으로 가면서 처음의 기세를 잃고 축 늘어져, 밑에 있는 입술을 들여다보고 있다. 이렇게 눈에 띄는 코이니, 여자가 무슨 말을 할 때는 입이 말을 한다기보다 코가 말을 하는 것처럼 보인다.

나는 이 여자의 위대한 코에 경외심을 표하기 위해 앞으로는 이 여자를 하나코(鼻子)[18]라고 부를 작정이다. 하나코는 첫인사를 마치고는 집 안을 돌아보며 말했다.

「집이 참 좋군요.」

주인은 속으로 〈순 거짓말〉이라고 중얼거리며 담배를 뻐끔뻐끔 피웠다. 메이테이 선생은 천장을 올려다보면서 주인에게도 보라고 채근했다.

「자네, 저거 비가 샌 얼룩인가? 아니면 나뭇결인가? 무늬가 아주 묘하네그려.」

18 하나는 코를 뜻한다.

「물론 비가 샌 자국이지.」
주인이 대답하자 메이테이 선생은 태연하게 이렇게 대답했다.
「거참, 멋지군.」
하나코는 속으로, 사교성이라곤 전혀 없는 사람들이라고 분개했다. 잠시 세 사람은 서로를 마주한 채 말이 없었다.
「여쭙고 싶은 일이 있어서 찾아왔는데요.」
하나코가 다시 입을 열었다.
「아, 네.」
주인은 아주 냉담하게 응수했다.
이래서는 안 되겠다 싶어 하나코는 말을 시작했다.
「저 실은, 바로 이 근처에 살아요. 건너편 길모퉁이에 있는……」
「아 그 커다란 서양관의 창고가 있는 집 말입니까. 그 집에 가네다란 문패가 걸려 있던 것 같은데.」
주인은 이제야 가네다의 서양관과 가네다의 창고를 인식한 모양인데, 가네다 부인을 대하는 태도는 여전했다.
「실은 바깥양반이 직접 찾아뵙고 말씀을 드려야 하는데, 회사 일로 바빠서 그만……」
이번에는 다소 효과가 있겠지 하는 눈빛이었다. 그러나 주인은 조금도 변함이 없었다. 아까부터 처음 보는 여자치고는 하나코의 말투가 너무 무례해서 언짢은 탓이다.
「회사도 한 군데가 아니라 두세 군데를 다니는 데다, 모두 중역을 맡고 있는 터라. 아, 뭐 다 아시겠지만.」
이래도 거들먹거리겠느냐는 눈초리다. 하지만 우리 주인은 원래가 박사다 대학교수다 하는 사람들에게는 기가 죽지만, 사업가를 존경하는 마음은 아주 미약하다. 사업가보다 중학교 선생이 위대하다고 믿을 정도다. 아니 믿지는 않더라도 융통성이 없는 성격이라, 사업가나 부자들의 은총을 입을 일은 없을 것이라고 포기하고 있다. 상대가 세력가든 자산가든, 자신이 신세 질 가능성이 없다고 판단한 사람과의 이해관계에는 지극히 무심하다. 그러니 학자 사회가 아닌 다른 분야에는 둔할 수밖에 없다. 특히 사업계에 대해서는 누가 어디서 어떤 일을 하는지 전혀 알지 못한다. 알아도 경외심은 털끝만큼도 품지 않는다.

하나코는 하늘 아래 이런 유별난 사람이 햇볕을 받으며 살고 있을 줄이야 꿈에도 몰랐다. 지금까지 많은 사람들을 접해 보았지만, 가네다의 부인이라고 밝히면 갑자기 대우가 좋아지지 않은 일이 없었다. 어느 모임을 가든, 제아무리 신분이 높은 사람들 사이에 끼든 가네다의 부인이라고 하면 다 통했는데 하물며 이렇게 초라한 노(老)서생쯤이야, 길모퉁이 집이라고 하면 직업이 뭔지 듣기도 전에 놀랄 것이라고 예상하고 있었다.

「자네, 가네다란 사람 아나?」

주인이 메이테이 선생에게 별 관심 없다는 듯 물었다.

「알다마다. 가네다 씨가 우리 큰아버지 친구 아닌가. 얼마 전에도 원유회에 오셨었지.」

메이테이 선생도 정색을 하고 대답했다.

「아니, 자네 큰아버지가 누군데?」

「마키야마 남작.」

주인이 뭐라고 대답하기도 전에 하나코는 갑자기 몸을 틀어 메이테이 선생 쪽을 보았다. 비백 무늬 명주옷에 잔무늬가 있는 무명옷을 겹쳐 입은 메이테이 선생이 짐짓 점잔을 떨었다.

「아니 그럼 마키야마 남작님의 친척 되시나요? 아이, 이를 어쩌나, 몰라뵈어서 정말 죄송합니다. 우리 바깥양반이 마키야마 남작님께는 늘 신세를 많이 지고 있다고 했는데.」

말투가 갑자기 고분고분해졌다. 게다가 몸까지 굽실거린다.

「아. 예. 하하하하.」

주인은 어이가 없어 그저 아무 말 없이 둘을 쳐다보았다.

「우리 딸자식의 혼담 때문에도 마키야마 남작님께 갖가지 걱정을 끼쳐 드렸다고요.」

「아, 그런가요.」

메이테이 선생도 그 말에는 좀 당황했는지 목소리가 놀란 기색이었다.

「실은 여러 군데에서 잘 부탁한다고 혼담이 들어오기는 하는데, 저희 쪽 신분도 있고 하니까 함부로 아무 데나 보낼 수는 없어서요.」

「하긴 그렇겠군요.」

메이테이 선생은 그제야 안도한다.

「그 때문에 이번에는 댁에게 좀 물어보고 싶은 말이 있는데요.」

하나코가 주인 쪽을 보면서 말투를 확 바꿔 말했다.

「이 댁에 미즈시마 간게쓰라는 남자가 종종 드나든다고 들었는데, 그 사람 대체 어떤 남자인가요?」

「간게쓰 군에 관해 물어 뭘 하려고요?」

주인이 떨떠름하게 되물었다.

「그러니까 따님의 혼담 때문에, 간게쓰 군의 성격을 알고 싶으시다는 거 아니겠나.」

메이테이 선생이 훈수를 둔다.

「네, 말씀해 주시면 무척 고맙겠네요.」

「그렇다면, 따님을 간게쓰 군에게 주고 싶다는 뜻입니까?」

「그런 게 아니고요.」

하나코가 주인을 난감하게 했다.

「안 그래도 혼담은 많이 들어오니까, 굳이 그 사람에게 보낼 마음은 없어요.」

「그렇다면 굳이 물을 것도 없지 않습니까.」

주인도 약이 올랐다.

「그렇다고 숨길 것까지야 없지요.」

하나코도 지지 않을 태세였다.

메이테이 선생은 두 사람 사이에 앉아 은 곰방대를 부채 모양의 지휘봉처럼 쥐고서 속으로 〈싸워라, 붙어라〉 하고 고함을 질렀다.

「간게쓰 군이 반드시 따님을 신부로 맞고 싶다는 말이라도 했나요?」

하나코의 공격에 주인이 두 손으로 냅다 밀어내는 것으로 응수했다.

「그런 말을 한 것은 아니지만…….」

「그럼, 그럴 것이라고 짐작하고 있는 겁니까?」

주인은 이 부인에게는 밀어내기 작전이 최고라고 깨우친 모양이었다.

「얘기가 그렇게 많이 진전된 것은 아니지만……, 그렇다고 간게쓰 씨가 마다할 리는 없겠지요.」

하나코가 씨름판 끄트머리에서 아슬아슬하게 버텼다.

「간게쓰 군이 댁의 따님에게 무슨 애착이라도 보였다는 말입니까?」

주인은 할 말이 있으면 해보라는 식의 기세로 맞섰다.

「뭐, 그런 셈이지요.」

이번에는 주인의 기술이 아무런 효과를 발휘하지 못했다. 그때까지 자기가 무슨 심판이라도 된 것처럼 흥미롭게 두 사람을 구경하던 메이테이 선생이 하나코의 그 한마디에 호기심이 동했는지, 곰방대를 내려놓고 몸을 앞으로 쑥 내밀었다.

「그렇다면 간게쓰 군이 따님에게 남몰래 연애편지라도 보낸 겁니까? 야, 이거 유쾌하군. 올 들어 일화가 또 한 가지 늘었어. 좋은 얘깃거리야.」

메이테이 선생 혼자서 신이 났다.

「연애편지가 아니라, 더 심한 일이 있었다고요. 두 분은 모르시나요?」

하나코가 건수라도 잡은 양 물고 늘어졌다.

「자네는 아나?」

주인이 여우에 홀린 표정으로 메이테이 선생에게 물었다.

「나야 모르지. 자네가 아는 거 아닌가?」

메이테이 선생도 얼빠진 표정을 지으며 시답잖은 일에 겸손을 떨었다.

「아니죠, 두 분 다 아시는 일이에요.」

하나코만 득의양양했다.

「그런가요?」

주인과 메이테이 선생 기가 죽었다.

「잊으셨다면 제가 다시 말씀드리죠. 작년 말에 무코지마에 있는 아베 씨 댁에서 연주회가 있었죠. 그때 간게쓰 씨도 참석했는데, 돌아가는 길에 아즈마 다리에서 어떤 사건이 있었어요. 자세한 말씀은 생략하죠, 당사자에게 폐가 될 수도 있으니. 그만하면 증거는 충분하다고 생각하는데, 과연 어떨지요.」

하나코는 다이아몬드 반지를 낀 손가락을 무릎 위에 가지런히 올려놓고 자세를 가다듬었다. 위대한 코가 점점 더 이채를 발해, 메이테이 선생이나 주인이나 있어도 없는 꼴이다.

주인은 물론 메이테이 선생 역시 이 불의의 습격에 얼이 빠졌는지, 잠시 학질에 걸린 환자처럼 망연해하다가 격앙의 도가 누그러지면서 점차 본연의 자세를 회복하자 왈칵 웃음을 쏟아 냈다. 두 사람은 약속이라도 한 듯 〈하하하하〉 하면서 배꼽을 잡았다. 하나코 혼자 이런 때 웃는 두 사람을 어이없어하며 쏘아보았다.

「그 사람이 따님이었나요? 야, 이거 잘 보셨습니다. 구샤미, 간게쓰 군이 이 댁 따님을 흠모하고 있는 게 틀림없는 모양일세. 숨겨 봐야 소용없으니, 다 털어놓아야겠네.」

「흐음.」

주인은 헛기침을 할 뿐이다.

「그래요. 숨겨 봐야 아무 소용없어요. 일은 이미 다 벌어졌으니까.」

하나코가 또 득의양양해했다.

「이거 어쩔 수 없군. 간게쓰 군에 관한 사실은 부인이 참고하실 수 있도록 다 말씀드리지요. 구샤미, 자네가 주인 아닌가. 그렇게 히죽거리고만 있으면 결말이 안 나네. 비밀이란 실로 무서운 것이로군. 아무리 숨겨도 어디선가 들통이 나니 말일세. 그래도 거참 신기한 일이로군요. 가네다 부인, 어떻게 그 비밀을 알아내셨는지요? 놀랍습니다.」

메이테이 선생이 혼자서 주절거렸다.

「저도 다 듣는 데가 있어요. 소홀할 수는 없으니까요.」

하나코는 자랑스러워하는 표정이다.

「소홀이라니요. 너무 빈틈이 없으십니다. 그래 대체 누구에게서 들었답니까?」

「이 댁 바로 뒤에 있는 인력거꾼네 부인이요.」

「그 시커먼 고양이가 있는 인력거꾼네 말입니까?」

주인이 눈을 동그랗게 뜨고 물었다.

「네, 간게쓰 씨가 인력거를 종종 사용하니까요. 간게쓰 씨가 이 댁에 올 때마다 무슨 소리를 하는가 싶어서, 부인에게 알려 달라고 부탁을 했죠.」

「그건 좀 심했습니다.」

주인이 큰 소리로 말했다.

「아니죠. 댁이 무슨 소리를 하든, 그건 아무 상관 안 해요. 문제는 간게쓰 씨죠.」

「간게쓰 군이든 누구든. 아무튼 그 인력거꾼네 마누라는 통 마음에 안 든다니까.」

주인 혼자서 화를 버럭 냈다.

「댁네 울타리에 몰래 와서 서 있든 말든 그거야 그 사람 마음이죠. 얘기 소리가 들리는 게 싫다면 작은 소리로 하면 될 것이고, 아니면 좀 더 큰 집으로 이사를 가면 될 일이죠.」

하나코는 조금도 부끄러워하는 기색이 없다.

「인력거꾼만이 아니에요. 이 옆집 이현금 선생에게서도 많은 얘기를 들었어요.」

「간게쓰 군에 대해서 말입니까?」

「간게쓰 씨만이 아니죠.」

주인이 어처구니없어하면서 이렇게 말했다.

「그 선생은 저 혼자만 품위 있는 척, 잘난 척, 인간다운 척하지만 실은 바보 자식입니다.」

「어머나, 자식이라니요. 헛다리를 짚으셨네요. 안됐지만 여자예요.」

하나코의 말투가 점점 본색을 드러냈다. 이래 가지고야 시비를 걸기 위해 온 것이나 다름없는데, 과연 메이테이 선생은 이 담판을 철괴선인(鐵拐仙人)[19]이 싸움닭들의 각축전을 보고 있는 듯한 표정으로 흥미롭게 듣고 있다.

남을 헐뜯기로는 도저히 하나코의 적수가 될 수 없다고 자각한 주인은 본의 아니게 잠시 침묵을 지켰다. 그러다 좋은 생각이 났는지 이렇게 말했다.

「부인은 간게쓰 군만 따님에게 애착을 보이고 있는 듯 말하는데, 내가 듣기에는 좀 다르군요. 그렇지 않은가, 메이테이.」

주인이 메이테이 선생에게 구원을 청했다.

「그래, 그때 들은 얘기로는, 따님이 무슨 병에 걸려서 헛소리를 했다던가, 그랬지.」

「그런 일은 절대 없어요.」

가네다 부인이 단호히 잘라 말했다.

「하지만 간게쓰 군은 모모 박사의 부인에게서 들었다고 하던데요.」

「이쪽에서 손을 쓴 거죠. 모모 박사의 부인에게 간게쓰 씨의 주의를 끌어 보라고 부탁한 거예요.」

「그렇다면 모모 박사의 부인이 의도적으로 그렇게 했다는 말입니까?」

19 중국 팔선(八仙)의 한 명인 이철괴를 말한다.

「물론이죠. 그냥은 부탁할 수 없으니까, 이래저래 갖가지 것들을 사용하고 있지만요.」

「간게쓰 군에 대해서 시시콜콜, 속속들이 듣지 않고서는 돌아가지 않겠다는 심산인가 보군요.」

메이테이 선생도 이제는 기분이 썩 좋지 않은지, 평소의 그답지 않게 귀에 거슬리는 말을 뱉었다.

「자네, 얘기한다고 무슨 손해를 볼 일도 아니니니 그냥 다 얘기해 버리지 그러나. 부인, 나든 구샤미든, 간게쓰 군에게 해가 없을 만한 얘기는 다 해드리지요. 그러니까, 순서대로 차례차례 얘기하는 게 좋겠군요.」

하나코는 이제야 말귀를 알아듣는다는 식으로 질문을 해댔다. 주인에게는 퉁명스러웠던 말투가 메이테이 선생에게는 다시 공손하게 바뀌었다.

「간게쓰 씨가 이학사라고 하는데, 대체 전공이 무엇인가요?」

「대학원에서 지구의 자기에 관한 연구를 하고 있습니다.」

주인이 진지한 표정으로 대답했다. 불행하게도 말뜻을 알아듣지 못한 하나코는 〈아, 예〉 하면서 수상쩍다는 얼굴이다.

「그 공부를 하면 박사가 될 수 있나요?」

「박사가 아니면 따님을 줄 수 없다는 말씀입니까?」

주인이 불쾌하다는 투로 말했다.

「그야 물론이죠. 학사는 얼마든지 있으니까.」

하나코는 당연한 일이라는 듯 대답했다.

주인은 메이테이 선생을 보면서 더는 싫다는 표정을 짓는다.

「박사가 될지 어떨지는 우리가 보장할 수 있는 것이 아니니, 다른 것을 물으시죠.」

메이테이 선생도 그다지 기분이 좋아 보이지는 않는다.

「그럼, 요즘도 그 지구의 뭐라는 공부를 하고 있나요?」

「이삼일 전에 이학 협회에서 목매닮의 역학이라는 제목으로 연구 결과를 발표했습니다.」

주인은 아무 생각 없이 말했다.
「에그머니나, 목을 매달다니, 정말 이상한 사람이로군요. 목매닮이니 어쩌구 하는 연구를 해서 어떻게 박사가 되겠어요.」
「본인이 목을 매달면야 힘들겠지만, 목매닮의 역학으로 박사가 될 수 없는 것은 아니지요.」
「그런가요?」
하나코가 이번에는 주인 쪽을 보며 안색을 살폈다. 슬픈 일이지만 역학이라는 말을 몰라 안절부절못하는 것이다. 하지만 그 정도 말을 물어서야 가네다 부인으로서 면목이 서지 않는다고 생각했는지 그저 상대의 표정을 살피면서 짐작하는 듯하다. 주인은 떨떠름한 표정이었다.
「그 밖에 무슨, 알기 쉬운 공부는 하지 않나요?」
「글쎄요, 얼마 전에는 〈도토리의 스터빌러티*stability*와 천체의 운행〉이란 논문을 썼지요.」
「대학교에서 도토리도 공부하나요?」
「글쎄요, 나도 그쪽에는 문외한이라 잘 모르겠는데, 간게쓰군이 손댄 것을 보면 연구할 가치가 있겠지요.」
메이테이 선생이 태연하게 농담을 했다. 하나코는 학문적인 질문은 힘에 부쳐 포기했는지 화제를 바꾸었다.
「얘기가 좀 달라지는데, 지난 설날에 표고버섯을 먹다가 앞니 두 개가 부러졌다면서요?」
「네, 그 이 빠진 자리에 찹쌀떡이 떡 들러붙었죠.」
메이테이 선생은 이런 질문이야말로 내 전문이라는 듯 갑자기 신 나했다.
「예의를 모르는 사람이로군요. 이쑤시개를 사용하면 될 것을.」[20]
「다음에 만나면 주의를 주지요.」
주인이 키들거리며 웃었다.

20 차를 마실 때 함께 먹는 떡이나 전통 과자는 예법에 따라 이쑤시개로 넷으로 잘라 먹으면 입에 들러붙지 않는다.

「표고버섯 하나에 이가 빠질 정도라면, 이가 영 시원찮은 모양이죠, 안 그런가요?」

「좋다고는 할 수 없겠죠. 그렇지 않나, 메이테이.」

「좋다고는 할 수 없지만, 애교가 있지 않은가. 그리고 그 후에 메우지 않은 것이 좀 묘하지. 아직도 찹쌀떡을 먹을 때마다 떡 들러붙으니, 가관이지.」

「이를 메울 돈이 없어서 그냥 놔두는 것인가요? 아니면 성격이 별스러워서 그냥 놔두는 것인가요?」

「그렇다고 마냥 없는 대로 놔두지는 않을 것이니, 안심하시지요.」

메이테이 선생은 기분이 점차 좋아졌다. 하나코는 또 다른 문제를 제기했다.

「댁에 본인이 직접 쓴 편지 같은 것이라도 있다면, 보여 주셨으면 하는데요.」

「엽서가 많으니까, 보시지요.」

주인이 서재로 들어가 엽서 30~40장을 들고 나왔다.

「그렇게 많이 볼 것까지야, 두세 장이면 되지요.」

「어디 좀 보자. 제가 좋은 것을 골라 드리지요. 이게 재미있을 것 같군요.」

메이테이 선생이 한 장을 골라 내밀었다.

「어머나, 그림도 그리나요? 재주가 많네요. 어디 좀 보여 주세요.」

잠시 바라보던 하나코.

「에그머니나, 너구리 아닙니까. 하필이면 너구리를 그릴 게 뭐예요. 그래도 너구리로 보이니 신기하군요.」

조금은 감탄한 모양이다.

「그 글귀를 읽어 보시지요.」

주인이 웃으면서 말했다. 하나코는 마치 하녀가 신문을 읽듯 읽어 내려갔다.

선달 그믐날 밤, 너구리가 원유회에 출동하여 신나게 춤을 추고 있습니다. 노랫말은 이러하니, 오늘 밤, 한 해의 마지막 밤, 산길을 헤치고 오는 사람도 없으니. 얼씨구나 좋다.

「어머나, 이게 뭐예요. 사람을 놀리는 것도 아니고.」

하나코는 영 불만스럽다는 투다.

「이 선녀는 마음에 드시는지요?」

메이테이 선생이 또 엽서 한 장을 내밀었다. 보아하니 날개옷을 입은 선녀가 비파를 뜯고 있다.

「이 선녀는 코가 너무 작아 보이네요.」

「보통 사람들 코가 다 그렇지요. 코보다 이 글귀를 읽어 보세요.」

글귀는 이렇다.

옛날 어느 곳에 한 천문학자가 살았습니다. 어느 날 밤, 여느 때처럼 높은 곳에 올라 열심히 별을 관찰하고 있는데, 하늘에서 한 선녀가 나타나 이 세상에서는 듣지 못할 신묘한 음악을 연주하기 시작했습니다. 천문학자는 몸을 에는 추위마저 잊은 채 음악에 넋을 잃었습니다. 아침에 보니, 천문학자의 시신에 하얗게 서리가 내려 있었습니다. 이것은 진짜 있었던 일이라고, 그 거짓말쟁이 할방구가 말해 주었습니다.

「아니, 이게 다 뭐예요. 아무 뜻도 없잖아요. 이래 가지고도 이학사로 통하나요? 『분게 크라부(文藝俱樂部)』[21]에나 발표하면 되겠군요.」

간게쓰 군이 된통 당한다. 메이테이 선생은 절반은 장난 삼아 세 번째 엽서를 내밀었다.

「이건 어떤가요?」

21 1895년에 창간된 문예 잡지.

이번에는 돛단배가 활판 인쇄로 찍혀 있고, 그 밑에 또 뭐라고 휘갈겨 놓은 엽서다.

어젯밤 묵은 열여섯 어린 소녀, 어미 잃은 바닷가 물떼새
한밤중에 깨어 물떼새처럼 울었다 부모는 뱃사공 저 높은 파도 속.

「이건 제법이네요. 대단한걸요, 심금을 울리잖아요.」
「그렇습니까?」
「네, 이 정도면 샤미센 가락에 맞춰 노래할 수도 있겠어요.」
「샤미센 반주가 가능하다면 나무랄 데가 없겠지요. 이건 어떻습니까?」
메이테이 선생이 또 한 장을 무턱대고 내밀었다.
「이제 되었어요. 그렇게 촌스러운 사람이 아니라는 것은 알았으니까.」
하나코는 저 혼자서 고개를 끄덕거렸다. 간게쓰 군에 대한 질문이 대충 끝난 모양이다.
「실례가 많았습니다. 간게쓰 씨에게는 제가 왔다 간 것을 비밀로 해주세요.」
간게쓰 군에 대해서는 무엇이든 묻고 확인해야 하지만 자신에 대해서는 간게쓰 군에게 절대 알리지 않으려는 방침인 듯했다. 그렇게 자기주장만 하는 하나코에게 메이테이 선생이나 주인이나 〈아, 예〉 하고 시큰둥하게 대답했다.
「근일 중에 답례는 올릴 테니까요.」
하나코는 그렇게 말하고는 자리에서 일어섰다. 배웅을 하러 나갔던 두 사람은 자리로 돌아오자마자 동시에 같은 질문을 했다.
「대체 저 사람, 뭐야?」
옆방에서 안주인이 참다 참다 지쳤는지 쿡쿡 웃는 소리가 들렸다. 메이테이 선생이 큰 소리로 말했다.

「제수씨, 제수씨 범상함의 표본이 왔었지요. 범상함도 저 정도면 제법이지요. 사양 말고 마음껏 웃으세요.」
「우선, 그 얼굴이 마음에 안 들어.」
주인이 몹시 불만스럽고 밉살스럽다는 투로 말했다.
「코가 얼굴 한가운데 떡 버티고 있더군.」
메이테이 선생이 얼른 그 말을 받아 맞장구를 쳤다.
「게다가 휘기까지.」
「새우등처럼 구부정하게 말이야. 새우등 코라, 거참 기발하군.」
메이테이가 재미있다는 듯 웃었다.
「남편을 깔고 뭉갤 상이야.」
주인이 아직도 괘씸하다는 듯 말했다.
「19세기에 팔리지 않은 것이 20세기가 돼서도 진열대 신세만 지고 있는 면상이야.」
메이테이 선생은 계속 묘한 말만 했다. 그때 안주인이 옆방에서 건너와 두 사람에게 주의를 주었다.
「그렇게 험담을 하다가, 또 인력거꾼네 여편네가 고자질을 하면 어쩌려고요.」
「다소는 고자질을 하는 게 편하지요, 제수씨.」
「아무리 그래도 얼굴 가지고 뭐라고 하는 것은 저급하지요. 누가 좋아서 그런 코를 갖고 태어났겠어요. 게다가 상대는 부인인데, 너무 심하잖아요.」
안주인은 하나코의 코를 변호하면서 자신의 용모도 간접적으로 변호한다.
「뭐가 심하다고. 저런 여자는 부인이 아니야, 미련 곰탱이지. 안 그런가, 메이테이.」
「그렇기는 하지만, 그래도 제법 아니던가. 꽤 많이 당했어.」
「대관절 선생을 뭐라고 여기는 건지.」
「인력거꾼 정도로 여기는 거지. 저런 인물의 존경을 얻으려면 박사가 되고 볼 일이야. 박사가 되지 않은 것이 자네의 불찰이지. 안 그렇습니까, 제수씨?」

메이테이 선생이 웃으면서 안주인을 돌아보았다.

「그 꼴에 무슨 박사가 되겠어요.」

안주인까지 주인을 천덕꾸러기 취급한다.

「언젠가 될지도 모르는데, 그렇게 경멸하면 안 되지. 당신은 모르겠지만 옛날에 이소크라테스란 사람은 아흔 살에 대작을 저술했어. 소포클레스가 걸작을 발표해 세상을 놀라게 한 것도 거의 백 살이 가까운 고령이었을 때였다고. 시모니데스 역시 여든 나이에 훌륭한 시를 남겼고. 나도…….」

「어처구니가 없네요. 당신처럼 위장병을 앓는 사람이 그 나이까지 어떻게 산답니까.」

안주인은 주인의 수명까지 계산하고 있다.

「거참 재수 없는 소리를 하는군. 아마키 선생에게 물어보라고. 애당초 당신이 내게 이런 거적때기같이 너덜너덜한 옷을 입히니까 그런 여자까지 업신여기는 거 아냐. 내일부터는 메이테이가 입는 것 같은 옷을 입을 테니까, 꺼내 놓기나 해.」

「꺼내 놓으라니, 그런 옷이 어디 있답니까. 가네다 부인이 메이테이 선생에게 공손하게 군 건 큰아버지 이름이 등장한 후라고요, 옷 때문이 아니고.」

안주인도 교묘하게 책임을 회피했다.

주인이 큰아버지란 말에 갑자기 무슨 생각이 난 모양이었다.

「자네에게 큰아버지가 있다는 소리는 오늘 처음 듣는군. 지금까지 그런 말은 한 번도 하지 않았는데, 정말 있기는 한 것인가?」

메이테이 선생은 기다렸다는 듯이 주인 부부를 번갈아 보며 말했다.

「아무렴. 그 큰아버지가 얼마나 끈질기신지, 19세기부터 오늘날까지 연명하고 계시다네.」

「오호호호, 메이테이 선생은 정말 재미있는 말씀만 하네요. 그래 지금 어디 사시는데요?」

「시즈오카에 계시죠. 그런데 그게 그냥 살아 계신 게 아닙니다. 아직도 상투를 틀고 생활하니 몸 둘 바를 모를 따름이죠. 모자를 쓰시라고 해도, 나는 이 나이가 되도록 모자가 필요할 만큼 추위를 느낀 적이 없다고 고집을 피우신답니다. 추우니까 더 누워 계시라고 하면, 인간은 네 시간 자면 충분하다, 네 시간 이상 자는 것은 사치라면서 아직 날도 밝지 않았는데 일어나신답니다. 그러고는, 나도 수면 시간을 네 시간으로 줄이는 데 오랜 훈련을 거쳤다, 젊었을 때는 잠이 쏟아져 견딜 수가 없었지만, 요즘은 어디를 가든 마음대로 조절할 수 있는 경지에 올라 심히 기쁘다고 자랑을 하신답니다. 나이 예순일곱에 잠이 줄어든 것은 당연한 일인데 말이죠. 훈련이고 뭐고 할 것도 없는데 본인은 순전히 극기의 힘으로 성공했다고 착각하시고 계시니. 그리고 외출할 때는 쇠부채를 들고 나갑니다.」

「쇠부채로 뭘 하시는데요.」

「글쎄 뭘 하시는지는 알 수 없죠. 그냥 들고 나가십니다. 지팡이 대신이라 여기시는지도 모르죠. 그런데 얼마 전에 아주 묘한 일이 있었어요.」

「그래요?」

안주인이 적당히 맞장구를 쳤다.

「글쎄 올봄에 느닷없이 편지가 왔는데, 중산모와 연미복을 급히 보내라는 겁니다. 좀 황당해서 다시 편지를 보내 누가 입을 것이냐고 물었더니, 노인네가 입는다는 답신이 왔지요. 23일에 시즈오카에서 승리를 축하하는 모임[22]이 있으니 그 전에 어떻게든 조달하라는 명령이었습니다. 그런데 재미있는 것은 그 명령에 포함된 이런 내용이었죠. 모자는 적당한 크기로 사서 보내라, 양복도 치수를 적당히 가늠해서 다이마루에 주문해라.」

「요즘은 다이마루에서 양복을 맞추나?」

22 뤼순 함락을 축하하는 모임.

「아니지, 시로키야를 그렇게 착각한 것이지.」
「게다가 치수를 대충 가늠하라니, 그건 무리가 아닌가?」
「그러니까 우리 큰아버지라는 것이지.」
「그래서 어쨌는데?」
「할 수 없이 치수를 대충 맞춰서 보내 드렸네.」
「자네도 참 어이가 없군. 그래 시일은 맞추었나?」
「그럭저럭 맞추기는 했지. 지방 신문을 보니, 당일 마키야마 옹은 평소와 달리 연미복 차림에 쇠부채를 들고…….」
「쇠부채는 손에서 놓지 않으시는 모양이로군.」
「돌아가시면 관에 그 쇠부채 하나는 꼭 넣어 드릴 생각이네.」
「그래도 모자나 연미복이나 제때에 잘 입으셨으니, 다행 아닌가.」
「나도 무사히 도착해서 다행이라고 생각했는데, 그게 큰 착각이었어. 얼마 후에 소포가 왔기에 답례라도 보냈나 싶어 열어 보았더니, 그 중산모더라고. 편지도 들어 있었는데, 애써 사 보낸 모자가 다소 크니, 모자 가게에 보내 좀 줄여 달라고 해라. 줄이는 비용은 이쪽에서 수표로 보낼 것이다, 이러는 거야.」
「하하, 어리석은 노인네로군.」
주인은 천하에 자신보다 어리석은 자가 있다는 발견에 크게 만족한 듯 보였다.
「그래서 어찌 했나?」
「어쩌기는. 할 수 없이 내가 쓰고 다니고 있지.」
「아아, 그 모자인가.」
주인이 히죽히죽 웃었다.
「그분이 남작이란 말씀인가요?」
안주인이 좀 이상하다는 듯 물었다.
「누가요?」
「그 쇠부채를 들고 다니신다는 큰아버지요.」
「남작은요, 한학자입니다. 젊었을 때 성당[23]에서 주자학인가 뭔가에 푹 빠지시더니, 요즘 같은 세상에도 상투를 틀고 계십니다.」

메이테이 선생이 그렇게 말하면서 열심히 턱을 어루만졌다.

「그런데 자네, 아까 그 여자에게는 마키야마 남작이라고 하지 않았나?」

「그래요. 나도 다실에서 들었어요.」

이번에는 안주인도 주인에게 합세한다.

「하하, 내가 그랬는가.」

메이테이 선생은 공연히 웃어 대며 태연하게 말했다.

「그야 거짓말이지. 우리 큰아버지가 남작이었으면, 지금 내가 국장쯤 되었게.」

「어째 좀 이상하다 했지.」

주인이 그럴 줄 알았다는 듯 걱정스러운 표정을 짓는다.

「아니 어쩌면 그렇게 용하세요. 얼굴 하나 안 변하고 거짓말을 하게.」

안주인이 감동해 마지않는다.

「나보다 그 여자가 한 수 위더군요.」

「메이테이 선생도 못하지 않았어요.」

「하지만 제수씨, 내 허풍은 그저 단순한 허풍이지만 그 여자는 다 속셈이 있어서 허풍을 떤 겁니다. 성격이 달라요. 잔꾀에서 비롯된 술수와 타고난 해학 취미를 혼동하면, 코미디의 신도 사리를 꿰뚫어 보는 안목 있는 사람이 없음을 한탄하지 않을 수 없지요.」

「글쎄, 과연.」

주인은 눈을 지그시 내리깔고 말했다.

「이나저나 마찬가지지요.」

안주인도 웃으면서 말했다.

23 도쿠가와 막부 시절에 유학을 가르치는 곳이었던 유시마 성당을 뜻한다.

나는 지금까지 건너편 길에는 발을 들여놓은 일이 없다. 그러니까 모퉁이 집이라는 가네다 씨 저택이 어떻게 생겼는지는 물론 본 적이 없다. 들은 것도 이번이 처음이다. 우리 주인집에서 사업가가 화제에 오른 일이 한 번도 없는 탓에, 주인집 밥을 얻어먹는 나까지 그 방면에 관계하지 않을뿐더러 심히 냉담했다. 그런데 예기치 않은 하나코의 방문과 주인과 나눈 담화를 접하고 보니, 그 따님의 아리따움과 그 댁의 부귀 권세가 상상되어 툇마루에서 한가로이 누워 뒹굴 수만은 없었다.

뿐만 아니라 나는 간게쓰 군에게 동정을 금할 수 없다. 상대방은 은밀하게 박사의 부인에 인력거꾼의 마누라에 이현금 선생까지 매수해서 앞니가 빠졌다는 것까지 탐색했는데 간게쓰 군은 그저 싱글벙글거리며 겉옷 끈에만 신경을 쓰고 있으니, 아무리 갓 대학을 졸업한 이학사라지만 너무 순진하다 싶다.

그러나 어지간한 재주꾼이 아니고는 위대한 코를 얼굴 한가운데 안치하고 있는 여자에게 접근하기도 수월치 않을 것이다. 이런 일에 관해 주인은 지나치게 무심한 데다 돈도 너무 없다. 메이테이 선생은 돈에는 주리지 않아도 우연동자이니만큼 간게쓰 군에게 요긴한 도움을 줄 수 없을 것이다. 그렇다면 목매닮의 역학을 연설한 간게쓰 군만 가엾은 꼴이 된다. 나라도 분발해서 적진에 숨어 들어가 동정을 정찰해야지, 안 그러면 불공평하다.

나는 비록 고양이지만 에픽테토스를 읽다가 책상에 내던지는 학자의 집안에 기거하는 고양이니만큼 세상의 일반적인 유치하고 어리석은 고양이와는 다소 종자가 다르다. 이런 모험을 감행할 정도의 의협심은 꼬리 끝에 이미 달고 있다. 간게쓰 군에게 갚아야 할 빚이 있는 것은 아니지만 그렇다고 한 개인을 위해 충동적으로 오기를 부리는 것도 아니다. 거창하게 말하자면 공평을 중히 여기고 중용을 사랑하는 하늘의 뜻을 실현하고자 하는 갸륵한 행동이다.

본인의 허락도 얻지 않고 아즈마 다리 사건을 온 사방에 떠벌리고 다닌 이상, 남의 집 처마 밑에 개를 풀어놓고 거기서 얻은 정보를 만나는 사람 사람에게 수군거린 이상, 인력거꾼, 마부, 파락호, 무뢰한, 하루 벌이 할망구, 산파, 요파(妖婆), 안마사, 얼간이들까지 이용해서 국가에 유용한 인재에게 번거로움을 끼치고서도 뉘우치지 않는 이상, 고양이도 굳게 각오할 수밖에 없다. 다행히 날씨도 좋다. 서리가 녹은 질척질척한 길이 꺼림칙하기는 하지만 도리를 위해서는 이 한 목숨 버릴 수도 있다. 발바닥에 진흙이 묻어 툇마루에 연꽃 무늬 도장을 찍는 정도야 하녀에게 폐가 되겠지만, 내가 고생하는 것도 아니다. 내일로 미루지 말고 지금 당장 용맹하게 나서자고 큰 결심을 하고서 부엌까지 뛰어갔다가 잠시 멈춰 다시 한 번 생각했다.

나는 고양이로서 진화의 극에 달했을 뿐만 아니라 뇌 역시 중학교 3학년생 못지않게 발달했으나, 그래도 어디까지나 고양이인지라 목구멍의 구조가 인간과 달라 인간의 말을 하지 못한다. 요행히 가네다 저택으로 숨어들어 적의 정세를 충분히 탐지했다 한들, 간게쓰 군에게 전할 길이 없다. 주인이나 메이테이 선생에게도 전할 수 없다. 말을 전할 수 없으면 흙 속에 묻힌 다이아몬드가 햇살 속에서도 반짝이지 못하는 것과 마찬가지, 애써 얻은 지식이 무용지물이 되고 만다. 이는 어리석은 짓이다, 차라리 그만둘까 하고서 문턱에서 멈칫거렸다.

하지만 한번 결심한 일을 도중에 포기하면, 소나기가 내릴까 하고 기다렸는데 먹구름만 스치고 지나갔을 때처럼 왠지 아쉽다. 그것도 이쪽에 잘못이 있다면 얘기는 다르지만, 이른바 정의와 사람의 도리를 위해 목숨을 잃는 한이 있어도 앞으로 나아가는 것이 의무를 아는 남아의 본령일 것이다. 헛수고와 헛걸음 정도야 고양이로서 마다할 일이 아니다. 고양이로 태어난 탓에 간게쓰, 메이테이, 구샤미 등의 선생과 설전으로 서로의 사상을 교환할 재주는 없으나, 몰래 숨어드는 기술만큼은 여러 선생들보다 탁월하다. 남이 할 수 없는 일을 하는 것은 그 자체가 유쾌하다. 나 하나만이라도 가네다 댁의 내막을 알 수 있다면 아무도 알지 못하는 것보다 유쾌하다. 굳이 말하지 않아도 사람들에게 다 알려져 있다는 사실을 그들로 하여금 깨우치게 할 수 있으니 유쾌하지 않을 수 없다. 이렇게 유쾌한 일이 많은데, 가지 않을 수 없다. 역시 가자.

건너편 길에 가보니, 들은 바대로 서양식 저택이 길 한 모퉁이를 온통 제 것인 양 점령하고 있다. 집주인 역시 이 저택만큼이나 태도가 오만할 것이라고 생각하면서 문 안으로 들어가 건물을 바라보았다. 한데 그저 2층짜리 건물이 위압적으로 서 있을 뿐, 달리 볼 것 없는 구조였다. 메이테이 선생이 말한 범상이란 이런 것이 아닐까 싶을 정도였다.

오른쪽에 있는 현관을 보면서 화단 속을 살금살금 지나 부엌문으로 돌아들었다. 과연 부엌이 넓다. 우리 주인집 부엌의 열 배는 되지 싶다. 얼마 전 「닛폰」 신문[24]에 자세하게 실려 있었던 오쿠마 시게노부[25] 백작네의 부엌에도 뒤지지 않을 만큼 모든 것이 반듯반듯하고 번쩍거린다.

〈아주 모범적인 부엌이로군.〉

살금살금 안으로 들어갔다. 회를 처바른 두 평 남짓한 봉당에 예의 인력거꾼네 마누라가 선 채로 식모와 그 집 인력거꾼을 상대로 뭐라고 열심히 떠들어 대고 있다. 상황이 위태롭다 싶어 물통 뒤에 숨었다.

「그 선생은, 우리 주인 나리 이름도 모르나 보네요.」

식모가 말했다.

「모르기는, 그럴 리가 있나. 이 근방에 살면서 우리 나리의 저택을 모른다면 눈도 귀도 없는 병신이지.」

인력거꾼이 말했다.

24 메이지 시대의 저널리스트 구가 가츠난이 1889년에 창간한 신문으로, 메이지를 대표하는 문인들이 주필로 활약했다.

25 大隈重信(1838~1922). 메이지 시대의 정치가, 와세다 대학 설립자.

「글쎄, 그 선생은 책 말고는 아무것도 아는 게 없는 별난 사람이니까 뭐라 말할 수가 없지. 딸자식 나이도 모르는 지경이니까.」

인력거꾼네 마누라가 말했다.

「우리 나리가 무섭지도 않은가, 아무튼 골치 아픈 벽창호로세. 그런 건 상관할 거 없고, 우리 다 같이 혼 좀 내주자고.」

「그게 좋겠어. 마나님의 코가 너무 크다는 둥 얼굴이 마음에 안 든다는 둥, 그런 심한 소리를 나불거렸으니. 자기 면상은 무슨 너구리 같이 생긴 꼴에. 그 주제에 저 혼자 잘난 척하고 있으니, 봐줄 수가 있어야지.」

「얼굴만 너구리래요? 수건 들고 거들먹대면서 목욕탕에 가는 꼴을 보면, 세상에 자기밖에 없다는 식이라니까요.」

구샤미 선생은 식모에게도 업신여김을 당하고 있다.

「한꺼번에 그 집 울타리에 가서 실컷 욕이나 퍼붓고 오자고.」

「그러면 좀 무서워하겠지.」

「그러다 들통 나면 안 되니까, 목소리만 들리게 해서 공부를 방해하고 약을 좀 올려 주라고, 아까 마나님이 그러시던데.」

「그건 나도 알고 있어.」

인력거꾼네 마누라는 험담의 3분의 1은 자기가 맡겠다는 뜻으로 대답했다.

〈음, 이 패거리들이 구샤미 선생을 놀리러 온단 말이지.〉

세 사람 옆을 살그머니 지나 안으로 들어갔다.

고양이의 발은 있어도 없는 것이나 마찬가지, 어디를 어떻게 걸어도 불필요한 소리를 내지 않는다. 하늘을 밟는 것처럼, 구름 위를 가는 것처럼, 물속에서 석경(石磬)[26]을 울리는 것처럼, 동굴 속에서 슬(瑟)[27]을 켜는 것처럼, 남의 힘을 빌리지 않고 불교의 가르침의 진수를 스스로 깨우치는 것처럼.

범상한 서양관도 모범적인 부엌도 인력거꾼네 마누라도 잡일

26 중국의 악기, 단단한 돌판을 쳐서 울리게 한다.

27 중국의 고대 현악기, 보통 25현이다.

하는 아랫것도 식모도 따님도 가정부도 하나코 부인도 부인의 남편도 아무 문제가 되지 않는다. 가고 싶은 곳에 가서 듣고 싶은 애기를 듣고, 혀를 쏙 내밀고 꼬리를 흔들면서 수염을 바짝 세우고 유유히 돌아오면 그만이다. 특히 나는 이 분야에 관한 한 이 나라 최고의 달인이다. 구사조시에 등장하는 늙은 고양이의 피를 이은 것은 아닐까 하고 스스로 의심할 정도다.

두꺼비의 이마에는 밤에도 빛나는 구슬이 있다고 하지만 내 꼬리에는 인간사의 모든 것은 물론이요 만천하의 인간을 바보 취급할 수 있는 가문 대대로 내려오는 묘약이 담겨 있다. 남몰래 가네다 댁 복도를 어슬렁거리는 것 정도는 금강신(金剛神)이 우무묵을 짓뭉개는 것보다 더 쉬운 일이다. 그리 생각하자, 나 자신도 자신의 역량에 감격스럽고, 이 모든 것이 평소 소중히 여기는 꼬리 덕분이라는 것이 새삼스러운지라 가만히 있을 수 없었다.

내가 존경해 마지않는 꼬리 대신(大神)에게 고개 숙이고 명운이 장구하기를 빌어야겠다 싶어 살짝 고개를 숙였는데, 아무래도 방향이 틀린 듯하다. 가능하면 꼬리 쪽을 보고 삼배를 해야 하는데, 꼬리 쪽을 보려고 몸을 뒤틀면 꼬리도 자연히 돌아간다. 따라가려 고개를 비틀면 꼬리도 비슷한 간격으로 앞서 움직인다. 과연 천지를 세 치 거리 안에 품고 있는 영물이라 감당할 수가 없다. 도무지 잡히지 않는 꼬리를 좇아 일곱 바퀴 반을 돌고는 지쳐서 그만두기로 했다. 눈앞이 어질어질하다. 어디에 있는지 방향을 종잡을 수 없다. 알 게 뭐냐 하고 휘청휘청 걸어 다녔다. 장지문 뒤에서 하나코의 목소리가 들렸다. 여기다 싶어 두 귀를 쫑긋 세우고 숨을 죽였다.

「궁상맞은 선생 주제에 얼마나 건방을 떠는지, 글쎄.」

예의 짜랑짜랑한 목소리가 열을 올리고 있다.

「음, 건방지기 짝이 없군. 정신이 번쩍 들게 혼을 좀 내줘야겠어. 그 학교에 우리 고향 사람도 있으니까 말이지.」

「누가 있는데요?」

「쓰키 핀스케하고 후쿠치 기샤고가 있지. 호된 맛을 보여 주라고 부탁을 좀 해야겠군.」

가네다 군이 어디에서 태어났는지는 모르겠으나, 놀랍게도 이름이 참 묘한 사람들만 모인 곳이로군, 하고 생각했다.

「그 사람이 영어 선생인가?」

가네다 군이 물었다.

「네, 인력거꾼네 마누라가 그러는데, 영어 강독인지 뭔지를 한다던데요.」

「그래 봐야 형편없는 선생이갔지.」

〈갔지〉라고 하는 그 말투도 심히 감격스러웠다.

「얼마 전에 핀스케를 만났는데, 자기 학교에 별난 인물이 있다고 하더군. 학생이, 선생님 반차(番茶)를 영어로 뭐라고 합니까 하고 물었더니, 반차는 새비지 티*savage tea*라고 하지 하고 아주 심각하게 대답해서,[28] 교원들 사이에서 웃음거리가 되었는데, 그런 선생이 있기 때문에 우리 같은 사람들이 피해를 입는다고 하더군. 아마 그 작자가 틀림없갔지.」

「그 사람 아니고 누가 그러겠어요. 딱 그러게 생겼더라니까요. 게다가 수염까지 기르고.」

「괘씸한 작자로군.」

수염을 길렀다고 괘씸하다면 고양이는 모두 괘씸죄에 걸려들겠다.

「그리고 그 메이테이라나 하는 고주망태 같은 사람은 또 얼마나 엉뚱하고 경박한지, 글쎄 자기 큰아버지가 마키야마 남작이라잖아요. 그 얼굴에 남작인 큰아버지가 있을 리 없다고 생각했지만.」

「어디서 굴러온 말 뼈다귀인지 모를 사람의 말을 곧이곧대로 믿은 당신도 잘못이지.」

28 반차는 품질이 떨어지는 엽차로 보통 *coarse tea*로 영역한다.

「그건 그렇지만, 그래도 어쩌면 사람을 그렇게 바보 취급할 수 있냐고요.」

분해 못 견디겠다는 투다. 그런데 신기하게도 간게쓰 군에 대해서는 일언반구가 없다. 내가 몰래 들어오기 전에 품평이 다 끝난 것인지, 아니면 이미 낙제시키기로 결정하여 염두에 없는 것인지, 그 점이 마음에 걸리지만 어쩔 수 없다. 잠시 쭈그리고 앉아 있는데, 복도 건너편 방에서 벨소리가 들렸다. 어라, 저쪽에서도 무슨 일이 벌어지는 모양인데. 늦기 전에 가봐야지. 그 방향으로 걸음을 옮겼다.

와서 보니 여자 혼자서 큰 소리로 떠들어 대고 있다. 목소리가 하나코와 아주 흡사한 것으로 보아 바로 이 댁 따님, 간게쓰 군의 투신 자살 소동을 미수로 끝나게 한 장본인일 것이다. 장지문이 가로막고 있어 그 모습을 볼 수 없는 것이 아쉽다. 따라서 얼굴 한가운데 커다란 코가 떡하니 들러붙어 있는지도 확인할 수 없다. 하지만 얘기하는 말투나 거친 숨소리 등으로 미루어 짐작건대 사람들의 주의를 끌 만한 사자코가 아닌지 모르겠다. 여자는 열심히 떠들고 있는데 상대방의 목소리가 들리지 않는 것을 보면 소문으로 들은 전화라는 것을 하고 있는 모양이다.

「거기 야마토[29]지? 내일 갈 거니까, 메추리 3[30] 잡아 놔, 알겠어? 모른다고? 안 돼, 꼭 메추리 3이야. 뭐라고? 자리가 없다고? 그럴 리가 있나, 꼭 잡아 봐. 히히히히, 농담 말라고? 뭐가 농담이야, 사람 놀리는 거야? 너 대체 누구야? 조키치? 조키치가 누군지 내가 알 게 뭐야. 주인 아주머니한테 전화 받으라고 해. 뭐? 너하고 말하면 된다고? 너 진짜 버릇없다. 내가 누군지 알기나 하는 거야, 가네다야 가네다. 히히히히, 잘 알고 있다고? 기가 막혀서. 나 가네다라니까. 뭐? 늘 찾아 줘서 고맙다고? 뭐가 고맙

29 극장에 딸린 찻집의 이름.

30 관람석의 자리 번호. 메추리는 특등석이고 3번이면 무대가 가장 잘 보이는 자리이다.

다는 거야? 그런 소리나 듣자는 게 아니야. 또 웃는다. 너 바보지? 옳은 말씀이라고? 너 자꾸 사람 바보 취급하면 전화 끊는다, 알겠어. 그래도 괜찮아? 가만히 있지 말고 뭐라고 말을 해봐.」

조키치 쪽에서 전화를 먼저 끊었는지 아무 대답이 없는 모양이다. 따님은 짜증을 부리면서 찌릉찌릉 손잡이를 돌리고 있다. 발치에서 진[31]이 놀라 갑자기 짖어 댔다. 가만히 있다가는 무슨 봉변을 당할지 몰라 얼른 뛰어내려 툇마루 밑으로 숨어들었다.

때마침 복도를 걸어오는 발소리가 들리고 이어 장지문을 여는 소리가 들렸다. 누가 왔나 보군, 하면서 귀를 쫑긋 세웠다.

「아씨, 나리와 마님께서 부르시는데요.」

잔심부름하는 아이의 목소리였다.

「몰라.」

따님이 버럭 소리를 질렀다.

「하실 말씀이 있다고 불러오라 하시는데요.」

「시끄러워. 모른다니까.」

따님이 또 한 번 호통을 질렀다.

「미즈시마 간게쓰 씨 일로, 하실 말씀이.」

잔심부름하는 아이가 재치를 살려 따님의 기분을 띄우려 했다.

「간게쓰고 뭐고 모른다니까. 아이, 지겨워. 놀란 수세미 같은 면상에.」

세 번째 호통은 그 자리에 없는 간게쓰 군이 받는다.

「어머, 너 언제부터 머리 그렇게 묶었어?」

잔심부름하는 아이가 후 하고 숨을 내쉬고는 〈오늘〉이라고 아주 간단하게 대답했다.

「꼴값을 떠네, 심부름이나 하는 주제에.」

네 번째 호통은 방향이 다르다.

「그리고 그 새 옷깃은 또 뭐니?」

31 일본산 애완견으로 얼굴이 납작하고 털이 길다.

「네? 얼마 전에 아씨가 주신 거잖아요. 아까워서 고리짝에 넣어 두었는데, 쓰던 게 너무 더러워져서 바꿨어요.」

「내가 언제 그런 걸 줬는데?」

「지난 정월에 시로키야에 가서 왜 짙은 회황록색에 씨름 선수 순위표를 물들여 놓은 거 사셨잖아요. 그런데 아씨에게는 너무 수수해서 어울리지 않는다면서 주신 바로 그거예요.」

「그랬어? 얄미울 정도로 잘 어울리네.」

「감사합니다.」

「칭찬한 게 아니야. 얄밉다는 거지.」

「아, 네.」

「그렇게 잘 어울리는 걸 왜 아무 말 않고 받았지?」

「아니, 그냥…….」

「네게도 그렇게 잘 어울리는 게 내가 한다고 이상할 리 없잖아.」

「아마 잘 어울릴 거예요.」

「그러니까 그걸 알면서 왜 가만히 있었느냐고? 그러고는 태연하게 자기 옷에 붙이고. 너 못됐다.」

쉴 새 없이 호통을 먹이고 있다. 앞으로 사태가 어떻게 발전할까 하고 삼가 경청하고 있는데, 건너편 방에서 가네다 군이 따님을 부르는 소리가 들렸다.

「도미코, 도미코.」

「네.」

따님은 어쩔 수 없이 전화가 있는 방에서 나왔다. 나보다 조금 큰 진이 얼굴 한가운데에 눈과 코를 뭉쳐 놓은 듯한 면상으로 따라 나왔다. 나는 예의 살금살금 걸음으로 부엌을 통해 다시 길로 나와 서둘러 집으로 돌아갔다. 첫 탐험치고는 성적이 꽤 좋다.

멋들어진 집에서 갑자기 더러운 집으로 돌아온 탓에, 햇볕이 쨍쨍한 산 위에서 어두컴컴한 동굴로 들어간 기분이다. 탐험을 하는 중에는 다른 일에 정신이 팔려 방의 장식물, 장지문, 벽지 등은 안중에도 없었는데, 내가 사는 집이 엉망이라는 것이 인식

되는 동시에 소위 그 범상함이 그리워졌다. 선생보다 역시 사업가가 위대한 듯하다. 그래도 조금은 이상하다 싶어 꼬리로 점을 쳐보았더니, 꼬리 끝에서 〈아무렴, 그렇지〉라는 신탁(神託)이 있었다.

방에 들어갔다가 놀라고 말았다. 메이테이 선생이 아직도 가지 않고 정좌를 하고 앉아 화로에 담뱃재를 벌집처럼 쌓아 놓은 채 무슨 얘기를 나누고 있다. 언제 왔는지, 간게쓰 군도 함께였다. 주인은 팔을 베고 천장의 비 샌 얼룩을 하염없이 바라보고 있다. 여전히 태평한 사람들이다.

「간게쓰 군, 꿈을 꾸면서도 자네 이름을 외쳤다는 처자의 이름을 비밀에 부쳤던 것 같은데, 이제는 얘기해도 되겠지?」

메이테이 선생이 말을 꺼냈다.

「저에 관한 일이라면 얘기를 해도 상관없지만, 상대에게 폐가 될 수도 있으니.」

「아직 이른가.」

「게다가 모모 박사 부인과 약속을 한 터라.」

「발설하지 않겠다는 약속 말인가?」

「네.」

간게쓰 군은 늘 그렇듯 겉옷 끈을 만지작거렸다.

그 끈은 흔히 팔지 않는 보라색이다.

「그 끈 말이야, 색이 너무 고리타분하지 않은가.」

주인이 누운 채 말했다. 주인은 가네다 사건 따위에는 아무 관심이 없다.

「요즘 같은 러일 전쟁 시대에 하고 다닐 끈이 아니로군. 전립 쓰고 접시꽃 문장이 찍혀 있는 등솔기가 쫙 갈라진 겉옷[32]이나 입어야 어울릴 끈일세. 오다 노부나가가 데릴사위로 들어갈 때

32 무사가 말을 타거나 여행할 때 하는 차림.

차선[33] 머리를 했다는데, 그때 아마 그런 끈을 사용했을 거야.」

메이테이 선생의 핀잔은 여전히 길다.

「실제로 이 끈은 저희 할아버지께서 조슈를 정벌[34]할 때 사용하신 겁니다.」

간게쓰 군의 말투는 진지하다.

「이제 그만 박물관에 기증하는 게 어떻겠나? 목매닮의 역학을 연설하는 이학사 미즈시마 간게쓰 군이 그리 시대에 뒤떨어진 차림을 하고 다녀서야 어디 체면이 서겠는가.」

「충고를 따라도 상관은 없으나, 이 끈이 잘 어울린다고 하는 사람이 있는 터라.」

「그게 누군가? 그렇게 멋대가리 없는 소리를 하는 사람이.」

주인이 몸을 뒤척이며 큰 소리로 물었다.

「잘 모르시는 분이라.」

「모르면 어떤가, 대체 누군지 말해 보게나.」

「어떤 여성입니다.」

「하하하하. 어지간히 호사가인 모양이로군. 내 맞혀 볼까. 스미다 강 속에서 자네 이름을 불렀다는 그 여자겠지. 그 차림으로 다시 한 번 물에 뛰어들어 보는 게 어떻겠나?」

메이테이 선생이 옆에서 끼어들었다.

「헤헤헤헤. 이제는 물속에서 부르지 않습니다. 여기서 북서쪽에 있는 청정한 세계에서…….」

「그리 청정한 것 같지도 않던데. 볼썽사나운 코였어.」

「네?」

간게쓰 군이 무슨 소리냐는 표정을 지었다.

「아까 건너편 모퉁이 집 코주부가 쳐들어 왔다 갔네, 이 집에 말이야. 얼마나 놀랐던지, 안 그런가 구샤미?」

「음, 그랬지.」

33 가루차를 휘저을 때 쓰는 솔.

34 막부 말기, 에도 막부가 조슈 번을 공격하기 위해 벌인 전쟁.

주인은 누운 채 간게쓰 군을 놀리듯 대꾸했다.

「코주부라니, 대체 누굽니까?」

「누구긴, 자네가 친애하는 구원의 여성의 모친이지.」

「뭐라고요?」

「가네다의 마누라라는 사람이 자네에 관해 물으러 왔다 갔네.」

주인이 자상하게 설명해 주었다. 놀라는지 기뻐하는지 부끄러워하는지 간게쓰 군의 반응을 살피는데, 별 다른 변화가 없다.

「부디 딸을 데려가 달라는 부탁을 하러 왔겠지요.」

간게쓰 군은 늘 그렇듯 차분한 말투로 그렇게 말하고는 또 보라색 끈을 만지작거렸다.

「전혀 그렇지 않던데. 그 모친이란 사람의 코가 얼마나 크던지 말이야…….」

메이테이 선생이 그렇게 말하는데, 주인이 엉뚱하게 이런 소리를 했다.

「어이, 자네. 내가 아까부터 그 코를 소재로 시를 짓고 있는데.」

옆방에서 안주인이 키득키득 웃었다.

「자네도 참, 한량이 따로 없군. 그래 다 지었는가?」

「몇 구절 지었지. 첫 구절이 〈그 얼굴에 코를 모시고〉라네.」

「그다음 구절은?」

「〈그 코에 제주를 올리니.〉」

「그다음은?」

「아직 거기까지밖에 짓지 못했네.」

「재미있군요.」

간게쓰 군이 싱글싱글 웃었다.

「〈구멍 두 개 아른아른하여〉라고 이어 가면 어떻겠나?」

메이테이 선생이 순식간에 한 구절을 지었다.

그러자 간게쓰 군이 말을 받아 다음 구절을 적당히 이어 붙였다.

「〈속 깊은 털도 보이지 않고〉라고 하면 어떨까요?」

그때 울타리 쪽 길에서 네다섯 명이 웅성거리는 소리가 들렸다.

「너구리 선생, 너구리 선생.」

주인과 메이테이 선생이 놀라 울타리 사이로 소리가 나는 쪽을 보자 〈와하하하하〉 하고 웃음소리가 나고는 사방으로 흩어지는 발소리가 들렸다.

「너구리 선생이라는 게 대체 무슨 소린가?」

메이테이 선생이 영문을 모르겠다는 양 주인에게 물었다.

「그야 나도 모르지.」

주인이 대답했다.

「제법 기발한데요.」

간게쓰 군이 비평했다. 무슨 생각인지 메이테이 선생이 벌떡 일어나더니 연설하는 흉내를 냈다.

「나는 수년 동안 미학적인 관점에서 그 코에 관해 연구를 하였는바, 그 일부를 피력할 터인즉 두 분의 경청을 바라는 바이올시다.」

주인은 너무도 갑작스러워 얼이 빠졌는지, 아무 말도 못하고 그저 멍하니 메이테이 선생을 보고 있다.

「꼭 들려주시지요.」

간게쓰 군이 작은 소리로 말했다.

「여러 가지로 조사해 보았으나, 코의 기원은 정확하게 알 수 없었습니다.

첫째로 가장 의문스러운 것은 다음과 같습니다. 만약 코를 실용적인 도구라 가정한다면 구멍이 두 개 있는 것으로 충분하지요. 굳이 얼굴 한가운데에 툭 튀어나와 있을 필연성은 없습니다. 그런데 아시다시피 왜 이렇게 튀어나오게 되었는가.」

메이테이 선생이 자신의 코를 잡았다.

「그렇게 툭 튀어나온 것도 아니지 않은가.」

주인이 정곡을 찔렀다.

「아무튼 움푹 패어 있는 것은 아니니까 말이지. 그저 구멍 두 개가 나란히 뚫려 있는 상태와 혼동하면 오해를 빚을 수도 있으니, 미리 주의를 합시다. 제 졸견은 이렇습니다. 코는 우리 인간이 코를 푸는 미세한 행위의 결과가 축적되면서 오늘날처럼 현저한 변화를 보이게 된 것 아닌가 합니다.」

「과연 졸견이로군.」

주인이 촌평을 곁들였다.

「아시다시피 코를 풀 때는 반드시 코를 잡게 됩니다. 코를 잡고, 특히 이 부위에 자극을 주면 이 부위가 자극에 반응하기 때문에 진화론의 대원칙에 따라 다른 부위에 비해 유난히 발달하게 됩니다. 따라서 피부도 단단해지고, 살도 점차 굳어집니다. 그래서 결국은 뼈가 되지요.」

「그건 좀 억지가 아닐까요? 살이 단숨에 뼈로 변화할 수는 없을 텐데요.」

이학사 아니랄까 봐 간게쓰 군이 항의했다. 메이테이 선생은 못 들은 척 연설을 계속했다.

「항변의 뜻은 알겠지만, 논리보다 증거인 뼈가 이렇게 있으니 어쩔 수 없지요. 뼈가 이미 형성돼 있습니다. 그래도 콧물은 여전히 나오지요. 콧물이 나오면 풀지 않을 수 없습니다. 이 작용 때문에 뼈의 좌우가 깎여 나가면서 길쭉하고 높게 융기하는 결과를 낳았습니다. 참으로 놀라운 작용이지요. 물방울이 바위에 구멍을 뚫듯, 빈두로 존자[35]의 머리가 절로 빛을 발하듯, 이상한 향 이상한 냄새란 비유처럼, 이렇게 콧날이 서고 딱딱해진 것입니다.」

「그런데 자네 코는 흐물흐물하지 않은가.」

「연사 자신의 신체 부위에 대해서는 변호의 우려가 있으니 굳이 논하지 않겠습니다. 다만 가네다 부인의 코는 가장 발달한, 가장 위대한 천하의 명품이라는 것을 두 분에게 천명하고자 하는 바입니다.」

35 16나한의 하나. 일본에서는 빈두로 존자상을 쓰다듬으면 병이 낫는다 하여 그 머리를 쓰다듬는 풍습이 있다.

「옳소, 옳소.」 간게쓰 군이 무턱대고 말했다.

「그러나 훌륭하게 보이기는 해도 모든 것이 극에 달하면 왠지 겁이 나서 근접하기 어려운 면도 있습니다. 가네다 부인의 콧날은 물론 훌륭하지만, 다소 준험하지 않은가 싶습니다. 선인들 가운데에도 소크라테스, 골드스미스, 새커리 등의 코는 구조상으로는 흠이 많았지만, 그런 흠이 있었기에 더욱 귀여웠던 것입니다. 코가 높아 고귀한 것이 아니라, 기이하기에 고귀하다는 말은 그 때문에 있는 것이 아닐까요. 우리 속담에 〈코보다 경단〉[36]이란 말이 있듯이, 미적 가치로 볼 때 메이테이의 코 정도가 적당하지 않을까 생각합니다.」

간게쓰 군과 주인은 〈후후후후〉 하고 웃었다. 메이테이 선생 자신도 유쾌하게 웃었다.

「지금까지 말씀 올린 것은…….」

「선생님, 〈말씀 올린 것은〉이란 말은 만담가 같아 저급하니 다른 말로 바꾸시지요.」

간게쓰 군이 지난번의 복수를 했다.

「그렇다면 세수나 하고 다시 시작할까요.

자 이제부터는 얼굴과 코의 균형 관계에 대해 한마디하고자 합니다. 저의 사견을 얘기하자면, 저 가네다 부인의 코는 어디에 내놔도 부끄럽지 않을 코, 구라마 산[37]에서 전시회를 열면 아마도 일등으로 뽑힐 훌륭한 코이나, 안타깝게도 눈, 입, 그 밖의 여러 기관과 아무런 의논 없이 홀로 우뚝 선 코입니다.

율리우스 카이사르의 코는 대단하지요. 그런데 카이사르의 코를 뚝 잘라 내 이 집 고양이의 얼굴에 붙인다고 생각해 보죠. 어떻겠습니까? 조막만 한 얼굴에 영웅의 콧대가 툭 튀어나와 우

36 코보다 경단은 금강산도 식후경이란 뜻의 〈꽃보다 경단〉을 비튼 것. 꽃과 코는 발음이 같다.

37 전설상의 요괴인 덴구 가운데에서도 가장 으뜸가는 오텐구가 산다는 산. 덴구는 코가 유난히 높고 얼굴이 붉다.

뚝 솟아 있다면, 바둑판에 나라(奈良)의 대불(大佛)을 앉혀 놓은 꼴이 되겠지요. 요컨대 균형감이 없어 미적 가치가 뚝 떨어질 것입니다.

가네다 부인의 코는 카이사르의 코처럼 그야말로 영웅의 면모를 갖춘 코라 하지 않을 수 없습니다. 하나 그 주위를 둘러싼 얼굴의 면적을 고려하면 과연 어떨지요. 물론 이 집 고양이만큼 열등하지는 않습니다. 다만 지랄병을 앓고 있는 오카메[38]처럼 여덟 팔 자를 거꾸로 세워 놓은 듯한 눈썹에 쭉 째진 눈을 달고 있는 것만은 분명합니다. 여러분, 그 얼굴에 그 코가 있다는 것을 어찌 한탄하지 않을 수 있겠습니까.」

메이테이 선생의 말이 잠시 끊기는 순간, 뒤에서 주절거리는 소리가 들렸다.

「아직도 코 얘기를 하고 있네. 인정머리 없는 사람 같으니.」

「인력거꾼네 마누라인 모양이군.」

주인이 메이테이 선생에게 일러 주었다. 메이테이 선생이 말을 다시 이었다.

「뜻밖의 여자 방청객이 뒤뜰에 있다니, 연사에게 큰 영광이 아닐 수 없습니다. 그 매끄러운 목소리로 무미건조한 본인의 강연을 풍요롭게 장식해 주시니 예기치 않은 행운입니다. 가능한 한 통속적으로 풀어 가인 숙녀(佳人淑女)의 성원을 얻고자 하나, 이제 역학적인 문제를 언급하고자 하는데, 부인께서는 알아듣기가 수월치 않으리라 사료되니 다소 참아 주시기 바랍니다.」

역학이란 말이 나오자 간게쓰 군이 또 히죽거렸다.

「내가 증거로 내세우고자 하는 것은, 그 얼굴에 그 코는 도무지 조화롭지 못하다, 차이징의 황금비에 어긋난다는 것입니다. 그 점을 역학적인 공식으로 풀어서 보여 드리고자 합니다. 우선 H를 코의 높이라고 하지요. α는 코와 얼굴 평면이 교차하는 각

38 못생긴 여자의 표본, 또는 그 가면.

도입니다. W는 물론 코의 중량입니다. 대충 이해가 됩니까?」

「그런 걸 어찌 알겠는가?」

주인이 말했다.

「간게쓰 군은 어떤가?」

「저도 잘 모르겠는데요.」

「이거 참 난감하군. 구샤미야 그렇다 치고, 자네는 이학사니까 충분히 알 것이라고 생각했는데. 이 식이 내 연설의 백미인데 생략하면 지금까지 떠든 보람이 없지. 하지만 어쩔 수 없군. 공식은 생략하고, 결과만 얘기하기로 하지.」

「결론이 있는가?」

주인이 신기하다는 듯 물었다.

「물론이지. 결론 없는 연설은 디저트 없는 서양 요리가 아니겠는가. 잘 듣게나, 이게 결론이야.

아까 말한 공식과 루돌프 피르호, 바이츠만 등 여러 사람의 설을 참고하여 생각한 결과, 선천적 형태로 유전되는 것은 수용해야 한다는 것입니다. 또 이 형태로 인하여 발생하는 심리적 상황 역시 어느 정도는 필연의 결과라 인정해야 한다는 것입니다. 물론 후천적 요인은 유전되지 않는다는 유력한 설이 있습니다만.

따라서 이렇게 신분에 어울리지 않는 코를 지닌 여인이 낳은 자식의 코에도 어떤 이상이 있으리라고 충분히 짐작할 수 있습니다. 간게쓰 군은 아직 젊으니까, 가네다 댁 따님의 코의 구조에서 어떤 이상을 감지할 수 없을지 모르나, 이런 유전은 잠복기가 매우 길기 때문에 기후의 격변과 더불어 언제 그 모친의 코처럼 갑작스럽게 팽창할지 알 수 없습니다. 따라서 메이테이의 학리적 논증에 따라 간게쓰 군은 이 혼담을 중단하는 것이 안전하지 않을까 하고 생각하는 바입니다. 이 점에 대해서는 이 집 주인은 물론이요, 저기 누워 있는 고양이님 역시 의견을 같이하리라 생각합니다.」

주인이 천천히 몸을 일으키고서, 이렇게 강변했다.

「그야 두말할 것 있나. 그런 여자의 딸을 누가 데려가겠어. 간게쓰 군, 절대 안 되네.」

나도 동감을 표현하기 위해 야옹야옹 하고 두 번을 울었다. 간게쓰 군도 별반 당황하는 기색이 없다.

「두 선생님의 의향이 그러시다면 저야 단념해도 상관없지만, 상대가 그 때문에 병이라도 앓게 되면 제 허물이 될 것이라.」

「하하하하, 여복이 많은 죄로군.」

「그런 어리석은 생각이 어디 있는가. 그런 여자의 딸이 별 수 있겠는가. 남의 집에 처음 와서는 내게 창피를 준 여자야. 오만하기 이를 데가 없다고.」

주인 혼자서만 열을 올리며 투덜거렸다.

그러자 울타리 옆에서 세네 명이 또 〈하하하하〉 하고 웃음을 터뜨리며 앞을 다투어 큰 소리로 떠들어 댔다.

「오만한 벽창호.」

「더 큰 집으로 이사하면 될 거 아냐.」

「그래 봐야, 집 안에서나 떵떵거리는 거지.」

주인이 툇마루로 나가 질세라 고함을 질렀다.

「시끄러워! 왜 남의 집 울타리에 와서 떠들어 대는 거야!」

「아하하하, 새비지 티, 새비지 티.」

입을 모아 놀려 댄다. 화가 치솟은 주인은 지팡이를 들고 길로 뛰어나간다. 메이테이 선생은 손뼉을 치면서 〈거참 볼 만하군〉이라고 한다. 간게쓰 군은 겉옷 끈을 만지작거리면서 히죽거린다. 나는 주인을 뒤따라 울타리 틈으로 빠져나갔다. 주인은 아무도 없는 길 한가운데에 지팡이를 들고 망연히 서 있다. 여우에 홀린 표정이다.

4

여느 때처럼 가네다 댁에 몰래 숨어든다.

〈여느 때처럼〉이란 말을 새삼 해석할 필요는 없다. 〈자주〉를 제곱한 정도의 빈도를 나타내는 말이다. 한 번 한 일은 두 번 해 보고 싶고, 두 번 시도한 일을 세 번 시도해 보고 싶은 것은 인간만이 가진 호기심이 아니다. 비록 나는 고양이지만 이런 심리적 특권을 지니고 이 세상에 태어났다는 것을 인정해 주어야 할 것이다. 세 번 이상 되풀이되면 비로소 습관이란 말이 붙으면서 일과의 하나로 발전하는 것 또한 인간과 다름없다.

무엇 때문에 그렇게 뻔질나게 가네다 댁을 드나드느냐고 이상히 여긴다면, 나 역시 인간에게 반문하고 싶다. 왜 인간은 담배 연기를 입으로 빨아들이고 코로 뿜어내느냐, 배가 부른 것도 아니요 혈액 순환에 좋은 것도 아닌데 염치도 없이, 아무 거리낌 없이 피워 대면서 내가 가네다 댁에 드나드는 것을 굳이 뭐라고 할 건 또 뭐냐고. 가네다 댁은 나의 담배다.

숨어든다는 것도 어폐가 있다. 도둑놈이나 계집질하는 사내 같아 듣기가 괴롭다. 내가 가네다 댁에 가는 것은, 초대받지는 않았지만 그렇다고 가다랑어 토막을 슬쩍하거나, 눈과 코가 얼굴 한가운데 뭉뚱그려진 못난이 개 진과 밀담을 나누기 위해서가 아니다. 그렇다면 구슨 탐정 노릇이냐고? 천만의 말씀이다.

세상에 탐정이나 고리대금업자만큼 천박한 직업도 없을 것이다. 간게쓰 군을 위해 고양이로서는 불가능할 정도의 의협심을 발휘하여 가네다 댁의 동정을 살핀 일은 한 번 있으나 그것도 딱 한 번뿐, 그 후로 고양이의 양심에 꺼릴 만큼 치사한 짓은 절대 하지 않았다.

그렇다면 왜 숨어든다는 부적당한 말을 사용했느냐고? 그 말에는 나름의 깊은 뜻이 있다. 하늘은 만물을 덮기 위해 있고 땅은 만물을 올려놓기 위해 있다는 것이 내 생각이다. 아무리 끈질기게 갑론을박을 즐기는 인간이라도 이 사실을 부정할 수는 없을 것이다. 그런데 이 하늘과 땅을 제조하는 데 인류가 과연 어느 정도 보탬을 주었는가, 그들은 손가락 하나 까딱하지 않았다. 자신이 제조한 것도 아닌데 자기 것이라고 할 수는 없다. 아니 자기 것이라고 해도 별 지장은 없지만 다른 이의 출입을 금지할 이유는 없다.

이 광활한 대지에 막대기를 세우고 울타리를 쳐 아무개의 소유지라고 구역을 정하는 것은 마치 푸른 하늘에 새끼줄을 쳐서, 이 부분은 내 하늘 저 부분은 네 하늘이라고 구분하는 것이나 다름없다. 땅을 잘라 한 평 정도의 소유권을 매매한다면 우리가 숨쉬는 공기를 적당한 크기로 나누어 팔아도 된다는 이야기다. 공기를 팔 수 없고 하늘에 새끼줄을 치는 것이 부당한데 땅을 사유(私有)하는 것이 어찌 합리적일 수 있으랴.

이런 관점에서 이런 논리를 믿는 나는, 따라서 어떤 곳이든 출입할 수 있다. 하기야 가고 싶지 않은 곳에는 가지 않지만, 뜻하는 방향이면 동서남북을 막론하고 태연자약하게 슬금슬금 행차한다. 가네다 댁이라고 해서 사양할 이유는 없다. 그러나 힘으로는 절대 인간을 당할 수 없는 것이 고양이의 서글픔. 강한 힘은 권리라는 격언까지 있는 이 세상에 사는 한, 고양이의 논리가 아무리 합당하다 한들 통하지 않는다. 억지로 관철하려 하면 인력거꾼네 검둥이처럼 생선 가게의 저울 막대기로 얻어맞는 수가 있다.

합당한데도 권리가 저쪽에 있는 경우, 두말 않고 복종을 할 것인가 권력의 틈새를 이용하여 내 쪽의 논리를 관철할 것인가? 물론 나는 후자를 선택한다. 저울 막대기를 피해야 하기에 숨을 수밖에 없고, 남의 집에 들어가도 별 지장은 없기에 들어가는 것이다. 때문에 나는 가네다 댁에 숨어드는 것이다.

숨어드는 횟수가 늘어나면서 애써 탐정 놀이를 할 마음도 없고, 보고 싶지 않고 기억하고 싶지 않은데도 가네다 일가의 사정이 눈에 들어오고 뇌리에 새겨지는 것은 어쩔 수 없다.

가네다 부인이 세수를 할 때마다 꼼꼼하게 코를 닦는 것하며, 딸인 도미코가 콩고물 떡을 허겁지겁 먹는 모습하며.

아내와는 달리 납작한 가네다 군의 코, 코뿐 아니라 얼굴 전체가 납작하다. 어렸을 때 골목대장 노릇을 하면서 놀다가 싸워, 멱살을 잡힌 채 토담에 얼굴이 짓눌린 탓에 40년 후인 지금까지 그 꼴이 아닌가 의심스러울 정도로 평평한 얼굴. 온화하고 수더분한 관상인 것은 분명한데, 왠지 변화가 없다. 아무리 화를 내도 얼굴이 밋밋하다. 그런 가네다 군이 참치 회를 먹으면서 제 손으로 자기 대머리를 찰싹찰싹 때리는 것하며 키까지 작아 늘 높은 모자와 높은 나막신을 신는 것, 그 모습을 인력거꾼이 재미있어하며 서생에게 수군덕거리는 것, 서생이 인력거꾼의 감식안에 감탄하는 것 등등, 일일이 헤아릴 수가 없다.

요즘은 부엌문 옆을 지나 마당으로 가서 동산 뒤에 숨어 사방을 살펴보고는, 장지문 안이 조용하다 싶으면 슬슬 숨어든다. 사람 소리가 시끌벅적하게 나거나 방에서 내다보일 우려가 있다 싶으면 연못을 동쪽으로 돌아서 뒷간 옆을 지나 살금살금 툇마루로 숨어든다. 나쁜 짓을 하는 것은 아니니까 굳이 숨을 것도 겁낼 일도 없는데, 인간이란 무법자와 맞닥뜨리면 재수 없다 여기고 돌아설 수밖에 없으니 어쩔 수 없다.

만약 세상이 구마사카 조한[1] 같은 사람으로 넘쳐난다면 그 어떤 성인군자도 나 같은 태도를 취할 것이다. 가네다 군은 명실상부한 사업가이니 구마사카 조한처럼 큰 칼을 휘두를 염려는 없지만, 풍문에 따르면 사람을 사람으로 여기지 않는 병이 있다고 한다. 사람을 사람으로 여기지 않을 정도라면 고양이 역시 고양이라 여기지 않을 것이다. 따라서 아무리 어진 고양이라도 그의 집 안에서는 절대 방심할 수 없다.

그런데 그 방심할 수 없다는 점이 내게는 일종의 스릴이다. 내가 이렇듯 뻔질나게 가네다 댁을 드나드는 것은 그 위험을 무릅쓰고자 하는 모험심 탓인지도 모른다. 그 점은 추후 고양이의 뇌리를 속속들이 해부해 보고서 다시 얘기하기로 하자.

오늘은 상황이 어떠한가 싶어 예의 동산 잔디에 턱을 올려놓고 앞을 내다보니 넓은 손님방의 문이 봄의 뜰을 향해 활짝 열려 있고, 안에서는 가네다 부부와 한 손님이 얘기를 나누고 있다. 공교롭게 하나코 부인의 코가 이쪽을 향하고 연못 너머로 내 이마를 똑바로 쳐다보고 있다. 코가 그렇게 쏘아보는 것은 태어나서 처음이다.

가네다 군은 옆으로 앉아 손님과 마주하고 있기에 그 평평한 얼굴의 절반밖에 보이지 않아 다행인데, 대신 코가 어디에 있는지 분명하지 않다. 다만 누리끼리한 콧수염이 어지럽게 돋아 있는 탓에 그 위에 구멍 두 개가 있을 것이라는 짐작은 가능하다. 봄바람도 저렇게 밋밋한 얼굴 위로만 불면 아주 편하겠지 하고 상상해 보았다.

손님은 세 사람 가운데 가장 평범한 용모다. 하지만 너무 평범해서 이렇다 하게 소개할 만한 구석이 한 군데도 없다. 평범이란 좋은 것이지만, 평범의 극치에 이르면 오히려 가엾기 짝이 없다. 과연 어느 누가 저렇듯 무미건조한 얼굴로 이 태평성대인 메이지 시대에 태어났을지 궁금한데, 툇마루 밑에 가서 그들의 담화

1 態坂長範. 헤이안 시대 말기의 전설적인 도적.

를 듣기 전까지는 알 수 없다.

「그래서 아내가 그 사내 집까지 찾아가서 자초지종을 듣고 왔다는데…….」

가네다 군은 여전히 거들먹거리는 투로 말하는데, 위엄이라고는 털끝만큼도 없다. 말투 또한 그의 얼굴처럼 평탄하고 밋밋한 까닭이다.

「예, 과연 그렇습니다. 그 사내가 미즈시마를 가르친 적이 있으니, 잘 생각하셨습니다. 네, 과연.」

〈과연〉을 좋아하는 손님이다.

「그런데 도무지 요령부득이야.」

「네 그렇습니다. 구샤미는 요령부득인 사람이라서, 같이 자취를 했을 때부터 참 답답한 일이 많았습니다. 사모님께서도 난감하셨겠지요.」

손님이 하나코 부인을 향해 말했다.

「난감이고 뭐고, 난 지금까지 살면서 남의 집에 가서 그런 대접을 받기는 처음이었어요.」

하나코 부인의 코에서 회오리바람이 일었다.

「무슨 무례한 말이라도 하던가요? 옛날부터 성격이 괴팍해서. 10년을 하루같이 영어 선생 노릇이나 할 정도이니, 알 만하지요.」

손님이 공손하게 맞장구를 쳤다.

「도무지 말이 안 통할 정도였다는 거야. 아내가 뭘 물으면 동문서답이나 하고 말이지.」

「그러니까 이상하다는 거지요. 조금 학문을 했다 싶으면 자만심만 느는 데다 돈이 없으면 오기까지 부리니. 세상에는 그런 무도한 자들이 많지요. 자신이 일을 제대로 안 하는 것은 모르고, 돈 많은 사람들을 무턱대고 비난한다니까요. 마치 자기네 재산을 들어먹은 것처럼 여기니, 놀랄 일이지요. 아하하하.」

손님 혼자 흥이 올랐다.

「정말 말이 안 되는 소리지. 그런 태도는 세상 물정 모르는 어리석음 때문일 터라, 정신 번쩍 차리게 혼을 좀 내주는 것이 좋갔다 싶어서, 그렇게 했네.」

「과연 혼이 좀 났겠지요. 본인을 위해서도 좋은 일입니다.」

손님은 어떻게 혼을 내주었는지도 모르면서 가네다 군에게 동의하고 있다.

「그런데 스즈키 씨, 그 사람 정말 괴팍스러운 모양이에요. 학교에 가서도 후쿠치 씨나 쓰키 씨에게 말도 안 건다더군요. 기가 죽어서 잠자코 있나 했더니, 얼마 전에는 지팡이를 들고 아무 잘못도 없는 우리 집 서생을 쫓아왔어요. 나이 서른이나 먹어서 그런 짓을 하다니, 분별력이 없는 것도 그렇지 머리가 좀 어떻게 되었나 봐요.」

「아이고, 또 어쩌다 그런 험악한 짓을……」

하나코 부인의 그 말에는 손님도 다소 의심이 가는 모양이었다.

「그 집 앞을 뭐라고 중얼거리면서 지나갔다나 봐요. 그랬더니 갑자기 지팡이를 들고 맨발로 뛰쳐나왔다는군요. 뭐라고 한마디 했다고 해봐야, 아직 어른이 아니잖아요. 콧수염까지 기른 다 큰 어른이, 게다가 명색이 선생이라면서.」

「그렇죠, 선생이지요.」

손님이 그렇게 말하자 가네다 군이 맞장구를 쳤다.

「그렇지, 선생이지.」

이 세 사람은 선생인 이상 어떤 모욕을 당해도 목상처럼 태연해야 한다고 의견의 일치를 본 듯하다.

「그리고 그 메이테이란 사람도 정말 별나더군요. 아무 도움도 안 되는 거짓말을 눈썹 하나 까딱 않고 늘어놓고. 난 그렇게 이상한 사람은 처음 봤어요.」

「아, 메이테이 말이로군요. 그 허풍은 여전한가 봅니다. 역시 구샤미의 집에서 만나셨나요. 그 사람에게 걸리면 약이 바짝바짝 오르죠. 그 사람하고도 옛날에 자취를 같이 했는데, 사람을 너무 업신여기는 탓에 많이 싸웠습니다.」
「그런 태도로 사람을 대하면 누구든 화가 나지요. 하긴 거짓말도 필요할 때가 있기는 하죠. 그 자리의 분위기를 맞추기 위해서라든가 체면이 말이 아닐 때는 누구나 마음에도 없는 소리를 할 수 있죠. 하지만 그 남자는 하지 않아도 좋을 말을 아무렇게나 해대니 속이 타는 것이죠. 뭐가 좋아서 그렇게 엉터리 소리를 하는지, 참 천연덕스럽기도 하지요.」
「옳으신 말씀입니다. 재미로 하는 거짓말이니 더 난감하지요.」
「나는 미즈시마 씨에 대해서 물어보려고 진지한 마음으로 찾아갔는데, 엉망진창이 되고 말았어요. 부아가 치밀고 속도 상하지만, 남의 집에 찾아갔다가 모르는 척하는 것도 사람의 도리가 아니라서, 나중에 인력거꾼을 시켜서 맥주 한 박스를 보냈더니 글쎄 뭐라고 했는 줄 알아요? 이런 걸 받을 이유가 없다, 그냥 가지고 돌아가라고 했답니다. 인력거꾼이 사례이니 아무쪼록 받아 달라고 했더니, 나는 매일 잼은 먹지만 맥주처럼 쓴 것은 먹지 않는다고 하고는 안으르 쏙 들어가 버렸답니다. 말투가 얄밉잖아요, 게다가 실례지요.」
「거참, 심했군요.」
손님도 이번에는 정말 심했다고 여기는 모양이다.
「그래서 오늘, 굳이 자네를 오라고 한 것일세.」
잠시 후, 가네다 군의 목소리가 들렸다.
「그런 어리석은 자는 뒤에서 험담이나 하고 나면 그만인데, 다소 곤란한 일이 생겨서……」
가네다 군은 참치 회를 먹을 때처럼 대머리를 찰싹찰싹 때리면서 말한다. 하기야 나는 툇마루 밑에 있으니까 실제로 때리는지 아닌지는 보지 않아 분명하지 않지만, 요즘 들어서는 대머리를 때리는 이 소리를 익히 들었다. 비구니가 목어 소리를 알아듣는 것처럼 나 역시 툇마루 밑에서도 소리만 분명하면 출처가 대머리라는 것을 알아낼 수 있다.

「그래서 자네에게 좀 신세를 질까 해서 말이야.」

「제가 할 수 있는 일이라면 무엇이든 하지요. 이번에 도쿄에서 근무하게 된 것도 여러 가지로 배려를 해주신 덕분이고 하니.」

손님은 기꺼이 가네다 군의 부탁을 승낙한다. 말투로 보아 손님은 역시 가네다 군에게 신세를 진 사람인 듯하다. 야, 이거 사건이 점점 흥미진진하게 전개되는데. 오늘은 그다지 올 마음도 없었는데, 날씨가 너무 좋아서 별 생각 없이 왔더니 이렇게 좋은 소식을 듣게 될 줄이야. 명절에 절에 참배를 하러 갔다가 주지승의 방에서 떡을 얻어먹은 격이다. 가네다 군이 손님에게 어떤 부탁을 하나 싶어 툇마루 밑에서 귀를 쫑긋 세우고 들었다.

「그 구샤미라는 별종이 무슨 속셈인지, 미즈시마에게 쑥덕거린 모양이야. 가네다의 딸을 아내로 맞아서는 절대 안 된다고 말이야. 그렇지, 여보?」

「쑥덕거린 게 아니죠. 그런 자식의 딸을 얻는 바보가 세상 어디에 있느냐고, 절대로 안 된다고 했답니다.」

「그런 자식이라니, 아니 그렇게 발칙한 말을 했답니까?」

「하다마다요. 인력거꾼네 마누라가 다 알려 주었어요.」

「들은 바대로, 상황이 이렇네. 골치 아프게 되었어.」

「그렇군요. 다른 일과 달라서, 이런 일에는 남이 함부로 참견을 하기가 좀 곤란하지요. 아무리 구샤미가 물정을 모르는 인간이라도 그 정도 상식은 있을 텐데, 무슨 일인지 모르겠습니다.」

「그래서 말인데, 자네가 지금은 몰라도 학생 시절에는 구샤미와 자취도 같이 하고 친하게 지냈다고 하니까 부탁하는데, 자네가 본인을 직접 만나서 사태를 좀 깨우쳐 주었으면 하네. 뭔가 잔뜩 화가 나 있는 듯한데 그것은 그쪽 잘못이지. 그쪽만 얌전하게 있어 주면 신상의 편의는 충분히 봐줄 것이며 심기를 거스를 만한 일도 하지 않을 것이야. 하지만 그쪽에서 계속 그렇게 나온다면 이쪽도 가만히 있을 수야 없지. 그러니 그렇게 고집을 부려 봐야 본인만 손해란 말일세.」

「예, 옳으신 말씀입니다. 허튼 저항을 해봐야 손해면 손해지 득 볼 일은 없으니까요. 그렇게 잘 이르겠습니다.」

「그리고 우리 딸도, 혼담이 많이 들어오니까 미즈시마에게 주겠다고 결정하기는 이르지만, 듣고 보니 실력도 인품도 나쁘지는 않은 듯하니, 앞으로 열심히 공부해서 박사가 되면 사위로 맞을 수도 있다는 정도로 넌지시 암시만 주게나.」

「그렇게 말하면 본인도 힘을 내서 공부를 하겠지요. 잘 알겠습니다.」

「그런데 말이야, 참 묘한 일이지. 미즈시마답지 않게, 그 별난 구샤미를 선생님 선생님 하면서 구샤미가 하는 말이라면 대개는 다 듣는 것 같으니, 거참 별일이지. 아니 뭐 사윗감이 미즈시마밖에 없는 것은 아니니까 구샤미가 뭐라고 방해를 하든 나는 별 지장 없네만…….」

「미즈시마 씨가 가엾지요.」

하나코 부인이 끼어들었다.

「미즈시마란 사람은 아직 만난 적이 없지만, 이 댁과 연을 맺을 수 있으면 평생을 행복하게 살 수 있을 테니 본인은 물론 마다하지 않겠지요.」

「암요. 미즈시마 씨는 우리 딸을 데려가고 싶어 하는데, 구샤미다 메이테이다 하는 이상한 사람들이 뭐라고 말들이 많으니까.」

「거참, 교육을 받은 사람들이 할 짓이 아니지요. 제가 구샤미를 찾아가 담판을 짓겠습니다.」

「그래, 불편하더라도 아무쪼록 부탁하네. 그리고 실은 미즈시마에 대해선 구샤미가 가장 잘 알고 있을 텐데, 아내가 찾아갔을 때는 상황이 그래서 제대로 물어보지 못했으니 자네가 미즈시마의 성품이며 행실이며 학재를 좀 알아보게나.」

「잘 알겠습니다. 오늘은 토요일이니, 지금 찾아가면 집에 있겠지요. 요즘은 어디에 사는지요?」

「요 앞길을 오른쪽으로 쭉 가다가 왼쪽으로 돌아서 가다 보면 다 쓰러져 가는 거뭇거뭇한 울타리가 있는 집이 나오는데, 바로 그 집이에요.」

하나코가 가르쳐 주었다.

「그럼 바로 근처로군요. 가는 길에 들러 보겠습니다. 문패를 보면 알 수 있을 테니, 금방 찾을 수 있을 겁니다.」

「문패는 있을 때도 있고 없을 때도 있으니까 안심할 수 없죠. 명함을 밥풀로 문에 붙여 놓거든요. 그러니까 비가 오면 떨어지지요. 그럼 날씨가 좋은 날에 다시 붙여 놓는답니다. 그렇게 성가시게 붙이느니, 나무 문패를 하나 걸면 얼마나 좋아요. 정말 속을 알 수 없는 사람이라니까요.」

「거참 갈수록 태산이라더니. 아무튼 다 쓰러져 가는 울타리라고 하니, 대충 알 수 있겠지요.」

「네, 그렇게 너저분한 집은 이 동네에 딱 한 채밖에 없으니까 금방 찾을 수 있을 거예요. 아, 그래도 못 찾겠다 싶으면 지붕에 잡초가 돋아 있는 집을 찾으면 틀림없을 거예요.」

「그야말로 특색 있는 집이로군요. 아하하하하.」

스즈키 군이 왕림하기 전에 돌아가야겠다. 들을 얘기는 다 들었으니 이만하면 충분하다. 툇마루 밑을 따라 살금살금 기어 뒷간을 서쪽으로 돌아 동산 뒤를 통해 길거리로 나오자마자 서둘러 지붕에 잡초가 돋아 있는 집으로 돌아왔다. 그러고는 시치미를 뚝 떼고 툇마루로 올라갔다.

주인은 툇마루에서 하얀 담요를 깔고 엎드려 한가로운 봄 햇살에 등짝을 말리고 있다. 햇살은 실로 공평하여, 지붕에 잡초가 무성하다는 누옥도 가네다 댁의 손님방처럼 따스한 기운으로 넘치는데, 안된 일이지만 담요만 봄답지 않다. 제조원에서도 흰색이라 여기고 천을 짰을 것이고, 수입품을 파는 잡화상에서도 흰색이라 여기고 팔았을 테고 주인 역시 흰색을 주문했을 텐데, 열두세 해 전의 일이고 보니 흰색의 시대는 벌써 지나 지금은 짙은 회색으로 변색하는 과정에 있다. 이 시기를 거쳐 새카만 색으로 변할 때까지 담요의 수명이 계속될지 심히 의심스럽다. 지금도 털은 다 빠져 가로세로로 짜인 실이 보일 정도이니, 담요라 칭하기도 면구스럽다. 담을 빼고 그저 요라고 하는 편이 적합하다. 그런데 주인은 1년을 쓰고 2년을 쓰고 5년을 쓰고 10년 이상을 썼으니 평생 써야 한다고 생각하는 듯하다. 참으로 느긋한 사고다.

그런데 앞에서도 말했듯이 이 연륜 있는 담요 위에 엎드려 주인이 뭘 하고 있느냐 하면 두 손으로 툭 튀어나온 턱을 받치고 오른손 손가락 사이에 담배를 끼고 있다. 그뿐이다. 비듬투성이 머릿속에서야 우주의 대진리가 불타오르는 수레처럼 돌고 있는지 모르겠으나, 겉에서는 전혀 그렇게 보이지 않는다.

담배가 점점 타들어 가 3센티미터 정도나 된 재가 담요 위로 툭 떨어지는데도 주인은 담배에서 피어오르는 연기의 향방만 쳐다보고 있다. 그 연기는 봄바람을 타고 너울거리면서 겹겹이 흐르는 고리를 그리다가 갓 머리를 감은 안주인의 검푸른 머리카락으로 몰려간다. 아뿔싸, 안주인 얘기를 할 생각이었는데 깜빡 잊었다.

안주인은 주인에게 엉덩이를 보이고, — 방정맞은 마누라라고? 천만에, 그리 방정맞을 것도 없다. 예와 무례는 서로의 해석에 따라 얼마든지 달라질 수 있다. 주인은 태연하게 마누라의 엉덩이를 향하고 턱을 괴고 있고, 안주인 역시 태연하게 주인의 얼굴 앞에 장엄한 엉덩이를 들이밀고 있을 뿐, 예의고 나발이고 없다. 두 사람은 결혼한 지 1년도 채 지나지 않아 부부간의 예의범절이란 답답한 굴레를 벗어던진 초연한 부부이다. 아무튼 이렇게 주인에게 엉덩짝을 보이고 있는 안주인은 날씨가 화창한 김에 청각채와 날계란으로 감은 머리를 보란 듯이 어깨에서 등으로 길게 늘어뜨린 채 말없이 아이 옷만 열심히 바느질하고 있다.

사실은 머리를 말리기 위해 방석과 반짇고리를 들고 나와 공손히 주인에게 엉덩이를 향하고 앉았던 것이다. 아니면 주인이 엉덩이가 있는 쪽으로 굳이 엎드렸는지도 모르겠다. 아무튼 주인은 좀 전에 얘기한 담배 연기가 탐스러운 검푸른 머리카락 사이로 흘러 때 아닌 아지랑이로 피어오르는 모습을 하염없이 바라보고 있다. 그러나 연기란 한곳에 머물지 않고 위로 위로 올라가는 속성이 있으니, 주인의 눈도 연기와 머리카락이 빚어내는 향연을 빠짐없이 보기 위해서는 두 눈알을 굴리지 않으면 안 된다.

우선 허리쯤부터 관찰하다가 등을 타고 올라가 어깨에서 목덜미로 접어들었다가, 목덜미를 지나 드디어 정수리에 도달하는 순간 자신도 모르게 헉 하고 놀란다. 주인이 검은 머리가 파뿌리가 되도록 함께 하자고 맹세한 부인의 머리 한가운데, 머리카락이 뭉텅 빠져 있다. 게다가 그 허옇게 드러난 두피가 따스한 햇살을 받아 때를 만났다는 듯이 번쩍이고 있다. 뜻하지 않은 곳에서 일대 신기한 발견을 한 주인의 눈은 눈부신 햇살 속에서 동공이 벌어지는 것도 아랑곳하지 않고 놀라움을 표현하면서 일사불란하게 그곳을 쳐다보고 있다.

이 동그랗게 머리카락이 빠진 자리를 보았을 때, 주인의 뇌리에 가장 먼저 떠오른 것은 집안에 대대로 내려오는 불단을 늘 장식하고 있던 등잔이었다. 그의 집안은 대대로 진종(眞宗)을 믿고 있으며, 진종에서는 불단에 분수에 맞지 않게 돈을 들여 금박을 입히는 것이 오래된 관례이다. 주인은 어린 시절 살았던 집의 곳간에 금박을 입힌 불구함이 있었던 것과, 그 함 속에서 낮이든 밤이든 늘 불을 밝히고 있었던 신주 등잔을 기억하고 있다. 주위가 어두워도 그 등잔불은 비교적 선명하게 빛나 어린 마음에 몇 번이나 쳐다보았는데, 아내의 대머리를 보는 순간 그 기억이 떠오른 것이다.

등잔불은 1분이 채 지나지 않아 꺼지고 말았다. 이번에는 관음상의 비둘기가 떠오른다. 관음상의 비둘기와 아내의 대머리와는 아무런 관련이 없는데, 주인의 머릿속에서는 상당히 밀접한 연관을 갖는다. 역시 어렸을 때 아사쿠사에 가면 꼭 콩을 사서 비둘기에게 주었다. 콩은 한 접시에 지폐 두 장이었고 빨간 토기에 담겨 있었다. 그 토기의 색깔이며 크기가 아내의 대머리와 비슷했다.

「흠, 정말 닮았어.」

주인이 감격스럽다는 듯 중얼거렸다.

「뭐가요?」

안주인은 돌아보지 않은 채 물었다.

「뭐긴, 당신 머리에 커다란 반점이 있어. 알고 있었나?」

「네.」

안주인은 여전히 바느질만 하고 있다. 그다지 놀라는 기색이 없다. 초연한 모범 아내이다.

「시집오기 전부터 있었던 거야? 아니면 시집와서 생긴 거야?」

주인이 묻는다. 만약 시집을 오기 전부터 있었다면 속은 것이라고 마음속으로 생각한다.

「언제 생겼는지 내가 어떻게 알겠어요. 그런 게 있든 없든 무슨 상관이라고.」

여유로운 말투다.

「상관없긴. 자기 머린데 왜 상관이 없어?」

주인의 언성이 다소 높아졌다.

「내 머리니까 상관이 없다는 거죠.」

안주인은 말은 그렇게 하지만 조금은 마음에 걸리는지 오른손을 머리에 올려놓고 빙글빙글 그 자리를 더듬었다.

「어머나, 언제 이렇게 커졌지. 이렇지 않았는데.」

그렇게 말하는 것으르 보아 나이에 비해 머리가 많이 빠졌다는 것을 이제야 자각한 모양이다.

「여자들은 머리를 바짝 잡아당겨서 올리니까, 다들 여기 머리가 빠져요.」

슬쩍 변호를 한다.

「그렇게 빨리 머리가 빠지면 마흔 살 정도 되면 다들 민대머리가 되겠군. 그거 병이야, 병. 옮길지도 모르니까 당장 아마키 선생을 찾아가 봐.」

주인은 그렇게 말하면서 연방 자기 머리를 만져 본다.

「남 얘기를 할 때가 아니죠. 당신도 콧속에 흰 털이 났잖아요. 머리가 빠지는 게 전염된다면 하얀 코털도 전염되겠지요.」

안주인도 가만히 있지는 않는다.

「콧속의 흰 털은 보이지 않으니까 해가 없지만, 정수리가, 그것도 여자 정수리가 그 모양이면 보기가 흉하지. 불구야 불구.」

「머리가 빠졌다고 불구라면, 결혼은 왜 했어요. 좋아서 결혼해 놓고서 불구라니.」

「나야 몰랐으니까 했지. 지금 이 순간까지 전혀 몰랐으니. 그렇게 당당할 것 같으면 시집올 때 왜 보여 주지 않았나?」

「기가 막혀서. 세상에 누가 머리를 보여 주고 그 시험에 급제하면 시집을 온대요.」

「머리는 그렇다 치고 당신은 키가 너무 작아. 심히 보기가 흉해.」

「키야 보면 금방 알 수 있잖아요. 키가 작다는 건 처음부터 알고 결혼한 거 아닌가요?」

「그야 물론 알고 있었지. 알고 있었지만 아직은 더 클 줄 알았으니까 결혼을 했지.」

「나이 스무 살에 어떻게 키가 더 큰답디까. 당신 정말 사람을 바보로 아는군요.」

안주인은 바느질감을 집어던지고 주인 쪽으로 몸을 비틀었다. 주인의 대답 여하에 따라 가만있지 않겠다는 기세다.

「스물이 되었다고 키가 크지 말란 법은 없지. 시집와서 영양분을 많이 섭취하면 조금은 더 클 줄 알았다고.」

심각한 표정으로 이런 묘한 논리를 펴고 있는데, 현관에서 종이 딸랑딸랑 울리면서 사람을 찾는 목소리가 들렸다. 스즈키 군이 드디어 잡초가 무성한 지붕을 찾아 구샤미 선생의 와룡굴(臥龍窟)[2]을 찾아낸 모양이다.

안주인은 부부싸움은 훗날로 미루고, 아이 옷과 반짇고리를 들고 황망히 다실로 사라졌다. 주인은 재색 담요를 둘둘 말아 서재로 던졌다. 하녀가 받아온 명함을 보고서 주인이 잠시 놀란 표정을 짓더니, 〈이리로 모셔라〉 하고는 명함을 쥔 채 화장실로 갔다. 왜 급히 화장실에 가는 것인지, 또 왜 스즈키 도주로의 명함까지 화장실에 들고 갔는지 알 수 없다. 아무튼 본의 아니게 냄새 나는 곳까지 주인을 수행하게 된 명함이 딱할 뿐이다.

하녀가 방석을 도코노마 앞에 내놓으며 이리 앉으시라 하고서 물러간 후에 스즈키 군은 방 안을 휘 돌아보았다. 벽에 걸려 있는 목암 선사[3]의 글씨를 흉내 내어 〈화개만국춘(花開萬國春)〉이라 쓴 가짜 족자와 교토산 싸구려 청자에 꽂혀 있는 홑벚꽃을 차례차례 점검한 후에 문득 하녀가 권한 방석을 보니, 어느 틈에 고양이 한 마리가 떡 버티고 앉아 있다. 고양이란 두말할 필요도 없이 나다.

이때 안색에는 드러나지 않았으나 스즈키 군의 가슴에 잠시 풍파가 일었다. 이 방석은 물론 스즈키 군을 위해 놓여 있는 것이다. 자신을 위한 방석에 자신이 앉기도 전에 웬 고양이가 양해도 구하지 않은 채 웅크리고 있다. 이것이 스즈키 군의 마음에 풍파를 일으킨 첫 번째 요소이다. 만약 방석이 차지한 이 없는 채로 봄바람만 살랑살랑 맞고 있었다면 스즈키 군은 일부러 겸손을 떨면서 딱딱한 다다미에 앉아 주인이 나타날 때까지 기다렸을 것이다. 그런데 자신이 조만간 소유할 방석에 말 한마디 없이 올라앉은 것이 대체 누구인가. 인간이라면 양보할 수도 있겠지만, 고양이라니 어처구니가 없다.

이렇게 방석에 떡하니 앉아 있는 것이 고양이라 더욱 불쾌한

2 와룡이란 유비가 공명을 찾아간 와룡강에 빗대어, 재야에 은거하는 세상에 알려지지 않은 영웅을 뜻하는 말.

3 木庵(1611~1684). 1654년, 명나라에서 일본으로 건너간 선승으로, 은원(隱元), 즉비(卽非)와 더불어 오바쿠 산 삼필(三筆)이라 일컬어질 만큼 달필이었다.

것이 스즈키 군의 마음의 평정을 무너뜨린 두 번째 요소이다.

마지막으로 그 고양이의 태도가 영 마음에 들지 않았다. 조금은 안 되었다는 뜻인지, 앉을 권리도 없는 방석을 건방지게 차지한 채 귀엽고 동그란 눈을 깜박거리면서, 넌 대체 누구냐는 식으로 스즈키 군의 얼굴을 쳐다보고 있다. 이것이 또 스즈키 군의 평정을 깨뜨린 세 번째 요소이다. 그 정도로 불만스러우면 내 목덜미를 잡고 끌어내릴 수도 있을 텐데, 스즈키 군은 그저 쳐다만 볼 뿐이다.

다 큰 어른이 고양이가 무서워서 손을 내밀지 못할 리는 없을 텐데 왜 언짢아하면서도 나를 처분하지 못하는지, 아마도 인간으로서 자기 체면을 유지하려는 스즈키 군의 자존심 때문이 아닐까 하고 헤아려 본다. 만약 완력을 사용한다면 삼척동자도 나 하나쯤이야 마음대로 주물럭거릴 수 있을 테지만, 체면을 중시하다 보니 제아무리 가네다 군의 심복인 스즈키 도주로도 방석 하나에 진좌하고 있는 고양이 대신을 어쩌지 못하는 것이다.

보는 사람은 없어도 고양이와 자리 싸움을 해서야 인간의 위엄이 말이 아니다. 고양이를 상대로 심각하게 옳고 그름을 논하는 것은 어른답지 못한 처신이다. 우스꽝스럽다. 그런 불명예를 피하기 위해서는 다소의 불편도 참을 수밖에 없다. 하지만 참으면 참을수록 고양이를 미워하는 마음만 커질 터이니, 스즈키 군은 내 얼굴을 보면서 씁쓸한 표정을 짓는다. 나는 그런 스즈키 군의 얼굴을 보는 것이 고소하고 재미있으나, 웃음을 참고 최대한 시치미를 떼고 있다.

내가 스즈키 군과 이런 무언극을 펼치고 있는 동안, 주인이 매무새를 고치고 화장실에서 나왔다.

「여, 이거 오랜만이로군.」

손에 명함을 들고 있지 않은 것으로 보아, 스즈키 도주로란 이름은 화장실에서 무기형(無期刑)을 당한 모양이다. 명함만 엉뚱한 액운을 겪었다고 생각하는데, 주인이 요 녀석 하면서 내 목덜미를 움켜쥐고 툇마루로 휙 내던졌다.

「앉게나. 그래, 도쿄에는 언제 올라왔는가?」

주인이 옛 친구에게 방석을 권했다. 스즈키 군은 방석을 살짝 뒤집어 그 위에 앉았다.

「여러 가지로 바쁜 일이 많아 미처 소식을 전하지 못했네. 실은 얼마 전에 도쿄 본사로 올라왔다네.」

「그것 잘됐군. 오랫동안 만나지 못했는데, 자네가 시골로 내려간 후로 처음 아닌가.」

「음, 벌써 10년이 되어 가는군. 그 후에도 가끔 도쿄에 올라오기는 했는데, 볼일이 많아서 늘 연락을 못했네. 미안하이. 회사는 자네 일과는 달라서 늘 바쁘니까 말이야.」

「10년 세월 동안 많이 변했군.」

주인은 스즈키 군을 위아래로 훑어보면서 말했다. 스즈키 군은 머리를 반듯하게 가르고, 영국제 양복을 입고, 화려한 옷깃 장식에 가슴에는 금줄까지 번쩍거리는 차림새. 아무리 봐도 구샤미 군의 옛 친구 같지 않다.

「음, 이런 것까지 매달아야 할 정도가 되었지.」

스즈키 군은 금줄을 보란 듯이 만지작거렸다.

「그거, 진짜인가?」

주인이 무례한 질문을 했다.

「18케이 금일세. 자네도 나이를 많이 먹었군. 아이가 있을 텐데, 하난가?」

스즈키 군이 웃으면서 물었다.

「아니.」

「그럼 둘?」

「아니.」

「더 있나? 그럼 셋인가?」

「음, 셋이지. 앞으로 몇이 늘지는 알 수 없고.」

「자네, 여전히 태평한 소리를 하는군. 제일 큰 아이가 몇 살이

나 되었나? 꽤 되었을 텐데.」

「음, 잘은 모르겠네만 대충 예닐곱이겠지.」

「하하하, 역시 선생은 태평해서 좋군. 나도 선생이나 될걸 그랬네.」

「어디 한번 해보게나. 사흘이면 신물이 날 테니.」

「그럴까. 남 보기에 어엿하고, 마음도 편하고, 한가하고, 좋아하는 공부도 할 수 있고, 좋지 않은가. 사업가도 나쁘지는 않지만 우리 세대는 틀렸어. 이왕 사업가가 되려고 마음먹었으면, 높은 자리에 올라야 해. 밑에서 빌빌거리면 공치사도 해야지, 싫은 소리도 들어야지.」

「나는 학교 다닐 때부터 사업가가 싫었네. 돈만 벌 수 있다면 무슨 짓이든 하지 않는가. 옛날로 치자면 장사치가 아니고 무언가.」

주인은 사업가를 앞에 놓고 태평악을 연주하고 있다.

「에이, 그렇게만 말할 수는 없지. 물론 저급한 부분이 있기는 하지만 말일세. 아무튼 돈에 살고 돈에 죽을 각오가 없으면 해내기 힘든 일이야. 그런데 그 돈이란 게 정체를 알 수 없는 괴물이라서. 지금도 어떤 사업가 집에 들렀다 오는 길인데, 돈을 벌려면 삼무(三無) 전략을 사용해야 한다는군. 도리를 모르는 무도, 인정을 모르는 무정, 부끄러움을 모르는 무치, 이렇게 삼무 말일세. 재밌지 않나, 하하하하.」

「대체 누군가? 그런 바보가.」

「바보라니, 상당히 영리한 사람일세. 업계에서는 꽤 유명하지. 자네는 모르나? 이 근처에 사는데.」

「가네다 말인가? 그런 인간이 뭐 대수라고.」

「뭘 그리 화를 내나. 그야 물론 농담이겠지만, 그 정도로 하지 않으면 돈을 모으기가 쉽지 않다는 비유 아니겠나. 자네처럼 그렇게 심각하게 해석하면 곤란하지.」

「삼무 전략이야 농담이라도 상관없지만, 그 집 마누라의 그

코 말이야. 자네는 가서 봤으니 알겠지.」

「사모님 말인가? 왜 꽤 서글서글하던데.」

「나는 그 큰 코를 말하는 걸세. 얼마 전에 그 코를 소재로 배체시(俳體詩)[4]를 지었지.」

「배체시라니, 그게 뭔데?」

「모르나? 자네 참 시류에 어둡군.」

「나처럼 바쁜 사람이 문학을 어찌 알겠나. 그리고 애당초 별로 좋아하지도 않는 편이니.」

「자네 샤를마뉴 대제의 코가 어떻게 생겼는지 아나?」

「아하하하, 한가롭긴. 내가 어찌 알겠나?」

「웰링턴 공[5]은 부하들이 매부리코란 별명을 붙였는데, 자네 아나?」

「무슨 까닭인가? 그리 코에만 신경을 쓰는 것이. 코야 둥그렇든 뾰족하든 무슨 상관이 있다고.」

「그렇지가 않네. 자네, 파스칼을 아나?」

「또 아는가인가? 마치 시험을 보러 온 것 같네그려. 파스칼이 어쨌다는 건가?」

「파스칼이 이런 말을 했지.」

「어떤 말인데?」

「클레오파트라의 코가 조금만 낮았더라면 세계의 역사는 달라졌을 것이다.」

「흐음.」

「그러니까, 코를 그리 가볍게 생각하면 안 되지.」

「알겠네, 알겠어. 앞으로는 중히 여기지. 그건 그렇고, 오늘은 자네에게 좀 볼일이 있어서 찾아왔네. 그 자네가 가르쳤다는, 누구였더라, 미즈시마, 아 그래, 미즈시마…….」

「간게쓰 군 말인가?」

4 하이쿠, 한시, 산문 등이 뒤섞여 정형을 깨뜨린 자유로운 운율의 시.

5 영국의 군인이며 정치가인 Arthur Wellesley, 1st Duke of Wellington.

「그래 그래, 간게쓰. 그 사람에 관해 좀 물어보고 싶은 게 있어서 말이지.」

「결혼 사건 아닌가?」

「아, 그래. 그 비슷한 일이지. 오늘 가네다 댁에 다녀왔는데…….」

「얼마 전에 코주부가 제 발로 찾아왔었지.」

「그랬군. 사모님도 그리 말하더군. 구샤미 자네에게 얘기를 좀 들어 보자 싶어 찾아갔더니, 마침 그 자리에 있던 메이테이가 훼방을 놓아서 뒤죽박죽이 되고 말았다고 말일세.」

「그런 코를 달고 온 사람이 잘못이지.」

「자네를 말하는 게 아닐세. 메이테이가 있어서 세세한 것을 묻지 못한 것이 못내 아쉽다면서 내게 부탁을 하더군. 가서 좀 잘 물어보라고 말이야. 나도 중매쟁이 노릇은 해본 적이 없지만, 당사자들이 싫지만 않다면야 중간에 서서 일을 성사시키는 것도 나쁘지는 않겠다 싶어 이리 찾아왔네.」

「그거 수고가 많군.」

주인은 그렇게 냉담하게 대답은 했지만, 당사자들이란 말을 듣고는 어찌 된 일인지 마음이 슬며시 동했다. 후덥지근한 여름 밤에 시원한 한 줄기 바람이 소맷자락을 스치고 지나간 기분이다. 원래 우리 주인은 말을 했다 하면 판을 깨는 데다 고집불통에 무뚝뚝하게 생겨 먹은 사내이지만, 그렇다고 냉혹하고 몰인정한 문명의 산물은 아니라고 스스로 자처하고 있다. 남이 뭐라고 하면 버럭 화를 내고 툴툴거리는 통에 오히려 속내가 드러나고 만다. 그러니 지난번에 코주부와 말다툼을 한 것은 코가 마음에 들지 않아서일 뿐, 코주부의 딸에게 무슨 허물이 있어서가 아니다. 사업가를 싫어하니 사업가 축에 끼는 가네다 모모 씨도 싫기는 마찬가지지만 그것도 딸과는 무관한 일이다.

딸은 좋다 마다 할 거리가 없는 데다 간게쓰 군은 친동생보다 소중히 여기는 문하생이다. 만에 하나 스즈키 군의 말대로 당사자들이 서로 좋아하는 사이라면 간접적으로나마 그 사이를 방해하는 것은 군자의 도리가 아니다. 구샤미 선생은 그래 봬도 스스로를 군자라 여기고 있다. 만약 당사자들이 정말 서로를 좋아한다면? 그것이 관건이다. 이 사건에 대해 자신의 태도를 명확히 하려면 우선 그 진상을 확인해야 한다.

「자네, 그 딸이 간게쓰 군에게 시집을 오고 싶어 하는가? 가네다나 코주부의 의견은 상관없으나 그 딸의 의향은 어떠한지 궁금하군.」

「그야, 그러니까, 글쎄. 아니, 그야 물론 오고 싶어 하겠지.」

스즈키 군의 말투가 다소 애매하다. 실은 간게쓰 군에 대해 알아 오라는 명령에만 따르면 족할 것이라 여긴 탓에 딸의 의향까지는 확인하지 않은 것이다. 그러니 지금까지 매끄럽게 얘기를 끌어 온 스즈키 군은 낭패한 기색을 보일 수밖에 없었다.

「싶어 하겠지라니. 영 불투명하지 않은가.」

주인은 무슨 일이든 대놓고 얘기해야 직성이 풀리는 사람이다.

「아니, 그게, 내가 말을 잘못했네. 딸도 그 친구에게 마음이 있네. 암 있다마다. 사모님이 내게 그러더군. 가끔가다 간게쓰 군의 험담을 한다고 말일세.」

「그 처자가 말인가?」

「그래.」

「험담을 하다니, 거참 이상한 처자로군. 그렇다면 간게쓰 군에게 마음이 없다는 뜻 아닌가?」

「그게 그렇지가 않아. 세상이란 참 묘해서, 자기가 좋아하는 사람의 험담을 일부러 하는 경우도 있으니 말일세.」

「그런 어리석은 자가 어디 있다는 말인가?」

주인은 인간의 미묘한 심리에 대해 말해 봐야 별다른 느낌이 없는 사람이다.

「어리석은 자가 이 세상에는 꽤 많으니 어찌하겠는가. 실제로 사모님도 그리 해석하고 있네. 딸이 간혹 간게쓰 군을 〈어쩔 줄 몰라 허둥대는 얼간이 같다〉고 험담을 하는 것으로 보아 어지간히 마음에 있는 모양이라고 말일세.」

주인은 이 난해한 해석을 듣고는 너무도 가당치 않아 아무 대답도 못 한 채 눈만 동그랗게 뜨고서 점쟁이처럼 스즈키 군의 얼굴을 빤히 쳐다보고 있다. 스즈키 군은 이거 자칫 잘못하면 일이 뒤틀리겠다 싶어, 주인이 판단할 수 있는 방향으로 화제를 돌렸다.

「자네, 생각해 보면 알 수 있지 않나. 재산도 그리 많고 미모도 그리 출중한데, 어디든 보낼 만한 곳이 없겠는가. 간게쓰 군도 대단이야 하지만 신분으로 봐서야, 아니 신분이라고 하면 실례가 되겠군. 재산으로 따지자면 누가 봐도 기울지. 그런데 내가 이렇게 걸음을 할 정도로 부모가 애를 태우고 있는 것은 본인이 간게쓰 군에게 마음이 있어서가 아니겠는가.」

스즈키 군이 제법 그럴싸한 논리로 설명한다. 이번에는 주인도 납득한 듯 보여 조금은 안심하지만, 이쯤에서 또 우물쭈물했다가는 뭐라 고함을 지를지 알 수 없으니 부지런히 얘기를 진행시켜 한시 빨리 사명을 완수하는 것이 상책이라고 생각하는 듯하다.

「그래서 말인데. 사정이 그러하니 저쪽에서는 돈도 재산도 다 필요 없으니까 그 대신 당사자에게 번듯한 자격이 있었으면 좋겠다는 거야. 말하자면 직함이지. 그렇다고 오해는 하지 말게나. 박사가 되면 딸을 주겠노라고 거들먹거리는 게 아닐세. 지난번에 사모님이 자네를 찾아왔을 때는 메이테이가 옆에서 이상한 소리만 해대는 바람에, 아니 자네 잘못이 아닐세. 사모님도 자네에 대해서는 빈말을 하지 않는 솔직한 사람이라고 칭찬을 했네. 메이테이 잘못이 크겠지. 그래서 말인데, 간게쓰 군이 박사라도 되어 주면 저쪽에서도 얼마나 자랑스럽고 체면도 서겠느냐고 하는데. 간게쓰 군이 학위 논문을 써서 박사 학위를 따게 할 수는 없겠는가. 하기야 가네다 댁만의 문제라면 박사든 학사든 상관없지만, 세상의 이목이란 것이 있으니 가볍게 혼사를 추진할 수는 없지 않겠는가.」

듣고 보니 저쪽에서 박사 학위를 요구하는 것이 그리 억지는 아니라고 생각된다. 억지가 아니라 생각되니 스즈키 군의 부탁을 들어주고 싶어진다. 스즈키 군이 주인을 들었다 놨다 하고 있다. 과연 주인은 단순하고 솔직한 남자다.

「그럼 다음에 간게쓰 군이 오면 학위 논문을 쓰도록 내 권해 보겠네. 하나 본인이 가네다의 딸을 맞을 마음이 있는지 없는지, 그걸 먼저 따져 봐야 하겠군.」

「따져 보다니, 자네 드러내 놓고 따지고 들면 일이 어찌 성사되겠는가. 그저 이런저런 얘기를 나누다가 넌지시 속을 캐보는 것이 가장 좋을 걸세.」

「속을 캐본다?」

「음, 속을 캐본다는 말에 어폐가 있을지도 모르겠군. 아무튼 굳이 속을 캐보지 않아도 얘기를 하다 보면 절로 알게 되는 법 아닌가.」

「자네는 알지도 모르겠으나 나는 분명하게 물어보지 않고서는 모르네.」

「모르겠다면 어쩔 수 없지. 하나 메이테이처럼 공연히 훼방을 놓아 일을 그르치면 좋을 게 없을 것이네. 자네가 권하지 않아도, 이런 일은 당사자의 뜻을 따라야 하니. 다음에 간게쓰 군이 오거들랑 아무쪼록 방해는 말아 주었으면 하네. 아니 자네가 그렇다는 것이 아니고, 메이테이를 이르는 말일세. 그 사내가 입을 놀렸다 하면 도저히 빠져나갈 구멍이 없으니 말이야.」

주인을 대신하여 메이테이 선생의 험담을 듣고 있는데, 호랑이도 제 말 하면 나타난다더니 예의 메이테이 선생이 아니나 다를까 봄바람을 타고 부엌문으로 홀연히 나타났다.

「아이코 이거, 진귀한 손님이 오셨네그려. 아니 이거, 평소보다 고급스러운 과자가 아닌가. 나 같은 불청객에게는 대접이 영 신통치 않더니, 구샤미 군의 집에는 10년에 한 번쯤 들러야 딱 좋겠군.」

메이테이 선생은 그렇게 말하면서 전통 과자집 후지무라의 양갱을 집어 입에 쏙 넣었다. 스즈키 군은 당황하여 엉덩이를 꿈틀거리고, 주인은 히죽히죽 메이테이 선생은 입을 오물오물. 나는 툇마루에서 이 순간의 광경을 구경하면서 무언극쯤 족히 성립할 수 있겠다고 생각했다. 선종(禪宗)에서는 이심전심으로 무언(無言)의 문답을 나눈다는데, 이 무언극 역시 이심전심이 연기의 핵심이다. 아주 짧지만 예리한 이심전심의 단막극이다.

「자네는 평생 뜨내기 신세일 줄 알았는데 이렇게 돌아오다니. 오래 살고 볼 일이로군, 무슨 횡재를 할지 모르니.」

메이테이 선생은 주인에게 그런 것처럼 스즈키 군에게도 막무가내다. 함께 자취를 한 사이라도 10년쯤 만나지 않으면 왠지 서먹하게 마련인데 메이테이 선생은 그런 언행을 전혀 보이지 않으니, 대단한 것인지 뻔뻔한 것인지 분간이 안 간다.

「그렇게 바보 취급을 해서야 내가 가엾지 않나.」

스즈키 군은 적당히 그렇게 응수했지만 어째 안절부절못하고 예의 금줄을 신경질적으로 만지작거렸다.

「자네, 전기 철도[6] 타봤는가?」

주인이 스즈키 군에게 뜬금없는 질문을 했다.

「오늘은 자네들에게 놀림감이 되려고 온 셈이로군, 시골 촌뜨기라고 말일세. 이래 봬도 전철 주식을 60주 갖고 있네.」

「거참 대단하군. 난 888.5주를 갖고 있었는데 안타깝게도 좀이 다 쓸어 버려 지금은 반 주밖에 남아 있지 않다네. 자네가 조금 더 일찍 상경했다면 좀이 쓸지 않은 것으로 한 10주는 줄 수 있었을 텐데, 참으로 애석하군.」

「그 입담은 여전하군. 농담은 농담이고, 아무튼 그런 주식을 갖고 있어서 손해 볼 일은 없지. 해마다 주가가 오르고 있으니 말일세.」

6 1903년, 시나가와와 신바시 사이 구간에 전철이 처음 시운전을 했다. 이 작품의 시대적 배경은 1905년이다.

「아무렴, 반 주라도 천 년을 갖고 있으면 그사이에 창고가 세 채는 설 테니 말일세. 그나저나 나와 자네는 이렇듯 이재에 밝은데 구샤미는 도통 그런 재주가 없어 탈이네. 주식이라고 하면 무의 형제쯤으로나 여기니 가여운 노릇이지.」[7]

그러면서 또 양갱을 집고는 주인 쪽을 힐금 보았다. 주인도 메이테이 선생의 식탐이 전염되었는지 과자 접시로 손을 뻗는다. 세상만사에 적극적인 사람은 따르는 무리를 거느릴 권리도 있다.

「주식이야 나와는 별 상관 없네만, 난 소로사키에게 전철을 태워 주고 싶었는데, 한 번만이라도 말이야.」

주인은 한 입 베어 문 양갱에 난 이빨 자국을 무심히 바라보았다.

「소로사키를 전철에 태웠다가는 탈 때마다 시나가와까지 갔을 거야. 그보다는 단무지 돌에 천연거사라 새겨 넣는 편이 무탈하지.」

「그러고 보니 소로사키가 저세상 사람이 되었다면서? 참으로 안되었군. 머리가 아주 좋은 친구였는데, 아까운 일이야.」

스즈키 군이 그렇게 말하자 메이테이 선생이 말을 덥석 받아 물었다.

「머리는 좋았지만, 밥 짓는 솜씨는 제일 형편없었지. 소로사키가 밥 당번일 때 나는 늘 밖에 나가서 메밀국수로 끼니를 때웠다네.」

「정말 소로사키가 지은 밥은 탄내가 나는 데다 하도 꼬들꼬들해서 나도 고통스러웠지. 게다가 꼭 날두부를 반찬으로 내놓으니 이가 시려서 먹을 수가 없었지.」

스즈키 군도 10년 전의 불평을 기억 속에서 불러왔다.

「구샤미, 자네는 위가 약해서 절절매고 있는 것을 보니, 그 시절부터 소로사키와 함께 밤마다 단팥죽을 먹으러 나다닌 벌을

7 주식은 무의 한 종류와 발음이 같다.

받는 거야. 실은 구샤미가 새알심을 더 많이 먹었으니 소로사키보다 먼저 죽었어야 하는데 말이야.」

「그런 논리가 세상 어디에 있다던가. 나는 단팥죽을 즐겨 먹었다 치고, 자네는 운동을 한다면서 밤마다 죽도를 들고 절 뒤편 묘지에 가서 석탑을 두드리다 스님에게 들켜 혼쭐이 나지 않았는가.」

주인도 질세라 메이테이 선생의 그 옛날 악행을 들춰 냈다.

「아하하하, 그래 맞아. 스님이 부처님의 머리를 두드리면 안면(安眠)에 방해가 된다고 그만하라고 했지. 그래도 나는 죽도였지만 스즈키 장군은 맨손으로 난동을 부렸지 않나. 석탑과 씨름을 한다고 크고 작은 석탑을 세 개나 쓰러뜨렸으니.」

「그 스님이 불같이 화를 냈지. 반드시 제 모양대로 세워 놓으라고 하기에 일손을 부를 때까지 기다려 달라고 했더니, 남의 힘을 빌리면 안 된다, 참회의 뜻으로 제 손으로 세워 놓아야지 안 그러면 부처님의 뜻을 거역하는 것이라고 했잖은가.」

「그때 자네 꼴이 볼 만했어. 비가 내렸던 탓에 고인 물이 철벅거리는데 옥양목 셔츠에 훈도시 차림으로 끙끙거리는 꼴이…….」

「그런 나를 자네는 태연한 표정으로 스케치를 하고 있었으니 좀 심했지. 나는 화를 잘 내지 않는 사람인데, 그때는 정말 어이가 없었네. 나는 그때 자네가 한 말까지 기억하고 있는데, 자네 뭐라고 했는지 아나?」

「10년 전에 한 말을 누가 기억하겠는가. 하나 그 석탑에 〈기센인(歸泉院) 전(殿) 고가쿠(黃鶴) 대거사 안에이(安永) 5년 신(辰) 정월〉이라고 새겨져 있었던 것은 기억하고 있네. 그 석탑이 얼마나 고풍스럽던지. 이사할 때 훔쳐 가고 싶을 정도였다네. 미학적인 원리를 충실히 따른 실로 고전적인 석탑이었어.」

메이테이 선생이 또 어설픈 미학론을 설파했다.

「그건 그렇고, 자네가 이랬네. 나는 미학을 전공할 생각이라 천지간에 벌어지는 재미나는 일은 가능한 한 스케치를 하여 참고로 삼아야 하니, 안되었다느니 불쌍하다느니 하는 개인적인 사정은 학문에 충실한 나 같은 자가 입에 담을 말이 아니다. 태연자약하게 그렇게 말했네. 너무 몰인정한 사람이다 싶어서 내 흙 묻은 손으로 자네의 그 스케치북을 콱 찢어 버렸지.」

「장래가 창창한 내 그림 솜씨가 그때부터 기가 꺾여 도무지 제 실력을 발휘하지 못했어. 그러니 자네가 기를 꺾은 셈이 아닌가. 나는 자네가 원망스럽네.」

「무슨 그런 헛소리를 하는가. 오히려 내가 원망스럽지.」

「메이테이는 그 시절부터 허풍이 심했지.」

주인이 양갱을 다 먹고 두 사람의 대화에 다시 끼어들었다.

「약속도 그렇지, 한 번도 지킨 적이 없다네. 그래서 추궁을 하면 사과는커녕 이런저런 핑계만 둘러대고. 그 절 경내에 백일홍이 피었을 때, 데이테이 자네가 이 백일홍이 질 때까지 『미학 원론』이란 책을 쓰겠노라고 하기에 내가 도저히 가망 없는 일이라고 했더니, 자네 왈 나는 보기보다 의지가 강한 사나이다, 그렇게 의심스러우면 내기를 하자고 하더군. 나는 그 말을 곧이곧대로 믿고 내기에 지는 사람이 간다의 서양 음식점에서 한턱 내자는 약속에 응했지. 절대 원고를 쓸 리 없다고 생각했기에 응하기는 했으나 그래도 속은 탔어. 내게 서양 요리를 살 돈이 있을 리 만무하니 말일세. 그런데 자네는 원고를 쓰는 눈치가 전혀 보이지 않더군. 이레가 지나고 스무 날이 지났는데도 한 장도 안 쓰더란 말일세. 마침내 백일홍이 다 떨어져 한 송이도 남지 않았는데도, 당사자는 태연자약한 터라 이제 서양 요리를 먹겠구나 싶어 약속을 이행하라고 했더니 웬걸 시치미를 뚝 떼더군.」

「그래 또 무슨 논리로 억지를 부리던가?」

스즈키 군이 추임새를 넣었다.

「실로 뻔뻔스러운 사내더군. 나는 다른 재능은 없어도 의지만큼은 절대 자네에게 뒤지지 않는다고 오히려 떵떵거리는 거야.」

「한 장도 쓰지 않았으면서 말인가?」

이번에는 메이테이 선생 자신이 물었다.

「물론이지. 그때 자네가 이랬네. 나는 의지 하나만은 어느 누구 못지않으나, 안타깝게도 기억력은 어느 누구보다 못하다네. 『미학 원론』을 쓸 의지는 충분히 있었으나 자네에게 그 의지를 표명한 다음 날 바로 잊어버리고 말았어. 그러니 백일홍이 질 때까지 책을 완성하지 못한 것은 기억력 탓이지 의지 탓이 아니네. 의지 탓이 아닌 이상 서양 요리를 살 이유도 없지. 그렇게 큰 소리를 쳤다네.」

「과연 메이테이 특유의 화술을 발휘했군. 재미있어.」

어쩐 일로 스즈키 군이 흥미로워한다. 메이테이 선생이 없을 때의 말투와는 전혀 다르다. 이것이야말로 영리한 사람의 특성인지도 모르겠다.

「뭐가 그리 재미있다는 말인가?」

주인이 아직도 화가 식지 않는다는 듯이 물었다.

「미안하게 되었네. 그래서 내 그 옛 허물을 메우기 위해 사방팔방으로 돌아다니면서 공작새 혀 같은 진미를 찾고 있지 않은가. 그리 언짢아하지 말고 기다려 보게나. 그건 그렇고, 책 얘기가 나왔으니 말인데, 내 오늘 아주 희한한 소식을 갖고 왔다네.」

「자네는 올 때마다 희한한 소식을 풀어 놓으니, 어디 마음을 놓을 수가 있어야지.」

「하나 오늘의 소식은 액면 그대로, 한 푼도 깎지 않은 진짜배기라네. 자네 간게쓰 군이 박사 논문을 쓰기 시작했다는 거 아나? 유독 식견을 자랑하는 사내라서 학위 논문 집필 같은 따분한 일은 하지 않을 줄 알았더니 그래도 역시 장가들 마음은 있는지, 재미있지 않은가. 자네 그 코주부에게 꼭 알려 주게나. 아나 혹시, 요즘 도토리 박사 꿈이라도 꾸고 있을지.」

스즈키 군은 간게쓰라는 이름을 듣고는, 말하면 안 된다고 턱과 눈으로 주인에게 신호를 보낸다. 주인은 전혀 눈치를 알아차리지 못한다. 아까 스즈키 군에게 설교를 들었을 때는 가네다 군의 딸이 안되었다는 생각만 가득했는데, 메이테이 선생이 코주부 운운하자 전날 말다툼한 사건이 또 떠오른다. 생각하면 우스꽝스러운 일이지만 한편 조금은 얄밉기도 하다.

하지만 간게쓰 군이 박사 학위 논문을 쓰기 시작했다는 소식은 무엇보다 기쁜 선물, 메이테이 선생이 자찬한 것처럼 근자에 드문 희한한 소식이다. 희한할 뿐만 아니라 바람직하고 반가운 소식이다. 가네다 군의 딸을 아내로 삼든 말든 그것은 별문제다. 아무튼 간게쓰 군이 박사가 된다면 좋은 일이다. 자신처럼 되다 만 목상은 불구점 구석에서 벌레가 먹도록 나무 신세를 면치 못한다 한들 유감이 없으나, 그럴싸하게 완성되었다 싶은 조각에는 하루빨리 금박을 입혀 주고 싶다.

「정말 논문을 쓰기 시작했나?」

주인은 스즈키 군의 신호는 나 몰라라 하고 열심히 묻는다.

「거참 남의 말을 믿지 못하는 사내로군. 하기야 도토리인지 목매닮의 역학인지 분명하지 않은 것이 문제이긴 하네만. 아무튼 간게쓰 군의 일이니 코주부가 황공해할 것이야.」

아까부터 메이테이 선생이 코주부 코주부 하고 불손하게 지껄이는 소리를 들을 때마다 스즈키 군은 불안한 표정을 짓는데, 메이테이 선생은 조금도 알아차리지 못하고 태연하기만 하다.

「그 후에 코에 관해서 연구를 거듭하다가, 스턴의 소설 『트리스트럼 섄디』에 비론(鼻論)이 있는 것을 발견했다네. 코주부의 코도 스턴에게 보여 줬으면 좋은 재료가 되었을 텐데 안타깝군. 비명(鼻名)[8]을 훗날까지 길이 남길 자격이 충분히 있는데 그대로 썩혀야 하니 가엾기 짝이 없는 노릇이야. 다음에 또 오면 미학의 참고 자료로 삼게 스케치를 해둬야겠어.」

메이테이 선생은 여전히 입에서 나오는 대로 지껄여 댄다.

「그런데 그 딸이 간게쓰 군에게 시집을 오고 싶어 한다고 하네.」

8 미명(美名)의 패러디.

주인이 스즈키 군에게서 들은 말을 그대로 전하자, 스즈키 군은 아뿔싸 싶은 표정으로 찡긋찡긋 눈짓을 하는데 주인은 절연체처럼 도무지 전기가 통하지 않는다.

「별 일도 다 있네그려. 그런 자의 딸자식이 사랑을 하다니. 하기야 대수로운 사랑은 아니겠지, 코 사랑쯤 되지 않겠나.」

「코 사랑이든 뭐든 간게쓰 군이 아내로 맞았으면 좋겠는데.」

「아내로 맞았으면 좋겠다니, 자네 지난번에는 결사반대를 하지 않았나. 오늘은 어째 그 기세가 수그러든 건가?」

「수그러들기는. 절대 수그러든 것이 아니고, 다만…….」

「다만 좀 이상해진 것이겠지. 스즈키, 자네도 사업가의 말석을 차지한 사람이니 참고 삼아 얘기해 주는데, 그 가네다 모모라는 자 말일세. 그 모모라는 자의 딸자식을 천하의 수재 미즈시마 간게쓰가 영부인으로 맞는 것은 돼지에게 진주 목걸이 격 아닌가. 그러니 붕우(朋友)라는 우리가 어떻게 묵과할 수 있겠나 말이지. 자네는 사업가이기는 하나, 내 말에 이견이 없겠지?」

「자네는 여전히 기운이 좋군. 좋은 일이야. 10년 전과 조금도 다름이 없으니 대단하이.」

스즈키 군은 메이테이 선생의 심경을 거스르지 않으려고 이렇게 대충 얼버무렸다.

「대단하다고 칭찬을 하니, 내 박학함을 좀 더 보여 주어도 되겠군. 옛날에 그리스 사람들은 체육을 몹시 중히 여겨 온갖 경기에 귀중한 상품을 내거는 등 백방으로 장려책을 강구했다네. 그런데 학자의 지식을 칭찬하고 상품을 내렸다는 기록은 없으니, 실로 이상한 일 아닌가.」

「듣고 보니 그렇군.」

스즈키 군은 순순히 맞장구를 쳤다.

「그런데 바로 이삼일 전에 이르러, 미학 연구를 하다가 문득 그 이유를 발견했는바, 수년에 걸친 의혹이 한꺼번에 풀렸다네. 무명의 어둠에서 득도의 세계로 나아가듯 통쾌한 깨달음을 얻어

환희의 경지에 달했다는 것 아닌가.」

메이테이 선생의 말이 너무도 허풍스러워 입심 좋은 스즈키 군도 도저히 감당하지 못하겠다는 표정을 짓는다. 주인은 메이테이 선생의 버릇이 또 시작되었다는 듯이 상아 젓가락으로 과자 접시 끝을 탁탁 치고는 고개를 숙이고 있다. 메이테이 선생만 신이 나서 입을 놀리고 있다.

「그런데 이 모순된 현상을 명확히 설명하여 나의 의심을 암흑의 심연에서 밝은 대낮으로 끌어내 준 사람이 누구라고 생각하나. 학문이 성립된 이래 최고의 학자라 일컬어지는 그리스 철학자, 소요학파의 시조 아리스토텔레스 바로 그 사람이네.

그가 설명하기를, 어이 자네, 접시나 두드리기는. 경청을 해야지, 경청을. 그리스 사람들이 경기에 임하여 받는 상품은 그들이 보여 주는 기예보다 한층 귀중한 것이다. 그 때문에 격려가 될 수 있고 장려의 도구가 될 수 있는 것이다. 그러나 지식은 과연 어떠한가. 만약 지식에 대한 보수로 무언가를 주려 한다면 지식보다 더 큰 가치가 있는 것을 주어야 한다. 하나 지식보다 귀중한 것이 세상에 있을까. 물론 있을 리 없다. 어쭙잖은 것을 주어 봐야 지식의 위엄을 해칠 뿐이다. 그들은 천금을 담은 상자를 올림포스 산만큼 쌓아 올리고, 크로이소스 왕의 부를 쏟아 부어서라도 그에 상응하는 보수를 주려 했으나 결국은 균형이 맞지 않는다는 것을 간파하고, 그 후로는 아예 아무것도 주지 않기로 했다.

이제 천금 같은 부도 지식에 필적할 수 없다는 것은 충분히 이해했겠지. 이 원리를 염두에 두고 지금의 문제를 생각해 보세나. 가네다 모모라는 작자가 대체 무언가. 종이돈에 눈과 코를 그려 넣은 그런 인간 아닌가. 다소 기괴한 언어로 표현하자면 그는 일개 활동 지폐에 지나지 않아. 활동 지폐의 딸은 활동 우표 정도가 되겠지.

그렇다면 간게쓰 군은 뭐라 보면 좋겠나. 학문 최고의 학부를 일등으로 졸업하는 영광을 얻었음에도 조슈를 정벌한 할아버지의 유품인 겉옷의 끈을 아직도 끈질기게 늘어뜨리고 다니고, 밤낮으로 도토리의 스터빌러티를 연구하고 있는데 그것도 모자라 조만간 켈빈 경[9]을 압도할 만한 논문을 발표하려 준비하고 있지 않은가. 우연히 아즈마 다리를 지나다가 투신에 실패하는 재주를 피우기는 했으나, 그것도 열성적인 청년에게 있을 법한 발작적인 소행일 뿐 그가 지식의 도매상이 되는 데 누를 끼칠 사건은 아니지.

나 메이테이 특유의 비유를 들어 간게쓰 군을 평가하자면 그는 활동 도서관일세. 지식으로 빚어 만든 직경 28센티미터짜리 포탄.[10] 이 포탄이 때를 만나 학계에서 폭발하면…… 폭발해 보게…… 폭발하겠지……」

메이테이 선생은 메이테이 선생 특유의 것이라 자칭할 만한 형용사가 떠오르지 않자 흔히 말하는 용두사미 격으로 풀이 죽은 듯 보였으나 금세 기운을 되찾아 이렇게 말을 이었다.

「활동 우표는 몇천만 장이 있어 봐야 언젠가는 재가 되고 먼지가 되고 말지. 그러니 간게쓰 군에게 어울리지 않는 그런 여자는 안 된다는 것이야. 나는 용납할 수 없네. 무수히 많은 동물 가운데 가장 총명한 코끼리와 가장 탐욕스러운 새끼 돼지가 결혼하는 꼴이지. 그렇지 않은가 구샤미.」

메이테이 선생이 설전의 바통을 주인에게 넘겼으나 주인은 잠자코 과자 접시를 두드릴 뿐이다. 스즈키 군은 다소 밀리는 분위기인데 별다른 도리가 없으니 이렇게 응수했다.

「그럴 리야 있겠나.」

조금 전까지 메이테이 선생의 험담을 늘어놓았는데, 지금 함부로 입을 놀렸다가 우리 주인 같은 무법자가 또 어떤 폭로를 할지 모른다. 지금은 메이테이 선생의 날카로운 창을 어떻게든 피

9 Kelvin(1824~1907). 영국의 물리학자. 본명은 윌리엄 톰슨William Thomson.

10 러일 전쟁 당시, 뤼순 함락전의 종반에 극적인 효과를 올렸던 28센티미터짜리 유탄포.

해 무사히 빠져나가는 것이 상책이다. 스즈키 군은 영리한 사람이다. 지금 세상에 불필요한 저항은 가급적 하지 않는 것이 최선이요, 공연한 입씨름은 구시대의 유물이라 여기고 있다. 인생의 목적은 말이 아니라 실천에 있다. 자신이 생각한 대로 일이 순조롭게 진척되면 인생의 목적은 달성되는 셈이다. 근심 걱정과 논쟁 없이도 일이 순조롭게 풀려 인생의 목적이 성취되면 그것이 바로 극락이다.

스즈키 군은 졸업 후 이런 극락주의로 성공했고, 금시계를 차게 되었고, 가네다 부부의 부탁을 받았고, 그리하여 구샤미를 보기 좋게 꼬드겨 본 사건을 거의 성사 단계에 올려놓았는데 메이테이라는 몰상식한 사람이, 과연 평범한 사람의 심리를 갖고 있는지 의심스러운 떠돌이 허풍쟁이가 갑작스럽게 나타나 다소 당황하고 있는 것이다. 극락주의를 발명한 것은 메이지 시대의 신사요, 극락주의를 실천하는 것은 스즈키 도주로, 그리고 지금 이 극락주의 때문에 곤궁에 처한 것 또한 스즈키 도주로이다.

「자네는 아무것도 모르니까 〈그럴 리가 있겠나〉 하면서 과묵하게 점잔을 빼는 것이지. 하지만 지난번에 찾아온 코주부의 모습을 봤다면 아무리 사업가를 편드는 자네라도 질색을 했을 것이야. 안 그런가 구샤미? 자네 그때 아주 분투했지.」

「그래도 자네보다는 내가 평판이 낫다고 하더군.」

「아하하하, 자신만만한 사내로군. 그렇지 않고서야 학생과 선생들이 새비지 티라고 놀리는데 태연자약하게 학교에 나갈 수가 없겠지. 나도 의지 하나는 남들 못지않네만 그렇게 뻔뻔스럽지는 못하지. 존경스럽네.」

「학생과 선생들이 뭐라 뭐라 수군덕거린다고 해서 겁날 게 무에 있나. 생트 뵈브는 고금을 막론한 독보적인 평론가였지만 파리 대학에서 강의할 때는 평판이 아주 나빴다고 하네. 그래서 외출을 할 때면 학생들의 공격에 대비해 소맷자락 속에 반드시 비수를 숨겨 가지고 다녔다더군. 브륀티에르 역시 파리 대학에서 졸라의 소설을 비판할 때…….」

「거 자네가 대학교수인 거 아니지 않나. 기껏해야 영어 강독 선생 주제에 그런 대가를 예로 드는 것은 잡어가 고래를 들어 자신을 비유하는 것이나 다름없으이. 자꾸 그런 말을 하면 더더욱 놀림감이 될 걸세.」

「말이 참 많군. 생트 뵈브나 나나 다 같은 학자야.」

「놀라운 식견이로군. 하지만 괜히 흉내 낸다고 비수를 숨겨 다니지는 말게나, 위험하니. 대학교수가 비수를 호신용으로 썼다고 하니까 영어 강독 선생은 단도가 걸맞겠군. 그래도 칼은 위험하니까 시장통에 나가서 장난감 공기총을 사 어깨에 떡 메고 다니면 되겠네그려. 아주 귀엽겠어, 안 그런가 스즈키?」

스즈키 군은 간신히 화제가 가네다 건에서 벗어난 터라 안도의 한숨을 쉬면서 대꾸했다.

「정말 그 천진하고 유쾌한 것도 여전하군. 10년 만에 자네들을 처음 만나니 답답한 골목길에서 넓은 들판으로 나간 기분이네. 우리 사업가들끼리의 담화는 도통 긴장을 늦출 수 없고, 무슨 말이든 털어놓고 할 수 없어 실로 답답하고 고통스럽다네. 얘기는 부담이 없어야 좋지. 그러니 학창 시절의 옛 친구들과 얘기를 나누는 것이 가장 편하고 좋구먼. 아, 오늘은 뜻하지 않게 메이테이 자네를 만나 실로 유쾌했네. 그럼 나는 좀 볼일이 있어서 이만 실례하겠네.」

스즈키 군이 일어서자 메이테이 선생도 일어났다.

「나도 그만 가야겠군. 연예교풍회(演藝矯風會)[11] 때문에 니혼바시에 가야 하니, 거기까지 같이 가세나.」

「그거 마침 잘됐군. 오랜만에 같이 산책이나 하세.」

두 사람은 손을 잡고 돌아갔다.

11 1888년에 발족한 연극 개량 단체. 공연과 자선 사업을 했고, 1889년에 일본 연예 협회로 개명했다.

5

24시간 동안 벌어진 일을 빠짐없이 쓰고 빈틈없이 읽으려면 24시간이 걸릴 것이다. 내가 아무리 사생문을 지향한다지만 고양이의 힘으로는 도저히 벅찬 재주라 자백하지 않을 수 없다. 따라서 우리 주인이 자세하게 묘사하면 좋을 기언 기행을 하루 24시간 보여 줌에도 이를 일일이 독자에게 보고할 능력과 끈기가 없음이 실로 유감스럽다. 유감이기는 하나 어쩔 수 없다. 고양이에게도 휴식은 필요하다.

스즈키 군과 메이테이 선생이 돌아가고 나자 휭휭 몰아치던 겨울바람이 잠잠해지면서 눈이 소리 없이 내리는 밤처럼 조용해졌다. 주인은 또 서재에 틀어박혔다. 아이들은 아이들 방에 베갯머리를 나란히 하고 잠들었다. 한 칸 반짜리 장지문 건너 남쪽 방 안에서는 안주인이 올해로 세 살이 된 멘코에게 젖을 물린 채 누워 있다.

안개 낀 듯 부연 하늘에 해는 일찌감치 기울어 없고, 거리를 오가는 나막신 소리가 손에 잡힐 듯 선명하게 다실까지 울린다. 옆 동네 하숙집에서 부는 피리 소리가 들렸다가는 멀어지곤 하면서 졸린 귀를 이따금씩 간질인다. 밖은 해거름이리라. 저녁으로 어묵 국물을 반찬 삼아 밥그릇을 비웠더니 배가 더부룩한 것이 역시 휴식이 필요하다.

듣자 하니 항간에 고양이의 사랑이라 하는 해학적인 현상이 있다고 한다. 이른 봄날에 온 동네 고양이족이 꿈자리가 편치 않을 정도로 들떠 돌아다니는 밤도 있다는데, 나는 아직 그런 심적 변화를 느낀 적이 없다. 본디 연애란 우주적인 활력이다. 위로는 하늘의 신 유피테르부터 아래로는 흙 속에서 꿈틀거리는 지렁이와 삽주 뿌리에 이르기까지 연애도에 몸 바치는 것이 만물의 이치인바, 고양이족이 해가 지기를 반가워하며 시끌벅적하게 풍류를 즐기는 것 또한 그럴 만한 일이다.

돌이켜 보면 이렇게 말하는 나 역시 얼룩이 때문에 애간장을 태운 적이 있다. 삼무 전략의 장본인 가네다 군의 여식 콩고물 떡의 도미코도 간게쓰 군을 연모한다는 소문이 있지 않은가. 그러하니 천금 같은 봄날 저녁 만천하의 암수 고양이가 미쳐 날뛰는 것을 번뇌의 미망에 빠져 그렇다고 경멸할 마음은 추호도 없는데, 나로 말하자면 누가 꼬드긴다 한들 그런 마음이 생기지 않으니 어쩔 도리가 없다. 나는 지금 그저 휴식을 원할 뿐이다. 이렇게 잠이 쏟아져서야 연애도 할 수 없다. 아이들의 이불자락으로 슬금슬금 기어 들어가 늘어지게 한숨 잤다.

퍼뜩 눈을 떠 보니 주인이 언제 서재에서 나와 안방으로 왔는지, 마누라 옆에 깔려 있는 이부자리에 파고 들어가 있다. 주인은 자기 전에는 꼭 영문으로 된 책을 서재에서 가지고 오는 버릇이 있다. 그러나 이부자리에 들어 그 책을 두 페이지 이상 넘긴 일이 없다. 들고 와 머리맡에 놓은 채 손도 대지 않은 적도 있다. 한 줄도 읽지 않을 거면 뭐 하러 가져오나 싶은데 그 점이 바로 우리 주인다운 점이다. 마누라가 아무리 놀리고 이제 가져오지 말라고 해도 절대 말을 듣지 않는다. 매일 밤 읽지도 않을 책을 침실까지 고생스럽게 들고 온다. 한번은 욕심을 부려 서너 권을 껴안고 온 일도 있다. 얼마 전에는 매일 밤 『웹스터 대사전』까지 껴안고 왔을 정도다. 내 생각에 이는 주인의 병이다.

사치스러운 사람이 무쇠 솥에서 자글거리는 솔바람 소리[1]를 들지 않고서는 잠들지 못하는 것처럼 주인도 책을 머리맡에 두지 않으면 잠들지 못하는 것이다. 그렇다면 주인에게 책이란 읽는 것이 아니라 잠들기 위한 도구, 즉 활판 수면제인 셈이다.

오늘 밤에는 무슨 책을 들고 왔나 싶어 들여다보니, 빨갛고 얇은 책이 주인의 턱수염 끝에 닿을 만큼 가까이에 나동그라져 있다. 주인의 왼손 엄지손가락이 책 사이에 끼여 있는 것으로 보아 오늘 밤에는 기특하게도 대여섯 줄 읽은 모양이다. 빨간 책과 나란히 예의 니켈 회중시계가 봄에 어울리지 않게 싸늘한 빛을 발하고 있다.

안주인은 젖먹이를 저만치 밀쳐놓고 베개도 베지 않은 채 입을 벌리고 코를 드르렁거리고 있다. 입을 벌리고 자는 인간만큼 꼴불견인 것도 없다. 고양이는 평생을 살아도 이렇게 낯간지럽고 민망한 짓은 하지 않는다. 원래 입이란 소리를 내기 위한 것이고 코란 숨을 들이쉬고 내쉬기 위한 도구이다. 하기야 북쪽으로 올라갈수록 인간이 게을러져 최대한 입을 벌리지 않으려고 절약한 결과 코로 말을 하는 코맹맹이도 있다지만, 코를 닫고 입으로만 숨을 쉬다니 코맹맹이보다 보기가 흉측하다. 그러다 천장에서 쥐똥이라도 떨어지면 위험천만이다.

아이들 쪽을 돌아보니 이 또한 자는 꼴이 부모 못지않다. 언니인 돈코는 언니의 권리란 이런 것이라고 시위하는 양 쭉 뻗은 오른손을 동생의 귀 위에 올려놓고 있다. 동생인 순코는 복수 차원인가 몸을 큰 대 자로 뻗고 언니의 배 위에 한 다리를 턱 올려놓고 있다. 둘 다 잠이 들 때 위치에서 90도는 족히 돌아가 있다. 게다가 그 부자연스러운 자세를 유지하면서 투정 하나 안 부리고 얌전히 쿨쿨 자고 있다.

과연 봄날의 등불은 각별하다. 천진난만하기는 하나 멋대가리라고는 하나 없는 이 풍경을 비추면서 좋은 밤이 다 가는 것을

1 차를 우릴 때는 펄펄 끓는 물을 사용하지 않고 적당히 끓는 물을 사용하는데, 이때 물 끓는 소리를 다도에서 솔바람 소리라 한다.

아쉬워하듯 그윽하게 빛난다. 몇 시나 되었을까 싶어 방 안을 돌아보자, 사방은 조용한데 들리는 것은 괘종시계 소리와 안주인의 코 고는 소리, 그리고 멀리서 하녀가 이를 가는 소리뿐이다.

이 하녀는 누가 이를 간다고 뭐라고 해도 절대 그런 일이 없다고 딱 잡아떼는 여자이다. 나는 태어나서 지금까지 단 한 번도 이를 간 적이 없다, 그런 기억이 전혀 없다고 억지를 부릴 뿐 미안하다, 반드시 고치겠다는 말은 한마디도 하지 않는다. 하기야 자면서 피우는 재주이니 기억에 없을 만도 하다. 하지만 기억하지 못할 뿐 사실은 사실이니 난감하다.

세상에는 나쁜 짓을 하면서도 자신은 한없이 좋은 사람이라고 착각하는 사람이 있다. 자기에게는 죄가 없다고 자신하면 당사자의 마음이야 편하겠지만, 남이 처한 곤경이 그 편한 마음 덕에 소멸되지는 않는다. 그런 부류의 신사 숙녀는 이 하녀 계통에 속하는 인물이다. 밤이 많이 깊은 듯하다.

부엌 덧문을 똑똑 하고 가볍게 두드리는 자가 있다. 누구일까? 이런 시간에 찾아올 사람이 없는데. 아마 예의 그 쥐새끼겠지. 쥐는 잡지 않기로 했으니 멋대로 돌아다니게 내버려 둔다. 또 똑똑. 아무래도 쥐답지가 않다. 아주 조심성이 많은 쥐인 모양이다. 주인집에 사는 쥐들은 주인이 가르치는 학생들처럼 밤낮을 가리지 않고 야단법석을 떠는 연습에 여념이 없는 데다 가엾게도 주인의 꿈을 격파하는 것을 천직으로 아는 치들이므로 이렇게 조심스러울 리가 없다. 아무래도 쥐가 아닌 듯하다. 얼마 전에 안방까지 난입해서 안 그래도 낮은 주인의 코를 깨무는 개가를 올렸던 쥐치고는 너무 얌전하다. 절대 쥐가 아니다. 이번에는 끼익 하고 덧문을 밑에서 위로 들어 올리는 소리가 난다. 뒤이어 부엌문을 살금살금, 문틀을 따라 천천히 여는 소리. 역시 쥐가 아니다. 인간이다. 이렇게 깊은 밤에 사람이 말 한마디 없이 닫힌 문을 열고 왕림했다는 것은 스즈키 군이나 메이테이 선생이 아니라는 뜻이다.

그 고명한 이름을 익히 들어 알고 있는 도선생인지도 모르겠다. 만약 도선생이라면 얼른 그 얼굴을 알현하고 싶다. 도선생은 지금 문턱 위로 그 널찍한 흙발을 올려놓았다. 두 걸음 안으로 들어왔다. 세 걸음째를 내디뎠나 싶었는데, 널판때기에 걸려 넘어졌는지 쿠당탕탕 하는 소리가 밤을 흔들었다. 내 등 털이 쭈뼛 솟았다. 구둣솔로 등 털을 거꾸로 빗은 기분이다. 잠시 아무런 소리도 나지 않았다. 안주인을 돌아보니 아직도 입을 벌리고 태평하게 공기를 들이쉬고 내쉬고 있다. 주인은 빨간 책에 엄지손가락이 끼인 꿈이나 꾸고 있을 것이다. 마침내 부엌에서 성냥을 긋는 소리가 들렸다. 도선생이지만 밤에는 눈이 나만큼은 제구실을 하지 않는가 보다. 앞이 잘 보이지 않아 꽤나 답답하겠다 싶다.

이때 나는 몸을 웅크리고 생각했다. 도선생이 부엌에서 다실 쪽으로 나타날 것인가, 또는 왼쪽으로 돌아 현관을 지나 서재로 들어갈 것인가. 발소리가 장지문을 여는 소리와 함께 툇마루로 나갔다. 도선생은 결국 서재로 들어갔다. 그러고는 아무 기척이 없다.

나는 이참에 얼른 주인 부부를 깨워야겠다고 생각은 했으나, 과연 어떻게 하면 깨어날지 종잡을 수 없는 생각만 머릿속에서 물레바퀴 돌듯 빙빙 돌 뿐 뾰족한 대안이 없다. 이불자락을 물고 흔들어 보면 어떨까 하여 두세 번 그렇게 해보지만 조금도 효과가 없다. 싸늘한 코로 볼을 비벼 보면 어떨까 하여 주인 얼굴 앞으로 코를 들이밀자, 주인은 잠이 든 채로 손을 쭉 뻗더니 내 콧부리를 가차 없이 밀쳐 낸다.

코는 고양이에게도 급소다. 눈물이 핑 돌도록 아프다. 달리 방법이 없어서 야옹야옹 하고 두 번을 울어 깨우려고 하였으나, 하필이면 이런 때 목구멍에 뭐가 걸렸는지 소리가 나오지 않는다. 간신히 소리를 쥐어짜 낮은 소리로 울었다가 움찔 놀랐다. 정작 주인은 깨어날 기미가 없는데 갑자기 도선생의 발소리가 들린 것이다. 툇마루를 통해 살금살금 다가온다. 드디어 왔군, 이제는 다 틀렸다 싶어 포기하고 장지문과 고리짝 사이에 잠시 몸을 피하고 도선생의 동향을 살폈다.

도선생의 발소리가 안방 장지문 앞에 와 뚝 멈췄다. 나는 숨을 죽이고 도선생이 과연 무슨 짓을 할까 하고 귀를 쫑긋했다.

나중에 생각해 보니 쥐를 잡을 때 이런 마음가짐이면 아무 문제가 없겠다 싶었다. 눈앞에서 번쩍 불이 켜지는 느낌이었다. 도선생 덕분에 둘도 없는 깨달음을 얻었으니 고마울 따름이다. 장지문의 세 번째 문살이 비에 젖은 것처럼 한가운데만 순식간에 색이 변한다. 연한 붉은빛이 점점 짙어지는가 싶더니 종이가 찢어지면서 새빨간 혀가 쑥 튀어나왔다. 혀가 잠시 어둠 속에 갇히더니 그 대신 뭔지 모르겠으나 번쩍번쩍 빛나는 것이 뚫린 구멍 저쪽에서 나타났다.

틀림없는 도선생의 눈이다. 그런데 묘한 일이다. 그 눈이 방 안에 있는 물건을 보는 것이 아니라 고리짝 뒤에 숨어 있는 나를 쳐다보고 있는 듯했다. 도저히 참을 수 없어 고리짝 뒤에서 뛰쳐나가려고 결심했을 때, 안방 장지문이 쓰윽 열리면서 기다리고 기다리던 도선생이 끝내 눈앞에 나타났다.

나는 위에서 서술한 순서로 불시에 나타난 진귀한 손님인 도선생을 여러분에게 소개하는 영광을 안게 된바, 그 전에 잠시 나의 소견을 개진하려 하니, 양해 바란다.

고대의 신은 그 전지전능함으로 숭앙받았다.

특히 예수교의 신은 20세기인 오늘날에도 이 전지전능이란 가면을 내세우고 있다. 그러나 세상 사람들이 생각하는 전지전능은 경우에 따라 무지무능이라 해석할 수도 있다. 이것은 명백한 역설이다. 그런데 천지가 개벽한 이래 이 역설을 설파한 자가 나뿐이라고 생각하면 나 스스로 예사 고양이가 아니라는 허영심을 부릴 테니, 이에 반드시 그 이유를 밝혀 오만한 인간 제군의 뇌리에 고양이를 무시해서는 안 된다는 것을 각인시키고자 한다.

천지 만물은 신이 만들었다고 하는데, 그렇다면 인간도 신의 작품일 것이다. 실제로 성경에도 그렇게 명기되어 있다고 한다. 그런데 이 인간 스스로 수천 년에 걸쳐 인간에 대한 관찰을 거듭한 결과, 실로 묘하고 불가사의하다 여기는 동시에 점점 더 신의 전지전능함을 인정하는 쪽으로 기울었다. 인간 하나만 봐도 그렇다. 온 세상에 인간이 이렇게 득시글한데 똑같이 생긴 자는 한 명도 없다. 얼굴이란 도구는 대체로 형색이 정해져 있다. 크기도 엇비슷하다. 다시 말해 인간은 모두 같은 재료로 만들어졌는데 한 사람도 똑같게 완성되지 않았다. 그렇게 간단한 재료로 이렇게 다양한 얼굴을 고안한 제작자의 기량에 감탄하지 않을 수 없다. 참 용하다 싶다. 어지간히 독창적인 상상력을 지닌 자가 아니면 이렇듯 다양한 변화를 꾀할 수 없다. 한 시대를 풍미한 화가가 온 정력을 다하여 변화를 주었다는 얼굴이 고작 열두세 가지에 불과한 것으로 보아, 단독으로 인간 제조에 임한 신의 솜씨는 실로 각별하여 경탄스러울 따름이다. 인간 사회에서는 절대 목격할 수 없는 대단한 기량이니 이를 전능한 기량이라 해도 무방할 것이다.

인간은 이 점 때문에 신을 받들어 모시는 모양인데, 과연 인간의 관점에서 보자면 지당한 일이다. 하나 고양이의 입장에서 보자면 똑같은 사실이 신의 무능을 증명한다는 해석도 가능하다. 전적으로 무능하지는 않아도 인간 이상의 능력은 절대 없는 자라고 단정할 수 있다. 신이 인간의 수만큼 많은 얼굴을 제조했다고 하는데 과연 처음부터 흉중에 무슨 계산이 있어 그런 변화를 꾀했는지, 아니면 고양이든 주걱이든 모두 같은 얼굴로 만들려고 시도했는데 뜻하는 바대로 잘되지 않아 이렇게 혼란스러운 상태에 빠졌는지 알 수 없지 않은가. 그러니 전능이라고 할 수도 있지만 그 반대인 무능이라고 해도 별 지장은 없다.

인간의 눈은 평면 위에 나란히 두 개가 박혀 있는 탓에 좌우를 동시에 볼 수 없어 시야에 사물의 반면밖에 들어오지 않으니 참으로 딱한 일이다. 입장을 바꿔 생각해 보면 그들 사회에서 이렇게 단순한 일 정도야 밤낮으로 끊임없이 벌어지고 있다는 것을 알 수 있을 텐데, 신의 솜씨에만 홀려 헤어나지 못하니 깨우치지도 못하는 것이다. 제작 과정에서 변화를 주기가 곤란하다면 마찬가지로 철두철미한 모방도 곤란한 일이라 할 수 있다. 라파엘로에게 똑같은 성모상을 두 장 그려 달라고 주문하는 것은 생판 다른 마돈나를 한 쌍 그려 보라는 것과 다를 바가 없으니 라파엘로는 난감할 것이다. 아니 똑같은 그림을 두 장 그리는 것이 오히려 곤란할지도 모르겠다. 고보 대사(弘法大師)에게 어제와 같은 서체로 쿠카이[2]라 써달라고 부탁하면 서체를 달리하여 써 달라고 하는 것보다 난처해할지도 모르겠다.

인간이 사용하는 언어는 전적으로 모방주의를 통해 전달되고 학습되는 것이다. 그들 인간이 어머니와 유모, 또는 타인에게서 실용적인 언어를 배울 때는 그저 들은 대로 반복하는 것 외에는 별다른 야심이 없다. 있는 능력을 다해 다른 사람의 흉내를 낼 뿐이다. 이렇듯 흉내에서 비롯된 언어가 10년 20년이 지나다 보면 발음에 절로 변화가 생기는데, 이는 그들에게 완벽한 모방 기술이 없다는 것을 증명해 주는 것이다. 순수한 모방이란 이렇게 어려운 것이다. 따라서 신이 인간을 서로 구별할 수 없도록, 판에 박은 듯 똑같게 만들었다면 신의 전능을 표명할 수 있겠으나 오늘날 어지러울 정도로 변화무쌍한 얼굴이 난무하고 있는 것은 그 무능함을 추측게 하는 근거가 아닐 수 없다.

아, 어쩌다 이런 격론을 펼치게 되었는지 잊고 말았다. 시원(始原)을 잊는 것은 인간에게도 흔히 있는 일이니 하물며 고양이에게는 당연한 일이라고 너그러이 봐주길 바란다. 아무튼 안방 장지문을 열고 문턱 위로 쑥 나타난 도선생의 얼굴을 힐끔 보았을 때, 위와 같은 감상이 절로 가슴에 용솟음쳤던 것이다. 왜 용

2 空海(774~835). 일본 진언종의 개조. 고보 대사는 그의 시호이다.

솟음쳤느냐? 그렇게 묻는다면, 잠시 생각을 다시 해봐야겠다. 음, 그 이유는 이렇다.

평소 인간이 신의 무능함을 말해 주는 결과물이 아닐까 하고 의문을 품었는데, 내 눈앞에 유유히 나타난 도선생의 얼굴을 보니 그 의문을 잠시 잊기에 충분한 특징을 갖고 있었기 때문이다. 특징이란 다름이 아니고 그의 이목구비가 내가 친애해 마지않는 미즈시마 간게쓰 군을 꼭 닮았다는 사실이다. 물론 내가 도둑을 여럿 아는 바는 아니지만 그들의 그 난폭한 행위를 참고하여 마음속으로 상상하고 그렸던 얼굴이 없는 것은 아니다. 납작한 코 좌우로 1전짜리 동전만 한 눈이 두 개 붙어 있고 머리는 비쭉비쭉 솟았을 것이라고 내 멋대로 생각하고 있었는데, 보는 것과 생각하는 것은 천지 차이, 상상이란 지나치게 할 것이 못 된다.

이 도선생은 후리후리한 키에 눈썹은 거뭇거뭇하고 반듯한 일자형, 한마디로 도도하고 세련된 남자이다. 나이는 한 스물예닐곱쯤으로 보이는데 그것도 간게쓰 군과 똑같다. 신에게 이렇게 닮은 두 얼굴을 제조할 솜씨가 있었다니, 무능하다고 비하해서는 안 될 듯하다. 솔직히 말하자면, 퍼뜩 간게쓰 군이 정신이 좀 이상해져서 밤중에 뛰쳐나온 것은 아닐까 하고 생각했을 만큼 닮았다. 코밑에 수염이 송송 돋아 있지 않아 겨우 다른 사람이란 것을 알았다. 간게쓰 군은 야무지고 남자다운 호남으로 메이테이 선생이 활동 우표라 칭한 가네다 도미코 양을 족히 사로잡고도 남을 만큼 공들여 만든 작품이다. 그런데 이 도선생 역시 그 인상으로 보아 여성을 끄는 힘에서 절대 간게쓰 군에게 뒤지지 않으리라 짐작된다. 만약 가네다 도미코 양이 간게쓰 군의 눈매와 입꼬리에 매력을 느꼈다면 똑같은 열정으로 이 도선생에게 반해야지 안 그러면 도리에 맞지 않는다. 아니 도리는 그렇다 치고 논리에 맞지 않는다. 그렇게 재기에 넘치고 무엇이든 빨리 이해하는 재원이니 이 정도 일은 굳이 남에게 듣지 않아도 알 수 있을 것이다.

그렇다면 간게쓰 군 대신 이 도선생을 들이밀어도 온 정성을 다해 사랑하여 금실 좋은 부부로 결실을 맺을 것이다. 만에 하나 간게쓰 군이 메이테이 선생의 설득에 동하여 천고의 연분을 마다한다 해도 이 도선생이 건재하는 한 걱정할 일이 없다. 나는 간게쓰 군의 결혼 사건이 과연 어떻게 전개될 것인지, 거기까지 미래를 예상하고 도미코 양에 대해 비로소 안심했다. 천지간에 이 도선생이 존재하는 것은 도미코 양의 삶에 행복을 가져다주는 일대 요건이다.

도선생은 옆구리에 무언가를 끼고 있다. 보아하니 아까 주인이 서재로 던진 낡은 담요다. 짧은 무명 웃도리에 쥐색 허리띠를 허리에 질끈 동여매고, 무릎 아래로는 허연 정강이를 그대로 드러낸 채 지금 한 발을 들어 다다미 위에 내려놓는다. 이때, 아까부터 빨간 책에 손가락이 물리는 꿈을 꾸고 있던 주인이 갑자기 몸을 뒤척이면서 〈간게쓰다〉 하고 큰 소리를 질렀다. 도선생은 움찔하며 담요를 떨어뜨리더니 내디뎠던 발을 도로 거둬들였다. 기다란 두 다리가 우뚝 섰다가 살금살금 움직이는 그림자가 장지문에 어렸다.

주인은 입을 쩝쩝거리며 예의 빨간 책을 밀쳐 내더니 시커먼 팔을 옴이라도 오른 것처럼 벅벅 긁었다. 그러고는 다시 잠잠해지더니 베개도 베지 않고 잠이 들었다. 간게쓰라고 한 것은 자기도 모르게 내뱉은 잠꼬대였던 모양이다. 도선생은 잠시 툇마루에 선 채 방 안의 동향을 살피더니 주인 부부가 잠에 푹 빠져 있는 것을 확인하고는 다시 한 발을 다다미에 올려놓았다. 이번에는 간게쓰라고 외치는 소리가 들리지 않는다. 드디어 다른 한 발까지 다다미를 딛었다. 봄날의 그윽한 불빛 아래 드러난 세 평 남짓한 방이 도선생의 그림자 때문에 둘로 쫙 갈라져 고리짝 언저리에서 내 머리 위를 지나 벽 절반이 시커메졌다. 돌아보자 도선생의 얼굴 그림자가 벽의 3분의 2 높이에서 어정거리고 있다. 호남도 그림자만 보니 머리가 여덟 개 달린 도깨비처럼 실로 묘한 꼴이다. 도선생은 잠든 안주인의 얼굴을 위에서 들여다보고는 뭣 때문인지 히죽히죽 웃었다. 웃는 모습까지 간게쓰 군을 닮아 나도 놀랐다.

안주인의 머리맡에는 길이 40~50센티미터쯤 되는 네모난 상자가 소중한 보물이라도 되듯 놓여 있다. 이것은 히젠의 가라쓰 사람인 다타라 산페이가 며칠 전 고향에 내려갔다가 선물이라며 갖다 준 참마이다. 참마로 머리맡을 장식하다니 그다지 흔한 일은 아니지만, 이 안주인은 반찬 만들 때 쓰는 백설탕을 문갑에 넣어 둘 정도로 적재적소라는 개념이 없는 사람이니 참마는 물론이요 단무지가 안방에 있어도 태연자약할 것이다. 하지만 신이 아닌 도선생이 안주인이 그런 여자인 줄을 어찌 알랴. 이렇듯 소중하게 머리맡에 둘 정도면 중요한 물건일 것이라고 판단하는 것이 당연지사일 것이다. 도선생은 참마 상자를 슬쩍 들어 보고는 예상한 바대로 꽤나 무게가 나갈 것 같자 아주 만족한 표정이다.

참마를 훔쳐 갈 요량이로군 하고 생각하니, 그것도 잘생긴 남자가 참마를 훔쳐 갈 것이라 생각하니 갑자기 웃음이 터져 나왔다. 그렇다고 함부로 소리를 냈다가는 위험할 것 같아 꾹 참았다.

드디어 도선생이 낡은 담요에 참마 상자를 조심조심 싸기 시작했다. 그러고는 묶을 끈이라도 없나 하고 사방을 돌아보았다. 요행히 주인이 잠자리에 들면서 풀어 놓은 무명 허리띠가 눈에 들어왔다. 도선생은 참다 상자를 그 허리띠로 꽉 묶어 훌쩍 등에 멨다. 여자가 좋아할 모습이 아니다. 그리고 아이들 옷을 두 장 주인의 메리야스 속바지 속에 밀어 넣었다. 가랑이 사이가 불룩 튀어나와 구렁이가 개구리를 삼킨 듯한, 또는 산달이 된 구렁이라고 하는 편이 적합한 표현인지도 모르겠으나 아무튼 묘한 꼴이 되고 말았다. 거짓말처럼 들리면 시험 삼아 한번 해보시라. 도선생이 이번에는 그 메리야스 속바지를 목에 둘둘 감았다. 그다음에는 또 무슨 짓을 하나 했더니, 주인의 윗도리를 보자기처럼 좍 펼쳐 놓고 안주인의 허리띠며 주인의 겉옷과 조끼, 그 밖의 온갖 잡다한 것을 죄 끌어 담았다. 그 노련한 솜씨에 다시 한 번 감탄했다. 그리고 안주인의 허리띠 속끈과 또 다른 끈을 묶어 길게 만들어서는 꾸러미에 둘둘 말아 묶고서 한 손에 들었다.

그러고는 더 가져갈 것이 없나 싶어 휘 돌아보는 듯했다. 주인의 머리맡에 〈아사히〉 담뱃갑이 있는 것을 보자 소맷자락 안에 쓱 집어넣었다가 다시 꺼내 한 개비를 뽑아 등불에 대고 불을 붙였다. 맛있다는 듯 깊게 빨아들였다가 내뱉은 연기가 아직도 뽀얗게 등갓 주위를 맴돌고 있는데, 도선생의 발소리는 툇마루를 지나 점차 멀어졌다. 주인 부부는 여전히 잠에 빠져 있다. 인간이란 의외로 참 멍청하다.

나는 또 잠시 휴식을 취했다. 계속 떠들어 대면 몸이 남아나지 않는다. 한숨 푹 자고 눈을 떴는데, 음력 3월의 화창한 하늘 아래 주인 부부가 부엌문 앞에서 순사와 얘기를 나누고 있었다.

「그렇다면 여기로 들어가서 안방으로 돌아간 모양이로군요. 당신들은 잠을 자느라 전혀 몰랐다는 말이지요?」

「네.」

주인이 다소 겸연쩍어하는 표정이다.

「그래서, 도둑을 맞은 시간이 언제쯤입니까?」

순사가 대답하기 어려운 질문을 한다. 시간을 알 정도라면 도둑을 맞는 일도 없었을 것이다. 그것을 모르는 주인 부부는 이 질문에 답하기 위해 열심히 의논한다.

「몇 시쯤일까.」

「글쎄요.」

안주인이 생각한다. 생각하면 알 수 있을 것이라 여기는 모양이다.

「당신은 어젯밤 몇 시에 잠자리에 들었어요?」

「나야 당신보다 늦게 잤지.」

「그래요, 내가 당신보다 먼저 누웠죠.」

「일어난 건 몇 시쯤이지?」
「7시 반이잖아요.」
「그렇다면 도둑이 든 건 몇 시쯤일까.」
「아무튼 한밤중이겠지요.」
「그거야 뻔한 소리, 지금 몇 시인지가 문제 아닌가.」
「확실한 건 생각을 좀 해봐야 알겠네요.」
안주인은 아직도 더 생각을 할 작정이다. 순사는 그저 형식적으로 묻고 있는 것일 뿐, 몇 시에 들어왔든 전혀 상관치 않는다. 거짓말이라도 좋으니 뭐라고 적당히 대답만 해주면 좋을 텐데 주인 부부는 하나 마나 한 문답만 주고받고 있으니 적잖이 답답하다.
「그럼 도둑을 맞은 시간은 알 수 없군요.」
「네, 그런가 봅니다.」
주인이 예의 말투로 대답했다. 순사는 웃지 않았다.
「그럼 말이지요. 1905년 몇 월 며칠, 문단속을 하고 잤는데 도둑이 어디어디 덧문을 열고 어디어디로 들어와 어떤 물건을 몇 점 훔쳐 갔으므로 이에 고소한다는 서면을 제출하세요. 신고가 아니고 고소입니다. 신그처 이름은 쓰지 않아도 됩니다.」
「물건을 일일이 써야 합니까?」
「그렇죠. 겉옷 몇 점, 시가 얼마, 이런 식으로 표로 만들어 제출하세요. 집 안에는 들어가 봐야 소용이 없겠군. 도둑은 이미 다녀갔으니까.」
순사란 작자가 이런 소리를 남기고 돌아갔다.
주인은 먹과 붓을 방 한가운데 내놓고 마누라를 불렀다.
「도난 고소장을 쓸 테니까, 도둑맞은 물건을 하나하나 말해 봐. 자, 말해.」
「어머나 기가 막혀서. 자 말해가 뭐예요. 그렇게 강압적으로 나오는데 누가 말을 한대요.」
안주인은 가는 끈으로 기모노를 추켜 묶은 모습으로 털퍼덕 앉았다.

「아니 그 꼴은 또 뭐야? 여관집 덜떨어진 하녀같이. 제대로 된 허리띠를 둘러야지.」

「이 꼴이 보기 싫으면 허리띠를 사주면 될 거 아니에요. 여관집 하녀고 뭐고, 훔쳐 갔으니 어쩔 도리가 없잖아요.」

「허리띠까지 들고 갔다고. 거 지독한 놈일세. 그럼 허리띠부터 쓰지. 어떤 허리띠지?」

「어떤 허리띠라니요, 어떤 거라고 할 만큼 여러 개가 있었나요. 검은색 면에 쪼글쪼글한 면을 속끈으로 댄 띠예요.」

「검은색 면에 쪼글쪼글한 면을 속끈으로 댄 허리띠 하나, 값은 얼마 정도지?」

「6엔 정도 하겠죠.」

「주제넘게 그렇게 비싼 띠를 해. 다음에는 1엔 50전 정도 하는 걸로 사.」

「그런 띠가 어디 있기나 한답니까. 그 모양이니 인정머리가 없다는 거죠. 마누라야 어떤 꼬락서니를 하고 있든 자기만 좋으면 상관이 없잖아요.」

「됐으니까 그만해. 그다음은 뭐지?」

「명주 웟도리요. 그건 고노 숙모의 유품으로 받은 것이라 요즘 명주하고는 품질이 달라요.」

「그런 해설은 들을 필요 없고. 값은 얼마나 하나?」

「15엔이요.」

「15엔이나 하는 웟도리를 입다니, 분수에 맞지 않군.」

「무슨 상관이에요. 당신이 사준 것도 아닌데.」

「그다음은 뭐야?」

「검은 버선 한 켤레.」

「자네 건가?」

「당신 거예요. 값은 27전.」

「그리고 또?」

「참마 한 상자.」

「참마까지 들고 갔단 말이야? 쪄 먹을 작정인지 갈아 먹을 작정인지, 원.」

「그걸 내가 어찌 알겠어요. 도둑에게 물어보세요.」

「그건 얼마야?」

「참마 값까지야 모르죠.」

「그럼 12엔 50전 정도로 해두지.」

「말도 안 돼요. 아무리 가라쓰에서 파 온 거라도 참마가 12엔 50전이나 할 수는 없지요.」

「당신도 모른다면서?」

「모르죠, 모르지만 12엔 50전까지는 안 해요.」

「모르는데 12엔 50전까지는 안 한다는 건 또 뭐야. 전혀 앞뒤가 안 맞잖아. 그러니까 당신을 오탄친 팔레오로구스[3]라고 하는 거야.」

「뭐라고요?」

「오탄친 팔레오로구스.」

「무슨 소리예요, 그 오탄친 팔레오로구스라는 게?」

「알면 뭐하게. 그다음. 내 옷은 아직 멀었나?」

「다음은, 됐어요. 오탄친 팔레오로구스가 무슨 뜻인지나 가르쳐 줘요.」

「무슨 의미가 있다고 그래.」

「가르쳐 주면 어디가 덧나나요. 당신은 나를 아주 바보 취급하고 있다고요. 내가 영어를 모른다고, 내 흉을 보는 거죠?」

「공연한 소리 말고 어서 다음 물건이나 말해. 빨리 고소장을 내지 않으면 도둑맞은 물건이 돌아오지 않을 테니까.」

「지금 고소한다고 잃어버린 물건이 돌아오겠어요. 그보다 오탄친 팔레오로구스가 뭔지나 가르쳐 줘요.」

3 오탄친은 〈얼간이〉라는 의미의 에도 시대 속어. 동로마 제국의 마지막 황제 콘스탄티누스 4세 팔라이올로고스에서 유래한 익살.

「거참 시끄럽군, 별 뜻 없는 말이라는데.」

「그럼 나도 말 못 해요.」

「고집불통이로군. 당신 멋대로 해. 나도 고소장을 쓰지 않을 테니까.」

「그래요, 나도 못 가르쳐 줘요. 고소는 당신이 하는 거니까, 나는 안 써줘도 아무 상관 없어요.」

「그럼 그만두지 뭐.」

주인은 그렇게 말하고는 휑하니 서재로 가버렸다. 안주인은 다실로 물러가 반짇고리 앞에 앉았다. 두 사람 다 한 10분 정도 잠자코 장지문만 노려보고 있다.

그때 마침 현관문을 활짝 열어젖히고 참마의 기증자 다타라 산페이 군이 나타났다. 다타라 산페이 군은 한때 이 집 서생이었는데, 법과 대학을 졸업한 후 지금은 어느 회사의 광산부에 근무하고 있다. 이 사람도 사업가의 새싹인 셈으로 스즈키 도주로의 후배라 할 수 있다. 산페이는 그런 옛정도 있고 해서 선생의 누옥을 간간이 찾아온다. 일요일에는 종일 놀다 돌아갈 정도로 이 가족과는 허물이 없는 사이이다.

「사모님. 날씨가 아주 좋습니다.」

산페이 군은 가라쓰 사투리로 인사를 하고는 양복 차림인데 안주인 앞에 무릎을 꿇고 앉았다.

「어머나 다타라 씨.」

「선생님은 안 계신가요?」

「아니요, 서재에 있어요.」

「사모님, 선생님 너무 공부만 하시면 몸에 안 좋습니다. 모처럼 일요일인데.」

「그런 말은 내게 해봐야 아무 소용 없으니까, 선생님에게 직접 말하세요.」

「그건 그렇지만…….」

그렇게 대꾸하던 산페이 군이 방 안을 빙 둘러보았다.

「오늘은 어째 아가씨들도 안 보입니다.」

그런 말을 꺼내자마자 옆방에서 돈코와 순코가 뛰어왔다.

「다타라 아저씨, 오늘은 초밥 사 왔어요?」

얼마 전에 한 약속을 기억하고 있는 언니 돈코가 산페이 군의 얼굴을 보자마자 졸라 댔다. 산페이 군이 머리를 긁적거리며 고백했다.

「용케 기억하고 있구나. 다음에는 꼭 사 오마. 오늘은 깜박했다.」

「에이, 순 엉터리.」

언니가 그렇게 말하자 동생도 금방 따라서 〈에이, 순 엉터리〉라고 맞장구를 쳤다. 안주인은 겨우 기분이 풀렸는지 슬쩍 웃었다.

「초밥은 잊었지만, 참마는 가져왔잖아. 아가씨들, 참마는 먹었나?」

「참마요? 무슨 참마?」

언니가 묻자 동생이 또 금방 흉내를 내서 산페이 군에게 물었다.

「참마요? 무슨 참마?」

「아직 안 먹은 거로구나. 얼른 어머니에게 쪄달라고 해. 가라쓰 참마는 도쿄 참마하고 달라서 아주 맛있단다.」

산페이 군이 고향 자랑을 하자 안주인이 그제야 반응을 보였다.

「다타라 씨, 참마를 그렇게 많이나, 고마웠어요.」

「맛이 어땠습니까? 부러지지 말라고 일부러 상자를 만들어서 단단히 묶어 왔으니까, 다들 무사했겠죠.」

「그런데 그렇게 애써 갖다 준 참마를 어젯밤에 도둑맞았어요.」

「도둑이요? 거참 어처구니없는 놈이 다 있군요. 그렇게 참마를 좋아하는 사내가 있단 말입니까.」

「엄마, 어젯밤에 도둑이 들었어?」

언니가 물었다.

「그래.」

안주인이 별 일 아니라는 듯 대답했다.

「도둑이 들었다고, 도둑이 들어서, 그런데, 어떻게 생긴 도둑이었는데?」
이번에는 동생이 물었다. 이 해괴한 질문에는 안주인도 뭐라 대답하면 좋을지 모른다.
「무섭게 생긴 도둑이 들었지.」
그렇게 대답하고는 산페이 군 쪽을 보았다.
「그럼 다타라 아저씨처럼 생긴 거야?」
언니가 별다른 표정 없이 그렇게 되물었다.
「아니 얘는, 그런 버릇없는 말을.」
「하하하하. 내가 그렇게 무섭게 생겼나.」
산페이 군이 머리를 또 긁적거렸다. 산페이 군의 뒷머리에는 지름 3센티미터 정도 둥그렇게 머리가 쑥 빠진 곳이 있다. 한 달 전부터 머리가 빠지기 시작했는데 병원에 가보았으나 별 차도가 없다. 이 탈모증을 제일 먼저 발견한 것도 언니인 돈코다.
「다타라 아저씨 머리가 엄마처럼 반짝거리네.」
「잠자코 있으라니까.」
「엄마, 어젯밤 도둑 아저씨 머리도 반짝거렸어?」
이번에는 동생이 물었다. 안주인과 산페이 군은 풋 하고 웃음을 터뜨리고는 얘기고 뭐고 성가시다는 듯이 아이들을 마당으로 내몰았다.
「너희는 잠시 마당에 나가서 놀아라. 엄마가 맛있는 과자를 줄 테니까.」
그러고는 산페이 군을 돌아보며 정색하고 물었다.
「다타라 씨, 머리는 좀 어때요?」
「벌레가 먹었답니다. 잘 낫지를 않아요. 사모님에게도 그런 게 있습니까?」
「어머나 징그럽게, 벌레가 먹다니. 그야 여자들은 머리를 틀어 올리니까 아무래도 좀 빠지기야 하지요.」
「머리가 빠지는 건 다 박테리아 때문이라는데요.」
「난 박테리아 때문이 아니에요.」

「그거야 사모님이 그렇게 고집을 피우는 것이죠.」

「아무튼 박테리아 때문이 아니에요. 그건 그렇고 영어로 대머리를 뭐라고 하죠?」

「대머리는 보통 벌드라고 하죠.」

「아니 그런 말 말고, 더 긴 말이 있잖아요.」

「선생님에게 물어보면 금방 알 수 있을 텐데요.」

「선생님이 가르쳐 주지 않으니까, 다타라 씨에게 묻는 거지요.」

「저는 벌드밖에 모르는데. 그래 얼마나 긴데요?」

「오탄친 팔레오로구스라고 하던데요. 오탄친이 〈대〉고 팔레오로구스가 〈머리〉 맞지요?」

「글쎄요. 선생님 서재에 가서 『웹스터 대사전』을 찾아보지요. 그런데 선생님도 참 별납니다. 이렇게 날씨가 좋은데 집 안에만 꼭 틀어박혀서. 사모님, 선생님이 집 안에만 계시면 위장병이 잘 안 낫습니다. 우에노에 가서 꽃구경이라도 하고 오시라고 권하세요.」

「다타라 씨가 데리고 나가세요. 선생님은 여자가 하는 말은 절대 귀담아듣지 않으니까요.」

「요즘도 잼을 드십니까?」

「그럼요.」

「얼마 전에 선생님이 투덜거리시더군요. 나는 그렇게 많이 먹지 않는데, 내가 잼을 너무 많이 먹어서 탈이라고 마누라가 툴툴거린다고 말이죠. 무슨 착각을 하는 모양이라고 하시기에, 사모님과 아가씨들도 함께 먹겠지요라고 했죠.」

「다타라 씨, 무슨 말을 그렇게 하세요.」

「사모님도 잼은 드실 얼굴인데요.」

「얼굴을 보고 그런 걸 어떻게 알아요?」

「그야 다 아는 수가 있죠. 그런데 사모님은 정말 안 드신다는 겁니까?」

「그야 물론 조금은 먹지요. 먹으면 어때서요, 우리 건데.」

「하하하, 그럴 줄 알았습니다. 그런데 도둑을 맞았다니, 큰 봉변을 당하셨습니다. 참마만 들고 갔습니까?」

「참마뿐이라면 봉변이 아니게요. 평소에 입는 옷들도 가져갔으니.」

「당장 큰일이로군요. 또 빚을 내야 합니까? 이 고양이가 개였다면 좋았을 텐데, 아쉽습니다. 사모님, 듬직한 개 한 마리 키우세요. 고양이는 밥만 축내지 아무 쓸모가 없어요. 그래 쥐는 잡습니까?」

「쥐는 무슨 쥐요, 한 마리도 잡은 적이 없어요. 뻰들거리기만 하는 버릇없는 녀석이라니까요.」

「그럼 이러고저러고 할 것 없이 얼른 내다 버리세요. 아니면 내가 얻어 가서 삶아 먹을까.」

「어머나, 다타라 씨는 고양이를 먹어요?」

「먹지요. 고양이 고기, 맛있습니다.」

「상당한 호걸이로군요.」

비루한 서생들 중에 고양이를 먹는 야만족이 있다는 얘기는 이전부터 들었지만, 내가 평소 그 호의를 고맙게 여기는 산페이 군이 그런 족속일 줄이야 지금까지 꿈에도 몰랐다. 게다가 이 사람은 이미 서생이 아니다. 졸업한 지는 얼마 안 되었지만 어엿한 법학사로 무쓰이 물산 주식회사의 사원이니 이만저만 놀랍지 않다. 모르는 사람을 보면 도둑이라 여기라는 격언은 간게쓰 2세의 행위 덕분에 이미 입증이 되었는바, 나는 산페이 군 덕분에 사람을 보거든 식묘종(食猫種)이라 여기라는 새로운 진리를 터득했다.

세상을 살다 보면 만사를 알게 되고 만사를 알다 보면 기쁘기도 한 한편 날로 위험이 커지니 날로 방심할 수 없어진다. 교활해지는 것도 비열해지는 것도 표리일체인 호신용 갑옷을 두르는 것도 모두가 만사를 아는 결과요, 만사를 안다는 것은 나이를 먹은 죗값이다. 노인 가운데 쓸 만한 인간이 없는 것은 이런 이치 때문이로군, 나도 일찌감치 산페이 군의 가마솥에 들어가 양파와 함께 성불하는 것이 상책일지도 모르겠다고 생각하면서 한구석에 웅크리고 있자 하니, 아까 마누라와 말다툼을 하고 서재로 물러갔던 주인이 산페이 군의 목소리를 듣고 슬금슬금 서재에서 나왔다.

「선생님, 도둑을 맞으셨다면서요? 참으로 어처구니없는 일입니다.」

「들어온 놈이 어리석은 것이지.」

주인은 어디까지나 현인을 자처하고 있다.

「들어온 놈도 어리석지만, 도둑을 맞은 쪽도 현명하다 할 수는 없지요.」

「도둑맞을 게 아무것도 없는 다타라 씨 같은 사람이 가장 현명한 거겠지요.」

안주인이 웬일로 주인을 편들었다.

「그래도 가장 어리석은 것은 이 고양이 녀석입니다. 도대체 무슨 생각인지. 쥐도 잡지 않는다면서 도둑이 들어왔는데도 모르는 척 시치미를 떼고. 선생님, 이 고양이 절 주세요. 이렇게 놔둬봐야 아무 득이 없을 테니.」

「줘도 상관은 없는데, 뭐에 쓰려고 그러나?」

「삶아서 먹게요.」

주인은 이 호방한 한마디에 우후후 하고 위장병 환자다운 묘한 웃음소리를 내었지만 별다른 대답은 하지 않았다. 산페이 군도 꼭 달라는 말은 하지 않았으니 나로서는 천만다행이다. 주인이 화제를 다른 곳으로 돌렸다.

「고양이는 그렇다 치고 옷을 가져간 바람에 추워서 견딜 수가 없군.」

꽤나 의기소침한 말이다. 하기야 춥기도 할 것이다. 어제까지는 솜을 넣어 누빈 조끼까지 덧입고 있었는데, 오늘은 속옷에 반소매 셔츠만 달랑 입고 있는 데다 아침부터 운동도 하지 않고 꼼짝 않고 있는 탓에 안 그래도 불충분한 혈액이 위장으로 몰려서 손발 끝까지 돌지 않는다.

「선생님, 교사 노릇만 하고 있어서야 도저히 안 되겠습니다. 도둑 한 번 맞았다고 이렇게 곤경에 처하니. 이참에 생각을 바꿔 사업가가 되어 보는 것은 어떻겠습니까?」

「선생님은 사업가를 싫어하니까, 그런 말 해봐야 헛수고예요.」

안주인이 옆에서 산페이 군에게 대답했다. 안주인이야 물론 사업가가 되어 주길 바라 마지않지만.

「선생님, 학교 졸업한 지 몇 년이나 되셨나요?」

「올해로 9년째죠.」

또 안주인이 대답하면서 주인을 돌아보았다. 주인은 옳다느니 그르다느니 아무 말이 없다.

「9년이 지났는데도 월급은 한 푼도 오르지 않고. 아무리 공부를 해도 칭찬해 주는 이 하나 없으니 〈낭군(郎君) 홀로 적막강산〉이로군요.」

산페이 군이 안주인을 위해 중학 시절에 익힌 시 한 구절을 낭독했으나, 안주인은 무슨 소리인지 몰라 대답을 회피했다.

「교사도 싫지만 사업가는 더욱 싫네.」

주인은 그렇게 말해 놓고서 속으로, 나는 뭘 좋아하지 하고 생각하는 듯하다.

「선생님은 이렇게 뭐든 싫다고만 하니…….」

「사모님만 싫지 않은 거지요.」

산페이 군이 자리에 어울리지 않는 농담을 했다.

「제일 싫네.」

주인의 대답이 간단명료하다. 안주인은 고개를 획 돌리고 못 들은 척하다가 다시 주인 쪽을 보고 쏘아붙였다.

「살아 있는 것도 싫겠지요.」

「그다지 좋지 않지.」

주인은 그렇게 태평스러운 대답을 한다. 이래서야 속수무책이다.

「선생님, 좀 활기차게 산책이라도 하셔야지, 안 그러면 건강을 해칩니다. 그리고 사업가가 되세요. 돈 버는 게 그리 어려운 일은 아닙니다.」

「잘 벌지도 못하는 주제에, 그런 소리를.」

「회사에 들어간 지 얼마나 되었다고 그러십니까. 작년입니다. 그런데도 선생님보다 저금이 많아요.」

「얼마나 모았는데요?」

안주인이 열심히 묻는다.

「벌써 50엔입니다.」

「다타라 씨, 대체 월급이 얼마나 되는데요?」

이것도 안주인의 질문이다.

「30엔이죠. 그중에서 매달 5엔을 회사에서 맡아 저금을 해주거든요. 그러다 제가 필요할 때 내어 주지요. 사모님, 푼돈으로 소토보리선[4] 주식을 좀 사두시지요. 앞으로 서너 달 후면 배로 오를 겁니다. 적은 돈이라도 두 배 세 배로 금방 불어나지요.」

「그럴 돈이 있으면 도둑을 맞았다고 이리 난감해하겠어요.」

「그러니 사업가가 좋다는 겁니다. 선생님도 법과에서 공부해서 회사나 은행으로 진출했다면 지금쯤 한 달에 3백, 4백 엔은 받았을 텐데, 정말 아깝습니다. 선생님, 스즈키 도주로라는 공학사를 아시지요?」

「음, 엊그제 다녀갔지.」

「그런가요. 얼마 전에 어떤 연회에서 만났는데 선생님 얘기를 했더니, 아 자네가 구샤미 군 밑에서 서생 노릇을 했다는 사람인가, 나도 옛날에 고이시카와의 절에서 구샤미 군과 자취를 한 적이 있지. 다음에 가거든 안부를 전해 주게나. 그리고 조만간 찾아가겠다고 해주게 하더군요.」

4 1905년에 완공된 도쿄 시내 전철.

「근자에 도쿄로 올라왔다고 하더군.」

「네, 그전에는 규슈의 탄광에 있다가 얼마 전에 도쿄로 발령이 났습니다. 말솜씨가 대단한 사람이지요. 저 같은 사람에게도 마치 친구처럼 친근하게 말을 하더군요. 선생님, 그 남자가 얼마나 받는지 아십니까?」

「그걸 내가 어찌 알겠나.」

「월급 250엔에 명절에는 보너스도 나오니까 줄잡아 평균 450엔은 될 겁니다. 그런 남자가 그렇게 거액을 받는데, 선생님은 영어 강독 전문 10년에 만날 궁상만 떨고 있으니 말도 안 되지 않습니까?」

「그야 그렇긴 하지.」

주인처럼 현실을 초월한 자도 금전에 관한 생각은 보통 사람들과 별 차이가 없다. 늘 쪼들리다 보니 남보다 한층 돈이 아쉬운지도 모른다. 사업가의 수지타산에 대해 충분히 떠들었는지 산페이 군이 뜬금없는 질문을 했다.

「사모님, 선생님 댁에 미즈시마 간게쓰라는 사람이 드나듭니까?」

「그럼요, 자주 오죠.」

「어떤 사람입니까?」

「학문이 매우 뛰어난 사람이라고 하던데.」

「잘생겼습니까?」

「오호호호, 다타라 씨랑 비슷하죠 뭐.」

「그래요, 저 정도입니까?」

산페이 군의 표정이 진지하다.

「간게쓰란 이름은 어떻게 아는가?」

주인이 물었다.

「얼마 전에 어떤 사람이 몇 가지 물어 달라고 부탁을 하더군요. 그런 것을 물을 만큼 대단한 인물인가요?」

산페이 군은 제대로 다 묻기도 전부터 간게쓰 군을 경계하고 있다.

「자네보다야 훨씬 대단하지.」
「그렇습니까, 저보다 대단하다고요.」
웃지도 언짢아하지도 않는다. 그게 산페이 군의 특징이다.
「조만간 박사가 되겠는지요?」
「지금 논문을 쓰고 있다더군.」
「역시 얼빠진 사람이로군요. 박사 논문을 쓰다니, 좀 더 얘기가 통하는 사람일 줄 알았는데.」
「그 대단한 식견은 여전하군요.」
안주인이 웃으면서 말했다.
「박사가 되면 어느 집안의 딸을 주느니 마느니 하기에, 여자 하나 얻기 위해 박사가 되는 그런 얼간이가 어디 있겠느냐, 그런 인물에게 주느니 차라리 내게 주는 편이 낫겠다고 했지요.」
「누구에게 말인가?」
「그야 미즈시마에 대해 물어 달라고 부탁한 사람이지요.」
「그 사람이 스즈키 아닌가?」
「아닙니다. 그 높으신 양반에게 그런 식으로 말할 수는 없지요.」
「다타라 씨는 안에서만 큰소리를 치는 사람이로군요. 우리 집에 와서는 떵떵거리면서 스즈키 씨 앞에서는 바른 소리 한마디 못 하고.」
「그럼요. 목구멍이 포도청인지라.」
「다타라 군, 산책이나 하세.」
갑자기 주인이 말했다. 셔츠 차림이라 아까부터 추워 벌벌 떨고 있었는데 운동이라도 좀 하면 몸이 따뜻해지겠다 싶어 전례가 없는 제안을 한 것이다. 이래도 좋고 저래도 좋은 산페이 군은 물론 망설일 이유가 없다.
「가시지요. 우에노로 가실까요? 아니면 이모자카로 가서 경단이나 드실까요? 선생님, 거기 경단 잡숴 보신 적 있습니까? 사모님도 한번 가서 잡숴 보세요. 쫄깃쫄깃하고 맛있는데 값은 아주 싸답니다. 술도 마실 수 있고요.」

산페이 군이 또 두서없는 말을 늘어놓고 있는데 주인은 벌써 모자를 쓰고 현관으로 내려섰다.

나는 또 잠시 휴식을 취하기로 했다. 주인과 산페이 군이 우에노 공원에서 뭘 할지, 이모자카에서 경단을 몇 접시나 먹을지 그런 것은 탐색할 필요도 없고 또 미행할 용기도 없는 터라 그냥 생략하고 그사이에 좀 쉬기로 했다. 휴식은 만물이 하늘에 요구하여 마땅한 권리이다. 이 세상에서 생식해야 하는 의무를 지니고 움직이는 자는 생식의 의무를 다하기 위해 반드시 휴식을 취해야 한다. 만약 신이 있어 너는 일하기 위해 태어났지 자기 위해 태어난 것이 아니라고 한다면 나는 이렇게 반론을 펼 것이다. 나는 그대가 말씀한 바대로 일하기 위해 태어났으며 일하기 위해 휴식을 취하노라고. 주인처럼 불평만 잔뜩 들어찬 기계 같은 목석조차 일요일이 아닌 때에 간간이 자체 휴식을 취하지 않는가. 그런데 다정다한(多情多恨)하고 주야로 심신을 사용하는 나 같은 자는 설사 고양이라도 주인 이상으로 휴식을 취해야 한다.

다만 방금 전 산페이 군이 나를 일컬어 쉴 줄밖에 모르는 쓸모없는 고양이라고 욕한 것이 다소 마음에 걸린다. 아무튼 물질에만 좌지우지되는 속물들은 오감을 자극하는 일 외에는 아무런 활동도 하지 않으면서 다른 것을 평가할 때는 겉모양만 보니 문제다. 무슨 일이든 옷자락을 걷어붙이고 땀을 흘려야만 일을 한다고 생각한다.

달마라는 스님은 다리가 썩어 문드러질 때까지 태연하게 좌선을 했다고 하는데, 가령 벽의 틈새로 넝쿨이 기어 올라와 눈과 입을 막을 때까지 움직이지 않았다 해도 자고 있었던 것도 아니요 죽었던 것도 아니다. 머릿속은 항상 활동하면서 곽연무성(廓然無聖)[5] 같은 깊은 이치를 골똘히 생각하고 있었던 것이다.

유교에도 정좌(靜坐) 수행이라는 것이 있다고 한다. 이 수행

5 망집을 떨쳐 버리고 깨달음의 높은 경지에 오르면 성인과 범부의 차이가 없다는 뜻. 선의 공안 가운데 하나.

역시 방 안에 칩거하여 그냥 편하게 앉아 있는 것이 아니다. 머릿속의 에너지는 범인의 배 이상으로 활활 타오른다. 다만 이런 지식의 거장들도 겉보기에는 극히 조용하고 단아하며 엄숙할 뿐이니까 평범한 눈에는 혼수상태나 가사상태에 빠진 쓸모없는 인간으로밖에 보이지 않아 무용지물이니 식충이니 하는 괜한 비방을 하는 것이다.

이런 평범한 눈은 형태와 껍질을 볼 뿐 마음과 속을 보지 않는 불완전한 시각을 지니고 태어난 자의 눈이다. 다타라 산페이 군은 형태만 보고 마음을 보지 않는 대표적인 인물이다. 그런 산페이 군이 나를 마른 똥 주걱[6]처럼 여기는 것이야 어쩔 수 없다 쳐도, 고금의 서적을 다소는 섭렵하여 사물의 진상을 조금은 이해한다는 주인까지 천박한 산페이 군에게 두말없이 동조하여 고양이 요리를 막아 볼 눈치를 보이지 않는 것이 원망스럽다. 그러나 한 발 물러나 생각해 보면 그들이 나를 이렇게까지 경멸하는 것도 그럴 만하다 싶다.

예로부터 범인은 고상한 뜻을 이해하지 못하며,[7] 드높은 경지 또한 이해하기 어렵다[8]고 한 비유가 있듯이, 눈에 보이지 않는 활동을 보지 못하는 자들에게 내 혼의 빛을 보라고 강요하는 것은 중에게 머리를 묶으라고 채근하는 것이나 다름없고, 참치에게 연설을 해보라는 것과 같으며, 전철에게 탈선을 요구하고 주인에게 사직을 권고하고 산페이 군에게 돈에 대해서는 생각하지 말라고 하는 것이나 다름없다. 그러니 무리한 주문이다.

하지만 고양이 역시 사회적 동물이다. 사회적 동물인 이상 아무리 드높은 뜻을 가졌다 한들 어느 정도는 사회와 조화를 이뤄야 한다. 주인과 안주인과 하녀와 산페이 군이 나를 제대로 평가해 주지 않는 것은 유감스럽고 어쩔 수 없는 일이라 쳐도, 어리

6 선문답에 흔히 쓰이는 공안의 하나.

7 『장자(莊子)』에 나오는 말.

8 중국 작가 송옥의 「대초왕문(對楚王問)」에 나오는 말.

석음의 결과로 내 껍질을 벗겨 샤미센 가게에 팔아 치우고, 살을 토막 내어 산페이 군의 밥상에 올리는 무분별한 일을 행한다면 이는 실로 큰일이 아닐 수 없다. 나는 머리로 활동하라는 하늘의 명을 받고 이 험난한 세상에 왔을 만큼 고금을 막론한 희귀한 고양이이므로 몹시 소중한 몸이다. 〈천금지자 좌불수당(千金之子坐不垂堂)〉[9]이라는 말도 있듯이 남보다 뛰어난 것을 자만하여 공연히 내 신상에 화를 초래하는 것은 나의 재난임은 물론이요 하늘의 뜻을 크게 거역하는 것이다.

사나운 호랑이도 동물원에 들어가면 똥 묻은 돼지 옆에 자리를 잡고 거대한 기러기도 산 채로 잡혀 양계장에 들어가면 닭과 같은 도마 신세를 지게 된다. 따라서 범부들과 같이 사는 나 역시 범묘로 처신할 수밖에 없다. 범묘가 되려면 쥐를 잡아야 하니, 나는 끝내 쥐를 잡기로 결심했다.

얼마 전부터 이 나라는 러시아를 상대로 큰 전쟁을 치르고 있다고 한다. 나는 이 나라의 고양이이니 물론 이 나라 편이다. 가능하다면 혼성 고양이 여단을 조직해서 러시아 군인을 할퀴어 주고 싶을 정도다. 이렇게 혈기 왕성한 나인데 마음만 먹으면 쥐새끼 한두 마리쯤이야 눈 감고서도 문제없이 잡을 수 있지 않으랴.

옛날에 어떤 사람이 당시에 유명했던 선사에게 이렇게 물었다. 어떻게 하면 깨달음을 얻을 수 있을까요? 그랬더니 고양이가 쥐를 노리는 것처럼만 하라고 대답했단다. 고양이가 쥐를 잡듯이, 그렇게만 하면 절대 놓치지 않는다는 뜻이다. 여자란 똑똑해 봐야 헛것이라는 속담은 있지만 고양이가 똑똑해 봐야 쥐새끼 한 마리 잡지 못한다는 속담은 아직 없다. 그러니 이리도 똑똑한 내가 쥐를 못 잡을 리 없다. 못 잡을 리 없을 뿐 아니라 잡았다가 놓치는 일도 없을 것이다. 지금까지 잡지 않은 것은 잡고 싶지 않아서이다.

9 부자는 신중하여 마루 끝에 앉아 위험을 자초하는 일을 하지 않는다는 뜻으로 『사기(史記)』에 나오는 말이다.

봄날이 어제처럼 또 저물고, 때로 불어오는 바람에 흩날린 꽃잎이 부엌 장지문의 찢어진 틈새로 날아 들어와 들통 속에 떨어졌다. 물 위에 떠 있는 꽃잎이 부엌의 부연 등불 아래 하얗게 보인다. 오늘 밤에는 반드시 큰 공을 세워 온 가족을 놀라 주리라고 결심했으니 미리 전쟁터를 돌아다니며 지형을 파악해 둘 필요가 있다.

전선(戰線)은 물론 그리 넓지 않다. 다다미로 치면 넉 장 넓이쯤 될까, 그중 한 장을 나누어 절반이 개수대, 절반이 술 가게나 채소 가게 사람들이 드나드는 봉당이다. 부뚜막은 가난한 살림에 어울리지 않게 멋들어져, 물 끓이는 빨건 동 솥이 번쩍거린다. 그 뒤로 60센티미터 정도 너비로 널마루가 깔려 있고 거기에 내 밥그릇이 있다. 다실에 가까운 1미터 60센티미터쯤 되는 공간에는 그릇과 접시를 넣어 두는 찬장이 자리를 차지하고 있어 안 그래도 좁은 부엌을 더 좁게 만들고 있다. 그 찬장은 옆으로 튀어나온 선반과 높이가 엇비슷하다. 그 밑에 절구가 놓여 있고 절구 속에 든 작은 통이 내 쪽으로 밑바닥을 보이고 있다. 강판과 나뭇공이가 나란히 걸려 있고 그 옆에 불쏘시개를 끄는 데 쓰는 단지가 초연하게 자리 잡고 있다. 새까맣게 그을린 서까래가 서로 엇갈려 있고 그 한가운데에 줄이 하나 축 늘어져 있는데, 줄 끝에는 넓적하고 평평한 바구니가 매달려 있다. 이 집에 처음 왔을 때는 그 바구니가 왜 매달려 있는지 몰랐는데, 나중에 고양이 손이 닿지 않도록 먹을거리를 거기에 담아 둔다는 것을 알고서 인간의 심보가 얼마나 고약한지 새삼 느꼈다.

그다음은 작전 계획이다. 어디서 전쟁을 치를 것이냐, 그야 물론 쥐가 출몰하는 곳이어야 한다. 아군에게 유리한 지형이라고 해서 혼자 마냥 기다리고 있어 봐야 전쟁은 성립하지 않는다. 따라서 쥐의 출구를 연구할 필요가 있다. 부엌 가운데 서서, 과연 어느 쪽에서 나타날까 하고 사방을 휘 돌아보았다. 가치 도고 장군[10]이 된 기분이다. 하녀는 아까 대중 목욕탕에 가서 아직 오지 않았다. 아이들은 벌써 잠이 들었다. 주인은 이모자카에서 경단을 먹고 돌아와서는 서재에 콕 틀어박혀 있다. 안주인은, 안주인은 뭘 하는지 모르겠다. 아마 꾸벅꾸벅 졸면서 참마 꿈이나 꾸고 있을 것이다.

간혹 문 앞으로 인력거가 지나가는데, 지나간 후에는 더욱 한적하다. 나의 결심하며 나의 의지하며 부엌의 광경하며 사방의 적막함하며, 전체적인 분위기가 매우 비장하다. 아무래도 나는 고양이 사회의 도고 대장인 것 같다. 이런 경지에 오르면 누구나 비장함 속에서 일종의 유쾌함을 느끼게 마련인데, 나는 이 유쾌함 속에 똬리를 틀고 있는 근심 걱정을 발견했다. 쥐와의 전쟁은 이미 각오한 일이니 몇 마리가 공격을 해오든 두렵지 않은데, 어느 쪽에서 나타날지가 분명치 않아 그것이 문제다.

치밀한 관찰로 얻은 정보를 종합해 본 결과 쥐새끼들이 출몰하는 통로는 세 군데[11]가 있다.

그들이 만약 시궁쥐라면 하수관을 따라 개수대를 지나 부뚜막 뒤로 돌아 들어올 것이다. 그렇다면 불쏘시개를 끄는 데 쓰는 단지 뒤에 숨어 있다가 귀로를 차단하면 된다. 또는 목욕탕에서 도랑으로 물이 빠지는 구멍으로 들어와 목욕탕을 우회해서 부엌으로 불쑥 뛰어들지도 모른다. 그렇다면 가마솥 뚜껑 위에 진을 치고 있다가 시야에 포착되면 위에서 덮치면 된다.

다시 사방을 돌아보았다. 찬장 문 오른쪽 아래 구석에 반달 모양으로 파먹은 구멍이 뚫려 있다. 아무래도 쥐새끼들이 드나드는 길이 아닐까 의심스럽다. 코를 대고 냄새를 맡아 보았더니 아니나 다를까 쥐 냄새가 몰몰 났다. 만약 여기로 진격해 오면 기둥을 방패 삼아 일단은 보내 준 후에 옆에서 발톱으로 일격을

10 1905년 러시아와의 해전에서 일본 연합군 함대를 이끌고 러시아의 발틱 함대를 섬멸한 도고 헤이하치로(東鄕平八郎, 1848~1934).

11 도고 장군은 블라디보스토크로 귀항하려는 러시아의 주력군 발틱 함대가 어떤 해로를 취할지 세 가지 가능성을 놓고 고뇌했다고 한다.

가할 작정이다. 천장에서 내려오는 일은 없을까 싶어 위를 올려다보자 등불 때문에 빛나는 새까만 검댕이 마치 지옥을 거꾸로 매달아 놓은 것 같다. 도저히 내 솜씨로는 올라가지도 내려오지도 못할 것 같다. 설마 저렇게 높은 곳에서 뛰어내리는 일은 없겠지 하고 천장은 경계 대상에서 제외했다.

그런데 여차하면 세 방향에서 한꺼번에 공격당할 위험도 배제할 수 없다. 한 놈이라면 한쪽 눈만 뜨고도 잡을 수 있다. 두 놈이라면 그럭저럭 해치울 자신이 있다. 그러나 세 놈이라면? 아무리 본능적으로 쥐를 잡게 생겨 먹은 나지만, 속수무책이다. 그렇다고 인력거꾼네 검둥이에게 도움을 청하자니 나의 위엄에 흠이 생긴다.

어떻게 하면 좋을까. 어떻게 하면 좋을지 아무리 생각해도 그럴싸한 묘안이 떠오르지 않을 때는 그런 일은 절대 없을 것이라고 딱 무시하는 것이 안심할 수 있는 가장 좋은 방법이다. 무릇 대책이 없는 일은 생기지 않을 것이라고 생각하고 싶은 법이다. 세상을 돌아봐도 그렇다. 어제 시집온 신부가 오늘 죽지 말란 보장이 전혀 없는데, 신랑은 검은 머리 파뿌리가 되도록 행복하게 살자는 둥 좋은 말만 늘어놓을 뿐 걱정하는 기색이 없다. 걱정하지 않는 것은 그럴 만한 가치가 없어서가 아니라, 걱정해 봐야 아무런 대책이 없기 때문이다. 내 경우에도 삼면 공격은 절대 가능하지 않다고 단언할 만한 근거는 없지만, 안심을 얻기 위해서는 그런 일은 없다고 여기는 것이 편리하다.

만물에게는 안심이 필요하다. 나도 안심이 필요하다. 따라서 삼면공격은 절대 없으리라고 단정한다. 그런데도 걱정이 가시지 않아 어찌 된 일인가 하고 곰곰이 생각해 보고야 겨우 알았다. 세 가지 전략 가운데 어느 것을 택해야 가장 탁월한 선택인지, 아직 명료한 답을 얻지 못해 고뇌하는 까닭이다.

찬장에서 튀어나오면 대응할 방법이 있다. 목욕탕에서 튀어나와도 마찬가지다. 또 개수대로 기어 올라올 때도 대처할 계략이 있는데, 이 세 가지 가운데 어느 한 가지로 정하자니 곤혹스럽다. 도고 장군은 발틱 함대가 쓰시마 해협을 지날지 쓰가루 해협을 지날지 또는 멀리 소야 해협을 지날지 이 세 가지를 놓고 크게 고민했다고 하는데, 지금의 내 처지로 상상해 보건대 얼마나 애간장이 탔을지 헤아리고도 남는다. 나는 전체 상황으로 보아 도고 각하와 비슷할 뿐만 아니라 이 각별한 지위로 보아서도 도고 각하와 같은 고민을 하는 자이다.

내가 이렇게 온갖 지략을 짜고 있는데 찢어진 장지문이 열리면서 하녀가 얼굴을 쑥 들이밀었다. 손발이 없어서 얼굴만 들이민 것이 아니라, 어두워서 다른 부분은 잘 보이지 않는데 얼굴색만 유독 짙어서 그렇게 보이는 것이다. 안 그래도 붉은 얼굴이 목욕을 한 탓에 벌겋게 달아오른 탓이다. 하녀는 어젯밤 사건 때문에 정신을 바짝 차렸는지 일찌감치 부엌 문단속을 했다.

「내 지팡이, 베개맡에 갖다 놓아라.」

주인이 서재에서 버럭 내지르는 소리가 들렸다. 나는 지팡이를 왜 머리맡에 갖다 놓으라는지 이해할 수 없었다. 설마 역수(易水)의 장사(壯士)[12]라도 된 기분으로 지팡이를 검 삼아 휘두르려는 것은 아니겠지. 어제는 참마, 오늘은 지팡이, 내일은 과연 뭐가 머리맡에 놓일까.

아직 밤이 깊지 않아서인지 쥐새끼들이 나타날 낌새가 없다. 나는 대전을 앞두고 잠시 휴식을 취했다.

이 집 부엌에는 들창이 없다. 방에는 천장 바로 밑에 너비 30센티미터 정도의 격자창이 있어 여름이고 겨울이고 바람이 통하여 들창 구실을 한다. 미련 없이 떨어지는 벚꽃을 벗 삼아 휘익 불어든 바람에 놀라 눈을 떠보니, 어느 결에 어스름한 달빛이 비쳐 부뚜막 그림자가 마룻바닥에 비스듬히 누워 있다. 설마 너무 오래 잔 것은 아니겠지 하고서 두세 번 귀를 털며 집 안의 동향을 살폈

12 중국 전국 시대에 태자 단에게서 진시황을 암살하라는 명을 받은 자객 형가.

다. 조용한 것이 어젯밤처럼 괘종시계 소리만 들린다. 이제 쥐새끼들이 나타날 시간이다. 과연 어디서 나타날까.

찬장 안에서 딸그락거리는 소리가 났다. 작은 접시의 가장자리를 발로 누르고 안을 헤집고 있는 듯하다. 그렇다면 여기로 나오겠지 하고 구멍 옆에 납죽 엎드려 기다리는데, 좀처럼 나올 기색이 없다. 접시가 달그락거리는 소리가 멈추더니 이번에는 밥공기나 사발로 옮겨갔는지 덜걱덜걱 묵직한 소리가 났다. 게다가 찬장 문 바로 안에서 소리가 났다. 거리로 따지면 내 코와 1미터도 떨어져 있지 않다. 가끔 발소리가 사사삭 구멍까지 다가왔다가 다시 멀어지고는 한 마리도 코빼기를 내밀지 않는다. 문 하나 너머에서 적이 온갖 만행을 저지르고 있는데 나는 구멍 앞에서 꼼짝 않고 기다리기만 해야 하다니 참으로 인내가 필요한 일이다. 쥐새끼들은 뤼순 완(椀)[13] 속에서 떠들썩한 무도회를 펼치고 있다. 하녀가 이 문을 내가 들어갈 수 있을 만큼이라도 열어 두었다면 좋았을 텐데, 정말 눈치코치 없는 촌뜨기다.

이번에는 부뚜막 그림자 속에서 내 밥그릇이 딸그락거렸다. 적이 이쪽으로 나타났구나 싶어서 살금살금 다가가 보았더니, 들통 사이로 꼬랑지만 힐금 보이고는 개수대 밑으로 숨어 버리고 말았다. 잠시 후에는 목욕탕에서 양치질하는 사발이 놋대야에 툭 부딪히는 소리가 났다. 이번에는 뒤쪽이로군, 하고서 돌아보는 순간 큼지막한 녀석이 치약을 떨어뜨리고는 툇다루 밑으로 뛰어들었다. 네 녀석을 놓칠쏘냐 하고 뒤따라 뛰어 내려갔는데 흔적도 없이 사라졌다. 쥐를 잡는 것이 생각보다 쉬운 일은 아니다. 나는 선천적으로 쥐를 잡는 재주가 없는 모양이다.

내가 목욕탕으로 돌아가면 적은 찬장에서 튀어나오고 찬장에 주의를 기울이고 있으면 개수대에서 뛰어오르고 부엌 한가운데서 버티고 있으면 세 방향에서 부스럭부스럭 소란을 피우고. 시

13 椀(사발)과 灣은 일본어에서 발음이 같다. 쥐새끼들을 뤼순 만 안에 있는 러시아 함대에 비유한 것.

건방지다고 할지 비겁하다고 할지, 도무지 군자의 적이 못 된다. 나는 열대여섯 번이나 이쪽저쪽으로 뛰어다니며 심신이 지칠 정도로 애써 보았지만 끝내 한 번도 성공하지 못했다.

유감스럽기는 하지만 적이 이렇듯 약삭빠른 소인배여서야 아무리 위대한 도고 대장도 대처할 도리가 없다. 처음에는 용기와 적개심도 있었고 비장함이란 숭고한 감각도 있었지만 결국은 어리석은 짓 같고 귀찮고 지치기도 하고 졸음이 쏟아지기도 해서 부엌 한가운데 축 늘어져 움직이지 않았다. 적은 소인배이니 움직이지 않고 사방팔방으로 쏘아만 보아도 별다른 짓은 하지 못한다. 노리는 적이 예상 외로 쪼잔한 녀석이면 전쟁은 명예라는 의식은 사라지고 얄밉다는 느낌만 남는다. 얄밉다는 느낌마저 사라지면 긴장이 풀리면서 멍해진다. 멍해진 후에는 어디 네 멋대로 해봐라, 날뛰어 봐야 벼룩이지 하고 경멸하는 나머지 잠이 온다. 나는 이상의 과정을 거쳐 기어이 잠에 빠졌다. 적진 한복판에서도 휴식은 필요하다.

처마 밑에 옆으로 길쭉하게 나 있는 들창으로 꽃잎 한 줌을 뿌리면서 세찬 바람이 불어 들어 내 주위를 맴도는가 싶더니 찬장 문에서 총알처럼 재빨리 튀어나온 놈이 바람을 휙 가르며 내 왼쪽 귀를 물고 늘어졌다. 피할 틈도 없었다. 잇따라 검은 그림자가 뒤로 돌아가는가 싶더니 내 꼬리를 물고 늘어졌다. 순식간에 벌어진 일이었다. 나는 아무 목적 없이 기계적으로 펄쩍펄쩍 뛰었다. 온몸의 힘을 털구멍에 모으고 그 괴물을 떨쳐 내려고 애썼다. 귀를 물고 늘어진 놈이 중심을 잃고 내 옆얼굴에서 흔들거렸다. 고무관처럼 부드러운 꼬리 끝이 예기치 않게 내 입으로 들어왔다. 이때다 싶어 꼬리를 꽉 문 채 끊어져라 하고 좌우로 흔들자 꼬리만 앞니 사이에 남고 몸통은 헌 신문을 바른 벽에 부딪쳐 널마루로 툭 떨어졌다. 일어서려는 놈을 틈을 주지 않고 덮치려 했는데 놈이 차올린 공처럼 튀어 올라 내 코끝을 스치고는 높이 달린 선반 위에 엉거주춤 섰다.

놈은 선반 위에서 나를 내려다본다. 나는 널마루에서 놈을 올려다본다. 거리는 1미터 50센티미터 남짓. 달빛이 그 사이로 넓은 띠를 공중에 펄럭이듯 비스듬히 비치고 있다. 나는 앞발에 힘을 잔뜩 주고, 얍 하고 선반에 뛰어올랐다. 다행히 앞발은 선반 끝에 걸렸는데 뒷발이 허공에서 버둥거린다. 꼬리에는 아직도 그 검은 그림자가 제 목숨 내놓는 한이 있어도 놓지 않겠노라고 기를 쓰고 매달려 있다.

나는 지금 위험에 처해 있다. 앞발을 바꿔 가며 선반 위로 몸을 끌어올리려 하지만 그럴 때마다 꼬리에 매달린 무게 때문에 오히려 바깥쪽으로 밀려난다. 조금만 더 밀려나면 떨어질 수밖에 없다. 나는 더는 물러설 수 없을 만큼 위험해졌다. 널빤지를 발톱으로 박박 긁는 소리가 난다. 이래 가지고는 안 되겠다 싶어서 왼쪽 앞발을 더 안쪽으로 들이밀려다가 실패, 나는 오른발 하나로 선반에 대롱대롱 매달린 꼴이 되었다. 나 자신과 꼬리를 물고 늘어진 녀석의 무게 때문에 내 몸이 빙글빙글 돈다. 지금까지 꼼짝 않고 노려만 보고 있던 선반 위의 괴물이 이때다 하고 선반 위에서 돌을 던지듯 내 이마를 향해 뛰어내린다. 내 오른 발톱은 마지막 남은 발판마저 잃어버렸다. 세 덩어리가 하나로 뭉쳐 달빛을 세로로 가르며 아래로 떨어진다. 마찬가지로 선반 아랫단에 놓여 있는 절구와 절구 속에 있는 작은 통과 빈 잼 등이 한 덩어리가 되어 그 밑에 있는 불쏘시개 끄는 항아리와 함께 절반은 물 항아리 속으로, 나머지 절반은 널마루 위로 나뒹군다. 깊은 밤의 그 요란한 소리에 안간힘을 다하고 있던 내 혼마저 얼어붙었다.

「도둑이야!」

주인이 고함을 지르며 안방에서 헐레벌떡 뛰쳐나왔다. 한 손에는 등불을 다른 손에는 지팡이를 들고 있다. 자다 깬 눈이 주인에게 어울리지 않는 날카로운 빛을 뿜어내고 있다. 나는 내 밥그릇 옆에 얌전히 몸을 웅크렸다. 두 마리 괴물이 찬장 속으로 숨는다. 주인이 노한 표정으로 괜한 소란을 피웠다는 듯 아무도 없는 부엌에서 혼자 묻고 있다.

「뭐야, 누가 이렇게 요란을 떤 거야?」

달이 서쪽으로 기울어 하얗게 빛나던 일대가 절반 정도로 줄어들었다.

6

아무리 고양이라지만 이렇게 더워서야 견딜 수가 없다.

영국의 시드니 스미스라는 사람은 껍질을 벗어던지고 살도 다 떼어 내고 뼈만 지닌 채 시원하게 지내고 싶다며 고통스러워했다는 일화가 있는데, 뼈만 남기지 않아도 좋으니까 이 옅은 회색 점박이 무늬 털옷만이라도 벗어 빨든 당분간 전당포에 맡기든 하고 싶을 정도다. 인간이 보기에 고양이 따위는 1년 내내 똑같은 표정에 봄 여름 가을 겨울 단벌로 버티는, 아주 단순하나 무탈하고 돈도 안 드는 생애를 보내는 것 같겠지만, 고양이 역시 추위와 더위를 느낀다. 가끔은 시원한 물이라도 끼얹고 싶은데 이 털옷을 입은 채로 물을 끼얹으면 말리기가 수월치 않으니, 이 나이가 되도록 땀 냄새를 꾹꾹 참아 가며 목욕탕 문턱을 넘지 않았다. 때로는 부채도 사용하고 싶지만 쥘 수가 없으니, 그것도 어쩔 도리가 없다.

그러고 보면 인간은 참 사치스럽다. 날것으로 먹어야 마땅한 것을 굳이 익히고 굽고 식초에 절이고 된장을 바르고, 불필요한 품을 들여가면서 좋아라들 한다. 입는 옷도 그렇다. 불완전하게 태어난 인간이 고양이처럼 1년 내내 단벌로 버티기야 어렵겠지만, 그렇게 잡다한 것을 피부 위에 걸치고 살 필요는 없지 않은가. 양에게 폐를 끼치는가 하면 누에에게는 신세를 지고 목화밭의 온정까지 구하는 것을 보면 사치는 무능의 결과라고 단언해도 좋을 정도다. 입고 먹는 것이야 너그럽게 봐주어 넘어간다 치고, 생존과 직접적인 관련이 없는 일까지 이런 식으로 처리하는 것은 도무지 이해할 수 없다.

우선 털이 그렇다. 털은 자연스럽게 나는 것이니 그냥 내버려 두는 편이 가장 간편하고 당사자에게도 좋을 텐데, 그들은 쓸데없는 짓까지 해가면서 잡다한 모양을 만들어 놓고는 우쭐해한다. 중이라고 자처하는 사람들은 늘 민머리다. 더우면 그 위에 갓을 쓰고 추우면 모자를 쓴다. 그럴 것이면 뭐하러 머리를 박박 밀어 시퍼렇게 해 가지고 다니는지 알 수 없지 않은가.

그런가 하면 빗도 그렇다. 톱처럼 생긴 그런 무의미한 도구로 머리털을 좌우 절반으로 좍 갈라 놓고 좋아하는 자가 있다. 혹은 7 대 3 비율로 두개골 위에 인위적인 구획을 만든다. 혹자는 가르마가 가마를 지나 뒤까지 쭉 뻗어 있는 경우도 있다. 마치 종이로 만든 가짜 파초 잎 같다. 또 정수리 쪽은 편평하게 자르고 좌우는 쭉 내려오게 깎는다. 둥그런 머리에 네모난 틀을 끼운 셈이니, 정원사가 손질한 삼나무 울타리를 베껴 놓은 꼴로밖에 보이지 않는다. 이 밖에 5부, 3부, 1부까지 있는데 언젠가는 그것도 모자라 뒤통수까지 깎는 마이너스 1부, 마이너스 3부 따위의 기괴한 스타일이 유행할지도 모르겠다. 아무튼 그렇게 자기 몸을 가지고 안달해서 어쩌자는 것인지 모르겠다.

또 다리가 네 개나 있는데 두 개밖에 쓰지 않는 것도 사치스럽다. 네 발로 걸으면 그만큼 많이 걸을 수 있을 텐데 늘 두 개만 쓰고 나머지 두 개는 선물받은 대구포처럼 하릴없이 매달아 두고만 있으니 한심하기 짝이 없다. 이런 것을 보면 인간이란 시간이 남아돌아가 너무도 따분한 나머지 이런저런 장난질을 고안하고 또 즐기는 모양이다.

그런데 웃기는 것은 이렇게 한가한 사람들이 한데 모였다 하면 나도 바쁘다 너도 바쁘다 떠들어 댈 뿐 아니라 그 안색까지 정말 바쁜 것처럼 보인다는 것이다. 자칫 분주함에 쫓겨 숨이 꼴까닥 넘어가는 것은 아닐까 싶을 정도로 좀스러워 보인다. 그들 가운데에는 나를 보면서 팔자가 저 정도면 얼마나 좋으랴 하고 말하는 이도 있는데, 아등바등하라고 누가 부탁한 것도 아니니까 좋아 보이면 그렇게 하면 될 일이다. 감당도 하지 못할 만큼 멋대로 일을 만들어 놓고는 괴롭다 힘들다 투덜거리는 것은 제 손으로 아궁이에 불을 활활 때면서 덥다고 야단하는 격이다. 나도 머리 모양을 스무 가지나 생각하는 날이면 그렇게 편하지만은 않을 것이다. 편하고 싶다면 나처럼 여름에도 털옷을 입고 견딜 수 있는 훈련을 쌓는 게 좋다. 말은 그렇게 하지만 역시 덥기는 덥다. 털옷은 너무 덥다.

이래서야 나의 전매특허인 낮잠도 제대로 잘 수 없다. 무슨 재미나는 일이 없을까, 한참이나 인간 사회 관찰을 게을리 했으니까 오늘은 오랜만에 그들이 별난 것을 좋아하여 굳이 절절매면서 사는 꼴이나 구경해 볼까 하고 생각했지만, 아쉽게도 주인은 고양이와 성품이 매우 비슷하다. 낮잠도 나 못지않게 자는 데다 특히 여름 휴가가 시작되고부터는 인간다운 일이라고는 하나도 하는 게 없으니, 관찰을 해봐야 아무 재미가 없다. 이런 때 메이테이 선생이라도 와주면 위장병에 시달려 퍼석한 낯가죽도 다소는 반응을 보여 잠시나마 고양이와 궤를 달리할 텐데. 메이테이 선생이 올 때가 되었는데 하고 생각하는데, 누군지는 모르겠으나 목욕탕에서 물을 좍좍 끼얹는 소리가 들렸다. 물소리뿐 아니다. 때로 추임새까지 넣는 우렁찬 목소리가 들려온다.

「어이구, 시원하다.」

「이렇게 좋을 수가.」

「한 바가지 더.」

우리 주인집에 와서 이렇게 온 집 안에 목소리가 쩡쩡 울리도록 무례한 짓을 하는 사람은 달리 없다. 메이테이 선생이 틀림없다.

드디어 왔군, 이제 반나절은 심심하지 않게 지낼 수 있겠어,

하고 생각하는데 메이테이가 물을 닦고 옷을 걸쳐 입고서 큰방까지 성큼성큼 걸어 들어왔다.

「제수씨, 구샤미 군은 어디 갔습니까?」

그렇게 말하면서 메이테이 선생이 모자를 다다미 위에 휙 던졌다. 옆방에서 반짇고리 옆에 엎드려 한창 기분 좋게 낮잠을 자고 있던 안주인이 누가 뭐라고 왕왕거리는 소리에 퍼뜩 놀라 잠이 덜 깬 눈을 부릅뜨고 큰방으로 건너와 보니, 삼베옷을 입은 메이테이 선생이 떡하니 버티고 앉아 부채질을 하고 있다.

「어머나, 오셨어요. 오신 줄은 전혀 몰랐네요.」

다소 낭패한 표정으로 인사를 하는 안주인의 콧잔등에 땀방울이 맺혀 있다.

「아니 지금 막 왔습니다. 욕간에서 하녀에게 물을 좀 끼얹어 달라고 했더니 이제야 살 것 같습니다. 날씨가 보통 더운 것이 아니로군요.」

「요 며칠 동안은 가만히 있는데도 땀이 날 정도로 덥더군요. 그런데도 여전해 보이시네요.」

안주인은 콧잔등에 돋은 땀도 닦지 않은 채 말했다.

「아이고 고맙습니다. 날이 덥다고 달라질 게 뭐 있겠습니까. 그래도 이 더위는 좀 심하군요. 이거 원 몸이 나른해서 견딜 수가 있어야지요.」

「저도 평소에는 낮잠을 자는 일이 없는데, 날이 이렇게 덥다 보니 그만.」

「암요, 좋은 일입니다. 낮에도 자고 밤에도 잘 수 있다면 더없이 좋은 일이지요.」

이렇게 너스레를 떨고서도 미진하다 싶은지 계속 말을 이었다.

「나 같은 사람은 잠이 없어서 말이지요. 올 때마다 자고 있는 구샤미 군을 보면 부럽기 짝이 없습니다. 하기야 위가 안 좋으니 이렇게 날이 더우면 견디기가 힘들겠지요. 건강한 사람도 오늘 같은 날에는 어깨 위에 머리통을 얹고 다니기조차 힘겨우니. 그렇다고 달려 있는 것을 떼어 낼 수도 없고.」
메이테이 선생, 전에 없이 목을 어찌 처리하면 좋을지 모른다.
「제수씨는 그런 머리에 또 얹혀 있는 것이 있으니, 앉아 있기도 힘들겠지요. 그 무게 때문에라도 눕고 싶어질 겁니다.」
안주인은 헝클어진 머리 때문에 지금까지 자고 있었던 것을 들켰다 여기고 머리를 만지작거리며 대답했다.
「오호호호, 입도 험하셔라.」
메이테이 선생은 그 정도 말에는 개의치 않고, 이런 묘한 말을 꺼냈다.
「제수씨, 어제 지붕에서 계란 프라이를 다 구웠습니다.」
「계란 프라이를 어디서 구웠다고요?」
「지붕의 기와가 아주 뜨끈뜨끈하게 달궈졌기에, 그냥 놔두기가 아까워서 말이죠. 버터를 바르고 계란을 탁 깠죠.」
「어머나.」
「그런데 역시 날씨가 내 마음 같지는 않아서, 좀처럼 익지 않기에 내려와 신문을 읽고 있는데 손님이 와서 까맣게 잊고 말았죠. 오늘 아침에야 퍼뜩 생각이 나서 이제는 다 됐겠지 싶어 올라가 보았더니.」
「그랬더니, 어떻던가요?」
「익기는커녕, 다 흘러 버렸더군요.」
「저런 저런.」
안주인은 눈썹을 찡그리며 탄식했다.
「그건 그렇고, 복중에는 그렇게 시원하더니 지금 와서 이렇게 더운 게 참 이상하지요.」
「정말 그러네요. 얼마 전까지만 해도 홑옷을 입고 있으면 추울 정도였는데, 엊그제부터 갑자기 더워졌죠.」
「게는 옆으로 기어간다는데 올해 날씨는 거꾸로 가나 봅니다. 〈도행역시(倒行逆施)〉[1]라 무에 그리 잘못이겠느냐는 것인지도 모르지요.」

「무슨 소리예요, 도행역시가?」

「아, 아무것도 아닙니다. 날씨가 거꾸로 가는 게 마치 헤라클레스의 소 같다는 말이지요.」

메이테이 선생이 신이 나서 더욱 알 수 없는 소리를 뇌까리자 안주인은 아니나 다를까 무슨 소린지 알아듣지 못한다. 하지만 방금 전에 도행역시를 물었다가 무안을 당한 터라 〈아, 네〉라고만 대꾸하고 되묻지 않는다. 되묻지 않으면 굳이 말을 꺼낸 보람이 없다.

「사모님, 헤라클레스의 소를 아십니까?」

「제가 그런 소를 어찌 알겠어요.」

「모르시는군요. 그럼 알려 드릴까요?」

안주인은 싫다고는 할 수 없으니 그러라고 말했다.

「옛날에 헤라클레스가 소를 끌고 왔습니다.」

「그 헤라클레스란 사람이 소를 모는 목동이었나요?」

「그렇지 않습니다. 목동도 아니고 이로하[2]의 주인도 아니지요. 이 이야기는 그리스에 푸줏간이 한 군데도 없었을 때 일이니까요.」

「어머나, 그리스 얘긴가요. 그럼 그렇다고 말씀을 하시지.」

안주인은 그리스라는 나라 이름 정도는 알고 있다.

「헤라클레스 하면 그리스 아닙니까?」

「헤라클레스 하면 그리스인가요?」

「그럼요. 헤라클레스는 그리스의 영웅이니까.」

「어째 내가 모른다 했지요. 그래서 그 남자가 어쨌다는 거죠?」

「그 남자가 잠이 와서 제수씨처럼 쿨쿨 자고 있는데.」

「또 그런 소리.」

「자고 있는데, 불카누스의 자식이 왔지요.」

「불카누스는 또 뭐래요?」

1 『사기』에 나오는 말로 도리나 상식에 어긋나는 일을 하는 것을 뜻한다.

2 도쿄 각지에 지점이 있는 대형 소고기 요리점 이름.

「불카누스는 대장장이입니다. 이 대장장이의 아들이 그 소를 훔쳐갔지요. 그런데 소의 꼬리를 잡고 낑낑거리며 끌고 간 터라, 헤라클레스가 잠에서 깨어나 소야, 소야, 어디 있니? 하면서 찾아다녀도 행적을 알 수 없었답니다. 그야 그렇겠지요. 꼬리를 잡고 끌고 갔으니 발자국이 거꾸로 났을 테니까요. 대장장이의 아들치고는 제법 꾀를 쓴 것이지요.」

메이테이 선생은 날씨 얘기는 벌써 잊고 말았다.

「그런데 이 집 주인 양반은 어찌 된 겁니까? 또 낮잠을 자고 있는 게로군요. 낮잠도 중국 사람의 시에 등장하면 멋스럽지만, 구샤미 군처럼 일과의 하나로 허구한 날 낮잠을 자면 멋이고 뭐고 없지요. 매일 조금씩 죽어 보는 셈 아닙니까. 제수씨, 수고스럽겠지만 좀 깨워 주세요.」

메이테이 선생의 채근에 안주인도 같은 생각을 하고 있었는지 자리에서 일어나며 말했다.

「네, 정말 옳은 말씀이에요. 밥을 먹자마자 저렇게 누워 자니 건강에 좋을 리가 없지요.」

「제수씨, 밥 소리가 나왔으니 말인데, 나는 아직 끼니 구경을 못 했습니다.」

메이테이 선생은 태연하게 묻지도 않은 말을 했다.

「어머나, 끼니때인데 미처 몰랐군요. 그럼 달리 대접할 게 없으니 오차즈케[3]라도 내오지요.」

「아이고, 오차즈케가 아니라도 좋습니다.」

「저희 집에는 어차피 선생 입에 맞는 것이 없어서요.」

안주인이 비아냥거리듯 말했다. 메이테이 선생이 얼른 눈치를 채고는 받아쳤다.

「오차즈케든 오유즈케[4]든 사양하겠다는 말씀입니다. 이리 오는 길에 맛난 것을 주문해 놓았으니, 그걸 먹으면 되지요.」

3 녹차를 부은 밥.

4 물을 부은 밥.

메이테이 선생은 이렇게 염치없는 뻔뻔한 소리를 늘어놓았다.

「내 참!」

안주인의 그 한마디에는 놀랍다는 뜻과 기분이 언짢다는 뜻과 일손을 덜어 주어 고맙다는 뜻이 모두 담겨 있다.

때마침 주인이 서재에서 휘청거리며 나왔다. 막 잠이 들었는데 시끄러워 잠을 잘 수 없다는 표정으로 하품을 하며 투덜거린다.

「여전히 말이 많은 사내로군. 모처럼 기분 좋게 자려 했는데.」

「아이고 이거 일어나셨나. 달게 자는 사람을 깨워 몹시 미안하군. 그러나 가끔은 괜찮겠지. 자 앉게나.」

누가 손님인지 모를 소리다. 주인은 말없이 앉아 집성목 궐련 상자에서 아사히를 한 개비 꺼내 입에 물고 뻐끔뻐끔 피우기 시작했다. 그러다 한구석에 나동그라져 있는 메이테이 선생의 모자가 눈에 띄었다.

「자네, 모자를 산 거로군.」

「어떤가?」

메이테이 선생이 모자를 잡아당겨 주인과 안주인 앞에 자랑스럽게 내보였다.

「어머나, 좋네요. 짜임새가 촘촘하고 아주 부드러운데요.」

안주인이 열심히 만져 보면서 말했다.

「제수씨, 그 모자는 아주 귀한 겁니다. 하라면 하라는 대로 척척 말을 듣거든요.」

메이테이 선생이 주먹을 꽉 쥐고 중절모의 옆구리를 툭 치자, 과연 주먹 만 한 구멍이 뚫린 것처럼 움푹 파인다.

「어머나!」

안주인이 놀랄 새도 없이 이번에는 주먹을 안쪽에 넣어 위로 툭 치자 위쪽이 불룩 튀어나왔다. 그다음에는 모자를 잡고 양쪽에서 챙을 잡고 꾹 눌렀다. 그러자 모자가 마치 밀대로 민 메밀 반죽처럼 평평해졌다. 그런 것을 한쪽을 잡고 돗자리를 둘둘 말 듯 접어 품속에 쏙 집어넣었다.

「어떻습니까? 보시는 바대로.」
「신기하네요.」
안주인이 서양 마술사의 마술이라도 구경한 것처럼 감탄사를 발하자, 메이테이 선생도 마치 자신이 마술사인 양 오른쪽 품에 넣었던 것을 굳이 왼쪽 소매로 끄집어냈다.
「자, 보시지요. 한 군데도 흠이 나지 않았지요.」
그러고는 다시 원래대로 모양을 다잡아 집게손가락 끝에 올려놓고 빙글빙글 돌린다. 이제 끝났나 했는데 모자를 뒤로 휙 던지더니 그 위에 엉덩이를 깔고 철퍼덕 앉는다.
「자네, 그래도 괜찮은가?」
주인마저 걱정스러운 표정이다. 안주인도 걱정스러운 것은 마찬가지, 이렇게 주의를 준다.
「그렇게 귀한 모자를 망가뜨리면 안 되잖아요. 이제 그만하시죠.」
「그런데 이렇게 해도 망가지지 않으니 신기한 노릇이지요.」
모자 주인 혼자 신이 나서 엉덩이 밑에서 납작해진 모자를 꺼내 다시 머리에 올려놓았다. 그러자 신기하게도 금방 머리 모양으로 돌아왔다.
「정말 튼튼한 모자로군요. 무슨 재주를 피웠기에.」
안주인은 거듭 감탄한다.
「재주랄 것도 없지요. 원래가 이런 모자이니.」
메이테이 선생이 모자를 쓴 채로 안주인에게 대답했다.
「당신도 이런 모자를 사지 그래요.」
잠시 후, 안주인이 주인에게 권했다.
「무슨 말씀을, 구샤미 군은 멋들어진 밀짚모자가 있지 않습니까.」
「그런데 며칠 전에 아이들이 밟는 바람에 그만 망가졌어요.」
「저런, 그거 아깝게 되었군요.」
「그러니까 이번에는 선생님 것처럼 튼튼하고 멋진 모자를 샀으면 좋겠어요.」

안주인은 중절모의 값을 모르니 주인에게 열심히 권하고 있다.

「당신, 이런 걸로 사요, 네.」

메이테이 선생, 이번에는 오른쪽 소매 속에서 빨간 케이스에 든 가위를 꺼내 보인다.

「제수씨, 모자 얘기는 그 정도로 하고 이 가위를 좀 보시죠. 이게 또 굉장히 귀한 것이랍니다. 열네 가지 용도로 쓸 수가 있어요.」

가위가 등장하지 않았더라면 안주인에게 모자 공세를 받을 뻔한 주인은 다행히 호기심을 타고 태어난 안주인 덕분에 위기를 모면했는데, 내게는 메이테이 선생의 기지 덕분이 아니라 요행의 결과로 여겨졌다.

「그 가위 하나를 어떻게 열네 가지로 쓸 수 있답니까?」

안주인이 그렇게 묻기가 바쁘게 메이테이 선생, 또 신이 났다.

「이제 설명을 할 테니 잘 들어 보세요. 여기 초승달 모양으로 날이 움푹 들어가 있지요. 여기에 궐련을 집어넣고 싹둑 자릅니다. 그리고 여기 이 끝이 좀 묘하게 생겼지 않습니까. 여기에는 철사 같은 것을 넣고 똑똑 자를 수 있어요. 그리고 좍 벌려 평평하게 해서 종이 위에 올려놓으면 자로도 쓸 수 있습니다. 또 날 뒷면에는 눈금이 있어서 줄자 대신으로 쓸 수도 있지요. 그리고 이쪽은 줄처럼 되어 있어서 손톱을 손질할 수도 있어요. 그리고 또 이 끝을 나사 못 머리에 꽂고 빙빙 돌리면 드라이버가 되고. 또 못질한 상자도 틈새에 이걸 바짝 집어넣고 비틀면 어지간한 뚜껑은 다 열 수 있어요. 또 이쪽 날은 송곳으로 쓸 수 있고. 또 여기로는 잘못 쓴 글자를 지울 수 있고, 이걸 다 해체해 놓으면 칼이 됩니다. 그리고 마지막으로, 제수씨, 이 마지막이 제일 재미있습니다. 여기 파리 눈알만 한 구슬이 있지요, 좀 들여다보세요.」

「싫어요. 또 나를 놀리려는 거지요.」

「아이고 무슨 말씀을. 그리 못 믿으시면 곤란하지요. 그래도 속는 셈 치고 한번 들여다보세요. 네? 싫다고요? 잠깐이면 된다니까요.」

메이테이 선생이 가위를 안주인에게 건넸다. 안주인은 엉거주춤 가위를 받아 들고는 그 파리 눈알만 한 구슬에 눈을 갖다 대고 열심히 초점을 맞추었다.

「어떠세요, 뭐가 보입니까?」

「그저 까맣기만 한데요.」

「까맣기만 하면 안 되는데. 조금 더 장지문 쪽으로, 가위를 눕히지 말고, 그렇죠. 그럼 보일 겁니다.」

「어쩌면, 사진이로군요. 무슨 재주로 이렇게 조그만 사진을 붙인 거죠?」

「그러니까 재미있다는 것이죠.」

안주인과 메이테이 선생이 열심히 말을 주고받고 있다. 아까부터 말이 없던 주인이 그제야 갑자기 사진이 보고 싶어진 모양이다.

「어디 나도 좀 보자고.」

그런데 안주인은 가위에 얼굴을 바짝 댄 채 좀처럼 내놓을 기미가 없다.

「어머나, 어쩜 저렇게 예쁠 수가. 옷을 다 벗은 미인이네요.」

「어디, 나도 좀 보자니까.」

「아이 좀 기다리세요. 머리칼도 어쩜 저렇게 탐스러울 수가. 허리까지 내려와요. 키도 늘씬하게 크고. 살짝 위를 올려다보는 모습이, 정말 미인이네요.」

「좀 보자고 하면 웬만큼 하고 내놓을 줄도 알아야지.」

주인은 안달을 하면서 마누라를 볶아 댔다.

「그래요, 오래 기다렸네요. 자, 마음껏 보세요.」

안주인이 가위를 주인에게 건네는데, 부엌에서 하녀가 손님이 주문한 것이 왔다면서 메밀국수 두 그릇을 방으로 가져왔다.

「제수씨, 이게 내가 말한 그 맛난 것이올습니다. 잠시 실례를 해야겠군요.」

메이테이 선생이 정중하게 고개를 숙였다. 정말 미안해서 그러는 것인지 장난을 치는 것인지 모를 동작이라 뭐라 대꾸하기가 궁한지 안주인은 어서 드시라고 한마디하고는 구경만 하고 있다.

「자네, 날이 이렇게 더울 때는 메밀국수가 몸에 안 좋다던데.」

사진에서 겨우 눈을 뗀 주인이 말했다.

「걱정 마시게. 좋아하는 것을 먹는데 왜 탈이 나겠나.」

메이테이 선생이 뚜껑을 열면서 말했다.

「갓 뽑아낸 국수라야 맛있지. 불어 터진 국수와 멍청한 인간은 당최 참아 줄 수가 없다니까.」

메이테이 선생은 국물에 와사비를 넣고는 이리저리 마구 휘저었다.

「자네, 와사비를 그렇게 많이 넣으면 맵지 않겠나.」

주인이 걱정스러운 듯 주의를 주었다.

「메밀국수는 장국 맛과 와사비 맛으로 먹는 거라네. 자네는 메밀국수 싫어하지?」

「나는 우동이 좋네.」

「우동은 마부들이나 먹는 것이지. 메밀국수 맛을 모르는 인간만큼 딱한 것도 없지.」

그렇게 말하면서 삼나무 젓가락을 그릇에 푹 처박고는 국수를 듬뿍 건져 올렸다.

「제수씨, 메밀국수를 먹는 데도 여러 가지 방법이 있답니다. 초보들은 무턱대고 장국에 쿡 찍어서 입 안에 넣고 우물우물 씹어 먹는데, 그렇게 먹으면 메밀 맛이 제대로 안 나요. 이렇게 단번에 말이지요.」

연방 입을 놀리면서 젓가락을 올리자, 줄지은 국수 가락이 30센티미터 정도 높이로 끌려 올라갔다. 메이테이 선생이 이제 되었나 싶어 밑을 보자, 아직도 열서너 가락이 그릇 바닥을 떠나지 못하고 발 위에 들러붙어 있다.

「이거 참 길군. 제수씨, 이 길이를 좀 보세요.」

메이테이 선생이 또 안주인에게 말을 청했다.

「그러게, 참 기네요.」

안주인은 사뭇 놀랍다는 듯이 대답했다.

「이렇게 긴 놈을 장국에 3분의 1 정도 담갔다가 한 입에 빨아 먹는 겁니다. 씹으면 안 돼요. 씹으면 메밀 맛이 없어지니까. 목구멍으로 쭈르륵 넘어가는 그 맛, 그게 바로 메밀국수의 맛이지요.」

한껏 젓가락을 들어 올리자 그제야 국수 가락이 전부 그릇을 떠났다. 그리고 왼손에 든 장국 종지를 향해 젓가락을 조금씩 내리자 국수 가락도 조금씩 장국으로 빨려 들어갔다. 아르키메데스의 원리에 따라 국수가 잠긴 만큼 장국의 높이가 올라온다. 종지에 8부 정도 담겨 있던 장국이 국수의 4분의 1이 잠기기도 전에 찰랑찰랑해졌다. 메이테이 선생의 젓가락이 장국 종지에서 15센티미터 정도 높이에서 뚝 멈추고는 잠시 꼼짝하지 않는다. 그럴 만도 하다. 조금만 더 내리면 장국이 넘칠 테니까. 메이테이 선생이 잠시 머뭇머뭇하다가 입을 쏜살같이 젓가락 쪽으로 가져가는가 싶었는데 쭈르륵쭈르륵 소리가 나면서 목울대가 위아래로 한두 번 힘겹게 움직이더니 젓가락에 국수가 죄 없어지고 말았다. 언뜻 보니 메이테이 선생의 두 눈에서 물 같은 것이 한두 방울 볼로 흘러내렸다. 와사비 때문에 너무 매워서였는지 아니면 그렇게 국수를 한꺼번에 넘기기가 힘들어서였는지, 아직도 분명하지 않다.

「거참 대단하군. 그리 단번에 쭈르륵쭈르륵 삼키다니.」

주인이 탄복한다.

「정말 대단하시네요.」

안주인도 메이테이 선생의 솜씨를 격찬했다. 메이테이 선생은 아무 말도 못한 채 젓가락을 내려놓고는 가슴을 두세 번 두드렸다.

「제수씨, 메밀국수는 대개 세 입 반이나 네 입에 다 먹어야 맛이 있어요. 꾸물거리면서 시간을 끌면 제 맛이 덜하죠.」

그러고는 손수건으로 입을 닦고 잠시 한숨을 돌렸다.

그때, 간게쓰 군이 무슨 영문인지 이렇게 더운 날에 겨울 모자를 쓰고 두 발이 먼지투성이가 된 채로 나타났다.

「어이구, 이거 꽃미남이 나타나셨군. 미안하네만 먹던 참이니 나는 마저 먹겠네.」

메이테이 선생은 관중이 둘러앉아 있는데도 넉살 좋게 남은 메밀국수를 해치웠다. 이번에는 아까처럼 화려한 재주를 보여 주지 않은 대신, 손수건으로 입을 닦거나 도중에 한숨을 돌리는 불상사 없이 메밀국수 한 그릇을 눈 깜짝할 새에 해치워 그나마 다행이었다.

「간게쓰 군, 박사 논문은 어떻게 되었나? 탈고를 했는가?」

주인이 묻자 메이테이 선생도 덩달아 말했다.

「가네다 댁 여식이 목을 빼고 기다리고 있으니, 얼른 제출을 해야지.」

간게쓰 군이 예의 머쓱한 웃음을 흘리면서 대꾸했다.

「미안해서라도 얼른 제출해서 안심시켜 주고 싶은데, 논제가 논제이니만큼 연구하는 데 시간과 노력이 필요해서 말이죠.」

간게쓰 군은 진담인지 농담인지 모를 말을 마치 진담인 양 말했다.

「그렇군, 논제가 논제이니만큼 코주부가 원하는 대로 척척 진행되지는 않겠지. 그래도 그 코주부 정도면 콧김을 쐴 만한 가치는 있겠지만 말이지.」

메이테이 선생도 간게쓰 군 식으로 대꾸했다. 그나마 진지한 것은 주인이다.

「자네 논문 테마가 뭐라고 했지?」

「개구리 안구의 전동 작용에 대한 자외선의 영향입니다.」

「그것 참 기발하군. 과연 간게쓰 선생이야. 개구리 안구라, 기발해. 어떤가, 구샤미, 논문을 탈고하기 전에 가네다 댁에 그 테마만이라도 먼저 알려 주는 것이.」
주인은 메이테이 선생의 말에는 상대하지 않고 간게쓰 군에게 물었다.
「자네, 그게 시간과 노력이 필요하다는 연구인가?」
「네, 꽤 복잡한 문제입니다. 우선 개구리 안구의 렌즈 구조가 그리 간단하지 않아서 말이죠. 그래서 여러 가지 실험을 해야 하는데, 유리로 공을 만드는 것부터 시작하려고 합니다.」
「유리 공이라면 유리 공예집에 가면 될 일 아닌가.」
「그리 간단히 말씀하지만, 그리 간단한 일이 아니니까 문제지요.」
간게쓰 군이 몸을 뒤로 약간 젖히면서 말했다.
「원래 원이나 직선은 기하학적인 것이라서, 현실 세계에는 그 정의에 딱 떨어지는 이상적인 원과 직선이 존재하지 않습니다.」
「존재하지 않으면 그만두면 될 거 아닌가.」
메이테이 선생이 끼어들었다.
「그래서 일단은 실험하기에 지장이 없을 만한 구체를 만들어 볼 작정으로 얼마 전부터 시작했습니다.」
「그래서 만들었나?」
주인이 별 대단치 않은 일이라는 듯 물었다.
「만들 리가 없지요.」
간게쓰 군은 그렇게 대답해 놓고서, 다소 모순된다고 생각했는지 거짓말인지 참말인지 모를 설명을 구구절절 늘어놓았다.
「그게 여간 어려운 일이 아니라서요. 조금씩 갈면서 이쪽 반경이 좀 길다 싶어 이쪽을 갈아 내면 이번에는 저쪽이 길어지죠. 그래서 또 이번에는 안간힘을 다해 저쪽을 갈아 냈다 싶으면 전체적으로 일그러진 구가 되고. 그래서 또 일그러진 것을 제대로 잡았나 싶으면 직경에 오차가 생기고. 그러다 보면 처음에는 사과만 하던 것이 점점 작아져서 딸기만 해지고 말지요. 그래도 끈질기게 계속 하다 보면 콩알만 해집니다. 콩알만 해져도 여전히 완전한 구는 아닙니다. 꽤나 열심히 갈았는데, 지난 정월부터 지금까지 크고 작은 유리 공을 대여섯 개는 갈았나 봅니다.」

「어디서 그렇게 간다는 말인가?」

「그야 학교 실험실이지요. 아침부터 갈기 시작해서 점심때 잠시 쉬고는 어두워질 때까지 가는데, 죽을 지경입니다.」

「그럼 자네 요즘 들어 늘 바쁘다고 하던 것이 평일이고 일요일이고 학교에 가서 그 공을 가느라고 그랬던 건가?」

「물론이지요. 목하 아침부터 밤까지 공을 가느라 정신이 없습니다.」

「공 만들기 박사가 되어 나타나는 날에는, 뭐 그런 식이로군. 그렇게 열심히 매진하고 있다는 소리를 들으면 그 대단한 코주부도 조금은 고마워하겠지. 그런데 실은 며칠 전에 볼일이 있어서 도서관에 갔다가 나오는데 문에서 우연히 로바이 군을 만났다네. 졸업한 후로 도서관에는 발길을 한 적이 없는 사내인 터라 별일도 다 있다 싶어서, 공부를 하고 있나 보군, 하고 말을 걸었더니, 웬걸 공부하러 온 것이 아니라 문 앞을 지나는데 소변이 보고 싶어서 화장실을 빌리러 잠시 들렀다고 하기에 폭소를 터뜨렸는데, 로바이 군과 자네를 정반대 사례의 대표적인 예로 『신찬몽구(新撰蒙求)』[5]에 싣고 싶군그래.」

메이테이 선생은 늘 하던 버릇대로 장황한 주석을 달았다.

「자네, 그렇게 만날 공만 깎고 있는 것도 나쁘지야 않네만, 대관절 언제 완성할 생각인가?」

주인이 조금은 심각한 표정으로 물었다.

「지금대로 가면 한 10년은 걸릴지도 모르겠습니다.」

간게쓰 군이 주인보다 한결 느긋하게 말을 받았다.

「10년이라, 거 좀 빨리하면 좋을 텐데.」

5 『몽구』는 고전에서 유명한 인물의 비슷한 언행을 두 가지씩 발췌하여 사자성어 형태로 정리한 초학자용 교과서. 그와 같은 유의 새로운 저작이란 뜻으로 〈신찬〉을 붙인 것.

「10년이면 빠른 편이지요. 경우에 따라서는 20년도 걸릴 수 있습니다.」

「거참. 그래서야 언제 박사가 되겠는가.」

「물론 하루빨리 안심하게 해주고 싶지만, 아무튼 공을 만들어야 중요한 실험에 착수할 수 있으니…….」

간게쓰 군이 잠시 말을 끊었다가 의기양양한 표정으로 다시 이었다.

「그렇다고 뭐 그리 걱정할 건 없습니다. 가네다 댁에서도 제가 공 만들기에 여념이 없다는 것은 알고 있으니까요. 실은 이삼일 전에 다녀왔는데, 이런 사정은 충분히 얘기했습니다.」

그러자 지금까지 세 사람의 얘기를 잘 알아듣지 못하면서도 열심히 듣고 있던 안주인이 이상하다는 듯 물었다.

「가네다 댁 사람들은 지난달에 모두 오이소에 갔다고 하던데.」

간게쓰 군, 그 말에 다소 난감한 표정을 지으면서도 이렇게 시치미를 뗐다.

「그것 참 이상하군요. 어떻게 된 일이지…….」

이런 때 요긴한 역할을 하는 사람이 메이테이 선생이다. 얘기가 불쑥 끊겼을 때, 상황이 거북할 때, 잠이 쏟아질 때, 곤경에 빠졌을 때, 어떤 때든 반드시 옆에서 끼어든다.

「지난달에 오이소에 간 사람들을 이삼일 전에 도쿄에서 만나다니, 거참 신비롭군. 이른바 텔레파시 아닌가? 서로 사모하는 정이 애틋할 때는 그런 현상이 종종 일어난다네. 얼핏 보면 꿈만 같은데, 꿈은 꿈이라도 현실보다 더 분명한 꿈이지. 제수씨처럼 딱히 마음을 주고받지 않았던 구샤미 군에게 시집와서 평생 사랑이 무엇인지 모르고 사는 사람에게야 이해하기 어려운 일일 테지만…….」

「아니 무슨 근거로 그런 말씀을 하나요? 저를 완전히 무시하는 거로군요.」

안주인이 메이테이 선생이 말하는 도중에 불쑥 따지고 들었다.

「자네도 사랑 때문에 애를 태운 적은 없지 않은가?」

주인이 대놓고 마누라 편을 들었다.

「나의 염문 따위야 75일이 지나면 자네의 기억에서 깨끗이 사라질지 모르겠네만, 이래 봬도 실연한 탓에 지금까지 독신을 고수하고 있는 것이네.」

메이테이 선생이 그렇게 말하며 둘러앉은 사람들의 얼굴을 차례대로 돌아보았다.

〈오호호호, 재미있군요〉 하고 안주인.

〈무슨 터무니없는 소리〉 하고 주인.

〈후학을 위해서 아무쪼록 그 옛 추억담을 들려주시지요〉 하고 싱글거리는 간게쓰 군.

「내 사연도 아주 신비하다네. 고이즈미 야쿠모[6] 선생에게 들려 드렸다면 몹시 좋아하셨을 텐데, 아쉽게도 그분이 이미 영면하신 탓에 얘기할 재미가 없네만, 이왕에 말이 나왔으니 다 털어놓지. 그 대신 끝까지 경청해야 하네.」

이렇게 서론을 꺼내 놓고 드디어 본론에 들어간다.

「돌이켜 보면 지금으로부터, 글쎄 그게 몇 년 전이었더라. 성가시니 대충 열대여섯 해 전이라고 해두세.」

「말도 안 되는 소리.」

주인이 콧방귀를 뀌었다.

「기억력이 매우 안 좋으시군요.」

안주인이 놀렸다.

간게쓰 군만 약속을 지켜 한 마디도 하지 않고 얘기나 얼른 하라는 표정을 짓고 있다.

「아무튼 어느 해 겨울이었어, 내가 에치고 지방의 간바라 군(郡) 다케노코다니를 지나 다코쓰보 고갯마루에 올라 드디어 아

6 小泉八雲(1850~1904). 일본으로 귀화한 라프카디오 헌의 일본 이름으로 소세키의 전임 교수였다. 고이즈미 야쿠모는 일본 옛 고대의 전설을 취재하여 『괴담(怪談)』이라는 책을 썼다.

이즈로 들어서려는 참이었지.」

「거참 묘한 곳이로군.」

주인이 또 훼방을 놓았다. 그러자 안주인이 핀잔을 준다.

「당신은 잠자코 듣기나 해요. 재미있으니까.」

「날은 저물어 어둑어둑하지 길은 잘 모르겠지 배는 고프지, 그런데 고갯마루 한가운데에 집이 한 채 있더군. 그래서 문을 두드리고 이러저런 사정으로 이러저러하니까 좀 묵어갈 수 없겠느냐고 했더니, 물론이지요, 어서 들어오세요 하면서 촛불을 내 얼굴 가까이로 내미는 처자의 얼굴을 보고 난 온몸을 부들부들 떨고 말았네. 난 그때 사랑이라는 괴물의 마력을 뼛속 깊이 자각했지.」

「어머나, 말이 안 되네요. 그런 산중에 어떻게 그리 어여쁜 처자가 있겠어요.」

「제수씨, 산이든 바다든, 그 처자를 보여 드리고 싶을 정도입니다. 머리를 시집가는 신부처럼 곱디곱게 올리고 있었다니까요.」

「기가 막혀서.」

안주인이 어이없어했다.

「들어가 보니, 넓은 다다미 방 한가운데에 화로가 있었다네. 그 주위에 나와 처자와 처자의 할머니 할아버지, 그렇게 넷이 빙 둘러 앉았지. 많이 시장하시지요 하고 묻기에 무엇이든 상관없으니 배를 좀 채우고 싶다고 했다네. 그러자 할아버지가 모처럼 오신 손님이니 뱀밥을 지어 주겠다는 것이야. 자 이제 드디어 실연담이 등장할 때니 귀담아 잘 듣게나.」

「선생님, 귀담아 잘 듣기는 하겠는데, 겨울이었다면서 에치고 지방에 뱀이 있을 리 없잖습니까?」

「음, 타당한 질문이로군. 하나 이렇게 시적인 얘기를 하는데 논리에 얽매일 수는 없지. 교카의 소설[7]에서도 눈[雪] 속에서 게가 기어 나오는 장면이 있으니.」

7 1905년에 이즈미 교카(泉鏡花)가 발표한 「긴단자쿠(銀短册)」를 말함.

「하긴 그렇군요.」

간게쓰 군은 그렇게만 말하고는 다시 경청할 자세를 취했다.

「당시는 내가 남들은 잘 먹지 않는 이상야릇한 것들을 즐겨 먹던 시절이었는데, 메뚜기나 거머리, 빨간 개구리는 싫증이 난 참이어서 뱀밥이란 말에 귀가 솔깃했지. 그래서 기꺼이 먹겠노라고 대답을 했네. 그러자 할아버지가 화로 위에 솥을 올려놓고 솥 안에 쌀을 넣어 부글부글 끓이더군. 그런데 그 솥의 뚜껑이 참 묘하게 생긴 거야. 크고 작은 구멍이 열 개쯤 뚫려 있었어. 그 구멍으로 김이 솔솔 올라오기에 시골 사람들치고는 머리를 참 잘 썼다 싶어서 감탄스러웠지. 잠시 후에 할아버지가 벌떡 일어나더니 어디로 갔다가 한참이 지나 커다란 바구니를 옆구리에 끼고 돌아오더군. 바구니를 화로 옆에 내려놓기에 별 생각 없이 들여다보았더니, 있더군 있어. 길쭉한 놈들이 추우니까 똬리를 튼 채 서로 엉켜서 한 덩어리가 돼 있더군.」

「아유, 징그러워. 이제 그런 얘기 그만하세요.」

안주인이 눈썹을 잔뜩 찌푸렸다.

「이 사건이 실연의 큰 원인이 되었는데 그만둘 수 없지요. 할아버지가 왼손으로 솥뚜껑을 열고 오른손으로는 그 덩어리를 아무렇지도 않게 턱 잡더니 솥 안에 획 던져 넣고는 이내 뚜껑을 닫는 거야. 야, 나도 그때는 오금이 다 저리고 숨구멍이 막히는 것 같더군.」

「그만하세요. 소름이 다 끼치네.」

안주인이 연방 겁을 낸다.

「이제 조금 있으면 실연 얘기입니다. 잠시만 참으세요. 그리고 1분이 채 될까 말까 한데 솥뚜껑 구멍으로 뱀이 고개를 쏙 내미는 거야. 놀라 자빠지는 줄 알았지. 그런데 다른 구멍에서도 줄줄이 뱀이 고개를 쏙, 여기서도 쏙, 저기서도 쏙. 끝내는 솥뚜껑이 뱀 머리로 가득해졌지.」

「머리는 왜 그렇게 내민다던가?」

「그야 솥 안이 뜨거우니까 기어 나오려고 용을 쓰다 보니 그리 되는 것이지. 한참 있다가 할아버지가 이제 다 됐으니 잡아당기라는 건지, 아무튼 뭐라고 하니까 할머니와 처자가 네 하고 대답을 하고는 뱀 머리를 잡고 쑥 잡아당기는 거야. 그렇게 머리를 잡아당기니까 살은 솥 안에 남고 뼈만 깔끔하게 발라져서 나오는데, 거참 신기하고 재미있더군.」

「뱀의 뼈를 발라내는 거로군요.」

간게쓰 군이 웃으면서 말했다.

「그야말로 뼈 발라내기지. 참 편리한 재주 아닌가. 그리고 뚜껑을 열더니 주걱으로 밥과 뱀살을 휘휘 뒤섞고는 자 드시게, 이러는 거야.」

「그래서 먹었나?」

주인이 침착하게 물었다.

「이제 그만하세요. 속이 울렁거려서 밥이고 뭐고 못 먹겠네요.」

안주인이 얼굴을 찡그리고 투덜거렸다.

「제수씨는 뱀밥을 잡숴 본 적이 없어서 그런 말을 하는 겁니다. 한 번 잡숴 보세요. 그 맛을 평생 잊지 못할 겁니다.」

「아유, 징그러워. 누가 그런 걸 먹는대요.」

「배도 두둑하게 채웠겠다, 몸도 따끈따끈해졌겠다, 처자의 얼굴도 마음껏 보았겠다, 이제 아쉬울 게 하나도 없다고 생각하고 있는데, 안녕히 주무시라고 하기에 벌렁 누워서 잠이 들었지. 여독도 있었으니, 그만 정신없이 자고 말았네.」

「그래서, 그다음은 어떻게 되었나요?」

이번에는 안주인이 물었다.

「뭐 어떻게 되고 자시고 할 것도 없지요. 아침에 일어나 잎담배를 피우면서 뒤 창문으로 밖을 내다보았더니, 물이 졸졸 흘러나오는 홈통 옆에서 머리가 주전자처럼 민들민들한 사람이 세수를 하고 있더군.」

「할아버지였나, 할머니였나?」

주인이 물었다.

「그게 말이지, 나도 잘 모르겠어서 잠시 지켜보았는데, 그 주전자가 이쪽을 볼 때는 놀라 기겁을 하고 말았지. 그게 바로 내 첫사랑 어젯밤의 처자였던 것이야.」

「아까는 처자가 머리를 올리고 있었다고 했잖아요.」

「그랬죠. 그것도 아주 단아하고 정갈하게 올린 머리였습니다. 그런데 다음 날 아침에는 민대머리.」

「거 또 사람을 놀리는군.」

주인이 그렇게 말하면서 천장으로 눈길을 돌렸다.

「나도 내심 겁도 나고 하도 이상해서 잠시 더 지켜보았다네. 그런데 민대머리가 세수를 다 하고는 옆에 있는 돌 위에 놓아 둔 가발을 쓰윽 쓰고는 태연하게 안으로 들어오는 것이야. 그래서 아하! 하고 알게 되었지. 그때부터 내가 실연의 허망한 운명을 짊어지게 되었다네.」

「시시껄렁한 실연도 다 있군. 안 그런가? 간게쓰 군. 그러니까 실연을 하고서도 이렇게 기운이 펄펄한 게지.」

주인은 간게쓰 군을 향해 메이테이 선생의 실연을 그렇게 평가했다.

「그 처자가 민대머리가 아니어서 도쿄로 데리고 왔다면 기운이 더 펄펄했을지도 모르지요. 아무튼 모처럼 만난 처자가 민대머리였다는 것은 천추의 한이 될 일이로군요. 그런데 그렇게 젊은 처자가 왜 머리가 다 빠졌을까요?」

「나도 그 점에 대해 생각을 좀 해봤는데, 역시 뱀밥을 너무 먹어서 그렇다는 결론에 도달했네. 뱀은 양기가 강한 동물이니까.」

「그런데도 선생님은 별 탈이 없으시네요.」

「대머리는 되지 않았지만 그 대신 그때부터 눈이 나빠져서 보다시피 근시가 되고 말았지.」

그러고는 금테 안경을 벗어 손수건으로 꼼꼼하게 닦았다. 잠시 후 주인이 생각났다는 듯 물었다.

「그래, 뭐가 신비롭다는 건가?」

「그 가발이 어디서 산 것인지, 아니면 주운 것인지 아무리 생각해도 아직 모르겠으니 신비롭다는 것이지.」

메이테이 선생이 안경을 다시 코 위에 걸치고 말했다.

「마치 만담꾼의 얘기를 듣는 것 같군요.」

이는 안주인의 비평이다.

메이테이 선생의 다변이 이제 일단락되었나 하고 여겼는데, 선생은 재갈이라도 물리지 않으면 잠자코 있지 못하는 성품인지 또 다음과 같은 얘기를 꺼냈다.

「내 실연은 씁쓸한 경험이었지만, 그때 민대머리인 줄 모르고 데려왔더라면 평생을 눈엣가시가 되었을 테니, 결혼이란 신중하게 생각해야 할 일이야. 정작 때가 되어서 엉뚱한 흠집이 있는 것을 알게 되는 경우도 있으니까 말이지. 간게쓰 군도 그렇게 혼자 동경하고 좋아하면서 전전긍긍할 게 아니라, 마음을 다잡고 공이나 다듬는 게 좋을 것일세.」

메이테이 선생 혼자 이런 이견을 내세웠다.

「저 역시 공만 열심히 갈고 싶은데, 저쪽에서 그리 놔두지를 않으니 어쩔 도리가 없지요.」

간게쓰 군은 일부러 넌더리가 난다는 표정을 지었다.

「하기야 자네는 상대가 법석을 피우는 경우지만, 다른 이들 가운데는 아주 웃기고 별난 작자도 있다네. 도서관에 소변을 보러 온 로바이 군도 그 한 예지.」

「어떤 일이 있었기에 그러나?」

주인이 흥미를 보이며 물었다.

「이런 일이 있었지. 로바이 군은 오래전에 시즈오카에 있는 동서관(東西館)이라는 여관에 묵은 적이 있다네. 딱 하룻밤이었는데, 그 밤에 여관에서 일하는 하녀에게 청혼을 한 거야. 나도 생각이 모자랐네만, 그 정도로 일을 진척시키지는 않았지. 하기야 그 시절 그 여관에 나쓰라고 유명한 미인이 있었는데, 로바이 군의 방에 나타난 것이 바로 그 나쓰였으니 그럴 만도 했겠지만.」

「자네의 무슨 무슨 고갯마루 얘기 못지않게 억지스럽군.」

「조금 비슷하지. 실은 나나 로바이 군이나 별 차이가 없으니 말이지. 아무튼 나쓰 씨에게 청혼을 했는데, 당사자의 대답을 듣기 전에 수박이 먹고 싶어졌다더군.」

「뭐라고?」

주인은 그건 또 무슨 소리냐는 표정이다. 주인은 물론 간게쓰 군도 안주인도 약속이라도 한 듯 모두 고개를 갸웃하고 잠시 생각에 잠겼다. 그런데도 메이테이 선생은 개의치 않고 얘기를 계속한다.

「나쓰 씨를 불러 놓고 시즈오카에는 수박이 없느냐고 물었는데, 나쓰 씨는 아무리 시즈오카라도 수박 정도야 있지요, 하고 대답하고는 쟁반 가득 수박을 담아 왔다네. 그래서 먹었다는군. 수북한 수박을 먹어 치우면서 나쓰 씨의 대답을 기다리는데, 웬일인지 배가 슬슬 아파 오더라는 거야. 그래서 배를 움켜잡고 끙끙거리는데, 차도가 없자 다시 나쓰 씨를 불러서 시즈오카에는 의사가 없느냐고 물었지. 그랬더니 나쓰 씨는 아무리 시즈오카라도 의사 정도는 있다면서 덴치 겐코(天地玄黃)라고 천자문에서 빌려 온 듯한 이름의 의사를 데리고 왔다네. 다음 날 아침, 길을 나서기 15분 전에 나쓰 씨를 불러, 덕분에 복통이 나아 고맙다고 하고서 어제 청혼을 했는데 어찌 되었느냐고 답을 묻자, 나쓰 씨는 웃으면서 시즈오카에는 수박도 있고 의사도 있지만 하룻밤 사이에 급조된 신부는 없습니다 하고 나가서는 두 번 다시 얼굴을 보이지 않았다더군. 그래서 결국 로바이 군도 실연을 하여 소변이나 보러 도서관을 찾는 신세가 되었다네. 생각하면 여자란 참으로 죄가 많아.」

「옳은 말이네. 얼마 전에 뮈세의 각본을 읽었는데, 등장인물 가운데 하나가 로마 시인의 시를 인용하여 이런 말을 하더군. 〈날개보다 가벼운 자 먼지이며, 먼지보다 가벼운 자 바람이로다.

바람보다 가벼운 자는 여자이며 여자보다 가벼운 것은 무(無)이니.〉 정말 정곡을 찌른 말 아닌가. 여자들이란 정말 어쩔 수가 없다니까.」

주인이 웬일로 메이테이 선생의 의견에 동조하나 했는데, 묘한 얘기를 힘주어 한다.

「여자는 가벼운 것이 잘못이라고 하지만, 남자가 무거운 것도 좋은 일은 아니지요.」

「남자가 무겁다고? 그건 또 무슨 소리?」

「말 그대로 무겁다는 거죠, 당신처럼 말이에요.」

「내가 뭐가 무겁다고?」

「무겁잖아요.」

주인과 안주인의 야릇한 논쟁이 시작되었다. 흥미롭게 듣고 있던 메이테이 선생이 드디어 입을 열었다.

「그렇게 붉으락푸르락하면서 서로를 변호하고 공격하는 게 부부의 진면목인지도 모르겠군. 아무래도 옛날 부부들은 부부의 참뜻을 모르며 살지 않았을까 싶네.」

놀리는 것인지 칭찬하는 것인지 모를 애매한 말을 뱉고는, 덧붙이지 않아도 좋을 말을 예의 버릇대로 다음과 같이 부연했다.

「옛날에는 서방에게 말대꾸를 하는 아내는 한 명도 없었다고 하는데, 그렇다면 아내가 벙어리나 다름없는 셈이니 나 같은 사람은 별 재미가 없다 여겼을 거야. 역시 제수씨처럼 당신은 무겁잖아요, 하는 소리를 들어 보고 싶군. 이왕 아내가 있는데 가끔은 말다툼도 해야지, 안 그러면 심심해서 어찌 살겠나. 우리 어머니 같은 분은 아버님 앞에서는 평생을 〈네〉와 〈알겠어요〉로 살았지. 그렇게 20여 년을 함께 사는 동안 절에 갈 때 말고는 바깥출입을 하지 않았다고 하니 애처로운 일 아닌가. 하기야 덕분에 조상들의 계명은 일일이 암기하고 있지. 남녀 간의 교제도 마찬가지였어. 내가 어렸을 때는 간게쓰 군이 지금 그런 것처럼 심중에 있는 사람과 합주를 하거나 텔레파시를 주고받으며 몽롱체

(朦朧體)[8]로 만나는 일은 도저히 불가능했지.」

「무척 안되셨습니다.」

간게쓰 군이 고개를 숙이며 말했다.

「실로 딱한 일이지. 게다가 그 시절 여자가 지금 여자들보다 반드시 품행이 조신했다고도 할 수 없는데 말이야. 제수씨, 요즘 여학생들이 품행이 방정치 못하다느니 어쩌니 하면서 말들이 많은데, 옛날에는 이보다 더 심했습니다.」

「정말 그랬나요?」

안주인은 심각한 표정이다.

「그렇고말고요. 헛소리가 아닙니다. 증거가 있으니까요. 구샤미, 자네도 기억할지 모르겠는데, 우리가 대여섯 살 때까지 말이야, 왜 여자아이를 단호박처럼 바구니에 담아서 멜대에 메고 다니면서 팔지 않았나?」

「나는 그런 기억이 없는데.」

「자네 고향에서는 어땠는지 모르겠네만, 시즈오카에서는 그랬다네.」

「설마요.」

안주인이 조그만 소리로 말했다.

「정말인가요?」

간게쓰 군은 설마 그런 일이 있었겠느냐는 투로 물었다.

「정말이고말고. 실제로 우리 아버지가 흥정을 한 일도 있으니. 그때 내가 한 여섯 살쯤이었을 거네. 아버지와 함께 아부라마치에서 도리초로 산책을 가는데, 저쪽에서 여자아이 팝니다, 여자아이 팝니다 하고 큰 소리로 외치는 소리가 들리는 거야. 마침 모퉁이를 돌아 이세겐이라는 포목점 앞에서 그 장사치와 딱 마주쳤지. 이세겐은 출입문의 너비가 18미터나 되고 창고가 다섯 개나 있는 시즈오카에서 가장 큰 포목점이라네. 다음에 가거

8 시나 글, 그림 등에서 명확한 의미나 윤곽이 없는 것. 한때 신체시를 대상으로 많이 사용되었다.

든 한번 구경해 보게나, 지금도 여전히 장사를 하고 있으니까. 대단한 가게지. 지배인이 진베라는 사람인데, 늘 사흘 전에 돌아가신 어머니 장례를 치르는 사람 같은 표정으로 계산대에 앉아 있었지. 진베 옆에는 하쓰라고 하는 스물네다섯 살 된 젊은이가 앉아 있었는데, 그 젊은이의 얼굴이 또 엔쇼 율사[9]에게 귀의해서 삼칠일 동안 메밀국수 삶은 물만 먹고 지낸 것처럼 파리했지. 하쓰의 옆에는 초돈이라는 자가 있었는데, 그는 또 어제 집에 불이 나 길거리로 나앉은 사람처럼 넋 빠진 표정으로 주판알을 퉁기고 있고. 초돈과 나란히…….」

「자네 포목점 얘기를 하자는 건가, 아니면 사람 장사 얘기를 하자는 건가?」

「아 참 그렇군, 내가 사람 파는 얘기를 하고 있었지. 실은 이 이세겐에 대해서도 아주 재미난 기담이 있는데, 그건 다음 기회로 미루고 오늘은 사람 파는 얘기만 하기로 하세나.」

「사람 파는 얘기도 안 해도 상관없네.」

「무슨 말씀, 20세기 오늘날과 메이지 초엽 여자들의 성품을 비교하는 데 더없이 좋은 재료인데 안 할 수야 없지. 아무튼 아버지와 내가 이세겐 앞에 갔더니, 예의 장사치가 아버지를 보고는, 어르신 팔고 남은 여자아이 떨이로 드릴 테니까 하나 사시지요 하면서 멜대를 내려놓고 땀을 닦는 거야. 앞뒤로 달려 있는 바구니를 들여다보니, 두 살 정도 된 여자아이가 하나씩 담겨 있더군. 아버지가 그 사내에게 싸게 주면 어디 한번 사볼까 싶은데, 이거밖에 남지 않았나 하고 물었지. 사내가 오늘은 다 팔고 이거밖에 남지 않았다, 어느 쪽이든 상관없으니 하나 사 달라고 하면서 여자아이를 양손에 하나씩 들고 단호박이라도 내미는 것처럼 아버지 코앞에다 쑥 내밀더군. 아버지는 머리를 톡톡 두드려 보고는 제법 좋은 소리가 나는군, 하고 말했네. 그리고 드

9 雲照律師(1827~1909). 진언종의 큰 승.

디어 흥정이 시작되었지. 값을 잔뜩 깎은 아버지가 사고는 싶은데 상품은 틀림없겠지 하고 물었더니, 사내는 물론입죠, 앞에 있는 놈은 늘 보고 있으니까 틀림이 없는데 뒤에 있는 놈은 뒤통수에 눈이 달려 있는 것도 아니니 혹시 금이 갔을지도 모르겠습니다. 뒤엣놈을 사신다면 품질을 보장하지 못하는 대신 값을 더 깎아 드리지요 하더군. 나는 그때 오간 이런 대화를 지금도 기억하고 있는데, 어린 마음에도 여자란 함부로 거둘 수 없는 것이로구나 하고 생각했다네. 하지만 1905년인 지금, 이렇게 여자를 팔고 다니는 어리석은 사람도 없고, 눈에 안 보이는 뒤쪽에 메었다고 해서 흠집이 있을 것이란 얘기도 들을 수 없지. 그러니 역시 서양 문명 덕분에 여자들의 품행이 많이 진보한 것 아닐까 하고 생각하는데, 어떤가 간게쓰 군은?」

간게쓰 군은 대답을 하기 전에 느긋하게 헛기침을 한 번 하고는 차분한 목소리로 이런 의견을 피력했다.

「요즘 여자들은 학교에 오가는 길이나, 합주회다 자선 모임이다 원유회다 하는 자리에서 나를 좀 사주세요, 어머나 싫어요? 하면서 스스로를 팔고 있으니까, 굳이 그런 채소 장사 같은 사람을 고용해서 저질스러운 위탁 판매를 할 필요가 없지요. 인간에게 독립심이 발달하면 절로 그렇게 되는 법입니다. 나이 든 사람들은 공연한 걱정을 하면서 이러쿵저러쿵 말이 많지만 문명의 추세가 실제로 이러하니, 저 같은 사람에게는 반가운 현상인지라 남몰래 경하의 뜻을 표하고 있지요. 사는 사람도 물건에 흠은 없는지 머리를 두드려 확인하는 무지한 사람은 없으니 그 점에서도 안심할 수 있지요. 또 이렇게 복잡한 세상에 살면서 그렇게 품이 많이 들어서야 끝이 없으니까요. 쉰이 되고 예순이 되어도 서방은커녕 시집가기도 쉽지 않지요.」

간게쓰 군은 20세기를 사는 청년인지라 초현대식 의견을 개진하고는 메이테이 선생 쪽으로 시키시마[10] 연기를 후 하고 내뿜었다. 그러나 메이테이 선생은 담배 연기 따위에 물러설 사람이 아니다.

「자네 말대로 요즘 여학생이나 아가씨들은 자존심과 자신감으로 똘똘 뭉쳐 있어 무엇 하나라도 남자에게 지지 않으니 감탄스러울 정도지. 우리 집 근처에 있는 여학교 학생들도 참으로 대단하다네. 쓰쓰소데[11]를 입고 철봉에 매달리기까지 하니 그저 탄복할 따름이지. 나는 2층 창문으로 체조를 하는 그네들의 모습을 볼 때마다 고대 그리스의 부인들을 연상한다네.」

「또 그리스인가?」

주인이 냉소하듯 말했다.

「무릇 아름다운 것은 대부분 그리스에서 발원한 것이니 어쩔 수 없지 않은가. 미학자와 그리스는 도저히 떼려야 뗄 수 없는 관계지. 특히 피부가 가뭇가뭇한 여학생이 열심히 체조하는 모습을 보면 나는 늘 아그노디케 일화를 떠올린다네.」

메이테이 선생은 여전히 박식한 척하면서 떠들어 댔다.

「또 어려운 이름이 나왔군요.」

간게쓰 군이 싱글거리며 말했다.

「아그노디케는 대단한 여자였어. 나는 실로 감복했다네. 당시의 아테네는 여자가 산파 노릇을 하는 것을 법률로 금하고 있었지. 불편했을 거야. 아그노디케도 불편함을 느꼈을 테고.」

「대체 그게 뭔가, 그 뭐라 뭐라 하는 게?」

「여자 이름일세. 이 여자가 곰곰 생각해 보니, 여자가 산파가 될 수 없다는 게 불편하고 한심하기 짝이 없는 일인 거야. 어떻게든 산파가 되고 싶은데, 될 수 있는 방법은 없을까 하고 사흘 밤낮을 골똘히 생각했지. 사흘째 새벽에, 옆집에서 갓 태어난 아기의 첫 울음소리를 듣고는, 음 그러면 되겠군 하고 방법을 깨달았다네. 그리고 당장에 긴 머리를 자르고 남자 옷을 입고 헤로필로스의 강의를 들으러 갔지. 강의를 무사히 끝까지 다 듣고서,

10 당시의 담배 브랜드.

11 소맷자락을 서양 옷처럼 좁게 개량한 기모노.

이제 할 만하겠다 싶은 때에 산파 간판을 내걸었지. 그런데 제수 씨, 그 사업이 아주 번창했다는 겁니다. 이쪽저쪽에서 응애, 응애 아기들이 태어났죠. 그 아이들이 모두 아그노디케를 통해 나왔으니, 벌이가 굉장했죠. 하나 인간만사 새옹지마, 칠전팔기, 설상가상이라고, 이 비밀이 끝내는 들통이 나서 국법을 어겼다는 죄목으로 무거운 벌을 받을 지경에 처했다네.」

「마치 무슨 야담 같군요.」

「그렇죠, 아주 흥미진진하지요. 그런데 아테네 여자들이 합심하여 연서한 탄원서를 제출한 것이야. 재판관 나리 곧이곧대로 판결을 내릴 수 없는 상황에 처했지. 결국 아그노디케는 무죄로 방면되었고, 더불어 앞으로는 여자라도 마음대로 산파 영업을 할 수 있다는 포고문까지 나붙었으니, 일은 아주 바람직하게 마무리가 되었지.」

「별별 일을 다 알고 있네요, 정말 감탄스러워요.」

「하하하, 내가 바보라는 것만 모르지 웬만한 것은 다 압니다. 하지만 그것도 어렴풋이 알고는 있지요.」

「호호호호, 재미있는 말씀만 하신다니까.」

안주인이 파안대소를 하고 있는데, 현관 격자문에 달린 벨이 처음 달았을 때와 똑같은 소리로 울렸다.

「어머나, 또 손님이 오셨나 보네요.」

다실로 건너가는 안주인과 스치듯 들어온 사람이 누구인가 했더니, 다들 잘 아는 오치 도후였다.

이 자리에 도후 군까지 가담하면 주인집을 드나드는 기인들이 모두 집합했다고는 할 수 없어도 최소한 나의 무료함을 달래 줄 수 있는 머릿수는 채워졌다고 할 수 있다. 이런데도 부족하다고 하면 배부른 소리다. 재수 없게 다른 집에서 살게 되었다면 평생을 인간이란 종족 가운데 이런 선생들이 있는 줄을 모르고 죽었을지도 모른다. 구샤미 선생 문하의 고양이가 된 덕분에 아침저녁으로 귀인들을 배알할 수 있으니, 선생은 물론 메이테이, 간게쓰, 도후 등 도쿄에서도 그 예를 보기 드문 호걸의 행동거지를 누워서 편히 관찰할 수 있는 것은 내게 천재일우의 영광이 아닐 수 없다. 덕분에 이 더운 날에 털옷을 입고 있는 답답함도 잊고 재미나게 반나절을 보낼 수 있으니 고마울 따름이다. 기왕에 이렇게들 모였으니, 반나절이 예사로 지나가지는 않을 것이다. 또 무슨 일이 벌어지겠지 하고서 장지문 뒤에서 삼가 구경을 한다.

「오랜만에 찾아뵙습니다.」

인사를 하는 도후 군의 머리를 보니 얼마 전처럼 깔끔하게 손질한 것이 번쩍거릴 정도다. 머리만 평하자면 삼류 조연 배우 같지만, 하얗고 거칠거칠한 무명 기모노 반바지를 단정하게 차려입은 모습이 사카키바라 겐키치[12]의 제자로 보인다. 따라서 도후 군의 몸에서 보통 사람다운 곳은 어깨에서 허리까지이다.

「이렇게 더운 날에 오느라 힘들었겠군. 자 이리 오게나.」

메이테이 선생이 마치 자기 집이라도 되는 양 말했다.

「선생님도 아주 오랜만에 뵙는군요.」

「그렇군, 지난봄 낭독회 때 보고 처음이지, 아마. 요즘도 낭독회를 자주 하는가? 그 후에 오미야 역은 해봤는가? 그때는 아주 제법이더군. 내 열심히 박수를 쳤는데, 자네 알았는가?」

「네, 덕분에 용기가 불끈 솟아서 마지막까지 할 수 있었습니다.」

「다음에는 언제 또 모임이 있는가?」

주인이 끼어들었다.

「7, 8월은 쉬고 9월이 되면 대대적으로 하려고 합니다. 무슨 재미나는 거리가 없을지요?」

「글쎄.」

주인이 시큰둥하게 대답했다.

「도후 군, 내 작품을 해보면 어떻겠나?」

이번에는 간게쓰 군이 상대를 했다.

12 榊原鍵吉(1830~1894). 에도 말기의 검객.

「자네 작품이라, 재미있을 성싶군. 그래 어떤 것인가?」

「각본이지.」

간게쓰 군이 강경하게 나오자 아니나 다를까 나머지 세 사람은 얼떨떨한 표정으로 약속이라도 한 듯 본인의 얼굴을 쳐다보았다.

「각본이라, 거 대단하군. 그래 희극인가 비극인가?」

도후 군이 얘기를 진전시키자, 간게쓰 군 여전히 시치미를 뗀 채 말을 받았다.

「희극도 비극도 아니네. 요즘은 구극이니 신극이니 하면서 시끌시끌하기에 나도 새로운 것을 하나 만들어 보았지. 배극(俳劇)이라고 말이야.」

「배극이라니, 그게 뭔가?」

「하이쿠(俳句) 취향의 극이란 말을 줄여서 배극이란 두 글자로 했지.」

간게쓰 군이 그렇게 대답하자 주인과 메이테이 선생은 어리둥절해서 듣고만 있다.

「그런데 그 취향이라는 건 또 뭔가?」

이렇게 물은 것은 도후 군이다.

「뿌리가 하이쿠에 있으니 내용이 그윽하고 길이도 그리 길지 않게 단막극으로 했네.」

「흐음.」

「무대 장치부터 설명하자면, 그것도 아주 간단한 것이 좋아. 무대 한가운데에 커다란 버드나무 한 그루를 배치하고, 그 오른쪽으로 늘어진 줄기 하나에 까마귀 한 마리가 앉아 있도록 하는 거야.」

「까마귀가 가만히 앉아 있으면 좋을 테지만.」

주인이 걱정스럽게 혼자 중얼거렸다.

「어려운 문제가 아니지요. 까마귀의 다리를 끈으로 가지에 묶어 두면 되니까요. 그리고 그 밑에 목욕통이 놓여 있고, 미인이 옆으로 몸을 돌리고 수건으로 몸을 씻고 있지요.」
「그거 좀 퇴폐적이지 않은가. 그리고 대체 그 여자 역은 누가 맡는다는 말인가?」
메이테이 선생이 물었다.
「그것도 별 문제 없습니다. 미술 학교의 모델을 데려오면 되니까요.」
「그거 경시청에서 성가시게 굴 것 같으이.」
주인이 또 걱정을 늘어놓았다.
「흥행만 하지 않으면 별 탈 없을 겁니다. 그런 일을 가지고 일일이 성가시게 굴면 학교에서 누드를 어떻게 스케치하겠습니까.」
「그거야 공부를 위한 것이니 그저 구경하는 것과는 상황이 다르지 않은가.」
「선생님이 그런 말씀을 하시다니, 일본도 아직 멀었군요. 회화든 연극이든, 다 같은 예술입니다.」
간게쓰 군이 기염을 토했다.
「논쟁은 그만하고, 그다음에는 어떻게 되는가?」
도후 군, 잘하면 할 수도 있겠다 싶은지 줄거리를 알고 싶어 한다.
「그때, 하나미치[13]에서 지팡이를 든 하이쿠 시인 다카하마 교시[14]가 헬멧처럼 생긴 하얀 골풀 모자를 쓰고 얇은 비단 겉옷에 감색 바탕에 비백 무늬가 있는 면바지를 걷어 올린 차림으로 등장하네. 물론 구두는 단화지. 차림새는 육군에 물건을 납품하는 장사치 같지만 하이쿠 시인이니 최대한 유유자적하게, 시구를 짓느라 여념이 없는 모습으로 걸어야 하지. 그리고 교시가 하나미치를 다 걸어 드디어 무대에 올라서다가 문득 고개를 들고 앞

13 무대 왼편에 객석을 관통하도록 마련된 길. 무대의 연장으로 사용된다.
14 高浜虛子(1874~1959). 나쓰메 소세키의 후학으로, 전통적인 하이쿠의 옹호에 앞장섰다. 소세키에게 권하여 『나는 고양이로소이다』를 쓰게 한 장본인이며, 『나는 고양이로소이다』에 자극을 받아 한때 소설을 쓰기도 했다.

을 보니 커다란 버드나무가 있고 그 그늘 아래 살결이 뽀얀 여자가 물을 끼얹고 있는 거야. 그래서 퍼뜩 놀라 위를 보니 버드나무 가지에 까마귀가 한 마리 앉아 목욕하는 여자를 내려다보고 있다는 설정이네. 그 정경에 감동한 교시 선생의 모습을 한 50초 정도 보여 주고, 목욕하는 여인에게 넋 잃은 까마귀일런가 하고 하이쿠를 한 편 읊는 것을 신호로 딱딱이를 딱딱 치는 소리가 나고서 막이 내리지. 어떤가, 이런 단막극은? 마음에 들지 않나. 자네, 오미야 역보다 교시 역이 훨씬 나을 텐데.」

도후 군은 뭔가 미진하다는 표정으로 진지하게 대답한다.

「어째 좀 밋밋하지 않나. 좀 더 인정에 얽힌 사건이 있었으면 좋겠는데.」

지금까지 얌전히 있던 메이테이, 그러나 끝까지 잠자코 있을 사내가 아니다.

「겨우 그걸 가지고 배극이라니 썰렁하지 않은가. 우에다 빈[15] 군의 설을 따르면 하이쿠와 해학 등은 망국의 소극적인 운율이라고 하는데, 그런 시시껄렁한 것을 무대에 올렸다가 우에다 군에게 그야말로 손가락질이나 당하지 않겠나. 그런 데다 하도 소극적이어서 연극인지 장난인지 뭔지 도무지 알 수 없으니. 미안하네만 간게쓰 군은 역시 실험실에서 공이나 만드는 게 좋겠어. 배극 따위 1백 편이고 2백 편이고 만들어 봐야 헛수고일 테니.」

「그렇게 소극적인가요? 제 딴에는 제법 적극적이라 여기고 있는데요. 교시 선생이 말이죠, 여인에게 넋 잃은 까마귀일런가 하는 부분이, 그러니까 까마귀가 여자에게 반했다고 표현한 부분이 아주 적극적이지 않은가요.」

간게쓰 군이 다소 울컥한 투로 이러나저러나 똑같은 변명을 늘어놓는다.

「야 이거 새로운 설이로군. 어디 들어 보세나.」

15 上田敏(1874~1916). 다국어에 능했던 문학자, 번역가로 유럽 문학을 일본에 소개했다.

「이학사의 입장에서 생각하면 까마귀가 여인에게 반한다는 것은 불합리한 일입니다.」

「흐음.」

「그런데 그 불합리한 일이 아주 자연스럽게 들리도록 태연하게 말하는 겁니다.」

「과연 그럴까?」

주인이 의심스럽다는 투로 끼어들었지만 간게쓰 군은 전혀 개의치 않는다.

「왜 자연스럽게 들리느냐 하면, 심리적으로 설명하면 금방 이해가 될 겁니다. 사실 한눈에 반하느냐 마느냐는 시인의 속마음 즉 감정이지 까마귀와는 전혀 무관합니다. 그러니 실은 까마귀가 반한 것이 아니라 자신이 반한 것을 까마귀에게 감정을 이입해 그렇게 표현한 것이지요. 여인에게 반한 눈으로 버드나무 가지에 꼼짝 않고 앉아 밑을 내려다보는 까마귀를 보니, 아하 저 녀석도 나처럼 한눈에 반해 날아갈 줄을 모르는구나 하고 착각을 한 것이지요. 착각은 착각이지만 바로 그 점이 문학적이며 동시에 적극적인 점입니다. 내가 느낀 것을 한마디 양해도 구하지 않고 시치미 뚝 뗀 채 까마귀의 감정으로 확대시킨 점, 그거 상당히 적극적인 거 아닙니까. 어떠세요, 선생님?」

「과연 합당한 논리로군, 교시가 들으면 꽤 놀라겠네. 그래도 설명은 적극적이나, 실제로 무대에 올리면 관객은 소극적이 될 텐데, 그렇지 않은가 도후 군?」

「네, 지나치게 소극적인 듯합니다.」

도후 군이 진지한 표정으로 그렇게 대답했다.

주인은 대화를 다소 발전시키고 싶은 투로 도후 군에게 물었다.

「어떤가, 도후 군, 요즘 걸작이 그리 없는가?」

「딱히 이렇다 하게 보여 드릴 만한 것이 없습니다만, 조만간 시집을 내어 볼까 하는 터라 교정본을 지참해 왔으니, 한마디 비평을 부탁드립니다.」

도후 군은 품 안에서 명주 보자기로 싼 꾸러미를 꺼내 풀어서는 50~60장 정도 되는 원고 뭉치를 주인 앞에 내밀었다. 주인이 점잖은 표정으로 그럼 어디 한번 볼까 하면서 들어 보니, 첫 장에 다음과 같은 글귀가 적혀 있다.

> 천상의 사람처럼 연연한
> 도미코 양에게 바치노라

주인이 참으로 묘하다는 표정으로 잠시 아무 말 없이 그 글을 바라보는데, 메이테이 선생이 옆에서 들여다보고는 열심히 칭찬을 했다.

「뭔가, 신체시라도 되는가? 아니 이런, 〈바치노라〉. 도후 군, 도미코 양에게 바치다니, 과감하군. 대단해.」

주인은 더더욱 묘하다는 표정을 지으며 다음과 같이 물었다.

「도후 군, 이 도미코란 여자가 실제로 존재하는 여자인가?」

「그럼요. 얼마 전에 있었던 낭독회에 메이테이 선생님과 함께 초대한 숙녀 중 한 사람입니다. 바로 이 근처에 살지요. 실은 시집을 보여 주려고 잠시 들렀는데, 지난달에 오이소로 피서를 갔다는군요.」

「구샤미, 20세기란 이런 것이야. 그런 표정 하지 말고 어서 걸작이나 읊어 보세나. 그런데 도후 군, 이 바치는 글이 좀 시원치 않은 것 아닌가. 〈연연한〉이란 이 문어체는 대체 무슨 뜻이라 여기고 쓴 것인가?」

「가냘프고 연약하다, 그런 뜻이겠지요.」

「음, 그리 해석할 수도 있지만 이 글자는 원래 위태롭다는 뜻이네. 그러니 나라면 이 말을 쓰지 않았을 걸세.」

「그럼 뭐라고 해야 더 시적이 될는지요?」

「나 같으면 이렇게 쓰겠네. 천상의 사람처럼 연연한 도미코 양의 코밑에 바치노라. 세 글자 차이지만, 코밑이라고 하면 느낌이 아주 달라지지.」

「과연 그렇군요.」

도후 군은 무슨 영문인지 모르면서 억지로 아는 척을 했다.

주인은 말없이 원고지를 넘기고는 드디어 권두 제1장을 읊었다.

아련하게 피어오르는 향 속에
그대의 영혼인가
서로 사모하는 마음 연기처럼 나부끼네
오 이 몸, 아 이 몸, 쓰디쓴 이 세상에
달콤하게 얻었나 뜨거운 입맞춤

「나는 당최 무슨 소린지 모르겠군.」

주인이 한숨을 쉬면서 메이테이 선생에게 건넸다.

「이거 너무 멋을 부렸군.」

메이테이 선생이 간게쓰 군에게 건넸다.

「아하, 과연.」

간게쓰 군은 도후 군에게 돌려주었다.

「선생님, 이해가 안 되는 게 당연합니다. 10년 전의 시에 비해 오늘날의 시는 몰라볼 정도로 발전했으니까요. 요즘 시는 누워서 읽거나 버스 정거장에서 읽어서는 도무지 이해할 수가 없어요. 시를 지은 당사자도 무슨 질문을 하면 대답을 못 하는 경우가 종종 있습니다. 인스피레이션 하나로 쓰는 탓에 시인은 다른 점에 대해서는 전혀 책임이 없지요. 주석을 붙이고 뜻풀이를 하는 것은 학자들이 할 일이니 우리는 전혀 상관이 없습니다. 얼마 전에도 제 친구 중에 소세키라는 자가 〈하룻밤〉[16]이라는 소설을 썼는데, 누가 읽어도 애매모호하고 두서없어서 당사자를 만나 무슨 소리를 하고자 한 것인지 주제를 물어본즉, 자기도 그런 것

16 1905년 9월호 『주오코론(中央公論)』에 발표한 소세키의 단편.

은 모른다면서 상대도 해주지 않더군요. 그런 점이 바로 시인의 특색인가 봅니다.」

「시인일 수도 있겠으나 참으로 묘한 사내로군.」

주인이 그렇게 말하자 메이테이 선생은 한마디로 이렇게 소세키를 평가했다.

「바보라고 해야 하지.」

도후 군은 그 정도로는 아직 미진해하는 듯하다.

「소세키는 우리 동료들 가운데서도 몹시 별난 사람인데, 제 시도 아무쪼록 그런 마음으로 읽어 주셨으면 합니다. 특히 주의해야 할 부분은 이 쓰디쓴 세상과 달콤한 입맞춤이 대구를 이루고 있는 점입니다. 매우 고심해서 쓴 작품입니다.」

「꽤나 고심한 모양이로군. 흔적이 역력하이.」

「〈쓰디쓴〉과 〈달콤한〉을 대조시킨 부분이 열일곱 가지 맛 조미료와 일곱 가지 맛 조미료의 비교 같아 흥미롭군.[17] 과연 도후 군 특유의 재주에 그저 탄복할 따름이네.」

메이테이 선생은 고지식한 사람의 속을 뒤집어 놓으면서 좋아라 한다.

주인은 무슨 생각을 했는지 홀연히 일어나 서재로 가더니 종이 한 장을 들고 나왔다.

「도후 군의 작품을 보았으니, 이번에는 내 작품을 보여 주어 자네들의 비평을 구하고자 하네.」

보아하니 진심인 모양이다.

「천연거사의 묘비명은 벌써 두세 번이나 들었으니 됐네.」

「잠자코 기다리게. 도후 군, 이거 그리 썩 훌륭한 작품은 아니네만, 좌흥에 겨워 지은 것이니 들어 보게나.」

「기꺼이 듣지요.」

「듣는 김에 간게쓰 군도 함께 들어 주게나.」

17 글자 수가 열일곱 개인 하이쿠와 일곱 가지 맛 조미료를 조합한 말장난.

「듣는 김이 아니라도 잘 듣지요. 길지는 않겠지요?」
「그래 봐야 고작 60자 내외라네.」
구샤미 선생이 드디어 손수 지은 명문을 읽기 시작했다.
「야마토 혼(大和魂)[18]이라 외치면서 일본 사람이 폐병 걸린 환자처럼 기침을 했다.」
「서두부터 굉장하군요.」
간게쓰 군이 칭찬한다.
「야마토 혼!이라고 신문팔이가 외친다.
야마토 혼!이라고 소매치기가 외친다.
야마토 혼이 일약 바다를 건넜다.
영국에서 야마토 혼을 연설한다.
독일에서 야마토 혼을 무대에 올린다.」
「야, 이거 천연거사를 넘어서는 작품이로군.」
이번에는 메이테이 선생이 감탄하여 뒤로 자빠지는 척을 한다.
「도고 대장에게도 야마토 혼이 있다.
생선 장사 긴에게도 야마토 혼이 있다.
사기꾼, 투기꾼, 살인자에게도 야마토 혼이 있다.」
「선생님, 간게쓰에게도 있다고 덧붙여 주십시오.」
「야마토 혼이 무엇이냐고 물었더니,
야마토 혼이 야마토 혼이지, 하고는 가버렸다.
10미터쯤 간 후에 에헴 하는 소리가 들렸다.」
「그 구절은 아주 멋들어지군. 자네 제법 글솜씨가 있군. 그래, 다음 구절은?」
「야마토 혼은 세모난 것인가 네모난 것인가.
야마토 혼은 말 그대로 혼이다.
혼이라서 늘 흔들흔들 정체가 묘연하다.」
「선생님, 상당히 재미있는데 야마토 혼이라는 말이 너무 많은

18 야마토는 4세기 일본을 가리키는 말로, 현재는 일본인의 대다수를 차지하는 야마토 민족의 혼 즉 일본인의 정신을 가리키는 말로 사용된다.

것 아닙니까?」
도후 군이 주의를 준다.
「찬성이오.」
이렇게 말한 것은 물론 메이테이 선생이다.
「모두들 야마토 혼이라 말하지만, 아무도 본 사람은 없다.
모두들 들은 적은 있지만, 아무도 만난 적은 없다.
야마토 혼이란 덴구[19] 같은 것인가.」
주인은 여운이 길게 남도록 마지막 줄을 읽었지만, 그 대단한 명문이 너무 짧은 데다 핵심이 어디에 있는지 불분명한 탓에 세 사람은 아직도 더 있는가 싶어 기다리고 있다. 아무리 기다려도 주인이 더는 말이 없자 간게쓰 군이 물었다.
「그게 끝입니까?」
「응.」
주인이 가볍게 대답했다. 응이라니, 너무 간단한 대답이다.
신기하게도 메이테이 선생이 평소의 그답지 않게 이 명문에 대해 별다른 말을 늘어놓지 않았는데, 그러다 결국은 주인을 향해 이렇게 말했다.
「자네도 단편을 모아 책으로 만들어서 누구에게 바치면 어떻겠나?」
「자네에게 바칠까?」
주인이 별 문제 없다는 듯 물었다.
「나는 됐네.」
메이테이 선생은 한마디로 거절하고는 아까 안주인에게 자랑했던 가위로 손톱을 톡톡 잘랐다. 간게쓰 군이 도후 군에게 물었다.
「자네, 가네다 댁 아가씨를 알고 있는가 보군.」
「지난봄 낭독회에 초대한 후로 절친한 사이가 되어 수시로 편

19 깊은 산에 살면서 하늘을 자유롭게 날아다니고 신통력이 있다는 상상의 괴물. 사람의 형상을 닮았는데 얼굴이 붉고 코가 높다.

지를 주고받고 있네. 나는 그 아가씨 앞에 나서면 감격한 나머지 시를 짓든 노래를 부르든 한동안은 흥이 절로 난다네. 이 시집에 사랑에 관한 시가 많은 까닭도 그런 이성 친구에게 영감을 받은 덕분일 거야. 그래서 그 아가씨에게 깊은 감사의 뜻을 전해야겠기에, 이참에 시집을 바치기로 한 걸세. 옛날부터 친구 가운데 여자가 없는 사람은 훌륭한 시를 짓지 못했다고 하네.」

「그런가.」

간게쓰 군이 은근한 미소를 띠고 대답했다. 말 많은 사람들이 모여 있기는 하나 그리 오래가지는 않을 모양인지 담화의 불길이 많이 수그러들었다. 나 역시 그들의 시시껄렁한 잡담을 종일 들을 의무는 없으니 그만 실례하고 버마재비나 찾을까 싶어 마당으로 나섰다. 파릇파릇한 오동나무 잎 사이로 서편으로 기운 햇살이 아른거리고, 줄기에 붙어 있는 매미는 구성지게 울어 댄다. 밤에는 어쩌면 비가 한바탕 쏟아질지도 모르겠다.

7

나는 요즘 들어서 운동을 시작했다. 고양이 주제에 운동이라니, 건방 떤다고 덮어 놓고 욕부터 해대는 치들에게 묻고 싶다. 그러는 인간들조차 바로 얼마 전까지 운동이 뭔지도 모르는 채 먹고 자는 것을 천직으로 여기지 않았는가. 〈무사시귀인(無事是貴人)〉[1]을 신조라 외치고, 팔짱을 끼고 엉덩이가 썩어 문드러지도록 방석에 눌어붙어 있는 것을 남자의 명예라 여기며 거들먹거렸던 시절을 기억하고 있을 것이다. 운동을 해라, 우유를 마셔라, 냉수욕을 해라, 바다로 뛰어들어라, 여름이 되면 산에 틀어박혀 한동안 안개를 먹고 살아라. 그런 쓰잘머리 없는 주문을 늘어놓게 된 것은 서양에서 새롭게 전염된 병 때문이니, 페스트나 폐병, 또는 신경쇠약의 일종이라 생각하면 될 것이다.

하기야 나는 작년에 태어나 올해 한 살이니, 인간이 그런 병에 걸리기 시작할 무렵의 상황은 기억에 없을뿐더러 당시에는 이 세상에 어슬렁거리지도 않았다. 하나 고양이의 1년은 인간의 10년에 버금가는 것이다. 우리의 수명은 인간의 2분의 1 아니 3분의 1에도 미치지 못하지만, 그 짧은 세월에 한 마리 고양이로서 충분히 성장하는 것으로 미루어 짐작건대 인간의 세월과 고양이의

1 『임제록(臨濟錄)』에 있는 선어로 〈일 없으면 곧 귀인이라〉라는 뜻.

세월을 같은 비율로 계산하는 것은 심각한 오류라 하지 않을 수 없다. 무엇보다 태어난 지 1년 몇 개월 남짓한 내가 이만한 식견을 갖추고 있는 것을 보면 알 수 있지 않은가. 주인의 셋째 딸은 올해 세 살이라고 하는데, 지식의 발달로 치자면 느리기 짝이 없다. 울고 짜는 것과 누우 똥오줌 싸는 것, 그리고 젖 먹는 것 말고는 아무것도 모른다. 세상을 걱정하고 시대에 분개하는 나와 비교하면 그저 한심할 따름이다. 그러하니, 내가 운동과 해수욕과 전지요양(轉地療養)의 역사를 순식간에 터득했다 한들 조금도 놀랄 것이 못 된다. 다리가 두 개 모자라는 인간이란 미련퉁이나 이 정도 일에 놀랄 것이다.

인간은 예로부터 미련퉁이였다. 그러니 최근 들어서야 운동의 효과가 있다느니 없다느니 떠들어 대고 해수욕을 하면 어디에 좋다고 큰 발명이라도 한 것처럼 생각하는 것이다. 나는 태어나기 전부터 그 정도는 다 알고 있었다.

해수욕이 왜 좋은지, 해변에 가보면 금방 알 수 있는 일 아닌가. 그렇게 넓은 곳에 물고기가 얼마나 있는지는 알 수 없으나, 그 물고기가 병에 걸려 병원에 갔다는 소리는 한 번도 듣지 못했다. 모두 건강하게 물속에서 노닐고 있다. 병에 걸리면 몸을 움직이기가 힘들다. 죽으면 반드시 뜬다. 그러니 물고기가 죽으면 〈떠올랐다〉고 하고 새가 죽으면 〈떨어졌다〉고 하는 것이요, 인간이 죽으면 〈떴다〉고 하는 것이다.

인도양을 건너 서양으로 간 사람에게, 물고기가 죽는 광경을 본 적이 있느냐고 물어봐도 좋다. 누구든 하나같이 아니라고 대답할 것이다. 그렇게 대답할 수밖에 없기 때문이다. 인도양을 몇 백 번 오간들, 지금 막 물 위에서 숨을 거두는, 아니 물을 거두고 떠올라 있는 — 숨을 거뒀다고 하면 안 된다. 물고기니까 물을 거뒀다고 해야 한다 — 물고기를 본 자가 없기 때문이다. 밤낮없이 석탄을 때며 그 망망하고 광활한 바다를 찾아다녀 봐야, 고금 이래 단 한 마리도 〈떠오른〉 물고기가 없는 것을 보면 물고기는 매우 건강한 것이라 단언할 수 있다.

그렇다면 물고기는 무슨 재주로 그렇게 건강한가. 이 또한 인간이 그 이유를 알아낼 때까지 기다릴 필요가 없다. 금방 알 수 있는 문제다. 끊임없이 바닷물을 마시며 수영하는 것이 물고기가 아닌가. 해수욕의 효과는 이렇듯 물고기만 보아도 일목요연하게 알 수 있다. 물고기에게 효과가 있다면 인간에게도 효과가 있는 게 당연하다.

1750년에 닥터 리처드 러셀[2]이 브라이턴 앞바다에 뛰어들면 404가지 병이 그 자리에서 완쾌된다는 요란한 광고를 냈는데, 그것도 때늦게 뒷북을 친 것이라 비웃어도 좋다. 비록 고양이라지만 적당한 시기가 오면 모두 함께 가마쿠라 앞바다로 진출할 작정이다. 다만 지금은 안 된다. 일에는 다 시기가 있는 법이다. 메이지 유신 전의 일본 사람이 해수욕의 효능을 만끽하지 못하고 죽은 것처럼, 오늘날의 고양이 역시 알몸으로 바닷물에 뛰어들 적당한 기회를 얻지 못했다. 자칫 서둘다가는 일을 그르칠 수도 있다. 오늘날처럼 먹을거리를 찾아 바닷가를 어슬렁거린 고양이가 무사히 집으로 돌아오지 못하는 시절에 무턱대고 바다에 뛰어들 수는 없는 노릇이다. 진화의 법칙을 따라 우리 고양이의 운동 신경이 미쳐 날뛰는 파도에 적절하게 대응할 수 있는 능력을 키우기 전까지는 — 바꿔 말해서 고양이가 〈죽었다〉는 말 대신 고양이가 〈떠올랐다〉는 말이 일반적으로 사용될 때까지는 — 안전하게 해수욕을 즐길 수 없다.

해수욕은 훗날 실천에 옮기기로 하고, 우선 운동을 하기로 마음먹었다. 20세기인 오늘날, 운동을 하지 않으니 지지리 궁상맞은 듯하여 남 보기가 민망하다. 운동을 하지 않으면, 운동을 하지 않는 것이 아니라 못 하는 것이며, 운동할 시간이 없고 그럴 여유도 없는 것이라고 판단된다. 옛날에는 운동을 하면 상놈이

2 Richard Russell(1687~1759). 〈수치 요법*Water cure*〉이란 치료법으로 유명한 의사.

라고 손가락질을 당했는데, 요즘은 운동을 하지 않으면 상놈이 라고 간주된다. 세인의 평가는 때와 장소에 따라 내 눈동자처럼 변한다. 그런데 내 눈동자는 그저 작아졌다 커졌다 할 뿐이지만, 세인의 평가는 손바닥 뒤집듯 180도로 바뀐다. 그렇게 뒤바뀌어도 별 문제는 없다. 사물에는 양면이 있고 양 끝이 있다. 그 양 끝을 뒤집어 흑백을 백흑으로 변화시키는 것이 바로 인간의 융통성이다. 방촌(方寸)[3]을 뒤집으면 촌방[4]이 되는 것에 재미가 있는 것이다. 몸을 앞으로 숙이고 가랑이 사이로 아마노하시다테[5]를 보면 또 다른 묘미를 느낄 수 있다. 셰익스피어도 예나 지금이나 똑같은 셰익스피어여서는 시시껄렁할 뿐이다. 가끔은 가랑이 사이로 햄릿을 보면서 〈자네, 그럼 안 되지〉라고 할 만한 사람이 없으면 문학계도 발전이 없을 것이다.

그러니 지금까지 운등을 나쁘게 말하던 사람들이 갑자기 운동이 하고 싶다면서 여자들까지 라켓을 들고 나다닌다 한들 조금도 이상할 게 없다. 다만 운동하는 고양이를 건방지다고 비웃지 않으면 그만이다.

그런데 과연 고양이는 어떤 운동을 할까 궁금히 여기는 자가 있을까 싶어, 대강 설명을 하고자 한다. 아시다시피 고양이는 불행하게도 기구를 지닐 수 없다. 따라서 공이나 방망이를 다룰 수 없다. 게다가 돈이 없으니 살 수도 없다. 이 두 가지 이유로 내가 선택한 운동은 돈 한 푼 들지 않고 기구 없이도 가능한 종목이라 할 수 있다. 그렇다면 어슬렁어슬렁 돌아다니거나 참치 토막을 물고 도망치는 광경을 상상할지도 모르겠는데, 나는 네 다리를 역학적으로 움직이고 지구의 인력에 따라 대지를 단순히 오가는 데는 별 관심이 없다. 운동이란 이름은 붙어 있으되 우리 주인이

3 『삼국지』, 「촉지」의 「제갈량전」에 나오는 말로 사방 1촌인 심장, 즉 마음을 뜻함.

4 寸方은 일본 말에서 寸法과 같은 발음으로 치수를 뜻하는 말.

5 일본의 삼대 비경 중의 하나로 교토 북부의 단고 반도에 있다.

가끔 실천하는, 말 그대로 그저 움직이기는 운동의 신성함을 더럽히는 것이라고 생각한다. 물론 그냥 운동이라도 어떤 자극이 있으면 할 수 있다. 가다랑어 포 쟁탈전, 연어 찾기 등은 그런대로 괜찮은 운동이지만 이는 대상물이 있어야 비로소 가능한 운동이고, 또 자극이 없으면 아무 재미없는 따분한 것이 되고 만다.

포상금 같은 흥분제가 없다면 예술성이라도 있는 운동을 하고 싶었다. 그래서 나는 이것저것 생각해 보았다.

부엌 창문에서 지붕으로 뛰어오르기.

지붕 꼭대기에 있는 매화 모양 기와 위에 네 다리로 서 있기.

빨랫대 타기. 이건 성공 확률이 없다. 대나무가 미끈거려 발톱이 걸리지 않는다.

어린아이 등을 갑자기 덮치기. 이건 아주 흥미로운 운동 가운데 하나이지만 함부로 했다가는 봉변을 당하니까 고작해야 한 달에 세 번쯤만 시도한다.

머리에 종이봉투 뒤집어쓰기. 이것은 숨만 답답할 뿐 재미는 하나도 없는 운동이다. 특히 상대해 주는 인간이 없으면 성공할 수 없으니까 안 된다.

그리고 발톱으로 책표지 긁어 대기. 이 운동은 주인에게 들키면 야단맞을 위험이 있을 뿐만 아니라 발 운동만 될 뿐 온몸의 근육을 사용하지 못하니까 안 된다.

따라서 이런 것들은 나의 옛 운동이다.

새 운동에는 상당히 흥미로운 것도 있다.

첫째로 버마재비 사냥.

버마재비 사냥은 쥐 사냥만큼 과격한 운동은 아닌 대신 위험도 적다. 한여름에서 초가을에 걸쳐 놀이 삼아 하는 운동으로는 최고다. 하는 방법은 이렇다.

우선 마당에 내려가 버마재비를 찾는다. 버마재비가 한창일 때는 한두 마리쯤은 금방 찾을 수 있다. 그러고는 찾아낸 버마재비 옆을 향해 휙 바람을 가르며 뛰어간다. 그러면 버마재비는 이

크! 하면서 몸을 낮추고 고개를 쳐든다. 하찮은 버마재비이지만 용기가 가상하다. 상대의 역량을 모를 때는 저항할 기세를 보이니 흥미롭다. 쳐든 고개를 오른쪽 앞발로 슬쩍 건드린다. 목이 휘청하면서 쳐들었던 고개가 옆으로 훽 꺾인다. 이때 버마재비의 표정이 무척 재미나다. 아니! 하고 놀란 표정이 역력하다. 그때 풀쩍 몸을 날려 버마재비의 등에 달린 날개를 쓱 할퀸다. 평생을 소중하게 접고 있던 날개인데 날카롭게 할퀴면 활짝 펼쳐지면서 안에서 하늘하늘한 종이 같은 엷은 색 속옷이 나타난다. 녀석은 한여름인데도 고생스럽게 옷을 두 겹이나 입는 유난을 떨고 있는 것이다. 이때 녀석의 긴 목이 어김없이 뒤쪽으로 틀어진다. 어떤 경우에는 몸까지 돌려 대들 기세를 보이지만, 대개는 고개만 꼿꼿하게 세우고 서 있다. 이쪽에서 먼저 시비 걸기를 기다린다는 식이다. 녀석이 너무 오래 그러고 있으면 운동이 안 되니까, 때가 되었다 싶으면 또 슬쩍 건드린다.

이쯤 되면 눈치 빠른 버마재비는 반드시 줄행랑을 친다. 그런데 멋모르고 대드는 녀석이 있다면 그것은 어지간히 무식하고 야만스러운 놈이다. 만약 상대가 이렇게 야만적인 태도를 보이면 달려드는 찰나에, 옳다구나 하고 한 방 후려갈긴다. 그럼 대개는 저만치 나가떨어진다. 한편 얌전히 뒤로 물러나는 녀석에게는 안됐다 싶은 생각에 날아다니는 새처럼 마당에 선 나무 사이를 두세 바퀴 돌면서 말미를 준다. 그런데도 녀석은 아직 조금밖에 도망치지 못한 상태다. 이제 나의 역량을 알았으니 무턱대고 대들 용기는 없다. 그저 이리저리 도망치려 할 뿐이다. 그런데 나 역시 이리저리 쫓아 다니니까 녀석은 괴로운 나머지 날개를 휘리릭 펼치고 일대 활약을 시도하곤 한다. 원래 버마재비의 날개는 녀석의 목처럼 길쭉하게 생긴 것인데, 듣자 하니 그저 장식용일 뿐 인간의 영어나 프랑스어, 독일어처럼 조금도 실용성은 없다고 한다. 그러니 그런 길쭉한 것으로 일대 활약을 시도해본들 나한테는 뛰어 봤자 벼룩인 꼴이다. 말이 활약이지 사실은 땅 위로 날개를 질질 끌면서 걸어 다닐 뿐이다. 이쯤 되면 안쓰러운 느낌도 들지만 운동을 하자니 어쩔 수가 없어 염치 불구하고 정면으로 뛰어간다. 녀석은 관성 때문에 급회전은 할 수 없으니까 또 어쩔 수 없이 앞으로 전진하는데, 그 코를 또 한 방 갈긴다. 그럼 녀석은 어김없이 날개를 펼친 채 쓰러진다. 그럼 놈을 앞발로 꾹 누르고 잠시 휴식을 취한다. 그러고는 또 휙 내던진다. 그러고는 또다시 꾹 누른다. 이른바 칠금칠종(七擒七縱)[6]의 전략으로 공격하는 것이다. 한 30분 이 과정을 반복하다가 녀석의 몸이 움직이지 않는 것을 확인하고는 살짝 입에 물고 흔들어 본다. 그러고는 다시 뱉어 낸다. 땅에 툭 떨어져 꼼짝하지 않는 녀석을 앞발로 툭 친다. 그 바람에 튀어 오르는 녀석을 다시 꾹 누른다. 그러다 그것도 싫증이 나면 마지막 단계로 입에 물고 아작아작 씹어 먹는다. 말이 나온 김에 버마재비를 먹어 본 적이 없는 인간에게 참고 삼아 말하는데, 녀석은 그리 맛있는 먹을거리가 아니다. 그리고 의외로 영양가도 별로 없는 듯하다.

버마재비 사냥에 이어 매미잡이라는 운동을 한다.

매미라고 해서 다 똑같은 매미가 아니다. 인간 중에도 기름진 놈, 참한 놈, 시끄러운 놈이 있듯이 매미 중에도 기름매미, 참매미, 쓰르라미가 있다. 기름매미는 집요해서 못쓰고 참매미는 건방져서 못쓴다. 잡는 재미는 쓰르라미가 단연 으뜸이다. 요놈은 여름이 끝날 무렵이 되어야 나타난다. 겨드랑이 사이로 살랑살랑 불어 드는 서늘한 초가을 바람에 에취, 에취 하고 쉴 새 없이 재채기가 나올 즈음, 꼬리를 곧추세우고 열심히 울어 댄다. 정말 잘 우는 녀석이라, 내게는 우는 것과 고양이에게 잡히는 것 외에는 달리 할 일이 없어 보일 정도다.

초가을에는 이 녀석을 잡는데, 이를 매미잡이 운동이라고 한다.

잠시 제군들에게 말해 두는데, 명색이 매미인 이상 땅에 굴러

6 제갈공명이 맹획을 사로잡는 고사에 나오는 말로 일곱 번 잡고 일곱 번 풀어 준다는 뜻.

다녀서는 안 된다. 땅에 떨어져 있는 매미에는 반드시 개미가 들러붙어 있다. 나는 이렇게 개미의 영역에 굴러다니는 매미는 잡지 않는다. 높은 나뭇가지에 앉아 쓰르람 쓰르쓰르 하고 울어 대는 녀석들을 잡는다.

말이 나온 김에 박학한 인간에게 다시 한 번 묻고 싶다. 쓰르라미는 쓰르람 쓰르쓰르 하고 우는 것인지 쓰르쓰르 쓰르람 하고 우는 것인지, 그 해석 여부에 따라 매미 연구에 적지 않은 영향이 미치리라고 생각한다. 인간이 고양이보다 나은 점이 바로 이러한 데 있으며 인간이 스스로 자랑하는 점 또한 이러한 데 있으니, 지금 바로 대답할 수 없다면 잠시 생각해 보는 것이 좋을 것이다. 하기야 어느 쪽이든 매미잡이 운동에는 아무런 지장이 없다. 나는 그저 소리를 따라 나무로 기어 올라가서는 열심히 우느라 정신이 없는 녀석을 휙 잡을 뿐이다. 하나 이것은 가장 단순하게 보여도 실은 뼛골 빠지는 운동이다. 나는 다리가 네 개 있으니 대지를 활보하는 데는 다른 동물에 뒤지지 않는다. 적어도 다리가 두 개냐 네 개냐 하는 수학적인 지식으로 판단하건대, 인간에게는 절대 뒤지지 않으리라 자부한다.

그런데 나무 타기에는 나보다 뛰어난 자가 있다. 나무 타기가 본분인 원숭이는 그렇다 치고 인간 중에도 때로 무시할 수 없는 자가 있다. 원래가 인력을 거스르는 무리한 작업이니 잘 못한다고 해서 딱히 부끄러울 것도 없지만, 매미잡이 운동에는 적지 않은 지장을 준다. 다행히 내게는 발톱이라는 편리한 도구가 있어 그럭저럭 오르기는 하는데, 밑에서 보는 만큼 수월한 일은 아니다. 뿐만 아니라 매미는 날아다닌다. 버마재비 녀석과 달라 한번 날아가 버리면 기껏 나무에 올랐어도 오르지 않은 것만 못한 비운에 처하지 않으리란 보장이 없다. 그리고 또 매미가 싼 오줌을 뒤집어쓸 위험도 있다. 매미는 때로 내 눈을 노리고 오줌을 싸는 것 같다. 도망을 치는 것은 어쩔 수 없는 일이나, 제발 오줌만은 싸지 말아 주었으면 한다. 날아오르기 직전에 오줌을 싸는 것은 대체 어떤 심리적 상태가 초래하는 생리적 현상일까. 역시 서러운 나머지 그렇게 되는 것일까. 아니면 적의 뒤통수를 쳐서 잠시 도망칠 틈을 만들려는 수작일까. 그렇다면 오징어가 먹물을 뿜고, 폭력배가 문신한 몸을 드러내 보이고, 주인이 라틴어를 주절거리는 것과 같은 항목에 포함시켜야 할 일이다. 이 또한 매미학에서 소홀히 해서는 안 될 문제이다. 잘 연구하면 이 한 가지로도 충분히 박사 논문을 쓸 만한 가치가 있을 것이다. 그것은 여담이니 이 정도로 하고 다시 본론으로 돌아가자.

매미가 유난히 잘 꼬이는 곳은 — 꼬인다는 말이 이상하다면 모인다고 해야 할 것이나, 모인다로 하자니 진부해서 역시 꼬인다로 하겠다 — 벽오동, 즉 오동나무이다. 그런데 이 오동나무는 잎사귀가 무척 많은 데다 잎사귀 하나하나가 부채만큼이나 크기 때문에, 그것들이 무성하게 자라면 나뭇가지는 보이지도 않는다. 매미잡이 운동에 이만한 저해 요소는 없다. 〈목소리는 들리는데 그 모습은 보이지 않고〉[7]라는 속요가 나를 위해 특별히 만들어진 것은 아닐까 하고 의심스러울 정도이다. 어쩔 수 없이 나는 그저 소리가 나는 쪽으로 간다.

약 2미터 정도 올라가다 보면 오동나무 가지는 어김없이 두 갈래로 갈라진다. 그쯤에서 잠시 쉬면서 머리 위에 우거진 나뭇잎을 올려다보며 매미가 어디에 있는지 탐색한다. 물론 거기까지 가는 동안에 바스락거리며 날아가는 약삭빠른 놈이 있다. 한 놈이 날아가면 그것으로 그날 매미잡이 운동은 끝이다. 흉내를 잘 낸다는 점에서 매미는 인간 못지않은 바보 멍청이다. 그 한 놈을 따라 줄줄이 날아오른다. 그런 때는 간신히 두 갈림길까지 올라가 봐야 이미 적막강산, 매미 소리는커녕 바스락거리는 소리 하나 들리지 않는다. 얼마 전에는 거기까지 올라갔다가 아무리 사방을 돌아보고 귀를 쫑긋 세워 봐도 매미는커녕 매미 소리

7 이즈미 지방을 비롯해 각지에 비슷한 구절의 민요가 남아 있다.

도 들리지 않아, 내려갔다가 다시 올라오기도 귀찮아서 갈림길에서 진을 치고 제2의 기회를 기다린 적이 있다. 그러다 그만 잠이 쏟아져 낮잠 속에서 노닐다가, 퍼뜩 놀라 눈을 떠보니 마당에 깔린 돌 위에 떨어져 있었다.

하지만 대개는 한 번 올라가면 한 마리는 잡아 온다. 그런데 나무 위에서는 입에 물고 있어야 하니 재미가 덜하다. 땅으로 내려와 입에서 꺼내 놓고 보면 거의가 죽어 있다. 아무리 이리저리 흔들고 할퀴고 해도 이렇다 할 반응이 없다.

매미잡이의 묘미는 살며시 다가가 꼬리를 열심히 비벼 대는 녀석을 앞발로 꽉 누르는 그 순간에 있다. 이때 쓰르람 군은 비명을 지르며 얇고 투명한 날개를 어지럽게 흔들어 댄다. 그 재빠르고 멋들어진 동작은 말로 다할 수 없으니, 가히 매미 세계의 장관이라 할 수 있다. 나는 쓰르람 군을 잡을 때면 늘 녀석에게 이 예술적인 재주를 보여 달라고 부탁한다. 그리고 싫증이 나면 사양 않고 입 안에 쏙 집어넣고 우물거린다. 어떤 녀석은 입 안에 들어가서도 재주를 계속 부린다.

매미잡이 다음으로 하는 운동은 소나무 미끄럼이다.

이 운동은 길게 쓸 필요가 없으니 간략하게 소개한다. 소나무 미끄럼 하면 소나무에서 미끄럼을 타나 보다고 생각하기 쉬운데, 그렇지 않다. 이 역시 나무 타기의 일종이다. 다만 매미잡이는 매미를 잡기 위해 나무에 올라가는 거지만 소나무 미끄럼은 나무에 오르는 것 자체가 목적이다. 바로 이 점이 두 운동의 차이다.

소나무는 본디부터 상록수로 호조 도키요리[8]의 땔감이 된 후로 지금에 이르기까지 유난히 울퉁불퉁하다. 따라서 소나무 가

8 北條時頼(?~1263). 가마쿠라 막부 시대의 제5대 집권자. 권좌에서 물러난 후에는 출가하여 전국을 편력했다는 전설이 있는데, 눈 내리는 날 어느 가난한 집에 하룻밤 묵게 해주기를 청하자, 땔감조차 없는 그 집에서는 화분에 키운 소나무를 베어 땔감으로 썼다고 한다.

지만큼 매끄럽지 않은 나뭇가지도 없고, 앞발로 잡고 뒷발로 디디기에 좋은 나무도 없다. 바꿔 말하면 발톱을 걸기에 소나무만큼 좋은 나무는 없다. 그렇게 발톱을 걸기에 좋은 나무를 단숨에 뛰어 올라간다. 뛰어 올라갔다가 뛰어 내려온다. 내려오는 방법에는 두 가지가 있다. 하나는 머리를 땅 쪽으로 향하고 거꾸로 내려오는 방법이다. 다른 하나는 올라갔을 때 자세 그대로 꼬리를 땅 쪽으로 향하고 내려오는 방법이다. 과연 어느 쪽이 어렵다고 생각하는지, 인간에게 묻고 싶다. 지식이 얕은 인간은 어차피 내려가는 것이니 머리를 아래쪽으로 향하고 내려가는 편이 수월하리라고 생각할 것이다. 그러나 그것은 잘못된 생각이다. 인간은 헤이안 시대 말기의 무장 요시쓰네가 새와 짐승만 지나다닐 수 있을 만큼 험악한 히요도리 봉을 함락시켰다는 것만 알아서, 요시쓰네도 말을 탄 채 벼랑 아래로 내려갔는데 하물며 고양이야 머리를 아래로 향하고 내려가는 것이 당연하다 여길 것이다. 하지만 그렇게 깔보는 것이 아니다. 고양이의 발톱이 어느 쪽으로 휘어 있는지 생각해 보면 알 것이다. 모두 발바닥 쪽으로 휘어 있다. 그러니 갈고리처럼 뭔가를 찍어 잡아당기는 것은 가능해도 반대로 밀어내는 힘은 없다.

지금 내가 소나무를 힘차게 뛰어 올라갔다고 치자. 나는 원래는 지상에 사는 자이니 자연의 섭리에 따라 소나무 꼭대기에 그리 오래 머무를 수 없다. 그냥 놔두면 반드시 떨어진다. 그렇다고 대책 없이 떨어지면 그 속도가 너무 빠르다. 그러니 모종의 대책을 마련해서 자연의 섭리를 다소나마 늦춰야 한다. 그것이 바로 내려가는 것이다. 떨어지는 것과 내려가는 것에 무슨 큰 차이가 있는 듯한데, 실은 대단한 차이는 없다. 떨어지는 속도를 늦추면 내려가는 것이요, 내려가는 속도를 빨리하면 떨어지는 것이다. 떨어지는 것과 내려가는 것은 속도의 차이일 뿐이다. 나는 소나무에서 떨어지기는 싫으니 떨어지는 속도를 늦춰 내려가야 한다. 즉 어떤 도구를 사용해서 떨어지는 속도에 저항해야 한다. 앞에서 말했다시피 내 발톱은 발바닥 쪽으로 휘어 있으니, 머리를 위로 향하고 발톱을 세우면 떨어지는 힘을 역이용할 수 있다. 따라서 떨어지는 것이 내려가는 것이 된다. 참으로 알기 쉬운 이론이다.

반대로 몸을 거꾸로 하고 요시쓰네처럼 소나무 봉을 내려간다고 생각해 보라. 발톱은 있으나마나 한 무용지물이 된다. 자신의 체중을 감당할 수 없어 죽죽 아래로 미끄러질 뿐이다. 내려가고자 한 자가 떨어지는 변화를 겪는다. 따라서 히요도리 봉을 내려가듯 소나무 봉을 내려가는 것은 어려운 일이다.

고양이 가운데 이 재주를 부릴 수 있는 자는 아마 나뿐일 것이다. 그래서 나는 이 운동을 이름하여 소나무 미끄럼이라 하는 것이다.

마지막으로 울타리 돌기에 대해 한마디하겠다.

우리 집 마당은 사방을 대나무 울타리가 빙 두르고 있다. 툇마루와 평행한 한쪽은 한 15미터 정도 될 것이다. 좌우는 모두 약 7미터 정도이다. 내가 울타리 돌기라 한 운동은 이 울타리를 떨어지지 않고 한 바퀴 빙 도는 것이다. 이 역시 실패하는 경우가 간혹 있지만 운 좋게 마지막까지 가면 큰 위안이 된다. 특히 군데군데 통나무가 서 있어 잠시 쉬어 가기에 편리하다.

오늘은 운이 좋아 아침부터 낮까지 세 번을 돌았는데, 한 번을 돌 때마다 실력이 는다. 실력이 늘면 재미도 더하다. 드디어 네 번째를 도는데, 절반쯤 갔을 때 이웃집 지붕에서 까마귀 세 마리가 날아와 2미터 정도 앞에 줄지어 앉았다. 참으로 버르장머리 없는 녀석들이다. 이 몸이 운동을 하는데 어디 사는 누구인지도 모를 까마귀가 날아와 남의 울타리에 떡하니 앉아서 방해를 하다니 안 되겠다 싶어, 비키라고 소리를 질렀다. 제일 앞에 앉은 녀석이 싱글싱글 웃었다. 그다음 녀석은 우리 마당을 내려다보고 있다. 세 번째 녀석은 부리를 대나무 울타리에 닦고 있다. 틀림없이 뭘 먹고 온 것이다. 나는 대답을 기다리면서 녀석들에게

3분 동안 말미를 주고 울타리에 서 있었다.

까마귀를 통칭 간자에몬[9]이라고 한다는데, 과연 간자에몬이다. 아무리 기다려도 인사는커녕 날아가지도 않는다. 나는 슬금슬금 다시 걷기 시작했다. 그러자 제일 앞에 있는 간자에몬이 날개를 약간 펼쳤다. 드디어 내 위엄에 겁을 집어먹고 도망가려나 보다고 생각했더니, 오른쪽에서 왼쪽으로 자세를 바꾸었을 뿐이다. 이런 버릇없는 녀석! 땅에서라면 가만 놔두지 않을 테지만, 안 그래도 힘겨운 운동을 하는 중에 간자에몬 따위를 상대할 여유는 없다. 그렇다고 여전히 눌러앉아 있는 녀석들이 물러나 주기를 마냥 기다리기도 싫다. 무엇보다 다리가 부들부들 떨려 견딜 수가 없다. 녀석들이야 날개가 있으니 이런 곳에 날아와 얼마든지 앉아 있을 수 있고, 기분만 내키면 얼마든지 오래 체류할 수도 있다. 하지만 나는 벌써 네 번째다. 안 그래도 다리가 저리다. 더구나 줄타기에 버금가는 재주도 연마할 겸 운동을 하고 있다. 아무런 장애물이 없어도 떨어지지 않으리란 보장이 없는데, 저런 시커먼 덩어리 세 개가 앞길을 가로막고 있으니 예삿일이 아니다. 자칫하면 나 스스로 운동을 그만두고 울타리에서 내려가야 하는 수도 있다. 성가시니 차라리 그럴까 싶기도 하다. 적은 세 놈이나 되는 데다, 이 동네에서는 보지 못한 낯선 녀석들이다. 부리가 유난히 뾰족한 것이 꼭 덴구[10]의 자손 같은 꼴이다.

어차피 성깔이 못된 놈들일 것이다. 물러나는 것이 안전할 듯싶다. 공연히 나섰다가 떨어지기라도 하면 그보다 더한 치욕이 없다. 그런 생각을 하고 있는데 왼쪽으로 몸을 돌렸던 녀석이 〈바보〉라고 말했다. 그다음 녀석도 덩달아 〈바보〉라고 말했다. 마지막 녀석은 공손하게도 〈바보, 바보〉라고 두 번이나 외쳤다. 아무리 성품이 온화한 나지만, 이런 일을 그냥 지나칠 수는 없

9 까마귀는 일본 말로 가라스이며, 간자에몬은 어린아이들이 쓰는 말로 가라스를 의인화한 것이다.

10 소리개, 까마귀와 연관이 깊은 요괴.

다. 우선 내 집 안에서 까마귀 녀석들에게 모욕을 당했으니 내 이름에 먹칠을 한 셈이다. 이름이 아직 없으니 먹칠할 것도 없지 않느냐고 한다면, 내 체면에 먹칠을 했다고 하자. 절대 물러날 수 없다. 옛말에도 오합지졸(烏合之卒)이라는 말이 있으니, 세 놈이라고 해야 의외로 약할 수도 있다. 갈 수 있는 데까지 가보자고 마음을 다지고 슬슬 걷기 시작했다. 녀석들은 시치미를 뚝 뗀 표정으로 마주 보고 무슨 얘기를 나누고 있는 것 같다.

정말 울화가 치민다. 울타리 너비가 20센티미터만 되어도 혼쭐을 내줄 텐데, 아쉽게도 사정이 여의치 못하니 아무리 화가 나도 살금살금 천천히 걸을 수밖에 없다. 간신히 녀석들과의 거리가 15센티미터 정도로 좁혀져 이제 한달음이라고 생각했는데, 녀석들이 약속이라도 한 것처럼 갑자기 날개를 퍼덕거리더니 50센티미터 정도 날아올랐다. 날개를 퍼덕거리는 서슬에 인 바람이 내 얼굴을 스치는 순간, 아뿔싸! 그만 발을 헛디뎌 땅에 툭 떨어지고 말았다. 이거 참, 실수를 했군 하면서 울타리 밑에서 올려다보니, 세 놈이 원래 자리에 다시 앉은 채 부리를 한데 모으고 내 얼굴을 내려다보고 있었다. 뻔뻔한 녀석들이다. 한껏 노려보는데도 꿈쩍하지 않았다. 등을 잔뜩 웅크리고 그르렁거려 보았지만 그 역시 헛수고였다. 속물들이 영묘한 상징시를 이해하지 못하듯, 내가 녀석들에게 보내는 분노의 신호에 아무런 반응을 보이지 않는다.

하나 생각해 보면 그럴 만도 한 일이다. 지금까지 녀석들을 고양이라 착각하고 있었던 내 잘못이 크다. 고양이라면 이 정도 암시를 주면 어김없이 반응을 보인다. 그러나 상대는 아쉽게도 까마귀다. 까마귀 간 공(公)이니 어쩔 수 없다. 사업가가 우리 주인 구샤미 선생을 압도하려 아득바득하는 것이나 사이교[11]에게 은

11 西行(1118~1190). 헤이안 시대의 승려이자 가인. 당대의 정치가였던 요리토모가 사이교에게 은 고양이를 선물했으나, 사이교는 밖으로 나가 그것을 노는 아이들에게 주었다.

고양이를 선물한 것이나, 사이고 다카모리[12] 군의 동상에 까마귀가 똥을 싸지른 것이나 진배없는 일이다.

상황 파악이 빠른 나는 도저히 안 되겠다고 판단하고, 깨끗하게 포기하고서 툇마루로 물러났다. 벌써 저녁 먹을 시간이다. 운동도 좋지만 도가 지나치면 좋지 않다. 온몸이 왠지 뻐근하고 나른한 것을 보니 지친 모양이다. 게다가 아직 가을 초입이라 안 그래도 운동을 하면서 햇볕을 많이 쬔 털옷이 저녁 햇살까지 흠뻑 빨아들여, 뜨끈뜨끈해서 견딜 수가 없다. 땀구멍에서 솟아난 땀이 흘러내리면 좋으련만 털뿌리에 기름처럼 찐득하게 들러붙어 있다. 등이 근질근질하다. 땀 때문에 근질근질한 것과 벼룩이 기어 다녀 근질근질한 것은 차원이 전혀 다르다. 입이 닿으면 깨물 수도 있고 발이 닿으면 긁을 수도 있을 텐데, 척추가 뻗어 있는 등 한가운데이고 보니 내 재주로는 도저히 어떻게 할 수가 없다.

이런 때는 인간을 찾아 그 몸에 열심히 비벼 대든가 소나무 껍질에 몸을 마찰하는 기술을 사용하든가, 양자택일을 하지 않으면 찝찝해서 편히 잘 수가 없다. 모름지기 인간이란 어리석은 종족이어서 나를 부르는 간살스러운 목소리 — 그 목소리는 인간이 나를 향해 내는 소리다. 나더러 오라는 소리다 — 아무튼, 오라는 소리에 무릎 곁으로 다가가면 남자건 여자건 대개는 자기를 좋아하는 것이라 오해하고 내가 하는 대로 내버려 둘 뿐만 아니라 때로는 머리까지 쓰다듬어 준다. 그런데 요즘 들어 내 털 속에 벼룩이라 칭하는 일종의 기생충이 번식한다 하여 함부로 다가온다 싶으면 반드시 목덜미를 움켜쥐고 밖으로 휙 내동댕이친다. 눈에 뵐까 말까 한 하찮은 벌레 때문에 내게 치를 떠는 것이다. 손바닥을 위로 젖히면 비요, 아래로 젖히면 구름이라더니 인정이란 참으로 경박하고 쉬이 변하는 것이다. 고작 벼룩 1천, 2천 마리 정도에 그리 야박하게 굴 수 있으니 말이다.

12 西鄕隆盛(1827~1877). 에도 시대 말기의 정치가로 메이지 유신을 이끈 삼걸의 한 사람.

인간 세상의 사랑의 법칙 제1조는 이렇다고 한다.

자신에게 이익이 있는 동안은 마땅히 사랑하라.

나를 대하는 인간의 태도가 싹 바뀌었으니 아무리 가려워도 인간의 힘을 빌릴 수는 없다. 그러니 두 번째 방법인 소나무 껍질에 비벼대기를 택하는 도리밖에 없다. 그렇다면 잠시 비벼대기나 하러 다녀올까 하고 툇마루에서 마당으로 내려가려다가, 이 방법 또한 수지타산이 맞지 않는 실속 없는 방법이라는 것을 깨달았다. 설명하자면 이렇다.

소나무에는 송진이라는 것이 있다. 이 송진이 실로 집착이 강해, 한 번 털에 들러붙으면 벼락이 치든 발틱 함대가 전멸하든 절대 떨어지지 않는다. 뿐만 아니라 털 다섯 오라기에 들러붙었나 싶으면 어느새 열 오라기로 늘어나고, 열 오라기가 당했다 싶으면 벌써 서른 오라기로 늘어나 있다. 나는 담백함을 사랑하는 다인(茶人) 기질의 고양이다. 이렇게 끈질기고 끈적끈적하고 지독하고 집착이 강한 것은 딱 질색이다. 천하의 미인 고양이라도 성격이 그렇다면 나는 사양하겠다. 하물며 송진이야 말할 것도 없다. 인력거꾼네 검둥이의 두 눈에서 북풍을 타고 흘러내리는 눈곱이나 다름없는 주제에 내 이 옅은 회색 털옷을 만신창이로 만들려 들다니, 괘씸하기 짝이 없는 일이다. 그러니 네 주제를 알라, 하고 주의를 주었건만 조금도 깨우치는 기미가 없다. 저 껍질 근처에서 얼쩡거리다 등을 갖다 대는 순간, 얼씨구나 하고 들러붙을 게 뻔하다. 이렇게 생각 없는 얼간이를 상대하자니 내 체면이 구겨지는 것은 물론이요, 내 털 체면도 말이 아니다. 아무리 근질근질해도 꾹 참는 수밖에 없을 것 같다. 두 가지 방법을 다 쓸 수 없다고 생각하니 영 마음이 불편하다. 당장 무슨 수를 내지 않으면 근질근질하고 찝찝하다 못해 병에 걸릴지도 모른다.

무슨 묘안은 없을까 하고 뒷다리를 접고 주저앉아 궁리하는데, 문득 떠오르는 것이 있다. 우리 주인은 때로 수건과 비누를 들고 훌쩍 어디론가 가곤 한다. 30~40분 지나 돌아온 모습을 보면, 애매모호하던 안색이 조금은 활기를 띠고 개운한 듯이 보인다. 우리 주인처럼 너저분한 남자에게 그만한 영향을 미칠 정도라면 내게도 조금은 효험이 있을 것이다. 나는 안 그래도 용모가 출중하니 이보다 미남이 될 필요는 없겠으나, 만에 하나 병에 걸려 한 살 몇 개월에 요절하는 불상사라도 생긴다면 천하의 많은 사람들에게 죄스럽기 이를 데 없다. 듣자 하니 그것 또한 인간이 소일거리 삼아 만들어 낸 대중탕이라는 것이라는데. 어차피 인간이 만든 것, 쓸 만한 것이 못 될 게 뻔하지만 상황이 이러하니 시험 삼아 한번 들어가 보는 것도 괜찮지 않을까 싶다. 한번 들어가 보고 효험이 없으면 나오면 그만이다.

그런데 인간이 자신들을 위해 설비를 갖춘 대중탕에 다른 족속인 고양이를 받아 줄 만한 아량이 있을 것인가. 그것이 의문이다. 우리 주인이 태연하게 들어가는 정도이니 하물며 나를 거부하는 일은 없을 것이라 생각하지만, 만에 하나 문전 박대를 당하는 일이라도 생기면 남 보기가 부끄럽다. 그러니 일단은 가서 눈으로 확인해 보는 것이 좋겠다. 보고 나서 괜찮겠다 싶으면 수건을 입에 물고 뛰어들자. 이렇게 마음을 굳히고 어슬렁어슬렁 대중탕 쪽으로 나섰다.

골목길을 왼쪽으로 돌자, 저만치 앞에 굵은 대나무 장대 같은 것이 우뚝 서 있고 그 끝에서 멀건 연기가 피어오르고 있었다. 바로 찾아온 것이다. 나는 뒷문으로 슬그머니 들어갔다. 뒷문으로 슬쩍 들어가는 것을 비겁하다느니 미련하다느니 하는데, 그것은 앞문으로 드나들 수밖에 없는 자들이 질투심에 나불대는 헛소리다. 예로부터 영리한 사람은 뒷문으로 예기치 않은 기습을 했다. 신사 양성법 제2권 제1장 5페이지에 그렇게 쓰여 있다고 한다. 그다음 페이지에는 〈신사가 유서를 남겼으니, 뒷문은 그 자신이 덕을 얻은 문이라〉고 쓰여 있을 정도다. 나는 20세기를 사는 고양이이니 이 정도의 교양은 있다. 함부로 깔봐서는 못쓴다.

그렇게 숨어들고 보니, 왼쪽에 약 30센티미터 길이로 팬 소나무 장작이 산더미처럼 쌓여 있고 그 옆에는 석탄이 자그마한 언덕처럼 쌓여 있었다. 왜 소나무 장작은 산더미처럼 쌓여 있는데 석탄은 작은 언덕이냐고 궁금해하는 사람이 있을 듯한데, 특별한 의미는 없다. 그저 산과 언덕을 구분했을 뿐이다. 인간이 쌀을 먹고 새를 먹고 물고기를 먹고 동물을 먹고, 갖가지 나쁜 것을 먹다 못해 끝내는 석탄까지 먹을 정도로 추락했나 싶으니 가엾을 따름이다.

그 앞을 보니 약 2미터 정도 되는 입구가 활짝 열려 있고, 그 안은 휑한 것이 쥐 죽은 듯이 고요했다. 그리고 그 너머에서 사람 소리가 와글와글 들렸다. 이른바 대중탕이란 곳이 사람들의 목소리가 나는 곳이 틀림없겠다 판단하고, 소나무 장작과 석탄 사이로 난 골짜기를 지나 왼쪽으로 돌아서 앞으로 나아가자 오른쪽에 유리창이 있고 유리창 앞에 둥그런 통이 삼각형 즉 피라미드 모양으로 쌓여 있었다. 둥근 것이 본의 아니게 삼각형으로 쌓여 있으니 얼마나 억울할까 하고, 둥그런 통 제군의 다음이 헤아려졌다.

둥그런 통의 남쪽으로 1미터 좀 넘게 널빤지가 툭 튀어나와 있는데, 그것이 마치 나를 반기는 듯 보였다. 널빤지의 높이는 바닥에서 약 1미터 정도이니 폴짝 뛰어오르기에 안성맞춤이다. 〈좋았어〉 하고 몸을 휙 날리니, 대중탕이란 곳이 바로 코앞, 눈아래, 얼굴 앞에 펼쳐져 있었다. 천하에 재미있는 것이 많다 하는데, 아직 먹어 보지 못한 것을 먹고, 아직 보지 못한 것을 보는 것만큼 유쾌한 일은 없다. 제군들도 우리 주인처럼 일주일에 세 번 정도 이 대중탕의 세계에 30분 내지 40분 몸담아 보면 좋을 것이다. 만약 나처럼 대중탕이란 것을 아직 보지 못했다면 얼른 가서 보라고 권하고 싶다. 부모님의 임종은 지키지 않아도 좋으나, 이 진풍경만큼은 꼭 구경해야 할 것이다. 세상이 아무리 넓다지만 이런 기괴한 광경은 어디에도 없을 것이다.

뭐가 그리 기괴한 광경이냐고? 내 입으로 말하기가 꺼려질 만큼 기괴한 광경이다. 이 유리창 안에서 시끌시끌, 왁작왁작 소란을 피워 대는 인간은 모두 벌거벗은 알몸이다. 타이완의 생번(生蕃)[13]이다. 20세기 판 아담이다.

의상의 역사를 돌이켜 보면 — 길어질 터이니 자세한 것은 토이펠스드로흐[14] 군에게 일임하기로 하고 간략하게 짚어 보기만 하겠다 — 인류는 그야말로 복장 덕분에 유지되었다고 할 수 있다. 18세기 대영제국의 보 내시[15]가 배스 온천장에 엄중한 규칙을 적용했을 때만 해도 욕탕 안에서는 남녀 모두 어깨에서 발끝까지 내려오는 옷으로 몸을 가렸다.

지금으로부터 60년 전, 역시 영국의 어떤 도시에서 미술 학교를 설립했다. 미술 학교이니만큼 나체화, 나체상의 모사, 모형 등을 사들여 학내 군데군데에 전시해 놓은 것까지는 좋았는데, 정작 개교식을 거행할 단계가 되어 학교 당국은 물론 교직원 모두가 곤경에 처했다. 개교식을 하려면 시내의 숙녀들을 초대해야 하는데, 당시의 귀부인들은 인간은 복장의 동물이란 사고를 갖고 있었기 때문이다. 거죽을 걸친 원숭이의 후예라 여기지 않았다는 말이다. 인간으로서 옷을 입지 않는 것은 코끼리에게 코가 없는 것이나 다름없고, 학교에 학생이 없는 것이나 다를 바 없으며, 군인에게 용기가 없는 것이나 진배없으니, 본분을 깡그리 잃어버린 것이라 여겼다.

천박하게 본분을 잃었으니 인간이라 인정할 수 없다, 짐승이다. 비록 모사, 모형이라 하나 짐승에 속하는 인간과 마주하는 것은 귀부인의 품위를 손상시키는 일이다. 그런 이유로 숙녀들은 〈저희는 출석을 사양하겠습니다〉란 통보를 학교로 보냈다.

13 타이완의 원주민 가운데 한족화되지 않은 종족을 차별하는 말로, 〈蕃〉은 야만인, 미개인을 뜻한다.

14 Teufelsdrockh. 칼라일의 저서 『의상 철학』에 등장하는 가공인물.

15 Beau Nash(1674~1762). 온천지 배스의 의전장으로, 시설 개선과 풍속 개량에 힘써 배스를 고급 사교장으로 널리 알렸으며 유행의 선구자였다.

교직원들은 〈말이 통하지 않는 족속〉이라고 생각했지만, 동서를 막론하고 여자란 일종의 장식품이다. 방아질[16]도 할 수 없고 지원병도 될 수 없으나 개교식에는 빼놓을 수 없는 화장 도구이다. 그래서 어쩔 수 없이 포목점에 가서 검정 천 약 서른여섯 마를 사와서 예의 짐승 인간에게 옷을 입혔다는 것이다. 숙녀들에게 실례가 되어서는 안 될 터라, 꼼꼼하게 얼굴에도 천을 씌웠다. 이렇게 하여 개교식을 순조롭게 치렀다는 일화가 있다. 그 정도로 의복은 인간에게 중요한 것이다.

요즘은 나체화 나체화 하면서 입이 마르게 나체화를 주장하는 선생도 있는데, 그것은 큰 잘못이다. 태어나서 지금까지 단 하루도 알몸으로 있었던 적이 없는 내 입장에서는 큰 잘못이 아닐 수 없다. 나체는 그리스와 로마의 풍속이 르네상스 시대의 음란한 바람을 타고 유행하기 시작한 것이다. 그리스나 로마 사람들은 평소 나체를 늘 보는 탓에 익숙한 터라 그것이 교육상의 문제와 연관되리라고는 꿈에도 생각지 못했을 것이다. 하나 북유럽은 추운 곳이다. 일본조차 벌거벗고 나다닐 수 없는 기후인데, 독일이나 영국은 알몸으로 나다녔다가는 죽은 목숨이다. 죽으면 끝장이니까 옷을 입는다. 그렇게 모두가 옷을 입으면 인간은 복장의 동물이 된다. 한번 복장의 동물이 된 사람이 나체 동물과 불쑥 마주치면 인간이라 인정하지 않는다. 짐승이라 여긴다. 그러니 유럽 사람, 특히 북유럽 사람들은 나체화, 나체상을 짐승의 상으로 취급해도 상관없다. 고양이보다 못한 짐승이라고 치부해도 좋은 것이다.

아름답다고? 아름다운 건 상관없다. 아름다운 짐승상이라고 보면 되는 일이다.

이렇게 말하면 서양 부인의 예복을 본 적이 있느냐고 되묻는 자가 있을지도 모르겠다. 하나 나는 고양이이니 서양 부인의 예

16 지혜는 없어도 힘만 있으면 할 수 있는 일이란 뜻으로 사용했다.

복을 알현한 적이 없다. 들은 바에 따르면 그들은 가슴과 어깨와 팔을 드러내 놓은 옷을 입고, 그것을 예복이라 한다고 한다. 이해할 수 없는 일이다. 14세기 무렵까지 그들의 차림새는 그렇게 우스꽝스럽지 않았으며, 보통 사람들이 입는 옷을 입고 있었다. 그런데 어쩌다 그렇게 천박한 곡예사 같은 옷을 입게 되었는지는 귀찮으니 설명하지 않겠다. 아는 사람은 알 것이요 모르는 사람은 그저 모르는 대로 있으면 될 일이다.

역사는 그렇다 치고. 그들은 이렇게 요상한 차림을 하고서 밤에도 의기양양하게 거리를 활보하고 다니나, 그래도 마음속에는 인간다운 면모가 살아 있는지 아침 해가 솟으면 어깨를 움츠리고 가슴과 팔을 가리는 등, 온몸을 드러나 보이는 곳 없게 둘둘 감쌀 뿐만 아니라 발톱 하나라도 사람 눈에 뜨이면 상당한 수치라고 생각한다. 이런 현상만 보아도 그들의 예복이란 바보와 멍청이가 작당하여 만들어 낸 일종의 얼간이적 작품이란 것을 알 수 있다. 이런 결론에 불만이 있다면 낮에도 어깨와 가슴과 팔을 드러내 놓고 다니면 될 일이다. 나체 신봉자 역시 마찬가지다. 그 정도로 나체가 좋다면 딸을 발가벗기고 내친 김에 자신도 벌거숭이가 되어 우에노 공원에서 산책이나 즐기면 될 일이다. 그럴 수 없다고? 그럴 수 없는 것이 아니라 서양 사람들이 그렇게는 하지 않으니까 자신도 하지 않는 것이다.

실제로도 이 불합리하기 짝이 없는 예복을 입고서 제국 호텔을 드나들지 않는가. 그렇게 입고 다니는 이유를 물으면 뭐라 대답하지 못한다. 그저 서양 사람들이 입으니까 입는다고 할 뿐이다. 서양 사람들이 강하니까 억지라고 바보짓이라고 생각하면서도 어떻게든 흉내를 내지 않고서는 못 견디는 것이다. 긴 것에는 감겨라, 강한 것에는 굽혀라, 무거운 것에는 눌려라. 그렇게 명령어에 짓눌려 살다니 비굴하지 않은가. 비굴해도 어쩔 수 없다고 한다면야 나도 너그러이 이해해 줄 테니, 일본 사람이 위대하다는 생각은 그리 하지 말 일이다. 학문 역시 마찬가지이나 이는 복장과는 무관한 일이니 이하 생략하겠다.

의복이란 이렇듯 인간에게도 중요한 것이다. 인간이 의복이냐, 의복이 인간이냐. 즉 인간이 먼저냐 의복이 먼저냐 할 만큼 중요한 조건이다. 인간의 역사는 살의 역사도 아니요 피의 역사도 아니며 뼈의 역사도 아니고 그저 의복의 역사라고 주장하고 싶을 정도다. 그러니 옷을 입지 않은 인간을 보면 인간다운 느낌이 들지 않는 것이요, 귀신과 마주친 듯 여겨지는 것이다. 귀신도 모두가 함께 귀신이 되면 귀신이 사라지고 없는 셈이니 상관없지만, 그렇게 되면 인간 자신이 큰 혼란에 빠질 뿐이다.

먼 옛날, 자연은 인간을 평등한 존재로 만들어 세상에 내보냈다. 그렇기 때문에 인간은 누구든 태어날 때 벌거숭이인 것이다. 만약 인간이 평등에 안주하는 본성을 지녔다면 기꺼이 벌거숭이인 채로 살아갔을 것이다. 그런데 벌거숭이 가운데 하나가 이런 생각을 했다.

〈모두가 이렇게 똑같으면 공부한 보람이 없다. 뼈를 깎는 노력을 한 대가가 없다. 그러니 어떻게든 나는 나라고, 누가 어떻게 보든 나라고 할 수 있는 점을 두드러지게 하고 싶다. 그러기 위해서는 누가 봐도 깜짝 놀랄 만한 것을 몸에 걸치는 게 좋겠다. 뭐 좋은 것이 없을까.〉

이렇게 10년을 생각한 끝에 드디어 속바지라는 것을 발명했다. 그 자는 곧바로 그것을 입고, 〈어때? 요건 몰랐지?〉 하는 표정으로 거들먹거리며 거리를 활보했다. 그 사람이 바로 오늘날 인력거꾼의 조상이다. 그 단순한 속바지를 발명하는 데 무려 10년이란 긴 세월을 소비했다니 다소 뜻밖이기도 하나, 이것은 몸만 오늘날에서 무지몽매한 고대로 거슬러 올라가 내린 결론일 뿐, 당시에는 이만큼 대단한 발명이 없었다.

데카르트는 〈나는 생각한다. 고로 나는 존재한다〉라는 세 살배기도 알 수 있는 진리를 발견하는 데 10여 년이 걸렸다고 하지 않는가. 무슨 일이든 처음 생각할 때는 고생이 따르는 법이니 속바지 발명에 10년이 걸렸다 한들, 인력거꾼의 머리로 대단하다 하지 않을 수 없다. 그런데 속바지가 등장하고 보니 인력거꾼이 세력을 떨치는 세상이 되고 말았다. 인력거꾼들이 속바지를 입고 큰길을 제집인 양 활보해 대는 터라, 그 꼴에 배알이 꼴린 귀신들이 질세라 6년을 고생해서 윗도리라는 쓸데없이 길기만 한 옷을 발명했다. 그러자 속바지의 세력이 눈에 띄게 줄어들면서 윗도리 전성시대가 왔다. 채소 장사, 약장사, 옷장사 등은 모두 이 대발명가의 후손이다. 속바지 시대, 윗도리 시대를 거쳐 등장한 것이 겉바지 시대이다. 겉바지는 또 윗도리 주제에 거들먹거리는 꼴에 부아가 치민 귀신들이 궁리 끝에 발명한 것으로, 옛 무사와 지금의 관원들이 모두 그 후손이다.

이렇듯 귀신들이 앞을 다투어 서로가 다르다는 것을 나타내고 경쟁하듯 새로운 것을 만들어 낸 나머지 결국은 제비 꼬리를 닮은 기형까지 출현했다. 잠시 뒤로 물러나 그 유래를 생각해 보면, 억지로, 마구잡이로, 어쩌다 우연히, 막연하게 생겨난 것이 절대 아님을 알 수 있다. 모두가 이기고 싶고 누르고 싶은 경쟁심에 매달린 나머지 다양한 새것이 등장한 것이요, 나는 너와 같지 않다고 공언하며 다니는 대신 옷을 뒤집어쓰고 다녔던 것이다.

결과적으로 이런 심리를 통해 일대 발견이 가능하다. 그것은 다름 아닌, 〈자연은 진공을 꺼린다〉[17]는 말처럼 인간은 평등을 싫어한다는 것이다. 평등이 싫어 어쩔 수 없이 옷을 뼈와 살처럼 걸치고 다니는 오늘날, 본질의 일부인 이 점을 무시하고 과거의 평등한 시대로 돌아가는 것은 미친 짓이 아닐 수 없다. 아니 미친 짓이라는 소리는 달게 듣는다 해도 도저히 돌아갈 수는 없다. 개화한 사람의 눈으로 보면 돌아간 저들이 귀신이다. 가령 전 세계 몇억만 인구를 귀신의 영역으로 끌어내려 놓고, 자 이제 모두 평등하다, 모두가 귀신이니 부끄러워할 것 없다고 안심하라 한

17 라틴어 성구. *Natura abhors a vacuum.*

들, 역시 돌아가는 것은 안 될 일이다. 전 세계 인구가 귀신이 된 다음 날부터 귀신들의 경쟁이 시작될 것이다. 옷을 입고 경쟁할 수 없으니 귀신 차림으로 경쟁을 할 것이다. 또 벌거숭이는 벌거숭이대로 어떻게든 차이를 내세우려 할 것이다. 이런 관점에서 보아도 옷이란 절대 벗어서는 안 되는 것이다.

그런데 지금 내가 내려다보고 있는 인간의 무리는 벗지 말아야 할 속바지도 윗도리도 겉바지도 훌러덩 벗어 선반 위에 올려놓고는 뭇사람의 눈길 속에 벌거숭이 몸을 그대로 드러내 놓는 미친 짓을 하면서 태연하게 담소를 즐기고 있다. 내가 앞에서 기괴한 광경이라고 한 것은 바로 이 광경을 말하는 것이다. 나는 문명 시대를 사는 제군들을 위해 삼가 여기에 그 광경을 소개하는 영광스러운 소임을 다하고자 한다.

뭐가 뭔지 복작복작하고 어수선해서 무엇부터 써나가면 좋을지 모르겠다. 귀신이 하는 짓에 규율이 있을 리 없으니 질서 있게 증명하기가 수월치 않다.

먼저 욕조부터 얘기하겠다.

욕조인지 뭔지 잘 모르겠지만 대충 욕조일 것이라고 생각한다. 너비가 약 1미터 정도에 길이는 3미터 정도 되는데, 그것을 둘로 나눈 한쪽에 허연 물이 들어 있다. 약탕이라고 한다는데, 색이 뿌연 것이 꼭 석회를 풀어 놓은 것 같다. 그것도 그냥 뿌연 것이 아니다. 번들번들 기름기가 끼어 있고 묵직하게 느껴지는 것이 꼭 썩은 물처럼 보이는데, 그도 그럴 것이 일주일에 한 번밖에 물을 갈지 않는다고 한다. 그 옆에는 그냥 더운 물이 들어 있는데 그 또한 절대 맑거나 깨끗하다 할 수 없다. 그 색깔이 족히 빗물통에 담긴 물을 휘휘 저어 놓았다고 할 만하다.

이제 귀신들에 대해 기술하겠다. 힘든 작업이 될 듯하다.

빗물통 쪽에 젊은것 둘이 서 있다. 선 채로 마주 보고 배에 물을 좍좍 끼얹고 있다. 참으로 볼 만한 광경이다. 둘 다 피부가 검다는 점에서는 더할 나위 없이 발달해 있다. 저 귀신은 꽤 다부

지겠구나 하고 생각하면서 보고 있는데, 한 녀석이 수건으로 가슴 언저리를 쓱쓱 문지르면서 말했다.

「긴 씨, 여기가 자꾸 아픈데, 왜 그럴까?」

「그거 위장병이로구먼. 위장병은 자칫 잘못하면 목숨을 앗아 간다니까, 조심해야지. 안 그러면 위험해.」

긴 씨가 열심히 충고를 했다.

「아니, 왼쪽 여기라니까.」

한 녀석이 왼쪽 폐를 가리키며 말했다.

「거기가 위지. 왼쪽은 위, 오른쪽은 폐잖아.」

「그런가. 난 또 위는 이쪽에 있는 줄 알았는데.」

이번에는 허리 언저리를 툭툭 치면서 말했다.

「거기가 아프다면 산증(疝症)이로군.」

긴 씨의 진단이다.

그때 스물대여섯 돼 보이는, 짤막하게 수염을 기른 사내가 풍덩 하고 물에 뛰어들었다. 그러자 몸에 묻어 있는 비누 거품이 때와 함께 떠오른다. 철분이 함유된 물을 햇살에 비쳤을 때처럼 번쩍번쩍 빛난다. 그 옆에서는 대머리 할아버지가 머리 짧은 사내 하나를 상대로 뭐라 뭐라 주절거리고 있다. 양쪽 다 머리만 둥실 물 위에 떠 있다.

「야, 이거 나이를 이렇게 먹으니, 안 되겠어. 심신이 낡으니 젊은것들을 당해 낼 재간이 있어야지. 그래도 목욕물만큼은 지금도 뜨끈한 것이 좋아. 미적지근하면 영 개운하지가 않다니까.」

「영감님은 아직 펄펄하신데요 뭐. 그 정도로 건강한데 무슨 걱정이십니까.」

「펄펄하기는 무슨. 그저 병치레를 안 할 뿐이지. 사람은 나쁜 짓만 안 하면 120살까지는 너끈히 사니까 말이야.」

「야, 그렇게 오래 산답니까?」

「살고말고. 120살까지는 내 장담하지. 메이지 유신 전에 우시고메란 곳에 마가리부치란 무사가 살았는데, 그 댁 하인은 130살이었어.」

「야, 그거 정말 오래 살았군요.」

「음, 너무 오래 살아서 자기 나이를 잊어버렸지. 백 살까지는 기억하고 있었는데 그다음부터는 잊어버렸다고 하더군. 내가 알았던 때가 130살이었는데, 그리고 죽은 것도 아니야. 그 후에 어떻게 되었는지 모르지만, 어쩌면 아직 살아 있을지도 모르지.」

대머리 할아버지가 그렇게 말하면서 물에서 나왔다. 수염 난 사내는 주위에 운모 같은 것을 흩뿌리면서 히죽히죽 웃고 있다. 대머리가 나가자 이번에는 보통 귀신과 달리 등에 무늬가 새겨진 사내가 뛰어들었다. 이와미 주타로[18]가 큰 칼을 휘둘러 구렁이를 퇴치하는 장면인 듯한데, 아쉽게도 아직 완공이 덜었는지 구렁이는 어디에도 없다. 따라서 이와미 선생이 다소 얼빠진 기색이다.

그 이와미 선생이 물에 뛰어들면서 투덜거렸다.

「이거 왜 이렇게 미적지근해.」

그러자 뒤따라 뛰어든 사내도 이렇게 중얼거렸다.

「이거야 원……. 좀 더 뜨끈뜨끈해야지.」

하나 얼굴을 잔뜩 찡그리고 있는 것이 뜨거운데도 참고 있는 것처럼 보이기도 한다. 이와미 선생과 얼굴이 마주치자 인사를 건넸다.

「아이고 형님!」

「여어! 자네로군. 다미 씨는 어쩌고 있는가?」

이와미 선생, 그렇게 물어 놓고는 한탄하듯 말한다.

「어찌 된 일인지, 쉴 새 없이 싸돌아다니는 것만 좋아하니.」

「그리 싸돌아다니기만 해서야…….」

「아무렴. 무슨 꿍꿍이속인지 그 검은 뱃속을 알 수가 없는 사내라니까. 그래서 그런지, 다들 별로 좋아하지를 않아. 믿음직스

18 岩見重太郎. 모모야마 시대의 전설적인 무사.

러워하지도 않고 말이야. 장인(匠人)이란 원래 그러면 안 되는 건데.」

「옳은 말씀입니다요. 다미 씨는 콧대만 높을 뿐 겸손할 줄을 모릅지요. 그러니 다들 신뢰하지 않는 것입니다.」

「음, 그래. 그런 주제에 무슨 대단한 재주꾼인 줄 알고 있으니, 결국은 자기 손해지.」

「이 동네, 시로가네초에도 나이 드신 어른들은 다 돌아가시고, 지금은 나무통 가게 모토 씨하고 기와 가게 주인, 그리고 형님 정도만 남았습니다요. 우리야 여기서 태어나고 자랐지만, 다미 씨는 어디 살다 굴러들었는지 알 수가 없는 사람이니.」

「그렇기는 하네만, 그래도 그만큼 된 것을 보면 대단하지.」

「그래도 다들 좋아하지 않는 것은 좀. 좀체 사람들과 사귀려 들지 않으니.」

둘이 철저하게 다미 씨를 공격한다.

빗물통은 이 정도로 하고 눈길을 옮겨 석회통 쪽을 보니, 온통 벌거숭이들이 득시글거리는 광경이 탕 속에 사람이 들어 있는 것이 아니라, 사람 속에 탕이 들어 있다고 하는 편이 적절할 듯하다. 게다가 모두들 유유자적한 표정이다. 아까부터 들어오는 사람은 있어도 나가는 사람은 한 명도 없다. 이렇게 사람이 많이 들어오는데 일주일이나 갈지 않는다니 물이 더러워지는 것도 당연하겠다 싶어 감탄하며 탕 속을 둘러보니, 왼쪽 한구석에 구샤미 선생이 벌겋게 달아오른 얼굴로 찌그러져 있었다. 가엾게, 누가 좀 비켜 나갈 수 있도록 길을 내어 주면 좋을 텐데 하고 나는 생각하는데, 아무도 꼼짝하지 않거니와 주인도 나갈 생각이 도통 없는지 그저 벌겋게 달아오른 얼굴로 가만히 있을 뿐이다.

참으로 고생스러운 일이다. 되도록이면 2전 5푼짜리 대중탕을 활용하고자 하는 정신을 발휘하다 보니 저렇게 벌겋게 되었을 것이나, 얼른 나와야지 안 그러면 김을 너무 쏘여 불어 터질 텐데 하고, 주인을 염려하는 나는 유리창 앞 널빤지 위에서 적잖이 걱정스러웠다.

그때 주인 옆에 옆에 떠 있던 사내가 눈썹을 팔자로 찡그리고는 이렇게 중얼거리면서 죽 늘어앉은 귀신들에게 암암리에 동정을 구했다.

「이거 너무 뜨거운 거 아니야. 등 쪽에서 뜨거운 것이 찌릿찌릿하게 끓어오르는데.」

그러자 이렇게 자기 고향 자랑을 늘어놓는 이가 있다.

「뜨겁기는, 딱 적당한데요. 약탕은 이 정도로 뜨겁지 않으면 효험이 없지요. 우리 고향에서는 이보다 배는 뜨거운 물에 들어간다고요.」

「대관절 이 탕이 뭐에 그리 좋답디까?」

접은 수건으로 울퉁불퉁한 머리를 덮어 가린 사내가 일동에게 물었다.

「여러 가지에 좋다고 하던데요. 온갖 병에 다 듣는다고 하니, 굉장하지 않습니까.」

그렇게 말한 것은 깡마르고, 얼굴색과 모양이 오이 같은 사내였다. 그렇게 효험이 좋은 물이라면 좀 더 튼튼해질 법도 한데.

「약을 막 넣었을 때보다 사나흘째가 딱 좋다고 합디다. 오늘이 바로 그런 날이지요.」

아는 체하면서 그렇게 말하는 사내를 보니, 팅팅 불어 터진 꼴이다. 아마 때가 많아서 불어 터졌을 것이다.

「마셔도 효과가 있을까나?」

어디서인지는 모르겠으나, 느끼한 목소리로 그렇게 말하는 자가 있다.

「몸이 서늘할 때 한 잔 마시고 자면, 신기하게도 밤중에 오줌 누러 일어나지 않는다고 하니, 한번 마셔 보시지요.」

어느 입이 그런 대답을 했는지는 잘 모르겠다.

탕 쪽은 이만해 두고 널마루 쪽을 돌아보았다. 아이코야! 그림도 되지 못할 아담들이 줄줄이 제멋대로 늘어앉아, 마음 내키는 대로 이곳저곳을 씻고 있다. 그 가운데 가장 놀라운 것은 마룻바닥에 벌렁 드러누워 저 높이 나 있는 들창을 바라보고 있는 아담과 엎드려 물고랑을 들여다보고 있는 아담이다. 어지간히 할 일 없는 아담인가 보다.

벽을 향해 쭈그리고 앉아 있는 스님도 있다. 그 뒤에서 새끼 스님이 열심히 어깨를 두드리고 있다. 사제지간인 관계상 때밀이 역을 대신하고 있는 것일 터이다. 진짜 때밀이도 있다. 이렇게 더운데, 감기에 걸렸는지 누비 조끼를 입은 채 타원형 통에서 물을 퍼 손님의 어깨에 콸콸 뿌리고 있다. 오른발을 보니 엄지발가락과 집게발가락 사이에 수입한 거칠거칠한 천으로 만든 때수건을 끼고 있다.

또 이쪽에서는 욕심을 부려 물통을 세 개나 끼고 앉은 사내가 옆에 앉은 사내에게 비누를 쓰라고 열심히 권하면서 긴 얘기를 늘어놓고 있다. 무슨 얘기인가 싶어 들어 보니 이랬다.

「장총은 외국에서 들어온 것이지. 옛날에는 칼로 싸웠는데 말이야. 외국 사람들은 비겁해서 그런 것을 만든 거야. 하지만 아무래도 중국은 아닌 것 같고, 역시 외국이야. 와토나이[19] 시절에는 없었지. 와토나이는 역시 세이와 겐지[20]야. 듣자 하니 요시쓰네가 에조[21]에서 만주로 건너갔을 때, 학식이 아주 높은 에조 남자가 따라갔다더군. 그런데 요시쓰네의 아들이 대국 명나라를 공격했는데, 명나라에서는 군세가 부족해서 3대 쇼군에게 사자를 보내 군사 3천을 빌려 달라고 했지. 그러나 3대 쇼군님은 그 사자를 돌려보내지 않고 붙잡아 두었어. 이름이 뭐였더라. 아무

19 和唐內. 근세의 작가 지카마쓰 몬자에몬의 작품 『고쿠센야 전투』의 주인공으로 모델은 명나라 말기의 지사 정성공(鄭成功)이다.

20 淸和源氏. 일본 황족의 가계에서 세이와 천황을 시조로 하는 일족.

21 蝦夷. 아이누족이 살았던 홋카이도의 옛 이름. 세이와 겐지의 먼 후손인 요시쓰네가 에조에서 만주로 갔다는 얘기는 요시쓰네가 칭기스칸과 동일인일라는, 학문적으로는 전혀 근거가 없는 전설에서 나온 것.

튼 뭐라고 하는 사자였어. 그래서 그 사자를 2년 동안 붙잡아 놓았다가 마지막에는 나가사키에서 창녀 하나를 붙여 주었는데, 그 사자와 창녀 사이에 태어난 아이가 바로 와토나이야. 그 후에 고향으로 돌아가 보았더니, 명나라는 국적의 손에 멸망하고 없었다는 얘기지.」

무슨 얘기인지 전혀 알아들을 수가 없다.

그 뒤에서 스물대여섯 남짓한 사내가 으스스한 표정으로 멍하게 앉아 사타구니에 열심히 허연 물을 끼얹으며 찜질을 하고 있었다. 그 옆에서 〈자네〉니 〈나〉니 하면서 건방진 소리를 조잘조잘 해대는 열일고여덟 살 나 보이는 사내는 아마 이 동네 서생일 것이다.

그 옆에 묘한 등이 보인다. 꼬리뼈에서 위로 한죽(寒竹)을 죽 박아 놓은 것처럼 등뼈 마디마디가 드러나 있다. 그리고 그 좌우로 쑥뜸을 뜬 자리가 네 군데씩 고누 놀이판처럼 가지런히 줄지어 있는데, 벌겋게 문드러져 주위에 고름이 차 있는 데도 있다.

이렇게 순서대로 쓰자니 쓸 것이 너무 많아 내 솜씨로는 도저히 그 일부조차 제대로 형용할 수가 없다. 공연히 시작했다고 넌더리를 내고 있는데 입구 쪽에 누리끼리한 무명옷을 입은 일흔 살쯤 되어 보이는 대머리 영감이 불쑥 나타났다. 영감은 벌거숭이 귀신들에게 공손하게 합장하고는 유창하게 말을 뇌까렸다.

「손님 여러분, 오늘도 이렇게 찾아 주셔서 감사합니다. 오늘은 날씨가 좀 스산하니 아무쪼록 느긋하게, 약탕에 들고 나고 하시면서 따끈하게 몸을 푸십시오. 어이, 지배인! 물이 뜨끈한지 온도를 잘 맞춰 드리게나.」

「그러믄입쇼.」

지배인이 대답했다.

「붙임성이 철철 넘치는군. 하기야 저래야 장사를 해먹지.」

아까 와토나이 운운하던 사내가 중머리를 크게 칭찬한다.

나는 갑작스럽게 나타난 요상한 영감을 보고 다소 놀란 탓에,

지금까지 하던 기술은 잠시 접어놓고 이 영감을 집중적으로 관찰하기로 했다.

영감은 지금 막 탕에서 나온 네 살쯤 먹은 아이에게 손짓하며 말했다.

「얘야, 이리 온.」

아이는 찹쌀떡을 꾹 눌러놓은 듯한 영감을 보고는 큰일 났다 싶었는지, 비명을 지르며 왕! 하고 울음을 터뜨린다. 영감은 다소 서운한 표정을 지으며 난감해한다.

「저런, 울기는. 왜? 할비가 무섭냐? 어이구, 저런 저런.」

그러고는 어쩔 수 없이 화살을 아이의 아버지에게 돌린다.

「아이고, 이거 겐 씨 아닌가? 오늘 날씨가 춥네그려. 어젯밤에 오미야에 도둑이 들었다는데, 얼마나 멍청한 놈인지 모르겠어. 그 조그만 문을 네모나게 뚫기는 했는데, 아무것도 훔쳐 가지는 못했다는 거야. 순사나 야경꾼이라도 나타났던 모양이지.」

그렇게 도둑의 무모함을 한껏 비웃고는 또 한 사람을 붙들고 주절거렸다.

「아이고 이거 많이 춥군. 자네는 아직 젊어서 추위를 못 느끼나 보네그려.」

노인네라서 그런지 혼자서 연방 춥다 춥다 노래를 한다.

한참을 영감에게 정신을 빼앗겨 다른 귀신들은 까맣게 잊고 있었을 뿐만 아니라, 답답하게 웅크리고 있는 주인마저 기억 속에서 사라지고 없는데, 몸 씻는 곳과 마루방 사이에서 갑자기 소리를 버럭 지르는 이가 있었다. 누군가 싶어 보았더니, 구샤미 선생이 틀림없었다. 주인의 목소리가 남달리 큰 것과 걸걸하고 탁해서 듣기에 괴로운 것은 비단 어제오늘 일이 아니지만, 장소가 장소이니만큼 적잖이 놀랐다. 나는 순간적으로, 이건 뜨거운 탕 속에 너무 오래 몸을 담근 채 참고 있다 보니 피가 거꾸로 치솟은 탓이라고 판단했다. 무슨 병이 있어 그런 것이라면 비난할 수도 없겠지만, 그는 거꾸로 치솟은 피 때문에 흥분한 가운데에서도 제정신을 갖고 있었다. 이는 뭣 때문에 얼토당토않게 그리 큰 고함을 질렀는지만 봐도 금방 알 수 있다.

그는 건방이나 떨 줄 아는 하찮은 서생을 상대로 어른스럽지 못하게 시비를 걸었던 것이다.

「저리 좀 비켜. 내 물통에 물이 튀잖나.」

물론 그런 소리를 지른 것은 우리 주인이다.

만사는 보기에 따라 달리 해석할 수 있는 것이니, 이 고함 소리를 그저 흥분한 결과라고 단정할 필요는 없다. 1만 명 중에 한 명쯤은 다카야마 히코쿠로[22] 씨가 산적을 호되게 꾸짖는 것 같았다고 해석해 줄지도 모른다. 본인도 그런 심산으로 호기를 부렸는지 모르겠으나, 상대가 스스로 산적임을 인정하지 않는 이상 예상한 결과를 얻을 리 만무하다. 서생은 뒤돌아보면서 공손하게 대답했다.

「저는 아까부터 여기 있었는데요.」

지극히 정상적인 대답이었다. 다만 자리를 비키지 않겠다는 뜻을 비쳤으니 주인이 원하는 바는 아니나, 아무리 흥분했어도 그런 태도와 말투를 보이는데 산적이라도 대하듯 호통칠 일은 아니라는 것을 주인도 족히 알고 있을 것이다. 하지만 주인이 소리를 지른 것은 서생이 앉은 자리 때문이 아니었다. 아까부터 두 사람이 나이 어린 주제에 거만하고 잘난 체하는 말만 줄줄이 늘어놓는데, 그것을 옆에서 계속 듣고 있어야 했던 주인이 참다못해 화를 낸 것이라 여겨진다. 그러니 상대가 공손하게 말했다고 해서 마루방으로 나갈 리는 없다.

「뭐라고? 이런 멍청한 놈 같으니. 왜 남의 물통에 더러운 물을 자꾸 튀기는 거야, 어?」

이번에는 또 이렇게 호통을 쳤다. 나 역시 그 서생을 다소 얄밉게 여기고 있던 터라 마음속으로는 쾌재를 불렀지만, 학교 선

22 高山彦九郎(1747~1793). 에도 시대 후기의 존황 사상가.

생인 주인의 언동치고는 점잖지 못하다고 생각했다. 우리 주인은 원래가 고지식해서 탈이다. 석탄재처럼 푸석푸석한 데다 유난히 딱딱하다.

옛날, 한니발이 군대를 이끌고 알프스 산맥을 넘을 때 이런 일이 있었다고 한다. 산길 한가운데에 커다란 바위가 떡 버티고 있어 군대가 순조롭게 지나가지 못하고 큰 불편을 겪고 있었다. 그러자 한니발은 그 커다란 바위에 식초를 뿌리고 불을 붙여 부드럽게 녹이고서, 톱으로 토막토막 잘라 군대가 원활하게 지나갈 수 있도록 했다고 한다.

효과 만점이라는 약탕에 불어 터질 정도로 오래 앉아 있었는데도 아무런 효과를 보지 못한 우리 주인 같은 사람에게는 역시 식초를 뿌리고 불을 붙이는 도리밖에 없다고 생각한다. 그렇지 않고는 저런 서생이 몇백 명 등장해 몇십 년을 싸운다 한들, 황소고집은 고쳐지지 않을 것이다.

저 탕에 둥둥 떠 있는 것들, 몸 씻는 곳에서 우글거리고 있는 것들은 모두 문명인에게 절대적으로 필요한 옷을 벗어던진 집단이니, 물론 상식과 도리로 깨우칠 수 없다. 무슨 짓을 하든 상관없다. 폐가 있어야 할 곳에 위가 진을 치든, 와토나이가 세이와겐지가 되든, 다미 씨가 신용이 있든 없든 아무 상관 없다. 그러나 일단 몸 씻는 곳에서 마루방으로 이동하면 더는 귀신이 아니다. 보통 사람들이 서식하는 사바세계로 나온 것이니, 문명에 필요한 옷을 입어야 한다. 따라서 인간다운 행동도 취해야 마땅하다. 지금 주인이 밟고 있는 곳은 문지방이다. 몸 씻는 곳과 마루방의 경계인 문지방을 밟고 서서, 공치사와 아부와 기회주의가 판을 치는 속세로 돌아가려는 참이다.

그런 순간에도 저렇게 고집을 피우는 것을 보면, 그 고집은 이미 도저히 벗어날 수 없는 우리요, 고칠 수 없는 질병이다. 질병은 쉬이 고쳐지지 않는다. 하나, 어리석으나마 내 생각에 그 고집을 고칠 수 있는 방법이 딱 한 가지 있다. 교장에게 부탁하여 퇴직을 시키는 것이다. 일자리를 잃으면 융통성이라고는 하나 없는 우리 주인은 보나마나 식솔을 거느리고 길거리로 나앉게 될 것이다. 바꿔 말해 주인에게 퇴직은 죽음에 이르는 길이다. 주인은 병은 기꺼이 앓으면서도 죽기는 싫어한다. 그러니 죽지 않을 정도로 병을 앓는 일종의 사치를 부리고 싶은 것이다. 그런 주인에게 그렇게 병이나 앓고 있으면 죽여 버리겠다고 위협하는 것도 하나의 방법이다. 그럼 겁 많은 우리 주인은 부들부들 떨게 틀림없고, 떨다 보면 병이 뚝 떨어질 것이라고 생각한다. 그래도 안 떨어지면 어쩔 수 없지만 말이다.

아무리 멍청하고 병까지 앓고 있어도, 주인은 주인이다.

한 끼니를 에워 준 주인의 은혜를 잊지 않는다는 시인도 있는데, 고양이라고 해서 주인의 신상을 염려하지 않는 것은 아니다. 딱하다는 생각에 가슴이 북받쳐 그쪽에만 정신을 팔다가 잠시 몸 씻는 곳의 관찰을 브류하고 있었더니, 갑자기 허연 탕 쪽을 향해 입을 모아 욕을 해대는 소리가 들렸다. 저기에서도 싸움이 벌어졌나 하고 돌아보니, 좁은 욕탕 입구에 발 디딜 틈조차 없으리만큼 귀신들이 들러붙어 있다. 털 난 정강이와 털 없는 허벅지가 뒤죽박죽 움직이고 있다. 초가을 해가 거의 저물어 가는 때, 몸 씻는 곳은 모락모락 피어오른 김이 천장까지 온통 자욱하게 끼어 있다. 귀신들이 우글거리는 모습이 자욱한 김 사이로 부옇게 보인다. 뜨겁다고 난리를 치는 소리가 내 귀를 관통하여 좌우로 빠져나가려고 머릿속에서 아우성이다. 노랑 파랑 빨강 검정 소리들이 층층이 겹쳐 욕탕 안에 뭐라 형용하기 어려운 음향이 메아리친다. 혼잡스럽고 어지럽다고나 표현할 수 있는 소리일 뿐, 달리 아무런 쓸모가 없는 소리이다. 나는 망연히 선 채, 그 소리에 넋을 놓고 있었다. 마침내 와와거리는 소리가 혼란의 극에 달해 더는 한 발짝도 나아갈 수 없을 지점까지 팽창했을 때, 뒤엉켜 이리 밀치고 저리 밀치는 무리 사이에서 한 거한이 불쑥 일어섰다. 키를 보니 다른 선생들보다 족히 주먹 하나만큼은 크다.

뿐만 아니라 얼굴에 수염이 난 것인지 수염 속에 얼굴이 동거하고 있는지 모를 벌건 낯짝을 뒤로 젖히고, 대낮에 금이 간 종을 치는 듯한 소리로 외치는 것이 아닌가.

「앗, 뜨거! 찬물, 찬물.」

뒤엉켜 소란을 피우는 군중 사이에서 그 목소리와 그 얼굴만 우뚝 불거져, 그 순간에는 욕탕 전체가 그 남자의 세상이 되었는가 싶을 정도였다.

초인이다. 니체가 말한 초인이다. 마왕 가운데서도 대마왕이다. 귀신의 우두머리다. 그렇게 생각하며 관람하고 있는데, 탕 뒤에서 〈예이!〉 하고 대답하는 소리가 났다. 저 소리는 또 뭐지? 하고 눈동자를 그쪽으로 돌리니, 온통 부예서 뭐가 뭔지 알아볼 수 없는데 예의 누비 조끼 차림의 때밀이가 석탄 덩어리를 부서져라 하고 아궁이에 던져 넣는 모습이 희미하게 보였다. 석탄이 타닥타닥 타는 소리가 아궁이 뚜껑 위로 울릴 때, 때밀이의 얼굴 절반이 환하게 밝아졌다. 동시에 때밀이 뒤에 있는 벽돌 벽이 어둠 속에서 불타오르듯 빛났다. 사태가 다소 엄청나, 나는 얼른 유리창 앞 널빤지에서 내려와 집으로 돌아갔다.

돌아가면서 생각했다. 윗도리와 겉바지와 속바지까지 벗어던지고 평등해지려 아득바득 애쓰는 벌거숭이들 속에서도 벌거숭이 호걸이 등장해 다른 군소 벌거숭이를 압도한다. 아무리 벗어던져도 평등이란 얻어지는 것이 아니다.

집으로 돌아와 보니, 천하는 참으로 태평하다. 주인은 막 목욕을 하고 와 번들거리는 얼굴로 저녁을 먹다가 툇마루로 올라오는 나를 보고는 이렇게 중얼거렸다.

「거참 태평한 고양이로세. 지금까지 어딜 그렇게 싸돌아다니다가 오는 건지.」

밥상 위를 보니, 별이도 시원치 않은데 구운 생선 한 마리 말고도 반찬이 한두 가지 더 놓여 있다. 뭐라고 하는 생선인지 모르겠으나, 보나마나 어제쯤 오다이바 근처에서 낚였을 것이다.

생선이란 병을 앓지 않는 건강한 것이라고 설명했는데, 아무리 건강해도 이렇게 굽고 찌는 데는 당할 재간이 없다. 병치레를 하는 한이 있어도 얼마 남지 않은 목숨이나마 부지하는 게 차라리 낫다. 밥상 옆에 앉아 이런 생각을 하면서, 틈이 생기면 뭐라도 챙기려고 보는 척 마는 척 시치미를 떼고 있었다. 이렇게 시치미를 떼는 요령을 모르면 갓있는 생선은 구경만 했지 먹는 것은 포기해야 한다. 주인은 생선을 몇 번 헤집더니, 맛없다는 표정을 지으며 젓가락을 내려놓았다. 마주 앉은 안주인 역시 아무 말 없이 젓가락만 들었다 놨다 하는 운동을 하면서 주인의 아래위 턱이 벌어지고 닫히는 모습을 열심히 연구하고 있다.

「당신, 그 고양이 머리 한번 때려 봐.」

주인이 불쑥 안주인에게 요구했다.

「때리면, 어쩌려고요?」

「어쩌기는. 아무튼 한번 때려 봐.」

「이렇게요?」

안주인이 손바닥으로 내 머리를 톡 쳤다. 아프기는 쥐뿔도 안 아프다.

「안 울잖아.」

「그러네요.」

「다시 한 번 때려 봐.」

「몇 번을 하나 마찬가지잖아요.」

안주인이 손바닥으로 또 내 머리를 톡 쳤다. 역시 아무렇지도 않아서 가만히 있었다. 하나 뭐 때문에 자꾸 때리라고 하는지 지혜로운 나조차 도무지 알 수가 없다. 알 수 있다면 어떻게든 대처할 방법도 있을 텐데, 그저 때려 보라고만 하니 때리는 안주인도 난감하고 맞는 나도 난감하다. 주인은 두 번을 때려도 예상한 반응을 얻지 못하자, 조금 답답한지 이번에는 이렇게 말했다.

「이봐. 울게 좀 때려 봐.」

「울려서 뭐하려고요?」

안주인은 성가시다는 표정으로 그렇게 물으면서 찰싹, 때렸다. 이렇게 상대의 목적을 알면 아무 문제가 없다. 원하는 대로 울어만 주면 만족시킬 수 있다. 주인이 이렇게 어리석으니 짜증스럽다. 울리는 게 목적이라면 그렇다고 빨리 말해 주면 두 번이고 세 번이고 공연한 품을 들이지 않아도 되지 않은가. 그리고 나 역시 한 번이면 끝날 일을 두 번이고 세 번이고 되풀이하지 않아도 된다. 그저 때려 보라고 하는 명령은 때리는 것 자체가 목적이 아닌 경우에는 내려서는 안 된다. 때리는 것은 그쪽 사정이고 우는 것은 이쪽 사정이다. 울 것을 미리 예상하고 이쪽의 사정인 우는 것까지 명령에 포함되어 있다고 생각하는 것은 오산도 이만저만한 오산이 아니다. 타인의 인격을 조금도 존중하지 않는 태도다. 고양이를 바보 취급하는 소행이다. 주인이 뱀과 전갈 보듯 싫어하는 가네다 군이나 할 법한 짓이지, 정직함을 자랑하는 주인으로서는 매우 비열한 짓이다. 그러나 사실 우리 주인은 그렇게 치사한 남자는 아니다. 따라서 주인의 이 명령은 교활함에서 비롯된 것이 아니라 지혜의 모자람에서 비롯된 유치한 발상의 산물이라고 추측된다.

밥을 먹으면 당연히 배가 부르다.

찌르면 당연히 피가 나온다.

죽이면 당연히 죽는다.

그러니까 주인은 때리면 당연히 울 것이라고 속단했을 것이다. 안된 일이지만 그것은 다소 논리에 맞지 않는다.

그런 식으로 따지자면 강물에 빠지면 반드시 죽어야 한다.

튀김을 먹으면 반드시 설사를 해야 한다.

월급을 받으면 반드시 출근을 해야 한다.

책을 읽으면 반드시 훌륭한 인물이 되어야 한다.

그렇게 되면 반드시 곤란한 사람이 생긴다.

때리면 반드시 울어야 한다면 나에게도 역시 민폐다. 때를 알리는 메지로의 시계 종과 똑같이 취급한다면 고양이로 태어난 보람이 없다.

마음속으로 이렇게 주인을 납작코를 만들어 놓고서야 주문한 대로 야옹 하고 울어 주었다.

그러자 주인이 안주인에게 또 물었다.

「지금 야옹하고 울었는데, 〈야옹〉이 감탄사인지 부사인지 아나?」

안주인은 갑작스러운 질문에 뭐라 대답하지 못한다. 나 역시 대중탕에서 거꾸로 치솟은 피가 아직 내려오지 않은 때문이라고 생각했다. 사실 우리 주인은 이 동네 이웃 사이에서 괴팍하기로 유명한 사람이다. 어떤 사람은 정신병자라고 단언했을 정도다. 그런데도 주인은 자기가 정신병자가 아니라 세상 사람들이 정신병자라고 우겨 대니, 그 자신감이 실로 가상하다.

동네 사람들이 주인을 〈멍멍〉이라고 부르면, 주인은 공평성을 유지하기 위해 필요하다면서 그들을 〈꿀꿀〉이라고 부른다. 주인은 자신이 상당히 공평한 사람인 줄로 아는 모양이다. 한심한 노릇이다. 그런 남자이니 마누라에게 그렇게 턱없는 질문을 하는 것이 새발의 피만큼이나 하찮은 사건으로 여겨지겠으나, 듣는 사람으로서는 정신병자에 가까운 사람이나 할 소리로 받아들여진다. 그러니 마누라가 기가 막혀 아무 대꾸도 하지 않는 것이다. 나 역시 뭐라 대답할 말이 없다. 그러자 주인이 또 쩌렁쩌렁한 목소리로 마누라를 불렀다.

「어이!」

「네.」

안주인이 화들짝 놀라며 대답했다.

「그 〈네〉는 감탄사인가 부사인가? 어느 쪽인가?」

「어느 쪽이라니요? 그런 터무니없는 소리를. 어느 쪽이든 무슨 상관이에요.」

「상관이 없지 않지. 이건 국어학자들이 골머리를 썩이는 큰 문제야.」

「어머나 세상에, 고양이 울음소리가 그렇다는 말인가요? 어이가 없네요. 고양이 울음소리는 일본 말이 아니잖아요.」

「그러니 하는 말이지. 그게 쉽지 않은 문제라고. 비교 연구라고 하지.」

「그렇군요.」

안주인은 영리한 사람이라서 이렇게 얼토당토않은 문제에는 관여하지 않는다.

「그래서, 어느 쪽인지 알았나요?」

「중요한 문제인데, 그렇게 빨리 알 수는 없지.」

주인은 예의 구운 생선을 우물우물 먹으면서 말했다. 이어 그 옆에 있는 돼지고기와 감자조림을 먹었다.

「이건 돼지고기로군.」

「네. 돼지고기예요.」

「흥.」

주인은 못 먹을 것이라도 먹는 양 꾸역꾸역 삼켰다. 그러고는 술잔을 내밀며 말했다.

「한 잔 더 해야겠군.」

「오늘 밤은 많이 마시네요. 벌써 많이 빨개졌어요.」

「마시고말고. 당신, 전 세계에서 가장 긴 단어가 뭔지 아나?」

「그야, 그 옛날의 관백태정대신(關白太政大臣)[23]이겠지요.」

「그건 직함이지. 긴 단어를 아느냐는 말이야.」

「단어라면, 알파벳으로 된 단어 말인가요?」

「음.」

「내가 어찌 알겠어요. 술은 이제 그것만 드시고 밥을 드세요.」

「아니지, 더 마실 거야. 내 그걸 가르쳐 줄까?」

「그러세요. 그리고 이제 밥이나 드세요.」

「*Archaiomelesidonophrunicherata*[24]란 단어야.」

「순 엉터리지요?」

23 헤이안 시대 후기의 귀족 후지와라노 다다노리(藤原忠通)를 말함. 만년에 출가하여 불가에 입문하기 전에 태정대신으로 추대되었다.

「엉터리라니? 그리스 말인데.」

「우리말로 하면 무슨 뜻인데요?」

「뜻은 몰라. 그냥 스펠링만 알고 있지. 길게 쓰면 20센티미터는 될 거야.」

남들 같으면 술이 취해서나 할 소리를 제정신으로 하고 있으니 실로 가관이다. 하기야 오늘 밤따라 유난히 술을 마셔 댄다. 평소에는 작은 잔으로 두 잔만 마셔도 벌게져 그만 마시는데, 오늘은 벌써 넉 잔이나 마셨다. 평소의 배를 마셨으니 얼굴이 부젓가락처럼 뻘겋게 달아오르고 화끈거려하는 것이 사뭇 힘들어 보인다. 그런데도 더 마시겠다며 술잔을 내민다.

「한 잔 더.」

「이제 그만하세요. 속만 쓰릴 텐데.」

안주인은 너무 마신다 싶어, 언짢은 표정으로 말했다.

「아니, 속이 쓰려도 이제 연습을 할 거야. 오마치 게이게쓰[25]가 마시라고 했거든.」

「게이게쓰가 뭔데요?」

그 유명한 게이게쓰도 안주인에게는 한 푼어치의 가치도 없다.

「게이게쓰는 당대 최고의 비평가지. 그런 사람이 마시라고 했으니 옳은 소리 아니겠나.」

「말도 안 되는 소리 마세요. 게이게쓰(桂月)든 바이게쓰(梅月)든 속이 쓰린데도 참고 마시라는 건 괜한 소리예요.」

「술뿐이 아니야. 교제도 하고 도락도 즐기고 여행도 하라고 했어.」

「갈수록 태산이네요. 그런 사람이 무슨 최고의 비평가예요. 기가 막혀서. 처자가 있는 사람에게 도락을 즐기라니.」

24 아리스토파네스의 희극 「벌」에 나오는 말로 〈시돈 사람 프리니코스는 옛 노래처럼 사랑스럽다〉란 뜻.

25 大町桂月(1868~1925). 시인, 가인, 수필가, 평론가로 소세키의 이 작품을 평한 적이 있다.

「도락이라, 좋지 좋아. 게이게쓰가 굳이 그런 말 안 해도 돈만 있으면 즐길지도 모르지.」

「없어서 다행이로군요. 행여 지금부터라도 도락에 물들면 큰일 아니겠어요.」

「그렇게 큰일이라면 안 할 테니까, 그 대신 서방을 좀 더 소중히 여기고, 반찬도 좀 맛있는 걸 먹여 달라고.」

「이나마 최선을 다해 차린 거예요.」

「과연 그럴까. 그렇다면 도락은 나중에 돈이 생기면 즐기기로 하고, 오늘 밤은 이걸로 끝내지.」

주인이 그렇게 말하면서 밥공기를 내밀었다. 그런데 웬걸 오차즈케를 세 그릇이나 해치운 모양이다. 나는 그날 밤 돼지고기 세 점에 생선 대가리를 얻어먹었다.

8

울타리 돌기란 운동을 설명하면서 우리 집 마당을 빙 두르고 있는 대나무 울타리에 대해서 잠시 얘기했는데, 이 울타리 밖에 바로 이웃집 — 남쪽 이웃인 지로 짱네 집 — 이 있다고 생각하면 오해다. 비록 집세가 싼 집에 살지라도 구샤미 선생은 선생이다. 욧 짱이니 지로 짱이니, 요컨대 짱을 붙여 이름을 부르는 천박한 사람들과는 구멍이 숭숭 뚫린 울타리 하나를 사이에 두고 이웃지간이라며 친밀하게 오가는 짓은 하지 않는다. 이 울타리 밖에는 너비 약 11미터 정도의 공터가 있고, 공터가 끝나는 곳에는 아담한 노송나무 대여섯 그루가 서 있다.

툇마루에서 내다보면 저만치 아담한 숲이 있어, 선생이 마치 들판의 외딴집에서 이름 없는 고양이를 벗 삼아 세월을 보내는 속세의 처사처럼 느껴진다. 다만 노송나무 숲이 어디 내세울 만큼 울창하지는 않아, 그 사이로 군학관(群鶴館)이라는 이름만 거창한 싸구려 하숙집의 싸구려 지붕이 고스란히 보인다. 그러니 물론 앞서 말한 처사 같은 선생을 상상하기란 그리 쉬운 일이 아니다.

하숙집이 군학관이라면 선생의 거처는 와룡굴에 버금가는 가치가 있다. 이름 가지고 세금 내는 것도 아니니 피차 그럴싸한 이름을 내키는 대로 쓰기로 하자. 아무튼 이 너비 약 11미터의 공터가 대나무 울타리를 따라 동서로 약 18미터 정도 계속되다가 기역 자 모양으로 꺾이면서 와룡굴 북쪽을 감싸고 있다. 이 북쪽이 바로 소동의 원인이다. 원래는 공터가 끝나면 또 공터가 있다고 억지를 부려도 좋을 만큼 공터가 집의 두 면을 에워싸고 있는데, 와룡굴 주인은 물론 굴에 함께 기거하는 영묘한 나조차 이 공터 때문에 골머리를 썩이고 있다. 남쪽에 아담한 노송나무 숲이 있는 것처럼 북쪽에는 오동나무 일고여덟 그루가 줄지어 서 있다. 벌써 둘레가 30센티미터나 되게 자랐으니 나막신 장사만 데려오면 웬만한 돈이 될 텐데, 셋집에 사는 서글픈 신세라 잘 알면서도 실행은 할 수 없다. 주인에게도 참 안된 일이다.

얼마 전에 학교 경비가 와서 가지 하나를 잘라 가더니, 그다음에는 새로 만든 오동나무 나막신을 신고 와서는 〈지난번에 잘라 간 오동나무로 만들었습죠〉라고 묻지도 않은 말을 떠벌렸다. 치사한 놈이다. 있어도 나나 우리 주인 가족에게는 아무 도움도 안 되는 오동나무다. 〈옥은 갖고만 있어도 죄〉[1]라는 옛말이 있다더니 오동나무는 있으되 돈은 없는 처지, 그야말로 그림의 떡이다. 어리석은 것은 우리 주인도 아니고 나도 아니요, 바로 집주인인 덴베이다. 어디 없나, 어디 없나, 나막신 장사가 어디 없나 하고 오동나무 쪽에서는 안달이 나 채근을 하는데도 덴베는 시치미를 뚝 떼고서 집세만 뜯으러 온다. 그렇다고 내가 덴베에게 딱히 원한이 있는 것도 아니니, 그의 험담은 이 정도로 하고 본론으로 돌아가자.

그 공터가 소동의 원인이 된 웃지 못할 사연을 소개할 텐데, 주인의 귀에는 절대 들어가면 안 된다. 이 자리에서만 하는 얘기다.

애당초 이 공터의 가장 큰 애로 사항은 울타리가 없다는 점이다. 사방이 탁 트여 있어 바람도 거저 지나가는, 하늘을 우러러 부끄럼 없이 그냥 지나갈 수 있는 통행 자유 공간이다. 〈이다〉라

1 귀한 것을 갖고 있으면 죄 없는 자에게도 불행이 닥친다는 뜻.

고 하면 거짓말을 하는 것 같아 껄끄럽다. 사실은 〈이었다〉가 맞다. 하나 과거로 거슬러 올라가지 않으면 원인을 알 수 없다. 원인을 알 수 없으면 아무리 명의라도 처방을 내릴 수 없다. 그러하니 이곳에 이사를 온 당시부터 천천히 얘기하기로 하겠다.

옆에 공터가 있으면 여름에도 시원하고 상쾌하기 마련이다. 그리고 돈이 없는 곳에 도둑이 들 리 없으니 그다지 조심을 하지 않아도 된다. 따라서 주인의 집에는 담, 울타리, 또는 말뚝, 철조망 등이 하등 필요가 없다. 그러나 이는 공터 건너에 사는 인간 내지는 동물의 종류에 따라 결정할 문제고, 이 문제를 결정하기 위해서는 공터 건너에 살고 있는 군자의 성품을 먼저 밝혀야 한다. 인간인지 동물인지 모르면서 미리부터 군자라고 칭하니 성급한 듯 여겨질지도 모르겠으나, 거의 군자가 맞을 것이다. 양상군자라고 해서 도둑놈도 군자라고 하는 세상이 아닌가.

다만 이 경우의 군자는 순사를 귀찮게 하는 군자가 아니다. 순사를 귀찮게 하지 않는 대신 숫자로 밀고 나가겠다는 것인지 아주 많다. 우글거릴 정도다. 바로 낙운관(落雲館)이라고 하는 사립 중학교, 8백 명의 근자를 더욱더 훌륭한 군자로 양성하기 위해 매달 2엔씩 월사금을 거둬들이는 학교다. 이름이 낙운관이니 풍류를 아는 군자들만 모여 있나 보다고 생각하면 큰 착각이다. 이름이란 군학관에 학이 내려오지 않고, 와룡굴에 고양이가 있는 것처럼 그리 신용할 것이 못 된다. 학사니 교사니 하는 작자들 가운데 우리 주인 구샤미 선생 같은 정신병자가 있다는 것을 아는바, 낙운관의 군자들이 모두 풍류남아는 아니라는 것도 미루어 짐작할 수 있다. 그래도 모르겠다면 한 사흘 정도 우리 집에 머물러 보면 좋을 것이다.

앞에서도 말했듯이 이곳에 이사 왔을 당시에는 예의 공터에 울타리가 없어, 낙운관의 군자들이 인력거꾼네 검둥이처럼 살금살금 오동나무 밭에 숨어 들어와 수다를 떨지 않나 도시락을 까먹지 않나 조릿대 위에서 뒹굴지를 않나, 갖가지 소행을 저질렀다. 그러고는 도시락 껍질 즉 댓잎, 오래된 신문, 또는 낡은 신발, 다 닳아 빠진 나막신 등 아무튼 〈낡은〉이란 형용사가 붙는 온갖 것을 거기에 버린 것 같다. 그런데도 둔감한 우리 주인은 무심하게 지나칠 뿐 별다른 항의를 하지 않고 지냈는데, 몰라서 그런 것인지 알면서도 꾸짖을 마음이 없어서 그랬는지는 알 수 없다. 그런데 그 군자들이 학교에서 교육을 받으며 더욱더 군자다워진 까닭인지, 점차 북쪽에서 남쪽까지 잠식해 들어왔다. 잠식이란 말이 군자에게 적합하지 않다면 그리 말하지 않아도 상관없다. 하나 달리 표현할 말이 없다. 그들은 물과 풀을 찾아 거주지를 옮기는 사막의 유목민처럼, 오동나무 밭을 떠나 노송나무 숲으로 둥지를 옮긴 것이다.

노송나무 숲은 큰방 바로 앞에 있으니, 어지간히 대담한 군자들이 아니면 이런 행동은 취하지 못했을 것이다. 하루 이틀 사이에 그들의 대담함은 도를 더해 대대담담이 되었다. 교육의 결과만큼 대단한 것도 없다. 그들은 큰방 바로 앞으로 진출했을 뿐만 아니라 거기에서 노래를 불러 댔다. 무슨 노래인지는 잊어버렸지만, 서른한 글자짜리 일본의 옛 노래나 단가(短歌)류는 절대 아니다. 더 활기차고 세인의 귀에 잘 들리는 노래였다. 놀란 것은 주인뿐이 아니었다. 나 역시 군자들의 재능에 감탄을 금치 못하고 귀를 기울였다. 하나 독자 여러분도 잘 아시겠지만, 감탄과 방해는 때로 양립하기도 한다. 지금 생각하면 양자가 하필 그때 하나가 되어 나타난 것이 두고두고 아쉽다. 주인도 아쉬웠겠지만, 어쩔 수 없이 서재에서 뛰쳐나가 이렇게 말하며 두세 번 쫓아낸 모양이다.

「여기는 너희가 들어와도 되는 곳이 아니다. 어서 나가거라.」

하나 교육을 받은 군자들이 이런 말을 순순히 들을 리 없다. 쫓아내면 바로 다시 들어오고, 들어와서는 신나게 노래를 부른다. 큰 소리로 떠들어 댄다. 게다가 군자들의 담소이고 보니, 〈이 자식〉이니 〈내가 어찌 알아〉란 식이었다. 그런 말은 유신 전에는 하인이나 떠돌이, 때밀이 등의 전문 지식에 속했다고 하는데, 20세기가 되면서는 교육을 받은 군자들이 배우는 유일한 말이 되었다고 한다. 이를 일컬어 일반 사람들은 경멸했던 운동이 오늘날 이렇듯 환영받고 있는 것과 비슷한 현상이라고 한 자도 있다.

주인은 뛰쳐나가 이 군자류의 언어에 가장 탁월한 한 명을 붙잡아 왜 여기에 들어왔느냐고 물었다. 군자는 그 순간, 〈자식, 내가 어찌 알아〉란 우아한 언어를 잊어버리고 〈여기가 학교 식물원인 줄 알았죠〉라고 아주 품위 없는 말로 대답했다. 주인은 앞으로는 그러지 말라고 훈계하고 놓아주었다. 놓아주었다고 하니 마치 잡았던 거북이 새끼를 놓아주는 것처럼 들려 이상한데, 사실 우리 주인은 군자의 소매를 움켜쥐고 담판을 지었던 것이다. 주인은 이 정도 호되게 꾸짖었으니 더는 들어오지 않을 것이라고 생각했다. 그러나 실상은 여와씨[2] 시대부터 예상과는 다른 법, 주인은 또 실패했다.

이번에는 군자들이 북쪽에서 마당을 가로질러 앞문으로 빠져나갔다. 앞문을 덜거덕 여는 소리가 들려 손님이 왔나 여기면 오동나무 밭에서 자지러지게 웃는 소리가 났다. 상황이 점점 불온해졌다. 교육의 성과도 점점 두드러지게 나타났다. 딱한 우리 주인은 도저히 감당이 안 되는지, 서재에 틀어박혀 공손하게 일필을 휘날려 낙운관 교장에게 단속을 애원하는 편지를 보냈다. 교장 역시 주인에게 정중한 답장을 보내, 울타리를 만들 터이니 기다려 달라고 전했다.

그리고 얼마 후, 인부 두세 명이 와서 반나절을 일하더니 주인집 마당과 낙운관 사이에 대나무를 엮어 만든 높이 1미터 정도의 울타리가 생겼다. 이제야 안심이라고 주인은 기뻐했다. 하나 역시 어리석은 주인이다. 이 정도 울타리에 군자들의 거동에 변

2 女媧氏. 중국 상고 시대의 전설적인 임금 복희의 누이동생으로 오색 돌로 하늘을 덮고 억새의 재를 쌓아 홍수를 막고 황토를 빚어 사람을 만들려 했으나 예상과는 달리 실패했다는 설이 있다.

화가 있을 리 없으니 말이다.

본디 사람을 놀리는 것은 재미있는 일이다. 나 같은 고양이조차 이 집 딸들을 놀리며 장난을 칠 정도인데 낙운관의 군자가 융통성 없는 주인을 놀리는 것은 지극히 당연한 일, 이에 불만을 품는 사람은 아마 놀림을 당하는 당사자뿐일 것이다. 놀리는 심리를 해부해 보면 두 가지 요소가 있다는 것을 알 수 있다. 첫째는 놀림을 당하는 당사자가 태연하게 지나쳐서는 안 된다는 것. 둘째는 놀리는 자는 세력이나 사람 수가 상대보다 강하고 많아야 한다는 것이다.

얼마 전에 동물원에 다녀온 주인이 감탄하며 이런 얘기를 늘어놓은 일이 있다. 듣자 하니 낙타와 강아지가 싸우는 것을 구경했다고 한다. 강아지가 등에 혹 달린 낙타 주위를 쏜살같이 달리면서 짖어 대는데 낙타는 아무 관심도 보이지 않은 채 의연하게 우뚝 서 있었다. 아무리 날뛰고 짖어도 상대를 해주지 않자 강아지는 결국 제풀에 지쳐 그만두었다. 주인은 실로 아둔한 낙타라며 비웃었는데, 그 일화가 이 경우에 딱 들어맞는 예이다.

아무리 놀리는 자가 능수능란해도 상대가 낙타처럼 묵묵부답이라면 놀림은 성립하지 않는다. 그렇다고 사자나 호랑이처럼 상대가 너무 강해도 안 된다. 놀리자마자 갈가리 찢기고 만다. 놀리면 그르렁대며 화를 낸다. 놀리기는 하는데 상대가 놀리는 쪽에 아무런 해코지도 할 수 없어 안심할 수 있을 때는 그 유쾌함이 제법 상당하다.

왜 이렇듯 놀리는 일이 재미있느냐 하면 이유는 여러 가지다.

우선은 심심풀이에 적당하다는 점이다. 정말 따분할 때는 수염이 몇 오라기나 되는지 그 숫자라도 세어 보고 싶어지는 법이다. 옛날에 감옥에 갇힌 어떤 죄수가 너무도 무료한 나머지 벽에 삼각형을 수도 없이 그리며 하루하루를 보냈다는 이야기도 있다. 세상에 무료함만큼 참기 어려운 것도 없다. 무엇이든 활기를 자극하는 사건이 없으면 살아가는 것조차 괴롭다. 그러니까 놀리는 것 역시 이 자극을 만들기 위해 즐기는 일종의 오락이다. 다만 상대로 하여금 화가 나게 하든지 답답하게 하든지 맥을 못 추게 하지 않으면 자극이 되지 않으므로, 예로부터 놀리는 오락에 탐닉하는 자는 남의 심정을 헤아릴 줄 모르는 얼간이 무사처럼 심심해서 어쩔 줄 모르는 자, 또는 자신의 재밋거리만 생각하는 탓에 두뇌 발달이 여의치 못해 유치하기 짝이 없는 데다 넘치는 기운을 어떻게 발산해야 할지 방법이 궁한 소년들뿐이다.

그다음, 자신의 우세함을 실질적으로 증명하기에 가장 간편한 방법이라는 점이다.

사람을 죽이거나 해치거나 또는 함정에 빠뜨려 자신의 우세함을 증명할 수도 있지만, 이런 방법은 사람을 죽이거나 해치거나 함정에 빠뜨리는 것 자체가 목적일 때 사용하는 수단으로, 자신의 우세함은 그 수단을 수행한 후에 따라오는 결과요 현상에 지나지 않는다. 따라서 자신의 세력을 과시하고는 싶으나 타인에게 해는 끼치고 싶지 않을 때는 놀리는 것이 가장 제격이다. 그러나 타인에게 아무런 타격이 없으면 자신의 우세함은 사실 증명되지 않는다. 상대에게 별 탈은 없을 거라고 마음속으로는 안심하고 있다 해도 현실적으로 아무 변화도 나타나지 않으면 이 오락의 쾌감은 그리 크지 않다. 사람은 자신을 믿고 의지하는 법이다. 아니 믿기 어려운 경우에도 믿고 의지하고 싶어 한다. 그래서 나는 이 정도로 듬직한 사람이다, 이 정도면 안심이라는 것을 타인에게 직접 응용해 보고 싶어 안달하는 것이다. 도리를 모르는 속물이나 자신이 믿음직스럽지 못해 불안한 사람일수록 더더욱 온갖 기회를 이용해 증명하고자 애를 쓴다. 유도를 하는 사람이 간혹 사람을 내던지고 싶어 하는 것도 같은 이치다. 되다만 유도꾼이 한 번이라도 좋으니 어떻게든 자신보다 약한 자를 맞닥뜨리고 싶어 하고, 초보자라도 상관없으니 내던져 보고 싶어 하는 위험한 속셈을 품고 동네를 어슬렁거리는 것도 다 이 때문이다.

그 밖에도 이유는 많지만, 너무 길어질 듯하니 이만 생략하기로 한다. 듣고 싶으면 가다랑어 포 한 축쯤 지참하고 찾아올 일이다. 얼마든지 가르쳐 줄 테니까 말이다.

이상 설명한 것을 참고로 추론해 보건대, 동물원 원숭이와 학교 선생이 놀려 먹기에 가장 적합한 대상이 아닐까 싶다. 동물원 원숭이와 학교 선생을 같이 다루자니 매우 황송하다. 원숭이에게 황송한 것이 아니라 선생에게 황송하다. 하나 비슷하게 생겼으니 어쩔 수 없다.

잘 아시다시피 동물원의 원숭이는 철창에 갇혀 있다. 아무리 이를 드러내고 꺅꺅거린들 구경꾼에게 달려들 염려는 없다. 선생은 철창에 갇혀 있지 않은 대신 월급에 묶여 있다. 그러니 아무리 놀려도 괜찮다. 학교를 때려치우고 달려와 학생을 때리는 일은 없다. 그만둘 용기가 있는 사람 같았으면 애당초 선생이 되어 학생들 뒤치다꺼리나 하는 짓은 하지 않았을 것이다. 그런데 우리 주인은 선생이다. 낙운관의 선생은 아니나 틀림없는 선생이다. 놀리기에 아주 적합하고 간편하고 뒤탈 없는 남자이다.

낙운관의 학생은 모두 소년이다. 놀리면 기분이 우쭐해지니까, 교육의 성과로 마땅히 누려야 할 권리라는 생각까지 갖고 있다. 뿐만 아니라 놀리는 놀이라도 하지 않으면 기운이 넘치는 사지와 두뇌를 어떻게 사용하면 좋을지 몰라 10분 쉬는 시간에도 안절부절못하는 소년들이다. 이만한 조건을 갖추고 있으니 주인은 놀림을 당하고 학생들은 놀리는, 누가 보아도 지당한 현상이 벌어지는 것이다. 그런 것을 모르고 화를 내는 주인은 무지의 극치, 얼간이의 총수가 아니겠는가.

이제 낙운관의 학생들이 주인을 어떻게 놀렸는지, 그리고 주인이 얼마나 무지하게 대처했는지를 자세하게 보여 드리겠다.

제군은 대나무 울타리가 어떤 것인지 잘 알 것이다. 바람이 잘 통하는 단순한 울타리이다. 우리 고양이는 그 구멍 사이로 마음대로 오갈 수 있다. 만들어 놓으나 마나 한 울타리이다. 그러나 낙운관의 교장은 고양이 때문에 울타리를 만든 것이 아니라 자신이 양성하고 있는 군자들이 주인의 마당을 멋대로 드나들지 못하도록, 인부까지 사서 엮어 놓은 것이다. 과연 바람은 잘 통하나 사람은 지나다닐 수 없다. 제아무리 청나라의 마술사 장세존이라도, 사람이 대나무를 엮어 만든 울타리의 사방 10센티미터 남짓한 구멍을 빠져나간다는 것은 불가능한 일이다. 그러니 인간에게는 충분히 울타리의 역할을 다하고 있다 여겨질 것이다. 주인이 완성된 울타리를 보고 이제 걱정할 일 없겠지, 하면서 흐뭇해한 것도 무리는 아니다. 그러나 주인의 논리에는 커다란 구멍이 있다. 이 울타리의 구멍보다 더 큰 구멍이 있다. 배를 삼킨 대어(大魚)도 빠져나갈 수 있는 큰 구멍이 있다.

주인의 논리는 울타리란 넘어 다니지 않는 것이란 가정에서 시작된다. 적어도 학교에 다니는 학생인 이상 아무리 허술한 울타리라도 울타리란 이름이 붙어 있고, 울타리를 경계로 나뉘는 구획만 명확하면 절대 난입할 리 없다는 가정이다. 그다음 주인은 그 가정을 부정하고, 만에 하나 난입하려는 자가 있어도 괜찮다는 판단을 내렸다. 아무리 덩치가 작은 꼬마라도 울타리의 구멍을 드나드는 것은 불가능하니까 난입할 염려는 절대 없다고 속단한 것이다. 하기야 그들이 고양이가 아닌 이상 이 네모난 구멍을 빠져나가지는 않을 것이고 그러고 싶어도 할 수 없을 것이나, 뛰어넘거나 기어오르는 데는 아무런 어려움이 없다. 오히려 운동도 되고 신이 날 정도다.

그들은 네모 칸 울타리가 생긴 다음 날에도 울타리가 생기기 전이나 마찬가지로 북쪽 공터에 출현했다. 네모 칸 울타리를 훌쩍훌쩍 뛰어넘은 것이다. 다만 큰방 앞까지는 진입하지 않았다. 만약 쫓아내면 도망치는 데 약간의 시간이 필요하니까, 그 시간까지 미리 계산에 넣어 잡히지 않을 만한 곳에서 놀려 한 것이다. 그들이 거기에서 뭘 하며 노는지는 동쪽 별채에 있는 주인의 눈에는 물론 보이지 않는다. 북쪽 공터에서 노는 그들을 관찰하려면 창문을 열고 고개를 옆으로 꺾어서 보든지, 아니면 뒷간 창문에서 울타리 너머를 내다보는 도리밖에 없다. 창문에서 내다보면 어디에 뭐가 있는지 일목요연하게 알 수 있지만, 적병을 몇 명 발견했다고 해서 쫓아가 붙잡을 수는 없다. 창문에 낀 창살 안에서 냅다 호통을 칠 뿐이다.

만약 문을 박차고 나가서 집 옆을 빙 돌아 적지로 돌진한다면 그사이에 발소리를 들은 적병들이 붙잡힐세라 울타리를 훽훽 뛰어넘을 것이다. 물개가 일광욕을 하고 있는 곳으로 밀렵선이 방향을 튼 꼴이다. 그러니 주인은 물론 뒷간에서 망을 보지는 않는다. 문을 열고 소리가 나는 즉시 달려갈 준비도 하지 않는다. 만약 그런 짓을 하는 날에는 선생 노릇을 그만두고 그 방면의 전문가가 되어야 따라잡을 수 있을 것이다.

주인의 불리한 점은 서재에서는 적의 목소리만 들릴 뿐 모습은 보이지 않는다는 것과 뒷간 창문에서는 모습은 보여도 속수무책이라는 것이다. 이 약점을 간파한 적은 이런 작전을 짰다. 주인이 서재에 틀어박혀 있다는 것을 알면 최대한 큰 소리로 와글와글 시끌시끌 떠들어 댄다. 그리고 들으라는 듯이 주인을 놀리는 소리도 곁들인다. 게다가 그 소리의 출처를 아주 애매모호하게 한다. 얼핏 들어서는 네모 칸 울타리 안쪽에서 떠들어 대는 것인지 바깥쪽에서 소란을 피우는 것인지 분간이 가지 않게 한다. 만약 주인이 밖으로 나오면 도망치든가, 아니면 애당초부터 바깥쪽에 있다가 시치미를 뗀다. 또 주인이 뒷간 — 아까부터 몇 번이나 뒷간 뒷간 하고 지저분한 말을 사용하고 있는데, 나로서는 그리 영광스러운 말이 아니다. 아니 실은 부끄럽기 짝이 없으나 이 전쟁을 기술하는 데 필요하기 때문에 어쩔 수 없다 — 으로 왕림하셨을 때는 일부러 오동나무 숲 근처에 얼씬거리면서 주인의 눈에 띄도록 한다. 그래서 주인이 뒷간에서 쩌렁쩌렁 울리는 목소리로 고함을 지르면 조금도 허둥대지 않고 유유자적하게 근거지로 돌아간다.

이 작전을 사용하면 주인은 몹시 곤경에 처한다. 틀림없이 들어왔다 싶어 지팡이를 들고 밖으로 나가 보면, 사방은 고요하고 아무도 없다. 아닌가 싶어 뒷간 창문으로 내다보면 반드시 한두 명이 있다. 주인은 뒷마당으로 돌아가 보고 뒷간에서 내다보고, 또 뒷간에서 내다보다가 뒷마당으로 돌아가고, 몇 번을 말해도 똑같은 일을 몇 번을 말하지만 똑같이 되풀이한다. 분명(奔命)에 지친다는 말은 바로 이런 때를 두고 하는 말이다. 그러다 보면 선생이 직업인지 전쟁이 본업인지 헷갈릴 정도로 흥분하고 화가 솟구친다. 이 흥분과 분노가 극도에 달했을 때 다음과 같은 사건이 벌어졌다.

사건이란 대개 격앙된 감정에서 비롯되는 것이다. 감정이 격앙되면 말 그대로 거꾸로 치솟는다. 이 점에 대해서는 고대 그리스의 의사 갈레누스나 그 유명한 파라켈수스,[3] 또 중국의 고리타분한 명의 편작을 비롯해 아무도 이의를 달지 않을 것이다. 다만 무엇이 어디로 치솟는지가 문제이며 논의가 분분한 대목이다.

예로부터 전해 오는 유럽인의 전설에 따르면 사람의 몸 안에는 다음과 같은 네 가지 액이 순환하고 있다고 한다.

첫째로 노액(怒液)이란 것이 있다. 이것이 거꾸로 치솟으면 화를 낸다.

둘째로 둔액(鈍液)이라는 것이 있는데, 이것이 거꾸로 치솟으면 신경이 둔해진다.

셋째로 우액(憂液)이 있는데, 이것은 사람을 우울하게 만든다.

마지막으로 혈액이 있는데, 이것은 사지의 활동을 왕성하게 한다.

그런데 세월과 더불어 노액과 둔액, 우액은 없어지고 오늘날에는 혈액만이 옛날처럼 순환하고 있다. 그러니 만약 거꾸로 치솟은 것이 있다면 그것은 바로 혈액, 즉 피일 수밖에 없다는 얘

3 독일의 의사, 자연철학자, 연금술사.

기다. 이 혈액의 양은 개인에 따라 일정하게 정해져 있다. 성분에 따라 다소의 증감은 있을 수 있으나 한 사람당 5되 5홉 정도이다. 따라서 이 5되 5홉이 거꾸로 치솟으면 치솟은 부분만 왕성하게 활동하게 되고 나머지 부분은 결핍이 초래되어 싸늘해진다. 마치 파출소 습격 사건[4] 당시 온 순사들이 파출소로 모이는 바람에 동네에는 하나도 남지 않았던 것과 비슷한 현상이다. 그 사건도 의학적으로 진단하면 순사가 치솟은 것이라 할 수 있다.

이 피가 거꾸로 치솟은 상태를 치료하려면 피를 원래대로 몸의 각 부분에 골고루 분배해야 한다. 그러기 위해서는 위로 올라간 것을 아래로 내려 보내야 하는데, 그 방법에는 여러 가지가 있다. 지금은 돌아가시고 없지만 주인의 선친은 젖은 수건을 머리에 대고 고타쓰에 몸을 녹였다고 한다. 중국의 의학서 『상한론(傷寒論)』에도 〈두한족열(頭寒足熱)은 무병장수의 비결〉이라는 말이 있듯이 젖은 수건은 장수에 하루도 빼놓을 수 없는 불가결한 것이다. 틀린 말이라고 여겨진다면 스님들이 쓰는 방법을 시험 삼아 실천해 봄이 좋을 것이다. 일정한 거처도 없고 뚜렷한 목적지도 없이 각지를 떠돌며 도를 닦는 행려승은 반드시 나무 아래나 바위 위에서 잠을 청한다고 한다. 그것은 나무 아래나 바위 위에서 수도나 고행을 하고자 함이 아니다. 거꾸로 치솟은 것을 내려 보내기 위해 육조(六祖)[5]가 쌀을 찧으며 찾아낸 비법이다. 시험 삼아 돌 위에 앉아 보라. 당연히 엉덩이가 차가워질 것이다. 엉덩이가 차가워지면 올라갔던 것이 내려온다. 이 또한 자연의 섭리로 털끝만큼도 의심의 여지가 없다. 이렇듯 거꾸로 치솟은 피를 내려 보내는 방법은 다양하게 발명되었는데 반대로 피를 치솟게 하는 묘안이 지금까지 발명되지 않았다는 것은 안

4 1905년 러일 강화 조약 체결 당시 히비야 공원에 모여 강화 조약 반대 시위를 하던 국민들에게 해산령이 떨어지자, 국민의 분노가 폭발하여 파출소를 습격하고 불태우는 등 도쿄 전체에 폭동이 번졌다.

5 중국 선종의 혜능(慧能) 대사.

타까운 일이다. 얼핏 생각하면 거꾸로 치솟는 것은 백해무익한 현상처럼 여겨지나, 그렇게만 속단할 수는 없다.

직업에 따라서는 거꾸로 치솟은 상태가 아주 중요하고 치솟지 않으면 아무것도 할 수 없는 경우도 있다. 그 가운데 시인은 피가 거꾸로 치솟는 것을 매우 중요시한다. 시인에게 피가 거꾸로 치솟는 것은 기선(汽船)에 석탄이 없어서는 안 되는 것처럼 절대적으로 필요하다. 이 공급이 하루라도 중단되면 그들은 뒷짐을 지고 밥이나 축내는 아무 쓸모없는 보통 사람이 되고 만다. 하기야 이 〈치솟음〉은 미치광이의 다른 이름이나, 미치광이가 되어야 밥벌이가 가능하다고 하면 체면이 서지 않으므로, 그들끼리는 치솟는 것을 치솟는다 하지 않는다. 대신 서로 약속이라도 한 것처럼 인스피레이션, 인스피레이션 하고 외치니. 무슨 대단한 것이라도 되는 줄 아는 모양이다. 이 인스피레이션은 그들이 세상을 속이기 위해 만들어 낸 이름일 뿐 그 실상은 피가 거꾸로 치솟는 것이다.

플라톤은 그들 편을 들어 이런 유의 치솟음을 신성한 광기라 이름 붙였는데, 아무리 신성해도 광기라고 하면 사람들은 돌아보지 않는다. 그러니 그들을 위해서는 인스피레이션이란 새로 발명된 매약(賣藥) 같은 이름 그대로 놔두는 편이 좋을 듯하다.

그러나 어묵의 재료가 실은 참마이며, 관음상이 실은 5센티미터짜리 썩은 나무토막이고, 오리 국수에는 오리 고기가 아니라 까마귀 고기가 들어 있고, 소고기 찌개에도 소고기가 아니라 말고기가 들어 있는 것처럼 인스피레이션은 실은 피가 거꾸로 치솟는 것이고 그렇다면 일시적인 미치광이다. 이들이 정신 병원에 입원하지 않아도 되는 까닭은 일시적인 미치광이이기 때문이다. 그런데 이 일시적인 미치광이를 만들어 내는 게 쉽지 않다. 평생 미치광이는 오히려 만들기 쉬운데, 만년필을 쥐고 원고지를 마주하고 있을 때만 미치광이가 되어야 하니, 제아무리 재주가 뛰어난 신이라도 난해한 작업인 듯 좀처럼 만들어 보여 주지 않는다. 신이 만들어 주지 않으면 제 손으로 만들어야 한다. 그래서 예로부터 오늘날까지 많은 학자들이 피를 내려 보내는 방법 못지않게 피를 거꾸로 치솟게 하는 방법을 연구하기 위해 골머리를 썩였다.

어떤 이는 인스피레이션을 얻기 위해 날마다 떫은 감을 열두 개씩 먹었다. 이 시도는 떫은 감을 먹으면 반드시 변비가 생긴다, 변비가 생기면 반드시 피가 거꾸로 치솟는다는 이론을 바탕으로 한 것이다.

또 어떤 이는 술병을 들고 열탕으로 뛰어들었다. 뜨거운 물속에서 술을 마시면 틀림없이 피가 거꾸로 치솟을 것이라고 생각한 것이다. 그 사람은 술과 열탕으로 성공하지 못하면 아예 포도주를 끓여 그 안에 들어앉으면 단번에 효능이 나타날 것이라고 믿고 있었는데, 돈이 없어 끝내 실천에 옮기지 못하고 죽고 말았으니 딱한 노릇이다.

마지막으로 고대 사람들의 흉내를 내면 인스피레이션을 얻을 수 있을 것이라고 생각한 이도 있었다. 이는 어떤 사람의 태도나 동작을 따라 하면 심적 상태도 그 사람과 비슷해진다는 학설을 응용한 것이다. 술주정꾼처럼 횡설수설하다 보면 자신도 모르는 새 술주정꾼의 심적 상태에 이른다. 좌선을 하면서 향 한 개가 다 타들어 가도록 참다 보면 스님다운 심경을 느낄 수 있다. 그러니 인스피레이션을 얻었다고 하는 유명한 옛 대가의 행동거지를 흉내 내다 보면 반드시 피가 거꾸로 치솟을 것이다.

들은 바에 따르면, 빅토르 위고는 요트 갑판에 드러누워 문장을 쥐어짜 냈다고 하니 배를 타고 푸른 하늘을 쳐다보고 있으면 반드시 피가 거꾸로 치솟을 것이다. 로버트 스티븐슨은 납죽 엎드려 소설을 썼다고 하니, 만년필을 쥐고 엎드려 있으면 반드시 피가 거꾸로 치솟을 것이다.

이렇게 많은 사람들이 다양한 방법을 생각해 냈으나, 아직 아무도 성공하지 못했다. 오늘날 인위적으로 피를 거꾸로 치솟게 하는 것은 불가능하다고 회자된다. 아쉽지만 어쩔 수가 없다. 하지만 앞으로 언젠가는 인스피레이션을 인위적으로 만들어 내는 날이 도래할 것이라 믿어 마지않는다. 그리고 나는 인문학을 위해 그 시기가 하루빨리 오기를 간절하게 바란다.

치솟음에 대한 설명은 이 정도로 충분할 터이니, 이제 사건으로 들어가자.

모든 큰 사건 전에는 반드시 작은 사건이 있기 마련이다. 예로부터 큰 사건만 다루고 작은 사건을 놓치는 것은 역사가들이 흔히 저지르는 병폐이다. 주인도 간간이 작은 사건이 생길 때마다 감정이 격앙되면서 마침내 피가 거꾸로 치솟아 큰 사건을 일으켰으니, 그 발달 과정을 순서대로 설명하지 않으면 주인의 피가 얼마나 높이 치솟았는지 알기 어렵다. 알기 어려우면 모처럼 치솟은 주인의 피가 물거품이 될 수도 있고, 세상 사람들에게는 설마 그 정도는 아니겠지 하고 얕보일 수도 있다. 기껏 피가 치솟았는데 대단한 치솟음이라고 칭송받지 못하면 맥이 풀릴 것이다. 앞으로 얘기할 사건은 크고 작음에 관계없이 주인에게는 명예로운 일이 아니다. 사건 자체는 불명예스러운 것이나, 최소한 치솟음만은 명실상부한 치솟음이었고 절대 남에게 뒤지지 않는 것이었음을 분명히 하고 싶다.

주인의 성품은 남들 앞에 이렇다 하게 자랑할 수 있는 것이 못 된다. 그러니 피가 거꾸로 치솟아 저지른 그 사건이라도 자랑하지 않으면 달리 애써서 써줄 만한 얘깃거리가 없다.

낙운관에 우글거리는 적군은 요즘 일종의 덤덤탄[6]을 발명해서, 10분 쉬는 시간이나 학교가 끝난 후면 북쪽 공터를 향해 집중 공격을 감행한다. 이 덤덤탄을 통칭 볼이라고 하는데, 커다란 나뭇공이를 이용해서 볼을 적진에 발사된다. 하지만 아무리 덤덤탄이라도 낙운관의 운동장에서 발사된 것이 서재에 틀어박혀

6 인도의 덤덤 군수 공장에서 제조되었다고 해서 덤덤탄이라는 이름이 붙었고, 1899년 사용이 금지되었다.

있는 주인을 명중할 염려는 없다. 적은 적이되 표적이 너무 멀리 있다는 것을 모를 정도는 아닌 그들은 바로 그 점을 이용해 전략을 짰다.

뤼순 전쟁 당시에도 해군이 간접 사격을 해서 큰 공을 세운 사례가 있듯이, 공터로 툭툭 떨어지는 볼 역시 꽤 큰 공을 세운다. 한 발을 쏠 때마다 군사력을 총결집해서 와 하고 위협성 고함을 질러 대니 더욱 그렇다. 놀라고 겁에 질린 나머지 주인의 손발에 뻗어 있는 혈관이 수축하지 않을 수 없다. 따라서 전전긍긍하다 못해 갈팡질팡 헤매던 피가 거꾸로 치솟는다. 적군의 전략이 제법 교묘하다 할 수 있다.

먼 옛날 그리스에 아이스킬로스라는 작가가 있었는데 이 사내는 학자와 작가에게 공통되는 머리를 지녔다고 한다. 내가 말하는 이른바 학자와 작가에게 공통되는 머리란 대머리를 뜻한다. 왜 머리가 벗어지는가? 머리에 영양이 부족해서 머리가 자랄 수 있는 기운이 없기 때문이다. 학자와 작가는 머리를 가장 많이 사용하는 직업이나 대개는 지지리 가난하다. 그래서 학자와 작가의 머리는 모두 영양실조에 걸려 벗어지는 것이다. 아이스킬로스 역시 작가였으니 자연히 머리가 벗어질 수밖에 없어, 번들번들 빛나는 금귤 같은 머리의 소유자가 되었다.

그런데 어느 날의 일이다.

선생이 쨍쨍 내리쪼이는 햇살 아래 예의 머리 — 머리에는 외출용과 평소용이 따로 없으니 당연히 예의 머리다 — 를 휘휘 내저으며 길을 걷고 있었다. 이게 바로 실수의 근원이었다. 햇빛 속에 있는 대머리는 멀리서 보면 아주 환하게 빛난다. 높은 나뭇가지가 바람을 맞아 흔들리듯 빛나는 머리도 뭔가를 맞아야 한다. 이때 아이스킬로스의 머리 위에 독수리가 한 마리 날고 있었는데, 어디선가 생포한 거북 한 마리를 발톱으로 꽉 움켜쥐고 있었다. 거북과 자라는 맛은 좋아도, 그리스 시대부터 지금까지 딱딱한 등딱지를 덮어쓰고 있다. 아무리 맛있어도 등딱지를 덮어

쓰고 있으면 어떻게 할 수 없다. 새우는 통째로 구워 먹을 수 있지만 거북 통찜은 지금도 없으니 당시라고 있었을 리가 없다. 그 대단한 독수리도 어찌 요리하면 좋을지 모르는 판이었는데, 저 멀리 아래 세상에 번쩍번쩍 빛나는 것이 있었다. 그때 독수리는 옳거니! 하고 생각했다. 저 빛나는 것 위에 거북을 떨어뜨리면 등딱지가 부서져 떨어져 나갈 것이라고 생각했다. 등딱지가 떨어져 나가면 내려가 몸통을 먹으면 된다. 좋았어, 하면서 목표물에 정확하게 조준하고서 저 높은 곳에서 양해 한마디 없이 그 머리 위로 거북을 떨어뜨렸다. 그런데 공교롭게도 작가의 머리가 등딱지보다 부드러워, 대머리가 오히려 산산조각 나는 바람에 그 유명한 아이스킬로스는 처참한 최후를 맞았다.

그건 그렇고, 이해할 수 없는 것은 독수리의 속내다. 예의 머리가 작가의 머리인 줄 알고 떨어뜨렸는지 아니면 민둥바위로 착각하고 떨어뜨렸는지 모르겠다. 이 난제의 해답 여부에 따라 낙운관의 적과 이 독수리를 비교할 수도 있고, 또 비교할 수 없기도 하다. 주인의 머리는 아이스킬로스의 머리처럼 또는 다른 대학자들의 머리처럼 그리 번쩍번쩍 빛나지는 않는다. 하지만 비록 세 평짜리 좁은 방이기는 해도 서재라 이름하는 곳에서 꾸벅꾸벅 졸면서 어려운 책을 읽는 이상 학자나 작가와 같은 부류라고 간주해야 한다. 그렇다면 주인의 머리가 아직 벗어지지 않은 것은 아직 대머리가 될 자격을 갖추지 못해서일 테니까 머지않아 벗어질 운명에 처할 것이란 얘기가 된다. 이렇게 보면 낙운관의 학생들이 이 머리를 조준하고 덤덤탄으로 집중 포격한 것은 아주 시의 적절한 전략이었다고 할 수 있다. 만약 적이 이 만행을 2주 동안 계속했다면 주인의 머리는 공포와 번뇌 때문에 영양 부족을 호소하면서 금귤로든 주전자로든 구리 단지로든 변화했을 것이다. 그리고 또 2주를 집중 포격한다면 금귤은 뭉그러지고, 주전자는 새고, 구리 단지는 금이 갈 것이 뻔하다. 이렇게 뻔한 결과를 예상하지 못하고 적과 끝까지 전투를 계속하려고 고심하는 쪽은 오직 당사자인 구샤미 선생 혼자뿐이다.

어느 날 오후, 나는 평소처럼 툇마루에 나와 앉아 낮잠을 즐기면서 호랑이가 된 꿈을 꾸고 있었다. 주인에게 닭고기를 가져오라고 하자 주인은 〈네〉 하면서 조심조심 닭고기를 가져왔다. 메이테이 선생이 왔기에 메이테이 선생에게 〈기러기가 먹고 싶으니 기러기탕집에 가서 주문해 와라〉라고 하자, 메이테이 선생은 〈순무절임과 소금쌀과자를 같이 드시면 기러기 맛이 납니다〉 하고 또 엉터리 소리를 지껄였다. 그래서 입을 쩍 벌리고 〈어흥〉 하고 겁을 주었더니, 하얗게 질린 메이테이 선생 〈야마시타에 있는 기러기탕집은 장사를 접었는데 어찌하오리까?〉 하고 물었다. 〈그렇다면 소고기로 감해 줄 터이니 얼른 니시카와에 가서 로스용으로 한 근 사 오너라. 꿈지럭거리면 너를 잡아먹겠다〉고 했더니 메이테이 선생은 바지 자락을 걷어 올려 허리춤에 지르고는 쏜살같이 달려갔다.

갑자기 몸이 커진 나는 툇마루를 다 차지하고 누워서 메이테이 선생이 돌아오기를 기다리고 있는데, 갑자기 온 집 안이 쩡쩡 울리게 큰 소리가 나는 바람에 모처럼의 소고기도 먹지 못한 채 꿈에서 깨고 말았다. 조금 전까지 벌벌 떨면서 내 앞에 고개를 조아리고 있던 주인이 갑자기 뒷간에서 툭 튀어나와 내 옆구리를 퍽 찼다. 어럽쇼, 하고 놀라는데 그 순간 마당으로 내려서서 나막신을 걸치더니 문을 박차고 나가 낙운관 쪽으로 달려가는 것이 아닌가. 나는 호랑이에서 고양이로 순간 수축을 했기 때문에 왠지 거북하고 이상하기도 했지만, 주인의 그 험악한 기세와 차여서 아픈 옆구리 때문에 호랑이는 금방 잊고 말았다. 동시에 드디어 주인이 출진하여 적과 교전할 모양이로군, 이거 재미있겠는걸, 하고 생각하면서 아픈 것을 참고 뒤따라 뒷문으로 나갔다.

그때, 주인이 〈도둑이야!〉 하고 고함을 지르는 소리가 들렸다. 소리가 나는 쪽을 보니, 교모를 쓴 열여덟아홉쯤 된 건장한 놈 하나가 막 울타리를 넘어가고 있었다. 아차, 한발 늦었군, 하고 생각하는데, 그 교모는 빨리 달리기 자세를 취하고는 근거지를 향해 번개처럼 도망쳤다. 주인은 〈도둑이야!〉 하고 지른 고함이 쩌렁쩌렁 울려 흡족했는지 다시 또 〈도둑이야!〉 하고 크게 외치면서 쫓아갔다. 하지만 적을 쫓아가려면 주인도 울타리를 넘어야 하고 더 말려들면 주인 자신이 도둑이 된다. 앞에서도 말했다시피 우리 주인은 피가 쉬이 치솟는 사람이다. 이렇게 기세를 타고 도둑을 쫓기 시작한 이상 자신이 도둑이 되는 한이 있더라도 끝까지 쫓아갈 모양인지 되돌아올 기색 없이 네모 칸 울타리 바로 앞까지 진출했다. 이제 한 걸음이면 도둑의 영역에 들어가야 하는 찰나, 적진에서 부숭부숭한 수염이 드문드문하게 돋은 장군이 어슬렁어슬렁 이쪽으로 출진했다. 주인과 장군이 울타리를 사이에 두고 뭐라고 담판을 짓고 있다. 듣고 있자니 이런 하찮은 토론이었다.

「저 아이는 본교의 학생이오.」

「학생이라는 자가 어째서 남의 집에 침입하는 것이오?」

「볼이 날아가는 바람에 어쩔 수 없이 그리 되었소이다.」

「그렇다면 왜 양해를 구하러 오지 않은 것이오?」

「앞으로는 그러지 않도록 주의를 주겠소이다.」

「그렇다면 좋소.」

용호상박의 장관을 기대했는데 교섭은 이렇듯 산문적인 담판으로 무사히, 신속하게 끝났다. 그나저나 우리 주인은 그저 혈기만 왕성할 뿐이라, 막상 부딪쳐야 할 때가 되면 늘 이렇게 시시껄렁하게 끝을 내고 만다. 내가 호랑이 꿈에서 갑자기 깨어나 고양이로 돌아온 것이나 마찬가지 꼴이다. 내가 작은 사건이라고 한 것은 바로 이 사건을 말함이다. 작은 사건을 기술한 후에는 순서에 따라 반드시 큰 사건을 얘기하지 않으면 안 된다.

주인은 큰방의 문을 활짝 열어 놓고 엎드려 무슨 궁리를 하고 있다. 보나마나 적에 대한 방어책을 강구하고 있을 것이다. 낙운관은 지금 수업 중인지 운동장이 고요하다. 윤리 수업을 하고 있는 한 교실에서 나는 소리가 손에 잡힐 듯 들린다. 낭랑한 목소리로 제법 그럴싸하게 늘어놓는 소리를 듣자 하니, 바로 어제 적진에서 어슬렁어슬렁 출진해 담판의 임무를 수행했던 장군이었다.

「공덕이란 매우 중요한 것으로, 외유를 하다 보면 프랑스든 독일이든 영국이든 어느 나라든 이 공덕이 행해지지 않는 나라가 없다. 또 아무리 천한 자도 이 공덕은 모두 중요시한다. 안타까운 일이나, 우리나라는 이 공덕에서는 아직 외국에 대항할 수 없다. 상황이 그러하니, 공덕이라 하면 외국에서 새로이 들어온 것이라 생각하는 제군도 있을지 모르겠으나, 이는 잘못된 생각이다. 옛사람도 공자의 길은 충(忠)과 서(恕)로만 관철된다고 했다. 이 서라고 하는 것이 다름 아닌 공덕의 출처이다. 나도 사람인지라 가끔은 큰 소리로 노래하고 싶어지는 때도 있다. 그러나 내가 공부하고 있을 때, 옆 교실에서 노래를 불러 대는 소리가 나면 나는 성격상 도저히 책에 집중하지 못한다. 그래서 『당시선(唐詩選)』이라도 큰 소리로 읊으면 속이 후련해질 것이라고 생각하기도 하지만, 그런 때조차 나처럼 이런 일로 불편해하는 사람이 옆집에 살고 있는데 나도 모르게 그 사람을 방해하는 일이 있어서는 안 되겠다 싶어 늘 삼가 조심을 한다. 이처럼 제군들도 최대한 공덕을 지켜 적어도 타인에게 폐를 끼치는 일만은 절대 하지 말아야 할 것이다.」

귀를 쫑긋 기울이고 강의를 경청하던 주인이 이 대목에 이르러 〈히죽〉 웃었다. 잠시 이 〈히죽〉에 대해 설명하기로 하자.

세상일을 비꼬아 들쑤시기 좋아하는 풍자가가 이 장면을 읽는다면, 이 히죽의 이면에 냉소적인 요소가 섞여 있다고 여길 것이다. 하나 우리 주인은 그렇게 나쁜 사람이 아니다. 나쁜 것이 아니라 지혜가 그리 발달하지 못한 사내일 뿐이다. 주인은 그저 기뻐서 히죽 웃었던 것이다. 윤리 선생이라는 자가 그렇듯 통렬하게 훈계했으니 앞으로는 덤덤탄 세례를 피할 수 있을 것이다, 당분간은 머리도 벗어지지 않을 것이고, 치솟음도 단번에 낫지는 않을 터이나 때가 오면 서서히 회복될 것이다, 젖은 수건을 머리에 올려놓고 화로에 몸을 녹이지 않아도 되고, 나무 아래 바위 위에서 잠을 청하지 않아도 될 것이다, 라고 판단했기에 히죽 웃었던 것이다. 20세기인 오늘날에도 빚은 반드시 갚아야 한다고 생각할 정도로 우직한 우리 주인이니, 이 강의를 곧이 곧대로 들은 것은 당연한 일이다.

드디어 수업 시간이 끝났는지 강의가 뚝 끊겼다. 다른 교실에서도 수업이 한꺼번에 끝났다. 그러자 지금까지 교실에 갇혀 있던 8백 군세가 함성을 지르며 건물 밖으로 뛰쳐나왔다. 그 기세가 사방 30센티미터 정도 되는 벌집을 쑤셔 땅으로 떨어뜨린 것 같았다. 붕붕, 앵앵거리며 창문으로, 문으로, 뚫려 있는 구멍이란 구멍으로 모두 앞을 다퉈 막무가내로 쏟아져 나왔다. 이것이 큰 사건의 발단이었다.

우선 벌의 진용부터 설명하자.

이런 전쟁에 진용이고 자시고 할 것이 어디 있느냐고 한다면 그 또한 큰 잘못이다. 보통 사람은 전쟁이라고 하면 대륙의 사허, 펑텐, 뤼순[7] 전쟁만 있지 다른 전쟁은 없는 것으로 안다. 한편 다소나마 시문을 읽었다 하는 야만인은 아킬레우스가 헥토르의 주검을 질질 끌면서 트로이 성벽을 세 바퀴 돌았다거나, 연나라 사람 장비가 장판교에서 길이 5미터가 넘는 뱀 모양 창을 세워 들고, 조조의 백만 대군을 매서운 눈길 하나로 물리쳤다는 등의 거창한 장면만 연상한다. 연상은 당사자의 자유이나 그 밖에는 전쟁이 없다고 생각하는 것은 불합리하다. 태고의 무지몽매한 시대에야 그런 황당한 전쟁이 벌어졌을지 모르겠으나, 태평성대를 누리는 오늘날 도쿄 한복판에서 야만적인 행동이 벌어진다면 그것은 있을 수 없는 기적에 속한다. 제아무리 오란한 소요가 일어나도 기껏해야 파출소를 습격하고 불태우는 정도다.

7 러일 전쟁 당시 격전지였던 지역.

그렇다면 와룡굴의 주인 구샤미 선생과 낙운관 8백 건아의 전쟁은 도쿄 시 역사상 최대의 전쟁이라 꼽아야 할 것이다. 좌씨가 『춘추좌씨전(春秋左氏傳)』에서 언릉전(鄢陵戰)을 기술할 때도 제일 먼저 적의 진용부터 기술하지 않았던가. 예로부터 서술에 탁월한 자는 통례적으로 이런 순서를 사용했다. 그러니 내가 벌의 진용부터 설명하는 것에 이의는 없을 것이다.

벌의 진용은 이러하다.

우선 네모 칸 울타리 바깥쪽에 일렬종대로 진을 친 부대가 있다. 이 부대는 주인을 전선 안으로 유인하는 임무를 띠고 있는 것으로 짐작된다.

「항복 안 한대?」

「꿈도 안 꾸는데.」

「다 틀렸어.」

「안 나와.」

「끝까지 버틸 건가.」

「그럴 리가 없지.」

「짖어 봐.」

「멍멍.」

「멍멍, 멍멍.」

「멍멍, 멍멍, 멍멍.」

그다음, 일렬종대 전원이 포효하듯 함성을 질렀다. 종대에서 오른쪽으로 조금 떨어진 운동장에는 포대가 요충지를 차지하고 진을 치고 있다. 와룡굴을 마주하고 장군 하나가 커다란 나뭇공이를 들고 우뚝 서 있다. 이와 10미터 정도 간격을 둔 반대쪽에 또 한 사람, 나뭇공이 뒤에 또 한 사람, 이자는 와룡굴을 등지고 우뚝 서 있다. 이렇게 일직선으로 줄지어 마주하고 있는 자들이 포수(砲手)이다.

어떤 이의 설에 따르면 이것은 베이스볼 연습일 뿐 절대 전쟁 준비가 아니라고 한다. 나는 베이스볼이 무엇인지 모르는 문맹이다. 그런데 들은 바에 따르면 이것은 미국에서 수입된 놀이로, 오늘날 중학교 이상의 학교에서 실시하는 운동 가운데 가장 유행하는 것이라고 한다. 미국은 엉뚱한 생각만 해내는 나라이나, 포대로 오인될 수도 있고 동네에 폐를 끼칠 수도 있는 놀이를 일본 사람들에게 가르쳐 줄 만큼 친절한 것인지도 모르겠다. 또한 미국 사람들은 실제로 이것을 일종의 운동 놀이로 여기고 있을 것이다. 그러나 순수하게 놀이라 할지라도 사방 이웃을 위협하기에 충분한 능력을 갖고 있는 이상 사용하기에 따라 공격용으로 돌변할 수도 있다. 내 두 눈으로 직접 보고 관찰한 결과, 그들은 이 운동 기술을 이용해서 전쟁을 승리로 이끌려 하는 것이 틀림없다.

말이란 어떻게 하느냐에 따라 천양지차다. 자선의 허울을 쓰고 사기 행각을 벌이고, 인스피레이션이라 하며 피가 거꾸로 치솟은 상태를 찬양하는 자가 있는 이상, 베이스볼이란 운동을 명분으로 전쟁을 하지 말란 법도 없다. 그러니까 그 어떤 이의 설은 세상의 일반적인 베이스볼을 두고 하는 소리라 할 수 있다.

지금 내가 기술하려는 베이스볼은 특별한 경우에 한정되는 베이스볼, 즉 공성술(攻城術)이다. 이제 덤덤탄을 발사하는 방법을 소개하고자 한다.

직선상에 줄지은 포열 가운데 한 사람이 덤덤탄을 오른손에 쥐고 나뭇공이를 쥔 자에게 던진다. 관계자가 아니면 덤덤탄이 무엇으로 만들어졌는지 모른다. 딱딱하고 동그란 자갈 경단 같은 것을 가죽으로 꼼꼼하게 감싸 바느질한, 이른바 볼이다. 앞에서 말한 것처럼 이 포탄이 포수의 손을 떠나 바람을 가르고 날아가면, 반대쪽에 선 사람이 예의 나뭇공이를 휘둘러 때려 맞힌다. 가끔은 맞히지 못한 포환이 옆으로 굴러가는 일도 있지만 대개는 딱! 하는 커다란 소리를 내며 튕겨나간다. 그 기세가 얼마나 맹렬한지 모른다. 신경성 위장병을 앓고 있는 우리 주인의 머리쯤이야 너끈히 깨부술 수 있다. 포수의 임무는 그것으로 끝이

나는데, 그 주변에는 구경꾼과 응원군이 구름 떼처럼 몰려와 있다. 딱! 하고 나뭇공이가 경단을 맞추는 순간, 짝짝짝 손뼉을 치고 함성을 지르며 잘했다고 하고 맞았지?라고 한다. 이래도 버틸 거냐고 한다. 겁나지?라고 한다. 항복 안 해?라고 한다.

그 정도에서 끝나면 그나마 나은데, 튕겨나간 포탄 세 개 중에 한 개는 반드시 와룡굴 안으로 굴러 들어온다. 하기야 이것이 굴러 들어가지 않으면 적군은 목적을 달성하지 못한 셈이 된다. 요즘 덤덤탄은 모처에서 제조한다고 하는데 그 값이 몹시 비싸다고 하니까, 아무리 전쟁이라도 충분한 공급을 기대할 수는 없다. 대충 한 포대에 한 개 또는 두 개꼴로 공급된다. 딱! 하고 맞는 순간마다 이 귀중한 포탄을 소비할 수는 없다. 그 때문에 적진에는 유탄을 주워 오는 줍기 부대라는 것이 따로 있다. 떨어진 장소가 좋으면 손쉽게 찾아 주울 수 있지만, 풀밭이나 남의 집으로 넘어 들어가면 쉬이 주울 수 없다. 그래서 그런 수고를 최대한 덜기 위해 평소에는 줍기 좋은 장소에 떨어뜨리는데, 지금은 그 반대다. 목적이 운동에 있지 않고 전쟁에 있기 때문에 일부러 덤덤탄을 주인의 마당을 향해 쏘는 것이다.

마당에 떨어졌으니 마당에 들어가 줍지 않을 수 없다. 그리고 주인의 마당으로 들어가는 데 가장 간편한 방법은 역시 네모 칸 울타리를 넘는 것이다. 네모 칸 울타리 안쪽에서 소동을 피우면 주인은 화를 내지 않을 수 없다. 아니면 갑옷을 벗고 항복해야 한다. 고심한 나머지 주인의 머리가 점점 벗어진다.

지금 막 적군이 발사한 포탄이 정확하게 표적을 향해 네모 칸 울타리를 넘어 오동나무 잎을 떨어뜨리며 제2의 성벽, 즉 대나무 울타리에 명중했다. 꽤 큰 소리가 났다. 뉴턴의 제1운동 법칙에 따르면 한번 움직인 물체는 다른 힘이 작용하지 않는 한 일정한 속도로 직선 운동을 한다고 한다. 하지만 만약 모든 물체가 이 법칙에 따라서만 운동한다면 주인의 머리는 이때 이미 아이스킬로스와 운명을 같이했을 것이다. 다행히 뉴턴이 제1법칙 외에 제

2법칙도 마련해 둔 덕분에 주인의 머리가 아슬아슬하게 목숨을 건졌다.

뉴턴의 제2운동 법칙은 이렇다. 운동의 시간적 변화는 작용하는 힘에 비례하며 그 힘이 작용하는 직선 방향으로 일어난다. 이건 무슨 소리인지 잘 모르겠지만, 아무튼 그 덤덤탄이 대나무 울타리를 지나 장지문을 뚫고 주인의 머리를 깨부수지 않은 것은 순전히 뉴턴 덕분이다.

잠시 후, 아니나 다를까 적군이 마당 안으로 진입한 모양이었다.

「여기야?」

「좀 더 오른쪽 아니냐?」

막대기로 대나무 잎을 휘휘 젓는 소리가 들렸다. 적군은 주인의 마당 안으로 들어와 덤덤탄을 찾을 때는 유난히 큰 소리를 낸다. 살금살금 기어 들어와 살짝 주워 가면 가장 중요한 목적을 달성할 수 없기 때문이다. 덤덤탄도 물론 중요하지만, 주인을 놀려 먹는 것은 덤덤탄 이상의 중대사이다.

이때는 멀리서도 포탄의 소재지를 분명하게 알고 있었다. 대나무 울타리에 맞는 소리도 들렸고, 맞은 곳도 알고 있고, 게다가 어디에 떨어졌는지도 알고 있었다. 그러니 몰래 살짝 들어와 소리 안 나게 주워 가려면 얼마든지 그럴 수 있었다. 라이프니츠의 정의에 따르면 공간은 동시에 실재할 수 있는 현상의 질서라고 한다. 〈가나다라마바사〉는 언제든지 똑같은 순서여야 하고, 버드나무 아래에는 반드시 미꾸라지가 있어야 하며, 박쥐에는 늘 초저녁달이 따라다녀야 한다는 얘기다. 울타리에 볼은 원래는 어울리지 않는 것이나, 날마다 볼을 남의 집 마당으로 던지는 자의 눈에는 울타리와 볼이 동시에 실재하는 공간이 익숙할 터이니 한 번 보면 공이 어디 있는지 정도는 금방 알 수 있다. 따라서 주인에게 전쟁을 도발하려는 작전이 아니고서야 저렇게 요란을 떨 필요가 없는 것이다.

사태가 이 지경에 이르면 아무리 소극적인 주인이라도 응전하지 않을 수 없다. 아까 큰방에서 윤리 강의를 들으며 기뻐 히죽거렸던 주인은 분연히 일어섰다. 그리고 기세등등하게 뛰쳐나갔다. 그리고 적군 가운데 한 명을 다짜고짜로 생포했다. 주인으로서는 어마어마한 성공이었다. 성공이기는 한데 보아하니 열네다섯 살 난 애송이였다. 수염 난 주인의 적으로는 다소 걸맞지 않다. 그런데도 주인은 이 인질로 충분하다고 생각했는지 잘못했다고 비는 포로를 질질 끌고서 툇마루 앞까지 억지로 데려왔다.

여기서 잠시 적의 전략에 대해 한마디해 둘 필요가 있다.

적은 어제 붉으락푸르락한 표정으로 출진한 주인을 보고는 저 정도면 오늘도 틀림없이 제 발로 출진할 것이라고 추측했다. 그때 만에 하나 아군이 붙잡히면 일이 성가시게 된다. 그러니 1학년생이나 2학년생을 줍기 부대병으로 보내 위기를 모면하는 것이 최선이다. 주인이 피라미를 붙잡고 주절주절 도리를 늘어놓아 봐야 낙운관의 명예에는 아무 영향도 미치지 못한다. 어린아이를 상대로 어른스럽지 못하게 처신하는 주인이 오히려 수치스러워질 뿐이다. 적의 속셈은 이랬다. 하기야 이런 생각이 보통 사람이 하는 지극히 당연한 생각이다.

다만 적은 상대가 보통 사람이 아니라는 것을 깜박 잊고 계산에 넣지 않았다. 우리 주인이 그 정도 교양과 상식이 있는 사람이었다면 어제도 뛰쳐나가지 않았을 것이다. 거꾸로 치솟은 피는 보통 사람을 보통 이상의 사람으로 끌어올리고, 상식 있는 자를 몰상식한 자로 승격시킨다. 여자와 어린아이와 인력거꾼과 마부를 분별할 수 있을 때는 아직 피가 완전히 거꾸로 치솟았다고 자랑하기에 이르다. 우리 주인처럼 상대도 안 되는 중학교 1학년생을 생포해 전쟁의 인질로 삼는 정도가 아니면 〈치솟음〉의 고수 반열에 낄 수 없다.

참으로 딱하게 된 것은 포로였다.

그저 상급생이 하라는 대로 줍기 부대의 보병 역할을 맡았을 뿐인데, 재수 없게 몰상식한 적장, 치솟음의 천재에게 쫓겨 울타리를 넘을 겨를도 없이 마당으로 다시 끌려오고 말았다. 전황이 이렇게 돌아가면 적군도 뒷짐이나 지고서 병졸이 치욕을 당하는 것을 그저 바라만 볼 수는 없다. 너도 나도 앞을 다투어 네모 칸 울타리를 훌쩍 뛰어넘고 나무 문을 활짝 열어젖히고 마당으로 밀려들어 왔다. 그 숫자가 약 한 다스 정도, 옆으로 나란히 주인 앞에 섰다.

거의 다 윗도리도 조끼도 입지 않았다.

하얀 셔츠 소매를 걷어 올리고 팔짱을 끼고 있는 놈도 있다.

색 바랜 플란넬 셔츠를 등에 척 걸치고 폼을 잡고 있는 놈도 있다.

그런가 하면 까만 테두리에 가슴팍에도 까만 알파벳 글자를 붙인 하얗고 튼튼한 면 셔츠를 입은 멋쟁이도 있다.

아무튼 모두 무술에 뛰어난 용맹한 장군들 같았다. 거뭇거뭇하고 우락부락한 근육이 마치 〈내 고향 단바의 사사야마[8]에서 부름을 받고 어젯밤 당도하였습니다〉라고 말하는 듯했다. 중학교 같은 곳에나 보내 학문을 시키기에는 아까울 정도다. 어부나 선장을 시켰더라면 나라를 위해 큰 보탬이 되었을 텐데, 정말 아쉽다.

사전에 약속이라도 한 것처럼 맨발에 바짓가랑이를 걷어 올린 그들의 모습이 마치 불난 동네 집에 불 끄러 가는 꼴인데, 주인 앞에 옆으로 나란히 선 채 입을 꾹 다물고 한 마디도 하지 않는다. 주인도 아무 말 하지 않는다. 한동안 쌍방이 주고받는 불꽃 튀는 눈빛 속에 약간의 살기가 배어 있었다.

「너희는 도적 떼냐?」

주인이 기염을 토하며 심문했다. 어금니로 잘근잘근 씹은 분노 덩어리가 불길이 되어 콧구멍으로 치솟아 나오는 터라 콧부리가 시뻘건 매부리코 같다. 에치고 사자춤을 출 때 쓰는 사자탈

8 효고 현에 있는 지명으로 이 지방 민요의 한 소절에 단바 사사야마의 원숭이란 말이 나온다. 즉 학생들을 원숭이에 비유한 것.

의 코는 아마도 화난 인간의 모습을 본떠 만들었을 것이다. 그렇지 않고서야 그렇게 무서울 수가 없다.

「도둑 아닙니다. 낙운관의 학생입니다.」

「거짓말 마라. 낙운관의 학생이라면 왜 남의 집에 무단으로 침입하겠느냐.」

「하지만 이렇게 교표가 붙어 있는 교모를 쓰고 있지 않습니까?」

「가짜겠지. 낙운관의 학생이라면 왜 이렇듯 함부로 침입한 것이냐?」

「볼이 울타리를 넘어가서요.」

「왜 볼이 넘어가게 하였느냐?」

「어쩌다 보니까 넘어갔죠.」

「수상한 놈이로구나.」

「앞으로 조심할 테니까, 한 번만 용서해 주십시오.」

「어디 사는 누구인지도 모를 놈이 울타리를 넘어 남의 집에 침입했는데, 그리 쉽게 용서할 수 있겠느냐?」

「그래도 낙운관의 학생인 건 틀림없다고요.」

「그렇다면 몇 학년이냐?」

「3학년이요.」

「거짓은 없으렷다.」

「네.」

주인이 안쪽을 돌아보면서 소리를 질렀다.

「거기, 누구 없나?」

사이타마 출신 하녀가 장지문을 열고 고개를 내밀면서 대답했다.

「네. 부르셨어요?」

「낙운관에 가서 사람을 좀 데려오너라.」

「누구를 데려오나요?」

「누구든 상관없으니까, 얼른 데려와.」

「알겠어요.」

하녀는 대답은 그렇게 했지만 마당의 풍경이 기괴한 데다 심부름의 내용이 정확하지 않고, 아까부터 지켜본 사건의 전개 과정이 어이없고 황당해서 오도 가도 못한 채 그저 히죽히죽 웃고만 있다. 하나 주인 딴에는 대전이라도 치르고 있는 심경이다. 피가 거꾸로 치솟은 탓에 스스로를 민완하기 이를 데 없다 여기고 있다. 그런데 이 집 하녀이니 당연히 주인 편을 들어 줘야 할 사람이 진지한 태도를 보이지 않을 뿐만 아니라 심부름을 시키는데도 히죽히죽 웃고만 있다. 그러니 점점 더 피가 거꾸로 치솟지 않을 수 없다.

「누구든 상관없으니 불러오라고 하는데, 안 들리느냐? 교장이든 간사든 교무든. 어서!」

「그럼, 교장 선생님을…….」

하녀는 교장이란 말밖에 모른다.

「교장이든 간사든 교무든이라고 하는데, 무슨 말인지 모르겠나!」

「아무도 없으면 급사를 데려와도 괜찮나요?」

「이런 바보 같으니. 급사가 뭘 안다고.」

「네.」

그제야 하녀도 어쩔 수 없이 다녀와야겠다는 결심을 했는지 순순히 대답하고 밖으로 나갔다. 하지만 아직도 심부름의 요지는 잘 모르고 있다. 혹시나 급사를 데려오는 것은 아닐까 걱정했는데, 아니나 다를까 예의 윤리 선생이 대문을 지나 들어왔다. 그가 임전 태세를 갖추기를 기다렸다가 주인은 당장에 담판에 들어갔다.

「방금 전 이자들이 우리 집에 난입하야…….」

주인은 『주신구라(忠臣藏)』[9]에나 나올 법한 고풍스러운 말투를 사용하다가 다소 빈정거리는 투로 말을 맺었다.

「정말 그 학교 학생이 맞나요?」

9 아코 번의 47명의 사무라이가 주군의 원수를 갚고 할복하는 내용을 다룬 근세의 작품.

윤리 선생은 마당에 줄지어 서서 딱히 놀라는 기색도 없이 태연한 용사들을 한 차례 죽 훑어보고는, 다시 주인에게로 눈길을 돌리고 다음과 같이 말했다.

「모두 우리 학교 학생이 맞습니다. 이런 일이 없도록 늘 훈계하고 있습니다만…… 도무지 말을 듣지 않으니…… 너희는 왜 울타리를 넘었느냐?」

과연 학생은 학생이다. 윤리 선생에게는 뭐라고 대꾸할 말이 없는지 모두들 잠자코 입을 다물고 있다. 얌전히 마당 한구석에 모여 있던 양 떼가 눈[雪]을 만난 꼴로 고개를 숙이고 있다.

「이렇게 학교 옆에 살고 있으니, 어쩌다 볼이 날아 들어오는 것은 어쩔 수 없는 일이겠지요. 하지만 학생들이 너무 버릇이 없다는 말씀입니다. 설사 울타리를 넘어와 볼을 주워 가더라도 소리 없이 살짝 가져가면야 그나마 참을 만하겠는데.」

「옳은 말씀이십니다. 늘 주의를 주고 있으나 워낙 숫자가 많은 터라……. 앞으로는 절대 주의하도록, 알겠나? 만약 볼이 넘어가면 앞문으로 돌아가서, 양해를 구하고 주워 가도록 해라. 알겠나? 학교가 넓어 단속을 하느라고 하는데도 일일이 손이 닿지 않습니다. 하나 운동은 교육상 필요한 것이니 금지할 수는 없는 노릇이고, 하라고 하면 이웃집에 폐를 끼치는 일이 발생하니, 이 점 너그러이 용서해 주시기 바랍니다. 그 대신 앞으로는 반드시 앞문으로 돌아가 양해를 구한 후에 가져가도록 단단히 교육을 시키겠습니다.」

「그렇게 이해해 주시면 됐습니다. 볼은 얼마든지 날아와도 좋으니, 다만 울타리를 넘지 말고 앞문으로 와서 말만 하면 됩니다. 그럼 이 학생은 선생님에게 양도하니 데리고 가시지요. 이거 이렇게 오시라고 해서 정말 죄송합니다.」

주인은 늘 그렇듯 오늘도 꼬리를 바짝 내리고 용두사미 격의 인사를 한다. 윤리 선생은 단바의 원숭이들을 데리고 앞문으로 나가 낙운관으로 물러갔다.

내가 앞에서 말한 이른바 큰 사건은 이렇게 마무리되었다. 그런 것이 무슨 큰 사건이냐고 웃음이 나온다면 웃어도 좋다. 그런 사람에게 큰 사건이 아닐 뿐이다. 나는 우리 주인의 큰 사건을 기술한 것이지 그런 사람의 큰 사건을 기술한 것이 아니다. 끝이 흐지부지한 것이 강노(强弩)의 말세(末勢)[10] 같다고 험담을 하는 사람은 그것이 우리 주인 성품의 특색이라는 것을 상기해 주기 바란다. 주인이 해학적인 글의 소재가 될 수 있는 것도 바로 그 특색 덕분이라는 것을 기억해 주기 바란다. 열네다섯 살 난 아이를 상대하는 것은 바보 얼간이나 할 짓이라고 한다면 나 역시 그 의견에 찬성한다. 그러니 오마치 게이게쓰가 주인을 일컬어 아직 치기를 벗어나지 못했다고 하는 것이다.

나는 앞서 작은 사건을 서술했고 지금 막 큰 사건의 서술을 끝냈다. 이제 큰 사건 후의 여담을 얘기하고 전편(全篇)을 마무리 짓고자 한다. 내가 서술한 모든 일이 고양이가 입에서 나오는 대로 적당히 꾸며 낸 얘기라 여기는 독자도 있을지 모르겠으나, 나는 그렇게 경솔한 고양이가 아니다. 한 글자 한 구절 속에 우주의 크나큰 철학과 진리를 담았음은 물론이요, 자질구레한 얘기라 여기며 읽었던 글이 한 글자 한 구절이 겹치고 쌓여 수미가 상관하고 앞뒤가 연결되면서 홀연 변모하여 다양하게 해석될 수 있는 법어가 되니, 절대 누워 뒹굴며 읽거나 다리를 쭉 뻗고 한꺼번에 다섯 줄씩 읽는 무례를 범해서는 안 된다. 유종원은 한퇴지의 글을 읽을 때마다 장미수로 손을 씻었다고 할 정도이니, 나의 글에 대해서도 제 돈으로 잡지[11]를 사다 읽을 일이지 친구가 읽다 내던진 것을 빌려 와 대충 읽는 푸대접은 하지 않기를 바란다.

앞으로 할 얘기에 대해 나 스스로 여담이라고 이름 지었는데, 여담은 어차피 별 볼 일 없을 터이니 안 읽어도 그만이라고 생각

10 『삼국지』의 「제갈량전」에 나오는 말로 돌화살도 유효 사정 거리를 지나면 힘이 떨어져 맥을 못 춘다는 뜻.

11 이 작품이 발표된 잡지 『두견새』를 말한다.

한다면 나중에 크게 후회할 것이다. 그러니 꼭 마지막까지 정독하길 바란다.

예의 큰 사건이 있었던 다음 날, 나는 잠시 산책을 하고 싶어 밖으로 나갔다. 마침 저쪽 골목길로 접어드는 참이었는데 바로 그 모퉁이에서 가네다 군과 스즈키 군이 선 채로 열심히 얘기를 나누고 있었다. 가네다 군은 인력거를 타고 집으로 돌아오는 길이었고, 스즈키 군은 하필 가네다 군이 없을 때 왔다가 돌아가는 참인데 우연히 가네다 군과 딱 마주친 것이었다. 요즘은 가네다 군 집안에 별 신기한 게 없어서 발길을 잘 하지 않는데, 이렇게 길에서 보니 의외로 무척 반갑다. 스즈키 군 역시 오랜만이라 밖이지만 얼굴을 배알하는 영광을 누리기로 했다.

그렇게 마음먹고 슬금슬금 그곳으로 다가가니, 두 사람이 서서 나누는 얘기가 절로 귀에 들어왔다. 하지만 그것은 내 잘못이 아니다. 얘기하고 있는 두 사람의 잘못이다. 가네다 군은 탐정까지 붙여 주인의 동정을 염탐할 정도로 양심 있는 사내이니, 내가 어쩌다 자신의 얘기를 들었다고 해서 화를 내지는 못할 것이다. 만약 화를 낸다면 가네다 군은 공평이라는 말의 의미를 모르는 것이다. 아무튼 나는 두 사람의 담화를 들었다. 듣고 싶어서 들은 것이 아니라 듣고 싶지 않은데 담화 쪽에서 내 귀로 흘러 들어왔다.

「지금 막 댁에 다녀오는 길인데, 이렇게 만나 뵙게 되어 다행입니다.」

스즈키 군은 정중하게 고개를 숙였다.

「음, 그런가. 실은 나도 얼마 전부터 자네를 한번 만나 보고 싶었네. 마침 잘되었군.」

「그렇다면 더욱 잘되었습니다. 무슨 분부라도?」

「아니 뭐 별일은 아닐세. 별일은 아니지만, 자네가 아니면 할 수 없는 일이라서.」

「제가 할 수 있는 일이라면 무엇이든 하지요. 어떤 일이든 말씀만 해주시면.」

「음, 그게 말이야.」

잠시 생각에 잠기는 가네다 군.

「지금 곤란하시면, 다음에 다시 찾아뵙도록 하지요. 언제가 좋으실지?」

「아니, 그리 대단한 일이 아니라니까. 음, 그래 그럼, 이렇게 만났으니, 부탁하기로 하세.」

「아무쪼록 사양 마시고…….」

「그 좀 이상한 사람 말일세. 자네의 옛 친구라는 사람 말이야. 구샤미라고 했던가?」

「아 네. 구샤미가 뭐가 어떻게 되었습니까?」

「아니 그런 게 아니고. 그 사건 후로 속이 좀 뒤틀려서 말이야.」

「그럴 만도 하지요. 구샤미 그 친구가 고집도 세고 오만해서 말이지요. 조금은 자신의 사회적 지위를 생각해서 처신하면 좋을 텐데, 안하무인이라니까요.」

「그러게 말일세. 돈에 굽히지 않겠다느니 사업가 따위가 어떻다느니, 그렇게 건방진 소리를 해대니까, 그럼 어디 사업가의 맛을 한번 보여 주자 싶어서 말이야. 얼마 전부터 많이 힘에 부치는 모양인데, 그래도 아직 버티고 있다니까. 정말 끈질긴 인간이야. 내 놀랐네, 놀랐어.」

「아무래도 득과 실의 개념이 없는 사람이라 공연한 오기를 부리는 것이지요. 옛날부터 그런 버릇이 있는 사내였습니다. 자신에게 실이 될 일이 무엇인지 모르니, 어쩔 도리가 없지요.」

「아하하하하하. 맞는 말일세. 어쩔 도리가 없어. 그래서 온갖 수단 방법을 다 써보기는 했는데. 결국은 학생들에게 시켰지.」

「그것 참 묘안이로군요. 그래 효과가 있던가요?」

「아주 골머리를 썩이는 모양이더군. 하나 아마 머지않아 나가떨어지지 않을까 하네.」

「그거 잘되었군요. 아무리 버텨 봐야 혼자서 다수를 감당할 재간은 없으니까요.」

「그럼, 그렇고말고. 혼자서는 버텨 봐야 소용없지. 그래서 말인데, 꽤 약발이 떨어진 것 같기는 한데, 지금 어쩌고 있는지 자네가 슬쩍 엿보고 왔으면 해서 말이야.」

「아, 예, 그러시군요. 그야 아무 문제 없지요. 이 길로 바로 가 보겠습니다. 그리고 돌아가는 길에 상황 보고를 드리지요. 그 고집불통이 의기소침해서 풀이 죽어 있을 것을 생각하니, 기대가 되는군요. 볼 만 할 겁니다.」

「아 그럼 돌아가는 길에 들러 주게나. 기다리고 있을 터이니.」

「그럼 이만 가보겠습니다.」

아니, 이번에도 그런 꿍꿍이가 있었군. 과연 사업가의 세력은 대단해. 타고 남은 석탄재 같은 우리 주인의 피가 거꾸로 치솟는 것도, 골머리를 썩이다 못해 머리가 파리의 미끄럼틀이 되는 것도, 그 머리가 아이스킬로스와 같은 운명에 처하게 되는 것도 다 사업가의 세력 때문이다. 지구가 지축을 중심으로 도는 것이 어떤 작용 때문인지는 모르겠으나, 세상을 움직이는 것은 바로 돈이다. 사업가가 아니면 이 돈의 공력과 위광을 자유롭게 발휘할 수 없다. 태양이 동쪽에서 무사히 떠서 서쪽으로 무사히 지는 것도 전부 사업가 덕이다. 지금까지 고지식한 가난뱅이 학자 집안에 사느라 사업가의 위대함을 몰랐으니, 내가 생각해도 어리석었다. 그건 그렇고 무지하고 고집불통인 우리 주인도 이번에는 다소 깨달은 바가 있을 것이다. 그런데도 그 고집통을 계속 꺾지 않을 요량이라면 위험하다. 주인이 가장 소중히 여기는 목숨이 위험하다. 스즈키 군을 본 주인이 어떻게 인사할지가 관건이다. 그 내용 여하에 따라 얼마나 깨달았는지 분명해질 것이다. 여기서 꾸물거리고 있을 때가 아니다. 우리 주인이니 고양이도 걱정이 되는 것은 당연하다. 나는 스즈키 군을 앞질러 얼른 집으로 돌아갔다.

스즈키 군은 여전히 말주변이 좋은 사내다. 오늘은 가네다 군에 대해서는 입도 뻥긋하지 않은 채 그저 해도 되고 안 해도 그만인 세상 돌아가는 얘기만 재미나게 늘어놓고 있다.

「자네 안색이 별로 좋지 않군. 어디 아픈 거 아닌가?」

「아프기는. 난 잘 모르겠는데.」

「그래도 얼굴이 무슨 백지장 같아. 조심해야지, 요즘 날씨가 좋지 않아서 말이야. 그래 밤에는 잘 자나?」

「음.」

「혹시 무슨 걱정거리라도 있는 것 아닌가? 내가 할 수 있는 일이면 무엇이든 할 터이니, 속 시원하게 털어놓아 보게나.」

「걱정거리라니, 무슨 걱정거리?」

「아니 없으면 되었고, 있다면 그렇다는 얘기지. 그저 웃으며 재미나게 사는 게 최고 아닌가. 걱정은 몸에 독이야 독. 그런데 자네는 지나치게 성격이 우울한 것 같아서 말이야.」

「웃는 것도 독일세. 함부로 너무 웃으면 죽을 수도 있어.」

「무슨 농담을 그리 하나. 소문만복래라는 말도 있는데.」

「옛날에 그리스에 크리시포스라는 철학자가 있었는데, 자네는 잘 모르지?」

「그야 모르지. 그 사람은 왜?」

「바로 웃다가 죽은 사람일세.」

「거참 이상한 일도 다 있군. 하나 그건 먼 옛날이야기고.」

「예나 지금이나 뭐가 다르겠나. 당나귀가 은그릇에 담긴 무화과를 꺼내 먹는 것을 보고는 너무 우스워서 웃음보가 터졌는데, 도무지 웃음이 그치지를 않는 거야. 결국은 웃다 죽었지.」

「하하하하. 그렇게 무작정 웃을 것까지야 없지. 적당히 웃으면, 기분이 좋아지지 않는가.」

스즈키 군이 열심히 주인의 동정을 연구하고 있는데, 앞문이 드르륵 열렸다. 손님인가 했더니, 그렇지 않다.

「볼이 넘어왔는데요, 좀 주워 가겠습니다.」

「네.」

하녀가 부엌에서 대답했다. 학생은 뒷마당으로 돌아갔다. 스즈키 군이 묘한 표정을 지으며 물었다.

「저 학생은 뭔가?」

「뒤쪽 학생이 볼을 마당으로 던진 것이지.」

「뒤쪽 학생? 뒤에 학생이 있나?」

「낙운관이라는 학교가 있지.」

「아, 그렇군. 학교가 있다니, 꽤나 시끄럽겠군.」

「시끄러운 정도가 아니지. 도무지 공부를 할 수가 없어. 내가 교육부 장관이라면 벌써 폐교령을 내렸을 거네.」

「하하하하. 꽤나 화가 치미는 모양이로군. 뭐 속이라도 뒤집히는 일이 있었는가?」

「있다마다. 아침부터 밤까지 속이 뒤집혀서 못 살겠네.」

「그렇게 속이 뒤집히면 이사를 하면 될 일 아닌가?」

「내가 왜 이사를 가나? 말도 안 되지.」

「내게 화를 내봐야 아무 소용 없네. 어린애들인데 뭘 그러나. 그냥 내버려 두게.」

「자네야 아무 상관이 없겠지만, 나는 그렇지가 못하네. 그래서 어제는 선생을 불러다 놓고 담판을 지었지.」

「그거 재미있었겠군. 선생이 미안해했겠지?」

「음.」

이때 또 문이 열리면서 이런 말소리가 들렸다.

「볼이 넘어가서, 좀 주워 가겠습니다.」

「야, 이거 심심하면 나타나는군. 이보게, 또 볼이라고 하는군.」

「음. 앞문으로 와서 양해를 구하기로 계약을 맺었지.」

「아하. 그래서 저렇게 오는 것이로군. 그랬군, 이제야 알겠어.」

「뭘 알겠다는 것인가?」

「볼을 가지러 오는 원인 말일세.」

「오늘만 해도 저게 벌써 열여섯 번째라네.」

「자네, 귀찮지 않은가? 오지 말라고 하면 될 것을.」

「오지 말라고 해도 오는데, 낸들 무슨 수가 있겠는가.」

「무슨 수가 없다고 하면 나야 할 말이 없지만, 그리 고지식하게 굴 것 없지 않은가. 사람은 너무 모가 나면 세상 살기 힘든 법이야. 손해 보는 것도 많고. 둥근 것은 데굴데굴 어디든 잘 굴러가지만 모난 것은 굴러가기 힘들지 않은가. 굴러갈 때마다 모가 부딪혀서 아프기도 하고. 어차피 나 혼자 사는 세상이 아닌데, 내가 원하는 대로 살 수는 없는 것 아닌가. 돈 있는 사람과 맞서 봐야 손해만 볼 뿐이지. 골치만 아프고 몸도 불편해지고 말이야. 그렇다고 남이 칭찬해 주는 것도 아니고. 상대는 아무 상관 안 해. 그저 앉아서 사람을 부리면 그만이니까. 어차피 혼자 힘으로 많은 사람을 당해 낼 수는 없잖은가. 고집을 부리는 것도 좋지만, 그렇게 고집만 부리다가 공부도 못 하고 생활에 차질이 생기고, 그러다 결국은 아무 보람 없이 헛수고만 한 꼴이 되지 않겠는가.」

「죄송합니다. 지금 볼이 날아갔는데, 뒷마당에 가서 찾아가도 될까요?」

「저것 보게. 또 왔군.」

스즈키 군은 웃고 있다.

「웃지 말게.」

주인은 벌겋게 달아오른 얼굴로 말했다.

「그럼 이만 가보겠네. 자네도 가끔 놀러 오게나.」

스즈키 군은 이제 방문 목적을 대충 달성했는지 이렇게 말하고는 돌아갔다.

스즈키 군이 나가면서 아마키 선생이 들어왔다. 예로부터 피가 거꾸로 잘 치솟는 사람이 스스로 그렇다고 인정하는 일은 그 예가 많지 않다. 이거 좀 이상한데, 하고 느꼈을 때는 이미 한 고비 넘어갔을 때이다. 주인은 어제 그 큰 사건 때문에 피가 최고조로 치솟았는데, 담판이 용두사미로 끝나기는 했지만 그럭저럭 매듭지어졌기에 밤에는 서재에 틀어박혀 곰곰이 생각해 보았다. 그랬더니 좀 이상하다는 느낌이 들었다. 낙운관이 이상한 것인지 자신이 이상한 것인지, 의문의 여지는 충분히 있으나 아무튼 이상했다. 아무리 중학교 옆에 산다지만 이렇듯 1년 내내 짜증이 나고 속이 뒤집히는 것은 좀 이상하다고 생각했다. 이상하다면 어떻게든 수를 써야 한다. 무슨 수를 어떻게 쓰나. 역시 의사가 처방해 주는 약을 먹고, 짜증의 원인에 뇌물이라도 먹여 달래는 길밖에 없다. 이런 깨달음이 있었기에 주치의인 아마키 선생에게 왕진을 의뢰하여 진찰을 받아 보자고 생각한 것이다. 똑똑한 것인지 어리석은 것인지, 그 문제는 둘째 치고 아무튼 자신의 성품을 깨우친 것만은 기특하고 대견한 일이라 하지 않을 수 없다.

「그래, 어떠십니까?」

아마키 선생은 여느 때처럼 차분한 태도로 여유로운 미소를 띠고 물었다. 의사는 대개 환자를 맞으면 어떠냐고 묻는다. 나는 〈어떠십니까?〉 하고 묻지 않는 의사는 왠지 믿음이 가지 않는다.

「선생님, 별 효과가 없는 것 같습니다.」

「아니, 그럴 리가 있나요.」

「의사가 처방해 준 약이 과연 효과가 있는지요?」

아마키 선생도 놀랐지만, 워낙 성품이 온후한 사람이라 화난 기색 없이 느긋하게 대답했다.

「물론 효과가 있지요.」

「그런데 아무리 약을 먹어도 내 위장병은 낫지를 않으니.」

「절대 그렇지 않습니다.」

「그런가요? 조금은 좋아졌을까요?」

이렇게 주인은 자기 위에 대한 일을 남에게 묻고 있다.

「하루아침에 좋아지지는 않습니다. 조금씩 효과가 나타나지요. 지금도 예전보다는 아주 좋아진 상태입니다.」

「그런가요.」

「그런데 아직도 짜증이 납니까?」

「나다마다요. 꿈에서도 짜증을 부립니다.」
「운동이라도 좀 하시면 좋을 텐데요.」
「운동을 하면 더 짜증이 나는데요.」
아마키 선생도 이제는 어처구니가 없다는 투다.
「어디 한번 볼까요.」
아마키 선생이 진찰을 시작했다. 끝나기를 기다리기가 답답한 주인이 큰 소리로 불쑥 물었다.
「선생님, 얼마 전에 최면술에 관한 책을 읽었는데, 최면을 이용해서 손버릇이 나쁜 사람이나 갖가지 병을 고칠 수 있다는 얘기가 있더군요. 그게 정말 가능한 일입니까?」
「네, 그런 치료법도 있지요.」
「요즘도 그 치료법을 사용합니까?」
「네. 사용하지요.」
「최면을 거는 게 어려운 일입니까?」
「그렇지 않습니다. 저도 간혹 사용하지요.」
「선생님도 최면술을 하시나요?」
「그럼요. 한번 해볼까요? 누구든 다 걸리는 간단한 것입니다. 선생님만 괜찮으시다면.」
「그거 흥미롭군요. 한번 해보시죠. 나도 최면이란 것에 한번 걸려보고 싶었거든요. 그런데 걸렸다가 눈을 뜨지 못하면, 그것도 큰일일 텐데.」
「걱정 마세요. 자 그럼, 시작합니다.」
거래는 단박에 끝이 났다. 주인은 드디어 최면술에 걸리게 되었다. 나는 지금까지 이런 일을 본 적이 없기 때문에 은근히 기대하면서 큰방에서 그 결과를 지켜보았다. 아마키 선생은 우선 주인의 눈부터 최면을 걸기 시작했다. 그 방법을 보아하니 이렇다. 두 눈의 눈꺼풀을 위에서 아래로 쓸어내린다. 주인이 이미 눈을 감고 있는데도 같은 방향으로 몇 번이나 쓸어내리며 길을 들인다. 잠시 후 선생이 주인에게 물었다.

「이렇게 눈꺼풀을 만져 주니까 눈이 점점 무거워지지요?」
「정말 그렇군요.」
선생은 다시 눈꺼풀을 쓸어내리고 또 쓸어내리며 물었다.
「점점 더 무거워집니다. 괜찮습니까?」
주인은 점차 최면에 걸려드는지 잠자코 아무 말이 없었다. 같은 마찰법이 3~4분 계속되었다. 마지막으로 아마키 선생이 말했다.
「자 이제 눈을 뜰 수 없습니다.」
가엾게도 우리 주인은 눈을 뜨지 못하게 되었다.
「이제 뜰 수 없습니까?」
「그렇습니다. 뜨지 못합니다.」
주인은 묵묵히 눈을 감고 있다. 나는 주인이 이제 장님이 되었다고 생각했다. 잠시 후 선생이 말했다.
「이제 뜨고 싶으면 떠보십시오. 절대 떠지지 않을 테지만.」
「그런가요?」
그때 주인은 이미 두 눈을 반짝 뜨고 있었다. 주인이 히죽히죽 웃으면서 말했다.
「안 걸리는군요.」
「네, 그렇군요.」
아마키 선생도 웃으면서 답했다. 최면술은 결국 실패로 끝났다. 아마키 선생은 돌아갔다.
그다음 온 사람이 — 주인집에 이렇게 손님이 줄줄이 오기는 처음이다. 사람과 교류가 많지 않은 주인인데, 마치 거짓말 같다. 그러나 사람이 온 것은 틀림없다. 그것도 아주 진귀한 손님이 왔다. 내가 이 손님에 대해 한마디나마 쓰는 것은 그가 그저 진객(珍客)이라서가 아니다. 나는 앞에서도 말했지만 지금 대사건의 여담을 쓰고 있다. 그런데 바로 이 손님이 그 여담을 쓰는데 없어서는 안 될 재료이다. 이름이 뭐라고 하는지는 모르겠지만, 아무튼 얼굴이 길쭉하고 수염을 염소처럼 기른 마흔 살 전후의 남자다. 메이테이 선생이가 미학자라면, 나는 이 남자를 철학자라고 부를 생각이다. 왜 철학자이냐. 메이테이 선생처럼 스스로 미학자라고 나발을 불고 다녀서가 아니다. 주인과 대화하는 모습을 보고 있노라면 그야말로 철학자답다는 생각이 들기 때문이다. 이 남자도 주인의 옛날 학교 동창인지 서로 대하는 태도가 조금도 허물이 없다.

「음, 메이테이 말인가. 그자는 연못에 떠 있는 금붕어 먹이처럼 종 잡을 수가 없지. 얼마 전에는 친구와 함께 얼굴 한 번 본 적 없는 귀족의 집 앞을 지나다가, 잠시 들러 차라도 한잔하고 가자면서 친구를 끌고 들어갔다더군. 대체 무슨 생각인지.」

「그래서 어떻게 되었는데?」

「뒷얘기는 듣지 않았으니 잘 모르겠네만, 아무튼 천생 기인이라니까. 그것도 금붕어 먹이처럼 생각이고 뭐고 아무것도 없는 기인. 스즈키 말인가? 그 사람이 이 집에 드나드는가? 저런. 그 사람은 아는 것은 없어도 처세술에는 능하지. 금시계를 차고 다닐 만한 성품이야. 하지만 깊이가 없고 차분하지가 못하니 탈이지. 세상만사 원만하게, 원만하게를 외치지만, 실은 원만의 뜻도 제대로 모르는 사람이야. 메이테이가 금붕어 먹이라면 그 사람은 짚으로 묶은 곤약이라 할 수 있지. 그저 빤질빤질 약삭빠르고 푸들푸들 떨고 있을 뿐이지.」

주인은 이 기발한 비유를 듣고는 무척이나 감동했는지, 오랜만에 하하하 하고 웃었다.

「그렇다면 자네는 뭔가?」

「나? 나야 글쎄. 참마 정도라고 하면 되겠나. 길쭉하게 다 자랐는데도 진흙 속에 묻혀 있으니.」

「자네는 늘 태평한 게 속이 편해 보이는군. 부럽네, 부러워.」

「뭘. 그저 보통 사람들처럼 살 뿐이지. 딱히 부러워할 것은 없네. 나 또한 남을 부러워하는 마음은 없으니, 그나마 고마운 일이지.」

「요즘 집안 살림은 좀 어떤가?」

「달라질 게 뭐 있겠는가. 남는 듯 모자라는 듯, 그럭저럭 먹고 살만은 하니 괜찮네. 새삼 걱정할 것도 없고.」

「나는 영 불쾌하고 짜증이 나서 견딜 수가 없다네. 뭘 봐도 성에 안 차 불평하게 되지.」

「불평을 좀 하면 어떤가. 성에 안 차는 게 있어서 불평을 하면 당분간은 속이 후련하지 않은가. 사람은 모두 각양각색이니 남에게 나처럼 되라고 한다고 해서 될 수 있는 게 아니지. 젓가락이야 남들처럼 쥐지 않으면 밥을 먹기 어렵지만, 빵은 제멋대로 뜯어 먹는 게 제일 편하지 않은가. 옷도 그래. 솜씨 좋은 옷집에서 맞추면 애당초 내 몸에 딱 맞는 옷을 만들어다 주지만, 솜씨 없는 옷집에서 맞추면 처음 한동안은 안 맞는 것을 어쩔 수 없이 참고 입고 다니지. 그러다 보면 옷이 절로 내 골격에 맞게 변해 주니, 세상이란 참 묘하지 않은가. 부모가 솜씨를 부려서 지금 세상에 딱 맞게 낳아 주면 그게 행복이지. 하지만 그게 아니라면, 맞지 않는 채로 그냥 참고 살든지, 아니면 세상이 내게 맞춰 줄 때까지 참고 기다리는 도리밖에 없지 않겠는가.」

「그런데 나는 아무리 해도 맞춰질 것 같지 않으니 걱정이네.」

「맞지 않는 양복을 억지로 입고 다니면 솔기가 터져. 싸움을 벌이고, 자살을 하고, 소동을 피우고 말이야. 하지만 자네는 말만 세상살이가 재미없다고 할 뿐 자살은 물론 싸움 한 번 한 적이 없지 않은가. 그러니 괜찮은 편일세.」

「그런데 실은 매일 싸움을 하고 있다네. 상대가 등장하지 않아도 화를 내면 그건 싸움 아닌가.」

「오호라. 혼자서 싸운다는 말이로군. 재미있겠어, 얼마든지 하지 그러나.」

「이제 그것도 진력이 났다네.」

「그럼 그만두든지.」

「자네 앞이라서 하는 말인데, 내 마음이 내 마음 같지 않네.」

「대체 뭐가 그리 불만스러운가?」

주인은 그제야 낙운관 사건을 비롯해서 너구리, 핀스케, 기샤고, 그 밖의 갖가지 불만을 철학자 앞에 미주알고주알 늘어놓았다. 철학자 선생은 잠자코 듣고 있다가, 겨우 입을 열고는 우리 주인을 이렇게 타일렀다.

「핀스케나 기샤고가 뭐라고 지껄여 대든 그냥 못 들은 척하면 되지 않나. 어차피 하찮은 소리에, 그리고 중학생 따위가 무슨 상대할 가치가 있겠나. 또 뭐가 방해가 된다는 것이고. 담판을 짓든 싸움질을 하든 방해 요소가 없어지는 것은 아니지 않나. 나는 그런 점에서는 우리 옛 선인들이 서양 사람들보다 훨씬 대단하다고 생각하네.

요즘은 무슨 일이든 적극적, 적극적을 내세우면서 서양식이 유행하고 있는데, 거기에는 큰 허점이 있어. 적극적이라는 게 우선 한계가 없는 얘기 아닌가. 적극적으로 아무리 해봐야 만족이란 영역과 완전이란 경지에 도달하는 것은 아니지. 저기 노송나무가 있는데, 나무가 시야를 가린다고 베어 버리면, 그 너머에 있는 하숙집이 눈에 거슬리겠지. 그래서 하숙집을 철거하면 그다음 집이 또 눈에 거슬리고. 그런 식으로 확대해 나가다 보면 끝이 없어. 서양식이라는 게 다 그렇지 않은가. 나폴레옹이든 알렉산드로스든, 이기고 만족했다는 사람은 내 보지 못했네.

남이 마음에 들지 않는다고 싸움을 하고, 상대가 굴복하지 않으면 재판을 걸어 법정에서 판가름을 하지. 그래서 결착이 난다고 생각하면 오산이야. 아무리 안달복달해 봐야 마음의 결착은 죽을 때까지 나지 않는 법이니까. 과두 정치가 뜻대로 잘 안 되니까, 대의 정치로 바꾸고. 대의 정치도 뜻대로 되지 않으면 또 다른 정치 체제로 바꾸고 싶어 하지. 건방지게 강이 가로막고 있다고 다리를 놓고, 떡 버티고 있는 산이 마음에 들지 않는다고 터널을 뚫고, 교통이 불편하다고 철도를 만들고. 그렇게 한다고 영원한 만족을 얻을 수 있는 것은 아니지. 그래 봐야 인간인데,

얼마나 적극적으로 자기 뜻을 관철할 수 있겠는가. 서양 문명은 적극적이고 진취적일지는 모르겠으나, 결국 평생 만족을 모르는 사람들이 만들어 낸 문명이야.

반면 일본의 문명은 자신을 둘러싸고 있는 사람들이나 환경을 변화시켜서 만족을 구하려 하지 않아. 즉 근본적으로 주변은 움직일 수 없는 것이란 대전제하에 발달한 문명이라는 것이 서양 문명과 크게 다른 점이지. 부모 자식 관계가 원만하지 않다고 해서 서양 사람들처럼 그 관계를 개선해서 균형을 맞추려고 하지는 않아. 부모 자식 관계를 있는 그대로 도저히 움직일 수 없는 것으로 인정한 후에, 그 관계 속에서 안정을 찾을 수 있는 방법을 강구하지. 부부나 군신의 관계도 마찬가지야. 무사와 평민의 관계도 그렇고, 자연을 보는 시각도 그렇고. 산이 높아 이웃 마을에 갈 수 없다면, 산을 허무는 대신 이웃 마을에 가지 않고서도 문제를 해결할 수 있는 방법을 생각하지. 산을 넘지 않아도 만족할 수 있는 마음가짐을 키우는 거야.

그러니 자네 생각해 보게. 불교든 유교든 근본적으로 이 문제를 파고들고 있지. 아무리 자신이 위대하다 해도 세상은 내 뜻대로 움직여 주지 않아. 지는 해를 다시 뜨게 할 수도 없고, 강물을 거꾸로 흐르게 할 수도 없지. 어떻게 할 수 있는 것은 자신의 마음뿐이니까 말이네. 마음만 자유로이 움직일 수 있는 훈련을 쌓으면 낙운관의 학생들이 제아무리 요란을 떤들 태연할 수 있지 않겠는가. 너구리라 놀리든 어쩌든 상관하지 않을 수 있고, 핀스케가 뭐라고 헛소리를 하든 〈멍청한 녀석〉이라고 한마디하고서 그냥 지나칠 수 있는 것이고.

옛날에 어떤 스님은 누가 자신의 목을 치려 하자, 〈전광석화처럼 내 목을 친다 한들 춘풍을 가르는 것이나 다름없으니〉[12]라는 재치 있는 말을 했다고 하더군. 마음을 수련해 소극(消極)의

12 다쿠안(澤庵) 화상의 말로 하찮은 일에 흔들리지 않는 깨달음의 경지를 뜻함.

경지에 오르면 그런 영묘한 작용도 가능하지 않겠는가. 나야 그렇게 어려운 것은 잘 모르지만, 아무튼 서양식의 적극주의만 지향하는 것은 잘못이라고 생각하네. 실제로 자네가 아무리 적극주의로 밀고 나간다고 해도 학생들이 자네를 놀리는 것을 어떻게 할 수 없지 않은가. 자네가 권력의 힘을 빌려 그 학교를 폐쇄하든가 경찰에 고발할 수 있을 만큼 상대가 나쁜 짓을 한다면야 얘기는 다르지만, 그렇지 않은 이상은 아무리 적극적으로 대응해 봐야 이길 승산은 없네. 또 적극적으로 나가다 보면 문제가 돈으로 번지고 다수와 소수의 대립으로 확대될 걸세. 바꿔 말해서 자네가 돈 가진 자에게 고개를 숙여야 하고, 머릿수가 많다는 것을 믿고 달려드는 애송이들에게 항복해야 하는 사태가 벌어진다는 뜻이야. 애당초 자네 같은 가난뱅이가 게다가 혼자서 적극적으로 싸우려 하니, 그게 자네 불만의 근원일세. 알겠는가?」

주인은 알겠다는 말도 모르겠다는 말도 없이 그저 듣고만 있더니, 진객이 돌아간 후에는 서재에 들어가 책도 읽지 않고 생각에 골똘히 잠겼다.

스즈키 군은 주인에게 돈과 다수를 따르라고 가르쳤다. 아마키 선생은 최면술로 신경을 가라앉히라고 조언했다. 마지막으로 진객은 수양을 통해 소극을 쌓아 마음의 안정을 얻으라고 설법했다. 어느 방법을 선택하든 그것은 주인의 마음이다. 다만 지금 이대로 그냥 지나칠 수 없다는 것은 분명하다.

9

우리 주인은 곰보이다. 메이지 유신 전에는 곰보가 상당히 유행했다고 하지만 영일(英日) 동맹 상태에 있는 지금, 이런 얼굴은 다소 시대에 뒤떨어진 감이 있다. 의학적인 정밀한 통계는 곰보가 인구의 증가와 반비례하면서 쇠퇴하여 머지않아 그 맥이 끊길 것이라고 말해 주고 있다. 나는 비록 고양이지만 이 전망에 대해 조금도 의심하지 않는다. 현재 지구상에 곰보로 사는 인간이 몇 명 정도 있는지는 모르겠으나, 내 활동 영역 안에 있는 고양이 가운데는 한 마리도 없다. 인간 중에는 딱 한 명이 있다. 그 사람이 바로 우리 주인이다. 참으로 딱한 일이다.

나는 주인의 얼굴을 볼 때마다 생각한다. 무슨 사연으로 저렇게 묘한 얼굴을 하고서, 부끄러운 줄도 모르고 20세기의 공기를 들이쉬고 내쉬고 하는 것일까. 옛날 같으면 그나마 조금은 영향력이 있었을지 모르겠으나 접종 자체를 팔뚝에 하는 오늘날에도 여전히 콧잔등과 두 볼에 자국이 진을 치고 물러가지 않는 것은 자랑거리도 못 될 뿐만 아니라 오히려 곰보의 신상에 관계되는 문제다. 곰보 자신도 불안할 테니까, 가능하면 지금이라도 사라져 주는 편이 좋을 것이다. 아니면 부진해진 세력을, 떨어지는 해를 어떻게든 중천에 되돌려 놓듯이 되찾고야 말겠다는 오기로 저렇듯 뻔뻔하게 얼굴 전체를 차지하고 있는지도 모르겠다. 그렇다면 저 곰보를 경멸에 찬 눈으로 바라보아서는 안 될 것이다. 거침없는 세속의 흐름에 저항하는 만고불변의 구멍의 집합체이며 또 우리가 존경해야 마땅한 올록볼록이라 해야 할 것이다. 다만 지저분하다는 결점은 어쩔 수 없다.

주인이 어렸을 때, 우시고메의 야마부시초에 아사다 소하쿠[1]라는 한의사가 있었는데, 이 노인은 환자의 집에 왕진을 갈 때 반드시 가마를 타고 느긋하게 다녔다고 한다. 소하쿠가 죽은 후 그의 양자가 가업을 물려받으면서 가마가 당장 인력거로 바뀌었다. 그러니 그 양자가 죽고 또 그의 양자가 가업을 물려받을 때는 갈근탕이 안티피린으로 바뀔지도 모르겠다. 소하쿠가 살아 있을 당시에도 가마를 타고 온 도쿄 시내를 돌아다니는 것이 그리 볼품 있는 일은 아니었다. 태연하게 그런 짓을 할 수 있는 것은 옛 풍습을 떨쳐 버리지 못한 사람이나 기차의 짐칸에 실리는 돼지와 소하쿠 노인뿐이었다.

주인의 곰보 역시 볼썽사납다는 점에서는 소하쿠 노인의 가마와 마찬가지여서 언뜻 보기만 해도 딱할 지경인데, 한의사 못지않게 완고한 탓에 고성낙일(孤城落日)의 곰보 자국을 당당히 천하에 드러내놓고 학교에 다니며 영문을 강독하고 있다.

주인은 이렇게 지난 세기의 유물을 온 얼굴에 새긴 채 교단에 서서 수업을 하는 한편 학생들에게 크나큰 교훈을 주고 있을 것이다. 그는 〈원숭이에게는 손이 있다*The ape has hands*〉[2]를 몇 번이나 가르친다기보다는 〈곰보가 얼굴에 미치는 영향〉을 멋들어지게 해석하면서 무언중에 답안을 학생들에게 암시하고 있다 할 수 있다. 만약 주인 같은 선생이 교단에 서지 않는 날이 오면, 학생들은 이 문제를 연구하기 위해 도서관이나 박물관으로 달려가 우리가 미라를 보며 이집트를 상상하는 것만큼의 노력을 경주해야 할 것이다. 이런 점에서 보면 주인의 곰보도 알게 모르

1 淺田宗伯(1815~1894). 메이지 시대의 한방의, 유학자.

2 당시 중학교 영어 교과서의 첫 문장이었다고 한다.

게 공덕을 베풀고 있는 셈이다.

하기야 주인은 이 공덕을 베풀기 위해서 온 얼굴을 곰보로 만든 것은 아니다. 사실은 우두 접종을 한 것이다. 팔에 맞은 것이 불행하게도 얼굴로 전염되고 말았다. 그 시절에는 아직 어렸기 때문에 외모고 뭐고에 신경을 쓸 때가 아니라, 가렵다면서 온 얼굴을 긁어 댔다고 한다. 그 탓에 마치 활화산이 폭발하면서 용암이 흘러내린 것처럼, 부모가 낳아 준 얼굴이 엉망이 되어 버리고 말았다. 주인은 때로 마누라에게 우두를 맞기 전까지는 옥동자 같은 사내아이였다고 말하곤 한다. 아사쿠사의 관음상 같아, 서양 사람들이 길 가다가 돌아볼 정도였다고 자랑하는 때도 있다. 그랬을지도 모르겠다. 그런데 그것을 증명해 줄 사람이 없으니 아쉬울 따름이다.

아무리 공덕이 되고 교훈이 된다 한들 추한 것은 어쩔 수 없다. 그래서 철이 든 후부터 주인은 이 곰보 자국 때문에 전전긍긍하면서 온갖 수단을 동원해서 어떻게든 추한 꼴을 면해 보려고 애썼다. 그러나 소하쿠 노인의 가마와 다르니, 싫고 추하다고 해서 당장에 없애 버릴 수 있는 것은 아닌지라 지금도 확연하게 남아 있다. 그 확연함이 다소 마음에 걸리는지 주인은 길을 걸을 때마다 얼굴에 곰보 자국이 있는 사람을 세어 본다고 한다. 그리고 일기에 오늘은 곰보를 몇 명 만났는지, 그 사람이 여자였는지 남자였는지, 그 장소가 오가와마치의 상점가였는지 우에노 공원이었는지 일일이 기록한다. 그는 곰보에 관한 지식이라면 그 누구에게도 뒤지지 않을 것이라고 확신하고 있다.

얼마 전, 서양에서 돌아온 친구가 집을 찾아왔을 때도 이렇게 물었을 정도다.

「자네, 서양에도 곰보가 있는가?」

친구는 고개를 갸우뚱하고 한참을 생각한 후에 대답했다.

「글쎄, 잘 안 보이던데.」

「잘 안 보인다고 없는 것은 아니겠지.」

주인은 확인하듯 되물었다.

「있어도 거지나 부랑자겠지. 교양 있는 사람들 가운데는 없는 듯했어.」

친구는 별 관심 없다는 표정으로 대답했다.

「그런가. 우리나라와는 좀 다르군.」

주인은 그렇게 대꾸했다.

철학자의 의견을 들어 낙운관과 더는 싸우지 않기로 한 주인은 서재에 틀어박혀 무슨 생각에 잠겨 있다. 그의 충고를 받아들여 정좌를 하고서 소극적으로 영묘한 정신을 닦을 생각인지는 모르겠으나, 원래가 소심한 인간인 데다 저렇게 팔짱을 끼고 우울한 표정만 짓고 있으니 좋은 결과가 있을 리 없다. 그러느니 영어 책이라도 전당포에 맡기고 돈을 마련해서 기생에게 노랫가락이나 배우는 것이 낫겠다고 생각하였으나, 저리 성품이 삐딱한 남자가 고양이의 충고 따위를 들을 리가 만무하니 멋대로 하라고 내버려 두리라 작정하고 대엿새는 근처에도 가지 않았다.

오늘은 그로부터 딱 이레가 되는 날이다. 선불교에서는 이레 안에 대오 각성을 하겠노라 잔뜩 벼르고 결가부좌를 하는 스님도 있다고 하는데, 우리 주인은 어찌 되었을까, 죽느냐 사느냐 대충 결론을 내렸겠지 하고서, 툇마루에서 서재 입구까지 슬금슬금 다가가 서재 안의 동정을 살폈다.

서재는 남쪽으로 창문이 나 있는 세 평 남짓한 방이고, 창문 바로 안쪽에 커다란 책상이 있다. 막연히 커다란 책상이라고 하면 잘 모를 것 같아 자세하게 설명하자면, 길이가 1미터 80센티미터 정도에 너비가 1미터 20센티미터 남짓, 그리고 그 길이와 너비에 상응하는 높이이다. 물론 기성품을 사 온 것이 아니다. 동네 가구점과 흥정을 하여 침대 겸 책상으로 주문 제작한 희귀한 물건이다. 왜 이렇게 책상을 커다랗게 만들었을까, 또 왜 그 위에서 잘 생각을 했을까. 본인에게 물어보지 않았으니 알 수가 없다.

일시적인 충동으로 그런 애물단지를 들여놓았는지도 모르고, 또 어쩌면 전혀 무관한 두 가지 개념을 동시에 연상하는 일종의 정신병자처럼 책상과 침대를 제멋대로 연관시켰는지도 모를 일이다. 아무튼 기발한 생각이다. 다만 기발하기만 할 뿐 전혀 쓸모가 없으니 결점이 아닐 수 없다. 나는 예전에 주인이 이 책상 위에 누워 낮잠을 자다가 몸을 뒤척이는 바람에 툇마루로 떨어지는 꼴을 본 적이 있다. 그 후로는 절대 침대로 사용되는 일이 없다.

책상 앞에는 얇은 모슬린 방석이 놓여 있는데, 담뱃불에 탄 구멍 세 개가 한데 모여 있다. 그 구멍 아래로 보이는 솜이 거무죽죽하다. 이 방석에 앉아 이쪽으로 등을 보이고 웅크리고 있는 사람이 주인이다. 엑스 자로 허리에 묶은 꼬질꼬질한 재색 허리끈 두 가닥이 발바닥 뒤로 축 늘어져 있다. 바로 얼마 전에 이 허리끈을 물고 늘어졌다가 머리를 얻어맞았다. 함부로 가까이할 끈이 아니다.

〈공연히 생각만 하고 있음은 쉼과 같다〉는 비유가 있듯이 아무리 생각해 봐야 시간 낭비일 뿐일 텐데 아직도 생각에 잠겨 있나 하고 슬쩍 서재 안을 들여다보니, 책상 위에 유난히 번쩍거리는 것이 놓여 있었다. 나도 모르게 눈을 두세 번 껌벅거리다가, 거참 희한한 것도 다 있군, 하고서 눈이 부신데도 그 빛나는 것을 가만히 쳐다보았다. 빛은 책상 위에서 움직이고 있는 거울에서 나오는 것이었다. 대체 왜 주인이 거울을 휘두르고 있는 것일까. 거울이란 욕실에 있어야 하는 것이고, 나는 오늘 아침에도 욕실에서 그 거울을 보았다. 그 거울은 우리 주인집에 딱 하나밖에 없는 거울이다. 주인은 매일 아침 세수를 하고 머리를 빗을 때도 그 거울을 사용한다. 주인 같은 남자도 머리를 빗느냐고 묻는 사람이 있을지 모르겠는데, 그는 다른 일에는 무심해도 머리만은 공들여 반듯하게 빗는다. 내가 이 집에 들어온 후 지금까지 주인은 아무리 무더운 계절에도 머리를 바짝 깎은 일이 없다.

반드시 5~6센티미터 길이로 고른 머리를 왼쪽으로 가르마를 내 정성스럽게 빗을 뿐만 아니라 오른쪽 끝은 살짝 위로 올려 멋을 낸다. 이 역시 정신병의 징후인지도 모르겠다. 이렇게 가르마를 낸 머리가 그 커다란 책상과는 전혀 어울리지 않지만, 타인에게 해를 끼칠 정도는 아니니 다들 아무 말 하지 않는다. 본인은 오히려 우쭐해한다.

머리 모양이 고상한 것은 그렇다 치고, 왜 그렇게 머리를 길게 깎나 했더니 이런 사연이 숨어 있었다.

곰보 자국은 그의 얼굴만 파먹은 것이 아니라 벌써 오래전에 그의 머리통까지 파먹었다고 한다. 그래서 보통 사람들처럼 머리를 시원스레 짧게 깎으면 짧은 머리카락 속으로 몇십 개가 되는 곰보 자국이 드러나 보이고 만다. 아무리 쓰다듬고 매만져도 울퉁불퉁한 것이 없어지지 않는다. 어찌 보면 마른 들판에 반딧불을 풀어놓은 것처럼 풍류가 있을 수도 있으나, 마누라가 싫어하는 데는 어쩔 수가 없다. 머리만 길게 깎으면 보이지 않는 것을 굳이 짧게 깎아 자신의 결점을 드러낼 필요는 없는 것이다. 가능하다면 얼굴에도 털이 나 몹쓸 것들을 싹 덮어 버렸으면 좋을 정도니, 그냥 내버려 두면 나는 털을 돈까지 주고 깎아 천연두가 내 두개골까지 공격했습니다, 하고 떠벌리고 다닐 필요는 없는 것이다.

이것이 바로 우리 주인이 머리를 길게 자르는 이유이며, 머리가 길기 때문에 가르마를 내고, 가르마를 내기 위해서 거울을 보는 것이며, 그 거울이 그래서 욕실에 있는 것이며, 이러저러하여 거울이 하나밖에 없는 것이다.

욕실에 있어야 할 거울이 그것도 하나밖에 없는 거울이 서재에 있다는 것은 거울이 몽유병에 걸렸든가 아니면 주인이 가져왔다는 얘기다. 만약 주인이 가져왔다면, 왜 가져왔을까. 어쩌면 그 소극적 수양에 필요한 도구인지도 모른다.

옛날에 어떤 학자가 한 고승에게 어떤 지식에 대해 물었더니,

고승이 갑자기 웃통을 벗어던지더니 기왓장을 열심히 갈기 시작했다.

「뭘 만드십니까, 스님?」

「거울을 만들려고 열심히 갈고 있는 중이네.」

놀란 학자는 이렇게 말했다.

「아무리 덕이 높은 고승이라도 기왓장으로 거울을 만들 수는 없을 것입니다.」

「그런가. 그럼 그만두지. 아무리 책을 많이 읽어도 도를 깨우치지 못하는 것 또한 이런 이치겠네그려.」

고승은 껄껄 웃으면서 조롱했다.

주인이 어디서 그런 일화를 주워듣고 욕실에서 거울을 가져와 의기양양한 표정으로 휘두르고 있는지도 모르겠다. 일이 참 골치 아프게 되었다고 생각한다.

내가 서재 안을 살피고 있는 줄은 꿈에도 모르는 주인은 하나밖에 없는 거울을 뚫어져라 쳐다보고 있다. 거울이란 원래가 좀 섬뜩한 것이다. 넓은 방에서 혼자 촛불을 켜놓고 거울을 들여다보려면 대단한 용기가 필요하다고 한다. 이 집 딸이 처음 내 얼굴에 거울을 들이밀었을 때, 나는 혼비백산해서 집 주위를 세 바퀴나 돌았다. 지금은 벌건 대낮이지만 저렇게 열심히 거울을 쳐다보고 있으니, 스스로도 제 얼굴이 무서울 것이다. 안 그래도 그리 보기 좋은 얼굴은 아니니 말이다.

잠시 후 주인은 혼자서 중얼거렸다.

「과연 깔끔한 얼굴은 아니로군.」

자신의 추함을 제 입으로 고백하다니 제법 갸륵한 일이다. 하는 짓을 보아하니 틀림없는 미치광이인데 하는 말은 진리다. 저러다 한 걸음 더 나아가면 보나마나 자신의 추악함이 두려워질 것이다. 사람은 자신이 끔찍한 악당이라는 사실을 철두철미하게 느끼지 못하고서는 마음고생을 했다고 할 수 없다. 마음고생을 하지 않으면 해탈은 어림없다. 주인도 저 지경에 이르렀으니 내친 김에 〈아아, 무서운 얼굴이로다〉 하고 말할 법도 한데, 좀처럼 말하지 않는다.

〈과연 깔끔한 얼굴은 아니로군〉이라고 중얼거린 후에 무슨 생각을 했는지 푸, 하고 공기를 들이마셔 두 볼을 빵빵하게 부풀렸다. 그러고는 빵빵한 두 볼을 손바닥으로 두세 번 탁탁 두드렸다. 무슨 주문인지, 수양인지 모르겠다.

이때 나는 어디선가 비슷한 얼굴을 본 적이 있다는 느낌이 들었다. 곰곰이 생각해 보니 그것은 바로 하녀의 얼굴이었다. 말이 나왔으니 하녀의 얼굴에 대해 잠시 소개하겠다. 참으로 탱탱하게 부푼 얼굴이다. 얼마 전에 어떤 사람이 아나모리이나리 신사에서 산 복어 초롱을 선물로 들고 왔는데, 그 복어 초롱처럼 탱탱하게 부풀어 있다. 얼마나 부풀었는지 두 눈이 어디에 박혀 있는지 보이지 않을 정도다. 하나 복어는 전체적으로 동글동글하게 부풀었지만, 하녀는 원래 얼굴 골격대로 다각형으로 부풀었는지라 마치 부기 때문에 고민하는 육각 시계 같은 꼴이다. 본인이 이런 소리를 들으면 화를 낼 테니 하녀 얘기는 이 정도로 하고 다시 주인 얘기로 돌아가겠다.

이렇게 공기를 있는 대로 들이마셔 두 볼을 팽팽하게 부풀린 주인은 앞에서도 말한 것처럼 손바닥으로 두세 번 볼을 탁탁 두드리고는 또 이렇게 중얼거렸다.

「이 정도로 피부가 팽팽하면 곰보도 눈에 안 띌 텐데.」

이번에는 얼굴을 옆으로 돌려 햇살을 받고 있는 쪽을 거울에 비쳐 본다.

「이렇게 보니까 너무 눈에 띄는군. 역시 햇살을 정면으로 받는 편이 덜 보여. 거참 묘하군.」

주인은 매우 신기하다는 표정이다. 그러고는 오른팔을 쭉 뻗어 최대한 거울을 멀리 두고서 말없이 한참을 들여다보고는 무슨 대단한 깨달음이라도 얻은 듯 이렇게 말했다.

「이 정도 떨어지니까 그런대로 봐줄 만하군. 역시 너무 가까우면 안 되겠어. 하기야 얼굴만 그런 것이 아니라 뭐든 마찬가지지.」

이번에는 거울을 옆으로 돌렸다. 그러고는 콧대를 중심으로 눈과 이마와 눈썹을 한꺼번에 이 중심을 향해 모았다. 구깃구깃하게 일그러진 것이 불쾌한 표정이라고 생각했더니 아닌 게 아니라 주인도 그렇다는 생각이 들었는지 〈이건 안 되겠군〉 하고 중얼거리며 이내 그만두고 말았다.

「어쩌면 이리도 밉살스럽게 생겼을까.」

주인은 다소는 못 믿겠다는 표정으로 거울을 얼굴 쪽으로 바짝 당겼다. 그러고는 오른손 집게손가락으로 콧잔등을 쓱쓱 문지르고는 그 손가락을 책상에 있는 종이에 꾹 눌렀다. 콧기름이 동그랗게 종이에 찍혔다. 참 재주도 가지가지다. 이번에는 콧기름을 닦아 낸 손가락으로 오른쪽 눈의 아래 눈꺼풀을 휙 까뒤집어 소위 〈메롱〉 하는 포즈를 멋들어지게 취했다. 곰보를 연구하는 것인지 거울과 눈싸움을 하는 것인지, 알다가도 모르겠다. 변덕이 심한 남자이고 보니 거울을 보면서도 갖가지 감정이 들끓는 모양이다.

아니 다소 뚱딴지같지만 이렇게 해석할 수도 있다.

우리 주인은 본성을 자각하는 수단으로 이렇게 거울을 상대로 갖가지 몸짓을 연출하는 것인지도 모른다. 인간에 대한 모든 연구는 즉 자기 자신을 연구하는 것이다. 천지와 산천과 일월과 성신이 모두 자기 자신의 다른 이름에 지나지 않기 때문이다. 그러니 아무도 자신이 아니면 달리 연구할 대상을 찾지 못하는 것이다. 만약 인간이 자신 밖으로 뛰쳐나간다면, 뛰쳐나가는 순간 자신은 없어진다. 게다가 자신에 대한 연구는 자기 말고는 아무도 해주지 않는다. 아무리 해주고 싶고 해주었으면 해도 할 수 없는 일이다. 그러니 고금의 호걸은 모두 제 힘으로 호걸이 된 것이다.

만약 타인의 힘으로 자신을 알 수 있다면, 자기 대신 타인에게 소고기를 먹으라 하여 질긴지 부드러운지 판단하게 할 수도 있을 것이다. 아침에는 석가의 가르침을 듣고 저녁에는 노장의 가르침을 듣고 서재에서 책을 읽는 것은 모두 자기 힘으로 깨우침을 얻으려는 마음을 북돋기 위한 방편에 지나지 않는다. 그러나 타인이 설교하는 법어와 도리 속에, 또는 다섯 수레[3]에 넘치는 좀 먹은 책 속에 자신이 존재할 리가 없다. 존재한다면 그것은 자신의 유령이다. 하기야 경우에 따라 아예 영이 없는 것보다는 유령이 나을 수도 있다. 그림자를 좇다 보면 본체에 다다를 때가 없다고도 할 수 없으니까 말이다. 대부분의 그림자는 본체에서 유리되지 않는다. 이런 의미에서 주인이 거울을 이리저리 휘두르고 있는 것이라면 말이 통하는 남자라 할 수 있다. 에픽테토스 따위를 뜻도 모르면서 그대로 받아들여 놓고 학자인 척하는 자들보다는 훨씬 낫다.

거울은 자만의 제조기이며 동시에 소독기이다. 화려함을 좇는 허영심으로 대하면 거울만큼 어리석은 자를 선동하는 도구도 없다. 예로부터 자신을 과신하여 오히려 자신을 해치고 타인에게 피해를 준 사건의 3분의 2는 대개 거울의 짓이었다. 프랑스 혁명 당시 괴짜 의사가 단두 기계를 개량한 기요틴을 발명하는 바람에 뜻하지 않은 죄를 지은 것처럼 거울을 처음 만들어 낸 사람도 잠자리가 뒤숭숭했을 것이다. 하지만 자신에게 넌더리가 나거나 자아가 위축되었을 때 거울을 보는 것만큼 약이 되는 일도 없다. 자신의 아름다움과 추함이 명백하게 드러나기 때문이다. 이런 얼굴로 용케 오늘까지 사람입네 하고 거드름을 피우며 살아왔다고 깨닫기 때문이다. 인간의 생애 중에서 그렇게 깨달을 때가 가장 다행스러운 순간이다. 자신의 어리석음을 아는 것만큼 존귀한 일도 없다. 스스로를 대단하다 여기는 모든 자들은 이런 자각에 이른 얼간이 앞에서 머리를 조아리고 황송해해야 한다. 본인은 당당하게 자신을 경멸하고 비웃을지언정, 보는 사

3 『장자』의 「천하」 편에 나오는 〈남자는 모름지기 다섯 수레의 책을 읽어야 한다(男兒須讀五車書)〉에서.

람 쪽에서는 그 당당함에 감복해서 고개를 숙이게 되는 것이다. 다만 우리 주인은 거울을 보고서 자신의 어리석음을 깨달을 만큼 현명한 사람이 아니어도 자신의 얼굴에 찍혀 있는 곰보 자국 정도는 두루 인정할 수 있는 남자이다. 자기 얼굴의 추함을 스스로 인정하는 것은 마음의 천박함을 깨닫는 교두보가 될 것이다. 그러니 듬직한 사내다. 이 역시 철학자에게 세뇌된 결과인지도 모르겠다.

이런 생각을 하면서 서재 안을 살피고 있는데, 주인은 그런 줄도 모르고 실컷 〈메롱〉을 한 후에 이렇게 중얼거리면서 집게손가락을 옆으로 뉘어 벌건 눈꺼풀을 비비기 시작했다.

「이거 많이 충혈되었는걸. 역시 만성 결막염이야.」

물론 가려울 테지만, 안 그래도 벌겋게 충혈된 곳을 저렇게 비벼서 어쩌자는 것인지 모르겠다. 저러다 머지않아 소금 뿌린 도미 눈알처럼 눈이 썩어 버릴 것이다. 아니나 다를까, 번쩍 뜨고 거울을 보고 있는 두 눈을 보니 북쪽 나라의 겨울 하늘처럼 부연 구름이 끼어 있다. 하기야 평소에도 그리 맑은 눈은 아니다. 좀 과장해서 말하면 어디가 검은자위고 어디가 흰자위인지 분명하지 않을 만큼 흐리멍덩하다. 그의 정신이 몽롱하여 늘 종잡을 수 없는 것과 마찬가지로, 그의 눈 역시 애매모호하게 눈구멍 속을 떠돌고 있다. 이는 태독 때문이라고도 하고 또는 마마의 후유증이라고도 해석되어 어렸을 때는 하늘소의 애벌레와 송장개구리[4]의 신세도 많이 졌다는데, 어머니가 그렇듯 정성을 들인 보람도 없이 지금까지 태어날 당시 그대로 흐리멍덩하기만 하다.

나 혼자 생각인데, 이는 태독이나 마마의 후유증이 아니다. 그의 눈알이 저렇듯 흐리멍덩하고 혼탁한 비경(悲境)에서 헤매는 까닭은 다름이 아니라 그의 뇌가 불투명한 물질로 구성되어 있고 그 물질의 작용이 오리무중이기 때문이다. 그렇다 보니 형태

4 에도 시대부터 어린아이의 신경 질환이나 아이가 밤에 울거나 경련을 일으킬 때 묘약으로 여겨졌다.

상 자연히 그렇게 나타난 것인데, 그런 줄을 모르는 어머니는 공연한 걱정만 한 셈이다. 연기 나는 곳에 불이 없을 리 없고 어리석은 자에게 흐리멍덩한 눈이 없을 리 없으니, 그의 눈은 그의 마음의 상징이다. 또한 그의 마음에 덴보센(天保錢)[5]처럼 구멍이 뻥 뚫려 있는 탓에 그의 눈 역시 크기에 비해서는 제구실을 못하는 것이다.

한참을 거울과 씨름하더니 이제는 또 수염을 꼬기 시작한다. 원래가 버릇이 없는 수염이라 한 오라기 한 오라기가 제멋대로 자라 있다. 아무리 요즘 세상에 개인주의가 유행한다지만 저렇게 제각각 자라서야 주인의 피해가 얼마나 막심할까 싶은데, 주인도 요즘은 생각하는 바가 있는지 최대한 훈련을 시켜 체계적으로 나도록 무진 애를 쓰고 있다. 열심히 공들인 성과가 없지는 않아 요즘 들어 간신히 보조가 맞춰졌다. 그래서 그전까지는 수염이 제멋대로 난 것이지만, 지금은 수염을 기르고 있다고 자랑하는 정도에 이르렀다. 노력은 성공과 효과의 정도에 따라 고무되는 법이어서, 내 수염이 전도유망하다고 판단한 주인은 아침저녁으로 할 일이 좀 없다 싶으면 수염에게 지도 편달을 아끼지 않는다.

그의 야망은 독일 황제 폐하의 수염[6]처럼 수염에게 향상심을 길러주는 데 있다. 그 때문에 모공이 옆으로 나 있든 아래로 나 있든 조금도 상관없이 한꺼번에 거머쥐고는 위쪽으로 끌어올린다. 수염도 고통이 이만저만이 아닐 것이다. 소유주인 주인조차 때로는 매우 아파한다. 그러나 그것이 바로 훈련이니 싫든 좋든 비틀어 올린다. 문외한에게는 속셈을 알 수 없는 취미 생활로 보이겠지만 당사자는 지당한 일이라 여기고 있다. 교육자가

5 에도 말기에서 메이지 시대에 통용되었던 커다랗고 가운데 구멍이 뚫려 있는 동전으로 액면 가치가 전혀 없는 탓에 경제적인 혼란을 야기하다가 결국은 사용이 중지되었다.

6 빌헬름 2세의 카이저 수염.

공연히 학생의 본성을 뒤틀어 놓고는, 이것이 바로 내 공로요 하고 자랑하는 것이나 다름없는 일이니 비난할 이유는 없다.

주인이 열과 성의를 다해 수염을 길들이고 있는데, 부엌에 있던 다각형 하녀가 〈편지 왔어요〉라면서 예의 불그죽죽한 손을 서재 안으로 쑥 들이밀었다. 주인은 오른손으로는 수염을 잡고 왼손으로는 거울을 쥔 모습으로 입구 쪽을 돌아보았다. 여덟 팔 자의 꼬리가 물구나무를 서 있는 듯한 수염을 보자마자 다각형은 부엌으로 뛰어가 가마솥 뚜껑에 몸을 기대고 깔깔깔깔 웃었다. 주인은 전혀 아무렇지 않다는 투다. 그러고는 천천히 거울을 내리고 편지를 집어 들었다. 첫 번째 편지는 활판 인쇄를 한 것인데, 위압적인 글자가 줄줄이 늘어서 있다.

읽어 보니, 이러하다.

삼가, 다복하심을 축하드립니다.

돌이켜 보면 연전연승의 기세를 몰아 러일 전쟁은 드디어 평화회복을 고하였으며, 두터운 충성심과 용기로 정의를 지키고자 하는 강한 의지를 지닌 용사들은 만세 삼창을 외치는 함성 소리와 함께 개선가를 부르니, 국민의 기쁨이 더할 나위 없는 때입니다.

천황께서 선전포고의 칙서를 발표하시자마자, 나라와 정의를 위해 용기를 바친 용사들은 저 먼 만주 땅에서 추위와 무더위의 고난을 무릅쓰고 오로지 전투에 종사하였습니다.

나라에 목숨을 바친 그 갸륵함은 영원히 기억되어야 마땅할 것입니다.

이달로 군대는 거의 귀국을 완료하였습니다. 이에 본회는 오는 25일, 구내에서 출정한 약 1천여 장교와 사병에게 구민 모두를 대표하여 개선 용사들을 뜨겁게 환영하고 축하하는 동시에 전몰 군인의 유족을 위로하기 위해, 감사의 뜻을 전하는 자리를 갖고자 합니다.

이에 구민 여러분의 협찬으로 이 자리가 더욱 빛날 수 있다면 더없는 기쁨이겠습니다. 아무쪼록 협조와 함께 의연금의 기부를 부탁드리는 바입니다.

보낸 사람은 모모 귀족님이었다. 주인은 말없이 한 번 죽 읽은 후에 봉투 안에 도로 집어넣고는 모르는 척하고 있다. 의연금 따위는 낼 리가 없을 것이다. 얼마 전, 도호쿠 지방에 흉년[7]이 들어 의연금을 2엔인가 3엔 냈을 때도 사람을 만날 때마다 의연금을 뜯겼다고 떠들어 댔을 정도다. 의연금이란 내는 것이지 뜯기는 것이 아니다. 도둑을 맞은 것도 아닌데 뜯겼다고 하다니, 부당하다. 그런데 도둑이라도 맞은 것처럼 생각하는 주인이 귀국한 군대를 환영한다고 해서, 귀족님의 권유라고 해서 순순히 돈을 내놓을 것 같지는 않다. 혹여 억지 강요라도 한다면 모를까 활판으로 인쇄한 편지 한 장에 말이다. 주인으로 하자면 군대를 환영하기보다 자신을 환영하고 싶을 것이다. 자신을 환영한 다음이라면 웬만한 것은 모두 환영할 법하지만, 자신이 살림에 쪼들리는 한 환영은 귀족님에게 미룰 요량인 듯하다.

주인은 두 번째 편지를 집어 들고는 〈호오, 이것도 활판 인쇄로군〉이라고 말했다.

아침저녁으로 쌀쌀한 바람이 부는 계절, 여러분의 건승하심을 경하드립니다.

아시다시피 본교는 재작년 이후로 두셋 야심가의 방해 공작으로 인하여 한때 그 피해가 극에 달하였으나, 이는 모두 불초한 이 몸 신사쿠의 부덕의 소치라 여기고 스스로 깊이 반성하고 와신상담하였습니다. 그 고심의 결과 작금에 이르러 본교의 독력으로 우리가 이상으로 하는 건물을 신축할 수 있는

7 1905년 도호쿠 지방은 70년 만의 흉년 때문에 기근에 시달렸다.

비용의 마련책을 강구하였습니다.

그것은 다름 아닌 『별책재봉비술강요(別冊裁縫秘術綱要)』란 서적입니다.

본서는 불초 신사쿠가 오랜 세월에 걸쳐 연구한 공예상의 원리원칙을 바탕으로 하여, 살을 찢고 피를 쥐어짜는 심정으로 저술한 것입니다.

이에 본서를 모든 일반 가정에 널리 보급하고자 실비에 최소한의 이윤을 붙여 판매하오니, 강독을 바라는 바입니다. 이로써 재봉학의 발달에 일조하는 한편 다소의 이윤을 축적하여 신관 건축비로 충당할 예정입니다.

황송하기 이를 데 없으나 본교 건축비에 다소의 기부를 하시는 것이라 여기시고 『비술강요』 한 권을 구입하시어 하녀에게 주시든 하여, 찬동의 뜻을 표하여 주시기를 간곡히 바라 마지않습니다.

대일본 여자 재봉 최고등 대학원
교장 누이다 신사쿠(縫田針作) 구배(九拜)

주인은 이 정중한 편지를 둘둘 말아 쓰레기통에 휙 던졌다. 주인의 냉정함에 신사쿠 군의 모처럼의 와신상담도 아홉 번의 절도 물거품이 되었으니, 딱한 일이다.

주인이 세 번째 편지를 집어 들었다. 세 번째 편지는 상당히 이채를 띠고 있다. 봉투만 해도 엿 가게 간판처럼 붉고 화려한 줄무늬가 있고, 그 한가운데에 〈진노 구샤미(珍野苦沙) 선생 존하〉[8]라고 굵직한 예서체로 쓰여 있다. 안에서 과연 어떤 내용이 나올지는 알 수 없으나, 겉보기만큼은 실로 멋들어지다.

8 구샤미 선생의 성이 진노란 것이 이 시점에서 밝혀진다. 진노 구샤미, 즉 진쿠샤는 재채기하는 진처럼 못생긴 얼굴.

만일 내가 천하를 다스린다면 한 입에 서강(西江)의 강물을 집어 삼키듯 천하를 손아귀에 거머쥘 것이나, 만일 천하가 나를 다스린다면 나는 길가의 티끌에 지나지 않을 것이니, 나와 천하 간에 무슨 교섭이 있으리오.

처음 해삼을 먹은 자는 그 담력을 우러러 존경할 것이요, 처음 복어를 먹은 사내는 그 용기를 가상히 여길 것이니. 해삼을 먹을 수 있는 자는 신란[9]의 재림이요, 복어를 먹은 자는 니치렌[10]의 분신이라 할 것이나 구샤미 선생은 박고지 초장 무침의 맛을 알 뿐. 박고지 초장 무침을 먹고서 천하의 학자가 된 자를 내 아직 보지 못하였음이라.

친우는 그대를 팔려 할 것이며 부모는 그대를 나 몰라라 할 것이요 애인은 그대를 버릴 것이니. 부귀는 애당초 바랄 수 없을 것이요, 지위와 봉력 역시 하루아침에 잃을 것이요, 그대의 머릿속에 비장되어 있는 학문은 좀이 먹을 것이다.

그대는 무엇에 의지하려 하는가. 천지간에 무엇에 몸을 기대려 하는가.

신인가? 신이란 인간이 고통 끝에 날조한 토우에 지나지 않는다. 인간이 서러움에 싸질러 댄 냄새 나는 똥에 지나지 않는다. 의지할 수 없는 것을 의지하며 평온하다 하려는가.

예끼, 술 취한 자가 헛소리를 주절거리며 비틀비틀 무덤으로 향한다.

기름이 다하면 불길이 스스로 꺼지듯 노년에 이르면 번뇌도 없어질 일, 업이 다하면 무엇이 남겠는가.

구샤미 선생이여, 차라도 한 잔 마시며 쉬시게나.

사람을 사람이라 여기지 않으면 두려울 것도 없으니, 사람을 사람이라 여기지 않는 자가 나를 나로 여기지 않는 세상을 분개함은 어찌 된 일인가.

9 親鸞(1173~1262). 가마쿠라 시대의 승려로, 정토진종(淨土眞宗)의 개창자.
10 日蓮(1222~1282). 일본 불교 종파의 하나인 니치렌종(日蓮宗)의 개창자.

부귀영달을 얻은 자가 사람을 사람으로 여기지 않는 것은 당연지사, 다만 타인이 나를 나로 여기지 않을 때 분노에 붉으락푸르락해지는 것이니. 멋대로 화를 내보시오. 어리석은 자여.

나는 사람을 사람이라 여기나 사람은 나를 나라 여기지 않을 때, 불평이 많은 자는 하늘에서 발작적으로 내려온다. 이 발작적인 활동을 일컬어 혁명이라 하나, 혁명은 불평이 많은 자가 일으키는 것이 아니라, 부귀영달을 얻은 자가 기꺼이 일으키는 것이다.

조선에는 인삼도 많다는데, 그대는 어찌하여 복용치 않는가.

스가모[11]에서
덴도 고헤이 재배(再拜)

신사쿠 군은 구배라는데, 이 사내는 재배란다. 기부금의 의뢰가 아니니 칠배만큼 거드름을 피우고 있다. 기부금 의뢰는 아닌 대신 뭐라는 소리인지 알아먹기 힘든 문장이다. 잡지사에 보내봐야 떨어질 게 뻔한 글이다. 두뇌가 흐리멍덩하기로 유명한 주인이 갈가리 찢어 버릴 것이라 여겼는데 몇 번이나 거푸 읽고 있으니 뜻밖이다. 이런 편지에 반드시 무슨 의미가 있으리라 생각하고, 그 의미를 파헤치겠노라 결심했는지도 모르겠다. 무릇 천지간에 알 수 없는 것은 무수히 많으나, 의미를 부여하면 의미가 없는 것이 하나도 없다. 아무리 어려운 문장이라도 해석을 하자고 들면 쉬이 해석할 수 있는 법이다. 인간은 어리석다 하든 영리하다 하든 별 어려움 없이 해석할 수 있다. 뿐만 아니다. 인간을 개라 하든 돼지라 하든 버거워할 정도의 명제는 아니다.

산은 낮다고 해도 좋고 우주는 좁다고 해도 아무 지장이 없다. 까마귀는 하얗고 고마치[12]는 작부이며 구샤미 선생은 군자

11 도쿄 부 스가모 병원은 정신병자를 수용하여 치료하는 곳이었다.

라고 해석해서 안 될 것이 없다. 그러니 이런 무의미한 편지도 잘만 갖다 붙이면 의미는 알 수 있다. 특히 우리 주인처럼 알지도 못하는 영어를 억지로 해석하고 설명해 온 남자는 더욱더 의미를 붙이고 싶어 한다. 날씨도 좋지 않은데 왜 굿 모닝이라고 해야 하느냐는 학생의 질문에 이레를 고민하고, 콜럼버스란 이름은 우리나라 말로 뭐라고 하느냐는 질문에 사흘 밤잠을 자지 못하고 대답을 궁리할 정도의 남자는 박고지 초장 무침을 천하의 학자라고 하든, 조선 인삼을 먹고 혁명을 일으켰다고 하든, 아무튼 온갖 데서 자의적인 의미가 샘솟기 마련이다.

잠시 후, 주인은 굿 모닝식으로 이 편지의 난해한 글귀를 이해했는지 이렇게 격찬했다.

「그거 참 의미심장하군. 철학을 꽤나 연구한 사람인가 보군. 음, 대단한 식견이야.」

이 한마디로도 주인의 무식함을 잘 알 수 있는데, 뒤집어 생각하면 다소는 그럴 만하다 싶다. 주인은 무슨 일이든 자신이 모르는 것은 대단하다 여기는 버릇이 있다. 물론 이는 우리 주인에 한하는 버릇은 아닐 것이다. 알지 못하는 것에는 허투루 대할 수 없는 무언가가 숨어 있다 여기고, 가늠할 수 없는 것은 왠지 대단하다 싶은 마음이 들기 마련이다. 그 때문에 보통 사람들은 모르는 것을 아는 것처럼 떠벌리지만 학자들은 아는 것도 모르는 것처럼 해석하는 것이다. 이 점은 대학 강의에서 무슨 소린지 모를 얘기를 하는 선생은 평판이 좋고, 아는 얘기를 또 설명하는 선생은 인기가 없는 것만 봐도 족히 알 수 있다.

그러니 주인이 이 편지에 감탄한 것은 의미가 명료하기 때문이 아니라 취지가 어디에 있는지 도무지 종잡을 수 없기 때문이다. 뜬금없이 해삼이 등장하질 않나 서러움에 싸질러 댄 똥이 등장하질 않나. 따라서 주인이 이 문장을 높이 평가하는 유일한 이

12 오노노 고마치(小野小町, 809~901). 헤이안 시대의 여류 시인으로 절세의 미녀로 유명했다.

유는 도교에서 『도덕경(道德經)』을 존경하고, 유교에서 『역경(易經)』을 존경하고, 선불교에서 『임제록』을 존경하는 것과 마찬가지로 그 뜻을 전혀 알 수 없기 때문이다. 그런데도 모르고 그냥 지나치자니 답답하니까 멋대로 의미를 갖다 붙이고는 알았다는 표정을 짓는 것이다. 예로부터 모르는 것을 다 안다는 양 착각하고 존경하는 것은 심히 유쾌한 일이다. 주인은 예서체 명필로 휘날린 편지를 조심조심 둘둘 말아 책상에 올려놓고는 팔짱을 끼고 명상에 잠겼다.

「이보시게. 안에 누구 안 계시나?」

그때 현관에서 안내를 청하는 커다란 목소리가 들렸다. 듣자하니 메이테이 선생의 목소리 같은데, 불쑥불쑥 들어오는 평소의 그답지 않게 거푸 안내를 청하고 있다. 주인은 서재에서 아까부터 그 소리를 듣고 있으면서도 팔짱을 낀 채 꿈쩍도 하지 않는다. 현관까지 나가 손님을 환대하는 것은 주인의 역할이 아니라는 주의인지, 주인은 안에 있으면서도 절대 대꾸하지 않는다. 하녀는 좀 전에 빨래 비누를 사러 나갔고 안주인은 화장실에 있다. 그렇다면 내가 나가 봐야 하겠지만, 나 역시 움직이기가 귀찮다. 그러자 손님은 신발을 벗고 툇마루로 올라와 장지문을 활짝 열어젖히고 성큼성큼 안으로 들어왔다. 주인도 그렇지만 손님도 참 못 말릴 사람이다. 큰방 쪽으로 가는가 싶더니 장지문을 두세 번 여닫고는 서재 쪽으로 온다.

「아니 자네, 대체 뭘 하고 있는 건가? 손님이 왔는데.」

「아, 자네 왔나.」

「왔나가 뭔가 왔나가. 안에 있으면 뭐라고 대꾸를 해야지, 집이 빈 줄 알았잖나.」

「음, 잠시 생각을 좀 하고 있었네.」

「생각을 하고 있다고 들어오라는 말도 못 하나?」

「그럴 수도 있지.」

「그 배짱은 여전하군.」

「얼마 전부터 정신 수양에 정진하고 있는 터라.」

「별걸 다 하시네그려. 정신 수양 두 번 했다가는 오는 손님 발길 끊어지겠네. 그리 넋 놓고 있지 말게나, 나 혼자 온 거 아니니까. 대단한 분을 모시고 왔어. 잠시 나가서 만나 보세나.」

「누굴 데리고 왔다는 말인가?」

「누구든, 잠시 나가서 만나 보라니까. 자네를 꼭 만나고 싶다니까.」

「대체 누구기에.」

「아무튼, 일어서게나.」

「사람을 또 놀려 먹으려는 심산이겠지.」

주인은 팔짱을 낀 채로 벌떡 일어나 툇마루로 나가서는, 아무것도 모르는 채 손님방으로 들어갔다. 그러자 2미터 정도 길이의 도코노마를 정면으로 마주 보고 한 노인이 숙연하게 정좌하고 있었다. 주인은 자기도 모르게 얼른 팔을 내리고는 장지문 앞에 앉았다. 노인과 옆으로 나란히 앉은 꼴이라 서로에게 인사를 할 방법이 없다. 옛사람들은 예의범절에 까다롭기 마련.

「자, 윗자리로 앉으시지요.」

노인이 도코노마 쪽을 가리키며 주인에게 말을 건넸다. 주인은 두세 해 전까지만 해도 어디에 앉든 상관없다고 생각했는데, 어떤 사람에게서 도코노마 강의를 듣고 난 후부터는 도코노마 근처에는 얼씬도 하지 않는다. 도코노마란 조단노마가 변해서 된 말로, 이른바 윗사람이 앉는 상석이란 것을 알았기 때문이다. 게다가 안면도 없는 연장자가 떡하니 앉아 있는데, 상석을 어찌 차지할 수 있으랴. 인사조차 제대로 하지 못한 터라, 일단은 고개를 숙이고 노인이 한 말을 그대로 반복했다.

「윗자리로 앉으시지요.」

「그래서야 인사를 올릴 수 없으니, 윗자리로 앉으시게.」

「아니지요. 그래서야…… 윗자리로 앉으시지요.」

주인은 또 노인의 말을 흉내 냈다.

「그리 겸손하게 구시면 내가 오히려 무안하지. 어서 윗자리로 앉으시게.」

「겸손이라니요. 아무쪼록…… 부디, 윗자리로.」

주인은 얼굴을 붉히며 더듬더듬 말했다. 정신 수양이 별 효과가 없는 모양이다. 메이테이 선생은 장지문 뒤에 선 채 싱글거리며 보고 있다가, 이제 그만하면 되었다 싶은지 주인의 엉덩이를 밀었다.

「자, 저리 앉게나. 문 앞에 그리 딱 달라붙어 있으니 내가 앉을 자리가 없질 않나. 사양 말고 저리 앉으이.」

이렇게 말하고는 억지로 끼어 앉았다. 주인은 어쩔 수 없이 앞으로 나아가 앉았다.

「구샤미 군, 이분이 바로 내가 여러 번 얘기한 시즈오카의 큰아버님이시라네. 큰아버님, 이쪽은 구샤미 군입니다.」

「이거 처음 뵙겠소이다. 메이테이가 늘 신세를 많이 지고 있다고 하기에, 나도 언젠가는 찾아뵙고 고견을 경청하려 마음먹었던 터라, 마침 오늘 근처를 지날 일이 있어 인사도 할 겸 이렇게 찾아왔소이다. 앞으로도 잘 부탁드리겠소이다.」

노인은 고풍스러운 말투로 거침없이 말을 뱉었다. 주인은 사람들과의 교류도 그리 없고 말수도 적은 사람인 데다 이렇듯 고풍스러운 노인을 만나 본 적도 없는 터라 안 그래도 주눅이 들어 어쩔 줄을 모르고 쭈뼛거리고 있었는데, 그런 말까지 들으니 당황하여 조선 인삼이고 엿 가게 간판 같은 편지 봉투고 다 잊은 채 횡설수설하고 말았다.

「아, 예, 저도…… 저도, 근자에 찾아뵈올까 하였는데…… 아무쪼록 잘 부탁드립니다.」

그렇게 말하고, 고개를 슬쩍 들어 보니 노인은 아직도 다다미에 머리를 대고 있는 터라 화들짝 놀라 얼른 머리를 다시 숙였다.

노인이 때를 가늠하여 고개를 들고는 다시 말을 이었다.

「나도 원래는 이쪽에 집도 있고 해서 오랜 세월을 쇼군님 밑에서 살았으나, 에도 막부가 무너지고 시대가 바뀌면서 시즈오카로 낙향 한 후에는 거의 와보지를 못했소이다. 지금 이렇게 와보니 어디가 어딘지 통 알 수가 없어 메이테이가 옆에 없으면 볼일조차 볼 수 없는 지경이외다. 10년이면 강산도 변한다는 말이 있으나, 건국 이래 3백 년이나 계속되던 쇼군 가문이 저렇듯…….」

메이테이 선생, 말이 길어지겠구나 싶은지 중간에 끼어들었다.

「큰아버님, 쇼군의 시대도 매우 훌륭했지만 메이지 시대도 그런대로 괜찮습니다. 옛날에는 적십자 같은 것도 없지 않았습니까.」

「그야 물론 없었지. 적십자라고 하는 것은 없었어. 특히 황족의 얼굴을 그리 가까이에서 알현하는 것은 메이지 시대가 아니면 꿈도 꿀 수 없는 일이지. 나도 오랜 산 보람이 있었어. 오늘 이렇게 총회에 출석하여 황자[13]의 목소리를 들었으니, 이제 죽어도 여한이 없구나.」

「오랜만에 도쿄 구경을 하시게 된 것만 해도 좋은 일이지요. 구샤미 군, 큰아버님은 적십자 총회 때문에 시즈오카에서 올라오셨다네. 지금 우에노에 갔다가 돌아오는 길일세. 그래서 연미복을 입고 계시는 거야. 내가 지난번에 시로키야에 주문한 연미복 말일세.」

메이테이 선생이 넌지시 주인에게 언질을 주었다.

과연 연미복을 입고 있다. 입고 있기는 한데 전혀 몸에 맞지 않는다. 소매는 너무 길고, 옷깃은 좍 벌어져 있고, 등은 붕 떠 있고, 겨드랑이는 치켜 올라가 있다. 아무리 못 만들어도 이렇게까지 형태를 일그러뜨리기는 쉽지 않을 것이다. 게다가 하얀 셔츠와 하얀 옷깃이 따로 놀아 고개를 들면 그 사이로 목덜미가 보인다. 그런 데다 검은 옷깃 장식이 옷깃에 딸린 것인지 셔츠에 딸린 것인지 분명치 않다. 그래도 연미복은 그나마 참아 줄 수 있는데, 상투를 튼 백발은 정말 가관이다.

13 당시 적십자의 총재는 아리스가와노미야 다루히토(有栖川宮熾仁)로 황족이었다.

말로만 들었던 쇠부채는 어디 있나 싶어 살펴보니 무릎 옆에 역시 정좌하고 있다. 주인은 그제야 겨우 제정신을 차리고 정신 수양의 결과를 노인의 복장에 활용하고는 적지 않게 놀랐다. 설마 메이테이가 얘기한 정도는 아닐 것이라고 생각했는데, 실제로 만나고 보니 그 이상이었다. 자신의 곰보가 역사적 연구의 재료가 될 수 있다면 이 노인의 상투와 쇠부채는 더한 가치가 있는 것이라 여겨졌다.

주인은 쇠부채의 유래가 궁금하였으나 대놓고 물어볼 수는 없고, 그렇다고 대화가 끊기게 하는 것도 실례되는 일이라 그저 평범한 질문을 던졌다.

「사람들이 꽤나 많았겠지요?」

「아무렴, 대단한 인파이더이다. 그런데 그 사람들이 어찌나 우리를 힐금힐금 보는지. 요즘 사람 사이에서는 구경이 유행인가 싶을 정도였소이다. 옛날에는 그렇지 않았는데.」

「아무렴요. 옛날에는 그렇지 않았지요.」

주인도 노인 같은 말투로 맞장구를 쳤다. 그렇다고 주인이 아는 척을 한 것은 아니다. 혼미한 두뇌에서 그냥 적당히 흘러나온 말이라고 보면 될 것이다.

「게다가 이 투구망치를 얼마나 눈여겨보던지.」

「그 쇠부채는 무척이나 무겁겠습니다.」

「구샤미 군, 좀 들어 보게나. 꽤 무거워. 큰아버님, 좀 들어 보라 하시지요.」

노인은 무겁다는 듯 들어 올려 주인에게 건넸다.

「자, 그럼.」

주인은 교토의 곤카이코묘지(金戒光明寺)를 참배한 사람이 렌쇼보[14]의 큰 칼을 받아 든 꼴로 잠시 들고 있다가 노인에게 돌려주었다.

14 蓮生坊(1141~1207). 가마쿠라 시대 초기의 무장으로 전쟁에 패하여 곤카이코묘지로 들어가 불도가 되었다.

「과연 무겁습니다.」

「다들 이것을 일컬어 쇠부채라고 하는데, 이는 투구망치라 하는 것으로 쇠부채와는 전혀 다른 것이니…….」

「그렇습니까. 그런데 어디에 쓰는 물건인지요?」

「투구를 깨는 것이외다. 그렇게 투구를 깨서 적이 어찔어찔해 하는 틈을 타 단칼에 베는 것이올시다. 구스노키 마사시게[15] 시대부터 사용되었다 하는데…….」

「큰아버님, 그렇다면 마사시게의 투구망치일까요?」

「아니지, 그건 아무도 몰라. 그러나 아무튼 오래된 것이야. 겐무(建武) 시대[16] 때 만들어진 것인지도 모르지.」

「겐무 시대 때 만들어진 것인지 어쩐지는 모르겠으나, 아무튼 간게쓰 군이 그것 때문에 곤욕을 치렀습니다. 구샤미 군, 오늘 돌아오는 길에 대학을 지나치다가 마침 좋은 기회다 싶어서 이과에 들렀는데, 간게쓰 군이 물리 실험실을 보여 주었다네. 그런데 이 투구망치가 쇠로 된 것이라 자력 기계가 모두 엉망이 되어서 한바탕 소동을 빚었지 뭔가.」

「아니, 그럴 리가 없지. 이것은 겐무 시대의 성분이 좋은 쇠라서 절대 그럴 우려가 없어.」

「아무리 성분이 좋은 쇠라도 그렇지요. 실제로 간게쓰 군이 그런 말을 했으니, 그런 일이 있었던 거겠지요.」

「간게쓰 군이라면 그 유리 공을 갈고 있던 젊은이 말인가. 그리 젊은 나이에 참으로 딱하군. 좀 다른 일도 있을 법한데 말이야.」

「딱하지만 그것도 연구랍니다. 그 유리 공을 갈아야 훌륭한 학자가 된다니 말입니다.」

「유리 공을 갈아서 훌륭한 학자가 될 수 있다면 누구라도 학자가 되겠구나. 나라도 되겠어. 유리 가게 주인도 될 수 있을 테고. 중국에서는 그런 일을 하는 자를 옥인(玉人)이라고 하는데,

15 楠木正成(?~1336). 가마쿠라 시대 말기에서 남북조 시대를 걸쳐 산 무장.
16 1334~1338년.

신분이 아주 미천하지.」

노인은 그렇게 말하면서 주인 쪽을 보고는 넌지시 동의를 구했다.

「아, 그렇군요.」

주인은 공손하게 말을 받았다.

「오늘날의 모든 학문은 자연 과학을 중심으로 한 형이하학이라 그럴듯하게 보이기는 하나 정작 무슨 일이 닥치면 도무지 쓸모가 없으니, 옛날에는 그렇지 않았는데 말이외다. 목숨을 걸어야 하는 옛 무사들은 무슨 일이 닥칠 때 당황하지 않도록 평소에 늘 마음을 수양했소이다. 그러니 아시다시피, 유리 공이나 갈고 철사나 꼬는 일처럼 수월하지가 않았소이다.」

「네, 그렇군요.」

주인은 또 공손하게 응수했다.

「큰아버님, 마음의 수양이란 유리 공을 가는 대신 팔짱을 끼고 마냥 앉아 있는 것 아닙니까?」

「쯧쯧, 이렇게 생각이 짧아서야. 절대 그리 손쉬운 일이 아니다. 맹자께서는 구방심(求放心)이라고 하셨을 정도야. 또 소강절(邵康節)은 심요방(心要放)이라 설파하신 적도 있지. 한편 불교 쪽에서는 중봉(中峯) 선사가 구불퇴전(具不退轉)을 가르치셨다. 그리 쉬이 할 수 있는 일이 아니야.」

「무슨 말씀인지 도무지 모르겠습니다. 대체 어쩌라는 것인지요?」

「너는 다쿠안 선사의 『후도치신묘로쿠(不動智神妙錄)』[17]란 책을 읽어 본 적이 있느냐?」

「아니요, 들어 본 적도 없는데요.」

「마음을 어디에 둘 것인가. 적의 움직임에 마음을 두면 적의 움직임에 마음을 빼앗길 것이요, 적의 칼에 마음을 두면 적의 칼에 마음을 빼앗길 것이요, 적을 베려 함에 마음을 두면 적을 베

17 선의 본질을 검도에 비유하여 설파한 책.

려 함에 마음을 빼앗길 것이요, 내 칼에 마음을 두면 내 칼에 마음을 빼앗길 것이요, 내가 칼에 베이지 않으려 함에 마음을 두면 베이지 않으려 함에 마음을 빼앗길 것이요, 사람의 자세에 마음을 두면 사람의 자세에 마음을 빼앗길 것이니, 이렇게 사람은 마음 둘 곳이 없다고 되어 있다.」

「큰아버님도 기억력이 참으로 좋으시군요. 용케 그리 긴 글귀를 외우고 계십니다. 알겠는가, 구샤미 군.」

「음, 그렇군.」

주인은 이번에도 〈그렇군〉으로 응수했다.

「자네, 그렇지 않은가. 마음을 어디에 둘 것인가. 적의 움직임에 마음을 두면, 적의 움직임에 마음을 빼앗긴다 하고, 적의 칼에 마음을 두면…….」

「큰아버님, 구샤미 군도 그 정도는 다 알고 있습니다. 요즘은 서재에서 허구한 날 정신 수양을 한다고 하니까요. 손님이 왔는데도 내다보지 않을 정도로 마음을 어디에도 두고 있지 않으니, 걱정할 것 없습니다.」

「그것 참 기특한 일이로고. 너도 같이 하면 될 것을.」

「헤헤헤헤. 그럴 틈이 있어야지요. 큰아버님은 한가로운 몸이시니, 남들도 다 노는 줄 아시는 것이지요.」

「실제로 놀고 있지 않느냐.」

「한중망(閑中忙)이라고, 그렇지 않습니다.」

「네가 그리 경솔하니 수양을 하라는 것이다. 망중한(忙中閑)이라는 말은 있어도 한중망이라는 말은 들어 본 적이 없구나. 그렇지 않은가, 구샤미 군?」

「예, 그런 것 같습니다.」

「하하하하. 그럼 그렇다 하지요. 그런데 큰아버님, 오랜만에 도쿄에 오셨으니 장어구이를 드셔야지요. 전철을 타고 가면 금방이니, 지쿠요로 모시겠습니다.」

「장어구이는 좋으나, 난 스이하라의 집에 들르기로 약속을 했으니 그리 가야겠다.」

「아, 스기하라 할아버지요. 그분도 아직 정정하신가 봅니다.」

「스기하라가 아니고 스이하라다. 네가 그리 실수가 잦으니 탈이라는 거다. 다른 사람의 성을 잘못 부르는 것은 큰 실례야. 거듭 주의하여라.」

「하지만 스기하라(杉原)[18]라고 쓰여 있지 않습니까?」

「쓰기는 그렇게 써도 읽기는 스이하라라라고 읽는 거다.」

「그것참 이상하군요.」

「이상하기는 뭐가. 명목(名目) 읽기[19]라고 해서 예부터 있었던 것이다. 구인(蚯蚓)[20]을 우리 고유의 말로 미미즈라고 하는데, 이는 메미즈[21]의 명목 읽기이다. 두꺼비를 가에루라 하지 않고 가이루라 하는 것도 마찬가지다.」

「야, 거참 신기하군요.」

「두꺼비를 때려죽이면 벌렁 뒤집어지지. 가에루란 즉 뒤집어지는 것인데, 이를 명목 읽기로 가이루라 한다는 것이다. 네모칸 울타리를 말하는 스키가키는 스이가키, 돋아난 줄기를 말하는 구키타치는 구쿠타치. 그게 다 같은 명목 읽기야. 시골 촌것들이나 스이하라를 스기하라라고 한다. 그러니 조심을 해야지, 안 그러면 웃음거리가 될 거야.」

「그럼 그 스이하라 할아버지 댁에 가신다는 말씀이네요. 이를 어쩌나.」

「싫으면 너는 그만두어라. 나 혼자서 갈 테니.」

「혼자서 가실 수 있다는 말씀입니까?」

「걸어가기는 힘들지. 인력거를 불러서 타고 가겠다.」

주인은 하녀에게 인력거꾼을 불러오라고 시켰다. 노인은 긴

18 원래 발음은 스기하라이다.

19 한자어를 고래의 관례에 따라 읽는 특별한 방식.

20 지렁이.

21 目見ず. 눈이 보이지 않는다는 뜻.

인사치레를 끝내고 상투 머리에 중절모를 쓰고 돌아갔다. 메이테이 선생만 남았다.

「저분이 자네 큰아버님이신가?」

「저분이 우리 큰아버님이시지.」

「흐음.」

주인은 다시 방석에 앉아 팔짱을 끼고는 생각에 잠겼다.

「하하하하. 호걸 아닌가. 저런 큰아버님이 계시니 나야말로 얼마나 행복한 사람인가. 어디를 가든 저러니. 자네가 많이 놀랐겠네그려.」

「그리 놀랄 것도 없지.」

「저런 분을 보고 놀라지 않다니, 배짱 한번 두둑하군.」

「대단하시지 않은가. 정신 수양을 주장하는 대목에는 큰 감명을 받았다네.」

「허허, 감명을 받아서야 쓰나. 자네도 예순이 되면 우리 큰아버님처럼 시대에 뒤떨어진 퇴물이 될지도 모르는데. 정신 똑바로 차리게. 퇴물의 악순환이 좋을 리 없질 않은가.」

「자네는 시대에 뒤떨어질까 봐 걱정을 하는데, 경우에 따라서는 그런 퇴물이 훌륭할 수도 있어. 그저 앞으로 나아가기에만 급급한 오늘날의 서양 학문을 보게. 아무리 가봐야 끝이 없지 않은가. 절대 만족을 얻을 수 없지. 그에 비하면 동양의 학문은 소극적이면서 깊은 멋이 있지. 마음 그 자체를 수양하는 것이니 말일세.」

주인은 얼마 전에 철학자에게서 들은 내용을 마치 자기 생각인 양 늘어놓았다.

「인물 하나가 또 나왔네그려. 거 야기 도쿠센이 하는 얘기하고 비슷하지 않은가.」

야기 도쿠센이란 이름을 듣고서 주인은 화들짝 놀랐다. 실은 얼마 전에 와룡굴을 방문해서 주인에게 한바탕 설교를 하고 유유히 돌아간 철학자가 바로 그 야기 도쿠센이란 자였기 때문이다. 지금 주인이 심각하게 늘어놓는 고리타분한 논리가 바로 그 야기 도쿠센의 설교를 베낀 것이니, 모르리라 여겼던 메이테이 선생의 입에서 도쿠센이란 이름이 대뜸 나오자 주인이 밤새 쌓아 올린 콧대가 납작 꺾이고 만 셈이다.

「자네, 도쿠센의 지론을 들어 본 적이 있나?」

겁쟁이 우리 주인 넌지시 확인을 한다.

「듣고 자시고 할 게 뭐가 있나. 그 사내의 지론은 10년 전 학교에 다녔을 때나 지금이나 하나도 달라진 게 없는데.」

「진리는 그리 쉬이 변하는 것이 아니니, 변하지 않아 믿음직할 수도 있지.」

「그렇게 편들어 주는 자들이 있으니 도쿠센도 그런 논리로 살아가는 것이겠지. 야기라는 성[22]만 해도 멋들어지지 않나. 그 수염이 염소하고 꼭 닮았으니. 게다가 그 염소수염도 기숙사 시절이나 지금이나 변함이 없지 않은가. 그리고 그 도쿠센이라는 이름은 또 어떻고. 옛날에 우리 집에 왔다가 자고 간 일이 있는데, 예의 소극론을 또 늘어놓더군. 몇 번이나 똑같은 말을 되풀이하면서 그만두지 않기에, 이제 그만 자자고 했더니 자기는 잠이 오지 않는다고 점잔을 떨면서 또 소극론을 운운하더라니까. 내 참, 넌더리가 나서 자네는 잠이 안 올지 모르겠으나 나는 잠이 쏟아져 견딜 수 없으니 잠 좀 자게 해달라고 부탁하고는 억지로 자리에 뉘었지. 거기까지는 좋았는데, 밤중에 생쥐가 도쿠센의 콧잔등을 깨문 거야. 한밤중에 얼마나 소동을 피웠는지 모른다네. 입으로는 무슨 깨달은 사람처럼 그럴싸한 소리를 늘어놓으면서도 목숨은 아까웠던 거지. 생쥐의 독이 온몸으로 퍼지면 큰일이니 어떻게 좀 해보라고 어찌나 걱정하고 호들갑을 떨어 대는지, 내 어이가 없었다네. 그래서 할 수 없이 부엌에 가서 종이에 밥알을 붙여 콧잔등에 떡 붙여 주었지.」

22 야기(八木)는 염소와 발음이 같다.

「그건 또 왜?」

「이건 외국에서 수입된 고약인데, 독일의 명의가 발명한 것이다. 인도 사람이 독사에 물렸을 때 사용했더니 즉효가 있었다고 한다. 이걸 붙이고 있으면 아무 탈 없을 것이다. 그렇게 말해 주었지.」

「자네는 그 시절부터 둘러대고 갖다 붙이는 데는 명수였구먼.」

「그랬더니 도쿠센 군, 호인은 호인이더군. 내 말에 깜박 넘어가 안심하고는 쿨쿨 잘들었지 뭔가. 다음 날 아침 일어나 보니 밥풀에 붙은 실밥이 염소수염에 걸려 있는 꼴이 정말 가관이었다네.」

「그래도 그 시절보다는 꽤 사람이 된 것 같던데.」

「근자에 만났나?」

「한 일주일 전에 불쑥 나타나서는, 장황하게 얘기를 늘어놓다 갔지.」

「어쩨 도쿠센의 아류 같은 소극론을 펼친다 했지.」

「실은 그때 받은 감동이 커서, 나도 분발하여 수양을 해볼까 하는 참이었다네.」

「분발은 좋지만, 남이 하는 소리를 너무 곧이곧대로 들으면 놀림감이 되기 십상이지. 자네는 말이야, 남이 하는 소리는 뭐가 되었든 그대로 받아들이는 게 탈이야. 도쿠센도 입으로는 그렇게 대단한 소리를 해대면서, 막상 어떤 일이 닥치면 별수 없더라니까. 자네도 9년 전에 있었던 대지진[23]을 기억하고 있을 테지. 그때 기숙사 2층에서 뛰어내려 다친 사람은 도쿠센 하나였어.」

「그 일에 대해서는 당사자가 여러 가지로 설명하지 않았나.」

「그렇지. 당사자는 아주 고마운 일이라고 했지. 선으로 닦은 기봉(機鋒)[24]은 예리하고 기민하여 어떤 위험한 사태가 발발했을 때 겁날 정도로 빨리 반응할 수 있다. 다른 사람들은 지진이

23 1894년 도쿄와 요코하마 지역을 강타했던 지진.

24 날카로운 칼끝과도 같은 지혜의 작용.

났다고 우왕좌왕하고 있을 때 자신은 2층 창문에서 뛰어내린 것을 보면 수양의 효과가 나타난 것이니 기쁘기 한량없다고 다리를 절뚝거리고 다니면서도 싱글벙글이었지. 억지가 이만저만한 사내가 아니야. 대관절 좌선이네 불법(佛法)이네 하고 떠들어 대는 자들만큼 한심한 작자들도 없다니까.」

「글쎄, 그런가.」

구샤미 선생, 다소 기가 꺾였다.

「그래 얼마 전에 왔을 때도, 선종 스님의 뭐라면서 잠꼬대 같은 소리를 했을 텐데.」

「음. 전광석화처럼 춘풍을 가른다든가 뭐라든가 그런 글귀를 가르쳐 주고 갔지.」

「맞아, 바로 그 전광. 그게 10년 전부터 하는 똑같은 말이니 우스울 수밖에. 기숙사에서 무각(無覺) 선사의 전광 하면 모르는 이가 없을 정도였어. 게다가 그 선사가 말일세, 사레가 들려 컥컥거릴 때면 말이 헛 나와서 춘풍석화처럼 전광을 가른다고 하니 더욱 웃을 일이지. 다음에 한번 시험해 보게. 점잖게 헛소리를 늘어놓을 때, 자꾸 반대하면서 약을 올리는 거야. 그러면 금방 흥분해서 묘한 소리를 지껄여 댈 테니.」

「자네처럼 짓궂은 사내에게 걸리면 누가 당해 내겠는가.」

「누가 짓궂다는 것인지 모르겠군. 나는 스님이니 깨달음이니 하는 것은 딱 질색일세. 우리 동네에 난조인(南欌院)이라는 절이 있는데, 거기에 한 여든 살쯤 된 화상이 은거하고 있지. 그런데 얼마 전 소나기가 쏟아졌을 때, 그 화상이 있던 뜰에 벼락이 떨어져서 소나무가 뚝 부러졌다는 거야. 그런데도 화상이 태연자약했다기에, 그 연유를 들어 보니 귀머거리라지 않은가. 그러니 태연자약할 수밖에. 다 그런 걸세. 도쿠센도 깨달음이네 뭐네, 혼자 하면 될 일을 툭하면 남을 끌어들이려 하니 안 된다는 것이지. 도쿠센 덕분에 실제로 두엇은 정신이 오락가락하기도 하니 말일세.」

「누가 그렇다는 말인가?」

「누구기는. 한 명은 리노 도젠이지. 도쿠센 덕분에 선학에 심취해서 가마쿠라로 내려가더니, 거기서 끝내 돌아 버리고 말았다네. 엔가쿠지(圓覺寺) 앞에 왜 건널목이 있지 않은가. 그 건널목 선로에서 좌선을 했지 뭔가. 그러면서 저쪽에서 오는 기차를 멈추게 해 보이겠노라고 기염을 토했어. 하기야 기차 쪽에서 알고 멈춰 준 덕분에 목숨은 건졌지만 말일세. 그러더니 그다음에는 불에 뛰어들어도 타지 않고 물에 빠져도 가라앉지 않는 금강불괴의 몸이라면서 절 안에 있는 연못에 뛰어들어 걸어 다녔지 뭔가. 보글보글 물거품이 올라오더군.」

「그래서 죽었나?」

「그때도 요행히 지나가던 한 스님이 구해 주었는데, 그 후 도쿄로 돌아와서 복막염에 걸려 결국은 죽고 말았지. 죽은 원인이야 복막염이지만 복막염에 걸린 원인은 승방에서 보리밥과 소금에 절인 무청만 먹은 탓이니, 간접적으로는 도쿠센이 죽인 것이나 다름없지.」

「무턱대고 심취하는 것도 좋은 일만은 아니로군.」

주인은 다소 꺼림칙한 표정을 지으며 말했다.

「아니다마다. 도쿠센에게 넘어간 자가 우리 동창 가운데 한 명 더 있네.」

「걱정이 되는군. 그게 누군가?」

「다치마치 로바이 군일세. 그 작자도 도쿠센의 말에 놀아나 장어가 승천을 하느니 어쩌느니 하면서 헛소리를 해대더니 정말 그렇게 되고 말았네.」

「정말 그렇게 되다니?」

「장어가 승천을 하고, 돼지가 선인이 되었다는 말이네.

야기가 도쿠센(獨仙)이라면 다치마치는 부타센(豚仙)이라 할 수 있지. 그렇게 먹성이 좋은 사내도 없는데, 그 먹성과 스님의 심술이 같이 발동을 했으니 어쩔 도리가 없지. 처음에는 우리도 잘 몰랐는데, 지금 생각해 보면 아주 묘한 소리만 늘어놓았지.

우리 집에 와서는, 저 소나무에 커틀릿이 날아오지 않았느냐니, 우리 고향에서는 어묵이 널빤지를 타고 헤엄을 친다느니 그런 소리를 해대더군. 그런 말을 하는 것까지는 좋았는데, 밖에 있는 도랑에 밤경단을 캐러 가자는 소리를 할 때는 나도 두 손 두 발 다 들고 말았다네. 그리고 이삼일이 지나 결국은 부타센이 되어 스가모에 수용되었지. 애당초 돼지였으니 미치광이가 될 자격도 없네만, 도쿠센 덕분에 거기까지 도달한 거지. 도쿠센의 세력이 정말 대단하이.」

「그래서, 지금도 스가모에 있다는 말인가?」

「있다 뿐인가. 자기가 무슨 거물이라도 된 것처럼 떵떵거리고 있다네. 요즘은 다치마치 로바이란 이름이 시시하다면서, 스스로 덴도 고헤이(天道公平)란 호를 만들어 천도의 화신이라 자처하고 있네. 참으로 볼 만하니, 자네도 한번 가보게나.」

「덴도 고헤이?」

「그래 덴도 고헤이. 정신이 나간 주제에 이름 하나는 그럴싸하게 갖다 붙였지. 가끔은 고헤이(孔平)라고 쓰기도 하는데, 세상 사람들이 길을 잃어 헤매고 있으니 반드시 구해 주고 싶다고, 친구나 지인들에게 닥치는 대로 편지를 보내고 있어. 나도 대여섯 통 받았는데, 그 가운데 턱없이 긴 것이 있어서 우표가 덜 붙었다고 우표값을 문 일도 있다네.」

「그럼 내게 온 것도 로바이가 보낸 것이겠군.」

「자네에게도 왔는가. 거참 이상하군. 역시 빨간 줄무늬 봉투였겠지.」

「음, 한가운데는 빨갛고 좌우로 하얀색이었어. 좀 색다른 봉투였지.」

「그걸 일부러 중국에 주문을 했다고 하네. 하늘의 길은 하양이요 땅의 길도 하양이라. 사람의 길은 그 중간에 있으며 빨강이니. 그런 부타센의 격언을 표현한 것이라더군.」

「꽤 의미심장한 봉투로군.」

「미치광이가 크게 멋을 부린 것이지. 그런데 미치광이가 되어서도 그 먹성만은 여전한가 보더군. 편지마다 먹을거리 얘기가 쓰여 있으니 말일세. 자네 편지에는 뭐라고 쓰여 있던가?」

「해삼 얘기가 쓰여 있었지.」

「하기야 로바이가 해삼을 좋아했으니, 그럴 만도 하지. 그리고?」

「복어와 조선 인삼에 대해서도 뭐라고 써놓았고.」

「복어와 조선 인삼이라, 절묘한 조화로군. 복어를 먹고 탈이 나면 조선 인삼을 달여 먹으라는 뜻이겠지.」

「그건 아닌 듯한데.」

「아니면 말고. 어차피 미치광이가 하는 소리. 그뿐이던가?」

「아니 또 있지. 구샤미 선생, 차라도 한 잔 마시면서 쉬라는 소리도 있었네.」

「아하하하. 차라도 한 잔 마시라니, 그건 좀 심했군. 그 한마디로 자네를 찍소리 못 하게 만들었다 여기겠지. 역시 대단해. 덴도 고헤이 군 만세로세.」

메이테이 선생, 껄껄 웃으며 재미있어한다. 주인은 존경해 마지않는 마음으로 몇 번이나 거푸 읽었던 편지를 보낸 사람이 미치광이로 정평이 나 있다는 것을 알자 그 노력과 고생이 왠지 물거품으로 돌아간 듯해서 화가 나기도 하고, 또 정신병자의 문장을 그리 공들여 음미했나 싶어 수치스럽기도 했다. 그리고 미치광이의 문장에 그리 큰 감명을 받은 것을 보면 자신도 정신에 좀 문제가 있는 것은 아닐까 의심스럽기도 하여, 분노와 참회와 우려가 뒤섞인 묘한 심경에 착잡한 표정을 짓고는 앉아 있다.

그때 현관문이 드르륵 열리고 묵직한 구둣발 소리가 두 번 현관에 울리더니, 우렁찬 목소리가 들렸다.

「계시오, 안에 뉘 계시오.」

주인은 엉덩이가 무거운 데 반해 메이테이 선생은 몸놀림이 날쌘 남자인지라 하녀가 나가 보기를 기다리지 못하고 들어오시라고 외치면서 휙 몸을 날려 중간방을 두 달음에 지나 현관으로 뛰쳐나갔다. 왔노라는 말도 없이 불쑥 남의 집에 들어오는 것은 문제지만, 일단 들어온 후에는 서생처럼 이렇듯 손님을 맞아 주기도 하니 편리하기는 하다. 아무리 메이테이 선생이라도 손님은 손님이다. 그런 메이테이 선생은 현관에 나가 보는데 주인인 구샤미 선생이 버티고 앉아만 있어서는 안 되는 일이다. 보통 남자라면 뒤이어 현관으로 나가 볼 테지만 그러지 않는 것이 바로 구샤미 선생이니, 태연하게 방석에 엉덩이를 붙이고 있다. 다만 엉덩이를 붙이고 있는 것과 좌정하고 있는 것은 겉보기에는 매우 비슷해도 그 실상은 아주 다르다.

현관으로 뛰쳐나간 메이테이 선생이 뭐라고 열심히 떠들어 대더니, 안쪽을 향해 소리쳤다.

「어이, 주인장! 발품을 좀 팔아야겠네. 자네가 나와 봐야겠어.」

주인은 어쩔 수 없어 팔짱을 낀 채로 느릿느릿 현관으로 나갔다. 나가 보니 메이테이 선생, 명함 한 장을 손에 쥐고 평소의 그답지 않게 고개를 주억거리고 있다. 위엄이라고는 털끝만큼도 없는 태도다. 그 명함에는 경시청 형사 요시다 도라조라 찍혀 있다. 그리고 도라조와 나란히 스물대여섯쯤에 키도 크고 훤칠한 사내가 서 있다. 게다가 파란 바탕에 보일 듯 말듯 잔 줄무늬가 있는 옷을 쏙 빼입고 있다. 그리고 무슨 우연인지 그 젊은이 역시 주인처럼 양 소맷부리 속에 두 손을 감추고 있다.

어디선가 본 듯한 얼굴이다 싶어 찬찬히 살펴보니, 본 듯한 얼굴 정도가 아니다. 얼마 전 깊은 밤에 이 집을 방문하여 참마를 상자째 들고 간 도선생이었다. 어이쿠, 이번에는 벌건 대낮에 당당하게 현관에 나타나셨군.

「자네, 이 형사 분이 얼마 전에 도둑을 잡았는데, 자네도 출두해야 한다는 말을 전하기 위해 일부러 오셨다 하네.」

주인은 형사가 느닷없이 찾아온 이유를 이제야 알겠다는 듯, 도선생 쪽을 향해 공손하게 고개 숙였다. 도선생이 도라조보다 훤칠하고 사내다우니, 그쪽이 형사라고 착각한 것이다. 도선생도 당황했을 텐데, 그렇다고 〈내가 바로 그 도둑이오〉 하고 밝힐 수는 없었는지 잠자코 서 있기만 한다. 두 손은 여전히 가려 있는 채로. 하기야 수갑을 차고 있을 테니, 꺼내고 싶어도 꺼낼 수가 없을 것이다. 보통은 이 정도 되면 상황을 파악하는데, 주인은 요즘 사람 같지 않게 관리나 순사이라 하면 설설 기는 버릇이 있다. 윗분들의 위광을 몹시 두려워하는 것이다. 이론적으로야 형사나 순사는 자신들이 낸 세금으로 고용한 문지기 정도라고 생각하지만 실제로 맞닥뜨리면 연방 허리를 굽실거린다. 그 옛날 변두리 촌장을 해 먹었던 아버지가 윗분들에게 걸핏하면 고개 숙이고 허리를 굽실거리며 살았던 습관을 이렇게 그 아들이 물려받았는지도 모를 일이다. 참으로 딱하기 그지없는 노릇이다.

형사는 상황이 우스꽝스러웠는지 히죽히죽 웃으면서 말했다.

「내일 오전 아홉시까지 니혼즈쓰미 지서로 나와 주십시오. 그리고 도난 품목은 뭐하고 뭐였지요?」

「그러니까 도난 품목은……」

우리 주인, 안타깝게도 이미 까맣게 잊어버린 상태다. 지금 기억나는 것은 다타라 산페이 군이 준 참마뿐이다. 참마 따위야 없어져도 상관없다고 생각했지만, 일단 말을 꺼내 놓고 뒤잇지 못하니 바보 얼간이 같아 체면이 말이 아니다. 남이 도둑을 맞았으면 몰라도 자신이 도둑을 맞았는데 똑바로 대답을 못 한다는 것은 어엿한 인간이 아니라는 증거다 싶어서 과감하게 뒷말을 이었다.

「참마 한 상자.」

도선생도 그 말에는 웃음이 나오는지, 고개를 숙여 옷깃 속에 턱을 쑤셔 넣었다. 메이테이 선생이 하하하하 웃으면서 말했다.

「참마가 어지간히 아까웠던 모양이로군.」

그런데 의외로 형사는 심각하다.

「되찾은 물건 중에 참마는 없었으나, 대충은 찾은 듯합니다. 아무튼 나와 보시면 알겠지요. 그리고 물건을 찾을 때 인수증을 써야 하니까, 잊지 말고 도장을 지참하십시오. 아홉시까지 꼭 나오셔야 합니다. 니혼즈쓰미 지서입니다. 아사쿠사 경찰서 관할인 니혼즈쓰미 지서, 아시겠죠? 그럼, 안녕히 계십시오.」

형사는 제 말만 늘어놓고 돌아갔다. 도선생도 그 뒤를 따라갔다. 손을 꺼낼 수 없어 문을 닫을 수 없으니, 열어 놓은 채 그대로 가버렸다. 주인은 겁은 나면서도 그 점은 불만스러운지 부루퉁한 표정으로 문을 탁 닫았다.

「하하하하. 자네 형사를 무척이나 존경하는 모양이네그려. 평소에도 그렇게 공손한 태도를 취하면 얼마나 좋은가. 그런데 경찰에게만 그렇게 쩔쩔매니, 안 될 일이지.」

「알려 주려고 일부러 왔다지 않은가.」

「그래 봐야 그게 직업 아닌가. 당연한 일이라 여기면 그만인 것을.」

「예사 직업이 아닌 걸 어쩌나.」

「물론 예사 직업이 아니지. 예사 직업보다 훨씬 못한, 탐정이라는 아니꼬운 직업이지.」

「자네 그런 말 했다가, 언젠가는 된통 당할 거야.」

「하하하하. 그렇다면 형사 험담은 그만하지. 하지만 형사를 존경하는 것은 그렇다 치고, 도선생을 존경하는 것은 또 뭔가? 내 얼마나 놀랍던지.」

「누가 도선생을 존경했다고 그러나.」

「자네가 그랬지.」

「내가 도선생과 무슨 친분이 있다고.」

「있다마다. 자네 도선생에게 공손하게 인사까지 하지 않았나.」

「언제?」

「방금 전에 허리 굽혀 절하지 않았느냐 말이야.」

「무슨 헛소리. 그건 형사였잖나.」

「형사가 그런 차림을 하겠나?」

「형사니까 그런 차림을 한 거겠지.」

「거참, 고집스럽군.」

「자네야말로 그 고집, 그만 부리게.」

「그리고, 형사라는 사람이 남의 집에 와서 그렇게 소맷부리에 두 손을 가리고 마냥 서 있기만 하겠는가?」

「형사라고 그러지 말라는 법은 없지.」

「그렇게 우겨 대니 할 말이 없네그려. 그래도 그 사람, 자네가 인사를 하는 내내 멀뚱멀뚱 서 있기만 했다고.」

「형사니까 그럴 수도 있는 거지.」

「하여간 자신만만하군. 아무리 말해도 듣지를 않으니.」

「자네 말을 들어서 뭐하겠나. 자네는 입으로만 도선생 도선생 하는데, 도선생이 들어오는 것을 본 건 아니지 않나. 혼자서 그리 생각하고 고집을 피우는 거지.」

메이테이 선생은 도무지 구제할 수 없는 남자라 여기고 포기했는지 그답지 않게 입을 꾹 다물고 말았다. 주인은 오랜만에 메이테이 선생을 납작하게 만들었다는 생각에 우쭐해 있다. 메이테이 선생 입장에서는 고집을 부리는 만큼 주인의 가치가 떨어지는데, 주인은 고집을 부린 만큼 메이테이 선생보다 대단해진다 여긴다. 세상에는 이렇게 불합리한 일이 더러 있다. 끝까지 고집을 부려 이겼다고 생각하는 동안 당사자의 인간으로서의 가치는 뚝 떨어진다. 고집을 부린 당사자는 죽을 때까지 자기 체면을 세웠다고만 생각할 뿐, 남들이 자신을 경멸하여 상대조차 해주지 않을 것이란 생각은 꿈에도 하지 못하니, 참으로 신기한 일이다. 참으로 행복한 사람이다. 이런 사람을 행복한 돼지라고 한다고 한다.

「그건 그렇고. 그래 내일, 갈 생각인가?」

「가다마다. 9시까지 오라고 하니, 8시에는 나가야겠지.」

「학교는 어쩌고?」

「학교 따위야 쉬면 그만이지.」

내던지듯 말하는 기세가 과연 의기양양하다.

「기세등등하네그려. 쉬어도 괜찮은 건가?」

「괜찮고말고. 우리 학교는 월급제이니, 하루 쉰다고 월급이 깎일 염려는 없지. 걱정 말게.」

주인은 그만 실토하고 말았다. 그런 계산은 빠르지만, 참 단순하기 짝이 없다.

「자네, 가는 건 좋은데 길은 아나?」

「알아서 뭐하게. 인력거 타고 가면 되는데.」

주인은 또 호기를 부린다.

「하기야 우리 큰아버님 못지않은 도쿄 전문가이신데, 내가 두 손을 들어야지.」

「얼마든지.」

「하하하. 자네 니혼즈쓰미 지서가 얼마나 대단한 곳에 있는지 아나? 바로 요시와라에 있다고.」

「뭐라?」

「요시와라.」

「그 유곽이 있는 요시와라 말인가?」

「그렇지. 요시와라 하면 도쿄에는 딱 한 군데밖에 없으니까. 어때? 그래도 가볼 텐가?」

메이테이 선생 또 싱글거리며 놀리기 시작한다.

주인은 요시와라란 말을 듣고는 〈그것참〉 하면서 잠시 머뭇거리는 듯하더니, 이내 마음을 바꿔 말했다.

「요시와라든 유곽이든, 한번 간다고 한 이상은 가봐야지.」

주인은 공연히 힘주어 말했다. 이런 일에 고집을 피우니, 어리석다고 하는 것이다.

「그거 재미있게 되었군. 잘 보고 오게나.」

메이테이 선생은 그렇게만 말하고는 달리 말이 없었다. 한바탕 파란을 몰고 왔던 형사 사건은 이렇게 일단락되었다. 메이테이 선생은 그 후에도 온갖 쓸데없는 말을 늘어놓고는, 저녁때가 되자 너무 늦으면 큰아버지에게 혼이 난다면서 돌아갔다.

메이테이 선생이 돌아간 후, 주인은 대충 저녁을 먹고 다시 서재에 틀어박힌 다음 팔짱을 끼고서 다음과 같은 생각에 잠겼다.

메이테이의 얘기를 듣자 하니, 내가 큰 감명을 받고 본받으려 한 야기 도쿠센 군도 본받기에는 부족한 인간인 듯하다. 뿐만 아니라, 그가 주장하는 설은 상식에도 어긋나니, 메이테이 말에 따르면 다소 정신병적 계통에 속한다. 더구나 그는 번듯한 미치광이 졸개를 둘이나 거느린 바 있다. 매우 위험하다. 자칫 접근했다가 같은 계통에 끌려들어 갈 수도 있다.

내가 그 문장을 보고 감탄한 나머지 이 사람이야말로 대단한 식견을 지닌 큰 인물이라고 착각했던 덴도 고헤이, 즉 다치마치 로바이도 완벽한 미치광이에 현재 스가모 병원에 기거하고 있다고 하지 않은가. 메이테이의 말이 만에 하나 허풍이거나 농담이더라도, 그가 정신 병원에서 명성을 드날리고 있으며, 천도의 화신을 자처하고 있다는 것은 아마 사실일 것이다. 이런 나 역시 어쩌면 정신이 좀 어떻게 된 것인지도 모르겠다. 유유상종이라는 말도 있듯이, 끼리끼리 논다고 하지 않는가. 미치광이의 말에 그렇게 감탄한 것을 보면, 아니 적어도 그 문장과 언사에 공감한 것을 보면 나도 미치광이와 인연이 적지 않은 사람일 것이다. 같은 틀로 주조되지는 않았을지언정 미치광이와 처마를 나란히 하고 이웃해 살았다면, 나도 모르게 벽 하나쯤 뚫고서 그리로 건너가 무릎을 맞대고 담소했을지도 모를 일이다.

그렇다면 정말 큰일이다. 아닌 게 아니라 생각해 보니, 얼마 전부터 내 뇌의 작용이 나도 놀랄 정도로 기기묘묘했다. 뇌수 10분의 1의 화학적 변화야 그렇다 치자. 사람이란 의지의 작용으로 행위하고 말하기 마련인데, 요즘 내 행동과 말에는 중용을 잃은 부분이 많다. 혀에서 맑은 물이 샘솟는 것은 아니고 겨드랑이에서 시원한 바람이 부는 것도 아니니 혀와 겨드랑이에는 별 이상이 없으나, 잇몸에서는 미친 냄새가 나고 근육에서는 그 맛이 느껴지니 어찌하면 좋단 말인가.

드디어 내가 미쳐 가는 것인가. 아니 벌써 번듯한 환자가 되었는지도 모를 일이다. 요행히 아직은 사람을 해하지 않고 세상에 걸림돌이 될 만한 일을 저지르지 않았기에 동네에서 쫓겨나지 않고 그나마 도쿄 시민으로 살아가고 있는 것은 아닐까. 소극적이고 적극적이고를 따질 때가 아니다. 우선은 맥박을 재어 봐야겠다. 그런데 맥박에는 별 이상이 없는 듯하다. 머리는? 머리도 그다지 뜨겁지 않은데. 하나 왠지 걱정스럽다.

이런 나와 미치광이를 비교하면서 그 비슷한 점만 꼽고 있다가는 절대 미치광이의 범주에서 벗어날 것 같지 않다. 방법이 틀렸다. 미치광이를 기준 삼아 나를 그쪽에 갖다 붙여 해석하니까 결론이 나지 않는 것이다. 정상적인 사람과 나를 나란히 놓고 생각하면 어쩌면 정반대 결과가 나올지도 모른다.

그렇다면 우선 가까운 데서부터 시작하자.

첫째, 오늘 온 연미복 큰아버님은 어떤가?

마음을 어디에 둘 것인가……. 그 노인네도 좀 수상하다.

둘째, 간게쓰 군은 어떤가?

도시락까지 싸 들고 다니면서 아침부터 밤까지 유리 공만 갈고 있다. 비슷한 족속이다.

셋째, 메이테이?

그 작자는 장난만 치며 까불거리는 것을 천직으로 여기고 있다. 명랑한 미치광이다.

넷째는? 가네다의 아내다.

그 그악하고 지독한 품성은 상식에서 벗어나 있다. 완전한 미치광이다.

다섯째는, 가네다 차례다.

가네다는 직접 본 적은 없지만 그런 마누라를 받들어 모시면서 금슬 좋게 살고 있는 것을 보면 비범한 사람이라 해야 할 것이다. 비범이란 미치광이의 다른 이름이니까, 가네다 역시 같은 족속이라 판단해도 무방할 것이다.

그다음은? 아직도 많다.

그다음은 낙운관의 군자들이다. 나이로 따지자면 아직 어린 싹이지만, 미쳤다는 점에서는 당대를 풍미할 대단한 호걸들이다.

이렇게 하나하나 따지고 보니 다들 비슷한 족속이다. 왠지 안심이 된다. 어쩌면 이 사회는 미치광이들의 집합소인지도 모르겠다. 미치광이들이 세포처럼 모여들어 서로에게 으르렁거리며 우격다짐을 하고, 물고 뜯고 싸우고, 욕하고, 빼앗으면서 쓰러졌다가는 다시 일어나고, 일어섰다가는 쓰러지기를 반복하며 사는 단체를 사회라고 하는지도 모르겠다. 그 세포들 가운데 다소 세상 이치를 알고 분별력이 있는 자는 오히려 걸림돌이 되니까 정신 병원이란 곳을 만들어 가두고 못 나오게 하는 것은 아닐까? 그렇다면 정신 병원에 갇혀 있는 사람이 정상적인 인간이고, 병원 밖에서 난동을 부리는 자들이 오히려 미치광이다. 미치광이도 고립되어 있는 한 미치광이 취급을 받을 수밖에 없지만, 단체를 이루어 세력이 생기기 시작하면 정상적인 인간으로 돌변할 수도 있다. 미치광이도 중증인 자들이 돈과 권력을 남용하여 대다수 경미한 미치광이들을 혹독하게 부린다. 그러면서 세인에게는 훌륭한 사람이란 찬사를 받는 예가 적지 않다. 아, 뭐가 뭔지 도통 모르겠다.

이상은 그날 밤, 주인이 홀로 외로이 한 가닥 등불 아래서 심사숙고했을 때의 심리 작용을 있는 그대로 묘사한 것이다. 그의 두뇌가 얼마나 흐리멍덩한지는 이 글에도 명료하게 드러나 있다. 그는 카이저를 흉내 낸 팔자수염을 기르고는 있으나, 미치광이와 정상인조차 제대로 구별하지 못하는 얼간이이다. 뿐만 아니라 그는 애써 제기한 이 문제로 자신의 사고력과 분투했음에도 어떠한 결론도 내리지 못한 채 그만두고 말았다. 무슨 일이든 철저하게 끝까지 생각할 만한 두뇌를 갖고 있지 않은 것이다.

그가 내린 결론은 그의 콧구멍에서 피어오르는 담배 연기처럼 막연하고 갈피를 잡을 수 없으니, 그 사실만이 그의 논의에서 기억할 만한 유일한 특색이다.

나는 고양이이다. 고양이 주제에 주인의 심중을 어떻게 이렇듯 정밀하게 기술할 수 있느냐고 의문을 품는 자도 있을지 모르겠다. 하지만 이까짓 일쯤 고양이에게는 아무것도 아니다. 나는 이래 봬도 독심술을 터득한 고양이이다. 언제 터득했느냐고? 그런 불필요한 질문은 하지 않는 것이 좋다. 아무튼 알고 있다. 나는 인간의 무릎에 올라앉아 꾸벅꾸벅 졸다가 내 부드러운 털을 인간의 배에 대고 살며시 비빈다. 그러면 찌르르 전기가 통하면서 그의 심중에 들어 있는 생각들이 내 마음의 눈에 속속들이 비친다. 손바닥에 놓고 들여다볼 수 있을 정도로 말이다. 얼마 전에는 주인이 내 머리를 살살 쓰다듬다가 갑자기 말도 안 되는 엉뚱한 생각을 하는 것을 금방 알아차린 탓에 등골이 서늘해진 적도 있다. 주인은 이 고양이의 껍질을 벗겨서 조끼를 만들면 따뜻하고 참 좋을 텐데, 하고 생각했던 것이다. 끔찍한 일이다.

이런 사연으로, 그날 밤, 주인의 머릿속을 어지러이 오간 생각을 여러분에게 보고할 수 있게 된 것을 영광스럽게 여기는 바이다. 주인은 〈아, 뭐가 뭔지 도통 모르겠다〉고 생각하고는 그대로 쿨쿨 잠이 들고 말았다. 내일 아침이 되면 아마 무슨 생각을 했는지조차 까맣게 잊고 말 것이다. 그러니 앞으로 미치광이에 대해 생각할 일이 생기면, 우리 주인은 처음부터 다시 생각해야 할 것이다. 그때 그가 과연 지금까지 보고한 과정을 거쳐 〈아, 뭐가 뭔지 도통 모르겠다〉는 결론에 도달할지 어떨지는 알 수 없다. 다만 몇 번을 다시 생각하고, 어떤 과정을 어떻게 거치든 끝내는 〈아, 뭐가 뭔지 도통 모르겠다〉는 결론에 도달할 것은 분명하다.

10

「여보, 벌써 7시예요.」

장지문 밖에서 안주인이 말을 건넸다. 주인은 아직도 자고 있는 것인지 눈은 뜨고 있는 것인지, 모로 누워 대답이 없다. 대답을 하지 않는 것은 이 사내의 버릇이다. 뭐라고 반드시 대답을 해야 할 때는 〈응〉이라고만 대꾸한다. 이 〈응〉도 어지간한 일로는 들을 수가 없다. 대답하기를 귀찮아할 정도로 무뚝뚝한 인간도 그런대로 나름의 멋이 있기는 하나, 그런 인간치고 여자의 사랑을 받았다는 얘기는 내 들어 본 적이 없다. 현재 같이 살고 있는 안주인조차 주인을 애틋하게 여기지 않는 듯하니, 나머지 여자들은 말할 나위 없다고 미루어 짐작한들 별 문제 없을 것이다. 〈부모 형제가 저버린 사람을 생판 남남인 절세 미녀가 좋아할 리가 없으니〉[1]라는 노래도 있듯이 마누라에게도 사랑받지 못하는 남자를 세상의 일반 숙녀가 좋아라 할 리가 없다. 이 자리에서 굳이 우리 주인이 여자들에게 별 인기가 없다는 사실을 폭로할 필요는 없으나, 본인이 터무니없는 착각을 해서 나이 탓에 마누라에게 사랑받지 못하는 것이라고 이유를 붙여 대면 미망의 씨앗이 될 듯하니, 주인의 자각에 일조하려는 친절한 마음에서

1 조루리의 일종인 도키와즈「가쿠베」에 나오는 노랫가락.

조금 덧붙였을 뿐이다.

깨워 달라고 한 시각에 그 시간이 되었노라 일깨웠는데도 상대가 그 주의를 무시하는 이상, 상대가 모로 누운 채 〈응〉이란 대꾸조차 안 하는 이상 잘못은 남편에게 있지 아내에게 있지 않다고 판단한 안주인은 늦어도 나는 모른다는 식으로 빗자루와 먼지떨이를 메고 서재 쪽으로 가버렸다.

아니나 다를까, 잠시 후 타닥 탁탁 온 서재 안을 털어 대는 소리가 들리는 것을 보니 청소를 시작한 모양이다. 대관절 청소의 목적은 어디에 있는가? 운동 삼아 하는 것인지 놀이 삼아 하는 것인지, 청소할 의무가 없는 내가 관여할 바가 아니니 그저 모르는 척하고 있으면 그만이지만, 이 집 안주인의 청소법에는 아무런 의미가 없다고 하지 않을 수 없다. 어째서 의미가 없느냐 하면, 이 집 안주인은 오로지 청소를 위한 청소를 하기 때문이다. 먼지떨이로 장지문을 한 차례 털어 낸다. 그리고 빗자루로 다다미 위를 쓸어 낸다. 그러고는 청소가 끝났다고 여긴다. 청소를 하는 이유와 결과에 대해서는 티끌만큼도 책임을 지지 않는다. 때문에 깨끗한 곳은 언제나 깨끗하지만 쓰레기가 있는 곳, 먼지가 쌓여 있는 곳에는 언제나 쓰레기가 있고 먼지가 쌓여 있다.

〈고삭지희양(告朔之餼羊)〉[2]이라는 말도 있으니, 그나마 하지 않는 것보다는 나을지도 모르겠다. 하지만 해봐야 주인에게는 별 좋을 것이 없다. 없는데도 수고스럽게 하루도 빠뜨리지 않고 하는 것이 이 집 안주인의 대단한 점이다.

안주인에게 청소란 오랜 세월에 거쳐 형성된 습관이다. 그래서 안주인 하면 청소라고 기계적으로 연상될 만큼 굳건하게 결부되어 있음에도, 청소의 내실(內實)은 안주인이 태어나기 이전, 혹은 빗자루와 먼지떨이가 발명되기 전의 먼 옛날에서 지금까지 조금도 좋아지지 않았다. 생각해 보건대 양자의 관계는 형식 논

2 『논어』에 나오는 공자의 말로 〈지금은 쓸모없는 허례라 해도 해가 없는 한 폐지하지 않고 남겨 두는 것이 중요하다〉는 뜻.

리학의 한 명제인 명사(名辭)처럼 그 내용 여부에 상관없이 결합된 것인 듯하다.

나는 우리 주인과 달리 원래가 일찍 일어나는 터라, 이때 이미 배가 고파 죽을 지경이었다. 식구들조차 아직 밥상머리에 앉지 않았는데 고양이 신분에 아침밥을 먼저 먹을 수는 없다. 하나 혹시 김이 모락모락 오르는 국물이 내 밥그릇에 담겨 맛있는 냄새를 풍기고 있지는 않을까 하고 생각하면 가만히 있을 수가 없으니, 이는 어쩔 수 없는 고양이의 천박함이다. 허망한 일을 허망한 일인 줄 알면서도 기대할 때는 머릿속으로 그 기대만을 상상하면서 꼼짝 않고 얌전히 있는 것이 상책이다. 한데 현실은 그렇지 않으니, 원하는 바와 실제가 일치하는지 안 하는지 기어코 확인해 보고 싶어진다. 실제로 해보면 실망할 게 뻔한 일조차, 그 실망을 현실로 받아들이기 전에는 인정할 수 없는 것이다.

나는 더는 참을 수 없어 부엌으로 기어 들어갔다. 그리고 우선 부뚜막 그늘에 가려 있는 내 밥그릇 안을 들여다보니 아니나 다를까, 어제 저녁때 싹 핥아먹은 그대로 창문으로 비치는 초가을 아련한 햇살에 소리 없이 빛나고 있었다. 하녀는 갓 지은 밥을 벌써 밥통에 퍼 담고 지금은 화덕에 올려놓은 솥 속을 휘휘 젓고 있다. 부뚜막에는 끓어 넘친 밥물 몇 줄기가 딱딱하게 말라붙어 있고, 그 가운데 몇 줄기는 마치 종이를 붙여 놓은 것 같다. 밥도 국도 다 되었으니, 인심을 베풀어도 좋을 만한데 하고 생각했다. 이런 때는 점잔을 떨고 있어 봐야 소용없다. 가령 내 소원대로 되지 않는다 해도 별 손해는 없으니 과감하게 아침밥을 달라고 졸라 볼 일이다. 아무리 빌붙어 사는 신세라도 배가 고픈 것은 어쩔 수 없다. 그렇게 마음먹고 나는 야옹야옹 마치 어리광을 피우듯, 간절하게 호소하듯, 또는 원망하듯 울어 보았다. 하나 하녀는 돌아볼 기색조차 보이지 않는다. 타고난 얼굴 꼴이 저렇듯 모가 났으니 인심이 사나운 것은 족히 알고 있지만, 그런데도 동정을 사게끔 야옹야옹 울어 대는 것이 내 수완이다. 이번에는 냐

옹냐옹 울어보았다. 그 울음소리가 내가 들어도, 고향을 멀리 떠난 나그네가 향수에 몸서리칠 만큼이나 비장하다.

하녀는 여전히 들은 척 만 척 돌아보지도 않는다. 혹시 귀가 먹었는지도 모르겠다. 귀가 먹었다면 하녀 노릇을 할 수 없을 테니, 어쩌면 고양이 소리만 못 듣는지도 모르겠다. 세상에는 색맹이란 것이 있는데, 본인은 완전한 시력을 갖고 있다 여겨도 의사는 시력 장애라고 한다니까, 하녀는 어쩌면 성맹(聲盲)이 아닌가 모르겠다.

성맹은 엄연한 청각 장애요 성맹인 사람은 불구다. 불구인 주제에 유난히 거들먹거린다. 밤중에는 볼일이 있으니 문을 열어 달라고 아무리 박박 긁어도 절대 열어 주지 않는다. 어쩌다 열어 주었나 싶으면 그다음에는 다시 열어 주지 않아 도로 들어갈 수가 없다. 여름이라도 밤이슬은 몸에 해롭고 서리는 더욱 그렇다. 처마 밑에서 날을 꼬박 새우며 아침 해가 돋기를 기다리는 심정이 얼마나 괴로운지 상상조차 못 할 것이다. 얼마 전에도 문을 닫고서 열어 주지 않아 발을 동동 구르고 있는데, 들개가 달려들어 하마터면 봉변을 당할 차에 요행히 창고 지붕으로 뛰어 올라가 밤새 부들부들 떨며 지낸 일이 있다. 이 같은 일은 모두 하녀의 몰인정한 성품에서 비롯된 불상사다.

그런 인간을 상대로 울어 봐야 무슨 반응이 있을 리 없으나, 급하면 관세음보살이요 물에 빠지면 지푸라기라도 잡는다고 하니 나 역시 웬만한 짓은 다 해보고 싶어진다. 세 번째에는 주의를 환기시키기 위해 이야옹이야옹 하고 복잡하게 울었다. 나로서는 베토벤의 교향곡에 버금가는 오묘한 소리라고 확신하는데 하녀에게는 별 감흥을 주지 못한 모양이다.

그때 하녀가 갑자기 몸을 구부리고 마루 널 하나를 번쩍 들어올리더니 밑에서 길쭉한 참숯 한 덩이를 꺼냈다. 그리고 그 길쭉한 녀석을 화덕 모퉁이에 대고 탁탁 치자, 세 쪽으로 부서지면서 부스러기가 튀어 사방이 까매졌다. 국에도 조금은 들어갔을 것이다. 하나 하녀는 그런 사소한 일에 전전긍긍하는 여자가 아니다. 하녀는 참숯 세 쪽을 아궁이에 쑥 밀어 넣느라 부심할 뿐 내 교향곡에는 관심조차 없는 듯하다. 맥이 빠진 나는 할 수 없이 다실 쪽으로 돌아가려고 욕실 옆을 지나가는데, 거기서는 또 딸 셋이 세수를 하느라 난리였다.

세수를 하기는 하는데 위로 두 딸은 유치원생이고 셋째 딸은 아직 언니 꽁무니도 못 쫓아가리만큼 어리고 작으니 얼굴을 제대로 씻을 리 없으며 마무리를 꼼꼼히 할 리가 없다. 그 어린것이 양동이에서 젖은 걸레를 꺼내 온 얼굴을 열심히 문대고 있다. 걸레로 얼굴을 씻다니 얼마나 께름칙할까 싶은데, 하기야 지진 때문에 집이 흔들릴 때마다 〈재밌쩌〉 하고 까르륵대는 아이이니 이 정도 일로 놀랄 것은 없다. 어쩌면 야기 도쿠센 군보다 깨달음이 한 수 위일 수도 있다.

맏딸은 과연 맏딸인 간큼 스스로 언니를 자처하는 탓에 양치질을 하던 그릇을 짤그랑 소리 나게 내던지고는 동생이 쥐고 있는 걸레를 빼앗으려 했다.

「아가야, 이건 걸레야.」

동생도 고집이 보통이 아니라 언니 말을 도통 들으려 하지 않는다.

「쬟어, 바부.」

동생이 걸레를 잡아당기면서 떼를 썼다. 이 〈바부〉란 말이 과연 어떤 뜻이며 어떤 어원에서 유래한 것인지는 아무도 모른다. 다만 이 셋째 딸이 떼를 부릴 때 간혹 사용하는 말일 뿐이다.

언니와 동생이 양쪽에서 잡고 걸레를 잡아당기니, 한가운데서 물이 뚝뚝 떨어져 동생의 발을 적셨다. 발만 젖으면 참을 수 있을 텐데 무릎까지 푹 젖고 말았다. 동생은 이래 봬도 겐로쿠를 입고 있다. 겐로쿠가 뭔가 하니, 중간 크기 무늬가 있는 옷이면 무엇이든 겐로쿠[3]라고 한다. 대체 누가 가르쳐 준 것인지 모르겠다.

「아가야, 겐로쿠가 젖잖아. 이제 그만해.」

언니가 제법 어른스럽게 말했다. 말은 그렇게 하지만, 바로 얼마 전까지 겐로쿠와 스고로쿠(雙六)를 헷갈리던 유식쟁이다.

겐로쿠라 하니 생각나는 것이 있어 말하는데, 이 맏딸 헷갈리는 말을 하는 데 명수다. 그래서 때로 사람을 당혹스럽게 하기도 하는데, 예를 들면 이렇다.

불이 났는데 불똥(히노코)이 날아온 게 아니라 버섯(기노코)이 날아왔다는 둥, 오차노미즈 여학교가 아니라 오차노미소[4] 여학교에 갔다는 둥, 에비스가 다이고쿠[5]가 아니라 다이도코[6]와 나란히 있다는 둥.

언젠가는 〈난 짚 가게 아이가 아니야〉라고 하기에 무슨 소리인가 싶어 되물어 따져 보니 셋집(우라다나)과 짚 가게(와라다나)를 혼동한 것이었다.

주인은 이런 말을 들을 때마다 허허 웃어넘기지만, 자신이 학교에서 영어를 가르칠 때는 이보다 더 우스꽝스러운 오류를 태연하게 저지르지 않을까 싶다.

아가야는 — 당사자는 아가야라고 하지 않고 늘 아가양이라고 한다 — 겐로쿠가 젖은 것을 보고는 〈겐도코가 차가〉라며 앙 하고 울음을 터뜨렸다. 겐로쿠가 차가우면 탈이 날 수도 있으니까, 하녀가 부엌에서 뛰어나와 걸레를 빼앗고는 옷을 닦아 주었다. 이렇게 시끌시끌 한바탕 소동이 일고 있는데, 둘째 순코는 뭘 하고 있는지 비교적 조용하다.

순코가 이쪽으로 등을 보인 채 선반에서 굴러떨어진 분가루 병 뚜껑을 열어서는 열심히 화장을 하고 있다. 병에 쿡 쑤셔 넣었던 손가락으로 콧대에 세로로 쓱 선을 긋자 하얀 선이 한 줄기

3 청일 전쟁 당시 풍속이 화려해지면서 유행하기 시작했고, 승전 분위기 속에서 널리 퍼졌다.

4 차 된장이라는 뜻.

5 에비스와 다이고쿠는 재물의 신.

6 부엌이라는 뜻.

생기면서 코가 어디에 있는지 다소 분명해졌다. 그다음 분가루가 잔뜩 묻은 손가락으로 볼을 비벼 대자, 이번에는 볼에 허연 덩어리가 생겼다. 이렇게 치장을 했는데 하녀가 들어와 아가야의 옷을 닦아 주고는 그 김에 순코의 얼굴까지 닦아 버렸다. 순코가 부루퉁해졌다.

나는 옆에서 이 광경을 구경하고는, 이제 주인이 일어났을까 하고 다실에서 안방으로 걸어가 안을 살펴보았다. 그런데 웬걸 주인의 머리통은 보이지 않고 대신 10문 반 정도 되는 넓적한 발 하나가 이부자락 밖으로 쑥 나와 있었다. 머리통을 내놓고 있으면 안주인이 깨워 댈 때 귀찮으니까 이렇게 이불을 푹 뒤집어쓴 모양이다. 정말이지 남생이 같은 사내다. 그때 서재 청소를 끝낸 안주인이 빗자루와 먼지떨이를 메고 걸어와, 조금 전처럼 장지문 앞에 섰다.

「안 일어날 거예요?」

그렇게 말을 건네고는 선 채로 머리통이 나와 있지 않은 이부자리를 잠시 쳐다보았다. 이번에도 아무 대답이 없다. 안주인이 방 안으로 두 걸음 정도 들어가 빗자루로 바닥을 탕 치면서 대답을 채근했다.

「당신, 안 일어날 거여요?」

주인은 벌써 잠은 깨었지만, 마누라의 습격에 대비하느라 미리 머리통과 함께 이불 속으로 피신한 것이다. 머리통만 내놓고 있지 않으면 봐줄까 하고 헛된 기대를 품고 누워 있는데, 좀처럼 봐줄 기미가 없다. 첫 번째 목소리는 문턱에서 났으니 조금은 거리가 있어 일단은 안심했는데, 바닥을 탕 치는 빗자루 소리는 1미터 안짝에서 난지라 움찔 놀라고 말았다. 목소리의 음량 역시 아까보다 배 이상으로 쩌렁쩌렁하게 이불 안까지 들렸으니, 이제는 틀렸다고 각오를 하고서 기어 들어가는 목소리로 대답했다.

「알았어.」

「9시까지 가야 하잖아요. 꾸물대면 늦어요.」

「그런 소리 안 해도 지금 일어나려고 했어.」

이불자락 밖으로 얼굴을 빠끔 내밀고 대답하는 꼴이 참으로 가관이다. 안주인은 늘 이런 수작에 당한 터라 방심할 수 없다. 이제 일어나겠지 하고 안심하고 있다 보면, 다시 잠들어 버리기 일쑤라 귀찮게 굴지 않을 수 없다.

「얼른 일어나요.」

일어난다고 하는데도 계속 일어나라고 하면 못마땅한 것이 당연하다. 우리 주인 같은 망나니는 더욱 그럴 것이다. 이때 주인이 머리까지 푹 뒤집어쓰고 있던 이불을 획 걷어 냈다. 커다란 두 눈을 번쩍 뜨고 있다.

「왜 이렇게 시끄러워. 일어난다고 했으면 그런 줄 알 것이지.」

「일어난다고 하고서 안 일어나는 사람이니까 그렇죠.」

「누가 언제 그런 거짓말을 했다고 그래.」

「늘 그렇죠.」

「거참, 실없는 소리.」

「누가 실없는지 모르겠네요.」

빗자루를 옆에 세워 들고 볼멘 표정으로 베갯머리에 서 있는 안주인의 모습이 용감무쌍하다. 이때, 인력거꾼네 얏 짱이 왕 하고 울음을 터뜨렸다. 인력거꾼네 얏 짱은 우리 주인이 화를 냈다 싶으면 우는 것이 맡은 바 사명이다. 인력거꾼네 마누라가 그렇게 명한 것이다. 그 집 마누라는 주인이 화를 낼 때마다 얏 짱을 울려 용돈 벌이라도 하는지 모르겠지만, 얏 짱 입장에서는 이만저만한 피해가 아니다. 엄마라는 사람이 이 모양이니 자칫하면 아침부터 밤까지 내내 울어야 할 수도 있다. 우리 주인도 이런 상황을 헤아려 다소 화를 참으면 얏 짱의 수명이 조금은 늘어날 터인데. 게다가 인력거꾼네 마누라도 아무리 가네다 군이 부탁을 했다지만 그렇듯 얼빠진 짓을 하는 것을 보면 덴도 고헤이 군 못지않은 얼간이라고 판정해도 무방할 것이다.

주인이 화를 낼 때마다 우는 정도면 그나마 여유가 있는데, 얏 짱은 가네다 군이 동네 불량배를 시켜 너구리라고 주인을 놀리게 할 때도 울어야 한다. 주인이 화를 낼지 말지 확실하지 않은데도 얏 짱은 틀림없이 화를 낼 것이라 예상하고 일찌감치 울음을 터뜨린다. 이런 지경이니 주인이 얏 짱인지 얏 짱이 주인인지 모호해진다. 덕분에 별 고생 없이 주인을 골탕 먹일 수 있다. 얏 짱에게 슬쩍 잔소리 한마디만 해도 주인의 뺨을 때린 꼴이 된다.

옛날 서양에서는 처형해야 할 범죄자가 국경 밖으로 도망쳐 잡을 수 없을 때는 인형을 만들어 범죄자 대신 화형에 처했다고 하는데, 가네다 군 가문에도 서양의 고사에 능통한 전략가가 있는지 참으로 그럴싸한 계략이다. 낙운관하며 인력거꾼네 마누라하며, 융통성이 없는 주인에게는 보나마나 짜증나는 상대일 것이다. 이 외에도 짜증거리는 얼마든지 있다. 아니 온 동네가 짜증스러울지도 모르겠으나, 지금 당장은 무관한 일이니 차차 소개하기로 하겠다.

아침부터 들리는 얏 짱의 울음소리에 주인은 어지간히 짜증이 났는지 벌떡 일어났다. 이렇게 되면 정신 수양이고 야기 도쿠센이고 아무 소용이 없다. 일어나면서 두 손으로 두피가 벗겨져라 머리통을 벅벅 긁는다. 한 달이나 쌓이고 쌓인 비듬이 목덜미와 잠옷 옷깃으로 후둑후둑 떨어지는 것이 그야말로 장관이다. 수염 꼴은 어떠한가 싶어 보니 그 또한 삐쭉삐쭉 서 있다. 놀라운 일이다. 주인은 화가 나 있는데 수염 저만 차분하게 있어서야 미안하다 여기는지, 저마다 짜증을 부리면서 사방팔방으로 제멋대로 솟아 있다. 이거야 정말 대단한 구경거리다. 어제는 거울 앞인지라 체면도 있고 해서 독일 황제 폐하 흉내를 내며 얌전하게 정렬하고 있던 것들이 하룻밤 자고 나니 훈련이고 뭐고 내 알 바가 아니라는 듯 원래 생긴 꼬라지로 돌아가고 말았다. 마치 밤새 수양한 주인의 정신이 다음 날 아침이면 언제 그랬냐는 양 말끔하게 사라지고 타고난 멧돼지 같은 본성이 전면으로 드러나는 것과 매한가지다. 이렇듯 버릇없는 수염을 지닌, 이렇듯 무질

서한 사내가 용케 지금까지 목이 잘리지 않고 선생 노릇을 하고 있다 생각하자, 비로소 일본이 넓다는 것이 실감이 난다. 넓으니까 가네다 군이나 가네다 군의 주구 같은 인간도 얼굴을 내놓고 살 수 있는 것이다. 그들이 인간으로 통용되는 동안은 주인도 목이 잘릴 이유가 없다고 확신하는 듯하다. 의심스러우면 스가모로 엽서를 띄워, 덴도 고헤이 씨에게 물어보면 금방 알 수 있는 일이다.

이때 주인은 요전에 소개한 흐리멍덩한 태고의 눈을 부릅뜨고 벽장문을 뚫어져라 쳐다보았다. 높이 약 2미터 정도의 벽장은 위아래 칸으로 나뉘어 각각 문이 두 짝이다. 아래 칸 벽장문은 이불 끝자락이 닿을락 말락 한 거리에 있으니 일어난 주인이 눈만 뜨고 있다면 저절로 보이는 위치에 있다. 그런데 무늬가 찍힌 종이가 군데군데 찢어져 내장이 고스란히 보인다. 내장에는 갖가지 종류가 있다. 어떤 것은 활판 인쇄요 어떤 것은 육필이다. 또 어떤 것은 뒤집어져 있고, 어떤 것은 거꾸로 서 있다. 주인은 그 갖가지 내장을 보고는 뭐라 쓰여 있는지 궁금해졌다. 방금 전까지 인력거꾼네 마누라를 붙잡아 소나무에 콧잔등이라도 짓이겨 주어야 속이 시원할 정도로 화가 나 있던 주인이 느닷없이 그 허섭스레기 같은 종이에 뭐라 쓰여 있는지 읽고 싶어 하는 것을 이상히 여길지 모르겠으나, 우리 주인 같은 양성(陽性) 신경증 환자에게는 흔히 있는 일이다. 우는 어린아이에게 모나카 한 개를 주면 웃는 것이나 다름없다.

옛날에 주인이 어느 사찰에서 자취하고 있을 때, 장지문 하나를 사이에 두고 비구니 대여섯 명과 함께 기거했다. 비구니란 원래 심술궂기로 정평이 나 있는 여자들인데, 한 비구니가 주인의 이런 성품을 꿰뚫어 보고는 밥 짓는 냄비를 두드리면서, 〈울다가 웃으면 똥구멍에 털 난대요〉 하고 리드미컬하게 노래를 불렀다고 한다. 주인은 그때부터 비구니를 혐오하게 되었다는데, 비구니는 싫다 쳐도 노래야 바른 노래다. 주인은 남보다 배는 웃고 울고 기뻐하고 슬퍼하지만 어떤 감정도 오래 계속되지는 않는다. 좋게 말하면 집착이 없어 마음이 쉬이 바뀐다고 할 수 있겠지만, 속된 말로 바꿔 말하면 속이 깊지 못해 얍삽한 데다 콧대만 유난히 높은 떼쟁이라 할 수 있다. 그런 떼쟁이다 보니, 싸움이라도 할 기세로 벌떡 일어나서는 갑자기 마음이 바뀌어 벽장문의 내장을 읽고 싶어 하는 것도 충분히 있을 수 있는 일이다.

처음 눈에 들어온 것은 거꾸로 선 이토 히로부미의 얼굴이다. 위를 보니 메이지 11년 9월 28일이라고 찍혀 있다. 조선 통감[7]의 얼굴이 이때부터 벌써 신문 지상에 나돌아 다녔던 모양이다. 통감의 그 시절 직분이 뭐였을까 싶어 읽히지 않는 글자를 억지로 읽어 보니 대장경(大藏卿)이라 쓰여 있다. 과연 대단한 직분이다. 아무리 거꾸로 서 있어도 대장경이다. 약간 왼쪽 옆을 보니 대장경이 모로 누워 낮잠을 자고 있다. 하기야 물구나무서기 자세로는 그리 오래 버틸 수 없다. 그 아래쪽에는 목판으로 찍은 〈그대〉란 커다란 두 글자가 보인다. 그다음도 보고 싶은데 아쉽게도 내장이 드러나 있지 않다. 그다음 줄은 〈빨리〉라는 두 글자만 보인다. 그 줄도 읽고 싶은데, 이렇다 할 실마리가 없다. 만약 주인이 경시청 탐정이라면, 남의 물건이라도 상관하지 않고 짝 찢어 냈을지도 모르겠다.

탐정이란 작자들은 고등 교육을 받지 못한 탓인지 사실을 밝혀내기 위해서라면 무슨 짓이든 하니, 한심하기 짝이 없는 노릇이다. 바라건대 조금은 조심과 배려라는 것을 알았으면 한다. 그렇지 못하면 사실을 밝혀낼 수 없도록 하는 것도 괜찮은 방법일 것이다. 듣자 하니, 그들은 없는 죄와 사실을 날조하여 무고한 시민에게 죄를 뒤집어씌우는 일도 한다지 않은가. 시민이 낸 세금으로 고용된 자들이 고용주를 죄인으로 만들다니, 이 또한 미치광이 짓이 아닐 수 없다.

7 이토 히로부미는 메이지 39년 즉 1906년에 조선 통감으로 취임했으므로 아주 오래전 신문을 장지문의 속지로 사용했다는 것을 알 수 있다.

그다음 시선을 옮겨 한가운데를 보니 오이타 현이 공중돌기를 하고 있다. 이토 히로부미가 물구나무서기를 하는 정도이니 오이타 현이 공중돌기를 한다 해서 새삼스러울 것도 없다. 주인은 거기까지 읽고서 불끈 쥔 두 주먹을 천장을 향해 높이 쳐들었다. 하품 준비를 하는 것이다.

그 하품이 또한 가관이다. 주인은 마치 고래 울음소리처럼 괴상한 소리를 내지르고는 슬금슬금 옷을 갈아입고 세수를 하러 욕실로 갔다. 안주인은 기다렸다는 듯이 이부자리를 개고 평소에 하던 것처럼 청소를 시작했다. 청소가 평소와 마찬가지인 것처럼 세수하는 주인의 모습 역시 10년을 하루같이 변함이 없다. 지난번에 소개했듯이 가르르가르르, 게르르게르르를 계속하고 있다. 그러고는 반듯하게 가르마를 내고 서양 수건을 어깨에 걸치고는 다실로 납시어 긴 화로 옆에 자리를 잡고 앉았다. 긴 화로라 하면 나뭇결이 유난히 고운 느티나무로 만들었거나 안쪽에 동을 입힌 고급스러운 화로를 연상하며, 갓 머리를 감은 여인네가 흑단을 두른 화로 테두리에 긴 곰방대를 톡톡 두드리는 장면을 상상하는 이가 없지 않을 텐데, 우리 구샤미 선생의 화로는 절대 그렇게 멋스러운 것이 아니다. 느티나무인지 벚나무인지 오동나무인지 문외한은 짐작도 할 수 없을 만큼 재료가 불분명하고 오래되고 낡은 데다, 긴 화로는 원래가 손질을 꼼꼼하게 해서 반짝반짝 광을 내는 것이 보통인데 걸레질을 한 적이 없으니 거무죽죽하고 영 볼품이 없다.

대체 이런 골동품을 어디서 사 왔을까 하지만, 산 기억이 없다. 그렇다면 누가 준 것인가 하니, 아무도 준 사람이 없다고 한다. 그렇다면 훔친 것인가 하고 캐물으니, 어쩨 대답이 애매모호하다.

옛날에 친척 가운데 한 노인장이 있었는데, 그 노인장이 죽었을 때 당분간 집을 좀 봐달라는 부탁을 받았다. 그러다 집을 한 채 마련해 노인장의 집을 떠나면서 제 것처럼 사용하던 화로를 별 생각 없이 갖고 왔다는 것이다. 손버릇이 좀 고약한 게 아닌가 싶다.

손버릇이 좋지 못하다 여길 수도 있으나, 이 정도는 세상에 왕왕 있는 일이다. 은행에 다니는 사람들은 매일 남의 돈을 만지다 보니 남의 돈이 자기 돈처럼 보인다고 한다. 관리는 국민의 심부름꾼이다. 일을 대신 시키기 위해 일정 권한을 위임한 대리인 같은 것이다. 그런데 위임받은 권력을 내세워 사무를 처리하다 보면 그것이 자신의 권력이며 국민 따위는 이에 참견할 하등의 이유가 없다는 식으로 착각하게 된다. 이런 사람들이 세상에 득시글한데 긴 화로 하나 가지고 주인에게 도둑놈 근성이 있다고 단정할 수는 없는 것이다. 만약 우리 주인에게 도둑놈 근성이 있다면 세상 모든 사람에게도 도둑놈 근성이 있는 셈이다.

긴 화로 옆에 떡하니 앉아 밥상과 마주한 주인을 중심으로 세 방향에 아까 걸레로 얼굴을 닦았던 아가야와 오차노미소 학교에 간다는 돈코와 분가루로 얼굴을 떡칠했던 순코가 빙 둘러앉아 아침을 먹고 있다. 주인은 이 세 딸을 고루 둘러보았다. 돈코는 서양 쇠로 만든 칼의 둥그스름한 날처럼 얼굴 윤곽이 동글동글하다. 순코는 동생인 만큼 제 언니를 약간 닮아, 역시 옻칠한 쟁반처럼 동그랗다. 그런데 아가야 혼자만 유독 얼굴이 길쭉하게 생겼다. 그것이 세로로 길쭉하면 그런 사람이 적지 않으니 유별나지 않을 텐데, 가로로 길쭉하다. 세월 따라 쉬이 변하는 것이 유행이라지만, 가로로 길쭉한 얼굴이 유행할 일은 없을 것이다.

제 자식이지만 주인은 그 얼굴들을 볼 때마다 생각한다. 이 아이들도 성장을 한다. 성장 정도가 아니라, 절간의 죽순이 대나무로 자라는 것처럼 하루가 다르게 쑥쑥 자라고 있다. 주인은 많이 자랐구나, 하고 생각할 때마다 뒤에서 누가 좇아오는 듯한 느낌에 오싹한다. 아무리 무심한 주인이라도 세 딸이 여자라는 것 정도는 알고 있다. 여자인 이상 어떻게든 시집을 보내야 한다는 것도 알고 있다. 알고만 있을 뿐 시집보낼 재간이 없다는 것도 자각하고 있다. 그래서 제 자식이면서도 벅차하는 것이다. 감당하지 못할 바에야 낳지 않았으면 좋았을 텐데, 그게 바로 인간이다. 인간의 정의(定義) 운운하자면 다른 말이 필요 없다. 그저 공연한 일을 만들어서 스스로 괴로워하는 존재라고 하면 충분하다.

아이들은 참 대단하다. 아비가 이렇듯 처분에 골머리를 썩이고 있는 줄은 꿈에도 모르는 채 신이 나서 밥을 먹고 있다. 그런데 도무지 아가야는 속수무책이다. 아가야의 나이 올해로 세 살, 밥을 먹을 때는 안주인이 그 나이에 맞게 작은 밥공기에 젓가락도 작은 것을 주는데 아가야는 절대 말을 듣지 않는다. 늘 언니의 밥공기와 젓가락을 빼앗아, 쥐기도 힘든 것을 억지로 쥐고 먹는다. 무능하고 재주 없는 소인배일수록 유독 설치기를 좋아하고 분수에 맞지 않는 관직에 오르려 애쓰는데, 그런 성품은 어린 시절에 이미 싹트는 법이다. 원인이 이렇듯 어린 시절에 조성되니, 절대 교육이나 훈도로 고칠 수 없다. 일찌감치 포기하는 것이 상책이다.

아가야는 언니에게 빼앗은 거대한 밥공기와 장대한 젓가락을 들고 제멋대로 휘두르고 있다. 제대로 사용할 수 없는 것을 무턱대고 사용하려 드니 자연 난폭해지지 않을 수 없다. 아가야는 우선 젓가락 두 짝을 한데 쥐고 밥공기를 푹 쑤셨다. 밥공기 안에는 밥이 8할 정도 담겨 있고 그 위로 된장국이 찰랑거리고 있었다. 젓가락의 힘이 전달되자 갑작스러운 습격에 지금까지 간신히 균형을 유지하고 있던 밥공기가 옆으로 30도 정도 기울었다. 동시에 된장국 국물이 가슴팍으로 줄줄 흘러내렸다. 아가야는 그 정도 일에는 꿈쩍도 하지 않는다. 아가야는 폭군이다. 그다음에는 젓가락을 밥공기에서 있는 힘껏 뽑아냈다. 동시에 조그만 입을 밥공기에 대고 튕겨 나온 밥알을 최대한 입에 밀어 넣었다. 입에 들어가지 못한 밥알은 누런 국물과 함께 아싸, 하고 소리까지 내지르며 콧잔등과 볼과 턱에 들러붙었다. 그러지도 못하고 다다미 위로 떨어진 밥알이 그 수를 헤아릴 수 없다. 정말이지 무식하게 먹는다.

그 유명한 가네다 군을 비롯해 천하의 세력가들에게 삼가 충언한다.

그대들이 타인을 대할 때, 아가야가 밥공기와 젓가락 다루듯 하면 그대들의 입에 들어가는 밥알은 극히 적을 것이니, 마구잡이로 뛰어들 것이 아니라 조심스럽게 뛰어들 일이다. 이는 세상사에 통달한 수완가에게도 걸맞은 일이 아니다.

언니 돈코는 자신의 젓가락과 밥공기를 아가야에게 약탈당해 격에 맞지 않는 작은 밥공기와 젓가락으로 참고 있는데, 아닌 게 아니라 너무 작아 한껏 담았나 싶어도 입을 쩍 벌리고 세 번 넘기면 밥공기가 비고 만다. 따라서 자꾸 밥통에 손이 간다. 벌써 네 공기를 먹어 치우고 이번이 다섯 공기째다. 돈코는 밥통 뚜껑을 열고 커다란 주걱을 꺼내더니, 잠시 바라보았다. 더 먹을까 말까 망설이는 듯한데, 이윽고 결심을 했는지 누룽지가 없는 쪽을 골라 한 주걱 덥석 퍼 올렸다. 거기까지는 별 탈 없었는데, 주걱을 뒤집어 밥공기에 밥을 꾹 눌러 담으려니 미처 담기지 못한 밥이 덩어리째 다다미 위로 굴러떨어졌다. 돈코는 놀라는 기색 하나 없이 떨어진 밥 덩어리를 조심조심 주웠다. 주워서 어쩌나 했더니, 모두 밥통에 도로 넣었다. 좀 지저분하지 않나 싶다.

아가야가 대활약을 시도하며 젓가락을 힘껏 뽑아냈을 때, 마침 돈코도 밥을 공기에 다 덜었다. 과연 언니는 언니다. 아가야의 너저분한 얼굴을 보다 못한 돈코가 말했다.

「어머, 아가야. 얼굴이 그게 뭐야. 온통 밥알투성이잖아.」

돈코는 얼른 아가야의 얼굴을 청소하기 시작한다. 우선은 콧잔등에 들러붙은 것을 떼어 낸다. 떼어 내서 버리나 했더니, 웬걸 제 입으로 쏙 집어넣는다. 기겁할 일이다. 그다음은 두 볼을 청소한다. 밥알이 떼 지어 붙어 있다. 세어 보면 양쪽 합해 스무 알은 될 것이다. 꼼꼼하게 한 알 한 알 떼어서는 제 입에 넣기를 여러 번, 언니는 드디어 동생 얼굴에 붙어 있는 밥알을 다 떼어 먹었다.

이때, 지금까지 소리 없이 단무지만 오물거리고 있던 순코가 막 덧 부운 된장국 속에서 뭉개진 고구마 한 조각을 꺼내더니 입에 쏙 던져 넣었다. 여러분도 알다시피 된장국에 넣어 끓인 뜨거운 고구마만큼 입 안에서 난동을 부리는 것도 없다. 어른도 주의하지 않으면 입 안이 덴 것처럼 화끈거린다. 하물며 순코처럼 아직 어려 경험이 없는 어린애는 당황하지 않을 수 없다. 순코는 〈으악!〉 하고 소리를 지르며 고구마를 밥상에 뱉어 냈다. 그 두세 조각이 무슨 바람인지 아가야 앞으로 쭉 미끄러지다가 마침 적당한 거리에 멈췄다. 안 그래도 고구마를 무척 좋아하는 아가야가 젓가락을 휙 내던지더니 손으로 집어 우적우적 먹어 버리고 말았다.

주인은 아까부터 이 야단법석을 구경하고 있으면서도 한마디 말 없이 자신의 밥을 먹고 자신의 국을 먹고, 이때는 한창 이쑤시개로 이를 쑤시는 중이었다. 주인은 딸들의 교육에 대해서는 절대적인 방임주의를 취하고 있는 듯하다. 머잖아 세 딸이 에비차 시키부(海老茶式部)[8]나 네즈미 시키부(鼠式部)[9]가 되어 셋이 약속이라도 한 듯 애인을 만들어 집을 나간다 한들, 아랑곳하지 않고 태연하게 자기 밥과 국을 먹을 사람이니 무능하기 짝이 없다.

하나 지금 세상에 유능하다는 사람을 보아하니, 거짓말로 사람을 꾀고, 재빠르게 처신해서 좋은 것을 골라 갖고, 허세를 부리며 남을 위협하고, 덫을 놓아 사람을 함정에 빠뜨리는 것 말고는 아는 것이 없는 듯하다. 중학교에 다니는 어린 소년들까지 그런 짓거리를 본받아, 그러지 않으면 말발이 서지 않을 것이라 착각하고서 부끄러워해야 마땅할 짓을 당당하게 하면서 자신들을 미래의 신사라 여기고 있다. 이런 자들은 유능한 사람이라 하지

8 1890년대 말 적갈색 치마를 입었던 여학생을 일컫는 유행어로 『겐지 이야기』의 저자 무라사키 시키부(紫式部)에 빗댄 말.

9 나쓰메 소세키 자신이 에비차 시키부에 빗대어 지어낸 말.

않는다. 불량배라고 한다. 나도 우리나라의 고양이이니 다소는 애국심이라는 것이 있다. 따라서 그런 사람들을 볼 때마다 한 대 갈겨 주고 싶다. 이런 자들이 한 사람이라도 늘어나면 그만큼 나라는 기운다. 이런 학생은 학교의 수치이며, 이런 국민은 나라의 치욕이다. 치욕인데도 왜 그리 득시글한지 알 수가 없다. 일본 사람은 고양이만큼의 기개도 없는 것이라 사료된다. 한심한 노릇이다. 이런 불량배들에 비하면 주인은 훨씬 고급한 인간이라고 해야 할 것이다. 무기력한 점이 고급하다. 무능한 점이 고급하다. 약삭빠르지 못한 점이 고급하다.

이렇듯 무능하게 아침 식사를 무사히 끝낸 주인은 양복으로 옷을 갈아입고 인력거를 타고서 니혼즈쓰미 지서로 출두하기에 이르렀다.

인력거의 문을 열면서 인력거꾼에게 물었다.

「니혼즈쓰미라는 곳을 아는가?」

인력거꾼은 헤헤헤 웃으면서 대답했다.

「유곽이 있는 요시와라 근방을 니혼즈쓰미라고 합죠.」

그렇게 유곽이 있는 곳이라 확인시켜 준 것이 다소 우스꽝스러웠다.

주인이 현관에서 웬일로 인력거를 타고 출타한 후, 안주인은 아침을 먹고서 아이들을 채근했다.

「애들아, 학교에 가야지. 이러다 늦겠구나.」

「오늘은 노는 날인데요.」

아이들은 딴청만 부릴 뿐 준비할 기색을 보이지 않는다.

「오늘이 무슨 노는 날이야. 얼른 준비해.」

안주인이 꾸짖듯이 언성을 높이는데도 언니는 꿈쩍하지 않는다.

「어제 선생님이 오늘은 쉬는 날이라고 그랬어요.」

안주인은 그제야 좀 이상하다 싶은지, 선반에서 달력을 꺼내 넘겨 본다. 빨간 글자가 틀림없는 휴일이다. 주인은 오늘이 휴일인 줄도 모르고 학교에 결근 신고서를 냈을 것이고 안주인도 그런 줄 모르고 신고서를 우편함에 넣었을 것이다. 다만 메이테이 선생이 몰랐을지, 알고서도 모르는 척했는지 그 점은 의문이다. 이 발견에 살짝 놀란 안주인은 반짇고리를 꺼내면서 아이들에게 말했다.

「그럼, 다 같이 얌전하게 놀아라.」

안주인은 평소에 하던 대로 바느질을 시작했다.

그 후 30분 동안은 집안이 평온해, 내가 재료 삼을 만한 사건이 벌어지지 않았다. 그런데 묘한 손님이 불쑥 찾아왔다. 열일고여덟 살쯤 된 여학생이다. 보라색 바지에 굽이 휜 구두를 신고, 머리는 주판알처럼 비죽 세운 그 여학생은 〈계세요〉란 말 한마디 없이 뒷문으로 쑥 들어왔다. 바로 주인의 조카인, 그 이름도 아리따운 유키에(雪江) 아가씨다. 유키에 양은 여학교에 다니는 학생이라는데, 간혹 일요일에 놀러 왔다가 삼촌과 말다툼을 하고는 돌아간다. 얼굴은 그 이름만 못해, 밖을 나다니다 보면 흔히 마주칠 수 있는 인상이다.

「숙모, 안녕하세요.」

유키에 양은 성큼성큼 다실로 들어가 반짇고리 옆에 앉았다.

「어머, 이른 아침부터…….」

「오늘 휴일이잖아요. 오전 중에 들르려고 8시 반쯤 집을 나와 서둘러 왔어요.」

「왜? 무슨 일 있어?」

「아니요. 오랫동안 격조했잖아요. 그래서 잠시 들른 거예요.」

「그럼 잠시랄 게 뭐 있어. 천천히 놀다 가. 삼촌도 곧 돌아올 테니까.」

「삼촌이 벌써 외출하셨어요? 웬일이에요.」

「응. 오늘 좀 별난 데 갔어. 경찰서, 별나지?」

「왜요? 무슨 일로요?」

「지난봄에 우리 집에 들어왔던 도둑이 잡혔대.」

「그래서 확인하러 간 거예요? 귀찮게.」

「그런 건 아니고, 도둑맞은 물건을 돌려받으러 가셨어. 어제 형사가 일부러 다녀갔거든. 물건 찾으러 오라고 말이야.」

「그럼 그렇지. 삼촌이 이렇게 일찍 집을 나설 일이 어디 있겠어요. 평소 같으면 아직 이불 속에 있을 시간인데.」

「그래. 네 삼촌만 한 늦잠꾸러기도 없을 테니까. 그런데도 깨우면 얼마나 화를 내는 줄 아니. 오늘 아침에도 일곱시까지는 꼭 깨우라고 해서 깨웠더니, 이불 속에 폭 파묻혀서 대꾸도 안 하는 거야 글쎄. 내가 걱정이 돼서 또 깨우니까, 이불자락 사이로 얼굴만 내밀고 뭐라고 중얼중얼하는 거야. 내 참 어이가 없어서.」

「왜 그렇게 잠이 많을까요? 보나마나 신경쇠약일 거예요.」

「신경쇠약?」

「삼촌은 툭하면 화를 내잖아요. 그래 가지고 선생 노릇을 어떻게 하나 몰라요.」

「학교에서는 점잖대.」

「그러니까 더 나쁘죠. 곤약 염라대왕[10]처럼.」

「왜?」

「왜는요. 곤약 염라대왕 같잖아요.」

「하기야 그냥 화만 내면 다행이게. 남이 오른쪽이라고 하면 왼쪽이라고 고집을 피우고, 왼쪽이라고 하면 오른쪽이라고 하고. 얼마나 고집이 센지 사람 말을 듣는 적이 없다니까.」

「맞아요. 청개구리 같다니까요. 삼촌은 그게 취미인가 봐요. 그러니까 뭘 시켜야 할 때는 반대로 말해 보세요. 그럼 말을 들을 거예요. 얼마 전에 우산을 사줄 때도, 내가 자꾸 됐다고 필요 없다고 하니까, 우산이 필요 없을 리 있겠느냐면서 금방 사주셨어요.」

「호호호, 제법이네. 나도 앞으로는 그래야겠구나.」

「그래요. 안 그러면 속모만 손해예요.」

10 집 안에서는 염라대왕처럼 무섭게 굴어도 집 밖에서는 곤약처럼 흐물흐물하다는 뜻의 비유.

「얼마 전에 보험사 직원이 와서, 꼭 보험에 들라고 권한 일이 있었어. 갖가지 이유를 설명하고, 이런저런 이익이 있다고 한 시간이나 설득을 했는데도 기어코 안 들더구나. 우린 모아 놓은 돈도 없는데 아이는 셋이나 있으니까, 그나마 보험이라도 들어 두면 마음이 든든할 텐데, 그런 건 안중에도 없어.」

「그래요. 무슨 일이 생길지 모르는데, 불안하죠.」

유키에 양은 열일고여덟 살 여학생답지 않게 살림꾼 같은 소리를 한다.

「그때 보험사 사람과 옥신각신하는 얘기를 뒤에서 듣다 보니까, 얼마나 기가 찬지 모르겠더구나. 보험이 필요한 것은 인정하겠다. 필요하니까 보험사도 있는 것일 테고. 하지만 죽지 않은 이상 보험에 들 필요가 없지 않느냐고 하는 거야, 글쎄.」

「삼촌이요?」

「그래. 그러니까 보험사 사람이, 그렇다 죽지 않으면 물론 보험은 필요 없다. 하지만 사람의 목숨이란 질긴 것 같으면서도 약한 것이어서, 언제 위험이 닥칠지 알 수 없다고 했어. 그러니까 삼촌이 뭐라고 한 줄 아니? 난 죽지 않기로 결심했다. 그런 당치도 않은 소리를 하는 거야.」

「아무리 결심을 했어도, 죽음은 피할 수 없죠. 나도 이번 시험에 반드시 붙을 생각이었는데, 낙제하고 말았는걸요.」

「보험사 사람도 그러더구나. 사람의 목숨은 자기 의지로 어떻게 할 수 있는 게 아니다. 죽지 않겠다고 결심해서 오래 살 수 있다면 아무도 죽지 않을 거라고 말이야.」

「그 사람 말이 지당하네요.」

「암, 지당하지. 그런데 그걸 몰라. 아니다 나는 절대 죽지 않는다. 맹세코 죽지 않는다고 고집을 부리는 거야.」

「저금은 좀 있어요?」

「있기는 뭐가. 자기가 죽은 후의 일은 조금도 생각지 않는 사람이라니까.」

「정말 걱정이네요. 왜 그럴까요? 이 집에 드나드는 사람들 중에도 삼촌 같은 사람은 한 명도 없잖아요.」

「없고말고. 삼촌 같은 사람이 어디 있겠니.」

「그럼 스즈키 아저씨에게 뭐라고 한마디해 달라고 부탁해 보세요. 온화한 분이니까 말하기도 쉬울 테고.」

「그런데 그 스즈키 씨가 우리 집에서는 평판이 나빠.」

「모든 게 다 거꾸로네요. 그럼, 그분은 어때요? 왜 아주 점잖은…….」

「야기 씨?」

「네.」

「야기 씨에게는 넌더리가 나 있는 것 같던데. 어제 메이테이 씨가 와서 험담을 늘어놓고 가서, 생각만큼은 효과가 없을 거야.」

「어때요. 그렇게 여유 있고 점잖은데. 얼마 전에 우리 학교에서 강연도 했는걸요.」

「야기 씨가?」

「네.」

「야기 씨가 조카네 학교 선생님이야?」

「그런 건 아니고요. 숙덕 부인회(淑德婦人會) 때, 초대 강연을 했어요.」

「재밌던?」

「음, 그렇게 재미있지는 않았어요. 그래도 그 선생님, 얼굴이 길쭉한 데다 신선처럼 수염까지 길렀잖아요. 그래서 다들 감격스러워하며 들었어요.」

「그래 무슨 얘기를 했는데?」

안주인이 그렇게 묻는데, 유키에 양의 목소리를 들은 세 아이가 툇마루 쪽에서 우당탕탕 다실로 달려왔다. 대나무 울타리 밖에 있는 공터에서 놀다 오는 모양이다.

「와, 유키에 언니가 왔네.」

위로 두 언니가 반가운 듯 소리를 질렀다.

「얘들아, 그렇게 호들갑 떨지 말고 여기 와서 얌전히 앉아. 언니가 지금 막 재미있는 얘기를 하려던 참이니까.」
안주인이 바느질감을 옆으로 밀치며 말했다.
「언니, 무슨 얘긴데? 난 얘기는 다 좋더라.」
돈코가 말했다.
「〈토끼와 너구리〉 이야기?」[11]
순코가 물었다.
「아가양도 이야기.」
막내가 두 언니 사이에서 몸을 내밀고 말했다. 다만 이 말은 이야기를 듣겠다는 것이 아니라 자기도 이야기를 하겠다는 뜻이다.
「아유, 우리 아가야도 얘기 할래?」
언니가 웃으며 말했다.
「아가야는 나중에 해. 유키에 언니 얘기가 끝난 다음에. 알았지?」
안주인이 그렇게 막내를 달래는데도 막내는 막무가내다.
「시러 시러, 바부.」
막내가 앙탈을 부렸다.
「그래 그래, 우리 아가야부터 해. 무슨 얘기 할 건데?」
유키에 양이 언니답게 한 발 물러났다.
「이찌, 아가야, 아가야, 어디 가니야.」
「어머 재밌어라. 그래서?」
「우린 노네 김매러 간다.」
「아유, 잘하네.」
「넌 오뭉 안 대.」
「오뭉이 아니고 오면이야.」
돈코가 끼어들었다.
「바부.」

11 친한 노부부에게 심술궂게 구는 너구리를 물리치는 토끼 이야기.

막내의 일갈에 돈코가 기가 죽었다. 그런데 얘기하는 도중에 끼어든 바람에 막내는 얘기를 까먹고 말았다.

「아가야, 그게 끝이야?」

유키에 양이 물었다.

「이찌, 나중에 방귀 뀌믄 안 돼. 뿌웅 뿡뿡.」

「호호호. 누가 그런 걸 가르쳐 줬니?」

「기요 언니가.」

「기요 언니가 못됐구나. 그런 거나 가르쳐 주고.」

안주인은 피식 웃으며 말하고는 다시 막내를 다독였다.

「자 이제 유키에 언니 차례지? 아가야도 얌전히 들어야 돼.」

그러자 그 대단한 폭군도 수긍하는지 잠시는 조용하게 입을 다물고 있었다.

「야기 선생님이 이런 얘기를 해주셨어.」

드디어 유키에 양이 얘기를 시작했다.

「옛날 어느 네거리에 돌로 된 지장보살이 있었대. 그런데 그곳이 마차와 인력거가 다니는 복잡한 길이었거든. 그러니까 그 보살이 그야말로 걸림돌이었던 거지. 그래서 마을 사람들이 많이 모여서 의논을 했어. 어떻게 하면 그 지장보살을 한쪽으로 옮겨 놓을 수 있을까 하고 말이야.」

「그거 정말 있었던 얘기야?」

「글쎄, 그런 말씀은 안 하셨는데. 아무튼, 그래서 의논을 하는데, 그 마을에서 가장 힘이 센 남자가 나서서, 문제없다, 내가 한번 옮겨 보겠다 하고 혼자 뚜벅뚜벅 네거리로 갔대. 그리고 소매를 걷어붙이고 땀을 뻘뻘 흘리면서 용을 썼지만, 꿈쩍도 하지 않더라는 거야.」

「보살님이 굉장히 무거웠나 보다.」

「그랬나 봐. 그래서 그 남자가 힘이 쭉 빠져서 집에 돌아가 누워 버렸어. 그래서 마을 사람들은 또 의논을 했지. 이번에는 마을에서 가장 영리한 남자가 나서서, 내게 맡겨라, 내가 단번에 옮기겠다고 했어. 남자는 찬합에 찹쌀떡을 잔뜩 담아 들고 지장보살 앞에 가서는, 〈나 잡으면 떡 하나 주지〉 하고 떡을 내보이면서 약을 올렸대. 지장보살도 먹고는 싶을 테니까, 찹쌀떡에 걸려들 줄 알았는데, 꿈쩍도 하지 않더라는 거야. 그래서 영리한 남자는 안 되겠다 하고 이번에는 표주박에 술을 담아서, 한 손에는 표주박을 들고 다른 한 손에는 술잔을 들고 지장보살 앞에 갔어. 그리고 〈마시고 싶지? 여기까지 오면 한 잔 주지〉 하고 세 시간을 놀려 댔지만, 결국은 끝까지 꿈쩍도 하지 않았대.」

「유키에 언니, 보살님은 배 안 고파?」

돈코가 물었다.

「아, 찹쌀떡 먹고 싶다.」

순코가 중얼거렸다.

「두 번 다 실패한 영리한 남자는 이번에는 가짜 돈을 잔뜩 만들어서, 돈을 팔락팔락 흔들면서 자 갖고 싶지, 여기까지 오면 한 장 주지, 하고 꾀었는데, 그 방법도 도무지 안 통했대. 정말 고집이 보통 아닌 지장보살님이었지.」

「정말 그렇구나. 삼촌하고 딱 닮았어.」

「네, 삼촌 얘기 하는 거 같네요. 그래서 영리한 남자도 결국은 포기하고 말았대. 그다음에는 허풍쟁이가 나서서, 내가 틀림없이 옮겨 놓을 테니 걱정 말라고 하면서, 돌멩이 한 개 옮기는 것처럼 호언장담을 했대.」

「그 허풍쟁이는 뭘 했는데?」

「들어 봐. 요기가 참 재미있는 데야. 처음에는 순사 옷을 입고 수염까지 붙이고 지장보살 앞에 나타나서, 움직이지 않으면 신상에 해로울 거다, 경찰에서 가만 놔두지 않을 거야, 하고 호통을 쳤다는 거야. 지금 세상에 누가 경찰을 무서워한다고.」

「그야 그렇지. 그래서 지장보살님이 움직였다니?」

「움직이긴요. 삼촌 같은데.」

「그래도 삼촌은 경찰 하면 오금을 못 펴는데.」

「어머 정말요? 그 얼굴을 하고서요? 그럼, 괜히 무서워할 거 없네요. 하지만 지장보살님은 역시 태연하게 움쩍도 하지 않았대. 그래서 허풍쟁이는 막 화를 내면서 순사 옷을 벗어던지고 수염도 쓰레기통에 던져 버리고, 이번에는 부자 차림을 하고 나타났대. 음 요즘 사람으로 치면, 이와사키 남작 같은 얼굴을 하고 말이야. 우습지?」

「이와사키 남작 같은 얼굴이 어떤 얼굴인데?」

「잔뜩 위엄을 부린 얼굴이겠지 뭐. 그러고서 아무 말도 하지 않고 그냥 지장보살 주위를 걸어 다녔다는 거야. 커다란 궐련을 피우면서.」

「지장보살님을 어떻게 하려고?」

「겁주려고 그런 거겠지.」

「마치 만담가의 말장난 같구나. 그래서 보살님이 겁을 먹었다던?」

「돌인데 무슨 겁을 먹겠어요. 그따위 속임수 대충하면 될 텐데, 이번에는 전하로 변장하고 왔대. 진짜 바보 같지?」

「저런, 그 시절에도 전하가 있었니?」

「있었나 보죠. 야기 선생님이 틀림없이 전하로 변장하고 왔다고 그러셨으니까. 허풍쟁이 주제에 전하로 변장하다니, 불손한 일이잖아요.」

「전하라니, 어떤 전하?」

「어떤 전하든 불손한 건 마찬가지죠.」

「하긴 그렇구나.」

「그런데 전하도 소용없었대요. 허풍쟁이도 더는 방법이 없어서, 이제 내 솜씨로는 지장보살님은 어떻게 할 수 없다고 두 손 두 발 다 들었대요.」

「그거 꼴좋게 되었구나.」

「네, 내친 김에 감옥에 보내 버렸으면 좋았을 텐데. 그래서 이도 저도 다 안 되니까 마을 사람들은 걱정을 하면서 또 의논을 했는데, 아무도 나서는 사람이 없어서 난감해졌대요.」

「그게 끝이야?」

「아니, 아직 안 끝났어. 마지막으로 돈을 주고 인력거꾼과 불량배들을 불러와 시끌벅적하게 떠들면서 지장보살님 주위를 돌게 했대. 지장보살님이 괴로워서 그 자리에 버티고 있을 수 없을 거라고 생각한 거지. 그래서 밤낮으로 번갈아 가면서 시끄럽게 굴었대.」

「이래저래 고생이로구나.」

「그런데도 소용이 없었대요. 지장보살님도 참 고집불통이죠.」

「그래서? 그다음에는?」

돈코가 열심히 물었다.

「매일을 그렇게 시끄럽게 떠들어 대는데도 효과가 없으니까, 마을사람들은 이제 넌덜머리를 내기 시작했는데 인력거꾼이나 불량배는 며칠을 그러든 일당을 받으니까 신이 나서 소란을 피웠다는 거야.」

「유키에 언니, 일당이 뭐야?」

순코가 물었다.

「일당이라는 건 돈을 말하는 거야.」

「돈 받아서 뭐 하는데?」

「돈 받아서 음. 호호호호, 순코는 이상한 걸 다 묻네. 그래서 숙모, 매일 밤낮으로 그렇게 야단법석을 떠는데, 동네에서 바보로 유명한 다케라는 사람이 나타나서 그 소동을 보고는, 왜 이렇게 시끄럽게 구는 것이냐, 지장보살 하나 움직이는 데 몇 년씩 걸리느냐고 하면서 참 한심하다고 했다는 거예요. 아무것도 모르고, 그래서 아무도 상대하지 않는 바보가 말이에요.」

「바보 주제에 대단하구나.」

「그래요, 대단하죠. 다들 다케가 하는 말을 듣고는, 밑져야 본전이니까 다케에게도 한번 시켜 보자고 하고서 다케에게 부탁을 했대요. 다케는 두말 없이 부탁을 받아들이고는, 그렇게 시끄럽게 굴면 방해가 되니까 다들 조용히 하라면서 인력거꾼과 불량배들을 물러나게 하고, 지장보살 앞으로 유유히 나아갔대요.」

「언니, 유유가 바보 다케 친구야?」

중요한 대목에서 돈코가 엉뚱한 질문을 하는 바람에 안주인과 유키에 양은 깔깔 웃고 말았다.

「아니, 친구가 아니고.」

「그럼 뭔데?」

「유유라는 것은. 뭐라고 말하면 좋을지 모르겠다.」

「유유가 뭐라고 말할지 모른다는 거야?」

「그게 아니고, 유유는.」

「응.」

「너, 다타라 산페이 아저씨 알지?」

「응. 참마 주셨어.」

「그 아저씨 같다는 거야.」

「다타라 아저씨가 유유야?」

「그렇다고 할 수 있지. 그래서 그 바보 다케가 지장보살 앞에 가서 팔짱을 낀 채로 이렇게 말했대. 지장보살님, 마을 사람들이 움직여 달라고 하니까 움직이세요. 그랬더니 지장보살이, 그래, 진작에 그렇다고 말을 할 것이지, 하면서 슬금슬금 움직이기 시작했다는 거야.」

「이상한 지장보살님이네.」

「그리고 이제부터가 강연이야.」

「아직도 있어?」

「응. 야기 선생님 얘기는 이런 내용이었어. 오늘 부인들이 모인 자리에서 제가 굳이 이런 얘기를 한 것은 다소 생각하는 바가 있어서입니다. 이렇게 말씀드리면 실례가 될 수도 있겠으나, 부인들은 무슨 일을 할 때 곧바로 빠른 길로 가지 않고 어써 멀고 복잡한 길로 돌아가는 폐단이 있습니다. 물론 부인들만 그런 것은 아니지요. 오늘날에는 남자 역시 문명의 폐해 때문에 다소 여성적이 된 탓에 괜한 수고와 품을 들이면서 이것이 옳은 방법이며 신사가 취해야 할 방침이라고 오해하는 경향이 강하지요. 하지만 이는 개화라는 망상에 갇힌 기형적인 사고라고밖에 할 수 없습니다. 그러니 부인들께서는 지금 말씀드린 옛이야기를 잘 기억하셨다가, 무슨 일이 생겼을 때, 바보 다케처럼 솔직하게 생각을 말해 일을 처리해 주셨으면 합니다. 여러분이 바보 다케가 될 수 있다면 부부간이나 고부간에 벌어지는 불미한 갈등의 3분의 1은 줄일 수 있을 것입니다. 인간은 다른 속셈이 있으면 있을수록, 그 속셈이 화근이 되어 불행을 낳는 법입니다. 많은 부인들이 남자보다 대체로 불행한 것은 이렇게 속셈이 너무 많기 때문이지요. 아무쪼록 바보 다케가 되십시오.」

「호오, 그래서 유키에는 바보 다케가 될 거야?」

「싫어요. 내가 왜 바보가 돼요. 가네다 댁의 도미코 씨는 무례하다면서 얼마나 화를 냈다고요.」

「가네다 댁의 도미코 씨라면, 저 건너 사는?」

「네. 그 하이칼라 아가씨요.」

「그 아가씨도 유키에하고 같은 학교 다녀?」

「아니요. 부인회 멤버라서 그냥 들으러 온 거예요. 어찌나 멋쟁이던지, 깜짝 놀랐어요.」

「인물도 아주 곱게 생겼다던데.」

「자랑할 정도는 아니고 그냥 보통이에요. 그렇게 화장을 하면 누구든 예뻐 보이잖아요.」

「하기야 유키에도 그 아가씨처럼 화장을 하면 두 배는 예뻐 보일 거야.」

「아이, 몰라요. 됐어요, 난 싫어요. 그래도, 도미코 씨는 아무리 돈이 많아도 그렇지, 너무 치장이 심해요.」

「치장이 심해도 돈은 많은 게 좋잖아.」

「그야 그렇지만. 도미코 씨야말로 조금은 바보 다케가 되는 게 좋을 거예요. 얼마나 거드름을 피우는지 몰라요. 얼마 전에도 모모 씨라는 시인이 자기에게 신체시집을 바쳤다고, 어찌나 자랑을 해대던지.」
「도후 씨 말이니?」
「어머나, 그분이 바쳤대요? 취미도 참 별나네요.」
「그런 소리 마. 도후 씨는 얼마나 심각한데. 당연한 일을 했다고 생각하고 있는걸.」
「그럼 사람이 있으니까 골치라니까요. 그리고 또 재미나는 일이 있어요. 얼마 전에 어떤 사람이 도미코 씨에게 연애편지를 보냈대요.」
「아유, 남세스러워라. 대체 누가 그런 짓을 했대?」
「누군지는 모른대요.」
「보낸 사람 이름이 없었대?」
「이름은 틀림없이 쓰여 있었는데, 누군지 들어 본 적도 없는 사람이래요. 그리고 그 편지가 얼마나 긴지, 글쎄 거의 2미터나 된대요. 이상한 소리가 잔뜩 쓰여 있었대요. 당신을 사모하는 내 마음은 마치 신자가 신을 숭배하는 마음 같다느니, 당신을 위해 이 몸 새끼양이 되어 제단에 몸 바칠 수 있다면 크나큰 영광이라느니, 심장은 세모꼴이고 그 세모꼴 한가운데 큐피드의 화살이 꽂혔으니 10점 만점이라느니…….」
「그게 정말이야?」
「정말이고말고요. 우리 친구 중에 세 명이 실제로 그 편지를 본걸요.」
「조심성이 없네. 무슨 자랑이라고 그런 걸 다 내보이고. 그 아가씨는 간게쓰 씨에게 시집갈 거라면서, 그 일이 세상에 알려지면 곤란할 텐데.」
「곤란하기는요, 잘만 자랑하고 다니던데. 다음에 간게쓰 씨가 오면 알려 주세요. 간게쓰 씨는 아무것도 모르고 있을 테니까.」
「글쎄. 그 사람은 학교에 가서 유리 공만 갈고 있다니까, 잘 모를 거야.」

「간게쓰 씨, 정말 도미코 씨와 결혼할 생각일까요? 딱한 일이네요.」

「왜? 돈이 많아서 무슨 일 생기면 힘도 되고 좋잖아.」

「숙모는 툭하면 돈 돈. 왜 그래요, 품위 없게. 돈보다 사랑이 훨씬 더 중요하잖아요. 사랑이 없으면 부부 관계도 성립하지 않는다고요.」

「그래? 그럼 조카는 어떤 사람에게 시집갈 건데?」

「그걸 제가 어찌 알겠어요. 아무것도 내세울 게 없는데.」

유키에 양과 안주인이 결혼에 대해 옥신각신하고 있자니, 아까부터 뭐가 뭔지 모르면서도 열심히 듣고 있던 돈코가 불쑥 입을 열었다.

「나도 시집가고 싶다.」

이 철없는 희망에 한창 청춘인 유키에 양은 공감할 법도 한데 잠시 얼빠진 표정을 지은 반면 안주인은 비교적 태연하게 웃으면서 물었다.

「어디로 갈 건데?」

「난, 사실은 쇼콘샤(招魂社)[12]로 가고 싶은데, 스이도 다리를 건너기는 싫으니까 어떻게 할까 생각 중이야.」

이런 명답에 안주인과 유키에 양은 하도 어이가 없어 뭐라 되묻지 못하고 자지러지게 웃었다. 그때, 순코가 이런 제안을 했다.

「언니도 쇼콘샤가 좋아? 나도 아주 좋아하는데. 우리 같이 쇼콘샤로 시집가자, 응? 싫어? 싫으면 됐고. 난 혼자서라도 인력거 타고 가버릴 거니까.」

「아가양도 가.」

마침내 막내까지 쇼콘샤로 시집을 가겠노라고 나섰다. 이렇게 셋이 나란히 쇼콘샤로 시집을 간다면 주인도 얼마나 흘가분할까 싶다.

12 야스쿠니 신사.

그때 덜거덕거리는 인력거 소리가 문 앞에서 멈췄다.

「어서 오세요.」

하녀의 우렁찬 목소리가 들렸다. 주인이 니혼즈쓰미 지서에서 돌아온 모양이다. 주인은 인력거꾼이 내미는 커다란 보자기 꾸러미를 하녀에게 받아 들라 하고 유유자적 다실로 들어왔다.

「어, 왔냐.」

주인은 유키에 양에게 인사를 건네면서 예의 긴 화로 옆에 손에 들고 있던 호리병같이 생긴 것을 툭 내던졌다. 〈같이 생겼다〉 함은 물론 진짜 호리병이 아니기 때문이다. 도자기는 맞는데 그렇다고 꽃병도 아니어서 할 수 없이 그렇게 부른 것이다.

「묘하게 생긴 병이네요. 이런 걸 경찰서에서 받아 오셨어요?」

유키에 양이 쓰러진 병을 세우면서 삼촌에게 물었다.

「어떠냐? 아주 잘생겼지?」

주인은 유키에 양의 얼굴을 보면서 그렇게 자랑했다.

「잘생겨요? 이게 뭐가 잘생긴 거예요? 왜 이런 기름병 같은 걸 가져오셨어요?」

「기름병이라니. 그렇게 무식하니 탈이지.」

「그럼 뭔데요?」

「꽃병이다.」

「꽃병치고는 주둥이는 너무 작고 몸통은 너무 불룩해요.」

「그게 바로 재미있는 점이지. 너도 참 풍류를 모르는구나. 숙모나 너나 다를 바가 없어. 딱한 사람들 같으니라고.」

주인은 혼자서 기름병을 쳐들고는 장지문 쪽을 향해 바라보았다.

「그래요, 전 풍류를 몰라요. 그러니까 경찰서에서 기름병이나 받아 오는 짓은 절대 안 하죠. 안 그래요 숙모?」

그런데 정작 숙모는 보자기를 풀어 도난품을 확인하느라 대답은 뒷전이다.

「어머나, 세상에. 도둑놈도 많이 발전했네. 깨끗하게 씻어서 손질까지 해놨어. 당신 이것 좀 봐요.」

「누가 기름병을 받아 왔다고 그래. 기다리기가 따분해서 근처를 어슬렁거리다 하나 건져 온 것인데. 너는 모를 것이다. 이래 봬도 진품이야.」

「그렇겠죠, 진품이고말고요. 그런데 어디를 어슬렁거렸다는 거예요?」

「그야 니혼즈쓰미 부근이지. 내 요시와라에도 들어가 보았다. 사람도 많고 아주 번잡한 곳이더구나. 너 그 철문[13] 본 적 있느냐? 물론 없겠지.」

「누가 보고 싶기나 하대요. 요시와라 같은 천한 창부들이나 있는 곳에 내가 왜 가요. 삼촌이야말로 학생들을 가르치는 선생의 신분으로 그런 곳엘 가다니 정말 놀랍네요. 안 그래요 숙모?」

「그래, 네 말이 옳다. 그런데 아무래도 좀 모자라는 것 같네. 여보, 다 받아 온 거 맞아요?」

「참마 말고는 다 받아 왔어. 아홉 시에 출두하라고 하더니 열한 시까지 기다리게 하는 법이 어디 있냐고, 그러니까 일본 경찰은 안 된다니까.」

「일본 경찰이 안 된다고 하면서 요시와라를 어슬렁거리다니요. 그건 더 나쁘죠. 그런 사실이 알려지면 해고감이에요. 그렇죠, 숙모?」

「그렇다마다. 여보, 그런데 내 허리띠 한쪽이 없어요. 어쩨 뭐가 없더라 했더니.」

「허리띠 한쪽 정도야 없으면 어때. 난 세 시간이나 기다리느라 반나절을 버렸다고.」

기모노로 옷을 갈아입은 주인은 화로에 기대어 느긋하게 기름병을 감상하고 있다. 안주인도 어쩔 수 없는 일이라고 포기했는지 주인이 받아 온 물건을 그대로 벽장에 집어넣고 돌아와 자

13 요시와라의 입구에 서 있는 무쇠로 만든 기둥 문.

리에 앉았다.

「숙모, 이 기름병이 진귀한 물건이래요. 그런데 왜 이렇게 지저분하죠?」

「세상에 그런 걸 요시와라에서 사 왔어요?」

「뭐가 세상에야. 잘 알지도 못하면서.」

「그런 병은 굳이 요시와라까지 가지 않아도, 아무 데나 다 있으니까 그렇죠.」

「있는 것 같아도 없다고. 좀처럼 볼 수 없는 물건이야.」

「삼촌, 지장보살이 따로 없네요.」

「또 그런 건방진 소리. 요즘 여학생들은 입이 걸어서 탈이라니까. 『온나다이가쿠(女大學)』[14]라도 읽고 좀 배워라.」

「삼촌은 보험도 싫어한다면서요? 여학생과 보험, 어느 쪽이 더 싫어요?」

「보험이 싫다는 게 아니야. 그건 필요한 거야. 미래를 생각하는 사람은 누구나 들지. 하지만 여학생은 무용지물이라고.」

「보험에도 들지 않은 삼촌이 무용지물이든 뭐든 무슨 상관이에요.」

「다음 달에 들 생각이다.」

「정말이에요, 당신?」

「정말이고말고.」

「새삼 보험을 왜 들게요. 보험 부을 돈으로 뭘 사는 게 낫지. 안 그래요 숙모?」

숙모는 싱글싱글 웃고 있다.

「너는 백 살이고 2백 살이고 살 수 있다 여기니 그런 태평한 소리를 하는 거지. 하지만 조금 더 커봐. 보험의 필요성을 절실하게 느끼게 될 거다. 다음 달에는 꼭 들 거야.」

「그래요? 그럼 할 수 없죠 뭐. 지난번처럼 우산을 사줄 돈이

14 여성이 갖추어야 할 행실과 마음가짐에 대한 교훈서.

있으면 보험에 드는 게 나을지도 모르겠네요. 나는 싫다고, 필요 없다고 하는데도 억지로 사줬잖아요.」

「그렇게 쓸 일이 없더냐?」

「그럼요. 난 우산 같은 거 갖고 싶지 않았어요.」

「그럼 돌려다오. 마침 돈코가 갖고 싶다 하니, 돈코에게 주면 되겠구나. 오늘 가져왔느냐?」

「어머나, 기가 막혀서. 너무하세요. 기껏 사줘 놓고는 다시 내놓으라고 하다니.」

「필요 없다니까 내놓으라는 것이지. 너무할 게 뭐 있어.」

「물론 필요 없기는 하지만, 그래도 너무해요.」

「그것 참 이상한 소리를 하는구나. 필요 없다니까 돌려 달라는데 뭐가 너무해.」

「그래도요.」

「그래도 뭐?」

「그래도 너무해요.」

「멍청하긴, 똑같은 소리만 되풀이하고 있잖느냐.」

「그건 삼촌도 마찬가지잖아요.」

「네가 똑같은 소리를 계속하고 있으니 어쩔 수 없지. 그리고 네 입으로 필요 없다고 했잖느냐.」

「그야 물론 그랬죠. 필요 없다고는 했지만, 돌려드리기는 싫어요.」

「허허 참. 무식한 데다 억지까지 부리는구나. 너희 학교에서는 논리학을 가르치지 않느냐.」

「됐어요. 어차피 난 무식하니까 삼촌 마음대로 떠드세요. 한 번 사줘 놓고는 도로 내놓으라고 하다니, 남도 그런 매정한 소리는 하지 않을 거예요. 바보 다케를 좀 본받으세요.」

「뭐를 본받으라고?」

「좀 진솔해 보시라는 얘기예요.」

「넌 멍청한 주제에 억지까지 심하구나. 그러니 낙제를 하는 거지.」

「낙제했다고 삼촌에게 학비 대달라고 하지는 않을 테니까.」

유키에 양은 급기야 감정이 북받치는지 울먹거리며 눈물 한 방울을 보라색 바지에 똑 떨어뜨렸다. 주인은 그 눈물이 어떤 심리 작용에서 비롯된 것인지 연구라도 하려는 양 바지 자락과 고개 숙인 유키에 양의 얼굴을 멍하니 쳐다보았다. 그때 하녀가 불그죽죽한 손을 문턱 너머에 가지런히 모으고 고했다.

「손님이 오셨는데요.」

「누가 왔지?」

「학교의 학생이랍니다.」

하녀는 우는 유키에 양의 얼굴을 곁눈질하며 대답했다. 주인이 손님방으로 건너갔다. 나 역시 얘깃거리도 얻고 인간 연구도 할 겸 주인을 따라 살금살금 툇마루로 돌아갔다. 인간을 연구하려면 파란이 많은 때를 잘 택해야지 안 그러면 이렇다 할 결과가 나오지 않는다. 평소에는 다 그렇고 그런 평범한 사람들뿐이라 보고 듣기에 별 재미가 없다. 그런데 막상 어떤 일이 닥치면 이 평범함이 갑자기 영묘하고 신비한 작용을 일으키면서 기이하고 유별나고 묘하고 이상한 것, 한마디로 훗날 우리 고양이들에게 큰 공부가 될 사건이 도처에서 불쑥불쑥 발생한다.

유키에 양의 눈물이야말로 그런 현상 가운데 하나라 할 수 있다. 안주인과 도란도란 얘기를 나눌 때는 그 정도인 줄 미처 몰랐다. 그런데 주인이 돌아와 기름병을 내던지자마자 유키에 양의 불가사의하고 예측할 수 없는 마음이 소방차가 죽은 용에게 물을 뿜어 대듯 벌컥 솟구치면서 심오하여 그 속을 헤아릴 수 없는 교묘하고 미묘하고 영묘한 기질을 아낌없이 발휘했다. 그런 기질은 천하의 여성에게 모두 공통된 것이다. 다만 아쉽게도 쉬이 나타나지 않는다. 아니 하루 스물네 시간 나타나기야 하지만, 이렇듯 현저하고 명료하고 무모하게 나타나지는 않는다. 다행히 사람의 심사를 박박 긁어 대는 괴팍하고 갸륵한 우리 주인 같은 사람이 있기에 이런 촌극도 구경할 수가 있는 것이다.

주인 꽁무니만 따라다니면 어떤 무대가 펼쳐지든 사람들은 절로 움직이는 배우가 된다. 이렇듯 재미있는 남자를 주인으로 모신 덕분에 짧은 고양이 목숨에 다양하고 많은 경험을 할 수 있으니 고마운 일이다. 이번에 온 손님은 또 어떤 사람일까.

방 한구석에 앉아 있는 꼴을 보아하니 나이는 열일고여덟 살, 유키에 양과 엇비슷한 학생이다. 속이 들여다보일 정도로 빡빡 깎은 머리통은 커다랗고 얼굴 한가운데에는 주먹코가 불끈 솟아 있다. 이렇다 할 특징은 없지만 두개골이 유난히 크다. 머리를 빡빡 깎았는데도 저리 크게 보이는데 주인처럼 기르면 얼마나 시선을 끌까 싶다. 예로부터 이런 머리가 유독 학문에 부진하다는 것이 우리 주인의 지론이다. 사실이 그럴지도 모르겠지만 언뜻 보기에는 나폴레옹 같은 장관이다. 옷은 학생들이 흔히 입는, 사쓰마산인지 구루메산인지 이요산인지 모르겠지만 아무튼 소매가 짤막한 감색 잔무늬 겹옷을 입고 있다. 그 아래 셔츠나 속옷은 입지 않은 듯하다. 맨살에 겹옷을 입거나 맨발로 다니는 것을 멋지다고들 하는 모양인데, 이 학생은 몹시 초라한 인상을 풍긴다. 특히 다다미 위에 도둑놈 같은 발자국을 세 개나 남긴 것은 전적으로 맨발의 책임이다. 그는 네 번째 자국 위에 답답해 보일 만큼 공손하게 무릎을 꿇고 앉아 있다. 마땅히 공손해야 할 사람이 얌전히 대령하고 있는 모습이야 딱히 신경 쓰일 것도 없는데, 머리통이 밤송이처럼 밋밋한 학생이 잔뜩 긴장하고 있는 모습은 왠지 조화롭지 못하다. 학생들이란 길거리에서 선생을 만나도 인사하지 않는 것을 자랑 삼을 정도로 불량한 자들인데, 남들처럼 30분을 앉아 있으려면 오금이 저릴 것이다. 그런데 태어나기를 겸손하고 덕이 많은 군자인 척 앉아 있으니, 당사자가 괴로운 것이야 어떻든 곁에서 보기에는 무척이나 우스꽝스럽다. 교실이나 운동장에서는 그렇게 시끌시끌한 학생이 웬일로 이렇듯 자제하고 있나 싶은 것이, 가여운 한편 우스꽝스러운 것이다.

어리석고 무심한 주인도 이렇게 학생 하나와 마주하고 있으니 그나마 조금은 무게가 있어 보인다. 주인도 아마 뿌듯할 것이다. 티끌 모아 태산이라는 말도 있듯이, 혼자서는 미미한 학생이라도 여럿이 모이면 얕볼 수 없는 단체가 되어 배척 운동이나 데모를 벌일 수도 있다. 이는 겁쟁이가 술을 마시면 대담해지는 것과 비슷한 현상일 것이다. 머릿수만 믿고 소동을 피우는 것은 군중 심리에 취한 나머지 제정신을 잃은 것이라 해도 무방하다. 그렇지 않다면 공손하다기보다 주눅이 들어 장지문에 몸을 딱 붙이고 있을 정도의 학생이 아무리 늙었어도 명색이 선생인 주인을 그렇게 쉽사리 경멸하고 무시할 수는 없었을 것이다.

「자, 깔고 앉지.」

주인은 방석을 학생 쪽으로 밀면서 말했다.

하나 밤송이 군은 〈아, 예〉라고 대답만 할 뿐 바짝 긴장한 채 움직이지 않는다. 바로 코앞에 너덜거리는 비단 방석이 앉으라 마라 말 한마디 없이 자리하고 있고, 그 뒤에 살아 있는 커다란 머리통이 멀거니 앉아 있다. 묘한 광경이다. 모름지기 방석이란 앉기 위해 있는 것이다. 쳐다만 보라고 안주인이 잡화점까지 가서 사 온 것이 아니다. 방석의 입장에서도 앉아 주지 않으면 명예 훼손이요, 이를 권한 주인 역시 체면이 서지 않는 일이다. 주인의 체면을 깎으면서까지 방석과 눈싸움만 하고 있는 밤송이 군이 그렇다고 방석 자체를 싫어하는 것은 아니다. 실은 태어나서 지금까지 할아버지 제사 때 말고는 정좌를 한 적이 없는지라 아까부터 다리가 저려 발가락이 비명을 지르고 있는 탓이다. 그런데도 방석에 앉지 않는다. 방석이 따분하게 기다리고 있는데도 깔지 않는다. 주인이 깔고 앉으라는데도 깔지 않는다. 꽤 고집스러운 밤송이다. 이 정도로 조심스러운 인간이라면 여럿이 모였을 때나 좀 더 조심할 것이지, 학교에서나 좀 더 조심할 것이지, 하숙집에서나 좀 더 조심할 것이지. 그러지 않아도 좋은 곳에서는 겸손을 떨고, 그래야 할 곳에서는 건방을 떤다. 오히려 행패를 부린다. 성깔이 더러운 밤송이다.

그때 뒤에 있는 장지문이 스르륵 열리면서 두 손으로 찻잔을 조심스레 받쳐 든 유키에 양이 들어와 학생 앞에 찻잔을 내려놓았다. 평소 같으면 〈와우, 새비지 티가 왔군요〉 하고 비아냥거릴 테지만, 주인 혼자만을 대하는 것도 부담스러운 차에 묘령의 아가씨가 학교에서 갓 배운 오가사와라류 예법[15]을 따라 잔뜩 멋을 부린 손놀림으로 찻잔을 내미니 학생은 더욱 난감해하는 표정이다. 유키에 양은 장지문을 닫으면서 생글생글 웃었다. 그러고 보면 여자란 같은 나이라도 참 대단하다. 까까머리 학생에 비하면 대담무쌍하다. 방금 전 무념의 눈물을 뚝뚝 흘린 터라 생글생글 웃는 모습이 더욱 눈에 띄었다.

유키에 양이 물러간 후 둘 다 아무 말 없이 한참을 참고 있었다. 하나 이래 가지고야 무언 수행을 하는 것이나 다름없다 여긴 주인이 마침내 입을 열었다.

「자네, 이름이 뭐라고 했지?」

「후루이…….」

「후루이? 후루이 뭐라고 하나? 이름이?」

「후루이 부에몬.」

「후루이 부에몬이라. 참 긴 이름이로군. 요즘 이름 같지 않군, 옛날 식이야. 4학년이었지?」

「아니요.」

「그럼 3학년인가?」

「아니요, 2학년입니다.」

「그럼 반은? 갑인가?」

「을입니다.」

「을이라면 내가 맡고 있는 반이로군. 음, 그래.」

주인은 왠지 감탄스럽다는 투다. 실은 이 대두(大頭), 입학했

15 무가 예법의 한 유파로 복잡하고 엄격하다. 전전(戰前) 여학교에서 예의범절로 가르쳤다.

을 때부터 주인의 눈에 띄었으니 잊을 리가 없다. 잊지 않다 뿐인가, 꿈에도 보일 정도로 감명 깊은 머리이다. 그런데 무심한 주인이 그 머리와 이 고풍스러운 이름을 연관 짓고, 또 2학년 을 반과 연관 짓지 못했던 것이다. 그래서 꿈에 보일 정도로 감명 깊은 이 머리가 자신이 담임을 맡고 있는 반의 학생이라는 말을 듣고는 자기도 모르게 아하, 하고 마음속으로 박수를 쳤던 것이다. 한데 이 커다란 머리에 고풍스러운 이름을 가진 학생이, 게다가 자신의 반 학생이 뭐 때문에 집까지 찾아왔는지를 알 수 없었다.

애당초 덕망이 없는 사람인지라, 설날이든 세밑이든 학생들이 찾아오는 일은 거의 없다. 따라서 후루이 부에몬 군은 그 효시라 할 수 있는 진객인데, 주인은 방문의 진의를 알 수 없어 당혹스러워하는 듯하다. 이렇게 고리타분한 사람 집에 일부러 놀러 올 까닭도 없을 테고, 또 사직을 권고하기 위해 온 것이라면 태도가 좀 더 위압적이어야 한다. 그렇다고 부에몬 군 같은 학생이 일신상의 문제로 의논할 것이 있을 리도 없다. 주인은 아무리 생각해 봐도 알 수 없었다. 부에몬 군의 표정마저 왜 자신이 여기까지 왔는지 잘 모르겠다는 식이다. 할 수 없이 주인은 대놓고 찾아온 이유를 물었다.

「자네, 놀러 온 것인가?」

「아닙니다.」

「그럼 무슨 볼일이 있나?」

「네.」

「학교 일인가?」

「네, 좀 말씀드릴 게 있어서…….」

「음, 그래. 무슨 일인지 편히 말해 보게나.」

그런데 정작 부에몬 군, 고개를 푹 숙인 채 말이 없다. 원래 부에몬 군은 2학년치고는 언변이 좋은 편이다. 뇌의 발달은 그 큰 머리에 미치지 못하지만 말재주 하나는 을 반에서 발군이다. 얼마 전에 콜럼버스를 일본 말로 뭐라 하는지 가르쳐 달라고 해서 주인을 곤란하게 한 것이 바로 이 부에몬 군이다. 그렇게 쟁쟁한 부에몬 군이 아까부터 마치 벙어리 공주님처럼 말을 더듬거리고 있으니, 반드시 무슨 사연이 있을 것이다. 그저 겸손을 떠는 것 같지는 않다. 주인도 다소 미심쩍어하면서 물었다.

「할 말이 있으면 어서 하지 그러나.」

「그게 그런데, 좀 말씀드리기가 곤란한…….」

「말하기 곤란하다?」

주인은 그렇게 말하면서 부에몬 군의 얼굴을 보려 했지만, 상대가 계속 고개를 숙이고 있는지라 무슨 일인지 도무지 짐작할 수 없었다. 주인은 어쩔 수 없이 말투를 바꾸어 은근하게 속삭였다.

「괜찮아. 무슨 말이든 해보라고. 달리 듣는 사람도 없고, 나도 절대 다른 사람에게는 말하지 않을 테니까.」

「말씀을 드려도 될까요?」

부에몬 군, 아직도 망설이고 있다.

「그럼, 되고말고.」

주인은 제멋대로 판단한다.

「그럼, 말씀드리죠.」

부에몬 군, 밤송이 같은 머리를 치켜들고 눈을 찡그린 채 주인을 잠시 쳐다보았다. 그 눈이 세모꼴이다. 주인은 입 안 가득한 담배 연기를 뿜어내면서 슬쩍 고개를 옆으로 돌렸다.

「실은, 일이 묘하게 되어서…….」

「무슨 일이?」

「무슨 일이냐 하면……. 몹시 난감한 일이 생겨서, 이렇게 찾아뵈었습니다.」

「그러니까, 뭐가 난감한 일이라는 것인가?」

「그런 짓을 할 생각은 없었습니다. 그런데 하마다가 몇 번이나 빌려 달라고 해서…….」

「하마다라면, 하마다 헤스케 군을 말하는 건가?」

「네.」

「하마다 군에게 하숙비라도 빌려 주었다는 말인가?」

「그런 게 아니고.」

「그렇다면 뭘 빌려 주었다는 건가?」

「이름을 빌려 주었습니다.」

「하마다 군이 자네 이름을 빌려서 어쨌다는 거지?」

「연애편지를 보냈습니다.」

「뭘 보내?」

「그래서 저는, 이름은 싫고 편지를 우편함에 넣기만 하겠다고 했는데.」

「도무지 무슨 소린지 모르겠군. 대체 누가 뭘 했다는 것인가?」

「연애편지를 보냈습니다.」

「연애편지를 누구에게?」

「그게 말씀 드리기 곤란하다는 겁니다.」

「그럼 자네가, 아무튼 어떤 여자에게 연애편지를 보냈다는 얘긴가?」

「아닙니다. 제가 아니고…….」

「그럼 하마다 군이 보냈나?」

「하마다도 아닙니다.」

「거참. 대체 누가 보냈다는 건가?」

「누군지 모릅니다.」

「점점 더 알 수 없는 소리를 하는군. 그럼 아무도 보내지 않았다는 얘긴가?」

「아무튼 이름은 제 이름입니다.」

「그래, 이름은 자네 이름이라 치고. 무슨 소린지 알 수 있도록 좀 조리 있게 말해 보게나. 그리고 그 연애편지를 받은 사람은 대체 누구인가?」

「가네다라고, 건너편에 사는 여자입니다.」

「가네다라면, 그 사업가 말인가?」

「네.」

「그런데 이름을 빌려 주었다는 것은 무슨 뜻인가?」

「그 집 딸이 하이칼라에 건방지다고 해서 연애편지를 보낸 겁니다. 하마다가 보내는 사람 이름이 없으면 안 된다고 해서, 그럼 네 이름으로 보내라고 했더니, 자기 이름은 재미가 없다고, 후루이 부에몬이 좋다고 해서, 그래서 어쩔 수 없이 이름을 빌려 준 겁니다.」

「그래, 자네는 그 댁 딸을 알기는 하나? 교제라도 하고 있는 건가?」

「교제는요, 얼굴 한 번 본 적이 없는데요.」

「무모하군. 얼굴조차 모르는 여자에게 연애편지를 보내다니. 대체 무슨 생각으로 그런 짓을 했단 말인가?」

「다들 그 여자가 시건방지고 잘난 척한다고 하니까, 그냥 놀려 주려고 보낸 겁니다.」

「허허, 갈수록 태산이로세. 그러니 자네 이름을 떡하니 써서 보냈다는 말이지?」

「네. 글은 하마다가 썼습니다. 저는 이름을 빌려 주고 엔도가 밤에 그 집 우편함에 몰래 집어넣고 왔습니다.」

「그럼 셋이서 공모를 했다는 얘기로군.」

「네 그렇습니다. 그런데 나중에 생각해 보니까, 그 일이 들통나서 만약 퇴학이라도 당하게 되면 어쩌나 하고 걱정스러워서 이삼일은 잠도 못 자는 바람에 머리가 띵해졌습니다.」

「허허, 거참 말도 안 되는 바보짓을 했군. 그래, 분메 중학교 2학년 후루이 부에몬이라고 정확하게 썼는가?」

「아니요. 학교 이름은 쓰지 않았습니다.」

「그거 다행이로군. 학교 이름까지 썼으면, 그야말로 분메 중학교의 명예에 먹칠을 한 셈이 되니.」

「괜찮을까요? 퇴학 처분을 당하게 될까요?」

「글쎄.」

「선생님, 저희 아버지는 몹시 엄한 분입니다. 게다가 어머니는 계모라서 퇴학이라도 당하는 날에는, 전 정말 큰일 납니다. 퇴학을 당하게 될까요?」

「그러니 그런 엉뚱한 짓을 하지 말았어야지.」

「저는 절대 할 생각이 아니었는데, 그만 그렇게 되고 말았습니다. 퇴학을 당하지 않도록, 어떻게 좀 안 될까요?」

부에몬 군은 울먹거리며 거의 애원하다시피 하고 있다. 장지문 밖에서는 아까부터 안주인과 유키에 양이 키득키득 웃고 있다. 주인은 괜한 거드름을 피우며 〈글쎄〉란 말만 하고 있다. 참으로 재미난 광경이다.

내가 재미있다고 하면, 뭐가 그리 재미있냐고 하는 사람이 있을지 모르겠다. 당연한 일이다. 인간이든 동물이든 자신을 아는 것은 생애의 큰 과업이다. 자신을 알고 있다면 인간도 인간으로서 고양이보다 더한 존경을 받아 마땅하다. 나도 인간이 인간 자신을 아는 날에는 이런 짓거리를 당장 그만둘 생각이다. 자신을 아는 인간을 두고 이런 장난 같은 글을 쓰는 것은 미안한 일이니까 말이다. 하지만 자신의 코 높이를 스스로 알 수 없듯이 인간이 자신을 깨닫는 일이란 좀처럼 쉽지 않은 모양이다. 그러니 평소 업신여기는 고양이에게까지 그런 질문을 하는 것이다. 인간은 건방진 듯해도, 어딘가 좀 덜떨어진 구석이 있다. 만물의 영장 운운하면서 어디를 가든 우쭐해하지만 이 정도 사실을 이해하지 못한다. 게다가 그런 줄조차 모르고 태연자약하게 구는 꼴을 보면 코웃음이 절로 나온다. 그들은 만물의 영장을 등에 업고 다니면서 내 코가 어디 있는지 가르쳐 달라고 소란을 피운다. 그러느니 차라리 만물의 영장이기를 그만두면 좋을 텐데 절대 포기하지 않는다. 그 정도로 모순된 태도를 공공연하게 보일 수 있다는 것은 거의 애교에 가깝다. 애교를 선택했으니 바보로 만족해야 하는 것이다.

내가 이 자리에서 부에몬 군과 주인, 그리고 안주인과 유키에 양을 재미있다 하는 것은 외적인 사건이 맞부딪쳤고, 그 맞부딪침에서 생겨난 파동이 재미를 유발했기 때문이 아니라, 인간 각자의 마음이 그 파동에 서로 다른 음색의 반향을 보였기 때문이다.

우선 주인은 이 사건에 대해 오히려 냉담했다. 부에몬 군의 아버지가 얼마나 엄격하고, 그 계모가 부에몬 군을 의붓자식이라고 얼마나 홀대를 하든 별로 놀라지 않는다. 놀랄 리가 없다. 부에몬 군이 퇴학을 당하는 것과 자신이 해고를 당하는 것은 차원이 다른 일이다. 1천 명 가까운 학생이 모두 퇴학을 당한다면야 선생도 먹고살 길이 막막하겠지만, 후루이 부에몬 군 하나쯤의 운명이 어떻게 달라지든 주인의 목구멍과는 거의 상관이 없다. 상관이 없으니 동정의 여지도 희박한 것이다. 알지도 못하는 사람을 위해 눈살을 찌푸리고 눈물 콧물을 흘리고 탄식하는 것은 인간의 자연스러운 감정이 아니다. 인간이 그렇게 정이 많고 남을 배려할 줄 아는 동물이라니, 수긍하기 어렵다. 그저 이 세상에 태어났기에 치르는 세금이라 치고, 교제를 위해 때로 눈물을 흘리고 딱하다는 표정을 지어 보일 뿐이다.

말하자면 교제용 표정인데, 이것이 또 몹시 복잡하고 힘든 예술이다. 세상은 이 교제용 표정을 잘 짓는 사람을 예술적이고 양심이 있다 일컬으며 크게 대우한다. 그러니 남들에게 대우받는 인간일수록 수상한 것이다. 시험해 보면 금방 알 수 있다. 이 점에 관한 한 우리 주인은 서투른 부류에 속한다 할 수 있다. 서투르니까 대우받지 못한다. 대우받지 못하니까 속에 있는 냉담함을 숨기지 않고 드러낸다. 주인이 부에몬 군에게 〈글쎄〉라는 애매한 대답만 계속하고 있어도 그 속내는 충분히 알 수 있다. 여러분은 냉담하다는 이유로 우리 주인처럼 착한 사람을 미워해서는 절대 안 된다. 냉담함은 인간이 본디 지니고 있는 성품이고, 그 성품을 숨기려 애쓰지 않는 것은 정직한 사람이기 때문이다. 이런 때 만약 여러분이 냉담함 이상을 바란다면 인간을 과대평가하는 것이라 하지 않을 수 없다. 정직함마저 동이 난 요즘 같은 세상에 그 이상을 바라는 것은 바킨의 소설[16] 속 주인공들이 현실로 튀어나와 이웃으로 이사 오지 않는 한 불가능한, 무리한 주문이다.

주인에 대해서는 이 정도로 끝내고, 다실에서 웃고 있는 여인네들에 대해서 얘기하자.

이들은 주인보다 한 술 더 떠서, 이 상황을 신나게 즐기고 있다. 여자들은 부에몬 군이 골치를 앓고 있는 연애편지 사건을 부처님의 말씀만큼이나 고마워하고 있다. 이유는 없다. 그저 고마워할 따름이다. 굳이 이유를 달자면 난감해하는 부에몬 군이 고마운 것이다.

여러분이여, 여자에게 물어보시라. 〈당신은 곤경에 처한 타인을 보면 재미있어 웃음이 나옵니까?〉라고.

질문을 당한 여자는 질문한 자를 얼간이라 여길 것이다. 아니면 그런 엉뚱한 질문을 해 숙녀를 모독하려 한다고 여길 것이다. 모독이라 여기는 것도 사실이요, 곤경에 처한 사람을 보고 웃는 것도 사실이다. 그렇다면, 이제 내 성품을 모독할 만한 일을 할 테니 뭐라고 하지 마세요, 하고 미리 말하는 것이나 다름없다. 나는 도둑질을 할 것이다. 하지만 절대 부도덕하다고 해서는 안 된다. 만약 그런 말을 하면 내 얼굴에 침을 뱉는 것이나 다름없는 것이니, 나를 모욕하는 행위다. 그렇게 주장하는 셈이다.

여자는 상당히 영리하다. 생각에도 조리가 있다. 적어도 인간으로 태어난 이상, 호되게 꾸지람을 들었는데 엎친 데 덮친 격으로 아무도 위로해 주지 않을 때라도 태연할 수 있는 각오가 필요할 뿐만 아니라 누가 침을 뱉고 똥물을 끼얹어 놓고서 깔깔거리고 비웃을지라도 기분 좋게 여겨야 한다. 안 그러면 여자라는 영리한 생물과 교제할 수 없다. 부에몬 군도 순간적인 충동으로 엉

16 『난소사토미 핫켄덴(南總里見八犬傳)』. 인의예지충효신제(仁義禮智忠孝信悌)를 뜻하는 도덕의 화신과도 같은 여덟 젊은이가 집안의 부흥을 위해 활약하는 파란만장한 이야기.

뚱한 실수를 하여 지금 기를 못 펴고는 있으나, 그런 자신을 숨어서 몰래 엿보면서 웃는 것은 실례라 여길지도 모른다. 하지만 그것은 아직 어린 나이에서 비롯된 치기, 여자들은 사람이 어떤 실례를 범했을 때 화를 내면 소심한 사람이라 한다니까, 그런 소리를 듣고 싶지 않다면 얌전히 있는 것이 좋을 것이다.

마지막으로 부에몬 군의 심리를 잠시 소개하겠다.

부에몬 군은 걱정의 화신이다. 그 위대한 머리통은 지금, 나폴레옹의 머리가 공명심으로 가득했던 것처럼 걱정으로 꽉 차 터져 나갈 듯하다. 때때로 그 주먹코가 움찔거리는 것은 안면 신경으로 전달된 걱정이 반사 작용을 하듯 무의식적으로 활동하기 때문이다. 그는 지난 사흘 동안 커다란 대포알을 꿀꺽 삼킨 것처럼 배 속에 묵직한 덩어리를 담고서 어떻게 처치하면 좋을지 몰라 했다. 그러다 별다른 해결 방법이 없어 애가 탄 나머지 그나마 명색이 담임인 선생을 찾아가 보면 도와주지 않을까 하고, 싫은 사람의 집에 커다란 머리를 숙이고 나타난 것이다.

그는 평소 학교에서 주인을 놀리고, 동급생들을 부추겨 주인을 골려 먹었던 일은 까맣게 잊고 있다. 얼마나 놀리고 골려 먹었든 담임이란 감투를 쓰고 있는 이상은 틀림없이 자신을 염려해 줄 것이라고 믿는 모양이다. 참으로 단순한 학생이다. 담임은 주인이 좋아서 맡은 역할이 아니다. 교장의 명으로 어쩔 수 없이 쓰고 있는, 비유하자면 메이테이 선생의 큰아버지의 중절모 같은 것이다. 그저 이름뿐이다. 그저 이름뿐이니 할 수 있는 일이 없다. 이름이 요긴하게 쓰이는 경우가 있다면 유키에 양은 이름 하나로 벌써 선을 봤어야 한다.

부에몬 군은 자기 생각밖에 할 줄 모를 뿐만 아니라, 그의 태도는 타인은 모두 자신에게 친절할 것이라는, 인간을 과대평가한 가정을 바탕으로 하고 있다. 그런 자신을 보고 웃는 사람이 있을 줄이야 꿈에도 몰랐을 것이다. 따라서 부에몬 군은 담임의 집을 찾아온 덕분에 인간에 관한 진리 하나를 발견했을 것이다.

그는 이 진리 덕분에 앞으로 진정한 인간이 될 것이다. 타인의 걱정에는 냉담해질 것이요. 타인이 곤경에 처했을 때는 껄껄거리고 웃을 것이다. 이리하여 세상은 미래의 부에몬 군 같은 인간으로 채워질 것이다. 가네다 군 및 가네다 영부인으로 채워질 것이다.

나는 부에몬 군이 한시라도 빨리 이런 진리를 깨달아 진정한 인간이 되기를 간절히 바라 마지않는다. 그렇지 않으면 아무리 걱정하고 후회하고 선량하게 살려는 마음이 절실하다 한들, 가네다 군 같은 성공은 거두지 못할 것이다. 아니 이 사회가 머지않아 군을 인간의 거주지 밖으로 추방할 것이다. 분메 중학교에서 쫓겨날까 봐 걱정하고 있을 때가 아니다.

이런 생각을 하며 나름 재미있어하고 있는데, 대문이 덜그럭 열리는 소리가 나더니 현관문 밖에서 누가 얼굴 절반을 쓱 들이밀었다.

「선생님.」

부에몬 군에게 〈글쎄〉를 연발하고 있던 주인은 현관에서 부르는 소리에 누굴까 하고 그쪽을 내다보았다. 건너편 비죽 열린 장지문으로 절반만 튀어나와 있는 얼굴은 간게쓰 군이었다.

「왔나, 들어오지.」

주인은 그렇게만 말하고는 그대로 앉아 있다.

「손님이 있나 봅니다.」

간게쓰 군은 얼굴 절반만 들이민 채 되물었다.

「괜찮으니까, 어서 들어오게.」

「실은 선생님을 모시고 어디를 좀 갈까 싶어서 왔는데요.」

「어디를? 또 아카사카인가? 그쪽은 이제 사양하겠네. 지난번에 하도 많이 걸어서 다리가 퉁퉁 부었어.」

「오늘은 괜찮을 겁니다. 오랜만에 나가시죠.」

「어디로 간다는 말인가? 아무튼 들어오시게.」

「우에노에 가서 호랑이 울음소리나 들을까 합니다.」

「시시껄렁하군. 그보다 일단은 들어오시게.」

간게쓰 군은 멀리서는 담판이 나지 않겠다 여겼는지 신발을 벗고 슬금슬금 들어왔다. 간게쓰 군은 예의 엉덩이에 천을 덧댄 쥐색 바지를 입고 있는데, 이는 유행 때문도 아니고 엉덩이가 유난히 무거워 해졌기 때문도 아니다. 본인은 요즘 자전거 연습을 하느라 엉덩이에 마찰이 심하기 때문이라고 변명한다.

「실례하겠네.」

간게쓰 군은 눈앞에 있는 학생이 미래의 부인으로 지목하고 있는 여자에게 연애편지를 보낸 연적인 줄은 꿈에도 모르는 채 인사를 건네고는 툇마루 가까이에 앉았다.

「호랑이 울음소리를 듣는 게 무슨 재미가 있다고.」

「모르시는 말씀, 여기저기 산책을 좀 하다가 열한시경에 우에노로 갈 겁니다.」

「그래?」

「그 시간이면 공원 안에 빽빽하게 들어선 노목들이 볼 만할 겁니다.」

「그야 낮 시간보다는 한산하겠지.」

「그리고 최대한 숲이 울창한, 낮에도 사람들이 잘 다니지 않는 곳을 골라 걷다 보면, 번잡한 도시에서 벗어나 깊은 산 속으로 들어간 기분이 들겠지요.」

「그런 기분이 들어 뭘 하자는 건데?」

「그런 기분으로 잠시 서서 기다리다 보면, 동물원 안에서 호랑이가 웁니다.」

「호랑이가 그리 쉬이 울겠나.」

「울고말고요. 낮에도 그 소리가 이과 대학까지 울릴 정도니까, 깊은 밤 사방에 인기척 하나 없고, 한적하고 스산한 게 소름이 쫙 돋는데, 온갖 잡귀들의 기운이 코를 찌르면…….」

「잡귀들의 기운이 코를 찌르다니, 그건 또 무슨 소린가?」

「왜 무서울 때, 그런 말 하지 않습니까.」

「나는 처음 듣는 소린데. 그래서?」

「호랑이가 우에노 공원의 늙은 삼나무 잎을 죄 떨어뜨릴 기세로 울겠지요. 이야, 굉장하지 않습니까?」

「그야 그렇겠지.」

「어떠십니까? 한번 모험을 해보시지요. 속이 다 후련해질 겁니다. 호랑이 울음소리는 밤에 들어야 제맛 아니겠습니까. 낮에 들어서야 들었다 할 수 없지요.」

「글쎄.」

부에몬 군의 애원에 냉담한 주인은 간게쓰 군의 탐험에도 역시 냉담하다.

그 말에, 말없이 부러운 낯빛으로 호랑이 얘기를 듣고 있던 부에몬 군이 새삼 자신의 처지를 떠올린 모양이다.

「선생님, 저는 걱정이 태산인데 어쩌면 좋겠습니까?」

간게쓰 군이 무슨 일인가 싶은 표정으로 그 커다란 머리통을 보았다. 나는 생각나는 바가 있어 잠시 자리를 뜨기로 하고, 다실로 돌아갔다.

다실에서는 안주인이 싸구려 도자기 찻잔에 반차를 찰랑찰랑하게 따라 주석 찻잔 받침에 올려놓으며 유키에 양에게 말했다.

「조카, 이것 좀 갖다 드려.」

「싫어요.」

「왜?」

안주인은 슬쩍 놀란 듯이 웃음을 딱 그쳤다.

「왜는요. 싫으니까 싫죠.」

유키에 양은 재빨리 새침한 표정을 지으며 옆에 있는 「요미우리신문」 위로 눈길을 떨어뜨렸다. 안주인은 재차 협상에 임했다.

「싫기는. 간게쓰 씨에게 갖다 드리라는데, 무슨 상관이야.」

「그래도 전 싫어요.」

유키에 양은 「요미우리신문」에서 눈길을 떼지 않는다. 이런 때 신문을 읽을 리 없지만, 읽지도 않는 것을 왜 쳐다보느냐고 하면 또 울음을 터뜨릴 것이다.

「부끄러워할 게 뭐 있어.」
안주인은 이번에는 찻잔을 일부러 신문 위에 밀어 놓았다.
「숙모는, 심술맞게 왜 그러세요.」
찻잔 밑에서 신문을 빼내려는데 찻잔 받침에 걸려 반차가 주르륵 흐르면서 다다미 틈새로 스며들었다.
「그것 보라니까.」
「아이, 이걸 어째.」
유키에 양은 부엌으로 쪼르르 뛰어나갔다. 걸레를 갖고 오려는 것이리라. 나는 이 촌극이 그런대로 흥미로웠다.
간게쓰 군은 바깥 사정을 모르는 채 묘한 얘기를 계속하고 있다.
「선생님, 장지문에 종이를 새로 발랐군요. 누가 발랐나요?」
「여자가 발랐지. 꽤 잘 발랐지 않나?」
「네. 솜씨가 꽤 좋은데요. 종종 드나드는 아가씨가 발랐습니까?」
「음, 그 아이도 좀 거들었지. 장지문에 종이를 이 정도 바르면 시집갈 자격은 충분하다고 큰소리를 쳤다네.」
「아, 그렇군요.」
간게쓰 군, 장지문을 열심히 쳐다보고 있다.
「그런데 이쪽은 편평한데, 오른쪽 끝이 좀 우글거리는군요.」
「그쪽부터 바르기 시작했으니까, 경험이 부족해서 그럴 거야.」
「아하, 그렇군요. 아무래도 솜씨가 좀 떨어지는군요. 저 표면은 초월 곡선이라서 보통 함수로는 나타낼 수가 없거든요.」
「음, 그런가.」
누가 과학자 아니랄까 봐 간게쓰 군이 어려운 소리를 하자, 주인은 적당히 대꾸했다.
그때, 이대로 가다가는 애원하고 빌어 봐야 승산이 없겠다고 판단했는지 부에몬 군이 갑자기 그 위대한 머리를 다다미에 조아리고 무언중에 결별의 뜻을 표했다.
「가려는가?」
부에몬 군은 풀이 죽어 넓적한 나막신을 끌며 대문으로 나갔다. 가엾게, 저렇게 그냥 놔두면 유서라도 남기고 게곤 폭포에 몸을 던질지도 모르는 노릇이다.[17] 근원을 따지자면 가네다 집안 딸의 하이칼라와 건방에서 비롯된 일이다. 부에몬 군은 죽어 유령이 되어서라도 가네다 군의 딸의 숨통을 끊어 놓는 것이 좋으리라. 세상에서 그런 여자 하나둘쯤 없어진다고 해봐야 곤란해할 남자는 없다. 간게쓰 군은 좀 더 요조숙녀를 아내로 맞는 게 좋을 것이다.

「선생님의 제자입니까?」

「그렇다네.」

「머리가 아주 크군요. 그래, 공부는 좀 합니까?」

「머리가 큰 것치고는 그리 썩 잘하는 편은 아니지만, 때로 묘한 질문을 하지. 얼마 전에는 콜럼버스를 우리 말로 뭐라고 하냐고 해서 진땀을 뺐다네.」

「머리가 너무 커서 그런 엉뚱한 질문을 하나 봅니다. 그래 선생님 뭐라고 답하셨습니까?」

「뭣이? 그야 적당히 번역해 주었지.」

「야, 그래도 번역하기는 하셨나 봅니다, 대단하시네요.」

「아이들은 뭐든 번역을 해주지 않으면 신뢰하지 않으니 말이야.」

「선생님도 한가락 하는 정치가가 되셨군요. 그런데 오늘은 영 풀이 죽어서, 선생님을 골려 먹을 아이 같지 않은데요.」

「음, 그럴 일이 좀 있네. 멍청한 녀석.」

「왜 무슨 일이 있었습니까? 얼핏 보기만 했는데도 참 안되었다는 생각이 드는군요. 무슨 일입니까?」

「바보 같은 짓을 했지. 가네다의 딸에게 연애편지를 보냈다는 거야.」

「네? 저 머리통이 말입니까? 요즘 학생들은 참 대담합니다. 놀라워요.」

17 1903년, 실제로 소세키의 제자였던 제일 고등학교 학생이 나뭇가지에 유언을 새기고 게곤 폭포에 투신자살한 사건이 있었다.

「자네도 걱정이 될 텐데…….」

「걱정은 무슨 걱정이요. 오히려 재미있는데요. 마음껏 보내라고 하십시오. 아무 문제 없습니다.」

「자네가 그리 안심하고 있으니, 다행이네만…….」

「다행이고 뭐고 할 것도 없지요. 저는 아무 상관하지 않습니다. 하긴 저 머리통이 연애편지를 썼다니, 좀 놀랍기는 합니다만.」

「그런데 그게, 장난질을 한 거야. 그 딸이 하이칼라에 건방을 떤다고 골려 줄 심산으로 셋이 작당을 해서…….」

「셋이서 연애편지 한 통을 가네다의 딸에게 보냈다는 말입니까? 들을수록 흥미롭군요. 서양 요리 일인분을 시켜 놓고 셋이 먹는 꼴 아닙니까.」

「그런데 각자 역할은 달랐어. 한 녀석은 글을 쓰고, 한 녀석은 우편함에 넣고, 한 녀석은 이름을 빌려 주고. 지금 다녀간 학생이 이름을 빌려 준 녀석인데, 제일 얼간이라니까. 게다가 가네다의 딸은 얼굴 한 번 본 적이 없다는 거야. 어쩌자고 그런 무모한 짓을 했나 모르겠군.」

「하하, 요즘 들어 최고의 사건이로군요. 걸작입니다. 저 대두가 여자에게 연애편지를 보내다니, 하하하하.」

「그야, 시끄러운 일이 생기지만 않으면.」

「무슨 상관입니까, 상대가 가네다인데.」

「자네가 신부로 맞을지도 모르는 사람 아닌가.」

「그러니까 상관없다는 겁니다. 가네다 따위, 아무 상관 없습니다.」

「자네야 상관이 없어도…….」

「가네다도 개의치 않을 겁니다. 걱정할 것 없어요.」

「그럼 그 일은 상관없다 치고, 당사자가 나중에야 양심의 가책을 느끼고 겁에 질려 나를 찾아온 것이라네. 풀이 폭 죽어서 말이야.」

「아하, 그래서 저렇게 기운이 없는 것이로군요. 소심한 학생

같아 보입니다. 그래서 선생님은 뭐라고 하셨는데요?」
「퇴학을 당할까 봐 몹시 걱정을 하더군.」
「왜 퇴학을 당하는데요?」
「그야 나쁜 짓을 했으니 그렇지. 비도덕적이지 않나.」
「비도덕적이라고 할 정도는 아니지요. 아무튼 상관 없습니다. 가네다는 오히려 명예롭게 여기면서 떠벌리고 다닐 테지요.」
「설마.」
「아무튼 딱하게 되었군요. 나쁜 짓을 한 것은 사실이라 쳐도, 저렇게 걱정하다가 새파란 젊은이 하나가 죽겠습니다. 머리만 컸지 인상은 나쁘지 않던데요. 주먹코를 움찔거리는 모습이 귀엽기도 하고.」
「자네 말솜씨가 메이테이 못지않네그려.」
「이게 다 시대 풍조입니다. 선생님은 너무 고리타분하니까, 무슨 일이든 어렵게 해석하시는 것이지요.」
「그래도 바보 짓인 것은 마찬가지지. 알지도 못하는 사람에게 장난삼아 연애편지를 보내다니, 상식에 어긋나는 일 아닌가.」
「장난은 대개 상식에 어긋나는 법이지요. 너그럽게 봐주세요. 선생님에게 덕이 될 테니까요. 저러다 게곤 폭포로 가겠습니다.」
「음, 그렇기도 하군.」
「아무렴요, 봐주세요. 분별력이 있다는 다 큰 어른들도 더 심한 장난질을 하고서 시치미를 떼고 있지 않습니까. 저런 아이를 퇴학시킬 정도라면, 그런 놈들은 싹 추방을 해야 하지요. 그래야 공평하지 않겠습니까.」
「그도 그렇군.」
「자 이제, 호랑이 울음소리를 들으러 우에노로 가시는 게 어떨는지요.」
「호랑이라.」
「네, 가시지요. 실은 이삼일 후에 잠시 고향에 다녀와야 할 일이 생겨서 한동안 선생님을 모실 기회가 없는 터라, 오늘은 꼭 함께 산책을 하리라 마음먹고 온 것입니다.」

「고향에 내려간다고, 무슨 일이라도 있나?」

「네, 좀 그럴 일이 있습니다. 아무튼, 나가시지요.」

「음. 그렇다면 나가 볼까.」

「자, 가시지요. 오늘은 제가 저녁을 사겠습니다. 그리고 잠시 운동을 하고서 우에노에 가면 시간이 딱 좋습니다.」

간게쓰 군이 그렇게 간곡하게 채근을 하는지라 주인도 마음이 동해 함께 외출을 했다. 뒤에 남은 안주인과 유키에 양은 키들키들 깔깔 마음껏 웃어젖혔다.

11

메이테이 선생과 도쿠센 군이 바둑판을 사이에 하고 마주 앉아 있다. 그 뒤로 도코노마가 보인다.

「그냥은 하지 않겠네. 지는 쪽이 한턱내기로 하지. 됐나?」

메이테이 선생이 그렇게 제안하자, 도쿠센 군은 늘 하는 버릇처럼 염소수염을 잡아당기면서 이렇게 말했다.

「모처럼 고상한 놀이를 하려는데 그래서야 속되지 않은가. 내기 따위를 걸어 승부에 마음을 빼앗기면 놀이의 재미가 없지. 이기고 지는 것은 차치하고, 절로 산봉우리를 지나 유유히 흘러가는 흰 구름 같은[1] 마음가짐으로 돌을 놓아야 그 운치를 알 수 있는 것 아니겠나.」

「또 그런 소리. 그런 신선을 상대로 바둑을 두어서야 나만 힘들 뿐이지. 마치 『열선전(列仙傳)』에 나오는 인물 같군.」

「무현금(無絃琴)[2]을 퉁기는 심경으로 말이지.」

「선이 없는 전화를 걸겠다는 것인가.」

「아무튼 시작하지.」

「자네가 흰 돌을 잡겠나?」

1 도연명의 시 구절을 패러디한 것.

2 도연명은 악기를 연주할 줄 몰랐지만, 술에 취해 기분이 좋아지면 줄 없는 거문고를 어루만지며 소리 없는 울림을 즐겼다고 한다.

「어느 쪽이든 상관없네.」

「과연 신선답게 느긋하군. 자네가 흰 돌이면 절로 나는 검은 돌이 되겠군. 자, 두어 보게. 어디서부터든 시작해 봐.」

「검은 돌부터 두는 게 법칙일세.」

「흐음, 그렇다면 겸손하게 정석대로 시작하지. 이쯤부터 둘까.」

「정석에 그런 수가 어디 있다던가.」

「내 알 바 아니지. 새로 발명한 정석이라 하면 되니까.」

나는 사는 세상이 좁고 견문이 넓지 않아 바둑이라는 것을 요즘 들어 처음 보았는데, 생각할수록 기기묘묘하다. 안 그래도 넓지 않은 네모난 판을 또 네모로 칸칸이 나눈 곳에 눈이 어질어질할 정도로 복잡하게 검고 하얀 돌을 늘어놓는다. 그러고는 이겼다느니 졌다느니 죽었다느니 살았다느니, 식은땀을 흘리며 소란을 피운다. 고작해야 사방 30센티미터 넓이다. 내 앞발로 한 번 쉭 휘저으면 엉망진창이 된다. 끌어 모아 엮으면 초암(草庵)이요, 풀어 놓으면 원래의 들판이다. 불필요한 장난질이다. 팔짱을 끼고 바둑판을 바라보는 편이 훨씬 마음 편하다. 그것도 처음 30~40수까지는 돌을 늘어놓는 차례가 그리 눈에 거슬리지 않는데, 승패가 갈릴 즈음에 들여다보면 참으로 바둑돌들이 딱할 지경이다. 흰 돌과 검은 돌이 바둑판에서 굴러떨어질 정도로 서로를 밀치고 밀리며 비명을 지른다. 답답하다고 해서 옆자리에 있는 돌에게 비키라 할 수도 없고, 방해가 된다고 해서 앞 돌에게 퇴거를 명령할 권리도 없으니, 어쩔 수 없는 천명이라 체념하고 그저 꼼짝 않고 있는 수밖에 없다.

바둑을 발명한 것이 인간이니 바둑판에 인간의 취향이 표현된다고 한다면, 답답한 바둑돌의 운명은 옹졸하고 좀스러운 인간의 성품을 표현한다고 할 수 있다. 바둑돌의 운명으로 인간의 성품을 헤아려 보면, 인간은 광활한 천지를 스스로 좁혀 자신이 두 발을 딛고 서 있는 자리 밖으로는 절대 나갈 수 없도록 자기 영역에 새끼줄을 치는 것을 좋아한다 하지 않을 수 없다. 한마디로 인간이란 군이 고통을 자초하는 존재라 평해도 무방할 것이다.

오늘따라 무슨 속셈인지 태평한 메이테이 선생과 신선 같은 도쿠센 군이 벽장에서 해묵은 바둑판을 끌어내, 그 답답하고 따분한 놀이를 시작했다. 그런 두 사람이 마주 앉았으니 그야 처음 한동안은 자신의 뜻대로 행동하여 흰 돌과 검은 돌이 바둑판 위를 자유자재로 활보했다. 하나 넓이에 한계가 있는 바둑판이 돌 하나를 놓을 때마다 가로세로로 메워지니, 아무리 태평하고 제아무리 신선이라 한들 끝으로 갈수록 고심하는 것은 당연한 일이다.

「메이테이 자네, 왜 그리 함부로 두나. 그런 곳으로 치고 들어오는 법이 어디 있어.」

「신선 바둑에는 이런 법이 없는지 모르겠으나, 혼인보(本人方)[3] 바둑에는 있으니 어쩌겠나.」

「그래 봐야 죽기밖에 더하겠나.」

「신(臣), 죽음을 두려워하지 않는데 하물며 이쯤이야.[4] 어디, 이렇게 가볼까.」

「흐음, 그렇게 나오셨다. 초여름 남쪽에서 훈풍이 불어와 궁궐 가득 시원함을 선사하니.[5] 옳거니, 이렇게 이어 붙이면 그만이지.」

「오호라, 이어 붙이다니, 거 대단하군. 설마 그리할 줄은 몰랐군. 치지만 말아 주게 하치만 종을.[6] 이리 받으면 어쩌시겠나.」

「어쩌고 자시고 할 게 있나. 망설임을 떨치고 단칼에 내리쳐야지.[7] 에이 귀찮군. 과감하게 잘라 버리겠네.」

「아뿔싸, 이거 큰일났군. 거길 잘라 버리면 죽은 목숨인데. 잠

3 바둑의 한 유파.

4 『사기』의 「항우본기」, 『십팔사략』 등에 등장하는 말을 비튼 것. 항우가 금회에게 술을 권하자, 금회는 〈신 죽음을 두려워하지 않거늘, 술을 거절할 이유는 없음이라〉라고 대답했다.

5 당의 문종 황제가 신하와 주고받은 시구.

6 하치만 종은 때를 알리는 종.

7 몽고의 내습 당시 송(宋)나라 무학 선사가 호조 도키무네에게 했던 말.

깐 잠깐, 그럴 수야 없지.」
「그러게 내 아까 말하지 않았나. 이런 곳에는 치고 들어오는 법이 아니라고 말이야.」
「이거 큰 실례를 범했네. 이 흰 돌을 좀 물러 주게.」
「아니 그것도 무르라고?」
「무르는 김에 그 옆에 있는 돌도 부탁하네.」
「자네 너무 뻔뻔한 거 아닌가.」
「두 유 시 더 보이*Do you see the boy*[8]라고? 자네하고 나 사이에 뭘 그러나. 그리 좀스럽게 굴지 말고 좀 물러 줘. 지금 죽느냐 사느냐 하는 판국 아닌가. 잠깐, 잠깐 하면서 무대로 뛰어나오는 장면[9]이란 말일세.」
「그런 것은 내 알 바가 아니지.」
「몰라도 좋으니까, 아무튼 좀 물러 주게.」
「자네 아까부터 여섯 번이나 무르라고 한 거 아나?」
「기억력도 좋군. 내 앞으로 두 배는 내 돌을 물러 주겠네. 그러니 좀 물러 달라고. 거참, 고집스럽군. 좌선까지 했으니 너그러울 줄도 알아야지.」
「이 돌이라도 죽이지 않으면 내가 질 듯한데 어쩌라고…….」
「자네는 처음부터 져도 상관없다는 주의였지 않은가.」
「나는 져도 상관없지만, 자네가 이기게 하고 싶진 않으이.」
「도를 잘못 닦았군. 여전히 춘풍이 전광을 가르고 있어.」
「춘풍이 전광을 가르는 것이 아니라, 전광석화처럼 내 목을 친다 한들 춘풍을 가르는 것이나 다름없다, 일세. 자네가 거꾸로 기억하고 있는 거야.」
「아하하하. 이제 어언 모든 게 거꾸로 되었을 때라 여겼는데,

8 앞 대사 〈뻔뻔한 거 아닌가〉의 일본 말 〈즈즈시이제, 오이〉의 발음과 다소 비슷한 영어로, 말을 잘못 들은 척 엉뚱하게 대꾸한 것.
9 가부키의 한 장면으로 주인공이 〈잠깐〉 하면서 무대로 나와 악인을 물리치는 장면.

그래도 멀쩡한 구석이 남아 있군. 그렇다면 어쩔 수 없지, 포기하는 수밖에.」

「〈생사사대, 무상신속(生死事大, 無常迅速)〉이라 했네. 포기할 건 포기해야지.」

「아멘.」

메이테이 선생, 이번에는 바둑의 맥락과 전혀 상관없는 곳에 탁, 하고 돌을 놓았다.

도코노마 앞에서는 메이테이 선생과 도쿠센 군이 팽팽하게 승부를 겨루고 있고, 방문 쪽에 간게쓰 군과 도후 군이 나란히 앉아 있다. 그 옆으로 주인의 누르뎅뎅한 얼굴이 보인다. 간게쓰 군 앞에 딱딱하게 마른 가다랑어 세 마리가 가지런히 놓여 있는 모습이 기이하다.

이 가다랑어의 출처는 간게쓰 군의 품이었다. 포장도 하지 않은 그것을 처음 품에서 꺼냈을 때는 손바닥이 따스하게 느껴질 정도로 온기가 있었다. 주인과 도후 군이 대체 웬 가다랑어인가 싶은 눈빛으로 쳐다보고 있는데, 간게쓰 군이 드디어 입을 열었다.

「실은 나흘 전에 고향에서 올라왔는데, 이런저런 일이 많아 사방을 돌아다니느라 찾아뵙지 못했습니다.」

「그리 서두를 게 뭐 있나.」

주인은 여전히 무뚝뚝한 소리를 한다.

「서두를 일은 없지만, 고향에서 가져온 이놈을 빨리 전해 드리지 못하는 것이 걱정스러워.」

「가다랑어 아닌가.」

「네, 우리 고향 특산품입니다.」

「특산품이래야, 도쿄에도 다 있을 텐데.」

주인은 가장 큰 놈을 집어 들어 코끝에 갖다 대고서 냄새를 킁킁 맡는다.

「냄새를 맡는다고 가다랑어의 품질을 알 수 있는 것은 아닙니다.」

「그럼 좀 크다고 특산품이라는 건가?」

「일단 잡숴 보세요.」

「그야 어차피 먹기는 하겠지만, 이 녀석은 대가리가 어딜 갔나?」

「그래서 빨리 찾아뵙지 못해 걱정스러웠다는 것입니다.」

「왜?」

「왜는요. 그야 쥐가 갉아 먹었으니까 그렇죠.」

「그럼 위험하지. 함부로 먹었다가 이질에 걸릴 수도 있잖은가.」

「괜찮습니다. 그 정도 갉아 먹었다고 해서 해가 있는 것은 아니니까요.」

「그래, 대체 어디서 갉아 먹었는가?」

「배에서요.」

「배에서? 어쩌다?」

「담을 데가 없어서 바이올린과 함께 자루에 담아 들고 배를 탔는데, 그 밤에 그랬습니다. 가다랑어만 갉아 먹었으면 그나마 다행이었을 텐데, 애지중지 아끼는 바이올린의 몸통까지 조금은 갉아 먹었더군요.」

「거참 경솔한 놈이로군. 배에서 살다 보면 그렇게 분별력이 없어지는 것인가.」

주인은 아무도 모를 소리를 중얼거리면서 여전히 가다랑어를 바라보고 있다.

「쥐야 어디에 살든 경솔하지요. 그래서 하숙집에서도 또 당할까 안심할 수 없어 잘 때도 이불 속에 넣고 잤습니다.」

「그럼 좀 더러워졌겠군.」

「그러니 잡수시기 전에 살짝 씻으세요.」

「살짝 씻어서 어디 깨끗해지겠나.」

「그럼 잿물이라도 발라서 박박 문지르시든지요.」

「바이올린도 품고 자나?」

「바이올린은 너무 커서 품고 잘 수는 없는지라…….」

「뭐이라, 바이올린을 품고 잔다고? 그것 참 풍류로세. 〈가는 봄이여, 비파를 부여안은 무거운 마음〉[10]이란 시도 있지만 그것은 먼 옛날 일, 메이지의 수재는 바이올린을 품고 자야 옛사람을 능가할 수 있겠지. 〈잠옷 자락에 긴긴 밤을 지키는 바이올린아〉는 어떤가? 도후 군, 신체시로 그런 심경을 표현할 수 있는가?」

이렇게 저쪽에서 메이테이 선생, 이쪽의 대화에 끼어들었다.

「신체시는 하이쿠와 달라서 급하게 지을 수가 없습니다. 하지만 일단 짓고 나면 영혼을 울리는 묘한 울림이 있지요.」

「그런가. 영혼은 겨릅을 태워 불러들이는 줄 알았는데,[11] 신체시의 힘으로도 왕림하신다는 말인가?」

메이테이 선생 여전히 바둑은 제쳐 놓고 놀리고 있다.

「그런 쓸데없는 소리를 하다가 또 지겠네.」

주인이 그렇게 경고하는데도 메이테이 선생은 태연하게 이렇게 말했다.

「내가 이기고 싶고 지고 싶다 한들, 상대가 가마솥 안에 든 문어처럼 옴짝달싹을 못 하니 무료해서 어쩔 수 없이 바이올린을 벗 삼은 것 아니겠나.」

그 말에 불끈 화가 치민 도쿠센 군.

「자네 차례일세. 기다리고 있다고.」

「뭐? 벌써 두었나?」

「두었지, 한참 전에 두었네.」

「어디에?」

「이 흰 돌을 끝으로 뻗었네.」

「오호라. 이 흰 돌을 끝으로 뻗어서 지시겠다. 그렇다면 나는, 나는, 나는. 나는 소리만 하다가 날 저물겠군. 음, 영 좋은 수가 없어. 자네, 내 한 수 더 두게 해줄 테니, 아무 데나 두게나.」

「그런 엉터리 바둑이 어디 있나.」

「그런 엉터리 바둑이 어디 있냐고? 어디 내가 한번 두어 보지.

10 요사노 부손의 하이쿠.

11 하안거가 끝나는 음력 7월 보름 우란분절에 묘 앞에서 겨릅을 태워 죽은 자의 영혼을 맞는 풍습이 있다

이 귀에 좀 꾸부정하게 두어 볼까. 간게쓰 군, 자네 바이올린이 너무 싸구려라서 쥐새끼까지 깔보고 갉아 댄 모양인데, 분발해서 좀 더 좋은 것을 사지 그러나. 내가 이탈리아에 주문해 줄까? 3백 년 전에 제작한 물건으로 말이야.」

「부탁드립니다. 주문하시는 김에 대금도 지불해 주시면 좋겠군요.」

「그런 고물이 어디 소리나 나겠나.」

아무것도 모르는 주인이 메이테이 선생에게 일갈했다.

「자네는 고물 인간과 고물 바이올린을 동일시하는 모양인데, 고물 인간인데도 가네다 모모라는 작자는 아직도 유행하고 있지 않은가. 더욱이 바이올린은 오래될수록 좋은 것이야. 도쿠센 군, 빨리 두게나. 게이마사[12]가 말했듯이, 가을날은 해가 짧으니 말일세.」

「자네처럼 부산스러운 사내와 바둑을 두자니 고통스럽군. 생각할 틈이 있어야지 원. 할 수 없지, 여기를 메워 집을 지어야겠군.」

「어이쿠 이런, 결국은 살려 주고 말았군. 아깝게 되었어. 설마 거기에는 두지 않겠지 하고 잠시 수다를 떨면서 고민했는데, 역시 헛고생이었어.」

「당연하지. 자네는 바둑을 두는 것이 아니라 속임수를 쓰고 있지 않은가.」

「그것이 혼인보식, 가네다식, 요즘 신사들식이라네. 어이 구샤미 선생, 도쿠센 군이 가마쿠라에 가서 장아찌를 먹고 오더니 꿈쩍도 하지 않네그려. 감탄할 일이야. 바둑 두는 솜씨는 형편없어도 배짱은 두둑하네.」

「그러니 자네처럼 배짱 없는 사내는 흉내라도 좀 내보지 그러나.」

주인이 돌아앉은 채 그렇게 대답하자 메이테이 선생이 뻘겋고 커다란 혀를 쏙 내밀었다. 도쿠센 군은 자신과는 전혀 무관하다

12 가부키의 등장인물로 〈날이 저물었습니까, 가을날은 짧군요. 그럼 슬슬 잠자리로〉라는 대사가 있다.

는 듯 메이테이 선생을 재촉했다.

「자, 자네 차례일세.」

「자네, 바이올린은 언제부터 배우기 시작했지? 나도 좀 배우고 싶은데, 굉장히 어렵다면서?」

도후 군이 간게쓰 군에게 물었다.

「글쎄, 웬만한 정도까지는 누구나 할 수 있어.」

「다 같은 예술이니까, 시가에 재주가 있는 사람은 음악도 배우는 속도가 빠를 것이라고 은근히 기대하고 있는데, 어떨지 모르겠군.」

「그럴 거야. 자네라면 쉬이 배울 수 있을 거야.」

「그래, 언제부터 시작한 건가?」

「고등학교 시절이지. 선생님, 제가 바이올린을 배우게 된 경위를 말씀드렸던가요?」

「아니, 아직 듣지 못했는데.」

「고등학교 시절에 좋은 선생이라도 만난 건가?」

「선생은 무슨, 독학을 한 거야.」

「천재로군.」

「독학을 했다고 다 천재랄 수는 없지.」

간게쓰 군이 퉁명스럽게 대꾸했다. 천재라는데 시큰둥해하는 자는 아마 간게쓰 군뿐일 것이다.

「그거야 별 상관이 없는 일이고, 어떤 식으로 독학을 했는지 좀 알려 주게나. 참고 삼게.」

「나야 못 해줄 게 없지. 선생님, 얘기를 할까요?」

「해보게.」

「요즘은 바이올린 케이스를 들고 다니는 젊은 사람들을 쉽게 볼 수 있지만, 그 당시에는 서양 음악을 하는 고등학생이 거의 없었습니다. 게다가 저는 짚신조차 없는 가난한 시골 촌구석에서 학교를 다녔죠. 학생들 가운데 바이올린을 켜는 자는 단 한 명도 없었습니다.」

「저쪽에서 무슨 재미있는 얘기가 시작된 모양일세. 도쿠센 군, 이제 그만하고 끝내지.」

「아직 마무리되지 않은 곳이 두세 군데 있어.」

「있으면 어떤가. 웬만한 곳은 내 자네에게 내드림세.」

「준다고 그냥 받을 수는 없지.」

「도를 닦은 사람이 거참 까다롭게 구는군. 그렇다면 단번에 끝내 주지. 간게쓰 군, 아주 재미나게 들리는군. 그 고등학교 맞지? 학생들이 맨발로 학교를 다닌다는…….」

「맨발로 다니지는 않지요.」

「왜 다들 맨발로 군대식 체조를 하고 우향우를 하기 때문에 발바닥에 군살이 박혔다고 하던데.」

「설마 그럴 리가요. 누가 그런 허튼소리를 하던가요?」

「누구든 무슨 상관인가. 그리고 주먹만 한 밥 덩이 하나를 허리춤에 여름 밀감처럼 덜렁덜렁 차고 와서 점심으로 먹는다고 하던데. 먹는 게 아니라 입에 쑤셔 넣는 거겠지. 그럼 안에서 매실 장아찌 한 개가 나온다더군. 그 매실 장아찌가 나오기를 기대하면서 소금기가 없는 밥을 열심히 격파한다던데. 혈기가 왕성한 때니 안 그렇겠나. 도쿠센 군, 자네가 좋아할 얘기인데.」

「질박하고 강건하고 듬직한 기풍이로군.」

「듬직한 일이 또 한 가지 있지. 그 고장에는 재떨이[13]가 없다더군. 내 친구가 그곳에서 일할 때, 도게츠 봉[14]이란 도장이 찍혀 있는 재떨이를 사려고 나갔는데, 도게츠 봉은커녕 재떨이란 것 자체가 아예 없었다고 하네. 이상하다 싶어서 물어본즉, 재떨이는 뒷마당 숲에 가서 잘라 오면 그만인데 왜 사느냐고 대답했다고 하더군. 이 역시 질박하고 강건한 기풍을 나타내는 미담이 아니겠나, 도쿠센 군.」

13 곰방대의 담뱃재를 터는 대나무 상자.

14 시즈오카 시에 있는 산 이름으로 그곳의 대나무 숲에서 나는 대나무로 만든 재떨이 이름.

「음, 그야 좋은 얘기지만, 여기 공배[15]를 하나 메워야겠군.」

「좋네. 공배, 공배, 공배라. 이제 다 마무리가 되었군. 난 그 얘기를 듣고 얼마나 놀랐는지 모르네. 그런 곳에서 자네가 바이올린을 혼자 힘으로 터득했다니 참으로 대견한 일이야. 『초사(楚辭)』에 〈고독하고 의지할 데 없는 몸〉이란 시구가 있는데, 자네야말로 메이지의 굴원이로세.」

「굴원이라니요, 싫습니다.」

「그럼 금세기의 베르테르라 하지. 뭐라고? 돌을 메우고 집을 세어 보라고? 거참 고지식한 성품이로군. 세어 보나마나 내가 진 게 분명하지 않은가.」

「그래도 매듭을 지어야지.」

「그럼 자네가 알아서 다 하게나. 난 집 따위 세고 있을 때가 아니네. 금세기의 천재 베르테르 군이 바이올린을 어떻게 배우기 시작했는지, 그 일화를 들어야 조상님께 면목이 설 테니 이만 실례하겠네.」

메이테이 선생은 자리에서 일어나 간게쓰 군 쪽으로 다가갔다. 도쿠센 군은 흰 돌을 집어 흰 돌의 빈자리를 메우고, 검은 돌을 집어 검은 돌의 빈자리를 빈틈없이 메우면서 입으로는 열심히 계산을 하고 있다. 저쪽에서는 간게쓰 군의 얘기가 이어지고 있다.

「안 그래도 시골 촌구석인 데다 집안사람들이 얼마나 완고하고 고리타분한지, 조금이라도 유약한 모습을 보이면 이웃 동네 학생들에게 체면이 서지 않는다면서 엄격하게 규제를 하는 통에, 정말이지 골치가 아팠습니다.」

「자네 고향 학생들은 정말 융통성이 없더군. 도대체 왜, 감색 무지 바지를 입는가 말이야. 그것부터가 별나. 그리고 바닷바람을 맞아서 그런지, 피부가 까무잡잡하더군. 남자는 그나마 괜찮

15 바둑에서 어느 쪽이 두어도 이익이나 손해가 없는 빈자리.

아도 여자가 그렇게 피부가 까매서야 쓰겠나.」

메이테이 선생이 끼어들자 얘기가 엉뚱한 방향으로 흘러가고 만다.

「여자도 대체로 까맣습니다.」

「그런데도 용케들 시집은 가는 모양이로군.」

「그 고장 사람들이 전부 까마니 어쩌겠습니까.」

「팔자로군. 안 그런가 구샤미?」

「차라리 까만 게 낫지. 희어 보게. 거울을 볼 때마다 저 잘났다고 뽐낼 것 아닌가. 도무지 여자들이란 처치 곤란한 물건이라니까.」

주인은 후, 하고 한숨을 크게 내쉬었다.

「하지만 고장 사람들 전부가 까맣다면, 까맣다고 뽐내지 않겠습니까.」

도후 군이 그럴싸한 질문을 던졌다.

「아무튼 여자는 불필요한 존재야.」

「그런 소리 했다가 마나님의 심기를 건드리면 어쩌려고.」

메이테이 선생이 껄껄 웃으면서 주인에게 주의를 주었다.

「무슨 소리. 염려 놓게.」

「집에 안 계시나?」

「아이들 데리고 아까 나갔다네.」

「어째 조용하다 했지. 그래, 어디를 갔는가?」

「내가 어찌 알겠는가. 마음대로 나다니는데.」

「그럼 들어오는 것도 마음대로인가?」

「그렇지. 자네는 독신이라서 좋겠군.」

그 말에 도후 군은 다소 불만스러운 표정을 지었고 간게쓰 군은 히죽히죽 웃었다.

「가정을 꾸리면 다들 그런 마음이 들지. 어이 도쿠센 군, 자네도 마누라에게는 꼼짝 못하는 공처가지?」

「뭐라? 그게 아니지, 4, 6이 24에, 25, 26, 27. 어째 좁다 했더니 46집이로군. 크게 이겼는 줄 알았는데, 따져 보니 겨우 18집 차야. 그래, 뭐라고?」

「자네도 공처가 아니냐고 했네.」

「아하하하. 군이 공처가랄 것도 없지. 우리 마누라는 원래부터 나를 사랑했으니.」

「어이쿠, 무례한 말을 했군. 그러니 도쿠센 군이라지.」

「도쿠센 선생님만이 아닙니다. 그런 예는 얼마든지 있어요.」

간게쓰 군이 천하의 마나님들을 대신해서 변호의 수고를 자처했다.

「저도 간게쓰 군의 의견에 찬성합니다. 저는 인간이 절대적인 영역에 올라서는 방법에는 두 가지가 있다고 생각합니다. 그 두 가지 길이란 즉 예술과 사랑이죠. 부부애는 그 가운데 한 가지를 대표하는 것이니, 인간은 반드시 결혼을 해서 이 행복을 누려야 하지요. 안 그러면 하늘의 뜻을 거스르는 것이라 생각하는데, 어떻습니까 선생님?」

도후 군이 예의 진지한 태도로 발언하고는 메이테이 선생 쪽으로 몸을 돌렸다.

「명언일세, 명언이야. 나 같은 사람은 도저히 절대적인 영역에 올라설 수 없겠군.」

「마누라가 생기면 더욱이 올라서기가 힘들지.」

주인이 언짢은 표정을 지으며 말했다.

「아무튼 저희처럼 아직 결혼하지 않은 청년은 예술의 힘을 빌려 향상일로(向上一路)를 개척하지 않으면 인생의 의의를 알 수 없는 터라, 우선은 바이올린부터 배우자 싶어 간게쓰 군에게 경험담을 듣고 있는 것입니다.」

「그렇지 그렇지. 베르테르 군의 바이올린 얘기를 경청하기로 했지. 자 이제 얘기해 보게나. 더는 끼어들지 않을 테니.」

메이테이 선생이 겨우 입을 다물었나 싶은데, 이번에는 도쿠센 군이 입을 열었다.

「향상일로는 바이올린 따위로 개척할 수 있는 게 아니지. 그런 유희 삼매로 우주의 진리를 깨우칠 수 있다면 그거야말로 큰일 아닌가. 인생의 의의를 알고자 한다면 벼랑 끝에서 떨어져 죽었다가 다시 살아날 정도의 기백이 있어야 하는 거야.」

이렇게 도후 군에게 훈계 비슷한 설교를 늘어놓은 것까지는 좋았는데, 정작 도후 군은 선종의 선 자도 모르는 사내라 도무지 감탄하는 기색이 없다.

「그야 물론 그럴지도 모르겠지만, 예술은 역시 인간의 갈망의 극치를 나타내는 것 아닙니까. 그러니 그런 것을 버릴 수는 없지요.」

「버릴 수 없다면, 자네가 원하는 대로 바이올린 얘기를 끝까지 들려줌세. 지금까지 말씀드린 것처럼 주변 환경이 그런지라 바이올린 연습을 시작하기까지 난관이 많았습니다. 우선은 바이올린을 사는 것조차 힘들었지요.」

「그랬겠지. 짚신 하나 없는 곳에 바이올린이 있을 리 없으니.」

「아닙니다. 있기야 했지요. 필요한 돈도 미리 준비해 놓은 터라 아무 문제 없었는데, 살 수가 없는 겁니다.」

「어째서?」

「좁은 동네라 샀다 하면 금방 눈에 띕니다. 눈에 띄었다 하면 건방지다고 이내 제재가 들어오지요.」

「예로부터 천재는 박해를 받았으니까.」

도후 군이 동정표를 던졌다.

「자네, 또 천잰가. 그 소리 좀 그만하게. 그리고 매일 산책을 하면서 악기점 앞을 지날 때마다, 저걸 사면 좋을 텐데, 저걸 들고 있으면 기분이 어떨까, 아, 갖고 싶다, 아, 사고 싶다, 그런 생각을 하지 않은 날이 하루도 없었습니다.」

〈그럴 만도 하지〉 하고 평가한 메이테이 선생.

〈유난스레 집착을 했군〉 하고 상황을 이해하지 못하는 우리 주인.

〈역시 자네는 천재야〉 하고 감탄해 마지않는 도후 군.
그런데 도쿠센 군만 초연하게 수염을 꼬고 있다.
「그런 곳에 어떻게 바이올린이 있는지 의아해하실지도 모르겠으나, 생각해 보면 당연한 일입니다. 왜냐하면 그 고장에 여학교가 있었거든요. 여학생들은 음악 수업에 바이올린이 포함되어 있어서 매일 연습을 해야 하니까, 있는 겁니다. 물론 좋은 물건은 없지요. 바이올린이라는 이름값만 겨우 하는 물건들뿐이지요. 그러니까 악기점에서도 그다지 귀히 여기지를 않아요. 가게 앞에 두세 점을 덜렁덜렁 매달아 둘 정도니까요. 그런데 말이죠. 간혹 산책을 하다가 악기점 앞을 지날 때, 바람이 불거나 꼬마 녀석들이 슬쩍 만지면 소리가 나는 겁니다. 그 소리를 들으면 갑자기 심장이 터질 것처럼 두근거리면서 옴짝달싹을 못하겠는 겁니다.」
「저런. 물 발작, 사람 발작, 발작에도 여러 종류가 있는데 자네는 바이올린 발작이로군. 과연 베르테르야.」
메이테이 선생이 그렇게 빈정거리자 도후 군이 더더욱 감탄하며 나섰다.
「아니지요. 그 정도로 감각이 예민하지 않고서야 어떻게 진정한 예술가가 되겠습니까. 아무래도 자네는 천재 기질을 타고난 게 분명해.」
「아니, 진짜 발작인지도 모르지요. 하지만 그 음색만은 정말 오묘했습니다. 그 후로 오늘까지 꽤 오랫동안 바이올린을 켜왔지만, 그렇게 아름다운 소리가 난 적은 없습니다. 글쎄요, 뭐라 형용하면 좋을까요. 말로는 도저히 표현할 수 없군요.」
「〈은 쟁반에 옥구슬이 구르듯〉이란 표현이 있지 않은가.」
도쿠센 군이 또 그렇게 어려운 말을 꺼냈지만, 아무도 상대를 해주지 않으니 딱한 일이다.
「매일 산책하면서 악기점 앞을 지나다가 그 영묘한 소리를 세 번 들었습니다. 그리고 세 번째에 꼭 사야겠다고 결심을 했지요.

설사 집안사람들에게는 질책을 당하고 이웃 동네 사람들에게는 무시를 당하는 한이 있어도, 폭력 제재 때문에 목숨을 잃는 한이 있어도, 까딱 잘못해서 퇴학 처분을 당하는 한이 있어도 이것만은 꼭 사야겠다고 다짐한 것이지요.」

「그러니까 천재라는 것이지. 천재가 아니면 그렇게 끝까지 밀고 나갈 수 없는 법이거든. 부럽네. 나도 어떻게든 그렇게 정열적으로 살고 싶어 유념하고 있기는 한데, 그게 마음대로 되어야 말이지. 음악회에 가서도 최대한 열심히 들으려 애쓰는데, 별 감흥이 없으니.」

도후 군 아까부터 간게쓰 군을 칭찬하고 부러워하고 있다.

「감흥이 없는 게 차라리 낫네. 지금이니까 이렇게 차분하게 얘기할 수 있지 그때 내 괴로움은 상상도 할 수 없는 것이었다네. 그리고 선생님, 드디어 샀습니다.」

「그래, 어떻게?」

「11월이었습니다. 마침 덴초세쓰(天長節)[16] 전날 밤이었습니다. 집안사람들이 모두 온천으로 여행을 떠났지요. 저는 아프다고 하고서 그날은 학교에도 가지 않고 집에서 쉬었습니다. 오늘 밤이야말로 기필코 나가서 바라고 바라던 바이올린을 사겠노라고, 이불 속에서 그 생각만 했습니다.」

「꾀병을 부려서 학교까지 쉬었다는 말인가?」

「그렇습니다.」

「호오. 이거야 조금은 천재로군.」

메이테이 선생도 약간은 감탄하는 투다.

「이불 속에서 고개만 내밀고 있는데, 날이 왜 그렇게 더디 저무는지 견딜 수가 없었지요. 할 수 없이 머리까지 이불을 푹 뒤집어쓰고서 눈까지 감고 기다렸는데도 소용이 없었습니다. 고개를 내미니 쏘는 듯한 가을 햇살이 장지문 하나 가득 쨍쨍한 데는

16 메이지 천황의 생일.

정말 발작을 일으킬 정도였지요. 장지문 위쪽에 길쭉길쭉하게 모여 있는 그림자가 바람이 불면 흔들리곤 했습니다.」

「길쭉한 그림자라니, 그게 뭔가?」

「떫은 감의 껍질을 벗겨 처마에 매달아 놓은 것이지요. 곶감 말입니다.」

「흐음, 그래서?」

「이불을 젖히고 일어나 장지문을 열고 툇마루로 나가서 곶감 하나를 빼 먹었지요.」

「그래, 맛있던가?」

주인이 어린애 같은 질문을 했다.

「우리 고향 곶감이요? 맛있다마다요. 도쿄 사람들은 절대 그런 맛을 모를 겁니다.」

「감은 그렇다 치고, 바이올린은 어떻게 되었나?」

도후 군이 물었다.

「그리고 다시 이불 속으로 파고 들어가 어서 날이 저물어라, 하고 속으로 기도를 했습니다. 한 서너 시간은 지났겠다 싶었을 즈음, 이제는 해가 졌겠지 하고 고개를 내밀었는데, 웬걸 아직도 가을 햇살이 쨍쨍하게 장지문에 쏟아지고 있는 겁니다. 위쪽에는 길쭉한 그림자가 모여 흔들거리고 있고.」

「그 얘기는 아까 들었는데.」

「아직도 몇 번이 남았어. 그리고 또 이불을 걷어차고 일어나 장지문을 열고 곶감을 하나 빼 먹고, 다시 이불 속에 들어가 어서 빨리 해가 저물어라 하고 또 기도를 했지요.」

「그것도 아까 한 얘기 아닌가.」

「선생님, 그렇게 재촉하지 말고 좀 들어 보세요. 그리고 또 서너 시간 이불 속에서 꼼짝 않고 있다가, 이제는 되었겠지 하고 고개를 내밀었는데, 아니 가을 햇살이 아직도 장지문을 가득 비추고 있고, 위쪽에는 길쭉한 그림자가 모여 흔들흔들.」

「언제까지 똑같은 소리만 하려는가.」

「그리고 다시 이부자리에서 일어나 장지문을 열고, 툇마루에 나가서 곶감을 하나 빼 먹고…….」

「또 곶감을 먹었나. 언제까지 곶감만 빼 먹으려나, 끝이 없군.」

「저도 답답합니다.」

「자네보다 듣고 있는 쪽이 훨씬 답답하네그려.」

「선생님께서 그렇게 성급하게 구시니 얘기하기가 힘들군요.」

「듣는 쪽도 조금은 힘드네.」

도후 군도 은근히 불만을 털어놓았다.

「여러분이 힘들다 하시니 어쩔 수 없군요. 대충 하고 끝내지요. 요컨대 저는 곶감 하나 먹고 이불 속에 파고들고, 곶감 하나 먹고 이불 속에 파고들고, 그러다 결국 처마 끝에 걸린 곶감을 다 먹어 치우고 말았습니다.」

「다 먹었으니 해도 졌겠군.」

「그런데 그렇지가 않더군요. 제가 마지막 곶감을 먹고 이제는 해가 졌겠지 하고 고개를 내밀어 보니, 여전히 따가운 가을 햇살이 장지문 하나 가득…….」

「아, 난 그만 됐네. 도무지 얘기가 진전이 없잖은가.」

「얘기하는 저도 넌더리가 납니다.」

「그 정도로 끈질기면 어지간한 일은 다 성취하겠군. 그나저나 가만히 있으면 내일 아침까지 가을 햇살이 쨍쨍 내리쬐겠네. 대체 언제쯤 바이올린을 살 생각인가?」

메이테이 선생도 이제는 참고 견디기가 힘들다는 표정이다. 도쿠센 군 혼자만 태연하게, 가을 햇살이야 내일 아침까지든 내일모레 아침까지든 얼마든지 비춰도 상관없다는 식으로 동요하는 기색을 보이지 않는다. 간게쓰 군도 태연하기는 마찬가지다.

「언제 살 생각이냐고 하시는데, 밤만 되면 바로 사러 나갈 겁니다. 그런데 안타깝지만, 몇 번을 고개를 내밀어 보아도 가을 햇살이 장지문에 쨍쨍하게 내리쬐고 있으니. 그렇습니다, 그때 저의 애타는 마음, 지금 여러분이 답답해하는 그런 정도가 아니었습니다. 저는 마지막 곶감을 다 먹었는데도 해가 지지 않은 것을 보고는 그만 눈물을 뚝뚝 흘리고 말았습니다. 도후 군, 난 정말 절망스러워 울고 말았다네.」

「그렇겠지, 예술가는 원래 정도 많고 한도 많으니 울었다는 것은 내 동정하네만, 얘기를 좀 더 빨리 진행할 수는 없겠나.」

도후 군은 성품이 좋다서 그런지, 한없이 진지하고 우스꽝스러운 말을 건넸다.

「나도 그리하고 싶은 마음은 굴뚝같지만, 해가 저물지 않으니 어쩌겠나.」

「그리 해가 저물지 않으면 듣는 쪽도 답답하니 이제 그만두지.」

주인이 드디어 인내의 한계를 느끼는지 그런 말을 꺼냈다.

「그만두면 더욱 난감해집니다. 이제부터가 재미있는 대목이니까요.」

「그럼 들을 테니, 이제 해가 저물었다고 치게.」

「다소 무리한 주문이기는 하나, 선생님께서 그리 말씀하시니 한 수 물리고 해가 저물었다 치지요.」

「그것 잘되었군.」

도쿠센 군이 태연하게 그런 말을 하자, 모두들 웃음을 터뜨렸다.

「드디어 밤이 되자 일단은 안심이 되어 잠시 숨을 돌리고 구라카케에 있는 하숙집을 나섰지요. 저는 본디 시끌시끌한 곳을 싫어하는 터라, 일부러 편리한 시내를 피해 인적 드문 한촌의 농가를 조촐한 초암 삼아 기거하고 있었지요.」

「〈인적 드문〉이라니, 너무 거창하군.」

주인이 그렇게 항의를 하자, 메이테이 선생도 불만을 토로했다.

「초암 삼아 기거했다는 말도 허풍스럽군. 도코노마조차 없는 다다미 네 장 반짜리 방 정도로 하는 것이 사실적이고 흥미롭지.」

「사실이야 어떻든 시적인 표현이라 느낌이 좋은데요.」

도후 군만 그렇게 칭찬했다.

「그런 곳에 살았다면 학교에 다니기도 힘들었겠군. 그래 몇 리가 떨어져 있었나?」

도쿠센 군이 심각한 표정으로 물었다.

「학교까지는 그리 멀지 않았습니다. 학교가 원래 한촌에 있는 터라.」

「그렇다면 그 주변에서 하숙을 하는 학생들도 많았겠군.」

도쿠센 군, 계속 꼬투리를 잡는다.

「네, 대부분의 농가에 한둘은 꼭 있었지요.」

「그런데 〈인적 드문〉이란 말인가?」

마침내 도쿠센 군, 간게쓰 군에게 정면 공격을 감행했다.

「네, 학교만 없다면 정말 인적이 드문 곳입니다. 그런데 그날 밤 저는 무명 누비옷 위에 금단추 달린 교복 외투를 입고, 외투에 달린 모자를 푹 뒤집어썼습니다. 되도록 사람들 눈에 띄지 않으려 조심한 것이지요. 때마침 감잎이 떨어지는 계절이라 하숙집에서 난고 가도까지 가는 길이 낙엽으로 수북했습니다. 한 걸음 내디딜 때마다 사락거리는 소리가 여간 신경이 쓰이는 것이 아니었습니다. 행여 누가 따라오지는 않을까 싶어 불안하기 짝이 없었지요. 간혹 뒤돌아보면 어둠 속에서 도레이지(東嶺寺)의 울창한 숲이 더욱 어둡게 보였습니다. 이 도레이지라는 절은 제 하숙집에서 1백 미터 정도 떨어진 고신 산 기슭에 있습니다. 마쓰다이라 가문[17]의 위패를 모시고 있는, 적막감이 감도는 아주 그윽한 사찰이지요. 숲 위로는 무수한 별이 반짝이는 밤하늘, 은하수가 나가세 강을 비스듬히 가로지르고 있고, 그 한 끝은, 그 한 끝은, 음, 하와이 쪽으로 흐르고 있습니다.」

「뜬금없이 하와이라니.」

메이테이 선생이 말했다.

「난고 가도를 2백 미터쯤 걸어서 다카노다이마치에서 시내로 들어가, 고조마치를 지나 센고쿠마치를 돌고, 구이시로초를 옆

17 도쿠가와 가문의 모체.

으로 보면서 도리초 1동, 2동, 3동을 차례로 지난 다음에 오와리초, 나고야초, 샤치호코초, 가마보코초…….」[18]

「그렇게 많은 동네를 일일이 열거하지 않아도 되네. 요는 바이올린을 샀나, 그거니까.」

주인이 답답해서 못 견디겠다는 듯이 물었다.

「악기점은 가네젠 즉 가네코 젠베 댁이니까, 아직 멀었습니다.」

「먼 것은 상관없으니, 어서 사게나.」

「알겠습니다. 그래서 가네젠 댁에 가보니, 가게에 등불이 쨍쨍하게 밝혀져 있는 것이…….」

「또 쨍쨍인가. 자네 그 쨍쨍 소리는 한두 번에 끝나지 않으니 정말 난감하군.」

이번에는 메이테이 선생이 선수를 쳤다.

「아닙니다. 이번 쨍쨍은 한 번에 끝나니까 그리 염려하실 것 없습니다. 불빛 아래서 예의 바이올린을 보니, 부드럽게 휜 몸통이 가을 등불의 빛을 어렴풋이 반사하면서 싸늘하게 빛나고 있더군요. 팽팽한 현의 일부는 반짝반짝 하얗게 빛나 보였습니다.」

「대단한 표현이로군.」

도후 군이 또 칭찬했다.

「저거야, 저 바이올린이다 싶으니, 갑자기 가슴이 두근거리고 다리가 후들후들 떨리는 것이…….」

「흐흥.」

도쿠센 군이 코웃음을 쳤다.

「나도 모르게 뛰어가 호주머니에서 지갑을 꺼내고, 지갑에서 5엔짜리 지폐 두 장을 꺼내서…….」

「드디어 샀는가?」

주인이 물었다.

「사려고 했는데, 아니지 잠깐, 지금이 중요한 때다, 선부른 짓

18 여기에 등장하는 지명은 모두 가공의 지명.

을 했다가는 일을 그르칠 수도 있다. 에이, 그만두자, 하고 사기 직전에 그만두었습니다.」

「뭐야, 아직도 안 샀다는 말인가? 바이올린 하나 가지고 어지간히 얘기를 질질 끄는군.」

「질질 끄는 게 아닙니다. 살 수가 없으니, 어쩔 수 없지요.」

「어째서 못 샀다는 말인가?」

「어째서냐고요? 아직 초저녁이라 오가는 사람들이 많으니 그렇지요.」

「무슨 상관이야. 사람이 2백 명이 다니든 3백 명이 다니든. 자네도 참 모를 사람이로군.」

주인이 투덜거렸다.

「그냥 오가는 사람들이라면 1천이든 2천이든 상관없지만, 학생들이 소매를 걷어붙이고 기다란 막대기를 들고 어슬렁거리니 쉽사리 살 수가 있어야지요. 개중에는 침전당(沈澱黨)이라고 해서, 반에서 밑바닥을 기면서도 좋아라 하는 녀석들이 있으니까요. 그런 놈들이 유독 유도에 강하다는 말입니다. 무턱대고 바이올린을 샀다가 무슨 봉변을 당할지 알 수 없는 노릇 아닙니까. 아무리 바이올린이 갖고 싶어도, 목숨 또한 중요한 것이잖습니까. 바이올린을 켜다가 죽느니 켜지 않고 사는 편이 낫지요.」

「그럼, 끝내 사지 못했다는 얘기로군.」

주인이 재삼 확인했다.

「아니지요, 샀습니다.」

「거참 감질나게 구는군. 살 거면 빨리 사게. 싫으면 싫다고 하든지, 아무튼 얘기를 빨리 끝내게.」

「헤헤헤헤. 세상 일이 어디 그렇게 자기 뜻대로 척척 돌아가나요.」

간게쓰 군은 그렇게 말하고는 천연덕스럽게 담배에 불을 붙여 피우기 시작했다.

주인은 얘기를 더 듣기가 귀찮아졌는지 자리에서 벌떡 일어나

서재로 들어가는가 싶더니 낡은 영어 책 한 권을 들고 나와 납죽 엎드려 읽기 시작했다. 도쿠센 군은 어느 틈에 도코노마 앞으로 돌아갔는지, 혼자 바둑돌을 놓으며 바둑판과 씨름하고 있다. 간게쓰 군이 모처럼 풀어 놓은 이야기보따리가 너무 오래 시간을 끄는 터라, 듣는 이가 하나둘 줄어들어 끝내는 예술에 충실한 도후 군과 시간을 잡아먹는 일에 물린 일이 없는 메이테이 선생만 남았다.

담배 연기를 후 하고 길고 거침없이 세상으로 뿜어낸 간게쓰 군은 예의 속도로 다시 얘기를 이었다.

「도후 군, 난 그때 이런 생각을 했어. 초저녁은 아무래도 안 되겠다, 그렇다고 밤늦게 오면 가네젠은 문을 닫고 잘 테니 더욱이 안 되고. 학생들이 산책을 끝내고 다 돌아간 후, 가네젠이 아직 문을 닫지 않았을 때를 가늠해서 와야지, 안 그러면 계획이 물거품으로 돌아가겠다. 그런데 그 시간을 가늠하기가 여간 어려워야지.」

「그야 물론 어렵겠지.」

「그래서 일단은 그 시간을 열시쯤으로 잡았지. 그런데 열시까지 어디서든 시간을 보내야 하지 않나. 집에 갔다가 다시 나오려면 그것도 큰일이고. 그렇다고 친구 집에 가서 잡담이나 하자니 왠지 찜찜해서 싫고. 그래서 할 수 없이 시내를 돌아다니기로 했다네. 그런데 두세 시간쯤이야 평소 같으면 어슬렁거리다 보면 그냥 지나갈 시간인데, 그날 밤은 어찌나 시간이 더디 가는지 말도 말게. 하루가 천추 같다는 말은 이런 때를 뜻하는가 보다고 뼈저리게 느꼈다네.」

간게쓰 군은 지금도 그렇게 느껴진다는 표정으로 메이테이 선생 쪽을 보았다.

「옛 사람도 〈기다리는 몸에 사무치는 화로여, 애달프구나〉[19]라

19 요곡의 일종인 우타자와부시의 한 구절.

읊은 적이 있을 정도였잖은가. 또 기다리게 하는 쪽보다 기다리는 쪽이 더 괴로우니, 처마에 매달린 바이올린도 괴로웠겠지만 목표 잃은 탐정처럼 정처 없이 헤매는 자네는 더욱 괴로웠겠네그려. 〈처량한 몰골이 상갓집 개꼴〉[20]이라더니, 사실 집 없는 개처럼 딱한 것도 없지.」

「개라니, 너무하십니다. 이래 봬도 개에 비유된 적은 지금까지 한 번도 없습니다.」

「자네 얘기를 듣다 보니 왠지 옛 예술가의 전기를 읽는 기분이 들어서 동정을 금할 수 없군. 선생님이 농담으로 개에 비유한 것이니 괘념치 말고 얘기를 계속하게나.」

도후 군이 그렇게 위로했다. 애써 그렇게 위로하지 않아도 간게쓰 군은 얘기를 계속할 생각이다.

「그리고 오카치마치에서 핫키마치를 지나 료가에초에서 다카조마치로 나가 현청 앞에서는 늙은 버드나무의 수를 헤아리고, 병원 옆에서는 불 밝힌 창문의 수를 헤아리고, 곤야 다리 위에서는 담배를 두 대 피우고, 그리고 시계를 보았지.」

「그래 열시가 되었던가?」

「안타깝게도 아직. 곤야 다리를 건너 강을 따라 동쪽으로 가다가 장님 세 명을 보았지요. 그리고 개가 멍멍 짖어 대더군요, 선생님.」

「기나긴 가을밤에 강가에서 개 짖는 소리를 듣다니, 거참 극적이로군. 자네 야반도주를 하는 도망자 격이었네그려.」

「무슨 나쁜 짓이라도 했나?」

「이제 하려고 하는 참일세.」

「바이올린을 사는 게 나쁜 짓이라니 딱하군. 음악 학교 학생들은 모두 죄인이겠어.」

「아무리 좋은 일이라도 타인이 인정하지 않는 짓을 하면 죄인

20 『사기』에 나오는 말.

이지. 그러니 세상에 죄인이라는 판정만큼 못 믿을 것도 없을 걸세. 예수도 그런 세상에 태어났기 때문에 죄인이 된 것이지. 호남인 간게쓰 군도 그런 곳에서 바이올린을 사면 죄인이 될 수밖에.」

「그렇다면 죄인이라 해두지요. 죄인인 것은 상관없는데, 도통 열시가 되지 않으니 그 때문에 죽을 지경이었습니다.」

「다시 한 번 동네 이름을 헤아리면 될 일이지. 그래도 시간이 남으면 또 가을 햇살이 쨍쨍 내리쬐게 하면 될 일이고. 그래도 또 시간이 남으면 곶감을 세 다스 먹으면 될 일. 난 언제까지든 기꺼이 들어줄 테니 열시가 될 때까지 계속하게나.」

메이테이 선생의 이 말에 간게쓰 군 싱글싱글 웃으며 대꾸한다.

「선생님이 그렇게 선수를 치시니 항복하는 수밖에 없군요. 그럼 한 달음에 열시가 되었다고 하지요. 이제 마음먹은 열시가 되어 가네젠 앞에 가보니 밤바람이 싸늘한 때라 그런지 낮에는 그렇게 번잡하던 료가에초도 사람의 발길이 뜸한 것이, 저쪽에서 들려오는 나막신 소리마저 쓸쓸하게 들리더군요. 가네젠은 큰문은 닫혀 있고 쪽문만 열려 있었습니다. 안 그래도 개에게 쫓기는 심정으로 쪽문을 열고 들어가는데 으스스한 기분이 드는 게…….」

이때 주인이 너저분한 책에서 잠시 눈을 떼고 물었다.

「그래, 바이올린은 샀나?」

「이제 막 사려는 참입니다.」

도후 군이 대답했다.

「아직도 안 샀어, 정말 오래 걸리는군.」

주인은 혼자서 중얼거리고는 다시 책을 읽기 시작했다. 아까부터 말이 없는 도쿠센 군은 어느새 흰 돌과 검은 돌로 바둑판을 다 메웠다.

「작정하고 뛰어 들어가 모자를 쓴 채 바이올린을 달라고 했더니, 화로 주위에 모여 얘기를 나누고 있던 점원 네다섯 명이 놀라서 약속이라도 한 것처럼 내 얼굴을 쳐다보더군요. 나도 모르게 오른손을 들어서 모자를 앞으로 쑥 끌어당겼습니다. 그러고 나서, 바이올린을 달라니까, 하고 두 번째로 말했죠. 그랬더니 제일 앞에 앉아서 내 얼굴을 쳐다보던 어린 종업원이 아, 예 하고 어리바리하게 대답하고는 일어나서 처마 밑에 매달려 있는 예의 바이올린 서너 개를 한꺼번에 끌어내렸습니다. 얼마냐고 물었더니 5엔 20전이라고 하는데…….」

「아니, 바이올린이 그렇게 싼가. 혹시 그거 장난감 아니었나?」

「값이 다 같으냐고 물었더니, 네 다 똑같습니다. 다 튼튼하게 공들여서 만든 것이라고 하기에, 지갑에서 5엔짜리 지폐와 20전짜리 은화를 꺼내 건네고, 준비해 온 보자기를 펼치고 바이올린을 쌌지요. 그러는 동안 가게 점원들은 얘기를 뚝 멈추고 제 얼굴만 쳐다보고 있었습니다. 얼굴을 모자로 가렸기 때문에 알아볼 염려는 없었지만, 그래도 마음이 조급해서 한시 빨리 가게를 뛰쳐나가고 싶어 오금이 저릴 지경이었지요. 보자기에 싼 바이올린을 외투 속에 숨기고 가게를 나섰는데, 점원들이 입을 모아 감사합니다! 하고 소리를 지르는 바람에 등골이 다 오싹하더군요. 길로 나서서 잠시 사방을 돌아보았더니 다행히 아무도 없기는 한데, 저만치에서 동네가 떠나가라 시를 읊으며 다가오는 사람이 두셋 있었습니다. 이거 큰일 났다 싶어서 가네젠 모퉁이를 서쪽으로 돌아 도랑을 지나 야쿠오지 길로 나가서는 한노키무라에서 고신 산자락 쪽으로 가서 겨우 하숙집에 도착했습니다. 하숙집에 돌아가 보니 시간이 벌써 새벽 2시 10분 전이더군요.」

「결국 그 시간이 되도록 걸어 다닌 셈이로군.」

도후 군이 딱하다는 듯이 말하자 메이테이 선생도 한숨을 내쉬며 거들었다.

「어이쿠 이제야 끝났군. 그 전국 주사위 놀이[21] 한번 오래 했네.」

「아닙니다. 이제부터가 진짜예요. 지금까지 얘기는 그저 서막입니다.」

21 전국 그림이 그려진 판에 주사위를 던져 나온 숫자만큼 말을 움직이는 놀이.

「아직도 뭐가 남았다는 말인가? 이거 쉬운 일이 아니로군. 웬만한 사람은 자네의 그 끈기에 다 나가떨어지겠어.」

「끈기는 그렇다 치고, 여기서 그만두면 부처님을 그려 놓고 점안을 하지 않은 것이나 다름없으니, 좀 더 얘기를 하겠습니다.」

「얘기를 하는 거야 자네 마음이지. 나도 듣기야 하겠네만.」

「구샤미 선생님도 이제 좀 들으시지요. 바이올린은 샀으니까요, 네 선생님.」

「이번에는 바이올린을 팔 차례인가. 파는 장면을 들어서 뭐하겠나.」

「아직 팔 때가 아닙니다.」

「그렇다면 더욱 들을 일이 없지.」

「이거 참 난감하군. 도후 군, 자네밖에 없네, 열심히 들어주는 사람은. 조금 맥이 빠지지만 할 수 없지. 대충 하고 끝내야겠네.」

「대충 하지 않아도 되니까 느긋하게 얘기하게. 아주 재미있어.」

「간신히 바이올린을 구입하기는 했는데, 그다음은 어디에 두어야 할지 그게 문제였어. 내 하숙집에는 사람들이 많이 놀러 오니까 괜히 아무 데나 걸어 두거나 세워 두었다가는 금방 눈에 띌 테니 말이야. 땅을 파고 묻으면 다시 파내는 게 성가실 테고.」

「그럼 그럼, 그래서 천장 위에 숨겼나?」

「천장이 어디 있다고. 농가인데.」

「그거 참 대책이 없었겠군. 그래서 결국 어디에 숨겼나?」

「어디에 숨겼을 것 같나?」

「내가 어찌 알겠나. 두껍닫이에 넣었나?」

「아니.」

「그럼 이불에 싸서 벽장 속에 숨겼나?」

「아니.」

도후 군과 간게쓰 군이 바이올린의 은신처를 둘러싸고 이렇게 문답을 계속하고 있을 때, 주인과 메이테이 선생도 열심히 무슨 얘기를 나누고 있었다.

「이거 뭐라고 읽나?」

「어디, 어디?」

「여기 이 두 줄 말일세.」

「어디 보자. *Quid aliud est mulier nisi amiticiæ inimica*…… 이거 라틴어 아닌가.」

「라틴어라는 건 알겠는데, 뭐라고 읽느냐 말이지.」

「자네, 평소에 라틴어를 읽을 줄 안다고 하지 않았나.」

메이테이 선생, 상황이 위태롭다고 파악했는지 슬쩍 피한다.

「물론 읽을 줄이야 알지. 읽을 줄은 아는데, 이게 뭐냐 이거야.」

「읽을 줄은 아는데, 이게 뭐냐니, 좀 심하군.」

「아무튼 영어로 좀 번역해 봐.」

「봐라니, 그것도 좀 심하군. 아예 졸개 취급 아닌가.」

「졸개고 뭐고 간에, 무슨 뜻이냐니까?」

「라틴어 따위는 나중에 풀이하고, 간게쓰 군 얘기나 들어 보세. 지금 아주 중요한 순간이라고. 끝내 들통이 날 것이냐 말 것이냐 하는 위기일발의 고비란 말일세. 간게쓰 군, 그래 어떻게 되었나?」

메이테이 선생, 갑자기 흥분해서 다시 바이올린 팀에 끼었다. 가엾게 주인은 또 혼자 남겨졌다. 간게쓰 군은 이에 힘입어 바이올린을 숨긴 장소를 설명하기 시작했다.

「결국은 낡은 고리짝에 숨겼습니다. 이 고리짝은 고향을 떠날 때 할머니가 작별 선물로 준 것인데, 할머니가 시집올 때 혼수로 가져온 것이라고 합니다.」

「그거 상당한 골동품이로군. 바이올린과는 좀 덜 어울렸겠어. 안 그런가, 도후 군?」

「네, 약간 조화롭지 못하군요.」

「천장 위도 조화롭지 못하기는 마찬가지 아닌가.」

간게쓰 군이 도후 선생을 걸고 넘어졌다.

「조화롭지는 못하지만 시는 될 테니 안심하게. 〈서글픈 가을 고리짝에 몸 숨긴 바이올린아〉 어떤가?」

「선생님, 오늘은 하이쿠가 술술 나오는군요.」

「오늘만 그런 게 아니지. 늘 배 속에 준비되어 있어. 내가 하이쿠에 얼마나 조예가 깊은지, 돌아가신 시키시 선생[22]도 혀를 내두를 정도였지.」

「선생님, 시키시 선생님과 친분이 있었습니까?」

고지식한 도후 군이 솔직한 질문을 던졌다.

「만나지는 않았어도, 무선 전신으로 서로의 속내를 숨김없이 털어놓는 사이였지.」

메이테이 선생의 그런 얼토당토않은 대답에 도후 군은 어이가 없다. 간게쓰 군은 웃으면서 다시 얘기를 이어 나갔다.

「숨길 장소는 그렇게 찾았는데, 그다음에는 꺼내는 게 문제였지요. 그저 남몰래 꺼내서 바라보는 정도야 할 수 있지만, 바라만 봐서야 아무 소용이 없지 않습니까. 바이올린은 켜라고 있는 것, 켜면 소리가 나고 소리가 나면 들키게 되어 있는 데다 무궁화 울타리 너머 남쪽에는 바로 침전당 두목이 하숙을 하고 있으니 위험천만이었지요.」

「그럼 곤란하지.」

도후 군이 안되었다는 듯이 맞장구를 쳤다.

「음, 그거 난감했겠군. 소리가 물증 구실을 하는 셈이니. 다카쿠라 천황[23]이 총애했던 궁녀 고고노 쓰보네도 그 칠현금 소리 때문에 일을 그르치지 않았나.[24] 차라리 음식을 훔쳐 먹거나 가짜 돈을 만드는 일이라면 그나마 수습이 가능하지만 음악은 숨길 수 없는 것이니 말이지.」

22 마사오카 시키(正岡子規)를 뜻함.

23 高倉天皇. 12세기 제80대 천황.

24 고고노 쓰보네(小督の局)는 황후의 아버지가 휘두르는 권력을 피해 몸을 숨겼는데, 칙명을 받고 그녀를 찾아다니던 이가 그녀가 연주하는 칠현금 소리로 그녀를 찾았다고 한다.

「소리만 나지 않는다면 어떻게든 해볼 수 있을 텐데 말이지요.」

「가만 가만, 그게 아니지. 소리가 나지 않는다고 아무 문제가 없는 것은 아니니까 말이야. 소리가 안 나도 숨길 수 없는 게 있어. 옛날에 우리가 고이시카와에 있는 한 절에서 자취를 하던 시절에 스즈키 도주로란 사내가 있었는데, 그 도주로 군이 요리할 때 쓰는 맛술을 아주 좋아했어. 그래서 맥주병에 맛술을 사 와서는 홀짝홀짝 마시기를 즐겼지. 어느 날 도주로 군이 산책하러 나간 틈에 구샤미 군이 슬쩍 훔쳐 마신 거야, 그러면 안 되는데 말이야.」

「내가 언제 스즈키의 맛술을 마셨는가, 자네가 마셨지.」

주인이 버럭 소리를 질렀다.

「아뿔싸, 책을 읽고 있어서 괜찮을 줄 알았는데 다 듣고 있었네그려. 역시 방심할 수 없는 사내야. 팔방미인이 따로 없네그려. 자네 말을 듣고 보니, 그래 맞아. 나도 마셨지. 그런데 들킨 건 자네였잖은가. 들어 보시게. 구샤미 선생은 원래 술을 마실 줄 몰라. 그런데 남의 맛술이라고 열심히 들이켰으니 큰일이 났지 무언가. 온 얼굴이 시뻘겋게 달아올랐어. 차마 눈 뜨고는 봐줄 수 없는 꼴이었지.」

「시끄러워. 라틴어도 모르는 주제에.」

「하하하하. 그런데 그 사내가 돌아와서 맥주병을 흔들어 보니까 절반도 채 남지 않은 거야. 틀림없이 누가 마신 모양이라고 사방을 둘러보았더니, 저 구석에 구샤미 선생이 뻘겋게 떡칠한 인형처럼 웅크리고 있는 거야.」

세 사람은 자기도 모르게 웃음을 터뜨리고 말았다. 주인도 책을 보면서 키득키득 웃었다. 도쿠센 군 혼자만 바둑에 너무 깊이 빠져 피곤했는지, 바둑판에 엎드려 쿨쿨 자고 있었다.

「소리는 나지 않았지만 들통 난 일이 또 있지. 내가 옛날에 우바코 온천에 갔을 때 일인데, 어떤 할아버지와 방을 같이 썼거든. 도쿄에서 전통 옷가게를 했다나, 아무튼. 방을 같이 쓰는데

헌 옷 가게 주인이었든 기모노 가게 주인이었든 그야 상관없는 일이지만, 한 가지 곤란한 일이 벌어진 거야. 우바코에 도착한 지 사흘 만에 담배가 떨어지고 말았던 거지. 다들 알고 있겠지만, 그 우바코 온천은 심심산골에 집 한 채가 달랑 있을 뿐, 목욕하고 밥 먹는 것 말고는 달리 할 일이 없는 불편한 곳이거든. 그런 곳에서 담배가 떨어졌으니 난감했지. 사람이란 뭐가 없다 싶으면 더욱 갖고 싶어 하잖나. 담배가 떨어졌다 싶으니까 평소에는 그렇지 않은데, 당장 피우고 싶은 거야. 그런데 그 노인네는 보자기 하나 가득 담배를 싸 들고 왔거든. 그러고는 사람 앞에 떡 버티고 앉아서 보자기에서 한 개비씩 꺼내, 어때 피우고 싶지 하고 약을 올리는 것처럼 뻐끔뻐끔 피워 대는 거야. 그냥 얌전히 피우면 그나마 참아 줄 텐데 연기로 도넛을 만들지를 않나, 모로 뿜어내고 가로 뿜어내고 그러다 급기야 누워서 거꾸로 뿜어내고, 코로 뭉글뭉글 뿜어내고. 그러니까 즉 뿜냈던 거야.」

「그게 무슨 소리죠? 뿜내다니요?」

「차림새 같으면 뽐낸다고 할 텐데, 담배니까 뿜낸다고 하는 거지.」

「참느라고 그렇게 고생하느니 차라리 한 개비 얻으면 되잖아요.」

「그럴 수는 없지. 나도 남자인데.」

「남자는 담배를 얻으면 안 되나요?」

「안 될 거야 없지만, 난 그러지 않았지.」

「그럼 어떻게 했는데요?」

「얻지 않고 훔쳤네.」

「저런 저런.」

「노인네가 수건을 들고 욕탕으로 가기에 이때다 하고 몇 개비를 잇달아 열심히 피우면서, 아아 고소하다 하고 생각하고 있는데, 장지문이 드르륵 열려서 돌아보았더니, 담배 주인이 서 있더군.」

「온천 하러 간 게 아니었나요?」

「가려다 돈주머니를 깜박 두고 온 것을 알고는 복도에서 되돌아온 거였어. 누가 돈주머니를 훔칠 것도 아닌데, 거 실례가 아닌가 말이야.」

「뭐라고 할 수도 없네요. 담배를 훔친 솜씨로 봐선…….」

「하하하하. 노인네가 안목이 있었던 거지. 돈주머니는 그렇다 치고, 장지문을 열었더니 이틀 동안이나 참다 피워 댄 담배 연기가 숨이 턱 막힐 정도로 방 안에 가득 고여 있었을 테니. 나쁜 짓을 하면 이내 들통이 난다더니, 그 꼴이 되었지 무언가.」

「그래 노인네가 뭐라고 하던가요?」

「과연 나잇값은 하더구먼. 아무 말 없이 궐련 50~60개비를 종이에 둘둘 말더니, 미안하지만 이런 보잘것없는 것이라도 괜찮다면 피우시지요, 라고 하면서 욕탕으로 다시 가더군.」

「그런 걸 에도 취향이라고 하는 것일까요?」

「에도 취향인지 전통 옷가게 취향인지는 모르겠지만, 아무튼 그 후로 2주 동안 그 노인네와 속을 툭 터놓고 지내면서 재미나게 머물다 돌아왔다네.」

「그럼 담배도 2주 동안 그 할아버지에게 신세를 졌겠군요.」

「그런 셈이었지.」

「이제 바이올린 얘기는 다 끝났는가?」

주인이 책을 덮고 일어나면서 드디어 항복 선언을 했다.

「아직입니다. 앞으로가 재미있는 대목인걸요. 마침 잘 일어나셨습니다. 그 바둑판에 엎드려 낮잠을 주무시는 선생님, 무슨 선생님이라고 했지요, 아, 도쿠센 선생님, 도쿠센 선생님도 같이 들어 주셨으면 좋겠군요. 저런 자세로 자면 몸에도 좋지 않거든요. 자 이제 그만 깨우시지요.」

「어이, 도쿠센 군, 일어나게, 어 일어나. 재미있는 얘기가 있다네. 일어나시게. 이렇게 자면 몸에 해롭다는군. 자네 안사람이 걱정하겠네.」

「음.」

웅얼거리며 얼굴을 든 도쿠센 군의 염소수염을 타고 침이 한 줄기 찍 늘어져 달팽이가 기어간 자리처럼 번들번들 빛났다.

「아, 잘 잤다. 산 위의 저 흰 구름이 내 나른한 마음을 닮았구나. 아, 기분 좋게 잤어.」

「자네가 잔 건 다들 아니까, 이제 그만 일어나는 게 어떻겠나?」

「음, 그러지 뭐. 무슨 재미난 얘기라도 있나?」

「드디어 바이올린을, 어쩐다고 했지, 구샤미 군?」

「글쎄, 어쩔 건지 나는 전혀 모르겠는데.」

「드디어 켤 참입니다.」

「이제 바이올린을 켠다고 하네. 이쪽으로 와서 좀 들어 봐.」

「아직도 그 바이올린 타령인가. 거참.」

「자네는 무현금을 켜는 족속이니 아무 문제가 없겠지만, 간게쓰 군은 한번 켰다 하면 깨앵깨앵 지잉지잉 이웃까지 울리는 통에 어쩔 바를 모르고 있는 참이네.」

「그런가. 간게쓰 군, 이웃에 들리지 않게 바이올린을 켜는 방법을 모르나?」

「모르겠는데요. 혹여 그런 방법이 있다면 알려 주시지요.」

「내가 굳이 알려 주지 않아도 〈노지백우(露地白牛)〉[25]를 보면 금방 알 수 있을 텐데.」

도쿠센 선생은 도통 알 수 없는 소리를 했다. 간게쓰 군은 아직 잠이 덜 깨어 저런 해괴한 소리를 하는 것이려니 하고서 무시한 채 얘기를 이어 나갔다.

「간신히 한 가지 묘안을 짜내었지요. 그다음 날은 덴초세쓰였습니다. 종일 집에 있으면서 아침부터 고리짝 뚜껑을 열었다 닫았다 부산스럽게 지내다가, 드디어 날이 저물어 고리짝 안에서 귀뚜라미가 울기 시작할 무렵, 두 눈 딱 감고 바이올린의 활을 꺼냈습니다.」

「드디어 꺼냈군.」

25 한 점 번뇌의 얼룩 없는 청정한 경지를 이르는 선어.

도후 군이 말했다.

「선불리 켰다가는 위험할 텐데.」

메이테이 선생이 주의를 주었다.

「우선은 활을 들고 이 끝에서 저 끝까지 죽 살펴보았지요.」

「그 무슨, 어설픈 대장장이도 아니고.」

「아니죠. 이것이 나의 혼이다, 하고 생각했더니 무사가 어두운 밤, 어른거리는 불빛 아래서 날이 시퍼렇게 선 명검을 칼집에서 휙 빼는, 그런 기분이 들더란 말입니다. 저는 활을 쥔 채로 부들부들 떨었습니다.」

「정말 천재로군.」

도후 군은 그렇게 말하며 혀를 내둘렀지만 메이테이 선생은 또 비아냥거렸다.

「완벽한 발작이로군.」

「어서 켜기나 하게.」

주인은 그렇게 말했고, 도쿠센 군은 참으로 한심하다는 표정을 지었다.

「다행히 활은 아무 탈이 없었습니다. 그래서 이번에는 바이올린을 등불 가까이 갖다 대고서 앞뒤를 잘 살펴보았지요. 그러는 5분 동안, 고리짝 속에서 귀뚜라미가 내내 울고 있었다고 생각하십시오.」

「무슨 생각이든 해줄 테니, 안심하고 어서어서 켜게나.」

「아직 켜면 안 됩니다. 다행히 바이올린에도 흠집 하나 없었지요. 이제 되었다 하고, 벌떡 일어나…….」

「어디로 가는 건가?」

「좀 잠자코 들어 보세요. 한마디 할 때마다 그렇게 끼어들면 얘기를 할 수 없잖습니까.」

「어이, 자네들, 조용히 하라네. 쉬, 쉬.」

「자네만 떠들고 있지 않은가.」

「아, 그런가? 이거 실례. 아무렴 경청을 해야지, 경청을.」

「바이올린을 옆구리에 끼고 짚신을 신고서 두세 걸음 사립문 밖으로 나갔는데, 아니지 잠깐…….」

「그것 보라니까. 또 정전이 될 줄 내 알았지.」

「이제 돌아가 봐야 곶감도 없다고.」

「선생님들이 그렇게 끼어드시니 정말 유감입니다. 하나, 도후 군 하나를 상대로 얘기하는 것보다는 나으니 어쩔 수 없지요. 들어 보게 도후 군, 두세 걸음 나섰다가 다시 돌아가서, 고향을 떠날 때 3엔 20전에 산 빨간 담요를 머리에 덮어쓰고 등불을 후, 하고 껐더니 사방이 캄캄해서 짚신이 어디에 있는지도 모르겠는 거야.」

「대체 어디로 가려는 건가?」

「아무튼 들어 보라니까. 간신히 짚신을 찾아 신고 밖으로 나갔더니, 달 밝은 밤에 떨어진 감잎, 빨간 담요에 바이올린이라. 오르막길을 오른쪽으로 돌고 돌아 고신 산에 접어드는데, 도레이지의 종소리가 땡! 하고 담요를 뚫고 귀를 뚫고 들어와 머릿속에 울리는 거야. 몇 시쯤일 것 같나, 도후 군?」

「글쎄, 모르겠는데.」

「아홉 시야. 그때부터 가을날 긴 긴 밤에 나 홀로 산길을 따라 오다이라라는 곳까지 9백 미터 정도를 올라갔지. 겁이 많은 내가 평소 같으면 무서워서 절절맸을 텐데, 오직 한 가지 일에만 몰두하니 사람 마음이 참 신기하지, 무섭다는 생각 자체가 안 드는 거야. 그저 바이올린을 켜고 싶다는 생각에 가슴이 벅차오르니 묘한 일이었지. 그 오다이라는 고신 산 남쪽에 있는 평평한 곳인데, 날씨가 화창한 날에 올라 보면 붉은 소나무 사이로 아랫동네가 한눈에 내려다보이고, 전망이 기가 막히지. 넓이는 한 1백 평 정도 될까. 한가운데에 네 평 남짓한 바위가 하나 있고, 북쪽은 우노누마라는 연못과 이어져 있고, 연못가에는 세 아름이나 되는 굵직굵직한 녹나무가 빽빽하게 서 있지. 깊은 산속인 데다 집이라고는 녹나무 껍질을 채취하는 사람이 사는 오두막 하나, 연못 근처는 낮에도 으스스한 게 그다지 기분 좋은 장소는 아니지. 다행히 공병이 훈련 때문에 길을 닦아 두어서 올라가는 데 그리 힘들지는 않아. 간신히 바위 위로 올라가 담요를 깔고 일단은 그 위에 앉았네. 그렇게 추운 밤에 오르기는 처음이라서 그런지, 잠시 앉아 숨을 고르고 있자니 사방의 적막함이 뼛속까지 스미더군. 이런 경우, 사람의 마음을 어지럽히는 것은 두려움밖에 없으니 그 두려움만 걷어 내면 교교하고 고결하며 쓸쓸한 기운만 남게 되지. 20분 정도 멍하게 있다 보니까 수정으로 만든 궁전에 나 혼자 살고 있는 기분이 들더군. 게다가 혼자 사는 내 몸이, 아니 몸만이 아니었어. 마음과 혼이 모두 한천이나 뭐 그런 것으로 만들어진 것처럼 투명해지면서, 자신이 수정 궁전에 있는 것인지 내 몸 안에 수정 궁전이 있는 것인지 모르게 되었지.」

「일이 묘하게 돌아가는군.」

메이테이 선생이 심각한 말투로 조롱했다.

「흥미로운 경지로군.」

도쿠센 군은 다소 감탄한 듯 그렇게 말했다.

「만약 그런 상태가 오래 계속되었다면, 저는 다음 날 아침까지 애써 들고 온 바이올린은 켜보지도 못한 채 바위 위에서 그저 멍하게 앉아 있었을지도 모르죠.」

「그래, 여우라도 있는 곳이던가?」

도후 군이 물었다.

「그렇게 자타의 구별이 없어지고 살아 있는 것인지 죽은 것인지조차 모를 때, 갑자기 뒤에 있는 오래된 연못 속에서 꺄악! 하는 소리가 나는 겁니다.」

「드디어 등장이로군.」

「그 소리가 저 멀리까지 메아리치면서 태풍이 몰아치듯 온 산의 가을 나뭇가지를 휩쓸고 지나갔나 싶을 때, 퍼뜩 제정신을 차렸다네.」

「이제야 안심이로군.」

메이테이 선생이 가슴을 쓸어내리는 시늉을 했다.

「죽음의 문턱에 발을 들여놓으니, 새로운 경지가 열리누나.」

도쿠센 군이 그렇게 말하며 간게쓰 군에게 눈짓했다. 간게쓰 군에게는 무슨 소리인지 전혀 통하지 않는다.

「그렇게 정신을 차리고 사방을 돌아보았는데, 고신 산 전체가 잠잠한 게 빗방울 떨어지는 소리 하나 들리지 않는 거야. 그렇다면 아까 그 소리는 뭐였을까, 하고 생각했지. 사람의 목소리치고는 너무 날카롭고, 새소리치고는 너무 크고, 원숭이 소리치고는, 아니지 그 주변에는 이미 원숭이가 없을 테니까. 뭐지, 뭐지 하는 의문이 머릿속에 맴돌자, 지금까지 얌전하게 있던 것들이 그것을 해석하려고 와글와글 뒤죽박죽 시끌시끌, 마치 코노트 전하[26]의 방문을 환영하는 광란의 인파처럼 뇌리에서 난리를 피우는 게 아니겠나. 그러다 보니 온몸의 털구멍이 열리면서 소주를 끼얹은 정강이에서 알코올이 증발하듯 용기, 담력, 분별, 침착이란 이름의 손님들이 하나둘 증발해 버리고 말았지. 갈비뼈 속에서는 심장이 흥을 돋우듯 춤을 추기 시작하고, 두 다리는 꿈틀거리는 문어발처럼 떨리고 말이야. 이거 큰일 났다 싶어서, 다시 담요를 머리에 푹 뒤집어쓰고 바이올린을 옆구리에 끼고 비틀비틀 바위 위에서 뛰어내려, 산기슭을 향해 쏜살같이 달려 내려갔네. 그리고 하숙집에 돌아가자마자 이불을 둘둘 말고 자버렸지. 지금 생각해도, 그때만큼 등골이 오싹했던 적은 없었네, 도후 군.」

「그래서?」

「그래서는, 그게 끝이지.」

「그럼 바이올린은 켜지 않았다는 말인가?」

「켜고 싶어도 켤 수가 없는데 어쩌란 말인가. 꺄악!인데. 그 상황이면 자네 역시 켜지 못했을 거야.」

「자네 얘기를 듣다 보면 뭔가 미진한 느낌이 든단 말이야.」

26 Prince of Connaught. 빅토리아 여왕의 손자인 영국 왕족으로 메이지 천황에게 고타 훈장을 수여하기 위해 일본을 두 번 방문했다.

「그런 느낌이 들어도 어쩔 수 없지, 사실이 그런걸. 선생님은 어떠십니까?」

간게쓰 군은 득의양양한 표정으로 좌중을 둘러보았다.

「하하하하, 훌륭하군. 얘기를 여기까지 끌고 오느라 아주 고심이 많았겠어. 난 동방 군자의 나라에 남자 샌드라 벨로니[27]가 출현하는 줄 알고 이제나저제나 하고 진지하게 경청했는데 말이야.」

메이테이 선생은 그렇게 말하면서 누구든 샌드라 벨로니가 누구냐고 물으리라 여겼는데 아무도 묻지 않자 스스로 설명을 덧붙였다.

「샌드라 벨로니가 달빛 어린 숲 속에서 하프를 켜며 이탈리아풍 노래를 부르는 장면이 자네가 바이올린을 옆구리에 끼고 고신 산으로 올라가는 장면과 분위기는 비슷한데 기량은 다소 다르군. 샌드라는 달에 사는 선녀를 놀라게 했는데 자네는 해묵은 연못에 사는 너구리에게 놀랐으니, 미묘한 차이가 우스꽝스러움과 숭고함이란 큰 차이를 낳았군. 매우 유감스럽겠어.」

「그리 유감스러울 것 없습니다.」

의외로 간게쓰 군은 태연했다.

「애당초 산 위에서 바이올린을 켜는 그런 고상한 짓을 하려니까 놀라게 되는 것이지.」

주인이 그렇게 혹평을 했다.

「호한(好漢)이 아귀 굴에 살면서 미망의 심경을 깨달음의 심경으로 착각한다더니, 안타까운 일이로다.」

도쿠센 군이 그렇게 탄식했지만, 간게쓰 군은 도쿠센 군의 의미심장한 말을 한 번도 이해한 적이 없다. 간게쓰 군만 아니라, 아마 아무도 모를 것이다.

「그런데 간게쓰 군, 요즘도 학교에 나가서 유리 공을 깎고 있는가?」

27 영국의 소설가 조지 메러디스의 소설 『샌드라 벨로니』의 주인공으로 음악의 천재다.

잠시 후, 메이테이 선생이 화제를 돌렸다.

「아니요. 얼마 전에 고향에 다녀오느라 잠시 중단한 상태입니다. 실은, 이제 공을 깎는 것도 진력이 나서 그만둘까 합니다.」

「공을 깎지 않으면 박사가 될 수 없지 않은가.」

주인은 눈살을 약간 찌푸리고 말했다.

「박사요? 헤헤헤헤. 박사, 까짓것 안 되어도 아무 상관 없습니다.」

본인은 의외로 태평하게 그렇게 대꾸했다.

「하지만 결혼이 연기되면 서로가 곤란할 텐데.」

「결혼이요? 누구의 결혼 말입니까?」

「그야 자네 결혼이지.」

「제가 누구와 결혼하는데요?」

「가네다의 여식 아닌가.」

「이히히.」

「이히히라니. 그렇게 굳게 약속을 해놓고서.」

「전 약속 같은 거 한 적 없습니다. 그쪽이 제멋대로 그렇게 떠들고 다닌 것이지요.」

「이거 이거, 심상치 않군. 메이테이, 자네도 그 사건은 알고 있겠지?」

「그 사건이라니, 코 사건 말인가? 그 사건이라면, 자네와 나는 물론이요 세상이 다 아는 공공연한 비밀 아닌가. 〈요로즈초보(萬朝報)〉[28]에서도 신랑 신부란 제목 아래 두 사람의 사진을 싣는 영광을 언제 누릴 수 있겠느냐고, 그날이 언제냐고 내게 물으러 올 정도인데. 도후 군도 진작부터 〈원앙가〉라는 일대 장편시를 지어 놓고 석 달 전부터 기다리고 있는데 간게쓰 군이 도통 박사가 될 기미를 보이지 않아 애써 지은 걸작에 곰팡이가 슬지 않을까 걱정스러워 죽겠다는군. 도후 군, 그렇지?」

28 1892년에 창간된 시사 일간지.

「아직 걱정할 정도는 아닙니다만, 아무튼 심심한 동정의 뜻을 담은 작품을 널리 공표할 생각입니다.」

「그것 보게나. 자네가 박사가 되느냐 마느냐에 따라 사방팔방에 엉뚱한 영향이 미친다고. 그러니 정신을 바짝 차리고 유리 공을 깎아 주게나.」

「헤헤헤헤. 여러 가지로 심려를 끼쳐 죄송하지만, 이제 박사가 될 필요가 없어서요.」

「그건 또 왜?」

「왜라니요, 제게는 이미 어엿한 아내가 있는걸요.」

「아니, 그건 또 무슨 소린가. 말 한마디 없이 언제 결혼을 한 거야? 정말 안심할 수 없는 세상이로군. 구샤미, 지금 자네도 들었다시피 간게쓰 군은 처자식이 있는 몸이라네.」

「자식은 아직 없습니다. 결혼한 지 한 달도 채 안 되었는데 자식이 있으면 어쩌라고요.」

「아니 대체 언제 어디서 결혼을 했다는 말인가?」

주인이 예심 판사처럼 따졌다.

「고향에 내려갔더니 대기하고 있던걸요. 오늘 선생님 댁에 들고 온 그 가다랑어 포가 실은 친척에게 받은 결혼 축하 선물입니다.」

「겨우 세 마리를 선물로 주다니, 구두쇠가 달리 없군.」

「아니죠. 많이 받았는데 그 가운데 세 마리만 들고 온 겁니다.」

「그럼 고향 여자겠군. 부인도 피부가 까만가?」

「그럼요, 아주 새까맣습니다. 제게 딱이지요.」

「그래 가네다 쪽은 어떻게 할 생각인가?」

「어떻게 하고 말고가 어디 있습니까.」

「그래도 도리에 어긋나지 않은가. 안 그런가 메이테이?」

「어긋날 것도 없지. 다른 남자에게 시집가 봐야 마찬가지일 테니까. 부부란 어차피 어둠 속에서 마주 보는 것이나 다름없는 사이, 요컨대 마주 보지 않아도 좋을 사람을 굳이 보려 하니 쓸데없는 짓이라는 거지. 그러니 누구와 누가 마주 보든 무슨 상관이겠나. 다만 〈원앙가〉를 지어 놓고 목이 빠지게 기다린 도후 군이 안쓰러울 따름이지.」

「〈원앙가〉야 상황에 따라 이쪽으로 방향을 틀어도 괜찮습니다. 가네다 댁 여식의 결혼식 때는 또 지으면 되니까요.」

「과연 시인이라 자유자재로군.」

「가네다 댁에는 양해를 구했는가?」

주인은 아직도 가네다를 염려하고 있다.

「아니요. 양해를 구할 이유가 있어야지요. 저는 딸을 달라는 말도 청혼을 하겠다는 말도 한 적이 없으니까 그냥 잠자코 있으면 됩니다. 암요, 그냥 가만히 있어도 충분하지요. 지금쯤 탐정이 열 명, 아니 스무 명쯤 들러붙어 시시콜콜 남김없이 보고하고 있을 테니까요.」

탐정이란 말을 들은 주인이 갑자기 떨떠름한 표정을 지으면서 툭 말을 뱉었다.

「흐음, 그렇다면 잠자코 있게.」

그런데 그 한마디로는 성에 차지 않는지 탐정에 관해 다음과 같은 얘기를 무슨 대단한 의견이라도 되는 양 늘어놓았다.

「방심한 틈에 사람의 지갑을 빼 가는 것이 소매치기요, 방심한 틈에 사람의 마음을 낚는 것이 탐정이라. 아무도 모르게 살짝 덧문을 열고 들어와 남의 물건을 훔쳐 가는 것이 도둑이요, 말로 넌지시 미끼를 던져 사람의 마음을 읽어 내는 것이 탐정이라. 다다미에 칼을 꽂아 놓고서 남의 돈을 억지로 착복하는 것이 강도요, 똑같은 말을 줄줄이 늘어놓으며 남의 의지를 강요하는 것이 탐정이라. 그러니 탐정이란 작자는 소매치기와 도둑과 강도와 같은 족속, 도저히 사람과 동류라 할 수 없지. 그런 작자가 하는 말을 듣다 보면 버릇이 돼. 그러니 절대 들어서는 안 되지.」

「걱정 마십시오. 탐정 1천 명이, 아니 2천 명이 대열을 이루어 습격해 온다 해도 겁날 것 없습니다. 유리 공 깎기의 달인 이학사 미즈시마 간게쓰 아닙니까.」

「야, 그거 대단한 배짱이로군. 과연 신혼 학사라 혈기 왕성해. 그런데 구샤미, 탐정이 소매치기요 도둑이나 강도와 같은 족속이라면, 그런 탐정을 부리는 가네다 군 같은 인간은 뭐라 해야겠나?」

「구마사카 조한 급이라 할 수 있겠지.」

「구마사카 조한이라, 그럴듯하군. 하나로 보이던 조한이 둘이 되어 사라졌다더니,[29] 고리대금업으로 한 재산 모은 저 건너편 조한은 천하의 욕심쟁이이니 몇으로 갈라져도 사라질 듯하지 않으이. 그런 놈에게 걸리면 큰일이지, 평생 업이 될 거야. 간게쓰 군, 조심하게나.」

「조심은요, 아무 상관 없습니다. 기세등등한 도둑들이여, 그 수작은 뻔히 알고 있는데, 그런데도 겁 없이 쳐들어오겠느냐, 하고서 제가 먼저 겁을 주면 되지요.」

간게쓰 군은 침착하고 유려하게 기염을 토했다.

「탐정 얘기가 나왔으니 말인데, 20세기 사람들이 대체로 탐정처럼 구는 경향이 있는 건 어째서일까?」

도쿠센 군이 과연 도쿠센 군답게 눈앞의 문제와는 아무 상관 없는 초연한 질문을 던졌다.

「물가가 비싼 탓이 아닐까요.」

간게쓰 군이 그렇게 대답했다.

「예술적인 취향을 이해하지 못해서겠지요.」

도후 군이 대답했다.

「인간에게 문명이란 뿔이 돋아서 별사탕처럼 삐쭉삐쭉해진 탓이겠지.」

이번에는 주인이 대답할 차례였다. 주인은 위엄에 찬 말투로 이런 논리를 전개했다.

「내가 오랫동안 생각해 온 문제인데, 나는 요즘 사람들에게 탐정처럼 구는 경향이 있는 건 개인의 자각심이 지나치게 강한 것

29 요시쓰네가 구마사카 조한 일당의 습격을 물리치고, 조한을 칼로 베어 굴복시키는 요곡의 마지막 장면.

에 원인이 있다고 해석하네. 그리고 내가 자각심이라 말하는 것은 도쿠센 군이 말하는 견성성불이나 자신과 천지가 동일하다고 하는 깨달음의 경지와는 다른 것일세.」

「어이쿠, 이거 어렵게 나오시는군. 구샤미, 자네가 그런 거창한 말을 해대니 나도 나중에 현대 문명에 대한 불평을 거리낌 없이 당당하게 말하려네.」

「멋대로 하게나, 할 말도 없는 주제에.」

「있다니까, 그것도 아주 많이. 자네는 얼마 전까지만 해도 형사와 순사를 신처럼 떠받들더니 오늘은 탐정을 도둑과 소매치기에 비교하는 모순을 보이고 있지 않은가. 하지만 나는 시종일관, 내 부모가 태어나기 이전부터 지금까지 내 지론을 바꾼 적이 없는 사내라네.」

「형사는 형사고 탐정은 탐정이지. 얼마 전은 얼마 전이고 오늘은 오늘이야. 지론이 바뀌지 않는다는 것은 발전이 없다는 증거이고. 상지(上智)와 하우(下愚)는 바뀔 수 없다[30]더니, 자네를 두고 하는 말이로군.」

「이거야 혹독하기 이를 데 없군. 탐정도 그렇게 심각하게 나오면 귀엽겠네그려.」

「내가 탐정이란 말인가?」

「탐정이 아니니까, 솔직해서 좋다는 말일세. 말씨름은 그만두세나. 자자, 하던 얘기나 마저 들음세.」

「요컨대 요즘 사람들은 자기와 타인의 이해관계에 깊은 골이 존재한다는 것을 너무도 잘 알고 있다는 말일세. 그런 자각심이 문명이 발달하면서 하루하루 예민해지기 때문에 결국은 일거수일투족조차 자연스럽게, 마음대로 할 수 없어졌다는 걸세. 윌리엄 어니스트 헨리라는 사람이 스티븐슨을 평하기를, 그는 방에서 거울 앞을 지날 때마다 거울에 비친 자신의 모습을 확인하지

30 『논어』에 나오는 말로 태어나면서부터 아는 사람과 모르는 사람은 평생을 두고도 바뀌지 않는다는 뜻.

않으면 성이 차지 않을 정도로 한시도 자신을 잊지 않는 사람이 었다고 했는데, 이는 오늘날의 추세를 잘 표현하고 있는 말이지. 눈을 감아도 나, 눈을 떠도 나, 이 나란 것이 한시도 떨어지지 않고 도처에 따라다니니까 인간의 행동거지가 인위적이고 좀스러워진 거야. 스스로도 답답하고, 세상도 숨이 턱 막히고. 아침부터 밤까지 맞선을 보는 남녀 같은 심정으로 지내야 하는 거야. 유유자적이니 느긋함이니 하는 말은 글자는 있어도 의미는 없는 말이 되고 말았지. 그런 점에서 요즘 사람들이 탐정 같고 도둑놈 같다는 걸세. 탐정이란 직업은 남의 눈을 속이는 한이 있어도 자기만 좋으면 그만이라는 장사니까, 특히 자각심이 강하지 않으면 안 되지. 요즘 사람들은 자나 깨나 어떻게 하면 자기에게 이득이 되고 어떻게 하면 손해가 되는지를 생각하니까, 탐정과 마찬가지로 자각심이 강하지 않으면 안 되지. 하루 스물네 시간 내내 두리번두리번, 우왕좌왕. 무덤에 들어갈 때까지 한시도 안심하지 못하는 것이 오늘날 사람의 마음이야. 그야말로 문명의 저주지. 한심하고 어리석은 일이야.」

「매우 홍미로운 해석이로세.」

도쿠센 군이 말했다. 도쿠센 군은 이런 문제가 거론되면 그저 가만히 뒷짐만 지고 있는 사내가 아니다.

「구샤미 자네의 설명이 내 의견을 대변하고 있군. 옛사람들은 자신을 잊으라고 가르쳤네. 그런데 요즘 사람들은 자신을 잊지 말라고 가르치니, 전혀 다르지. 하루 종일 자신을 의식하느라 정신이 없어. 그러니 한시도 평안할 수가 없지. 일상이 초열지옥(焦熱地獄)이야. 천하의 명약이 무엇이냐, 자신을 잊는 것만큼 용한 약은 없지. 〈삼경월하입무아(三更月下入無我)〉[31]란 그 경지를 노래한 것일세. 오늘날 사람들의 친절함에는 자연스러움이 없어.

31 중국 선승의 시집 『강호풍월집(江湖風月集)』에서 광문 화상의 시구인 〈삼경월하입무하(三更月下入無何)〉에서 何를 我로 바꾼 것으로 깊은 밤 달빛 아래 무아무심의 경지에 들어간다는 뜻.

영국 사람들이 나이스*nice*하다며 자랑하는 행위에도 역시 자각심이 충만하지. 영국의 왕세자[32]가 인도에 놀러 갔을 때 일인데, 인도의 왕족과 함께 식사를 하게 되었지. 그런데 인도 왕족이 영국 왕세자가 함께하고 있다는 것을 깜박 잊고 자기 나라식으로 감자를 손으로 집어 접시에 옮기고는 부끄러워 얼굴이 빨개졌지. 그걸 본 영국의 왕세자, 모르는 척하고서 자신도 손가락 두 개로 감자를 집어 접시에 옮겼다더군.」

「그게 영국 취향인가요?」

간게쓰 군이 물었다.

「나도 이런 얘기를 들은 적이 있네.」

주인이 다음 말을 이었다.

「역시 영국의 한 병영에서 있었던 일이네. 연대 사관들 여럿이 하사관 한 명에게 식사 대접을 했다네. 식사가 끝난 후 손 씻을 물을 유리그릇에 담아 내놓았더니, 그 하사관, 파티에는 익숙하지 않은지 유리그릇에 입을 대고 물을 꿀꺽꿀꺽 마시고 말았지. 그러자 연대장이 하사관의 건강을 축하하노라고 말하면서 핑거볼에 담긴 물을 단숨에 들이켰다는 거야. 그러자 그 자리에 함께 있던 사관들도 앞을 다투어 유리그릇을 들고 하사관의 건강을 축하했다더군.」

「이런 일화도 있다네.」

입 다물고 있기 싫어하는 메이테이 선생도 나섰다.

「칼라일이 처음 여왕을 알현했을 때 일이지. 궁정의 예법에 상관치 않는 괴팍스러운 선생, 갑자기 〈어디 한번〉 하면서 의자에 풀썩 앉았어. 그러자 여왕 뒤에 서 있던 수많은 남녀 시종이 키들키들 웃었지. 아니 웃으려고 했지. 그랬더니 여왕이 뒤를 돌아보면서 무슨 신호를 보냈나 봐. 시종들이 다들 얌전히 의자에 앉아 칼라일의 체면을 지켜 주었다더군. 그러니 꽤나 배려에 찬 친

32 빅토리아 여왕의 장남 에드워드 7세.

절도 있지 않은가.」

「칼라일 같으면 모두들 서 있어도 태연했을 것 같은데요.」

간게쓰 군이 촌평을 시도했다.

「친절이란 면에서의 자각심은 그런대로 괜찮지.」

도쿠센 군이 얘기를 계속했다.

「문제는 자각심이 있는 만큼 친절을 베푸는 것도 힘이 든다는 말일세. 딱한 일이지. 사람들은 보통, 문명이 발달하면서 살벌한 기운이 없어지고 개인과 개인 사이가 온화해졌다고 하는데, 그건 큰 착각이야. 그렇게 자각심이 강한데 어떻게 온화해질 수 있겠나. 언뜻 보기에는 아주 조용하고 아무 탈 없는 것 같아도, 서로는 몹시 힘겹고 팽팽한 관계에 있지. 마치 씨름 선수가 모래판 한가운데에서 서로의 샅바를 잡고 꼼짝 않고 버티고 있는 것처럼 말이야. 옆에서 보기에는 지극히 평온하지만 당사자들의 배는 힘을 주느라 불끈불끈하지 않은가.」

「싸움도 옛날에는 힘으로 상대방을 제압했기 때문에 오히려 죄가 덜했는데, 요즘은 아주 교묘해져서 자각심만 더더욱 강해졌단 말이지.」

차례가 메이테이 선생에게로 돌아갔다.

「프랜시스 베이컨은 자연의 힘을 따라야 비로소 자연을 이길 수 있다고 했는데, 요즘 싸움은 그야말로 베이컨의 격언대로이니 신기한 일이지. 적의 힘을 이용해서 적을 쓰러뜨리는 방법을 생각하는 우리나라의 무술처럼 말이야.」

「또는 수력 발전 같은 것이로군요. 물의 힘을 거스르지 않고 오히려 그것을 전력으로 변화시켜 생활에 도움이 되게 하는…….」

간게쓰 군이 그렇게 말을 풀어 놓는데, 도쿠센 군이 재빨리 그 뒤를 낚아챘다.

「그러니까 가난할 때는 가난에 얽매이고 부유할 때는 부에 얽매이고 근심에 차 있을 때는 근심에 얽매이고 기쁠 때는 기쁨에 얽매이는 것이지. 재주 많은 사람은 그 재주 때문에 망하고, 지혜로운 사람은 그 지혜 때문에 몰락하고, 구샤미처럼 짜증이 많은 사람은 그 짜증을 잘만 이용하면 당장에 뛰쳐나가 적의 속임수에 걸려…….」

「옳거니.」

메이테이 선생이 손뼉을 치자, 구샤미 선생도 히죽히죽 웃으면서 대꾸했다.

「이래 봬도 그리 쉬이 걸려들지 않는다고.」

그 말에 모두가 웃음을 터뜨렸다.

「가네다 같은 작자는 뭐 때문에 망할까?」

「마누라는 코 때문에 망하고 남편은 업보 때문에 당하고 그 졸개는 탐정 때문에 망하겠지.」

「그럼 딸은?」

「딸은, 글쎄. 본 적이 없어서 뭐라 말하기 어렵지만, 옷이나 음식, 또는 술 때문에 망하지 않겠나. 설마 사랑 때문에 망할 리는 없을 테고. 혹시 모르지 소토바 고마치[33]처럼 객사할지도 모르고.」

「그건 좀 심하군요.」

신체시를 지어 바친 사람인 만큼 도후 군이 이의를 제기했다.

「그래서 〈응무소주 이생기심(應無所住 而生其心)〉[34]이 중요한 말이란 것이야. 그런 경지에 오르지 않으면 사람은 괴로워서 살 수가 없어.」

도쿠센 군 혼자 깨달음이라도 얻은 듯한 말투이다.

「그렇게 잘난 척하는 게 아니지. 자네 같은 사람은 자칫 전광석화 때문에 거꾸로 넘어질 수도 있으니까 말일세.」

「아무튼 지금의 기세로 문명이 발달한다면 나는 더 이상 살고 싶지 않으이.」

주인이 그런 말을 꺼냈다.

「사양할 것 없으니 그냥 죽지 그러나.」

33 요곡의 한 편으로 깨달음의 경지에 오른 거지 노파 이야기의 주인공.

34 『금강경』의 한 구절로 〈마땅히 머무는 바 없이 그 마음을 낼지어다〉라는 뜻.

메이테이 선생이 한마디로 일축했다.

「죽기는 더욱 싫고.」

주인이 말이 안 되는 고집을 부렸다.

「숙고하고 세상에 태어나는 사람은 없지만, 죽음 앞에서는 모두들 고통스러워하는군요.」

간게쓰 군이 냉정한 격언을 말했다.

「돈을 빌릴 때는 아무 생각 없이 빌리지만, 갚을 때는 모두들 걱정하는 것이나 마찬가지지.」

이런 때 곧바로 대답이 나오는 것은 역시 메이테이 선생이다.

「빌린 돈을 갚을 생각을 하지 않는 사람이 행복한 것처럼, 죽음을 고통이라 여기지 않는 사람도 행복하지.」

도쿠센 군은 여전히 의연하고 초탈하다.

「자네 말이 사실이라면 뻔뻔스러운 자가 즉 깨달은 사람이 되겠군.」

「그렇지. 법어에도 〈철우면 철우심, 우철면 우철심(鐵牛面 鐵牛心, 牛鐵面 牛鐵心)〉[35]이란 말이 있으니.」

「그래서 자네가 그 표본이라는 말인가?」

「그런 건 아니고. 하지만 죽음을 고통이라 여기게 된 것은 신경쇠약이란 병이 발견된 이후의 일이야.」

「하기야, 자네는 어느 모로 보나 신경쇠약 이전의 인간이지.」

메이테이 선생과 도쿠센 군이 알 수 없는 소리를 주고받는 사이, 주인은 간게쓰 군과 도후 군을 상대로 열심히 문명을 비판하고 있다.

「어떻게 하면 빌린 돈을 갚지 않을 수 있느냐, 그게 문제야.」

「그런 문제가 어디 있습니까. 돈을 빌렸으면 갚아야지요.」

「그야 물론 그렇지만, 이건 내 의견이니까 잠자코 들어 보게. 빌린 돈을 어떻게 하면 갚지 않을 수 있느냐가 문제인 것처럼, 어

35 『벽암록』에 있는 〈철우지기(鐵牛之機)〉란 말을 비튼 것으로 무쇠로 만든 소처럼 지렛대에도 꿈쩍하지 않는 마음이란 뜻.

떻게 하면 죽지 않을 수 있느냐 하는 것도 문제야. 아니 문제였지. 연금술이 바로 그 문제를 얘기하고 있지 않은가. 모든 연금술은 다 실패했네. 인간은 결국 죽을 수밖에 없다는 것이 분명해졌지.」

「그건 연금술 이전부터 분명했지요.」

「아무튼 의견이니까 잠자코 들어 보라고, 알겠나. 결국은 죽을 수밖에 없다는 것이 분명해졌을 때, 그다음 문제가 발생했네.」

「그래요?」

「어차피 죽는 것, 어떻게 죽으면 좋을 것인가. 그것이 두 번째 문제이지. 자살 클럽[36]은 이 두 번째 문제와 함께 생겨날 운명이었어.」

「음, 그렇군요.」

「죽음은 괴로운 일이다. 하지만 죽지 못하면 더욱 괴롭다. 신경쇠약에 걸린 국민에겐 살아 있는 것이 죽음보다 더한 고통이다. 그래서 죽음을 두려워하지. 죽기가 싫어서 두려워하는 것이 아니야. 어떻게 죽는 것이 가장 좋을지를 걱정하는 것이지. 단, 대부분의 사람들은 지혜가 모자라기 때문에 그냥 내버려 두어도 세상의 괴롭힘에 절로 죽어 가네. 그런데 좀 별난 사람들은 세상의 괴롭힘에 야금야금 죽어 가는 것으로 만족하지 않아. 죽는 방법에 대해 여러 가지로 고민하고 생각하고서 참신한 방안을 내놓지. 따라서 자살하는 사람들이 늘어나고, 그들 모두가 독창적인 방법으로 이 세상을 뜨는 것이 앞으로의 추세가 될 걸세.」

「어째 세상이 뒤숭숭해질 것 같군요.」

「그렇겠지. 아암. 영국의 극작가 아서 존스가 쓴 각본에 자살을 열렬하게 주장하는 철학자가 등장하는데…….」

「그래서 자살합니까?」

「아쉽게도 그 자신은 자살하지 않아. 하지만 앞으로 1천 년쯤

36 로버트 루이스 스티븐슨의 단편 소설.

지나면 모두 실행하게 될 걸세. 그리고 1만 년 후에는 죽음의 방법 하면 자살밖에 없는 것으로 생각하게 될 거야.」

「큰일이로군요.」

「음, 그렇게 될 걸세, 반드시. 그런 날에는 자살에 관해서도 연구가 많이 축적되어 어엿한 학문으로 자리 잡고 있을 걸세. 낙운관 같은 중학교에서도 윤리 대신에 자살학을 정규 과목으로 가르치게 될 테고.」

「신기하겠군요. 한번 들어 보고 싶을 정도입니다. 메이테이 선생님, 들으셨습니까? 구샤미 선생님의 이 명강을.」

「듣다마다. 그때가 되면 낙운관의 윤리 선생은 수업 시간에 이렇게 말하겠지. 여러분, 도덕이라는 야만적인 유산을 무턱대고 준수해서는 안 됩니다. 세계 청년의 한 사람으로서 여러분이 지켜야 할 첫째 의무는 자살입니다. 그리고 자신이 즐기는 것은 타인과도 더불어 나누는 것이 바람직하므로 자살을 타살로 한 걸음 더 발전시켜도 좋습니다. 특히 저 빈곤한 학자 진노 구샤미 같은 자는 살아 있는 것이 매우 고통스러워 보이니 한시 빨리 죽여 주는 것이 여러분의 의무입니다. 또 옛날과 달리 요즘은 개명한 시절이므로 창칼이나 총 따위를 사용하는 비겁한 짓을 해서는 안 됩니다. 비꼬고 빈정거리는 고상한 기술을 구사하여 놀려먹다 죽게 하는 것이 본인에게도 공덕이 될 것이며 여러분에게도 큰 명예가 될 것입니다.」

「재미있는 강의로군요.」

「재미있는 일이 아직 더 있네. 오늘날 경찰이 존재하는 첫 번째 목적은 국민의 생명과 재산을 보호하는 것이지만, 그때가 되면 경찰은 곤봉을 휘두르고 다니면서 개를 때려잡듯 천하 사람들을 때려죽일 걸세.」

「어째서죠?」

「어째서라니, 요즘 사람들에게는 생명이 중요하니까 경찰에서 보호하는 것 아닌가. 하지만 그때 사람들은 살아 있는 것이

고통이니까 경찰이 자비를 베풀어 죽여 주는 것이지. 하기야 재치 있는 사람들은 대개 자살을 할 테니까, 경찰의 손에 죽는 자들은 기개가 없거나 자살할 능력도 없는 백치나 불구자들일 테지. 그러니까 경찰의 손에 죽고 싶은 사람들은 문에 팻말을 걸어 두는 거야. 죽고 싶은 남자 있음, 또는 여자 있음. 그렇게 붙여 두면 경찰이 상황이 허락될 때 찾아와서 원하는 바대로 처리를 해주지. 시신 말인가? 시신 역시 경찰이 차를 몰고 다니면서 실어 가겠지. 재미있는 일이 또…….」

「선생님의 농담은 끝이 없군요.」

도후 군이 그렇게 감탄했다. 그러자 도쿠센 군이 예의 염소수염에 신경을 쓰면서 느릿느릿 말을 꺼냈다.

「농담이라고 하면 농담일 수도 있겠지만, 예언이라고 하면 예언일 수도 있지. 진리에 철저하지 못한 사람은 눈앞에 보이는 현상 세계에 얽매여 거품 같은 몽환을 영원한 사실이라 여기고 싶어 하는 법이니까, 조금이라도 엉뚱한 소리를 하면 금방 농담으로 치부해 버리지.」

「연작(燕雀)이 어찌 대붕(大鵬)의 뜻을 알리오, 그런 말씀이로군요.」

간게쓰 군이 탄복하듯이 그렇게 말하자, 도쿠센 군은 그렇다는 표정으로 다시 말을 이었다.

「그 옛날, 스페인에 코르도바란 곳이 있었네.」

「지금도 있지 않나요?」

「있는지도 모르지. 그 문제는 차치하고, 그 고장에는 해 질 녘, 사원에서 종이 울리면 집집에서 여자들이 나와 강에서 수영을 하는 풍습이 있었는데…….」

「겨울에도 합니까?」

「그건 잘 모르겠네만, 아무튼 여자들이 노소와 귀천을 불문하고 강으로 뛰어드는 거야. 단 남자들은 절대 섞이지 않고 멀찌감치에서 구경만 했다네. 멀리서 보면 모색창연(暮色蒼然)한 물결

위에 뿌옇게 움직이는 하얀 살이……」

「시적이로군요. 신체시가 되겠습니다. 그곳이 어디라고 하셨죠?」

도후 군은 나체라는 말만 나와도 몸을 앞으로 쑥 내민다.

「코르도바. 그런데 여자들과 함께 수영을 할 수도 없고, 그렇다고 그 광경을 가까이에서 확실하게 볼 수도 없는 것을 안타까워한 한 젊은이가 장난질을 좀 쳤지.」

「호오, 그래 어떻게 말인가?」

장난질이란 말에 메이테이 선생이 크게 기뻐한다.

「사원의 종지기를 뇌물로 구워삶아 해가 떨어지면 치던 종을 한 시간 앞당겨 치도록 한 거야. 그러자 여자란 미욱한 존재인 탓에 종이 울렸다고 하나둘 강가로 모여 속옷 차림으로 풍덩풍덩 물에 뛰어들었지. 그렇게 뛰어들기는 했는데 평소와 달리 해가 지지 않는 거야.」

「가을 햇살이 쨍쨍하게 쏟아졌겠군.」

「다리 위를 올려다보니, 수많은 남자들이 내려다보고 있는데, 부끄러워 몸을 가리고 싶지만 도무지 어떻게 할 도리가 없어 얼굴만 붉혔다는군.」

「그래서?」

「그래서는, 인간은 늘 하던 습관에 휘둘려 근본 원리를 잊고 마니 조심을 하지 않으면 안 된다는 거지.」

「호오, 고마운 설교로군. 나도 늘 하던 습관에 휘둘린 얘기를 하나 해볼까. 얼마 전에 잡지를 읽었는데, 사기꾼에 관한 소설이 있더군. 내가 골동품 가게를 열었다고 치자고. 가게 앞에 대가의 그림 족자와 명인의 도구류를 진열해 놓겠지. 물론 가짜가 아니야. 거짓 한 점 없는, 명실상부한 고급 작품들만 진열해 놓는 거야. 고급하니까 값도 비싼 게 당연하지. 그런데 호사가가 가게로 들어와, 이 모토노부[37]의 족자는 얼마냐고 묻는 거야. 내가 6백

37 가노 모토노부(狩野元信, 1476~1559). 16세기 초엽의 화가.

엔이라고 대답하자, 손님이 갖고 싶기는 한데 가진 돈이 모자라서 아쉽지만 다음으로 미뤄야겠다고 하는 거야.」

「그렇게 말하기로 정해져 있나?」

주인은 말장난을 모르는 예의 말투로 심각하게 물었다.

「설마, 소설이라 하지 않았나. 그렇게 말했다고 치자는 거지. 그래서 나는 그림값은 괜찮으니까, 마음에 드시면 가져가십시오, 라고 해. 손님은 그럴 수는 없다면서 주저하지. 그래서 난 그럼 월부로 하시죠. 월부로 조금씩 오래 갚아 나가시면 됩니다. 어차피 우리 가게의 고객이 되실 테니 사양하지 마십시오. 한 달에 10엔 정도면 어떻겠습니까? 아니 한 달에 5엔이라도 상관없습니다. 아주 싹싹하게 그렇게 말하는 거야. 그런 후 손님과 나는 두세 마디 말을 주고받고는, 모토노부의 족자를 6백 엔, 단 다달이 10엔씩 받기로 하고 손님에게 넘기지.」

「브리태니커 백과사전을 사는 방식이로군요.」[38]

「브리태니커 백과사전의 경우엔 거래 내용이 명확하지만, 이 거래는 아주 불투명했어. 이제부터 교묘한 사기가 전개될 테니까 잘 들어 보라고. 한 달에 10엔씩 6백 엔이면 몇 년 걸려 변제할 수 있겠나, 간게쓰 군?」

「물론 5년이지요.」

「맞아, 5년. 그런데 5년이란 세월이 길다고 생각하나, 짧다고 생각하나, 도쿠센 군?」

「일념만년, 만년일념(一念萬年, 萬年一念)이라 했으니 길 수도 짧을 수도 있지 않겠나.」

「그건 또 무슨 소리, 도카(道歌)[39]인가? 상식을 모르는 도카로군. 아무튼 5년 동안 매달 10엔씩 내면 되니까 손님은 예순 번을 내면 되지. 그런데 습관이란 참으로 무서운 것, 다달이 예순 번을 똑같은 일을 되풀이하다 보니까, 예순한 번째에도 10엔을

38 당시 「런던 타임스」가 일본에서 이 백과사전을 월부로 판매했다.

39 도덕과 훈계의 뜻을 알기 쉽게 풀어 노래한 일본 시.

내게 된다는 말이지. 예순두 번, 예순세 번. 그날이 오면 10엔을 지불해야 후련하다는 말이야. 인간은 영리한 듯하면서도 습관에 휘둘려 근본을 잊는 큰 약점을 갖고 있어. 그 약점을 이용해서 난 예순 번을 받은 후에도 매달 10엔씩 이득을 보는 것이지.」

「하하하하. 설마 그렇게 건망증이 심한 사람이 있을까요?」

간게쓰 군이 웃자, 주인은 또 심각한 표정을 지으며 말했다.

「아니, 그런 일이 실제로 있다니까. 난 대학을 다니면서 빌린 학자금을 매달 아무 생각 없이 계산도 않고 갚아 나갔는데, 나중에는 학교에서 그만 내라고 하더군.」

주인은 자신의 허점을 마치 세상 사람들의 허점인 양 공공연하게 말했다.

「그것 보라니까, 성립할 수 있는 사기지. 실제로 그런 사람이 눈앞에 있으니까. 그러니까 내가 앞서 말한 문명의 미래를 농담이라고 여기고 웃는 사람은 예순 번에 끝날 월부금을 평생 내면서 당연하게 여길 사람들이라니까. 특히 간게쓰 군이나 도후 군처럼 경험이 부족한 청년들은 내가 한 말을 잘 새겨듣고, 속지 않도록 조심해야 할 걸세.」

「잘 알겠습니다. 월부금은 반드시 예순 번만 내지요.」

「농담같이 들리겠지만 참고로 할 만한 얘기로군, 간게쓰 군.」

도쿠센 군이 간게쓰 군을 향해 말했다.

「예를 들면 말이야, 지금 구샤미나 메이테이가 자네가 아무 말 없이 결혼한 것은 부당한 일이니까 가네다에게 사죄하라고 한다면 자네는 어떻게 하겠나? 사죄를 하겠나?」

「사죄는 무슨 사죄요. 그쪽에서 사과한다면 몰라도 제 쪽에서 그럴 마음은 없습니다.」

「만약 경찰이 자네에게 사과하라고 명령한다면?」

「더욱 사양하지요.」

「장관이나 귀족이 사과하라면?」

「더더욱 사양하지요.」

「그것 보게나. 옛날과 많이 달라졌지. 인간이 그렇게 변한 걸세. 옛날에는 나라님의 위광이면 무슨 일이든 할 수 있었네. 그다음 시대에는 나라님의 위광으로도 할 수 없는 일이 생겨났고. 그런데 지금은 제아무리 전하든 각하든, 개인의 인격을 일정 부분 이상 무시할 수 없는 세상이야. 극단적으로 말해서 상대가 쥐고 있는 권력이 크면 클수록 짓눌리는 쪽은 불쾌함을 느끼고 반항하는 세상이지. 따라서 요즘은 나라님이 위광 〈때문에〉 오히려 할 수 없는 일이 생기는, 새로운 현상이 나타나는 세상이야. 옛날 사람들은 도저히 생각도 할 수 없는 일이 버젓이 통한다는 말이지. 세태와 인정의 변천이란 실로 불가사의한 것이어서, 메이테이가 말하는 미래를 농담이라 하면 농담에 불과할 수도 있겠네만, 그런 현상을 설명하는 것이라 한다면 상당히 묘미가 있지 않은가.」

「이렇게 알아주는 사람이 있으니 미래기(未來記)를 계속하고 싶어지는군. 도쿠센의 말처럼 요즘 세상에 나라님의 위광을 등에 업거나 죽창 2백~3백 개를 믿고서 억지를 부리려는 사람은 가마를 타고 기차와 경쟁하려고 아등바등하는 시대착오적인 고집쟁이지. 말하자면 저 세상 물정 모르는 고리대금업자 조한 선생 같은 인물이니, 잠자코 그 솜씨를 구경만 하면 될 일이지만, 나의 미래기는 그리 쉽게 해결할 수 있는 작은 문제가 아니네. 인간 전체의 운명에 관한 사회적 현상이니까 말이지. 작금의 문명의 경향에 대한 세세한 관찰을 바탕으로 먼 미래의 추세를 점치면 결혼은 불가능하다는 결론이 나와. 놀라지 마시게, 결혼은 불가능해. 그 이유는 이렇지. 앞에서도 말했지만 요즘은 개성이 중심인 세상이야. 가장이 한 가족을 대표하고, 군수가 한 군을 대표하고, 영주가 한 나라를 대표하던 시절에는 그런 대표자 외의 인간에게는 인격이란 게 전혀 없었네. 아니, 있어도 인정하지 않았지. 그런데 시절이 완전히 바뀌어서 살아 있는 모든 인간이 개성을 주장하면서 누구를 대하든 너는 너, 나는 나라는 식이 되었어. 길 가다 두 사람이 마주칠 때에도, 마음속으로 네가 인간이면 나도 인간이란 식으로 공연히 시비를 걸면서 지나치는 거야. 그만큼 개인이 강해졌어. 하지만 개인이 고루 강해졌다는 것은 개인이 고루 약해졌다는 뜻이기도 해. 남이 나를 침해하기가 어려워졌다는 점에서는 분명히 내가 강해진 것이지만, 반대로 나 역시 남의 신상에 함부로 참견할 수 없게 되었다는 점에서는 옛날보다 약해졌다 할 수 있지. 강해진 것은 반가운 일이지만 약해진 것은 아무도 달가워하지 않으니까, 남이 나를 털끝만큼도 침해하지 못하도록 강한 점을 한없이 고집하는 동시에 남에 대해서는 털끝의 반만큼이라도 침해하려고 약한 점을 억지를 써서라도 부각시키려 하지. 이렇게 되면 사람과 사람 사이에 공간이 없어져서 살아 있는 게 답답해져. 자신을 있는 힘껏 팽창시키는 탓에 툭 터지도록 부풀어 괴로워하며 살아가지. 또 괴로우니까 갖가지 방법으로 개인과 개인 사이의 여유를 추구하고. 이렇듯 인간이 괴로워하게 된 것은 자업자득이지만, 괴로운 나머지 생각해 낸 한 가지 방안이 부모 자식 간의 별거가 아닐까.

우리나라에서도 산촌에 가보라고. 한집, 한 대문 안에 일가족이 옹기종기 모여 살고 있네. 굳이 주장해야 할 개성도 없고, 있어도 주장하지 않으니까 별 탈이 없지만, 문명의 세례를 받은 도시 사람들은 부모 자식 간에도 서로의 주장을 내세우지 않으면 손해니까 서로의 안전을 유지하기 위해서는 따로 살 수밖에 없는 거야. 서양은 문명이 발달했기 때문에 우리나라보다 일찍이 이런 제도를 시행했지. 어쩌다 부모 자식이 함께 사는 가정이 있어도, 아들이 아버지에게 이자 붙여 돈을 빌리는가 하면 남의 집에 더부살이를 하듯 하숙비를 내곤 하지. 부모가 자식의 개성을 인정하고 존중하기 때문에 이런 미풍이 성립하는 것이야. 이런 미풍이 하루빨리 우리나라에도 수입되어야 해. 친척은 벌써 오래전부터 떨어져 살고 있고, 부모 자식은 오늘날에야 떨어져 살게 되어 그나마 균형을 이루고 있으나, 개성의 발전과 더불어 이에 대한 존경심도 무한히 확대될 테니까 앞으로는 더더욱 떨어져 살지 않으면 편할 수가 없을 거야.

그런데 부모 형제가 서로 떨어져 사는 오늘날에는 더 이상 떨어질 것이 없으니까 최후의 방안으로 부부가 헤어지게 되는 것이지. 요즘 사람들도 같이 살면 다 부부라고 여기지. 하지만 그것은 크게 잘못된 생각이야. 같이 살기 위해서는 같이 살기에 족할 만큼 개성이 맞아야 해. 옛날 같으면 아무 문제가 없지. 부부는 일심동체라 하여 몸은 둘이지만 실은 하나였으니까. 그러니 백년해로, 해로동혈이라고 해서 죽어서도 한 무덤에 묻히지 않았던가. 야만스러운 짓이지. 그러나 지금은 그럴 수 없어. 남편은 어디까지나 남편이요 아내는 어디까지나 아내. 그 아내가 치마바지를 입고 여학교에서 굳건한 개성을 연마한 후, 단정하게 올린 속발(束髮)[40] 차림으로 기세등등하게 굴어 대니, 남편의 말이 통할 리가 없지. 또 남편의 말을 고분고분 따르는 아내는 아내가 아니라 인형이라고 봐야 할 테니 말이지. 양처일수록 개성은 넘치도록 발달하고, 개성이 발달할수록 남편과 맞지 않고, 맞지 않으면 절로 남편과 충돌하게 되고. 그러니 양처라는 수식어가 붙은 이상은 아침부터 밤까지 남편과 충돌하는 도리밖에 없지. 아주 바람직한 일이지만, 맞아들인 아내가 양처일수록 괴로움의 정도가 심해져. 부부 사이에 물과 기름처럼 분명하게 갈린 선이 있는데 그 선이 차분하게 수평선을 유지하면 그나마 다행이지만, 물과 기름이 서로 집적거리니까 집안이 늘 대지진이라도 발생한 것처럼 들썩들썩하는 것이지. 그때서야 인간도 부부 동거가 서로에게 손해라는 것을 깨닫게 되는 것이야.」

「그래서 부부가 헤어지는 것인가요. 걱정이로군요.」

간게쓰 군이 말했다.

「헤어지지, 헤어지고말고. 세상 부부들이 다 헤어질 걸세. 지

40 메이지 시대 이후에 여자들 사이에서 유행한 깔끔하게 올린 서양식 머리 스타일.

금까지는 한집에 사는 것이 부부였지만, 앞으로의 세상은 같이 사는 부부는 부부 자격이 없는 것이라 간주하게 될 거야.」

「그렇다면 저 같은 남자는 자격이 없는 쪽이겠군요.」

간게쓰 군이 중대한 대목에서 농담을 했다.

「메이지 시대에 태어나기를 잘했지. 나 같은 사람은 미래를 내다보는 만큼 두뇌가 시류보다 한두 걸음 앞서 가는 까닭에 지금부터 독신으로 사는 것이야. 남들은 실연한 탓이라고들 떠들어대지만, 그렇게밖에 보지 못하는 근시안적인 사람들의 천박함이라니, 실로 가여울 정도이네. 아무튼, 미래 얘기를 계속하도록 하지.

그때, 한 철학자가 하늘에서 내려와 천지가 개벽할 진리를 설파하네. 그 진리인즉, 인간은 개성의 동물이다. 개성을 몰살하면 인간을 몰살하는 것이나 같은 결과를 초래한다. 따라서 인간의 의의를 완전케 하기 위해서는 어떤 대가를 치르는 한이 있어도 이 개성을 유지함과 동시에 발달시켜야만 한다. 예의 몰지각한 관습에 얽매여 싫은데도 억지로 결혼하는 것은 인간의 자연스러운 경향에 반하는 야만적인 행위이다. 개성이 발달하지 않은 시대라면 몰라도 문명이 발달한 오늘날에도 이런 병폐에 빠진 채 태연하게 반성하지 않는 것은 심한 오류이다. 문명이 고도로 발달한 오늘날, 두 개의 개성이 보통을 넘어서는 정도로 친밀하게 관계해야 할 마땅한 이유는 없다. 이렇듯 명백한 이유가 있음에도 몰상식한 청춘 남녀가 한때의 열정에 몸을 맡기고 함부로 결혼하는 것은 도덕관과 윤리관이 결여된 까닭이다. 나는 인간의 도리를 위해, 문명을 위해, 그리고 그들 청춘 남녀의 개성을 보호하기 위해, 전력을 다해 이 야만적인 행위에 저항하는 바이다, 이렇네.」

「선생님, 저는 그 철학자의 진리에 절대 반대합니다.」

도후 군이 손바닥으로 무릎을 탁 치면서 단호하게 말했다.

「저는 이 세상에서 사랑과 아름다움만큼 존엄한 것은 없다고 생각합니다. 우리는 사랑과 아름다움이 있는 덕분에 위로를 얻고 완전할 수 있고 또 행복할 수 있는 것입니다. 우리의 정서를 우아하게 하고 품성을 고결하게 하며 감정을 세련되게 하는 것은 바로 그 두 가지입니다. 그러니 우리는 언제 어디서 태어났든 그 두 가지를 잊을 수 없는 것입니다. 현실 속에서 사랑은 부부라는 관계를 취하고, 아름다움은 시와 노래, 그리고 음악이란 형식을 취합니다. 따라서 적어도 인류가 지구에 존재하는 한 부부와 예술은 절대 사라지는 일이 없을 것이라고 생각합니다.」

「그렇다면 다행이지만, 예의 철학자의 말대로 언젠가는 필시 사라지고 말 테니까 어쩔 수 없다고 포기하는 거지. 예술이라! 예술 역시 부부와 같은 운명으로 귀결될 것이야. 개성의 발전이란 개성의 자유를 뜻하지 않는가. 개성의 자유는 즉 나는 나, 너는 너라는 뜻이 아닌가. 그러니 예술이 존재할 리가 없지 않은가. 예술이 번창하려면 예술가와 예술을 향유하는 사람 사이에 개성의 일치가 있어야 할 텐데 말이야. 자네가 아무리 신체시를 짓는 시인이라고 목청을 돋우어 봐야 자네 시를 읽고 재미있다고 하는 사람이 한 명도 없다면, 딱한 일이지만 자네 시의 독자는 자네밖에 없는 셈이지 않은가. 〈원앙가〉를 몇 편 지어 봐야 소용없는 일이고. 요행히 메이지 시대에 태어났기에 천하가 우러러 애독해 주는 것이지.」

「무슨 말씀을, 그 정도는 아닙니다.」

「지금도 그 정도가 아니라면, 인문 과학이 발달한 미래 즉 예의 대철학자가 강림하여 반(反)결혼론을 주장할 때는 아무도 읽어 주지 않겠군. 아니 뭐 자네 시라서 안 읽는 게 아니라, 사람들이 저마다 특별한 개성을 갖고 있기 때문에 타인이 지은 시 따위는 재미있어하지 않는다는 것이지. 실제로 지금도 영국 같은 나라에서는 그런 현상이 나타나고 있네. 작금의 영국 소설가 가운데 작품에 개성이 뚜렷하게 나타나는 메러디스를 보게나, 제임스를 보게나. 읽는 이들이 지극히 적지 않은가. 적을 수밖에. 그런 작품은 그런 개성을 지닌 사람이 아니고는 읽어도 재미있지 않으니 어쩔 수가 없지. 그 현상이 현저하게 발달해서 혼인을 부도덕하다 여기는 시대가 오면 예술도 멸망이야. 그렇지 않겠는가. 자네가 쓴 것은 내가 이해하지 못하고 내가 쓴 것은 자네가 이해하지 못하는데, 자네와 나 사이에 예술이고 뭐고 있을 수가 없지 않은가.」

「그야 물론 그렇지만 아무래도 저는 직각적(直覺的)으로 그렇게 생각되지 않습니다.」

「자네가 직각적으로 그리 생각되지 않는다면, 나는 곡각적(曲覺的)으로 그리 생각할 뿐이지.」

「곡각적일지도 모르겠으나.」

이번에는 도쿠센 군이 말을 꺼냈다.

「아무튼 사람들에게 자유로운 개성을 허용하면 그만큼 인간관계가 답답해진다는 것은 틀림없네. 니체가 초인을 내세운 것도 그 답답함을 해소할 길이 없어 어쩔 수 없이 그런 철학으로 변형시켰기 때문이지. 자칫 그 사상이 니체의 이상으로 보일 수도 있는데, 그것은 이상이 아니라 불평이야. 개성이 발달한 19세기란 시대에 주눅이 들어 옆 사람 눈치를 보느라 몸도 뒤척일 수 없으니까, 에라 모르겠다 하는 심정으로 그런 난폭한 글을 휘갈긴 것이네. 그 글을 읽다 보면 후련하다는 기분보다 오히려 딱한 느낌이 드네. 그 목소리는 용맹하게 정진하는 목소리가 아니야, 원한에 차 통분하는 목소리지. 그럴 만도 하지. 옛날에는 위대한 사람이 하나 나타나면 천하의 사람들이 그 사람의 기치 아래 모여들었으니 얼마나 유쾌했겠나. 그런 유쾌함이 현실 속에서 이루어졌다면 니체는 굳이 붓과 종이의 힘을 빌려 글을 쓸 필요가 없었을 거야. 그러니 호메로스의 작품이나 〈체비 체이스〉[41] 역시 초인적인 성격을 그리고 있음에도 니체의 글과는 전혀 느낌이

41 The Ballad of Chevy Chase. 퍼시가와 더글러스가의 오터번 전투를 소재로 한 15세기 영국 민요.

다른 것이지. 호메로스나 〈체비 체이스〉는 유쾌하게 썼기 때문에 아주 밝아. 이미 있는 유쾌한 사실을 종이에 옮겨 썼으니, 쓴맛이 있을 리 없지. 그런데 니체 시대는 그렇지 않았네. 영웅은 한 사람도 나타나지 않았지. 나타나 봐야 아무도 영웅이라 추대하지 않았고. 옛날에는 공자가 딱 한 명뿐이었으니까 공자 혼자서 활개를 펼 수 있었지만, 지금은 공자가 여럿이야. 아니 어쩌면 천하 사람들이 모두 공자인지도 모르지. 그러니 나는 공자요, 하고 거들먹거려 봐야 먹히질 않아. 먹히지 않으니 불만이 생기고, 불만이 불거지니까 책 속에다 초인 따위를 휘두르게 된 거야. 우리는 자유를 원했고, 그리고 자유를 얻었어. 그런데 자유를 얻고 보니까 상대적으로 부자유를 의식하게 되었으니, 난감한 일이었지. 서양 문명은 좋은 듯이 보여도 실은 다 헛것이야. 그에 반해서 동양은 어떤가. 예로부터 동양은 마음의 수양을 중요시했네. 그게 옳은 거야. 두고 보라고, 개성이 발달한 결과 모두들 신경쇠약에 걸려 수습이 불가능해졌을 때, 그때 비로소 덕이 많은 임금이 다스리는 백성은 느긋하고 여유롭다[42]는 말의 가치를 발견하게 될 테니. 〈무위이화(無爲以化)〉[43]란 말을 무시할 수 없다는 것을 깨닫게 될 테니. 하나 깨달았을 때는 이미 늦지. 알코올 중독에 빠진 후에야 아, 술을 마시지 말 걸 그랬다고 후회하는 격이네.」

「두 분 선생님은 상당히 염세적인 말씀을 하시는데, 참 이상하군요. 저는 아무리 들어도 별다른 느낌이 없으니, 어찌 된 일일까요?」

「그야 아내를 맞아 가정을 꾸렸으니 그렇지.」

메이테이 선생이 곧바로 그렇게 해석했다. 그러자 주인이 방금 전에 서재에서 들고 나온 낡은 책을 집어 들며 불쑥 이런 말을 꺼냈다.

「아내가 생겨서, 여자는 다 좋을 것이라고 생각하면 큰 오산이

42 『논어』의 「태백(泰伯)」 편에서 공자가 요 임금의 덕치를 찬미한 갈.

43 노자의 말로 백성을 부림에 있어 잔꾀를 부리면 안 된다는 뜻.

지. 참고로 내가 재미있는 글을 한번 읽어 주지. 잘 들어 보게. 이건 아주 오래된 책이지만, 이 시대에도 여자는 요물이란 것이 잘 그려져 있으니까.」

「놀랍군요. 대체 언제 책입니까?」

간게쓰 군이 물었다.

「토머스 내시라고 16세기 영국 작가의 저서이네.」

「아니, 그 시절에 벌써 아내 험담을 늘어놓은 자가 있었다는 말씀입니까? 진짜 놀랍군요.」

「여자에 관한 갖가지 험담이 있는데, 그중에는 자네 아내에게 해당되는 것도 있을 테니, 잘 듣게나.」

「네, 잘 듣지요. 고맙게 듣겠습니다.」

「우선은 옛 현인들의 여성관을 소개하겠노라고 쓰여 있네. 다들 듣고 있나?」

「듣고 있으니 염려 말게. 독신인 나까지 듣고 있어.」

「아리스토텔레스가 이르기를, 여자는 어차피 하잘것없는 존재, 아내를 맞으려거든 큰 것보다 작은 것을 취하라. 하잘것없으면서 크기만 한 것보다 작은 것이 그나마 재난이 적으니.」

「간게쓰 군, 자네 아내는 큰 쪽인가 작은 쪽인가?」

「하잘것없으면서 크기만 한 쪽입니다.」

「하하하하. 그거 재미있는 책이로군. 자, 어서 그다음을 읽어 보게나.」

「한 사람이 묻기를, 최대의 기적이란 무엇인가. 현자가 답하기를, 이는 정숙한 부인이다.」

「그 현자가 누구랍니까?」

「이름은 쓰여 있지 않네.」

「그래 봐야 실연당한 현자겠지요.」

「그다음은 디오게네스가 등장하네. 한 사람이 묻기를, 아내는 언제 맞아야 하는가. 디오게네스가 답하기를, 청년 시절은 아직 이르고 노년 시절은 이미 늦음이라.」

「디오게네스 선생님, 술독 속에서 생각하셨군요.」

「피타고라스가 이르기를, 천하에 두려운 것이 세 가지 있으니 이는 불과 물과 여자라.」

「그리스의 철학자들이 의외로 멍청한 소리를 많이 했네그려. 나로 말하자면, 천하에 두려운 것 없으니, 불에 뛰어들어도 타지 않고 물에 뛰어들어도 허우적대지 않으며…….」

도쿠센 선생, 거기까지 말하고는 말문이 막혔다.

「여자를 만나도 빠지지 않음이라.」

메이테이 선생이 구원병으로 나섰다. 주인은 재빨리 그다음을 읽었다.

「소크라테스가 이르기를, 인간에게 가장 어려운 일은 부녀자를 다룸이라.

데모스테네스가 이르기를, 사람이 만약 그의 적을 괴롭히고 싶다면 자기 여자를 적에게 보내는 것보다 좋은 방법은 없음이라. 여자는 가정사의 풍파로 밤낮없이 남자를 괴롭히고 피로케 하여 설 수조차 없게 만듦이라.

세네카가 이르기를, 이 세계에 두 가지 재앙이 있으니, 이는 부녀자와 무학(無學)이라.

마르쿠스 아우렐리우스가 이르기를, 여자는 다루기 어려움에 있어 선박과 비슷함이라.

플라우투스가 이르기를, 여자가 아름다운 옷으로 몸을 치장하는 것은 타고난 추함을 감추기 위한 어리석은 방편이라.

발레리우스가 친구에게 보낸 글에 이르기를, 천하에 여자가 은밀히 하지 못하는 일이 없으니 하늘이 그대를 어여삐 여기어 그들의 술책에 휘말리지 않기를 바람이라.

그가 또 이르기를, 여자란 무엇인가, 우애의 적이요,[44] 피할 수 없는 괴로움이요, 필연적인 해악이요, 자연의 유혹이요, 꿀을 닮

44 지금 구샤미가 읽어 주고 있는 글은 토머스 내시의 『어리석음의 분석』에 나오는 것으로, 앞의 406페이지에 나오는 라틴어 문장은 바로 이 구절이다.

은 독이 아닌가. 만약 여자를 버리는 것이 부덕이라면 그들을 버리지 않는 것은 죄라 해야 하지 않는가.」

「선생님, 이제 그만 되었습니다. 아내 험담은 그 정도 들으면 충분합니다.」

「아직 네다섯 페이지 남아 있는데, 내친 김에 다 듣지 그러나.」

「대충 그만하지 그러나. 이제 마나님께서 돌아올 시간 아닌가.」

메이테이 선생이 그렇게 놀리는데, 다실 쪽에서 하녀를 부르는 안주인의 목소리가 들렸다.

「기요, 기요.」

「이거 큰일 났군. 마나님이 집에 계시지 않은가.」

「으흐흐흐, 무슨 상관인가.」

「제수씨, 제수씨. 언제 돌아오셨습니까?」

다실 쪽은 잠잠하기만 할 뿐 아무 대답이 없다.

「제수씨, 지금 저희가 하는 얘기, 들으셨습니까?」

여전히 대답이 없다.

「방금 전에 한 얘기는 구샤미 군의 생각이 아닙니다. 16세기에 내시란 사람이 한 말이니까, 안심하세요.」

「무슨 소린지 모르겠군요.」

안주인이 멀리서 짤막하게 대답하자, 간게쓰 군이 키들키들 웃었다.

「나도 잘 모르는데, 실례를 했습니다. 아하하하.」

메이테이 선생이 스스럼없이 웃고 있는데 대문이 화들짝 열리면서, 안내를 청하는 말도 여보세요란 말도 없이 저벅거리는 발소리가 들리는가 싶더니, 장지문이 드르륵 열리며 열린 문 사이로 다타라 산페이 군의 얼굴이 쑥 나타났다.

오늘 산페이 군은 평소와 달리 새하얀 와이셔츠에 갓 지은 예복을 차려입은 데다 벌써 코가 약간은 삐뚤어진 모습이다. 산페이 군은 오른손에 들고 온 새끼줄로 엮은 묵직한 맥주 네 병을 가다랑어 포 옆에 내려놓자마자, 인사도 없이 털퍼덕 앉더니 다리를 쫙 뻗었다. 그 폼이 마치 늠름한 무사 같다.

「선생님, 요즘 속은 좀 어떠십니까? 이렇게 만날 집에만 계시니까 병이 나는 겁니다.」

「난 아직 속이 안 좋다는 말은 하지 않았네.」

「말씀을 안 해도 얼굴색을 보면 척이지요. 선생님, 얼굴이 누렇습니다. 요즘 철에는 낚시가 좋아요. 시나가와에서 배를 하나 빌려서, 전 요전 일요일에 다녀왔습니다.」

「그래 뭘 좀 낚았나?」

「낚기는요. 아무것도 못 잡았습니다.」

「아무것도 못 잡으면 무슨 재미로 낚시를 하나.」

「그야 호연지기를 닦는 것이지요, 선생님. 여러분은 어떠십니까? 낚시를 해본 적이 있으신지요. 재미있어요, 낚시. 드넓은 바다에 작은 배 한 척 띄우고 이리저리 노를 젓고.」

산페이 군은 딱히 누구랄 것 없이 아무에게나 말을 건넸다.

「나는 좁은 바다에 큰 배를 띄우고 이리저리 노 젓고 싶군.」

메이테이 선생이 말을 받았다.

「이왕 하는 낚시, 고래나 인어 정도는 낚아야 재미가 있지 않겠나.」

간게쓰 군이 대답했다.

「그런 걸 무슨 재주로 낚는답니까. 문학하는 사람은 상식이 없어 탈이라니까.」

「나는 문학하는 사람이 아니라네.」

「그럼, 뭐 하는 사람입니까? 나 같은 비즈니스맨에게는 상식, 상식이 아주 중요해요. 선생님, 저 요즘 상식이 아주 풍부해졌습니다. 아무래도 그런 곳에 있다 보니까, 주변이 주변인지라, 저절로 그렇게 되었습니다.」

「어떻게 되었다는 말인가?」

「담배도 말이지요, 아사히나 시키시마 같은 그냥 담배를 피우면 체면이 서질 않아요.」

산페이 군은 그렇게 말하면서 입술 닿는 곳에 금박을 입힌 이집트 궐련[45]을 꺼내 뻐끔뻐끔 피워 댔다.

「자네, 그런 사치를 부릴 돈이 다 있나?」

「돈이야 없지만, 조만간 어떻게 되지 않겠습니까. 이 담배를 피우면 신용도가 달라지니 말입니다.」

「그 신용, 간게쓰 군이 유리 공을 깎는 것보다 편해서 좋구먼. 품이 들지 않으니 손쉬운 신용일세.」

메이테이 선생이 간게쓰 군에게 그렇게 말을 건넸는데, 간게쓰 군이 뭐라 대답하지 못하는 틈에 산페이 군이 끼어들었다.

「자네가 간게쓰 군인가? 박사는 끝내 되지 못한 모양이로군. 자네가 박사가 되지 않으니, 내가 취하기로 했네.」

「박사를, 말인가?」

「아니, 가네다 댁 따님 말이지. 나도 일이 딱하게 되었다고는 생각하네만. 그쪽에서 거둬 달라, 거둬 달라고 하도 부탁을 하는 바람에, 결국은 그렇게 하기로 결정했습니다, 선생님. 그러나 간게쓰 군에게는 도리에 어긋나는 일인 듯해서, 걱정입니다.」

「그리 걱정할 것 없네. 사양 마시고 취하게나.」

간게쓰 군의 말에 주인이 모호한 말로 대꾸했다.

「자네가 취하고 싶으면 취하면 그만이지.」

「그거 축하할 일이로군. 그러니 어떤 딸을 두었든 걱정할 일이 없다니까. 누가 데려가나 했더니, 아까 내가 말한 대로 이렇게 훌륭한 신사를 사위로 삼게 되지 않았는가. 도후 군, 신체시를 쓸 거리가 생겼군. 얼른 시를 지어야겠네.」

메이테이 선생이 예의 농담조로 말했다.

「자네가 도후 군인가? 내 결혼식 때 시를 지어 줄 수 있겠나. 당장에 활판 인쇄를 해서 여기저기 돌리겠네. 아, 『다이요(太陽)』[46]에

45 이집트산 담뱃잎으로 만든 영국제 궐련. 당시 외국 제품은 고가의 기호품이었다.

46 1895년에 창간된 월간 종합 잡지.

도 실어 달라 하겠네.」
「지어 드림세. 그래, 언제쯤 필요한가?」
「언제든 상관없네. 아니 이미 지어 놓은 것이라도 괜찮고. 그 대신, 피로연에 초대하겠네. 샴페인을 맛보여 주겠네. 자네, 샴페인 마셔 본 적 있나? 샴페인은 아주 맛있는 술이야. 선생님, 피로연 때 악대를 부를 생각인데, 도후 군의 시에 곡을 붙여 연주하면 어떻겠습니까?」
「자네 멋대로 하게나.」
「선생님이 곡을 만들어 주시는 것은…….」
「무슨 헛소리.」
「이 중에 누구, 음악을 할 줄 아는 사람 없습니까?」
「낙제 후보자 간게쓰 군이 바로 바이올린의 명수라네. 간곡하게 부탁해 보게나. 하지만 샴페인 정도 가지고는 어림없을걸.」
「샴페인도 한 병에 4엔 5엔 하는 것은 좋지 않습니다. 그런 싸구려는 대접하지 않을 테니, 자네, 한 곡 부탁하네.」
「물론 지어 드리지요. 한 병에 20전짜리 샴페인이라도 지어 드리지요. 아니, 공짜라도 괜찮습니다.」
「공짜로 부탁할 수는 없지. 사례는 반드시 하겠네. 샴페인이 싫으면, 이런 것은 어떤가?」
산페이 군은 윗도리 안주머니에서 사진을 일고여덟 장 꺼내 다다미 위에 팔랑팔랑 떨어뜨렸다. 반신을 찍은 사진, 전신을 찍은 사진. 앉아 있는 사진, 서 있는 사진. 치마바지를 입은 사진, 예복을 차려입은 사진, 올림머리를 하고 찍은 사진. 묘령의 여자들뿐이다.
「선생님, 후보자가 이 정도 있습지요. 사례로 간게쓰 군과 도후 군에게 이 가운데 어떤 아가씨를 중매해도 좋습니다. 이 아가씨는 어떤가?」
산페이 군이 사진 한 장을 집어 간게쓰 군 쪽으로 내밀었다.
「좋은데. 꼭 부탁하네.」

「이 아가씨는 어떤가?」

또 한 장을 들이밀었다.

「괜찮군. 꼭 부탁하네.」

「어느 쪽을 말인가?」

「어느 쪽이든 상관없네.」

「자네, 여자 욕심이 많군. 선생님, 이쪽은 박사의 조카입니다.」

「그런가.」

「이쪽은 성격이 아주 좋아요. 나이도 어립니다. 이제 열일곱이지요. 이 아가씨는 지참금이 1천 엔이나 됩니다. 그리고 이쪽은 지사의 딸입죠.」

산페이 군 혼자서 열심히 떠들어 대고 있다.

「이 아가씨들 모두 내가 취할 수는 없겠나?」

「모두 말인가? 그거 정말 욕심이 많군. 자네, 일부다처주의자인가?」

「다처주의가 아니고, 육식론자네.」

「무엇이든 상관없으니, 그것들 빨리 치워 버리게.」

주인이 그렇게 꾸지람을 하자 산페이 군은 사진을 한 장 한 장 안주머니에 넣으면서 말했다.

「그럼, 다 취하는 것으로 알겠네.」

「그 맥주는 뭔가?」

「선물로 가져온 것이지요. 미리 축하주나 마실까 하고, 모퉁이 술집에서 사 왔습지요. 어서들 드시지요.」

주인이 손뼉으로 하녀를 불러 병마개를 따게 했다. 주인, 메이테이, 도쿠센, 간게쓰, 도후, 그렇게 다섯이 정중하게 잔을 들어 산페이 군의 결혼을 축하했다.

「여기 계신 분 모두 초대합지요. 모두 참석하시겠죠? 참석하시겠지요.」

산페이 군은 신이 난 표정으로 그렇게 말했다.

「난 싫으이.」

주인이 단박에 대답했다.

「왜요? 제 평생의 큰 경사입니다. 참석을 않으시다니, 몰인정하시군요.」

「몰인정한 것이 아니라, 아무튼 갈 수 없네.」

「입을 옷이 없는 것인가요? 예복 정도는 어떻게 마련해 드리지요. 사람들 많은 곳에도 가끔은 나들이를 하셔야지요. 유명한 분을 소개해 올리겠습니다.」

「사양하겠네.」

「위장병도 나을 텐데요.」

「낫지 않아도 괜찮네.」

「그리 고집을 부리신다면 어쩔 수 없지요. 이쪽 분은 어떻습니까? 참석해 주시겠습니까?」

「나 말인가? 그야 물론 가야지. 가능하면 내가 중매인의 영광을 누리고 싶네만. 샴페인으로 축배를 들자꾸나 봄날 저녁에. 뭐라? 중매쟁이가 스즈키 도주로라고? 내 그럴 줄 알았지. 아쉽지만 어쩔 수 없지. 중매쟁이가 둘일 수는 없으니, 그냥 하객으로 참석하겠네.」

「그쪽 분은 어떻게 하시겠습니까?」

「나 말인가? 일간풍월에 한생계(一竿風月 閑生計) 하니 백빈홍료간(白嚬紅蓼間)에 인조(人釣)라.」[47]

「그건 또 무슨 소리입니까? 『당시선(唐詩選)』입니까?」

「나도 모르겠네.」

「모르시면 곤란하죠. 간게쓰 군은 참석해 주겠지. 지금까지의 관계도 있고 하니.」

「참석하다마다. 내가 지은 곡을 악대가 연주한다는데, 듣지 못하면 유감스러워 아니 되지.」

「유감스럽다마다. 자네는 어쩌겠나, 도후 군?」

47 낚싯대 하나를 벗 삼아 유유자적하게 살면서 하얀 부평초와 빨간 여뀌꽃 핀 강가에서 낚시를 즐긴다는 뜻으로 자연을 벗 삼아 속세를 잊은 심경을 표현한 것.

「나도 참석해야지. 그래서 신랑 신부 앞에서 신체시를 낭독하고 싶군.」

「하하하, 유쾌하군. 선생님, 태어나서 지금까지 이렇게 유쾌해 보기는 처음이로군요. 맥주 한 잔 더 하겠습니다.」

산페이 군 제 손으로 사 온 맥주를 혼자서 꿀꺽꿀꺽 마시고는 시뻘겋게 달아올랐다.

짧은 가을 해도 어느덧 기울고, 담배꽁초가 흩어 놓은 산가지처럼 어지럽게 널려 있는 화로 속을 들여다보니 불은 일찌감치 꺼진 모양이다. 태평한 이네들도 이제는 흥이 다했는지, 도쿠센 군이 먼저 일어서며 말했다.

「시간이 많이 늦었군. 이제 슬슬 가볼까.」

이어 저마다 돌아가겠노라며 현관으로 나섰다. 방 안이 잔치가 끝난 후처럼 휑해졌다.

주인은 저녁을 먹고 서재로 들어갔다. 안주인은 싸늘한 누비옷의 깃을 여미고 빛바랜 옷을 깁고 있다. 아이들은 베갯머리를 맞대고 자고 있다. 하녀는 목욕을 하러 갔다.

늘 태평하게 보이는 사람들도 마음속을 두드려 보면 어디에선가 슬픈 소리가 난다.

달관한 듯 보이는 도쿠센 군의 두 다리도 땅이 아니면 밟지 않는다.

속은 편할지 모르겠으나 메이테이 선생이 사는 세계도 그림 속 세계처럼 멋지지는 않다.

간게쓰 군은 유리 공 깎기를 포기하고 고향에서 아내를 데리고 왔다.

이것이 순리다. 하나 순리가 오래 계속되면 필경 따분해지리라.

도후 군도 앞으로 10년쯤 지나면 무턱대고 신체시를 바치는 일이 큰 잘못이라는 것을 깨달으리라.

산페이 군은 산에 사는 사람인지 물에 사는 사람인지 그 속내를 알 수 없다. 그래도 평생 샴페인을 베풀며 우쭐할 수 있다면 다행이다.

스즈키 도주로 군은 한없이 굴러갈 것이다. 구르다 보면 흙탕물도 묻을 것이다. 흙탕물이 묻어도 구르지 못하는 자보다는 말발이 선다.

이 세상에 고양이로 태어나 산 지 벌써 2년 세월이 지났다. 나만 한 식견이 있는 고양이는 달리 없을 것이라 여겼는데, 일전에 무르[48]라는 동족이 느닷없이 나타나 기염을 토하는 바람에 움찔 놀라고 말았다. 그러나 잘 들어 보니, 이미 1백 년 전에 죽은 고양이가 멀고 먼 저승에서 문득 호기심이 일어 나를 놀라게 하려고 유령이 되어 이승으로 출장을 온 것이란다. 무르는 어머니를 만나러 갈 때, 인사 표시로 물고기 한 마리를 물고 갔는데 가는 도중에 참지 못하고 먹어 버린 불효막심한 고양이답게 재주도 인간 못지않다. 한번은 시를 지어 주인을 놀라게 한 적도 있다고 한다. 그런 호걸이 1세기 전에 이미 출현했다면, 나처럼 허접한 고양이는 일찌감치 이 세상을 하직하여 무하유향(無何有鄕)[49]에 은거해도 좋을 것이다.

주인은 머지않아 위장병으로 죽을 것이다. 가네다 댁 영감탱이는 욕심 때문에 진작에 죽은 것이나 다름없다. 가을 나뭇잎도 이제 거의 떨어졌다. 죽음이 만물에게 정해진 운명이며 살아 있어 봐야 별 쓸모도 없다면 일찌감치 죽는 것이 현명한 일인지도 모르겠다. 여러 선생의 제설을 따르면 인간의 운명은 자살로 귀결된다고 한다. 자칫 방심하면 고양이 역시 그렇게 답답한 세상에 태어날 수도 있다. 끔찍한 일이다. 왠지 울적해졌다. 산페이 군이 사 들고 온 맥주라도 마시고 기분 전환을 해야겠다.

부엌으로 갔다. 빠끔 열린 문틈으로 가을바람이 불어 들어와 꺼뜨렸는지 등불이 꺼져 있다. 문은 여전히 덜컹거리고 있다. 달

48 호프만의 『고양이 무르의 인생관』에 등장하는 주인공 고양이.

49 『장자』에 나오는 말로, 작위가 없이 자연 그대로인 이상향.

이 떠 있는가 보다. 창문에 그림자가 비쳐 있다. 쟁반에 컵이 셋 나란히 놓여 있고, 그 가운데 두 개에 노란 물이 절반쯤 담겨 있다. 유리에 담기면 따뜻한 물이라도 시원하게 느껴진다. 하물며 싸늘한 가을밤 달그림자 속에 화로와 나란히 놓여 있는 액체이고 보니, 입을 대기도 전에 한기가 들면서 마실 기분이 싹 가신다. 그러나 만사 도전해 볼 일이다. 산페이 군은 저것을 마시고 뻘게진 얼굴로 텁텁한 숨을 내뱉었다. 고양이도 마시면 기분이 좋아지지 말란 법은 없을 것이다. 어차피 언제 죽을지 알 수 없는 목숨이다. 무슨 일이든 목숨이 붙어 있는 동안 해볼 일이다. 죽은 후에 비석 뒤에 웅크리고 아아, 안타깝다고 후회해 봐야 소용없는 일이다. 과감하게 한번 마셔 보리라 하고서, 혀를 날름 집어넣고 홀짝거리다가 깜짝 놀랐다. 혀끝이 바늘로 찌른 것처럼 찌르르했다. 인간은 뭐가 좋다고 이렇게 맛없는 것을 마시는지 모르겠지만, 고양이에게는 도저히 마실 것이 못 된다. 아무래도 고양이와 맥주는 궁합이 맞지 않는 듯하다. 그만두자 하고 한번 내밀었던 혀를 다시 입 안으로 집어넣었다가, 생각을 바꿨다. 인간은 몸에 좋은 약은 입에 쓰다고 입버릇처럼 말하면서, 감기에 걸리면 온 얼굴을 찡그리면서 이상한 것을 마신다. 지금까지 그런 것을 마셔서 낫는 것인지, 안 마셔도 나을 감기에 굳이 마시는 것인지 의문이었는데, 마침 잘되었다. 그 의문을 맥주로 해결해 보자. 마시고 배 속까지 씁쓸해져 봐야 그뿐, 만약 산페이 군처럼 헛소리를 할 만큼 유쾌해진다면 뜻하지 않은 횡재니까 동네 고양이들에게 가르쳐 줄 수도 있다. 어떻게 될지 운을 하늘에 맡기고 아무튼 재도전해 보자고 결심하고 다시 혀를 내밀었다. 눈을 뜨고 있으면 마시기 힘드니까 두 눈 딱 감고 홀짝홀짝.

내가 참고 또 참아 가면서 맥주 한 잔을 간신히 다 마셨을 때, 묘한 현상이 벌어졌다. 처음에는 혀가 찌르르하고 온 입 안이 바깥에서 짓누르는 것처럼 얼얼하더니, 점차 편해지면서 한 잔을 다 처치했을 쯤에는 별로 힘들지도 않았다. 이제 괜찮겠다 싶어서 그다음 잔도 홀짝거렸다. 큰 어려움 없이 해치웠다. 내친 김에 쟁반에 흐른 것까지 싹싹 핥았다.

그리고 잠시 동안 내 몸의 변화를 살피기 위해 웅크린 채 꼼짝하지 않았다. 몸이 점차 따끈따끈해졌다. 눈앞이 부예졌다. 귀가 화끈거렸다. 노래를 흥얼거리고 싶어졌다. 나는 고양이라, 나는 고양이라 하고서 고양이 춤을 추고 싶어졌다. 주인과 메이테이, 도쿠센은 엿이나 먹으라는 식으로 배포가 커졌다. 가네다 댁 영감탱이를 할퀴어 주고 싶어졌다. 그 마누라의 코를 깨물어 뜯고 싶어졌다. 갖가지가 하고 싶어졌다. 마지막에는 휘청휘청 일어나고 싶어졌다. 일어섰더니 비틀비틀 걷고 싶어졌다. 이거 참 재미있군, 하고 밖으로 나가고 싶어졌다. 나가자 달님에게 〈안녕〉 하고 인사하고 싶어졌다. 아아, 정말 유쾌하다.

취한다는 것이 바로 이런 것인가 보다고 생각하면서, 산책을 하는 것인지 마는 것인지 모를 기분으로 정처 없이 비틀비틀 이리저리 발길을 옮기는데 왠지 잠이 쏟아졌다. 졸고 있는 것인지 걷고 있는 것인지 분명치 않다. 눈은 뜨고 있는 것 같은데, 눈두덩이 몹시 무겁다. 에라, 나도 모르겠다. 산이든 바다든 놀랄쏘냐, 하고서 흐느적거리는 앞발을 내미는 순간 〈첨벙!〉 하는 소리가 났다. 아뿔싸, 하고 놀라는 사이에, 당하고 말았다. 어떻게 당했는지 생각할 틈도 없었다. 그저 당했다는 것을 알고 말고 할 새도 없이 그다음은 엉망진창이 되고 말았다.

정신을 차렸을 때, 나는 물 위에 떠 있었다. 괴롭고 숨이 막혀서 사방을 박박 긁었지만, 긁어 봐야 물뿐. 긁고서는 또 허우적댔다. 할 수 없이 뒷발로 풀쩍 뛰어올라 앞발로 긁었더니 삐지지직 하는 소리가 나면서 발끝에 뭐가 닿았다. 겨우 얼굴만 물 위로 내밀고 어떻게 된 일인가 하고 사방을 돌아보았더니, 나는 커다란 항아리에 빠진 것이었다. 이 항아리에는 지난여름까지 물옥잠이라는 물풀이 무성하게 자라 있었는데 까마귀가 날아와

물옥잠을 죄 쪼아 먹은 후에 미역까지 감는 바람에 물이 줄어들었다. 물이 줄어들면 까마귀는 날아오지 않는다. 아까 마침, 어째 까마귀가 보이지 않는다 했더니 물이 꽤나 줄어들었네, 하고 생각했는데 내가 이런 곳에서 까마귀 대신 미역을 감게 될 줄이야 꿈에도 몰랐다.

물에서 항아리 아가리까지는 10센티미터가 조금 넘는 거리. 앞발을 아무리 뻗어도 닿지 않는다. 풀쩍 뛰어올라도 나갈 수 없다. 그렇다고 가만히 있으면 물에 잠길 뿐이다. 바동거려 봐야 삐직삐직 항아리에 발톱이 닿을 뿐, 닿았을 때는 몸이 약간 뜨는 것 같아도 미끄러지면 금방 푹 빠지고 만다. 물에 빠지면 숨이 막히니까 또 허겁지겁 삐직삐직. 그러다 몸에서 점차 기운이 빠졌다. 마음은 급한데 발이 아까처럼 움직여 주지 않는다. 끝내는 빠지기 위해 항아리를 긁는 것인지 긁기 위해 빠지는 것인지 나 자신도 분간할 수 없어진다.

숨이 막히고 괴로운 그 와중에, 이런 생각을 했다. 이런 곤욕을 치르는 것은 항아리 위로 올라가고 싶은 바람 때문이다. 올라가고 싶은 마음은 굴뚝같지만, 그래 봐야 올라갈 수 없을 게 뻔하다. 내 다리는 10센티미터도 안 된다. 요행히 물 위로 몸이 뜬다 해도, 뜬 곳에서 있는 힘껏 앞발을 뻗는다 해도 10센티미터가 넘는 항아리 아가리까지는 발톱이 닿지 않는다. 항아리 아가리에 발톱이 닿지 않는다면 아무리 긁어 대고 몸부림을 쳐봐야 소용없다. 1백 년 동안 몸이 바스러져라 애를 써봐야 나갈 수 없다. 나갈 수 없다는 것을 뻔히 알면서 나가려 하는 것은 억지다. 억지를 부리려 하니까 괴로운 것이다. 무모하다. 자청하여 괴로워하고, 즐겨 고문을 당하는 것은 어리석은 일이다.

「이제 그만두자. 될 대로 되어도 상관없다. 삐직삐직 긁어 대는 일은 이제 그만하자.」

앞발도 뒷발도 머리도 꼬리도, 자연의 힘에 맡기고 저항하지 않기로 했다.

점차 편해진다.
고통스러운 것인지 다행스러운 것인지 모르겠다.
물속에 있는 것인지 다다미 위에 있는 것인지 구분이 안 간다.
어디에 어떻게 있든 차이가 없다.
다만 편할 뿐이다.
아니 편하다는 느낌조차 없다.
세월을 베어 버리고, 천지를 갈가리 부수어 신비의 평온함으로 들어간다.
나는 죽는다. 죽어 이 평온함을 얻는다.
평온함은 죽지 않고서는 얻을 수 없다.
나무아미타불 나무아미타불.
기쁘고 기쁜지고.

역자 해설

고양이 〈나〉의 좌충우돌 인간 세상 관람기

1

나쓰메 소세키는 메이지 유신 한 해 전인 1867년에 태어나 말 그대로 메이지 시대를 살았던 일본 근대 문학의 대표적인 인물이자 세월이 한참 흐른 오늘날에도 사랑받고 있는 국민적 작가이다.

메이지 천황의 즉위와 함께 시작된 메이지 시대는 서양의 정치적, 경제적 압박에 대항하기 위해 제정된 대일본제국헌법하에 정치와 행정상의 개편 등을 추진하는 한편 영토 확장을 꾀하려는 전쟁으로 점철된 시대였지만 사회적으로는 물밀듯이 쏟아져 들어오는 서양 문물이 급속도로 보급되면서 근대화, 즉 서양화가 진행된 격동기였다.

문학적인 면에서도 서양의 다양한 사조가 소개되면서 근세 문학에서 근대 문학으토 옮겨 가는 실험적인 시도들이 활발하게 이루어졌다. 소세키가 나이 서른아홉 살에 늦깎이 작가로 출발한 시점의 문단은 다야마 가타이(田山花袋), 시마자키 도손(島崎藤村), 구니기타 돗포(國木田獨步) 등으로 대표되는 자연주의 문학이 지배적이었다. 다만 당시의 자연주의 문학은 서양 사조의 자연주의보다는 봉건적 사상과 신(神)으로부터의 해방, 자기 존재를 중심으로 하는 합리적 세계관 등을 주장, 이른바 〈전근대〉를 탈피하려는 경향이 강해 어떤 면에서는 낭만주의와 상통하는 부분이 있었다 할 수 있다.

그러나 소세키에게 가장 큰 영향을 미친 것은 하이쿠와 단가의 혁신을 외쳤던 마사오카 시키(正岡子規)와의 만남이었다. 시키는 객관성을 지니고 대상과 거리를 유지하면서 관조하는 서양화의 수법을 도입한 〈사생문〉 운동을 펼치면서 보다 현실적이고 현장감 있는 문장을 강조했다. 이 운동은 시가에서는 운율이 있는 산문의 형태로, 소설에서는 종래의 문어 투 문장이 아닌 구어 투의 생동감 있는 문장으로 나타났다.

소세키는 이런 시대적 배경과 문학사적 흐름 속에서 10년 남짓한 작가 생활을 하는 동안 초기 삼부작인 『산시로』 『그 후』 『문』에 이어 후기 삼부작 『피안 너머까지』 『행인』 『마음』 등을 비롯한 중장편소설 14편, 단편소설 10편 외에도 문학론, 수필, 기행문, 강연문, 시집, 하이쿠집을 남겼다.

2

『나는 고양이로소이다』는 나쓰메 소세키가 그의 나이 38세(1905년)에 발표하기 시작한 이른바 데뷔작이다. 전편은 11장으로 구성되어 있고, 이듬해인 1906년 8월까지 당시 마사오카 시키의 뒤를 이어 다카하마 교시(高浜虚子)가 주재하던 『두견새』에 연재되었다. 『나는 고양이로소이다』가 완성된 1906년은 일본 근대 문학사에서 특필할 만한 해였다. 소세키가 〈메이지의 소설로 후세에 길이 남을 명작〉이라 평했던 자연주의 문학의 선구작 『파계』(시마자키 도손 작)가 출간되었고, 후타바테이 시메이(二葉亭四米)의 『그 모습』, 오구리 후요(小栗風葉)의 『청춘』, 고스기 덴가이(小杉天外)의 『주먹』 등 새로운 개성을 지닌 작품들이 속속 발표되었기 때문이다.

소세키는 이 작품을 연재하면서 소위 전업 작가로 살아가겠다는 결심을 굳히지만, 처음부터 소설을 쓸 요량으로 계획하고 시작한 것은 아니었다. 문학 모임에서 발표한 첫 1장이 호평을 얻었고, 그 1장이 문학지 『두견새』에 실리면서 큰 반향을 보이자 교시가 이어 쓰기를 권하여 계속 쓰게 된 것이었다.

이 작품을 연재한 2년여 동안 소세키는 「런던탑」 「칼라일 박물관」 『도련님』 『풀베개』 「210일」 등의 장단편을 줄지어 발표하여 자연주의가 주류를 이뤘던 문단에 신선한 바람을 일으키면서 이른바 문단의 총아로 떠올랐다. 정부 장학금으로 영국 유학까지 다녀온 영문학자가 여봐란 듯이 작가로 변신한 것이다.

『나는 고양이로소이다』의 가장 큰 특징은 고양이가 작가의 눈을 대신하고 있다는 점이다. 어느 날 배가 고파 중학교에서 영어를 가르치는 구샤미 선생 집으로 기어 들어간 고양이 〈나〉(이름이 없어 그냥 나이다)는 선생과 그 주변 인물의 행동거지, 그 사이에서 벌어지는 사건들을 구경하고 관찰하면서 인간의 식견을 갖춘 지적 고양이로 발전한다. 그렇게 인간의 식견을 갖춘 고양이가 인간 세상을 구경하고 관찰한 기록이 곧 『나는 고양이로소이다』인 셈이다.

그다음 특징은 소세키가 〈처음부터 소설을 쓸 요량으로 계획하고 시작하지 않은〉 점에 있다. 즉 소설이 기본적으로 갖추고 있어야 할 〈양식〉이 없다는 것이다. 이 점은 고양이가 주로 주변에서 벌어지는 기이하고 재미나는 일들을 일화별로 기술한 것과도 관련이 크다.

이듬해에 발표한 『도련님』과 비교해 보면 이를 쉬이 알 수 있다. 『도련님』은 『나는 고양이로소이다』와 마찬가지로 해학과 풍자에 넘치는 유쾌한 소설이지만 일정한 스토리를 갖고 있고, 그 스토리가 전개되고 마땅한 결말을 맞는 구조를 갖고 있다. 반면 『나는 고양이로소이다』는 중심이 되는 일정한 스토리 없이 — 전편을 통해 전개되고 마무리되는 일정한 스토리가 있다면, 이학사 미즈시마 간게쓰와 사업가 가네다의 여식 도미코를 둘러

싼 혼담뿐이다 — 구샤미 선생이 앓고 있는 신경성 위장병의 요인이 되는 요소요소와 각종 사건, 그리고 고양이 자신의 무용담이나 운동, 구샤미 댁을 드나드는 메이테이, 간게쓰, 스즈키, 다타라 산페이, 오치 고치, 야기 등이 나누는 황당무계한 담화들이 소개된다.

셋째로 들 수 있는 특징은 이 작품의 가장 큰 미덕이라 할 수 있는, 넘치도록 풍성한 풍자와 해학이다. 고양이의 좌충우돌 인간 세상 관람기가 그야말로 폭소를 자아낸다.

한 예로 고양이 〈나〉의 주 관찰 대상인 영어 선생의 이름을 보자.

선생의 이름은 진노 구샤미이다. 진은 일본의 재래종 애완견이다(귀염성 있고 또랑또랑하게 생긴 시추를 상상하면 좋을 듯하다). 구샤미는 〈재채기〉란 뜻이다. 영어 선생의 이름인즉, 재채기하느라 찌그러진 진처럼 못생긴 얼굴이다. 절로 웃음이 나온다.

물론 이런 풍자와 해학을 뒷받침하고 있는 것은 동서양을 넘나드는 박학함으로 무장한 소세키의 언어 감각이다.

연보를 봐도 알 수 있지만 소세키는 중등 교육을 받기에 앞서 니쇼 학사에서 한학을 공부했다. 소세키의 한학 실력은, 소세키보다 한발 앞서 문학도를 지망한 마사오카 시키가 자신의 문집 『칠초집』을 평하여 쓴 소세키의 한문 글을 보고, 영어에 뛰어난 줄은 알고 있었으나 한문과 한학에도 이리 학재가 있는 줄은 몰랐다고 탄복할 정도였다. 니쇼 학사 후에는 도쿄 대학 예비문에 들어가기 위해 세리쓰 학사에서 영어를 집중적으로 공부했다. 한학에 대한 소양과 영문학은 소세키가 작가의 길을 걷게 되는 중요한 밑거름이 된다.

넷째로 꼽을 수 있는 것은 풍자와 해학 뒤에 숨어 있는 인간사의 비애와 시대와 사회를 향한 싸늘한 비평 의식이다. 평소 우리네도 지나치게 웃다 보면 눈물이 찔끔 나오곤 하는데, 이는 도를 넘는 재미 때문만은 아닐 것이다. 웃음이 지나간 후의 허망함 때문일 수도 있고, 별것 아닌 것 가지고 왜 그리 웃었나 싶은 의구심 때문일 수도 있고, 또는 그 의구심 뒤에 숨어 있는 남모르는 탄식과 절망 때문일 수도 있다.

소세키는 당대 최고의 엘리트였지만 정신적으로는 늘 불안정해 신경 질환에 가까운 증세를 보였고, 신체적으로도 늘 병을 달고 살았다. 따라서 인생에 대해 진취적인 꿈을 품기가 어려웠다. 경제적 궁핍 역시 그의 정신을 갉아먹는 한 요인이었다. 소세키의 집안은 소세키가 태어나기 전까지는 비교적 부유했지만, 시대가 바뀌면서 가세가 기울었다. 소세키는 대학 예비군에 들어가서부터 요즘으로 치면 입시 학원에서 강사를 하며 학비를 벌었다고 한다. 더욱이 그의 양아버지인 시오바라 마사노스케는 소세키가 유명한 소설가가 되자 툭하면 돈을 요구했다.

하지만 그의 정신을 핍박한 보다 큰 요인은 영문학에 대한 회의였다. 그는 영국에서 유학하면서 외국인이 영문학을 연구하는 데 한계가 있다는 것을 절감하고 절망한다. 어떻게든 그 한계를 극복해 보려 집필에 매달렸던 〈문학론〉을 들고 귀국했지만, 그의 강의를 들은 도쿄 대학 학생들은 내용이 어렵다고 외면했다.

『나는 고양이로소이다』는 비록 웃음을 전면에 내세우고 있지만, 이렇게 외적으로나 내적으로나 평탄치 못했던 소세키 자신의 비애감을 짙게 깔고 있다.

또한 작품 도처에서 서양 문명을 비판하는 목소리가 드높게 울리는 것을 보면 소세키는 근대화가 활발하게 진행되어 서양식으로 치장한 일본인들이 활보하는 메이지의 풍속도를 기꺼운 눈으로 바라본 것 같지는 않다. 특히 개화된 여성을 바라보는 시각은 몹시 시니컬하다. 또 서양화의 수혜를 톡톡히 본 덕분에 커다란 저택에서 돈으로 거머쥔 권력을 휘두르는 가네다가 구샤미 선생의 신경을 긁어 대는 최대의 적이며 또 그 일가가 돈이 곧 힘이요 돈만 있으면 무엇이든 할 수 있다고 믿는 어리석은 인물군으로 희화되는 것은 아마도 그 때문일 것이다.

마지막으로 한 가지 덧붙이자면, 몇몇 일화에 드러나는 판타

지적 요소이다. 예를 들어 산중에 있는 가발 쓴 민대머리 아가씨, 간게쓰가 바이올린을 켜기 위해 올라갔던 산 속 연못에서 울렸던 비명 소리, 간게쓰가 캄캄한 밤에 아즈마 다리 난간에서 강물로 뛰어든다는 것이 다리로 떨어진 사건 등은 작품 안에서도 언급되는 고이즈미 야구모의 괴담, 이즈미 교카의 환상 소설을 연상케 하는 대목이다. 이런 판타지적 요소는 훗날 「열흘 밤의 꿈」에서 진면목을 보인다.

3

등장인물을 간단히 소개하면 처음 읽기 시작할 때의 혼란을 다소 피할 수 있을 듯하다. 앞에서도 말했지만, 『나는 고양이로소이다』는 중심 되는 몇몇 인물이 주변 인물과 함께 일정한 흐름을 지닌 스토리를 밀고 당기고 하면서 이끌어 나가는 소설이 아니기 때문에 등장인물들의 출현이 갑작스럽다. 예를 들어 작품이 끝으로 접어드는 시점에 등장하는 야기 도쿠센은 등장하기 전까지는 언급조차 되지 않은 인물이다.

작품의 화자인 고양이 〈나〉

페르시아산 고양이 〈나〉는 비록 고양이이지만 사람 못지않은 식견과 호기심의 소유자로 말은 못 할지언정 보고 듣고 사고하고 판단하는 철학적 고양이이다. 사모하는 얼룩이가 먼저 죽어 비련에 젖기도 하지만, 인간 세상을 관찰하고 연구하는 재미에 산다. 인간들이 무슨 맛으로 술을 마시는지, 그 의문을 풀기 위해 맥주를 마시고는 물독에 빠져 비극적으로 생을 마감한다.

〈나〉의 지기인 인력거꾼네 검둥이와 이현금 선생네 얼룩이

검둥이는 고양이 세계의 대장이랄 만큼 덩치가 크고 거만하다. 쥐를 잡는 솜씨가 뛰어나고 배를 채우기 위해 먹을거리를 훔치는 솜씨도 대단하지만 〈나〉가 인간의 식견을 갖춘 후에는 관심에서 멀어진다. 얼룩이는 〈나〉가 연모의 정을 품었던 우아하고 예쁜 암고양이지만, 미인박명이라고 요절하는 바람에 〈나〉에게 인생의 무상함을 일깨워 준다.

진노가의 인물들

- 진노 구샤미(珍野苦沙彌)

〈나〉가 빌붙어 사는 진노가의 주인이다.

그 이름은 재채기하는 진처럼 못생긴 얼굴이란 뜻이고, 직업은 중학교 영어 선생이다. 성격이 괴팍해 신경성 위장병을 앓고 있다. 시류에 무심하고 좀처럼 외출을 하지 않는 터라 〈나〉는 그를 굴딱지라 부르기도 한다. 진노가를 드나드는 각종 인물과 시치미 뚝 떼고 걸쭉한 입담을 즐긴다.

- 진노 부인

구샤미 선생과 집안일과 경제적인 문제로 종종 부딪친다. 머리에 머리카락이 뭉텅 빠진 부분이 있다. 구샤미는 부인을 은근히 무시하는 경향이 있는데, 부인 역시 질세라 반박한다.

- 딸 셋

돈코, 순코, 멘코는 아직 나이가 어려 철없이 저희들끼리 투덕거리기도 하지만 밤이 되면 한자리에 뒤엉켜 잔다. 구샤미 선생의 애물단지들이다.

- 하녀 기요(淸)

진노가의 하녀로 각진 얼굴에 살이 붙어 다각형으로 희화된다.

- 유키에(雪江)

구샤미 선생의 조카로 굽이 휜 구두에 보라색 치마바지, 머리를 서양식으로 부풀려 올린 이른바 신식 여학생으로, 생김새는 그 예쁜 이름에 미치지 못한다. 일요일에 구샤미 선생 집을 찾곤 하는데, 그럴 때마다 선생과 말다툼을 하고는 뾰로통해서 돌아간다.

진노가를 드나드는 한량들

- 미학자 메이테이(迷亭)

구샤미 선생의 친구로 미학자를 자처하는 인물이다. 그의 이름 메이테이는 만취를 뜻하는 메이테이(酩酊)와 발음이 같다. 하지만 맨 정신으로도 오락가락하는 엉터리 얘기와 허풍을 늘어놓고, 사람을 속이고 골탕 먹이기를 즐기는 한편 갖가지 미학론, 미래론 등을 펼친다.

- 이학사 미즈시마 간게쓰(水島寒月)

구샤미 선생의 옛 제자로 〈목매닮의 역학〉이라는 논문을 발표한다. 가네다 도미코와 결혼하기 위해 박사가 되려고 허구한 날 유리 공을 갈았는데, 어느 날 갑자기 고향으로 내려가더니 떡하니 결혼을 하고 돌아와 가네다 집안에 물을 먹인다.

- 시인 오치 도후(越智東風)

간게쓰의 친구이며 시인이다. 지나치게 예술에 심취한 나머지 다소 엉뚱한 사고를 한다. 사랑과 예술을 인간 세상의 가장 큰 가치로 여긴다. 본인은 자신의 이름이 도후가 아니라 고치라고 주장한다.

- 철학자 야기 도쿠센(八木獨仙)

구샤미 선생의 친구로 염소수염을 기르고 도를 닦는 등, 철학자연하는 인물로 〈동양적 소극주의〉를 주창한다. 그 이름의 뜻은 야기(염소와 발음이 같다) 도쿠센, 즉 염소수염 기른 홀로 신선이다. 하지만 아직은 깨달음에 도달하지 못해 〈무각 선사〉(깨달음에 이르지 못한 선사)란 별명이 있다.

- 스즈키 도주로(鈴木藤十郎)

학생 시절에는 구샤미, 메이테이 등과 한솥밥을 먹었던 인물이었으나 지금은 사업가 가도를 달리며 가네다의 주구 노릇을 하고 있다. 고생과 걱정 없이 만사가 순조롭게 풀리기를 바라는 극락주의자. 금줄로 치장한 양복에 번쩍거리는 금시계를 차고, 주식으로 돈을 벌었다는 둥 떠벌린다.

• 다타라 산페이(多多良三平)

구샤미 선생 댁에서 서생으로 지냈던 인물로 〈나〉를 삶아 먹겠으니 달라고 한다. 작품의 마지막 장면에서는 간게쓰가 갑작스럽게 결혼하는 바람에 닭 쫓는 개꼴이 된 도미코를 취한다. 〈나〉는 다타라가 그 기념으로 사 온 맥주를 마시고 어처구니없게 죽는다.

사업가 가네다 일가

• 가네다(金田)

구샤미 선생과 한동네에 사는 사업가로 대저택에 살면서 각종 인물을 돈으로 매수하여 구샤미 선생을 괴롭히게 한다. 그 이름도 가네다, 즉 돈 밭. 미즈시마 간게쓰를 사위로 삼기 위해 온갖 수단을 가리지 않는다.

• 가네다 하나코(金田鼻子)

가네다의 부인으로 남편과 합심하여 구샤미 선생을 깔본다. 미즈시마 간게쓰의 인간됨을 파악하기 위해 구샤미 선생 집을 찾았다가 곤욕을 치르는데, 그때 얼굴 한가운데 떡하니 자리 잡은 커다란 코 때문에 〈나〉에게 〈하나코〉란 이름을 얻는다.

• 가네다 도미코(金田富子)

간게쓰와 혼담이 있는 가네다의 여식으로 집안의 부를 등에 업고 거들먹거리는 하이칼라 여성이다.

그 밖의 인물들

• 메이테이의 큰아버지

메이지의 전 시대인 에도 시대의 유물 같은 인물로 연미복 차림에도 상투를 틀고 쇠부채를 한시도 손에서 놓지 않는다. 에도 시대의 무사적인 반듯함을 지닌 노인이다.

• 아마키(甘木) 선생

구샤미가의 이른바 주치의로 최면술 시술에 실패한다.

• 후루이 부에몬(古井武右衛門)

구샤미 선생이 담임을 맡고 있는 반의 학생이다. 고풍스러운 이름 덕에 도미코에게 연애편지를 보내는 장난질에 이름을 빌려주었다가 퇴학을 당할까 두려워 구샤미 선생을 찾아가 의논한다. 평소 학교에서는 구샤미 선생을 골탕 먹이는 문제아로 커다란 머리에 비해서는 학식이 빈곤하다.

• 도선생

밤중에 구샤미 선생 집에 들어 다타라 산페이가 선물한 참마를 들고 간다.

• 낙운관의 군자들

구샤미 선생 집과 울타리 하나를 사이에 두고 있는 중학교의 학생들. 가네다의 사주로 울타리 이쪽, 즉 구샤미 선생 집 쪽에 있는 공터를 무시로 드나들면서 선생의 신경을 박박 긁는다.

4

끝으로 번역 작업을 하면서 무진 애를 먹었다.

지금은 하늘 어딘가에 있을 〈나〉가 그동안의 역자의 꼴을 내려다보았더라면 거참 기기묘묘한 볼거리도 다 있다면서 쾌재를 불렀을 것이다. 한학은 물론이요 영문학에도 조예가 없는 데다 당시의 사회상 내지는 시대상에도 무지한 터라, 그 식견이 도저히 고양이에 미치지 못하였으니 긴 세월을 두고 전전긍긍할 수밖에 없었다. 게다가 구샤미 선생을 비롯하여 고매하신 여러 선생들의 해박함과 일본어의 궁극을 보여 주는 말장난과 입담은 또 어떠했는지.

요즘처럼 인터넷이란 도구가 있어 지면을 통하지 않고서도 보탬이 되는 온갖 자료를 수집하고 또 모르는 것은 조사하고 확인할 수 있는 시대가 아니었다면 일찌감치 포기하고 손을 털었을지도 모르겠다. 하지만 수수께끼를 풀어 나가듯 하나를 알면 그만큼 재미와 뿌듯함이 더하고, 둘을 알면 하늘에서 고양이가 박수라도 쳐줄 듯한 착각이 들고, 셋을 알면 구샤미 선생의 퉁명스러운 말 뒤에 가려진 내면이 언뜻언뜻 보이는 듯하면서 그 속이 더욱 궁금해져 그만둘 수 없었다. 그리고 무엇보다 한번 시작한 일, 끝을 봐야 했다.

그렇게 끝을 보기는 했는데, 시인컨대 아직도 모르는 구석이 있고 미진함이 남아 있다.

이는 오로지 역자의 식견이 부족하고 재주가 모자라는 탓이다.

다만 『나는 고양이로소이다』란 거대한 작품에 누가 되지 않았기를 바라며, 하늘에 계실 고양이님께 이 점 용서를 빈다. 南無英猫陀佛 南無英猫陀佛!!

번역 텍스트로는 1961년 신쵸샤에서 나온 문고본을 사용하고, 이와나미 서점에서 나온 나쓰메 소세키 전집을 참고했다. 각주는 역자가 제반 자료를 참고하여 붙인 것이다. 한자어의 읽는 방식에 대해서는 뜻을 취할 것인지 소리를 취할 것인지 마지막 순간까지 고민했다. 결국 고유 명사는 원래 발음으로 표기한다는 원칙에 따랐으나, 실재하지 않는 몇 가지 경우는 뜻을 취하여 우리말식으로 음독했다.

김난주

나쓰메 소세키 연보

1867년 출생 2월 9일 아버지 나쓰메 나오카쓰(直克)와 어머니 지에(千枝) 사이에서 5남 3녀의 막내로 태어남. 이름은 긴노스케(金之助). 이때 아버지 나이 쉰, 어머니 나이는 마흔하나였음. 태어난 날과 시가 경신(庚申)날 신시(申時)라 자칫하면 도둑이 될 수도 있다는 미신 때문에 이를 피하기 위해 金자를 넣어 이름을 지었다고 함. 어머니 지에는 나오카쓰의 후처로 뒤늦게 아이를 낳은 것을 몹시 수치스럽게 여겼다고 함. 형제는 배다른 누이가 둘에 4남과 3녀는 긴노스케가 태어나기 전에 이미 사망했으므로 실제로는 6형제였음. 태어난 지 얼마 후, 요쓰야(四谷)에서 고물상을 하는 부부가 잠시 긴노스케를 맡아 키우다가 다시 집으로 돌려보냄.

1868년 메이지 1년, 1세 나쓰메 가문은 대대로 우시고메(牛込) 주변과 다카다노바바(高田馬場) 일대의 11구역을 관할하는 촌장을 지내 그 세력이 대단하였으나, 메이지 유신과 더불어 가운이 기욺. 이해에 시오바라 마사노스케(鹽原昌之助, 당시 29세)의 양자가 됨. 메이지 1년에 에도가 도쿄로 개명되고, 메이지 2년에 도쿄 시가지를 50반구미(番組)로 나눈 구역 개편에 따라 시오바라가는 신주쿠(新宿)에서 아사쿠사(淺草)로 이사함.

1872년 5세 시오바라가의 장남으로 호적에 오름. 세 살 때 받은 종두 접종 때문에 천연두에 걸려 흉터가 남음.

1874년 7세 공립 도다(戶田) 소학교 하등소학 제8급에 입학. 이듬해 제8급과 7급 수료.

1876년 9세 양부모 이혼. 긴노스케는 호적은 그대로 둔 채 양어머니와 함께 나쓰메가로 돌아옴. 이치가야(市ヶ谷) 소학교로 전학. 긴노스케는 이때 친부모를 조부모로 알았다고 함.

1878년 11세 친구들끼리 돌려 보는 잡지에 한문 투의 글 〈마사시게론(正成論)〉을 실음. 4월 이치가야 소학교 상등소학 제8학급 졸업. 10월 긴카(錦華) 학교 소학심상과(尋常科) 2급 후기 졸업.

1879년 12세 3월 히도쓰바시(一ツ橋) 중학(도쿄 부립 1중) 입학.

1881년 14세 1월 21일 친어머니 지에 사망. 부립 1중 중퇴. 한문을 배우기 위해 당시 한학을 전문적으로 가르치는 사설 교육 기관으로 게이오(慶應) 의숙과 어깨를 나란히 했던 니쇼(二松) 학사로 전학.

1883년 16세 도쿄 대학 예비문(현 도쿄 대학의 전신의 하나)에 들어가기 위해 유명 입시 전문 학원이던 세리쓰(成立) 학사에 입학해 영어를 배움.

1884년 17세 9월 도쿄 대학 예비문 예과 입학.

1886년 19세 4월 도쿄 대학 예비문이 제1고등중학으로 개칭. 7월 복막염에 걸려 진급 시험을 치르지 못함. 성적이 나빠 낙제했지만 이후 졸업할 때까지 수석을 놓치지 않음.

1887년 20세 3월과 6월 맏형과 둘째 형이 죽음. 사설 교육 기관이었던 에토(江東) 의숙의 강사로 취직, 의숙의 기숙사에서 학교를 다니다 과립성 결막염에 걸려 집에서 통학.

1888년 21세 1월 호적을 정리하고 나쓰메 성을 되찾음. 7월 제1고등중학 예과 졸업. 9월 제1고등중학 본과 영문과 입학.

1889년 22세 동급생이며 소세키의 문학과 인생에 큰 영향을 미친 마사오카 시키(正岡子規)를 알게 됨. 같은 학급에 언문 일체, 신체시 운동의 선구자로 메이지 시대의 소설가, 시인, 평론가인 야마다 비묘(山田美妙), 상급에 야마다 비묘와 함께 겐유샤(硯友社) 동인으로 활동한 가와카미 비잔(川上眉山), 오자키 고요(尾崎紅葉) 등이 있었음. 마사오카 시키의 『칠초집(七艸集)』에 대해 한문으로 비평, 9편의 칠언절구를 덧붙이면서 시키의 필명 중의 하나였던 소세키를 호로 사용하게 됨. 9월 기행문집 『목설록(木屑錄)』을 씀.

1890년 23세 7월 제1고등중학 본과 졸업. 9월 도쿄 제국대학 문과 대학 영문과에 입학했으나 이때부터 염세주의에 빠졌고, 신경쇠약에 시달리기 시작함. 문부성 대비생(貸費生)이 됨.

1891년 24세 7월 문부성 특대생이 됨. 과립성 결막염 때문에 다니던 이노우에 안과에 가다가 첫사랑의 여인이라 일컬어지는 〈귀여운 여자〉를 만남. 같은 달, 연인이었다는 설도 있는 형수 도세(登世)가 입덧 때문에 죽자 큰 충격을 받음. 딕슨 교수의 부탁으로 고전 『호조기(方丈記)』 영역.

1892년 25세 4월 징병 관계로 분가 신청서를 제출, 홋카이도로 본적을 옮겨 징병을 피함. 5월 도쿄 전문학교(현재의 와세다 대학)의 강사가 됨. 여름에 시키와 함께 교토, 마쓰야마(松山, 시키의 고향) 등지를 여행하는 길에 시키의 제자이며 훗날 『두견새(ホトトギス)』를 통해 소세키를 소설가의 길로 인도하게 되는 시인 다카하마 교시(高浜虚子)를 알게 됨.

1893년 26세 7월 영문과를 졸업, 대학원에 진학. 10월 도쿄 고등사범학교의 영어 촉탁 교사가 됨.

1894년 27세 10월 고이시가와(小石川)에 있는 비구니 절 호조인(法藏院)에 하숙. 12월 폐결핵에 걸려 가마쿠라(鎌倉)의 엔카쿠지(圓覺寺)에서 참선하며 치료에 임했으나 큰 효과는 없었음. 일본 사람이 영문학을 한다는 것에 위화감을 느끼기 시작하면서 신경쇠약, 강박 관념 등의 증세가 심해짐.

1895년 28세 4월 에히메(愛媛) 현 마쓰야마 중학에 부임. 8월 시키가 마쓰야마로 돌아와 소세키의 하숙집에 같이 살게 됨. 하이쿠에 열중하면서 수많은 가작을 남김. 12월 몇 가지 혼담 가운데 2대 귀족원 서기관장(현재의 참의원 사무총장의 전신) 나카네 시게카즈(中根重一)의 장녀 교코(鏡子)와 맞선, 약혼.

1896년 29세 4월 구마모토(熊本) 제5고등학교 강사로 부임. 6월 결혼, 구마모토에서 신혼 생활 시작. 7월 제5고의 교수가 됨.

1897년 30세 6월 아버지 나오카쓰의 죽음으로 상경. 긴 여행의 피로를 이기지 못한 교코가 도쿄에서 유산.

1898년 31세 7월 교코가 심각한 히스테리 증세를 보이며 구마모토 시내를 흐르는 시라 강에 몸을 던지는 사건이 발생. 교코는 어부의 손에 목숨을 건졌지만 소세키는 이로 인해 신경이 쇠약해졌고, 다섯 번째 이사를 하게 됨. 이해『나는 고양이로소이다(吾輩は猫である)』에 등장하는 이학사 간게쓰의 모델이라 일컬어지는 데라다 도라히코(寺田寅彦, 당시 제5고 재학 중)가 소세키를 방문.

1899년 32세 맏딸 후데코(筆子) 태어남. 소세키는 영어과 주임이 됨.

1900년 33세 일과 아내의 간병에 지친 소세키는 상경하기를 간절하게 희망하는 한편 교육보다는 문학에 관심이 기욺. 7월 문부성으로부터 영어 연구를 위해 만 2년 동안 영국 유학을 다녀오라는 발령을 받고 도쿄로 올라옴. 구마모토에서 산 4년 3개월 동안 소세키는 결혼이라는 새로운 환경에 적응하지 못하는 아내와의 불화, 영문학에 대한 회의 등의 이유로 무려 여섯 번이나 이사를 하는 등 가정적으로는 매우 불우했음. 반면 시키와 교류하면서 주옥같은 하이쿠를 다수 남겼음. 또한 구마모토 생활은『풀베개(草枕)』,「210일(二百十日)」이란 작품을 낳았고,『나는 고양이로소이다』,『산시로(三四郎)』에도 큰 영향을 미쳤음. 9월 8일 요코하마 항에서 영국으로 출발. 10월 20일 런던 도착.

1901년 34세 1월 둘째딸 쓰네코(恒子) 태어남. 5월 화학자 이케다 기쿠나에(池田菊苗)가 런던을 방문, 두 달 동안 함께 하숙 생활. 이케다의 영향으로 〈문학론〉 저술을 계획함. 귀국할 때까지 〈문학론〉 저술에 몰두. 유학비 부족과 고독감, 그리고 일본인으로 영문학을 연구하는 것에 대한 위화감 때문에 신경쇠약 재발.

1902년 35세 여름 심각한 신경쇠약 증세를 보임. 9월 메이지 시대의 대표적인 작가로 하이쿠, 단가, 신체시, 소설 등 다방면으로 활약했던 시키가 7년 동안 앓던 결핵으로 사망. 10월 스코틀랜드 여행. 12월 5일 런던을 출발하여 귀국길에 오름.

1903년 36세 1월 귀국. 3월『나는 고양이로소이다』를 집필하게 되는 혼고(本鄕) 구[현재의 분쿄(文京) 구] 센다기(千駄木)로 이사. 4월 제1고등학교 강사가 되는 동시에 도쿄 제국대학 영문과 강사를 겸임. 5월 제1고의 제자인 후지무라 미사오(藤村操)가 게곤(華嚴) 폭포에 몸을 던져 자살하는 사건이 발생, 다시 신경쇠약 증세가 도지면서 때로 아내와 자식에게 폭력을 휘두르는 일도 있었음. 11월 셋째 딸 에이코(榮子) 태어남.

1904년 37세 4월 메이지 대학 강사 겸임. 7월 어린 고양이 한 마리가 집에 기어들었는데, 드나드는 안다사가 복고양이라 하여 교코가 귀여워함. 12월 다카하마 교시의 권유로 시키 산하의 모임인 〈산회(山會)〉에서 『나는 고양이로소이다』의 1장을 발표.

1905년 38세 1월 『나는 고양이로소이다』를 당시 다카하마 교시가 주재했던 문예 잡지 『두견새』에 발표. 1회로 끝날 예정이었으나 호평을 얻어 같은 잡지에 장편으로 연재하게 됨. 이때부터 작가로 살아갈 뜻을 굳히고 「런던탑(倫敦塔)」, 「칼라일 박물관(カーライル博物館)」을 연이어 발표. 세속을 떠나 인생을 관조하는 작풍이 당시 주류였던 자연주의와 대립된다 하여 여유파라 불림. 12월 넷째 딸 아이코(愛子) 태어남.

1906년 39세 4월 『도련님(坊っちゃん)』을 『두견새』에 발표. 9월 『풀베개』를 『신쇼세쓰(新小說)』에, 「210일」(210일은 입춘에서 210일 되는 날로, 태풍이 불기 시작하는 때를 뜻함)을 『주오코론(中央公論)』에 발표. 이해부터 소세키의 집에 독문학을 공부하는 고미야 도요다카(小宮豊隆, 『산시로』의 모델로 여겨지는 인물로 훗날 소세키 연구에 정진함), 스즈키 미에키치(鈴木三重吉, 일본 아동 문학의 아버지라 일컬어지는 인물), 모리다 소헤이(森田草平, 소세키의 주선으로 아사히 신문에 소설을 발표하면서 문단에 데뷔하게 되는 인물) 등이 드나들게 되는데, 스즈키가 면회일을 목요일로 한정하여 훗날의 〈목요회〉의 기틀을 마련함. 목요회는 소세키 선생 시절의 제자와 소세키를 따르는 젊은 문인들이 목요일마다 소세키의 집에 모여 갖가지 토론을 벌였던 모임으로 소세키가 죽은 후에는 그의 기일인 9일로 날짜가 바뀌어 모임의 이름도 9일회로 변경되었음. 목요회에 참가했던 인물 가운데 아쿠타가와 류노스케(芥川龍之介) 등 많은 이들이 훗날 일본 근대 문학의 중추가 됨.

1907년 40세 1월 『태풍(野分)』을 『두견새』에 발표. 3월 아사히신문사의 주필이며 메이지 3대 기자의 한 명이었던 이케베 산잔(池邊三山)의 방문을 받고 아사히신문사 입사를 결심. 월급 2백 엔. 1년에 1백 회 정도의 장편을 쓴다는 조건. 도쿄 제국대학과 제1고에 사표를 제출하고 전업 작가의 길을 걷기 시작함. 3월 말~4월 교토, 오사카 여행. 5월 3일 〈입사의 변〉을 도쿄「아사히신문」에 발표. 6월 장남 준이치(純一) 태어남. 전업 작가로서 첫 작품인 『우미인초(虞美人草)』를 「아사히신문」에 연재하기 시작. 당시의 총리대신 사이엔지 고보(西園寺公望)로부터 문사 초대회에 초대되지만 거절. 9월 와세다 미나미초(南町)로 이사. 이 시기부터 위장병에 시달림.

1908년 **41세** 1~4월 『갱부(坑夫)』 연재. 6월 「문조(文鳥)」 7~8월 「열흘 밤의 꿈(夢十夜)」 발표. 9~12월 『산시로』 연재. 12월 차남 신로쿠(伸六) 태어남.

1909년 **42세** 6~10월 『그 후(それから)』 연재. 9~10월 만주와 조선 여행. 「만한 여기저기(滿韓ところどころ)」 발표. 11월 25일 아사히 문예란 신설.

1910년 **43세** 3~6월 『산시로』 『그 후』에 이어지는 전기 삼부작 『문(門)』을 연재하는 중에 위궤양으로 나가요(長与) 위장 병원에 입원. 막내딸 히나코 태어남. 8월 전지 요양차 슈젠지(修善寺) 온천 여관에 투숙. 24일 다량의 객혈로 한때 위독한 상태에 빠졌다가 위기를 모면하고 점차 회복. 10월 도쿄로 돌아와 다시 입원. 죽음의 갈림길을 오갔던 당시의 경험은 훗날 「유리문 속(硝子戸の中)」에 상세하게 묘사됨. 「생각나는 일(思ひ出すことなど)」 발표.

1911년 **44세** 2월 문학 박사 학위 고사. 6월과 8월 나가노와 간사이(關西) 지방으로 강연 여행. 위궤양 재발. 오사카에서 입원. 9월 도쿄로 올라와 치질 수술. 11월 히나코 급사.

1912년 **45세, 다이쇼 1년** 1~4월 후기 삼부작의 첫 작품이 되는 『피안 너머까지(彼岸過迄)』 연재. 12월~이듬해 4월 후기 삼부작의 두 번째 작품 『행인(行人)』을 연재하다가 병으로 중단.

1913년 **46세** 11월 『행인』 완결.

1914년 **47세** 4~8월 후기 삼부작의 마지막 작품이 되는 『마음(こころ)』 연재. 9월 네 번째 위궤양 재발로 와병. 11월 가쿠슈인(學習院)에서 〈나의 개인주의〉란 제목으로 강연.

1915년 **48세** 1~2월 『유리문 속』 연재. 5월 위궤양으로 재차 쓰러짐. 6~9월 자전적 소설로 마지막 완성작이 된 『미치구사(道草)』 연재. 12월 〈신시초(新思潮)〉를 중심으로 활동하던 아쿠타가와 류노스케가 『라쇼몽(羅生門)』을 발표한 직후, 구메 마사오(久米正雄) 등과 함께 목요회에 가담.

1916년 49세 1월 류머티즘을 치료하기 위해 유가와라(湯河原)에 감. 4월 당뇨병 진단이 떨어져 치료 시작. 5월 26일 『명암(明暗)』을 연재하기 시작. 11월 22일 위궤양 재발, 상태 악화. 12월 9일 숨을 거둠. 『명암』은 미완으로 끝남. 소세키의 주치의였던 나가요 마타로가 시신을 해부, 이때 적출된 뇌는 도쿄 대학 의학부에 기증됨. 아오야마 묘지에서 치러진 장례식에서 아쿠타가와 류노스케가 접수를 맡음.

열린책들 세계문학 084 **나는 고양이로소이다**

옮긴이 김난주 1958년생. 경희대학교 국문과를 졸업하고 동 대학원을 수료한 후, 쇼와 여자 대학에서 일본 근대 문학 석사 학위를 취득했다. 이후 오오츠마 여자 대학과 도쿄 대학에서 일본 근대 문학을 연구했다. 현재 일본 문학 번역가로 활동 중이다. 옮긴 책으로 에쿠니 가오리의 『장미 비파 레몬』, 무라카미 하루키의 『국경의 남쪽, 태양의 서쪽』, 『노르웨이의 숲』, 『바람의 노래를 들어라』, 유미리의 『가족 시네마』, 요시모토 바나나의 『왕국』, 『키친』, 『아르헨티나 할머니』 등 다수가 있다.

지은이 나쓰메 소세키 **옮긴이** 김난주 **발행인** 홍예빈 · 홍유진
발행처 주식회사 열린책들 **주소** 경기도 파주시 문발로 253 파주출판도시
전화 031-955-4000 **팩스** 031-955-4004 **홈페이지** www.openbooks.co.kr

ISBN 978-89-329-1001-7 04830 **ISBN** 978-89-329-1499-2 (세트)
발행일 2009년 11월 30일 세계문학판 1쇄 2024년 4월 20일 세계문학판 25쇄

이 도서의 국립중앙도서관 출판예정도서목록(CIP)은 서지정보유통지원시스템 홈페이지(http://seoji.nl.go.kr)와 국가자료공동목록시스템(http://www.nl.go.kr/kolisnet)에서 이용하실 수 있습니다.(CIP제어번호 : CIP2009003362)

열린책들 세계문학
Open Books World Literature

038 **뉴욕 3부작** 폴 오스터 장편소설 | 황보석 옮김 | 480면

039 **닥터 지바고** 보리스 파스테르나크 장편소설 | 홍대화 옮김 | 전2권 | 각 480, 592면

041 **고리오 영감** 오노레 드 발자크 장편소설 | 임희근 옮김 | 456면

042 **뿌리** 알렉스 헤일리 장편소설 | 안정효 옮김 | 전2권 | 각 400, 448면

044 **백년보다 긴 하루** 친기즈 아이뜨마또프 장편소설 | 황보석 옮김 | 560면

045 **최후의 세계** 크리스토프 란스마이어 장편소설 | 장희권 옮김 | 264면

046 **추운 나라에서 돌아온 스파이** 존 르카레 장편소설 | 김석희 옮김 | 368면

047 **산도칸 – 몸프라쳄의 호랑이** 에밀리오 살가리 장편소설 | 유향란 옮김 | 428면

048 **기적의 시대** 보리슬라프 페키치 장편소설 | 이윤기 옮김 | 560면

049 **그리고 죽음** 짐 크레이스 장편소설 | 김석희 옮김 | 224면

050 **세설** 다니자키 준이치로 장편소설 | 송태욱 옮김 | 전2권 | 각 480면

052 **세상이 끝날 때까지 아직 10억 년** 스뜨루가츠끼 형제 장편소설 | 석영중 옮김 | 224면

053 **동물 농장** 조지 오웰 장편소설 | 박경서 옮김 | 208면

054 **캉디드 혹은 낙관주의** 볼테르 장편소설 | 이봉지 옮김 | 232면

055 **도적 떼** 프리드리히 폰 실러 희곡 | 김인순 옮김 | 264면

056 **플로베르의 앵무새** 줄리언 반스 장편소설 | 신재실 옮김 | 320면

057 **악령** 표도르 도스토옙스키 장편소설 | 박혜경 옮김 | 전3권 | 각 328, 408, 528면

060 **의심스러운 싸움** 존 스타인벡 장편소설 | 윤희기 옮김 | 340면

061 **몽유병자들** 헤르만 브로흐 장편소설 | 김경연 옮김 | 전2권 | 각 568, 544면

063 **몰타의 매** 대실 해밋 장편소설 | 고정아 옮김 | 304면

064 **마야꼬프스끼 선집** 블라지미르 마야꼬프스끼 선집 | 석영중 옮김 | 384면

065 **드라큘라** 브램 스토커 장편소설 | 이세욱 옮김 | 전2권 | 각 340, 344면

067 **서부 전선 이상 없다** 에리히 마리아 레마르크 장편소설 | 홍성광 옮김 | 336면

068 **적과 흑** 스탕달 장편소설 | 임미경 옮김 | 전2권 | 각 432, 368면

070 **지상에서 영원으로** 제임스 존스 장편소설 | 이종인 옮김 | 전3권 | 각 396, 380, 496면

073 **파우스트** 요한 볼프강 폰 괴테 희곡 | 김인순 옮김 | 568면

074 **쾌걸 조로** 존스턴 매컬리 장편소설 | 김훈 옮김 | 316면

075 **거장과 마르가리따** 미하일 불가꼬프 장편소설 | 홍대화 옮김 | 전2권 | 각 364, 328면

077 **순수의 시대** 이디스 워튼 장편소설 | 고정아 옮김 | 448면

078 **검의 대가** 아르투로 페레스 레베르테 장편소설 | 김수진 옮김 | 384면

079 **예브게니 오네긴** 알렉산드르 뿌쉬낀 운문소설 | 석영중 옮김 | 328면

080 **장미의 이름** 움베르토 에코 장편소설 | 이윤기 옮김 | 전2권 | 각 440, 448면

082 **향수** 파트리크 쥐스킨트 장편소설 | 강명순 옮김 | 384면

083 **여자를 안다는 것** 아모스 오즈 장편소설 | 최창모 옮김 | 280면

084 **나는 고양이로소이다** 나쓰메 소세키 장편소설 | 김난주 옮김 | 544면

085 **웃는 남자** 빅토르 위고 장편소설 | 이형식 옮김 | 전2권 | 각 472, 496면

087 **아웃 오브 아프리카** 카렌 블릭센 장편소설 | 민승남 옮김 | 480면

088 **무엇을 할 것인가** 니꼴라이 체르니셰프스끼 장편소설 | 서정록 옮김 | 전2권 | 각 360, 404면

090 **도나 플로르와 그녀의 두 남편** 조르지 아마두 장편소설 | 오숙은 옮김 | 전2권 | 각 408, 308면

092 **미사고의 숲** 로버트 홀드스톡 장편소설 | 김상훈 옮김 | 424면

093 **신곡** 단테 알리기에리 장편서사시 | 김운찬 옮김 | 전3권 | 각 292, 296, 328면

096 **교수** 샬럿 브론테 장편소설 | 배미영 옮김 | 368면

097 **노름꾼** 표도르 도스토옙스키 장편소설 | 이재필 옮김 | 320면

098 **하워즈 엔드** E. M. 포스터 장편소설 | 고정아 옮김 | 512면

099 **최후의 유혹** 니코스 카잔차키스 장편소설 | 안정효 옮김 | 전2권 | 각 408면

101 **키리냐가** 마이크 레스닉 장편소설 | 최용준 옮김 | 464면

102 **바스커빌가의 개** 아서 코넌 도일 장편소설 | 조영학 옮김 | 264면

103 **버마 시절** 조지 오웰 장편소설 | 박경서 옮김 | 408면

104 **10 1/2장으로 쓴 세계 역사** 줄리언 반스 장편소설 | 신재실 옮김 | 464면

105 **죽음의 집의 기록** 표도르 도스토옙스키 장편소설 | 이덕형 옮김 | 528면

106 **소유** 앤토니어 수전 바이어트 장편소설 | 윤희기 옮김 | 전2권 | 각 440, 488면

108 **미성년** 표도르 도스토옙스키 장편소설 | 이상룡 옮김 | 전2권 | 각 512, 544면

110 **성 앙투안느의 유혹** 귀스타브 플로베르 희곡소설 | 김용은 옮김 | 584면

111 **밤으로의 긴 여로** 유진 오닐 희곡 | 강유나 옮김 | 240면

112 **마법사** 존 파울즈 장편소설 | 정영문 옮김 | 전2권 | 각 512, 552면

114 **스쩨빤치꼬보 마을 사람들** 표도르 도스토옙스키 장편소설 | 변현태 옮김 | 416면

115 **플랑드르 거장의 그림** 아르투로 페레스 레베르테 장편소설 | 정창 옮김 | 512면

116 **분신** 표도르 도스토옙스키 장편소설 | 석영중 옮김 | 288면

117 **가난한 사람들** 표도르 도스토옙스키 장편소설 | 석영중 옮김 | 256면

118 **인형의 집** 헨리크 입센 희곡 | 김창화 옮김 | 272면

119 **영원한 남편** 표도르 도스토옙스키 장편소설 | 정명자 외 옮김 | 448면

120 **알코올** 기욤 아폴리네르 시집 | 황현산 옮김 | 352면

121 **지하로부터의 수기** 표도르 도스토옙스키 장편소설 | 계동준 옮김 | 256면

122 **어느 작가의 오후** 페터 한트케 중편소설 | 홍성광 옮김 | 160면

123 **아저씨의 꿈** 표도르 도스토옙스키 장편소설 | 박종소 옮김 | 312면

124 **네또츠까 네즈바노바** 표도르 도스토옙스키 장편소설 | 박재만 옮김 | 316면

125 **곤두박질** 마이클 프레인 장편소설 | 최용준 옮김 | 528면

126 **백야 외** 표도르 도스토옙스키 소설선집 | 석영중 외 옮김 | 408면

127 **살라미나의 병사들** 하비에르 세르카스 장편소설 | 김창민 옮김 | 304면

128 **뻬쩨르부르그 연대기 외** 표도르 도스토옙스키 소설선집 | 이항재 옮김 | 296면

129 **상처받은 사람들** 표도르 도스토옙스키 장편소설 | 윤우섭 옮김 | 전2권 | 각 296, 392면

131 **악어 외** 표도르 도스토옙스키 소설선집 | 박혜경 외 옮김 | 312면

132 **허클베리 핀의 모험** 마크 트웨인 장편소설 | 윤교찬 옮김 | 416면

133 **부활** 레프 똘스또이 장편소설 | 이대우 옮김 | 전2권 | 각 308, 416면

135 **보물섬** 로버트 루이스 스티븐슨 장편소설 | 머빈 피크 그림 | 최용준 옮김 | 360면

136 **천일야화** 앙투안 갈랑 엮음 | 임호경 옮김 | 전6권 | 각 336, 328, 372, 392, 344, 320면

142 **아버지와 아들** 이반 뚜르게녜프 장편소설 | 이상원 옮김 | 328면

143 **오만과 편견** 제인 오스틴 장편소설 | 원유경 옮김 | 480면

144 **천로 역정** 존 버니언 우화소설 | 이동일 옮김 | 432면

145 **대주교에게 죽음이 오다** 윌라 캐더 장편소설 | 윤명옥 옮김 | 352면

146 **권력과 영광** 그레이엄 그린 장편소설 | 김연수 옮김 | 384면

147 **80일간의 세계 일주** 쥘 베른 장편소설 | 고정아 옮김 | 352면

148 **바람과 함께 사라지다** 마거릿 미첼 장편소설 | 안정효 옮김 | 전3권 | 각 616, 640, 640면

151 **기탄잘리** 라빈드라나트 타고르 시집 | 장경렬 옮김 | 224면

152 **도리언 그레이의 초상** 오스카 와일드 장편소설 | 윤희기 옮김 | 384면

153 **레우코와의 대화** 체사레 파베세 희곡소설 | 김운찬 옮김 | 280면

154 **햄릿** 윌리엄 셰익스피어 희곡 | 박우수 옮김 | 256면

155 **맥베스** 윌리엄 셰익스피어 희곡 | 권오숙 옮김 | 176면

156 **아들과 연인** 데이비드 허버트 로런스 장편소설 | 최희섭 옮김 | 전2권 | 각 464, 432면

158 **그리고 아무 말도 하지 않았다** 하인리히 뵐 장편소설 | 홍성광 옮김 | 272면

159 **미덕의 불운** 싸드 장편소설 | 이형식 옮김 | 248면

160 **프랑켄슈타인** 메리 W. 셸리 장편소설 | 오숙은 옮김 | 320면

161 **위대한 개츠비** 프랜시스 스콧 피츠제럴드 장편소설 | 한애경 옮김 | 280면

162 **아Q정전** 루쉰 중단편집 | 김태성 옮김 | 320면

163 **로빈슨 크루소** 대니얼 디포 장편소설 | 류경희 옮김 | 456면

164 **타임머신** 허버트 조지 웰스 소설선집 | 김석희 옮김 | 304면

165 **제인 에어** 샬럿 브론테 장편소설 | 이미선 옮김 | 전2권 | 각 392, 384면

167 **풀잎** 월트 휘트먼 시집 | 허현숙 옮김 | 280면

168 **표류자들의 집** 기예르모 로살레스 장편소설 | 최유정 옮김 | 216면

169 **배빗** 싱클레어 루이스 장편소설 | 이종인 옮김 | 520면

170 **이토록 긴 편지** 마리아마 바 장편소설 | 백선희 옮김 | 192면

171 **느릅나무 아래 욕망** 유진 오닐 희곡 | 손동호 옮김 | 168면

172 **이방인** 알베르 카뮈 장편소설 | 김예령 옮김 | 208면

173 **미라마르** 나기브 마푸즈 장편소설 | 허진 옮김 | 288면

174 **지킬 박사와 하이드 씨** 로버트 루이스 스티븐슨 소설선집 | 조영학 옮김 | 320면

175 **루진** 이반 뚜르게네프 장편소설 | 이항재 옮김 | 264면

176 **피그말리온** 조지 버나드 쇼 희곡 | 김소임 옮김 | 256면

177 **목로주점** 에밀 졸라 장편소설 | 유기환 옮김 | 전2권 | 각 336면

179 **엠마** 제인 오스틴 장편소설 | 이미애 옮김 | 전2권 | 각 336, 360면

181 **비숍 살인 사건** S. S. 밴 다인 장편소설 | 최인자 옮김 | 464면

182 **우신예찬** 에라스무스 풍자문 | 김남우 옮김 | 296면

183 **하자르 사전** 밀로라드 파비치 장편소설 | 신현철 옮김 | 488면

184 **테스** 토머스 하디 장편소설 | 김문숙 옮김 | 전2권 | 각 392, 336면

186 **투명 인간** 허버트 조지 웰스 장편소설 | 김석희 옮김 | 288면

187 **93년** 빅토르 위고 장편소설 | 이형식 옮김 | 전2권 | 각 288, 360면

189 **젊은 예술가의 초상** 제임스 조이스 장편소설 | 성은애 옮김 | 384면

190 **소네트집** 윌리엄 셰익스피어 연작시집 | 박우수 옮김 | 200면

191 **메뚜기의 날** 너새니얼 웨스트 장편소설 | 김진준 옮김 | 280면

192 **나사의 회전** 헨리 제임스 중편소설 | 이승은 옮김 | 256면

193 **오셀로** 윌리엄 셰익스피어 희곡 | 권오숙 옮김 | 216면

194 **소송** 프란츠 카프카 장편소설 | 김재혁 옮김 | 376면

195 **나의 안토니아** 윌라 캐더 장편소설 | 전경자 옮김 | 368면

196 **자성록** 마르쿠스 아우렐리우스 명상록 | 박민수 옮김 | 240면

197 **오레스테이아** 아이스킬로스 비극 | 두행숙 옮김 | 336면

198 **노인과 바다** 어니스트 헤밍웨이 소설선집 | 이종인 옮김 | 320면

199 **무기여 잘 있거라** 어니스트 헤밍웨이 장편소설 | 이종인 옮김 | 464면

200 **서푼짜리 오페라** 베르톨트 브레히트 희곡선집 | 이은희 옮김 | 320면

201 **리어 왕** 윌리엄 셰익스피어 희곡 | 박우수 옮김 | 224면

202 **주홍 글자** 너새니얼 호손 장편소설 | 곽영미 옮김 | 360면

203 **모히칸족의 최후** 제임스 페니모어 쿠퍼 장편소설 | 이나경 옮김 | 512면

204 **곤충 극장** 카렐 차페크 희곡선집 | 김선형 옮김 | 360면

205 **누구를 위하여 종은 울리나** 어니스트 헤밍웨이 장편소설 | 이종인 옮김 | 전2권 | 각 416, 400면

207 **타르튀프** 몰리에르 희곡선집 | 신은영 옮김 | 416면

208 **유토피아** 토머스 모어 소설 | 전경자 옮김 | 288면

209 **인간과 초인** 조지 버나드 쇼 희곡 | 이후지 옮김 | 320면

210 **페드르와 이폴리트** 장 라신 희곡 | 신정아 옮김 | 200면

211 **말테의 수기** 라이너 마리아 릴케 장편소설 | 안문영 옮김 | 320면

212 **등대로** 버지니아 울프 장편소설 | 최애리 옮김 | 328면

213 **개의 심장** 미하일 불가꼬프 중편소설집 | 정연호 옮김 | 352면

214 **모비 딕** 허먼 멜빌 장편소설 | 강수정 옮김 | 전2권 | 각 464, 488면

216 **더블린 사람들** 제임스 조이스 단편소설집 | 이강훈 옮김 | 336면

217 **마의 산** 토마스 만 장편소설 | 윤순식 옮김 | 전3권 | 각 496, 488, 512면

220 **비극의 탄생** 프리드리히 니체 | 김남우 옮김 | 320면

221 **위대한 유산** 찰스 디킨스 장편소설 | 류경희 옮김 | 전2권 | 각 432, 448면

223 **사람은 무엇으로 사는가** 레프 똘스또이 소설선집 | 윤새라 옮김 | 464면

224 **자살 클럽** 로버트 루이스 스티븐슨 소설선집 | 임종기 옮김 | 272면

225 **채털리 부인의 연인** 데이비드 허버트 로런스 장편소설 | 이미선 옮김 | 전2권 | 각 336, 328면

227 **데미안** 헤르만 헤세 장편소설 | 김인순 옮김 | 264면

228 **두이노의 비가** 라이너 마리아 릴케 시선집 | 손재준 옮김 | 504면

229 **페스트** 알베르 카뮈 장편소설 | 최윤주 옮김 | 432면

230 **여인의 초상** 헨리 제임스 장편소설 | 정상준 옮김 | 전2권 | 각 520, 544면

232 **성** 프란츠 카프카 장편소설 | 이재황 옮김 | 560면

233 **차라투스트라는 이렇게 말했다** 프리드리히 니체 산문시 | 김인순 옮김 | 464면

234 **노래의 책** 하인리히 하이네 시집 | 이재영 옮김 | 384면

235 **변신 이야기** 오비디우스 서사시 | 이종인 옮김 | 632면

236 **안나 카레니나** 레프 톨스토이 장편소설 | 이명현 옮김 | 전2권 | 각 800, 736면

238 **이반 일리치의 죽음·광인의 수기** 레프 톨스토이 중단편집 | 석영중 · 정지원 옮김 | 232면

239 **수레바퀴 아래서** 헤르만 헤세 장편소설 | 강명순 옮김 | 272면

240 **피터 팬** J. M. 배리 장편소설 | 최용준 옮김 | 272면

241 **정글 북** 러디어드 키플링 중단편집 | 오숙은 옮김 | 272면

242 **한여름 밤의 꿈** 윌리엄 셰익스피어 희곡 | 박우수 옮김 | 160면

243 **좁은 문** 앙드레 지드 장편소설 | 김화영 옮김 | 264면

244 **모리스** E. M. 포스터 장편소설 | 고정아 옮김 | 408면

245 **브라운 신부의 순진** 길버트 키스 체스터턴 단편집 | 이상원 옮김 | 336면

246 **각성** 케이트 쇼팽 장편소설 | 한애경 옮김 | 272면

247 **뷔히너 전집** 게오르크 뷔히너 지음 | 박종대 옮김 | 400면

248 **디미트리오스의 가면** 에릭 앰블러 장편소설 | 최용준 옮김 | 424면

249 **베르가모의 페스트 외** 옌스 페테르 야콥센 중단편 전집 | 박종대 옮김 | 208면

250 **폭풍우** 윌리엄 셰익스피어 희곡 | 박우수 옮김 | 176면

251 **어셴든, 영국 정보부 요원** 서머싯 몸 연작 소설집 | 이민아 옮김 | 416면

252 **기나긴 이별** 레이먼드 챈들러 장편소설 | 김진준 옮김 | 600면

253 **인도로 가는 길** E. M. 포스터 장편소설 | 민승남 옮김 | 552면

254 **올랜도** 버지니아 울프 장편소설 | 이미애 옮김 | 376면

255 **시지프 신화** 알베르 카뮈 지음 | 박언주 옮김 | 264면

256 **조지 오웰 산문선** 조지 오웰 지음 | 허진 옮김 | 424면

257 **로미오와 줄리엣** 윌리엄 셰익스피어 희곡 | 도해자 옮김 | 200면

258 **수용소군도** 알렉산드르 솔제니찐 기록문학 | 김학수 옮김 | 전6권 | 각 460면 내외

264 **스웨덴 기사** 레오 페루츠 장편소설 | 강명순 옮김 | 336면

265 **유리 열쇠** 대실 해밋 장편소설 | 홍성영 옮김 | 328면

266 **로드 짐** 조지프 콘래드 장편소설 | 최용준 옮김 | 608면

267 **푸코의 진자** 움베르토 에코 장편소설 | 이윤기 옮김 | 전3권 | 각 392, 384, 416면

270 **공포로의 여행** 에릭 앰블러 장편소설 | 최용준 옮김 | 376면

271 **심판의 날의 거장** 레오 페루츠 장편소설 | 신동화 옮김 | 264면

272 **에드거 앨런 포 단편선** 에드거 앨런 포 지음 | 김석희 옮김 | 392면

273 **수전노 외** 몰리에르 희곡선집 | 신정아 옮김 | 424면

274 **모파상 단편선** 기 드 모파상 지음 | 임미경 옮김 | 400면

275 **평범한 인생** 카렐 차페크 장편소설 | 송순섭 옮김 | 280면

276 **마음** 나쓰메 소세키 장편소설 | 양윤옥 옮김 | 344면

277 **인간 실격·사양** 다자이 오사무 소설집 | 김난주 옮김 | 336면

278 **작은 아씨들** 루이자 메이 올컷 장편소설 | 허진 옮김 | 전2권 | 각 408, 464면

280 **고함과 분노** 윌리엄 포크너 장편소설 | 윤교찬 옮김 | 520면

281 **신화의 시대** 토머스 불핀치 신화집 | 박중서 옮김 | 664면

282 **셜록 홈스의 모험** 아서 코넌 도일 단편집 | 오숙은 옮김 | 456면

283 **자기만의 방** 버지니아 울프 지음 | 공경희 옮김 | 216면

284 **지상의 양식·새 양식** 앙드레 지드 지음 | 최애영 옮김 | 360면

285 **전염병 일지** 대니얼 디포 지음 | 서정은 옮김 | 368면

286 **오이디푸스왕 외** 소포클레스 비극 | 장시은 옮김 | 368면

287 **리처드 2세** 윌리엄 셰익스피어 희곡 | 박우수 옮김 | 208면

288 **아내·세 자매** 안톤 체호프 선집 | 오종우 옮김 | 240면

289 **폭풍의 언덕** 에밀리 브론테 장편소설 | 전승희 옮김 | 592면